Tibor Rode
Das Mona-Lisa-Virus

Weitere Titel des Autors:

Das Rad der Ewigkeit
Das Los

Titel in der Regel auch als Hörbuch und E-Book erhältlich

Tibor Rode

DAS MONA-LISA-VIRUS

Thriller

Lübbe

Dieser Titel ist auch als Hörbuch und E-Book erschienen

Originalausgabe

Dieser Titel wurde vermittelt durch die Literarische Agentur Kossack

Copyright © 2016 by Bastei Lübbe AG, Köln

Lektorat: Karin Schmidt
Textredaktion: Dorothee Cabras
Umschlaggestaltung: Bürosüd, München
Einband-/Umschlagmotiv: © mauritius images/United Archives;
© www.buerosued.de
Satz: Dörlemann Satz, Lemförde
Gesetzt aus der Weiß Antiqua
Druck und Einband: GGP Media GmbH, Pößneck

Printed in Germany
ISBN 978-3-7857-2567-2

5 4 3 2 1

Sie finden uns im Internet unter: www.luebbe.de
Bitte beachten Sie auch: www.lesejury.de

Ein verlagsneues Buch kostet in Deutschland und Österreich jeweils überall dasselbe.
Damit die kulturelle Vielfalt erhalten und für die Leser bezahlbar bleibt, gibt es die *gesetzliche Buchpreisbindung*. Ob im Internet, in der Großbuchhandlung, beim lokalen Buchhändler, im Dorf oder in der Großstadt – überall bekommen Sie Ihre verlagsneuen Bücher zum selben Preis.

Für Sandra

»Die Schönheit ist die größte menschliche Macht.«
Honoré de Balzac (1799–1850)

PROLOG

Endlich schlief sie. Die Augenlider fest geschlossen, die vollen Lippen einen Spaltbreit geöffnet. Im Kontrast zu ihrem dunkelbraunen Haar erschien die makellose Haut im grellen Licht der OP-Lampe noch heller. Sein Blick folgte ihren Wangenknochen bis zum Kinn, dessen Mitte ein kleines Grübchen markierte, und wanderte dann den langen Hals entlang, an dem die Schlagader im sanften Rhythmus ihres Herzschlags pulsierte. Kurz hielt er inne, zählte leise mit, dann widmete er seine Aufmerksamkeit ihren bloßen Schultern, deren Nacktheit sie verletzlich wirken ließ. Ihre Brüste waren tatsächlich perfekt geformt, Dr. Rahmani hatte nicht übertrieben. Sie waren klein, aber fest, besondere Assoziationen weckte jedoch die Form. Nicht rund, aber auch nicht oval. Bilder von Früchten zogen an ihm vorbei, dann glaubte er, durch den Mundschutz einen süßen Duft wahrzunehmen, der sich mit dem Geruch medizinischen Alkohols vermischte. Hatte seine Mutter ihn gestillt? Wir waren schließlich alle Opfer unserer Gedanken.

Er wischte sich mit dem Handrücken über die Stirn. Der Latex seines Handschuhs blieb an seiner vernarbten Haut kleben. Ihr Bauch, der sich kaum merklich unter ihrem Atem hob und senkte, wirkte wie aus Marmor, gleichzeitig aber unendlich weich. Ein Paradoxon. Kurz verspürte er das Verlangen, seine Wange daran zu schmiegen, dann fiel sein Blick auf den kleinen, unechten Brillanten, der im Bauchnabel blitzte. Ein Piercing. Sein Magen zog sich zusammen, und er spürte etwas wie Ekel. So waren sie. In ihrem Streben nach Schönheit scheuten sie selbst den Schmerz nicht. Schreckten nicht davor zurück, ihr eigenes Fleisch zu verletzen. Er widerstand dem Impuls, den Stein einfach herauszureißen. Bald würde das Schmuckstück aufgewertet werden. Verblasste der Zirkonia jetzt noch neben dem Rest dieses nahezu perfekten Körpers, so würde er bald schon das Wertvollste an diesem Stück Fleisch sein.

Wieder fuhr er sich mit der Hand über das Gesicht. Das gleiche raue Gefühl. Fast erleichtert nahm er Notiz davon, dass der Rest der Weiblichkeit von einem Laken verdeckt wurde. Er war sich sicher, dass das giftgrüne Tuch endlos lange Beine verbarg. Intensiv hatte er darüber nachgedacht, wie sie mit den Beinen verfahren sollten. Sie hatten eine zufriedenstellende Lösung gefunden. Sein Blick schweifte hinüber zu einem Instrument, das für ihn aussah wie ein Gummihammer. Er atmete tief ein, dann sah er auf und schaute direkt in die Augen Dr. Rahmanis, die das Einzige waren, was nicht von dessen übertrieben großem Mundschutz verdeckt wurde. Das Licht der Lampen des provisorisch eingerichteten Operationsraumes spiegelte sich in seinen Pupillen, und an deren wilden Flackern erkannte er die Nervosität des Arztes. Oder war es Angst? Die buschigen Augenbrauen des Doktors glänzten feucht, und nun erst fiel ihm das Skalpell auf, das dieser in der Hand hielt. Dessen Spitze zeichnete in der zitternden Rechten leuchtende Bahnen in die Luft, als schwenkte er ein brennendes Streichholz. Diese optische Täuschung gefiel ihm. Der Gedanke an eine Lunte, deren Ende er zu entflammen im Begriff war, stieg in ihm auf. Er kratzte sich unter dem Auge. Der Latex an seinen Fingerkuppen ließ seine Gesichtshaut noch fremder erscheinen, als dies ohnehin der Fall war. Oder sollte er sagen, gefühlloser?

Er nickte dem Doktor aufmunternd zu, und während dieser sich schwer atmend vorbeugte und das Skalpell lautlos die erste Hautschicht zerteilte, überkam ihn ein tiefes Glücksgefühl. Ein letztes Mal betrachtete er das von Gott geschaffene Werk vor sich. Nun war es an der Zeit, dass die Menschheit sein Werk kennenlernte. Auch wenn die Welt zunächst Schwierigkeiten haben würde, es zu verstehen. Aber es war der erste Schritt zur Heilung. Und Medizin schmeckte bitter.

1

Acapulco

Für einen Moment schien die Rivalität vergessen. Miss Louisiana hatte es irgendwie geschafft, eine Flasche Tequila in den Bus zu schmuggeln, und nachdem diese, versteckt in einer braunen Papiertüte, einige Male durch die Busreihen gekreist war, wich die Anspannung der Kandidatinnen ausgelassener Fröhlichkeit. Dazu trug auch die allgemeine Vorfreude bei: Eine Woche Acapulco stand auf dem Programm, die letzte Etappe des Vorbereitungsmarathons für die große Abschlussveranstaltung zur Wahl der Miss America. Spätestens seitdem sie eine Stunde zuvor auf dem Rollfeld des Aeropuerto Internacional General Juan N. Álvarez von einer Wand heißer Luft begrüßt worden waren, zweifelte keines der Mädchen mehr daran, dass eine großartige Woche an Mexikos schönsten Swimmingpools vor ihnen lag. Eine gute halbe Stunde würden sie bis zum Hotel fahren, hatte der mexikanische Busfahrer angekündigt, nachdem die Bustüren sich zischend hinter ihnen geschlossen hatten. Vorausgesetzt, er würde bei dieser hübschen Fracht den Blick vom Spiegel lassen können und sie nicht alle in einen Graben fahren, hatte er noch scherzend hinzugefügt.

Aus dem Handy der Miss New York dröhnte Rap-Musik. Die Hälfte der Strecke musste geschafft sein, als die beschwipste Miss Florida, die zu den Jüngsten unter den nationalen Schönheitsköniginnen gehörte, schließlich die Schuhe auszog und sich barfuß auf ihren Sitz stellte, um unter dem Gejohle der anderen tanzend die Hüften kreisen zu lassen. Bei jeder Bodenwelle des mexikanischen Highways katapultierte der gnadenlos weich gepolsterte Sitz die Vertreterin des Sunshine State gegen den Himmel des betagten Busses. Von den Anfeuerungsrufen ihrer Konkurrentinnen angestachelt, öffnete Miss Florida schließlich jauchzend den obersten Knopf ihres schneeweißen Polo-Shirts und posierte mit in die Luft gestreckten Armen im

Blitzlicht der Smartphones, nicht ahnend, dass ihre Aussichten auf den Titel sich gerade in der alkoholgeschwängerten Luft auflösten.

Sie hatte keine Chance, als es zur Vollbremsung kam. In der ersten Sekunde wurde sie über die Köpfe ihrer kreischenden Kolleginnen drei Reihen nach vorne katapultiert, schlug mit dem hübschen Gesicht gegen Kopfstützen, mit dem Hinterkopf gegen die Decke, mit dem Arm gegen die Fensterscheibe, mit dem Knie gegen andere Körper. Als der Bus sich quer stellte, wirkten die Fliehkräfte in die seitliche Richtung und schleuderten sie gemeinsam mit Koffern, Taschen und fliegenden Getränkeflaschen auf die andere Seite der Sitzreihen. Schon lange bewusstlos, prallte sie dort längs gegen die Fensterfront und hinterließ einen langen Riss im Glas der Scheibe. Wie eine leblose Stoffpuppe mit seltsam verdrehten Gliedmaßen rutschte sie unter den Sitz.

So bekam sie nicht mehr mit, wie es zunächst ganz still wurde im Bus, nur unterbrochen von leisem Wimmern. Sie hörte nicht mehr den einen Schuss, der die Windschutzscheibe in gefährlicher Nähe zum Kopf des Fahrers durchschlug, und bemerkte nicht, wie dieser auf ein spanisches Kommando hin die Türen des Busses öffnete. Sie sah nicht die schweren Kampfstiefel keine Schuhlänge neben ihrem blutenden Kopf und hörte nicht das angstvolle Flehen des Fahrers, der aus seinem Sitz gerissen und durch die Tür ins Freie gestoßen wurde, wo er im Staub der Straße liegen blieb. Miss Florida blieb der stechende Schmerz erspart, als sie beim scharfen Anfahren des Busses mit dem Nasenbein von unten gegen die scharfen Unterkanten des Sitzes schlug, auf dem Miss Alabama und Miss South Carolina mit offenem Mund und weit aufgerissenen Augen zum ersten Mal in ihrem Leben in den abgewetzten Lauf eines Maschinengewehrs blickten.

2

Boston, eine Woche später

Das Klopfen wurde lauter. Energischer. War es zunächst nur zaghaft zu vernehmen, konnte Helen es jetzt nicht mehr ignorieren. Auch die Abstände zwischen den einzelnen Schlägen verkürzten sich. Das Pochen schien einem verborgenen Rhythmus zu folgen, dessen Schema sie zu entschlüsseln versuchte. Lang – lang – kurz – sehr lang. Blau – Blau – Gelb – Dunkelblau. Wie so oft erzeugten die Töne Farben vor ihrem inneren Auge. Helen zuckte erschrocken zusammen, als ein tiefes Brummen hinzutrat. Ein dunkles Rot breitete sich hinter ihren geschlossenen Augenlidern aus. Das Bild einer Blutlache stieg in ihr auf, verschwand jedoch sofort wieder, als das Rot ins Violette kippte. Das Klopfen wurde noch schneller, drohte, sie zu hypnotisieren. Sie fühlte sich, als hätte sie eine Flasche Rotwein geleert. Ja, das war es. Der Farbton, den sie mit dem Brummen assoziierte, erinnerte sie an die Farbe von Rotwein. An schweren Bordeaux.

»Helen? Schläfst du etwa? *Helen!*«

Eine blecherne Stimme riss sie aus ihren Gedanken. Als würde jemand in eine leere Konservenbüchse sprechen. Schraffiertes Rosa.

Sie öffnete die Augen und verspürte den Drang, sich zu bewegen, zu strecken. Doch die enge Röhre, in der sie lag, ließ das nicht zu. Auf einem kleinen Spiegel, der eine Handbreit über ihren Augen befestigt war, erkannte sie das Bild eines lächelnden Mannes. Er war sicher keine fünfundzwanzig. Seine Haare waren perfekt frisiert, glänzten blauschwarz, als hätte sich frischer Tau darübergelegt. Eine einzelne Locke kringelte sich in seine Stirn, was in Helen den Reflex auslöste, den Arm auszustrecken und sie zur Seite zu streichen. Gerade noch rechtzeitig erinnerte sie sich daran, dass sie sich nicht bewegen durfte. Ihr Arm fühlte sich schwer an. Die Wangenknochen des Mannes waren markant, seine Zähne schneeweiß. Eine Andeutung von Bartschatten gab ihm ein besonders männliches Aussehen. Sein verwegener Blick verhieß Abenteuer. Ja, ihn würde vermutlich kaum eine Frau von der Bettkante stoßen. Helen schloss kurz die Augen. Schwarz. Ein Stechen durchfuhr ihre Brust.

»Und, findest du den schön?«, fragte die blecherne Stimme.

Helen glaubte, eine Spur Belustigung herauszuhören. Sie tastete mit den Fingern nach den Schaltern, sorgsam darauf bedacht, nicht die ganze Hand zu bewegen. Ein leichter Fingerdruck. Sie wartete.

»Dachte ich's mir doch!«, hörte sie Betty sagen. »Und wir hatten schon Angst, du wärst uns eingenickt.«

Sehr lustig, ging es Helen durch den Kopf. Ihr Körper produzierte so viel Adrenalin, dass sie vermutlich heute Abend noch Probleme haben würde einzuschlafen. Für sie war das hier wie ein Ritt auf einem durchgegangenen Pferd. Wer würde dabei einnicken? Der kalte Schweiß stand ihr auf der Stirn. Einmal mehr schnappte sie nach Luft. Ihre Fingerspitzen begannen zu kribbeln. Es hatte seinen Grund, dass sie diese Prozedur so lange aufgeschoben hatte. Alle ihre Kollegen hatten sich Versuchsreihen im MRT-Gerät schon längst selbst unterzogen. Die meisten schon während des Studiums. Irgendwie hatte sie es immer geschafft, sich davor zu drücken. Bis jetzt. Doch wenn man ein Forschungsprojekt leitete, musste man mit gutem Beispiel vorangehen. Und niemand anderem als ihr oblag es, den Versuchsaufbau zu testen. Das Klopfen wurde nun von einer ganz neuen Farbe begleitet. Helen verscheuchte die Farbbilder vor ihrem inneren Auge, konzentrierte sich auf den Spiegel.

»So, jetzt das nächste Foto«, kündigte Betty an.

Diesmal erschien das Gesicht einer Frau. Zuerst dachte Helen, es sei ungeschminkt, doch bei genauerem Hinsehen erkannte sie einen Hauch von Lidschatten und Spuren von Make-up. Dennoch wirkte die Frau irgendwie fad. Blass. Die Haut an den Wangen war ein wenig schlaff. Die Lippen schmal. Die Nase nicht ganz gerade. Der Blick gelangweilt. Schlupflider.

Klar, was dieses Bild aussagen sollte. Unattraktivität. Helen schloss die Augen. Hellrot. Wurde es vom Brummen verursacht? Sie bewegte wieder den Zeigefinger.

Ein skeptisches »Okay« kam aus dem Lautsprecher. »Sicher, dass du dich nicht verdrückt hast?«

Helen rang nach Luft, doch irgendwie schien ihre Brust wie zementiert zu sein. Sie hatte das Gefühl, zu ersticken.

»Ich will hier raus!«, sagte Helen plötzlich und war selbst überrascht über ihre Worte.

»Wir sind noch nicht fertig ...«, setzte Betty unsicher an.

»Abbruch!«, sagte Helen bestimmt. Das Klopfen hatte eine Sequenz angenommen, die in ihrem Kopf düstere Schatten malte.

»Wirklich?«, fragte Betty ungläubig. »Wir haben noch zehn Fotos ...«

»Wirklich!«, antwortete sie jetzt panischer. Helen wartete kurz, und als nichts geschah, tastete sie nach dem kleinen Gummiball, der neben ihrem rechten Arm liegen musste. Hunderte Male hatte sie die Klingel selbst neben die Testperson in das MRT-Gerät gelegt, verbunden mit dem beruhigenden Hinweis, der Proband könne den Ball zusammendrücken, sollte es einen Notfall geben. Selbstverständlich hatte es niemals einen Notfall gegeben. Noch nie hatte jemand ihn gedrückt. Und jetzt tat ausgerechnet sie selbst es.

»Ja, ja, ich komme. Over!«, ertönte Bettys Stimme, in der Bestürzung und Besorgnis mitschwangen. Ihr Sichtfeld wurde in grelles Lila getaucht.

Der Gedanke, dass sie sich nicht selbst aus dieser Röhre befreien konnte, löste in Helen noch mehr Panik aus. Sie spürte, wie ihr der kalte Schweiß nun aus allen Poren trat. Ihr Herz raste. Viel zu eng war es hier. Was, wenn jetzt der Strom ausfiel? Wie lange würde sie dann im Dunkeln liegen müssen?

Das Klopfen und Brummen erstarb plötzlich, das MRT-Gerät ruckelte und schüttelte sie durch. Langsam begann die Decke sich über ihr zu bewegen, und Helen vernahm das leise

Surren der Fahrautomatik, während das Gestell, auf dem sie lag, aus der Röhre hinausfuhr. Kein Stromausfall. Erleichterung durchflutete sie. Ein Paar Hände klappten die Kopfspule auf, und sie blickte in Bettys Gesicht. Was für ein Kontrast zu dem letzten Bild, das vor einigen Augenblicken noch über ihr geschwebt hatte! Umzingelt von Sommersprossen, schaute ein Paar besorgt dreinblickender, grüner Augen auf sie herab. Bettys rote Locken kitzelten Helen am Hals.

»Alles klar mit dir?«, fragte Betty mit gerunzelter Stirn.

»Hilf mir bitte mal hoch«, stöhnte Helen und streckte ihrer Mitarbeiterin die Hand entgegen. Beinahe entglitten ihre feuchten Finger Bettys Griff.

Als Helen sich endlich aufgerichtet hatte, war ihr schwindelig. Doch zum ersten Mal seit Minuten hatte sie das Gefühl, wieder atmen zu können. Es war besser, sie behielt die Wahrheit für sich. Als Leiterin eines Forschungsprojekts dieser Größe konnte sie sich keine solche Schwäche erlauben.

»Ich muss nur dringend zur Toilette. Zu viel Tee heute Morgen«, sagte sie betont locker und befreite sich von den Kabeln.

Sie bemerkte, wie Betty sie nachdenklich musterte. »Was?«, fragte sie lachend und hoffte, dass es nicht zu gekünstelt klang. »Glaubst du etwa, ich habe Angst in einem MRT-Gerät? Das Ding hier ist mein Leben!«

Betty kratzte sich an der Stirn. »Du hast den Notballon gedrückt ...«

»Weil ich dringend muss!«, sagte Helen und schüttelte gespielt amüsiert den Kopf. »Liegt vielleicht an der Wärme. Kennst du das nicht?« Um ihren Worten Nachdruck zu verleihen, presste sie die Knie wie ein kleines Mädchen zusammen und machte sich etwas unbeholfen auf den Weg zur Tür.

»Werte du schon einmal die Aufnahmen aus, die wir bisher haben. Ich bin gleich wieder da«, rief sie noch, bevor sie auf dem Korridor verschwand. Die Toilette war nicht weit entfernt.

Das kalte Wasser, mit dem Helen ihr Gesicht benetzte, tat ihr gut. Sie stöhnte leise auf, teils vor Kälte, teils vor Erleichterung. Es war genau das Desaster eingetreten, vor dem sie sich seit Jahren gefürchtet hatte. Sie spürte, wie das Blut in ihre Wangen schoss. Aber sie musste sich nicht schämen. Es gab Zahnärzte, die Angst vor einer Zahnbehandlung hatten. Polizisten, die zu schnell Auto fuhren. Und es gab eben Neuroästhetiker, die Panik vor dem Tunnel des MRT-Gerätes hatten.

Helen trocknete ihr Gesicht mit den harten Papierhandtüchern, die etwas schwefelig rochen, ordnete mit einem kurzen Blick in den Spiegel ihr Haar und ging zurück in den Kontrollraum.

Sie würde einfach jede Diskussion über den Vorfall im Keim ersticken. Das war der Vorteil, wenn man das Sagen hatte.

Betty war allein. Sie saß an einem Pult, das an ein Flugzeug-Cockpit erinnerte. Hinter einer Glasscheibe war der nun verwaiste Magnetresonanztomograf zu sehen. Betty schaute konzentriert auf einen großen Monitor.

»Wo ist Claude?«, fragte Helen. Zu gern hätte sie seine Reaktion auf ihren Abbruch des Experiments gesehen und auch ihm gleich eine schlüssige Erklärung geliefert. Bevor die Sache sich unter den Kollegen herumsprach.

»Er holt sich nur schnell etwas zu essen«, antwortete Betty gedankenverloren.

»Da waren ja ein paar ganz schnuckelige Typen dabei«, sagte Helen. Bloß normal wirken.

»Ich dachte mir, dass sie dir gefallen.«

Helen massierte sich die Schläfen. Sie bildete sich ein, immer noch ein leises Brummen zu hören. »Die Geräusche in der Röhre machen einen ja echt fertig«, sagte sie. »Drinnen sind sie noch viel intensiver. Geradezu psychedelisch!«

Betty hob eine Hülle empor, in der eine CD steckte, ohne dabei den Blick vom Bildschirm abzuwenden. Helen entzifferte auf der CD den Schriftzug *Magnetic Sounds*. »Claude hat die Geräusche während der MRT aufgenommen und auf CD gebrannt. Er meint, wenn er das abmischt und abends im Auto hört, ist das besser als jede Lounge-Musik. Er hat mich gefragt, ob ich dazu etwas singe.«

Helen schmunzelte. Dass zwischen Betty und Claude etwas im Busch war, hatte sie schon länger vermutet. »Hat er mir gar nicht erzählt.«

Betty lachte laut auf. »Wahrscheinlich hat er Angst, dass er dafür Ärger bekommt. Ist ja kein Tonstudio hier.«

»Den bekommt er jetzt auch«, bemerkte Helen trocken. Als Betty sie bestürzt anblickte, legte sie ihr beruhigend die Hand auf die Schulter. »Das war nur ein Scherz!«

Während ihre Kollegin sich sichtlich entspannte, fiel Helens Blick auf die Abbildung auf dem Monitor vor ihnen. Was wie eine überdimensionierte Hälfte einer geöffneten Walnuss aussah, war in Wahrheit der Querschnitt ihres Gehirns. Oben rechts stand ihr Name: *Helen Morgan*. Zum ersten Mal sah sie ihr eigenes Gehirn auf dem Monitor. Zwischen korallenartigen grauen Konturen leuchteten rot-gelb eingefärbte Areale, die wie kleine Brandherde wirkten.

»Sag mal, ist das deine erste MRT?«, fragte Betty mit unüberhörbarer Sorge in der Stimme. Offenbar hatte sie den Vorfall trotz Helens Versuch, ihn zu verharmlosen, immer noch nicht abgehakt.

»Ich sagte doch, ich musste nur einmal zur Toilette ...«

»Das meine ich nicht.« Betty beugte sich vor, um etwas auf dem Monitor vor sich genauer zu betrachten. »Ich meine das hier«, sagte sie.

Helen spürte, wie ihr Herzschlag sich beschleunigte, als sie an Betty vorbei auf die Abbildung ihres Gehirns schaute. Jetzt erst fiel ihr etwas auf, was sie eben offenbar übersehen hatte. Einige Zentimeter entfernt von den rot eingefärbten Flächen, auf der ganz anderen Seite ihres Gehirns, stach ein weiterer Fleck aus der Abbildung hervor. Ein Fleck, der dort, wie sie als Neurologin nur zu gut wusste, eigentlich nicht hätte sein dürfen. Direkt darunter klebte nun Bettys Zeigefinger am Bildschirm.

Sie wusste sofort, was dieser hellrote Punkt in der Größe eines Daumennagels zu bedeuten hatte.

Betty drehte sich zu ihr um und blickte sie mit zusammengezogenen Augenbrauen an.

Helen ignorierte sie und starrte weiter auf den Monitor. Sie hatte viel darüber gelesen, Bilder in Lehrbüchern studiert und es sich auch so vorgestellt. Doch jetzt, da sie es vor sich sah, in ihrem eigenen Gehirn, machte es ihr mehr Angst als erwartet. Dies war der bildhafte Beweis für das, was sie schon lange geahnt hatte.

Sie hatte das Gefühl, als spürte sie Bettys Finger, der noch immer mitten auf dem Abbild ihres Gehirns ruhte, hinter ihrer Stirn, tief im Inneren ihres Schädels. Helen hatte nicht damit gerechnet, dass die Abnormität so gut zu erkennen sein würde, hatte vielmehr gehofft, dass sie Betty nicht auffallen würde. Ausgerechnet Betty. Bei ihr war ein medizinisches Geheimnis ungefähr so gut aufgehoben wie an der Pinnwand im Gemeinschaftsraum.

Es würde sie einiges kosten, damit sie das hier für sich behielt.

Ohne ihren Blick vom Bildschirm abzuwenden, streckte Helen die rechte Hand aus und gab der Tür neben sich einen Stoß, sodass sie krachend ins Schloss fiel. Ein schrilles Gelb blitzte dabei vor ihren Augen auf. Betty drehte sich erschrocken zu ihr um.

»Was würdest du sagen, wenn ich Claude und dir das Labor am Wochenende einen Tag für eure Musikaufnahmen überlasse?«

Ein breites Lächeln brachte die Sommersprossen in Bettys Gesicht zum Tanzen.

3

San Antonio

»Fühlst du dich nicht wohl, Madeleine?« Sei ehrlich zu mir!, schien der Blick des Doktors zu sagen. Sie schüttelte energisch den Kopf. Diesmal musste sie nicht lügen. Es ging ihr gut. In den vergangenen Wochen war es ihr Tag für Tag besser gegangen. Was an den Sitzungen mit dem Doktor lag. Aber auch an Brian. Bei dem Gedanken an seinen braunen Wuschelkopf hüpfte ihr Herz. »Mir geht es wirklich gut. Richtig gut«, sagte sie mit fester Stimme und hielt Dr. Reids Blick stand.

Der skeptische Ausdruck in seinem Gesicht wich einem Lächeln. »Das ist gut. Sehr gut«, bemerkte er und schaute auf die Mappe mit den Unterlagen auf seinem Schoß, als suchte er darin nach einem Eintrag.

Sie reckte den Hals, glaubte, einen Scheck in der Akte zu erkennen. Vielleicht von ihrer Mutter für den Aufenthalt in der Klinik. Ihr Blick wanderte zur Uhr, die über der Tür hing. Schon fünf nach halb vier. Um vier war sie mit Brian im Park der Klinik verabredet. Wie langsam der Minutenzeiger sich bewegte!

Nun legte der Doktor die Unterlagen zur Seite und verschränkte die Arme, ohne sie dabei aus den Augen zu lassen. Sein Brustkorb hob sich unter einem tiefen Atemzug. Offenbar hatte er ihr etwas Unangenehmes zu sagen.

»Madeleine, es freut mich, nein, uns alle freut es, dass es dir besser geht. Aber erlaube mir eine Frage. Und bitte sei nicht böse. Als dein Therapeut darf ich sie dir so direkt stellen.«

Madeleine nickte irritiert. So wie jetzt hatte sie ihn in all ihren bisherigen Gesprächen noch nicht erlebt. Er, der Pol der Ruhe und Hort der Zuversicht, wirkte zum ersten Mal angespannt. Seine Stimme klang ernsthaft besorgt. Plötzliche Unruhe breitete sich in ihr aus. »Ja klar«, sagte sie mit gespielter Gelassenheit. »Fragen Sie ruhig!«

Wieder hoben sich die Schultern des Therapeuten, und er räusperte sich umständlich. »Madeleine«, begann er schließlich und fixierte sie noch intensiver als zuvor. »Bist du fett geworden?« Sie glaubte, sich verhört zu haben, öffnete den Mund und schloss ihn wieder. Versuchte, ein Echo seiner Worte aufzufangen, das es in diesem Raum nicht gab. Hatte ... hatte er tatsächlich »fett« gesagt?

»Versteh mich nicht falsch«, fuhr Dr. Reid, der sich nun sichtlich unwohl fühlte, fort. »Aber als du zu uns gekommen bist, warst du ein so schlankes und attraktives Mädchen. Viel hübscher als all die anderen hier. Und nun sitzt du da mit deinem selbstzufriedenen Lächeln, dem Doppelkinn, dem kleinen Bauch und wirkst auf mich ...« Der Doktor machte eine Pause und beugte sich langsam vor. »Verzeih die Ehrlichkeit: fett!« Bei den letzten Worten hatte sein Gesicht einen angewiderten Ausdruck angenommen.

Madeleine spürte, wie ihre Kehle sich zusammenschnürte, wie ihr das Herz schmerzhaft gegen die Rippen schlug, die jahrelang ein sichtbares Zeichen ihres schlechten körperlichen Zustands gewesen waren. Sauer stieß sie auf. Mit Mühe unterdrückte sie einen Würgereiz.

Die warme Hand des Therapeuten legte sich auf ihr Knie. »Madeleine«, sagte er mitfühlend. »Wir wollen dich hier heilen. Aber wir wollen aus dir keinen selbstgefälligen Menschen machen. Wenn du hässlich und fett bist, nützt dir deine psychische Gesundheit in der gemeinen Welt da draußen auch nichts. Die Welt ist böse, Madeleine. Vergiss das nicht!«

Sie starrte auf die gefurchte Stirn des Doktors, die im gelblichen Licht der Bürolampe leicht glänzte. Der Brechreiz verstärkte sich. Sollte das ein Test sein? Madeleine suchte in den Augen Dr. Reids nach etwas, was das Ganze als Scherz enttarnte. Als Prüfung, wie stark sie inzwischen geworden war. Doch sie entdeckte in seinem Blick nichts, was die Grausamkeit seiner Worte abschwächte. Er schien vielmehr ernsthaft besorgt um sie zu sein. Beinahe traurig.

Ihr ganzer Körper verkrampfte sich. Sie hatte nicht bemerkt, dass sie fett geworden war. Was war mit Brian? Warum hatte er ihr nichts gesagt? Stand er gar auf dicke Frauen? War er in Wirklichkeit vielleicht deswegen hier in Behandlung und nicht wegen seiner Drogensucht, wie er ihr erzählt hatte? War er ein perverser Fetischist? Sie musste hier raus! Schon sprang sie auf und stürzte auf wackeligen Beinen zur Tür. Madeleine brauchte all ihre Kraft, um die Türklinke herunterzudrücken. Der Flur schwankte unter ihren Füßen wie das Deck eines Schiffes bei schwerem Seegang. Der Geschmack von Erbrochenem breitete sich in ihrem Mund aus.

4

Warschau

Patryk Weisz blieb stehen und lauschte in den leeren Flur. Kein Laut hallte durch das riesige Haus.
 Die Leere kam ihm unheimlich vor. Er selbst hatte niemals hier gelebt. Aufgewachsen war er in London. Erst vor einigen Jahren hatte sein Vater nach dem Tod der Mutter seinen Wohnsitz wieder hierher verlegt, in seine alte Heimat. Patryk fühlte sich hingegen kaum noch als Pole; seinen Vater hatte er in den vergangenen Jahren nur dreimal zu Hause besucht. Dieses Anwesen war ihm daher fremd, und ohne seinen Vater war es nur irgendein Gebäude für ihn. Sein Blick fiel auf ein gerahmtes Foto an der Wand. Es zeigte ihn selbst mit vielleicht zwei Jahren. Er saß, nur mit einer überdimensionierten Windel bekleidet, am Rand einer Sandkiste, in der Hand ein blaues Schäufelchen. Er blickte skeptisch in die Kamera, mit der kleinen Linken zeigte er auf den Fotografen. Vermutlich hatte er sich gewundert, wer der Mann war, der dort durch den Fotoapparat auf ihn herabschaute. Sein Vater, so hatte seine Mutter es stets erzählt, war nicht oft zu Hause. Sein Zuhause war das Büro ge-

wesen, seine wirkliche Familie die Mitarbeiter. Sein »Lebenswerk«, wie sein Vater selbst stets betont hatte. Patryk seufzte. Der Ruhestand musste für ihn eine unvorstellbare Qual gewesen sein. Dazu die Schmerzen nach dem Unfall. Über die er niemals ein Wort verlor, die ihn aber, so die Ärzte, bis an sein Lebensende verfolgen würden. Wieder entfuhr Patryk ein Seufzer.

Ein Geräusch ließ ihn aufhorchen. Vielleicht einer der Jagdhunde. Oder einer der wenigen verbliebenen Bediensteten, deren Hauptaufgabe nun darin bestand, die Hunde zu versorgen. Und die sechsundzwanzig Zimmer in Schuss zu halten, davon allein fünf Badezimmer und sieben Schlafräume.

Er schüttelte den Kopf und lachte verächtlich. Sechsundzwanzig Zimmer für einen einzigen Mann. Viel Platz, um allein zu sein. Sagte man nicht immer, Reichtum mache einsam? Hier spazierte er durch den Stein auf Stein erbauten Beweis. Die Leere, die er spürte ... Ihm wurde klar, dass sie in diesem Haus stets vorhanden war, nicht nur jetzt, da sein Vater fehlte. Genau acht Wochen war es heute her, seit Pavel Weisz für die Welt spurlos verschwand.

Patryks Blick löste sich von dem Foto und wanderte zur gegenüberliegenden Wand. Von einem Gemälde über einem kleinen Beistelltisch schaute eine Person mit an die Ohren gelegten Händen und weit geöffnetem Mund aus leeren Augen zu ihm herüber. Die abgebildete Person schien zu schreien. Er kannte das Gemälde. Es stammte von einem norwegischen Maler. Er wunderte sich. Bis jetzt war ihm dieses Bild noch niemals in diesem Haus aufgefallen. Ob es das Original war? Normalerweise gab sein Vater sich nicht mit Kopien zufrieden. Sofort kam ihm der Keller wieder in den Sinn. Seine Hand wanderte in seine Hosentasche, und er beförderte einen kleinen Zettel zutage.

Helen Morgan, stand dort in der wackeligen Handschrift seines Vaters geschrieben.

Er betrachtete die Ziffern hinter dem Namen und schaute

auf die Uhr an seinem Handgelenk. Dann wandte er sich um und versuchte, sich zu erinnern, wo entlang es zum Arbeitszimmer ging. Dort gab es ein Telefon.

5

Florenz, um 1500

Ein junger Mann erschien heute nach dem Mittagsmahl in unserem Haus. Elegant gekleidet. Der Kragen gesäumt vom Fell eines Luchses. Locken von solcher Pracht. Wangen wie Pfirsiche. Volle, rosige Lippen. Ein Blick, selbstsicher, als wäre er ein Prinz. Zunächst hielt ich ihn für einen meiner Schüler und wollte ihn mangels jeglicher Ankündigung seines Besuches des Hauses verweisen. Doch aus einem mir unbekannten Grund konnte ich nicht. Konnte es so wenig, wie man den Tag zur Nacht kehren kann. So wenig, wie man den Tod auszusperren vermag, wenn er beschließt, einen heimzusuchen. Nur dir, mein Tagebuch, vertraue ich es an, wohl wissend, dass du es für immer in dir verschließt. Ich konnte es nicht, weil ich mein Leben lang auf ihn gewartet habe. Er ist kein Schüler, und er ist auch kein Prinz.

Etwas tief in meinem Innersten sagt mir, dass er nicht von dieser Welt ist.
Und daher ließ ich ihn ein.

6

Boston

Ein lauer Herbstwind wehte ihr ins Gesicht. Sie sog die Luft tief in ihre Lungen und spürte förmlich, wie der Knoten in ihrem Magen sich dabei löste. Um sie herum leuchteten die Bäume im Park in den buntesten Farben. Im Vorbeigehen beobachtete sie ein junges Pärchen, das turtelnd auf einer der Bänke saß. Der Indian Summer zeigte sich augenblicklich von seiner schönsten Seite und hüllte die Stadt in sein romantisches Flair.

Als Wissenschaftlerin wusste Helen die Phänomene der Natur zu deuten. Durch die kalten Nächte und die immer noch warmen Tage produzierten die Bäume um diese Jahreszeit eine Substanz, die den Flüssigkeitsaustausch zwischen Ästen und Blättern blockierte. Die Folge war ein dramatisches Absinken des Chlorophyllgehaltes; der Zucker in den Blättern verlieh ihnen die wärmsten Farben. Ein chemischer Prozess, mehr nicht. Wie die Liebe auch. Fast hätte sie ihr Herz mit dieser biologisch-rationalen Erklärung überzeugt, doch nun wurde es ihr plötzlich schwer. Sosehr sie es sich wünschte und sosehr sie ihr Idealbild einer Wissenschaftlerin vor sich hertrug, nur selten gelang es ihr, wirklich abgeklärt und vernunftgeleitet zu bleiben. So wie vorhin, als sie Betty verpflichtet hatte, über die Ergebnisse ihrer MRT Stillschweigen zu bewahren. »Warum? Das ist doch nichts, wofür man sich schämen muss«, hatte Betty eingewandt und damit aus Helens Sicht eine unsichtbare Grenze überschritten. Ihr Körper gehörte ihr, und es war allein ihre Entscheidung, mit wem sie medizinische Fotoaufnahmen ihres Gehirns teilte und mit wem nicht.

Schließlich hatte sie Betty von Kollegin zu Kollegin darum gebeten, es für sich zu behalten. Bis Claude hereingeplatzt war und das Gespräch durch sein Erscheinen abrupt beendet hatte. Als er die Stille im Raum bemerkt hatte, war er sichtlich peinlich berührt gewesen. »Habt ihr etwa Streit?«, hatte er gefragt, und beide waren mit einem Lächeln über seine Verlegenheit hinweggegangen.

Dann hatte Helen sich den Rest des Tages spontan freigenommen, nicht ohne zuvor sicherzustellen, dass sämtliche Aufzeichnungen ihres Selbstversuchs gelöscht waren.

Nun fühlte sie sich wie erschlagen. Ihr Kopf schmerzte, wie so oft bei lauten Geräuschen. Sie massierte sich mit gespreiztem Daumen und Zeigefinger die Augenbrauen. Nachher würde sie eine Tablette nehmen oder besser gleich zwei.

»Mein Körper gehört mir«, wiederholte sie leise die Worte, die sie zu Betty gesagt hatte. Das war nicht immer so gewesen.

Hatte sie deshalb ein Problem damit, anderen Einblick in die Geheimnisse ihres Körpers zu gewähren? Hatte sie deshalb gegenüber Betty so heftig reagiert? Aus Sorge, dass die Aufnahme ihres Gehirns die Runde machen würde? Für einen kurzen Moment sah sie das Cover der *Vogue* mit der Abbildung ihres Gehirns vor sich, dann kniff sie die Augen zusammen, um das Bild zu verscheuchen. Seufzend hielt sie das Gesicht in die Sonne, spürte die Wärme auf ihrer Stirn. Hoffte, dass die UV-Strahlen ihre düsteren Gedanken einfach wegbrennen würden.

Helen griff in ihre Manteltasche und fühlte den Briefumschlag unter ihren Fingern. Sie zog ihn heraus und entnahm das Schreiben, das den Briefkopf des Louvre in Paris trug. Darunter stand der Name des Leiters der Gemäldesammlung, Monsieur Louis Roussel. Sie überflog die Zeilen. Monsieur Roussel äußerte seine Freude darüber, eine Kapazität wie sie bald im *Centre de recherche et de restauration des musées de france*, kurz C2MRF genannt, in Paris begrüßen zu dürfen. Alles sei für die anstehenden Untersuchungen vorbereitet. Zudem wies er noch einmal auf die Notwendigkeit höchster Geheimhaltung hin. Aus Sicherheitsgründen. Noch nicht einmal ihre engsten Mitarbeiter Betty oder Claude durften wissen, was genau der Zweck ihres Aufenthaltes in Paris war. Dies kam ihr ein wenig übertrieben vor, aber es machte auch den Reiz dieser Exkursion aus.

Ein Lächeln huschte über ihr Gesicht. Der Gedanke an Paris weckte in ihr frohe Erinnerungen. Wie die an einen vergangenen Sommer. In Paris hatte sie ihre schönsten Momente erlebt ... aber gleichzeitig auch ihre schlimmsten.

Sie faltete den Briefumschlag wieder zusammen, damit er in ihre Manteltasche passte, und stieß mit der Hand gegen ihr Handy. Umständlich kramte sie das Headset hervor und steckte den kleinen Kopfhörer ins Ohr. Seitdem sie in einem der Fachmagazine eine schwedische Studie darüber gelesen hatte, wie Handystrahlung das Gehirn verändert, verzichtete sie darauf, sich das Mobiltelefon direkt ans Ohr zu halten.

Sie wählte Madeleines Handynummer. Es dauerte eine

Weile, bis sie ein Freizeichen erhielt, das einen stechenden Schmerz erzeugte, der von ihrem Innenohr bis in die Schläfe zog. Nach dem fünften Ton meldete sich die Mailbox. Helen freute sich, die helle Stimme ihrer Tochter zu hören, die darum bat, nach dem Piepton eine Nachricht zu hinterlassen. Doch noch lieber hätte sie jetzt direkt mit ihr gesprochen. Sie legte auf. Vermutlich hatte Madeleine gerade eine Therapiesitzung. Der Klinikalltag in San Antonio war klar strukturiert. Dies war Teil der Therapie. Wie lange hatte sie Madeleine jetzt schon nicht gesehen? Sechs lange Wochen. Aber so wollten die Ärzte es, weil Madeleine es so wollte. Helen stieß einen lauten Seufzer aus. Beim Gedanken an ihre Tochter wurde ihr das Herz noch schwerer.

Ein weiteres Pärchen schlenderte Händchen haltend auf sie zu. Mit ihrer modischen Kleidung wirkten die beiden, als wären sie geradewegs dem Herbstkatalog der großen Modemarken entsprungen. Helen schüttelte schmunzelnd den Kopf. Arbeitete in dieser Stadt tagsüber denn niemand mehr? Doch gleich erstarb das kleine Lächeln, das in ihren Mundwinkeln genistet hatte, wieder.

Das Liebesglück der anderen schlug ihr aufs Gemüt. Schon bereute sie ihren Entschluss, den sonnigen Nachmittag für einen Spaziergang zu nutzen.

Die Trennung von Guy lag nun drei Monate zurück. Und seitdem hatte sie, zumindest außerhalb ihrer Arbeit am Institut, nicht mehr richtig zurück ins Leben gefunden. Immer noch fühlte sie sich in der neuen Wohnung fremd. Sie war es nicht mehr gewohnt, allein zu leben. Allein zu schlafen. Allein einkaufen zu gehen. Allein fernzusehen. Nun konnte sie Frauen verstehen, die sich eine Katze anschafften. Oder gleich mehrere.

Helen blieb vor einem prächtigen Rot-Ahorn stehen und legte den Kopf in den Nacken, um ihn bis in die Krone hinauf zu betrachten. Welcher Kontrast zu dem Grün des Sommers! Eine kurze, vergängliche Phase der Aufmerksamkeit. Wie oft hatte sie in den vergangenen Monaten diesen Baum passiert, ohne ihn näher zu beachten! Und nun, da er sich mit leuchtendem Rot schmückte, konnte man nicht daran vorbeigehen, ohne ihn anzuschauen. So wenig, wie der Agent der Modelagentur seinerzeit an ihr hatte vorbeigehen können, als sie sechzehn Jahre alt gewesen war und er sie auf der Straße in New York angesprochen hatte. Ein von ihr als peinlich empfundenes Fotoshooting in einem Loft in Brooklyn, erste Castings bei den großen Modelabels, und sie wurde praktisch über Nacht zu einem leuchtenden Pixel der Modelbranche. Sie lief auf Shows in New York, Mailand, Paris und Berlin, manchmal war sie innerhalb einer Woche gleich in mehreren Städten gebucht. Im ersten Jahr ihrer Modelkarriere hatte sie mehr Meilen mit dem Flugzeug zurückgelegt als ihre Eltern in ihrem gesamten Leben.

Und wie sie geleuchtet hatte als Model! Ein kalter Schauer rieselte ihr den Rücken hinunter. Die Erinnerungen an ihre Modelkarriere waren untrennbar mit den Gedanken an Madeleines Vater verbunden.

Bis heute wusste sie nicht, ob sie auch ohne die Sache mit ihm erkannt hätte, dass das Blitzlicht, vor dem sie tagtäglich posierte, sie in erster Linie blendete. Von einem Tag auf den anderen hatte sich der Schleier aus dunklen Farben über alles gelegt. Oder war, im Gegenteil, ein Schleier weggerissen worden, der zuvor den Blick auf die Wahrheit verstellt hatte? Sie wusste es nicht. Aber sie wusste, dass alles Leuchten irgendwann verblasste. Unaufhaltsam. Genau wie bei diesem Rot-Ahorn vor ihr. In wenigen Wochen schon würde hier nur noch ein kahles Gerüst aus Ästen und Zweigen in den Himmel ragen, und der Baum würde wieder für alle unsichtbar werden.

Nach dem unerwarteten Ende ihrer Modelkarriere hatte sie noch während der Schwangerschaft ein Studium begonnen, und sie hatte Glück gehabt. Nicht nur, dass ihre Mutter ihr während des Studiums mit Madeleine den Rücken frei gehalten hatte und sie alle Prüfungen trotz der Doppelbelastung als junge Mutter problemlos bestand. Auch hatte sie frühzeitig auf die gerade erst neu gegründete Disziplin der Neuroästhetik gesetzt. So war sie schon als Studentin zu einer in diesem jungen Gebiet bekannten Forscherin aufgestiegen. Nach dem Studium hatte sie sich vor Job-Angeboten gar nicht retten können.

Sie bekam Nackenschmerzen und wandte den Blick vom Ahorn ab, während sie sich orientierte. Der Ausgang des Parks lag in östlicher Richtung. Mit langsamen Schritten setzte sie sich wieder in Bewegung. Der Gedanke an Madeleines Vater ließ sich nicht abschütteln. Als Neurologin wusste sie, dass der Satz »Gedanken sind frei« so nicht stimmte: Tatsächlich waren wir alle Gefangene unserer Gedanken, und wirklich frei war nur derjenige, dem es gelang, seine Gedanken zu unterwerfen.

Rückblickend hatte sie nur noch Scham gespürt. Als sie erfahren hatte, dass sie nicht die Einzige war, die auf die vorgespielte Verliebtheit des Starfotografen hereingefallen war. Glaubte man den Gerüchten, hatte er Hunderte von Mädchen von dem Objektiv seiner Kamera direkt in sein Bett gequatscht. Aber soweit sie wusste, war sie die Einzige, die er dabei geschwängert hatte. Ihre Model-Agentur hatte sie nach dem Vorfall, bei dem Madeleine gezeugt worden war, im Stich gelassen. Sie hatten ihr, nicht ihm, mangelnde Professionalität vorgeworfen und sich bei ihm sogar noch für ihr Verhalten entschuldigt.

Helen habe ihn verführt, hatte er mit gespielter Betroffenheit gegenüber ihrem Agenten behauptet. Sie, ein unverdorbenes, unschuldiges Mädchen, das von Sex noch weniger wusste als von der Modewelt, in die sie hineingestolpert war. Genau andersherum hatte es sich abgespielt, und sie hatte sich nicht getraut, so heftig zu protestieren, wie es angebracht gewesen wäre. Wie naiv sie gewesen war, wie dumm! Spätestens als er plötzlich angefangen hatte, sich beim Fotografieren seiner Kleider zu entledigen, hätte sie sich der Situation entziehen müssen. Um ihr beim Bikini-Shooting die Angst zu nehmen, hatte er mit einem breiten Lächeln erklärt. Einem sympathischen Lächeln. Es war ein Shooting für einen der ganz großen Designer gewesen, und sie hatte sich nicht getraut, die Session abzubrechen. Helen schämte sich dafür. Und sie schämte sich für den

Gedanken, dass sie es hätte verhindern müssen. Denn hätte sie diesem Mann Einhalt geboten, wäre sie nicht auf seine Avancen eingegangen, würde es Madeleine heute nicht geben. Wünschte sie sich, dass es nicht geschehen wäre, wünschte sie sich gleichzeitig, dass Madeleine niemals geboren worden wäre. Denn trotz der unglücklichen Umstände ihrer Zeugung und trotz ihrer problematischen Gefühle für Madeleines Vater war ihre Tochter das Wertvollste in ihrem Leben. Madeleine hatte sie mit ihrer Ankunft auf diesem Planeten aus einer Welt voller Missgunst, Verlogenheit und Egoismus gerettet. Madeleines erster Schrei im Kreißsaal war für Helen wie ein Weckruf gewesen, ihrem Leben eine andere Richtung zu geben.

Wieder passierte sie zwei innig umschlungene junge Leute. Es war dasselbe Pärchen, das vorhin auf der Bank gesessen hatte. Für einen Augenblick erinnerte sie sich an das Gefühl, verliebt zu sein. So wie sie beim Duft ausgeblasener Kerzen stets an Weihnachten dachte.

Ein Vibrieren breitete sich unter ihrem Mantel aus. Sie brauchte einen Moment, bis sie verstand, dass es ihr Handy war, das in der Tasche ihres Blazers vibrierte. Bestimmt Madeleine, die zurückruft, dachte sie und fühlte sich gleich ein wenig getröstet. Umständlich versuchte sie, das Telefon aus ihrer Tasche zu befreien. Eine unterdrückte Nummer. Also Betty, die immer anonym anrief. Bestimmt wollte sie wissen, ob wirklich alles mit ihr okay war. Helen seufzte. Nun ging das also los.

Sie kramte das Headset hervor, entwirrte die Schnur und stöpselte es in ihr Ohr. Mit der rechten Hand packte sie das kleine Mikrofon am Kabel und hielt es sich vor den Mund. »Mir geht es gut«, sagte sie. Sie hörte, dass sie schnippischer klang, als sie eigentlich beabsichtigt hatte.

»Schön zu hören«, meldete sich eine Männerstimme, bei der sie sicher war, dass sie sie noch niemals zuvor gehört hatte. »Spreche ich mit Helen Morgan?«

Sie bejahte vorsichtig. Die Stimme klang fremd, aber nicht unsympathisch.

»Sehr gut. Mein Name ist Patryk Weisz. Also, wie soll ich anfangen? Kennen Sie Pavel Weisz?«

Helen blieb stehen, um sich ganz auf das Telefonat konzentrieren zu können. Dies schien keiner der üblichen Anrufe zu sein. Sie überlegte. Der Name Weisz sagte ihr tatsächlich etwas, sie kam aber nicht gleich darauf, in welchem Zusammenhang sie ihn schon einmal gehört hatte. »Meinen Sie den Software-Milliardär?«, fragte sie schließlich.

»Genau«, bestätigte ihr Gesprächspartner erfreut. »Sind Sie ihm persönlich begegnet?«

»Leider nein.«

Ein enttäuschtes Schnauben tönte aus dem Kopfhörer. »Ich bin sein Sohn.«

»Ich verstehe nicht ...«, setzte sie an.

»Ich auch nicht. Zumindest nicht so ganz ...« Kurz wurde es still, und Helen dachte schon, die Verbindung wäre unterbrochen. Vielleicht ein Scherzanruf. Steckte Claude dahinter, um sie in Bettys Auftrag ein wenig aufzuheitern?

»Es ist so«, fuhr ihr Gesprächspartner fort. »Mein Vater wird seit einigen Wochen vermisst.«

»Das tut mir leid«, entgegnete sie und setzte langsam ihren Weg fort.

»Ich bin in seinem Haus in Warschau. Das liegt in Polen. In Europa.«

Sie wusste, wo Warschau lag, sie war für eine Modenschau sogar schon einmal dort gewesen.

»Auf der Suche nach Hinweisen, die das Verschwinden meines Vaters erklären können, bin ich auf Ihren Namen und diese Telefonnummer gestoßen.« Wieder trat eine Pause ein. Offenbar hoffte der Mann am anderen Ende der Leitung, dass sie etwas erwiderte.

»Wie gesagt, ich kenne Ihren Vater nicht. Es tut mir wirklich leid, und ich hoffe, Sie finden ihn.« Sie stutzte. »Woher genau, sagten Sie, haben Sie diese Telefonnummer?« Sie telefonierte nicht gern mit dem Handy, und aus irgendeinem irrationalen Grund hielt sie ihre Handynummer weitestgehend geheim. Außer ein paar Freunden, ihrer Familie und wenigen Kollegen kannte niemand diese Nummer.

»Deshalb rufe ich Sie an. Das Letzte, was mein Vater vor seinem Verschwinden auf einem Schreibblock neben dem Telefon notiert hat, den ich hier in seinem Haus in Warschau gefunden habe, war offenbar Ihr Name und diese Telefonnummer. Zumindest hat einer seiner Angestellten mir das gesagt.«

»Seltsam. Ich weiß wirklich nicht, wie ich Ihnen da helfen kann ...« Mittlerweile war Helen beinah am Ausgang angekommen und spürte den starken Wunsch, dem Park und diesem merkwürdigen Telefonat so schnell wie möglich zu entkommen.

»Neben Ihrem Namen steht noch ein Vorname«, fuhr ihr Gesprächspartner fort. Sie glaubte, das Rascheln von Papier zu vernehmen. »Madeleine. Sagt Ihnen dieser Name etwas?«

Helen blieb abrupt stehen und spürte einen Stich in der Herzgegend. Von einem Moment auf den anderen begann ihr Herz schneller zu schlagen. Was hatte Madeleine mit Pavel Weisz zu tun? Dieser Mann musste um vieles älter sein als sie.

»Ja, so heißt meine Tochter«, bestätigte sie vorsichtig. Ein ungutes Gefühl beschlich sie. Sie dachte an ihren vergeblichen Versuch, Madeleine in der Klinik zu erreichen.

»Ihre Tochter?« Ihr Gesprächspartner klang verblüfft. »Ist sie bei Ihnen?«

»Nein, sie ist ...« Helen stockte. Es ging den Fremden nichts an, dass Madeleine sich derzeit in einer psychiatrischen Klinik befand. »... im Moment nicht bei mir.«

»Haben Sie Ihre Tochter in letzter Zeit gesehen?«

»Wie meinen Sie das?«

»Wie alt ist sie, wenn ich fragen darf?«

»Sechzehn. Warum wollen Sie das alles wissen?« Nein, sie sollte nicht mit einem Unbekannten über Madeleine sprechen, sondern lieber auflegen.

Ein leises »Mmmh« kitzelte sie im Ohr.

»Was ist?«, fragte sie, nun eindringlicher, denn sie spürte, wie ein Gefühl der Angst sie befiel.

»Na ja, um den Namen Madeleine ist ein Herz gemalt.«

»Ein Herz?« Ihr Mund fühlte sich mit einem Mal trocken an.

»Das ist unmöglich! Meine Tochter ist noch ein Teenager. Wie alt ist Ihr Vater?«

»Sechsundsechzig.«

Helen spürte, wie Übelkeit in ihr aufstieg. Wieder blieb es in der Leitung für einige Sekunden still. »Hallo?«, rief sie in das Mikrofon. »Sind Sie noch da?«

»Da ist noch etwas notiert, hinter dem Namen Ihrer Tochter«, meldete er sich zurück.

»Was?« Helen bemerkte, dass ihre Stimme nun zitterte.

»Ich kann es nicht richtig deuten, es ist auf Polnisch geschrieben ...«

»Sagen Sie schon! Bitte ...« Sie hatte diese Aufforderung lauter und fordernder ausgesprochen als beabsichtigt. Aus dem Augenwinkel bemerkte sie, wie eine Frau mit einem Kinderwagen sich erschrocken nach ihr umdrehte.

»Da steht unter dem Namen Ihrer Tochter *Piękna i Bestia*.«

»Und das heißt ...?«

»Mein Polnisch ist nicht das Beste«, wich ihr Gesprächspartner erneut aus. »Aber wenn ich mich nicht täusche, bedeutet das so viel wie: Die Schöne und das Biest.«

»Die Schöne und das Biest?«, wiederholte Helen ungläubig und spürte, wie ihr flau wurde. »Was zum Teufel soll das bedeuten?« Sie hörte ihren Gesprächspartner einmal laut ein- und ausatmen.

»Haben Sie in den vergangenen Jahren einmal ein Foto meines Vaters gesehen?«

»Nein.« Zumindest konnte sie sich nicht daran erinnern.

»Ich schlage vor, Sie gehen jetzt zu Ihrer Tochter und fragen sie, ob sie meinen Vater wirklich nicht kennt. Und wenn doch, rufen Sie mich wieder an. Ich sende Ihnen meine Telefonnummer gleich per SMS. Wollen wir es so machen?«

»Ich ...« Helen stockte. Sie wusste nicht, was sie antworten sollte. »Ich verstehe immer noch nicht ...« Sie verstummte.
»Fragen Sie Ihre Tochter, bitte!«
»Okay, ich werde sie fragen ...«
»Danke. Bis später dann – vielleicht«, verabschiedete sich ihr Gesprächspartner.

Helen steuerte mit weichen Knien eine leere Parkbank an, ließ sich darauf nieder und starrte auf das Display ihres Handys. Sie überlegte kurz, dann wählte sie erneut Madeleines Telefonnummer. Nach mehreren Freizeichen meldete sich wieder nur die Mailbox. Helens Besorgnis wuchs. Nervös suchte sie in ihren Kontakten nach der Nummer der Klinik und tippte auf das grüne Hörer-Symbol.

Die leuchtenden Rot- und Orangetöne um sie herum wirkten mit einem Mal nicht mehr romantisch, sondern bedrohlich.

7

São Paulo

Ihre Mandibeln klaubten die Pollen aus den Staubbeuteln der Blüte. Dann hob sie wieder einige Zentimeter ab und schwebte wie ein Helikopter über der Blüte. Emsig begann die Biene, mithilfe der Bürsten an ihren Hinterbeinen die mehlartige Pollenmasse aus ihrem Pelz zu putzen. Der Kamm am unteren Ende der Schienbeine beförderte den Blütenstaub zum Pollenhöschen an der Außenseite ihrer gegenüberliegenden Beine, wo das so geschnürte Pollenpaket bedrohlich bröselte. Rasch gab sie einen Tropfen aus ihrer Honigblase ab und reichte ihn mit ihren Vorderbeinen nach hinten weiter. Angefeuchtet mit der klebrigen Flüssigkeit, fügten die Pollen sich zu einem Teig, der nun sicher im Körbchen haften blieb. Wegen der Schwere der Last erhöhte sie die Anzahl ihrer Flügelschläge und drehte ab, um mit ihrer Ernte in den Stock zurückzukehren. Ein weiterer Kirschbaum versperrte ihr den Weg; deshalb musste sie eine große Kurve fliegen. Sie versuchte, an Höhe zu gewinnen, sackte jedoch immer weiter ab. Eine unsichtbare Kraft brachte sie aus dem Gleichgewicht, und sie schlug mit dem Hinterleib gegen einen Zweig mit zartrosafarbenen Blüten. Taumelnd rang sie um Stabilität, doch die schwere Fracht zog sie hinab wie Blei. Hektisch schaufelten die Flügel Luftschichten zur Seite. Das Summen schwoll zu einem hohen Ton an, der beinahe wie ein Schrei klang. Mit einem Mal stockte die Flügelbewegung, und die Beine streckten sich aus, als suchten sie nach Halt. Das Luftpolster, auf dem die Biene eben noch zu schweben schien, verschwand wie von Zauberhand, und sie stürzte senkrecht, den Hinterleib voran, zu Boden, wo sie am Fuß des Baumes auf dem Rücken liegen blieb.

Einige Sekunden lang zuckte sie noch, dann verharrte sie plötzlich still und leblos, die gefalteten Beinchen gen Himmel, wie zum Gebet.

8

New York

Die letzte Operation des Tages hatte deutlich länger gedauert als erwartet. Bevor sie in den Feierabend verschwunden war, hatte Susan, seine Assistentin, noch das Abendessen mit Dr. Ivory, einem der Gesellschafter der Schönheitsklinik, abgesagt. So hatte Dr. Ahmed Rahmani nun einen freien Abend. Er hatte sich entschieden, ein paar überfällige Büroarbeiten zu erledigen. In seiner Schublade war er auf eine Packung Sesamcracker gestoßen, die schon merkwürdig weich, aber doch noch genießbar waren. Neben ihm dampfte im schummrigen Licht der Schreibtischlampe eine Tasse Kräutertee, ansonsten war es stockdunkel in seinem Büro.

Seine Augen brannten, wie so oft, wenn er den ganzen Tag

über im grellen Schein der OP-Lampen operiert hatte. Er brütete über einem Vortrag, den er in der nächsten Woche auf einem Kongress in London halten musste. Doch er war unkonzentriert. Immer wieder öffnete er zwischendurch den Browser und surfte im Internet. Er überflog die neuesten Nachrichten. Weiterhin fehlte jede Spur von den in Mexiko entführten Schönheitsköniginnen. Der Reporter vermutete, dass hinter den Kulissen um ein hohes Lösegeld verhandelt wurde. Dr. Rahmani checkte die Facebook-Seite der Klinik, auf der eine Patientin sich vor einer Stunde mit einem schön anzusehenden Foto für die Operation bedankte. Dann landete er auf einem Dating-Portal, auf dem er sich vor einigen Wochen angemeldet hatte. Es fehlte ihm als erfolgreichem plastischen Chirurgen nicht an Angeboten junger Frauen, die sich nichts sehnlicher wünschten, als dass er Hand an ihre Oberweite legte. Dabei ging es ihnen jedoch weniger um seinen leidlich trainierten Körper, als vielmehr darum, durch ein paar Nächte mit ihm die immer noch beachtlichen Kosten einer Brustvergrößerung zu sparen. Lange hatte ihm das nichts ausgemacht, hatte er für Sex operiert. Eine besondere Art von Vorher-Nachher-Test. Doch nun hatte er ein Alter erreicht, in dem sich entschied, ob er in diesem Leben noch eine Familie gründen würde oder nicht. Auch für ihn war es nicht einfach, eine Frau losgelöst von seiner professionellen Sichtweise zu betrachten. Sein Geschäft bestand darin, Frauen schöner zu machen. Manchmal auch erotischer. Er formte das zur Perfektion, was die Natur nur unzulänglich geschaffen hatte. Wie sollte es ihm da möglich sein, eine Frau aufrichtig zu bewundern, vielleicht sogar zu lieben, deren Nase einen Höcker hatte, die mehr Fett mit sich herumtrug als nötig?

Ein Klingeln riss ihn aus seinen Gedanken. Auf dem Bildschirm öffnete sich ein Fenster. *Mona*, stand dort.

Mona war eine junge Frau, die er in einem Internetforum kennengelernt und mit der er sich bereits ein paar Mal hin- und hergeschrieben hatte. In der vergangenen Woche hatten sie zum ersten Mal auch über die Webkamera gechattet. Mona war unglaublich sexy und offensiv. Zugegebenermaßen nicht die Frau, mit der er eine Familie gründen wollte, aber das konnte auch noch bis nachher warten. Rasch fuhr er sich mit den Händen durch die schwarzen Locken, überprüfte den Kragen seines Hemdes. Dann drückte er auf *Annehmen*.

In der Mitte des Monitors baute sich eine Verbindung auf, schließlich erschien ein Bild. Was er sah, beschleunigte sofort seinen Puls. Mona lag bäuchlings auf einem Bett; das Kinn in die Hände gestützt, schaute sie in die Kamera ihres Laptops. Über ihre Schultern hinweg sah er, dass sie nichts anhatte außer einem BH und einem schwarzen Höschen.

»Ich hatte Sehnsucht«, tönte ihre samtweiche Stimme aus den Lautsprechern seines Monitors. »Und fühlte mich so allein.« Ihre Lippen deuteten einen Kussmund an.

»Ich bin noch im Büro ...«, antwortete er, um überhaupt etwas zu sagen. War er tatsächlich verlegen?

»Irgendwie war mir so ... heiß«, fuhr Mona fort und lächelte. Ihre Zähne waren perfekt.

»Das sehe ich ...«, bemerkte er knapp.

»Hast du was dagegen, wenn ich es mir ein wenig bequem mache?«, fragte sie. Das Bild wackelte, kurz war eine Deckenleuchte zu sehen, dann eine Kommode, ein Teppichboden. Es raschelte, endlich kam wieder Mona ins Bild. Jetzt lehnte sie an einem Turm aus Bettwäsche. Die Kamera filmte sie von unten. Tatsächlich trug sie nichts außer der Unterwäsche. Schwarz mit Rüschen am Rand. Sie sah umwerfend aus.

Er spürte, wie auch ihm heiß wurde. Er reckte den Kopf und blickte hinüber zur geschlossenen Bürotür. Eine unsinnige Geste. Um diese Zeit war er allein in diesem Teil der Klinik.

»Ich mache so etwas normalerweise nicht«, sagte sie nun und lächelte scheu. »Aber du löst irgendetwas in mir aus.«

Er musste lächeln. Mit Sicherheit war sie nicht so unschuldig, wie sie gerade tat. Umso besser.

»Was meinst du genau mit *so etwas*?«, fragte er. Seine anfängliche Scham verflog langsam.

»So etwas!«, antwortete sie, griff sich mit der rechten Hand in den BH und begann, ihre Brust zu streicheln. Ihre andere Hand wanderte langsam in Richtung ihres Bauchnabels. Dabei blickte sie auffordernd in die Kamera.

Er spürte in seinem Schoß deutliche Anzeichen von Erregung. Vielleicht war sie auch betrunken? Na, wenn schon, ein wenig Entspannung konnte er nach diesem Arbeitstag gebrauchen.

Plötzlich hielt sie inne und lächelte triumphierend. »Du zuerst!«, sagte sie und kicherte.

»Ich bin im Büro ...«, wich er aus.

»Das macht mich an«, entgegnete sie keck und leckte sich mit der Zunge über die Lippen. »Stell dir vor, ich sitze auf deinem Schreibtisch.« Sie spreizte langsam die Beine.

Er hielt die Luft an.

»Zieh dich aus!«, befahl sie.

Er schaute sich um. Die Jalousien in seinem Rücken waren heruntergelassen.

»Sonst ziehe ich mich auch wieder an!«, klang es beleidigt vom Bildschirm. Ihre Hand griff nach der Bettdecke und zog einen Zipfel über ihre nackte Haut.

»Schon gut!«, sagte er etwas hektischer als beabsichtigt. Umständlich knöpfte er sein Hemd auf, zog es aus der Hose und ließ es schließlich neben sich gleiten. Zufrieden sah er, wie auch sie sich wieder des Stückes Decke entledigte.

»Jetzt die Hose!«, hauchte sie. Ihre Hand fuhr dabei in ihren Slip. Er erhob sich, öffnete den Gürtel und ließ seine Anzughose samt Boxershorts zu Boden fallen. Mit den Füßen löste er sie von seinen Knöcheln. Jetzt, da er nur noch in Socken auf seinem Bürostuhl saß, kam er sich schon ein wenig komisch vor. Ein sanftes Stöhnen drang aus seinem Computer, und was er jetzt sah, ließ ihn seine letzten Zweifel vergessen.

»Und nun ... berühr dich!«, verlangte Mona. »Siehst du das hier?«

Er gehorchte. Ihr Verlangen erregte ihn.

»Stell die Lampe so, dass ich ihn sehen kann!«

Er erhob sich und bog den Schirm der Bürolampe so, dass der Schein die Sitzfläche des Bürostuhls erleuchtete. Dann setzte er sich wieder.

»Prächtig!«, lobte sie mit einem tiefen Seufzer.

Lustvoll beobachtete er, wie sie ihren BH öffnete. Nicht schlecht, dachte er. Vielleicht könnten sie ein paar Gramm Silikon mehr vertragen.

»Bist du geil?«, fragte sie.

»Ich bin geil«, bestätigte er unverzüglich und stöhnte wie zum Beweis laut auf. Seine rechte Hand massierte mittlerweile sein bestes Stück.

»Und nun sag deinen Namen!«, verlangte sie in schmachtendem Ton.

Dieser Wunsch war ihr leicht zu erfüllen. »Ahmed Rahmani!«

»Doktor Rahmani?«, wollte sie wissen, während ihr Körper sich durchbog.

»Dr. Ahmed Rahmani«, bestätigte er keuchend. Kaum hatte er seinen Namen ausgesprochen, stutzte er. »Warum?«, setzte er an, da brach die Leitung plötzlich zusammen. Das Fenster mit Mona war verschwunden. Einen Augenblick blieb er nackt, wie er war, vor dem Bildschirm sitzen und hoffte, dass sich das Fenster jeden Augenblick wieder öffnen würde. Er fühlte sich, als hätte seine Partnerin sich mitten beim Sex unter ihm in Luft aufgelöst.

Nachdem er eine lange Minute regungslos vor dem Monitor verharrt hatte, begann er zu frieren. Um ihn herum lagen seine Kleidungsstücke verstreut. Je länger er so dasaß, desto mehr kam er sich vor, als erwachte er aus einem Rausch.

Was hatte er da gerade nur getan?

Mit einem Mal erschien es ihm so lächerlich. Er würde den Kontakt mit ihr abbrechen. Auch wenn sie jetzt noch einmal versuchen sollte, ihn zu erreichen, er würde nicht mehr antworten. Sein Kopf begann bei der Vorstellung zu glühen, dass er eben noch vor einer ihm eigentlich völlig Fremden masturbiert hatte.

Er war kein Teenager mehr.

Ahmed Rahmani bückte sich, hob die Hose auf und versuchte, seine Shorts aus deren Inneren zu schälen.

Vom Monitor hörte er plötzlich ein Stöhnen. Das klingt wie ich, dachte er. Er hob den Kopf. Dort, wo eben noch Mona sich in einem Fenster auf dem Bildschirm gerekelt hatte, sah er nun ... sich selbst.

»Ich bin geil!«, hörte er sich sagen. Das fahle Licht seiner Bürolampe beleuchtete ihn, wie er zurückgelehnt auf dem Bürostuhl saß, ganz entblößt, außer einem Paar schwarzer Socken, seine Hand in seinem Schritt.

»Dr. Ahmed Rahmani!«, keuchte er nun direkt in die Kamera. Plötzlich blieb das Bild wie eingefroren stehen und zeigte ihn in dieser überaus peinlichen Pose als Standbild.

Sein Herz begann wie wild zu klopfen.

»Was zum Teufel ...«, fluchte er. In diesem Augenblick öffnete sich ein weiteres Fenster auf dem Bildschirm, in dem ein kleiner Cursor wild blinkte. Der Cursor begann, wie von Geisterhand Buchstaben, dann Worte zu schreiben.

Er ließ die Hose zu Boden fallen und beugte sich vor, um zu lesen.

Dieses kleine Video mit Ihnen als Hauptdarsteller wird in weniger als zwei Minuten an alle Ihre E-Mail- und Facebook-Kontakte verteilt. Es sei denn, Sie willigen ein, uns einen Gefallen zu tun. Können wir auf Ihre Unterstützung zählen?

Der Cursor blieb blinkend hinter dem Fragezeichen stehen.

Ungläubig starrte Ahmed Rahmani auf den Bildschirm. Was sollte er tun? All seine E-Mail-Kontakte? Darunter befanden sich all seine Kollegen und, noch schlimmer, all seine Kolleginnen. Ein Großteil seiner Patienten und Patientinnen. Seine Familie. Sogar seine Mutter.

Plötzlich bewegte der Cursor sich wieder.

Sagen Sie laut Ja, wenn Sie uns unterstützen!

Er blickte sich um, als stünde jemand hinter ihm. Sein Blick fiel auf das kleine Loch der Kamera, die oben im Monitor eingebaut war. Ob sie ihn noch immer ...
»Ja!«, krächzte er. Sein Mund fühlte sich staubtrocken an, als hätte er eine Scheibe altes, geröstetes Toastbrot gekaut.
Er wartete, nichts geschah.
»Ja!!«, rief er noch einmal. Diesmal schrie er. Panik stieg in ihm auf.
Der Cursor bewegte sich erneut.
»*Gut. Sie hören von uns. Stichwort ›Mona‹. Es ist für eine gute Sache*«, las er laut ab. Der Cursor stockte. Dann setzte er zu einem weiteren Satz an. »*Entspannen Sie sich. Vielleicht beenden Sie, was Sie begonnen haben.*« Der Cursor schloss mit einem Doppelpunkt, einem Gedankenstrich und einer Klammer: :-)
Das Fenster verschwand und ein Bild erschien. Er stieß einen spitzen Schrei aus. Es zeigte das Foto einer nackten Frau, die große Ähnlichkeit mit Mona hatte. Jedoch war ihr Körper auf bizarre Weise entstellt. Fast wirkte er wie eine Karikatur. Die Augen verschwollen, die Nase grotesk verzerrt. Die Brüste asymmetrisch, eine prall, als würde sie jeden Moment platzen, die andere schlaff wie die einer alten Frau. Der Bauch einer Schwangeren, die Hüften ausgestopft. Die Beine waren merkwürdig verdreht und überzogen mit Haut, so ledrig wie die eines Elefanten. Ihm wurde schlecht.
Seine Hand fuhr hinter den Monitor, tastete nach dem Ausschalter und drückte ihn so lange, bis das Bild von einer Sekunde zur anderen erlosch. Mit der anderen Hand löschte er das Licht der Schreibtischlampe.
Kaum war er in vollkommener Dunkelheit versunken, ließ er sich schwer atmend rückwärts auf den Bürostuhl fallen. Er fühlte sich unendlich erschöpft. Das Leder der Sitzfläche klebte an seiner nackten Haut. In seinen Ohren rauschte das Blut. Angst, Scham und Verzweiflung stiegen in ihm auf.

Ihm kamen die letzten Zeilen auf dem Bildschirm wieder in den Sinn. *Für eine gute Sache ...*
Seine Beine zitterten vor Kälte. Was immer man von ihm verlangen würde, damit diese Aufnahmen von ihm nicht veröffentlicht wurden, er war sich sicher, dass es nichts Gutes sein würde.

9

Acapulco

Greg Millner saß im Büro von Rafael Herrera und war genervt. Genervt von den Fliegen, die aus unerklärlichem Grund im Polizeirevier in Schwärmen unterwegs waren – er hoffte, dies hatte nichts mit der Pathologie im Keller zu tun –, und genervt von der Hitze. Auch um diese Jahreszeit war es in Acapulco drückend heiß, und die Klimaanlage schien ihren Geist aufgegeben zu haben.

Es war sein erster Einsatz nach »der Sache« in Brasilien. Unwillkürlich fasste er sich an die Wange und strich über das vernarbte Gewebe, das sich mittlerweile über dem Einschussloch gebildet hatte. Mit der Zunge strich er über die Reihe falscher Backenzähne. Wieder durchfuhr ihn dieser Schmerz. Phantomschmerzen, hatte der Arzt ihm erläutert. Dennoch warf er sich jeden Morgen ein paar der kleinen roten Pillen ein. Den Schmerztabletten war es vollkommen egal, ob sie Phantomschmerzen oder echte Schmerzen bekämpfen sollten. Nahm er sie nicht, war es nicht auszuhalten.

Seine rechte Hand fuhr blitzschnell empor und schloss sich in der Luft zur Faust. Eine panisch nach einem Ausweg suchende Fliege kitzelte in seiner Handfläche.

»Auf eine erlegte kommen zehn neue«, sagte Herrera und lachte. »Und Vorsicht: Die rächen sich!« Das Telefon klingelte, und der Polizeichef angelte widerwillig den Hörer von der Gabel, als nähme er einen heißen Maiskolben vom Grill.

Millner blickte sich um, und als er weder eine Wand in der Nähe entdeckte, gegen die er das kleine Mistvieh werfen konnte, noch so etwas wie einen Mülleimer, öffnete er langsam die Faust und sah zu, wie ein schwarzer Punkt hektisch gen Decke davontaumelte. Schmeißfliegen wurden gefangen und wieder freigelassen. Willkommen bei der Polizei, dachte er.

Das FBI war mit einer kleinen Einheit von vier Mann nach Mexiko gereist, deren Leiter er war. Aus Platzmangel hatte man sie nicht im Hauptquartier der örtlichen Polizei untergebracht, sondern in einer vor längerer Zeit aufgegebenen Polizeiwache in einem Randbezirk. In der Fassade waren noch die Einschusslöcher von Angriffen der örtlichen Drogenbanden auf das kleine quadratische Gebäude zu erkennen. Irgendwann, so hatte man ihnen erzählt, hatte kein Polizist dort mehr seinen Dienst verrichten wollen, darum hatte man die Station geschlossen. Dem nicht sehr willkommen geheißenen FBI traute man offenbar zu, hier zu überleben – oder hoffte, dass sie es vielleicht auch nicht taten.

Die Mexikaner hatten es aber auch nach zwei Tagen noch nicht geschafft, den Strom in dem Gebäude wieder anzuschalten, und so pendelte Millner nun zwischen dem Büro von Rafael Herrera, dem örtlichen Polizeichef, und dem Gebäude der Bundespolizei, die hier *Policía Federal* hieß, um sich über die neuesten Entwicklungen zu informieren.

Das Deprimierende war, dass es keine neue Entwicklung gab. Sie hofften inständig auf eine Lösegeldforderung, das beste Zeichen, um die Mädchen einigermaßen wohlbehalten wieder nach Hause zu holen. Blieb diese jedoch aus, bedeutete dies, dass sie es womöglich mit Mädchenhändlern zu tun hatten. In diesem Fall würden die Mädchen bestenfalls als Darstellerinnen in illegalen Pornofilmen heimkehren.

Sie hatten zwei Zeugen: den Busfahrer, den die Entführer aus dem Bus geworfen hatten, und einen Bauern, der mit seinem Viehtransporter auf dem Weg in die Stadt gewesen war. Im Gegensatz zu den anderen Augenzeugen des Geschehens hatte der Bauer offenbar nicht mehr schnell genug vor dem Eintreffen der Polizei das Weite suchen können. Immerhin war er nun schlau genug, jegliche Aussage zum Geschehen zu verweigern. Er schwor Stein und Bein, am Steuer seines Autos eingeschlafen zu sein und nichts, aber auch rein gar nichts von dem Überfall mitbekommen zu haben. Selbst als Millner zwei Tage später versucht hatte, ihm etwas zu entlocken, hatte der arme Mann noch am ganzen Leib gezittert. Die Angst vor den Drogenkartellen, die mit roher Gewalt regierten, war in diesem Land einfach übermächtig. Zu viele Zeugen wurden später geköpft, auf Kreuzungen abgelegt oder abschreckungswirksam an Brücken aufgeknüpft. Man wusste, dass man besser den Mund hielt, wenn man überleben wollte.

Nur der Busfahrer schien diese Regel nicht zu beachten. Er redete zwar viel, konnte aber nur wenig erzählen, was ihnen nützlich war. Er habe gekämpft wie ein Löwe, doch die Angreifer seien in der Überzahl gewesen. Sie hätten gesprochen wie Mexikaner, seien aber maskiert gewesen. Immerhin wussten sie dank seiner Aussage, dass es mindestens vier schwer bewaffnete Angreifer gewesen waren. Sie hatten den Bus mit allen Insassinnen gekapert und waren seitdem wie vom Erdboden verschluckt.

In den USA hatte der Fall für großes Aufsehen gesorgt. Die schönsten Töchter aus allen Teilen des Landes hatten in diesem Bus gesessen. Cheerleader, Models, Studentinnen. Das Hübscheste, was Amerikas Mittelstand an weiblichem Nachwuchs zu bieten hatte.

»Ich fürchte, da wird eine von diesen Drogen-Banden gerade viel Spaß haben«, hatte Herrera bei ihrer ersten Begegnung in Acapulco zu ihm gesagt und ernsthaft erschüttert gewirkt. Später hatte Millner erfahren, dass dieser übergewichtige Polizist mit dem Dreitagebart und den stets resigniert dreinblickenden Augen selbst Vater von drei Töchtern war. Bei der Vorstellung, was die Entführer mit ihren Opfern anstellten, rollten sich ihm die Fußnägel auf. Dies war eine der Situationen, in denen man als Polizist aufhören musste weiterzudenken, andernfalls konnte man diesen Job nicht machen.

Er nippte an seinem Kaffee. Der schmeckte ausgezeichnet, sogar besser als im FBI-Büro in Washington.

Herrera saß vor ihm und telefonierte immer noch. Zum ersten Mal, seit er ihn kannte, machte er einen aufgeregten Eindruck. Während er sprach, fixierte er Millner mit zusammengekniffenen Augen, notierte sich etwas, stellte immer wieder Zwischenfragen. Dann legte er auf und runzelte sorgenvoll die Stirn.

»Eines der Mädchen?«, fragte Millner. Vielleicht die erste gute Nachricht, die er in die Heimat melden konnte. »Lebt sie?«

»Das ja«, antwortete Herrera. »Aber sie ist übel zugerichtet. Wurde schon am Tag des Überfalls vor einem Krankenhaus in Chilpancingo abgelegt. Die örtliche Polizei konnte sie jedoch erst heute identifizieren. Als Rachel Wood.«

Millner griff in die Innentasche seines Anzugs und zog ein Blatt Papier heraus. Sein Zeigefinger fuhr über die Zeilen, bis er abrupt stoppte. »Miss Florida«, stellte er fest. »Die Jüngste. Erst sechzehn Jahre alt.«

Herrera stieß einen Fluch in spanischer Sprache aus.

»Wie geht es ihr? Konnte sie schon vernommen werden? Können wir zu ihr?«

Rafael Herrera schüttelte den Kopf. »Sie liegt im künstlichen Koma.«

»Wird sie überleben?«

»Die Ärzte meinen, ja ...«

»Aber?«, fragte Millner.

»Scheint sich so ziemlich alles gebrochen zu haben, was man sich brechen kann. Vor allem im Gesicht. Schönheitskönigin wird sie wohl nicht mehr.«

Millner verstand. Immerhin hat sie es überlebt, tröstete er sich. »Sie sagten, sie wurde schon am Tag des Überfalls abgelegt?«

»Etwa eine Stunde danach.« Millner erhob sich und ging zu einer Karte, die an der Wand des Polizeichefs hing.

Schnell fand er den Ort Chilpancingo nördlich von Acapulco.

»Wie lange fährt man von Acapulco nach dort?«

»Etwa eine Stunde«, sagte Herrera, der sich ebenfalls erhoben hatte und nun neben Millner stand.

»Dann hat sie sich beim Überfall verletzt. Vielleicht bei der Vollbremsung. In so einem Bus ist man nicht angeschnallt«, bemerkte Millner in Gedanken versunken. »Immerhin wissen wir nun, in welche Richtung sie gefahren sind. Wir sollten in Chilpancingo und Umgebung weitersuchen. Ich werde gleich rübergehen und das mit der *Policía Federal* besprechen.«

»Wissen Sie, was ich komisch finde?«, hielt Herrera ihn auf dem Weg zur Tür auf. Millner verneinte. »Dass sie sie nicht haben sterben lassen. Oder sie einfach in einen Graben geworfen haben. Vor einem Krankenhaus abgelegt. So etwas macht man hier normalerweise nicht.«

Millner wollte etwas erwidern, verzichtete dann aber darauf. »Willkommen in Mexiko«, sagte er leise zu sich selbst, während er die Tür des Polizeichefs hinter sich schloss und mit der anderen Hand eine Fliege vor seinem Gesicht verscheuchte.

10

Leipzig

Er näherte sich dem Gebäude vom Naschmarkt aus. Wie auch in den Nächten zuvor. In einem Ladeneingang fand er Deckung und beobachtete den Platz vor ihm. Seine Augen suchten die Fassade des Zielobjektes nach irgendeiner Bewegung hinter den Fenstern ab. Es war ein wirklich stolzes Haus. Er hatte keine Ahnung von Architektur, seine Welt bestand aus Kaminen, dann und wann einmal einer abrissreifen Brücke. Aber dieses Gebäude hatte er auf Anhieb gemocht.

Im gelben Licht der Straßenlaternen leuchtete die Inschrift, die direkt unter der Dachtraufe in großen goldenen Lettern einmal um das gesamte Rathaus herumlief: *Dem Herrn sey allein die Ehre, denn wo der Herr die Stadt nicht bauet so arbeiten umsonst die daran bauen, wo der Herr die Stadt nicht bewachet so wachet der Wächter umsonst,* las er einen Teil der Inschrift und musste unwillkürlich schmunzeln. Schien so, als wachte der Herr in dieser Nacht nicht über Leipzig.

Als er sich vergewissert hatte, dass er auch heute allein unterwegs war, überquerte er den Platz und folgte im Schatten der Fassade der Inschrift, umrundete das Gebäude und stand endlich vor dem Turm auf der Vorderseite. Direkt vor ihm befand sich der Haupteingang zum Alten Rathaus.

Der Turm war nicht in der Mitte des Gebäudes. Dies hatte ihn von Beginn an irritiert. Wer errichtete einen einzelnen Turm an einem rechteckigen Gebäude und setzte ihn auf etwa einem Drittel der Front statt in die Mitte?

Nun ja, vielleicht beim nächsten Mal.

Er reckte den Hals und schaute auf die große Turmuhr, die bei Nacht von einer Lampe bläulich angestrahlt wurde. Sie zeigte kurz nach drei Uhr an.

Gemessenen Schrittes wandte er sich den Rundbögen zu, die an der Vorderseite des Rathauses eine Arkade bildeten. Darin befanden sich eine Gaststätte, Cafés, Souvenirläden. Nun kam der spannendste Moment. Er drückte sich hinter einen der Bögen und atmete auf. Noch immer lehnte dort die Leiter, die er vor zwei Tagen mitgebracht hatte. *Bitte stehen lassen. Die Stadtverwaltung,* stand auf einem kleinen Schild, das er selbst gebastelt hatte. Er hatte darauf spekuliert, dass niemand von der Stadtverwaltung diese Bitte ausschlagen würde. Am ersten Tag würde man die Leiter zur Kenntnis nehmen, am zweiten Tag beginnen, sich über sie zu wundern, und am dritten Tag würde man andere Sorgen haben.

Ächzend holte er sie hervor und lehnte sie seitlich an den kleinen Vorsprung, den der Turm bildete. Mit flinken Bewegungen kletterte er hinauf, besann sich und stieg mit einem leisen Fluch wieder hinab. Er eilte zum Eingang des Rathauses, suchte etwas in seiner Hosentasche, fand es und klebte es an die Tür. Während er noch darüber nachdachte, was es mit der Biene auf sich hatte, strich er den Aufkleber mit seiner schweißnassen Hand notdürftig glatt. Dann hetzte er wieder zurück zur Leiter, zog sich die Sprossen hinauf und erreichte nach etwa fünf Metern einen Balkon mit einer Holzbrüstung, der am Fuße des Turmes direkt über dem Hauptportal des Rathauses lag. Vermutlich einmal so ausgerichtet, um von hier dem Volk zuzuwinken. Kaum war er über das Geländer geklettert, zog er die Leiter hinauf und legte sie auf dem schmalen Balkon ab. Nun würde sie kaum noch auffallen. Und auch er nicht, der daneben kniete. Er prüfte die fünfzehn Löcher, die er in den vergangenen Nächten gebohrt hatte. Jedes einzelne eine dreiunddreißig Zentimeter tiefe Höhle. Er liebte Zahlenspiele. Fünfzehn Löcher, die Quersumme ergab sechs – seinen Geburtstag. Genauso wie die Quersumme von dreiunddreißig.

Wie viel wollen Sie?, hatte der Unbekannte ihn per E-Mail gefragt.

Zunächst hatte er alles für einen Scherz gehalten. *Warum sollte man das tun?*, hatte er vorsichtig entgegnet.

Weil wir es wollen.

Warum ich?, hatte er geschrieben.

Weil Sie es können. Also, wie viel?

Dafür? 600 000, hatte er fantasiert. Quersumme sechs.

Am Ende war er verrückt genug gewesen, darauf einzusteigen, mit einem Bein im Gefängnis, mit dem anderen in der Hölle. Vielleicht auch gelangweilt genug von seinem Leben. Sie hatten sich schließlich nach drei weiteren E-Mails auf 330 000 Euro geeinigt. Dafür bekam man immerhin ein schickes Haus, irgendwo am See.

»Ein Haus für einen Turm«, sagte er leise zu sich selbst. Wieder musste er schmunzeln. Sich ein Lächeln bewahren, auch in kritischen Situationen. Das hatte ihn immer ausgezeichnet.

Schon als er noch im Bergbau tätig gewesen war, tief unter der Erde, im Notfall mit Sauerstoff für eine Stunde und nur einem Fluchtweg im Rücken.

Er griff in die schwarze Reisetasche und beförderte die sechs Kilogramm Ammongelit hervor, die er in den vergangenen Wochen in kleinen Portionen in der Firma entwendet hatte.

Die Sprengmaterialien waren selbstverständlich sehr gut gesichert. Aber er war klug. Viel klüger, als sein Chef dachte. Und wenn man wie sein Boss fast sein ganzes Leben lang als »Sprengberechtigter« mit diesem Zeug hantierte, verlor man irgendwann den Respekt. Und damit auch die Vorsicht. Und das galt für die Lagerung ebenfalls.

Er rechnete noch einmal im Kopf nach. Vierhundert Gramm in jedes Bohrloch. Mit routinierten Handgriffen ging er vor. Installierte die Zündung. Die Uhr über ihm schlug halb vier, drei Uhr dreißig, Quersumme sechs. Nun kam der für ihn schwierigste Teil. Diesmal musste er ohne Leiter hinab. Sie würde das Einzige sein, was er zurücklassen musste – in Millionen von Teilen.

Er holte das Seil aus seiner Tasche und befestigte es an seinem Hüftgurt. Dann seilte er sich vorsichtig ab.

Unten angekommen, stopfte er alles in die Tasche und sah zu, dass er rasch Entfernung zwischen sich und das Rathaus brachte.

Er suchte erneut Deckung in einem Hauseingang, den er schon vor Tagen ausgewählt hatte. Von dort aus hatte er hervorragende Sicht, ohne selbst zu exponiert zu sein. Und er konnte hinterher rasch in der Gasse neben dem Haus verschwinden. Der Turm würde zwar in seine Richtung fallen, aber weit vor ihm aufkommen.

Die alte Fallschlitzmethode. Das Ammongelit würde in den Turm eine Fallkerbe hineinsprengen, wie beim Baumfällen. Und dann würde er kippen. So hoffte er zumindest. So funktionierte es bei den alten Kaminen. Einen Turm dieses Ausmaßes hatte er noch nie gesprengt.

Im Augenwinkel nahm er eine Bewegung wahr. Ein Schatten bewegte sich aus dem Barfußgässchen auf den Markt vor dem Rathaus zu. Er kniff die Augen zusammen. Der torkelnde Gang eines Betrunkenen.

Sein Blick wanderte zur Turmuhr. Der Mann bewegte sich langsam voran. Genau auf den Fallschatten des Turmes zu.

Er fluchte.

Nun regte sich auch etwas auf der gegenüberliegenden Seite des Marktes, und er konnte nicht glauben, was er sah. Ein Polizeiwagen näherte sich im Schritttempo aus der für den normalen Autoverkehr gesperrten Fußgängerzone. Wieder fluchte er still in sich hinein. Bis hierhin hatte alles reibungslos geklappt. Und nun das! Vielleicht hatte ihn jemand beobachtet und die Polizei alarmiert? Er schaute zum Turm. Wenn er jetzt sofort zündete, dürfte dies für genügend Ablenkung sorgen, um zu entkommen.

Allerdings – der Betrunkene stand nun genau vor dem Rathaus, vielleicht dreißig Meter von den Sprengladungen entfernt. Sein Kopf drehte sich wieder zum Polizeiwagen. Dieser war jetzt noch hundert Meter entfernt. Gleich würden die Polizisten ihn sehen können.

Ihm fiel der Spruch von der Rückseite des Rathauses wieder ein. Wie lautete der noch gleich? »Wo der Herr die Stadt nicht bewachet, so wachet der Wächter umsonst.«

Wieder sah er zu dem Betrunkenen hinüber. Dieser hatte sich gerade einmal zwei Schritte fortbewegt.

Er schaute auf den Zünder in seiner Hand. Dachte an das Geld.

Dann lächelte er.

11

Boston

Es war nicht das erste Mal, dass sie mit einem Privatjet flog. Auf dem Höhepunkt ihrer Modelkarriere war sie mehrfach von Designern mit deren Learjet eingeflogen worden. Das war jedoch lange her, und niemals zuvor war sie der einzige Passagier gewesen, so wie diesmal.

Während der Logan Airport unter ihr immer kleiner wurde, wandte sie den Blick zum Horizont. Tränen stiegen ihr in die Augen, als sie an das Telefonat mit der Klinik dachte.

»Merkwürdig, dass Sie sich ausgerechnet jetzt nach Madeleine erkundigen. Gerade wollten wir Sie anrufen – es scheint so, als wäre sie verschwunden«, hatte Dr. Reid sich gemeldet, nachdem sein Vorzimmer sie zu ihm durchgestellt hatte.

»Verschwunden?«, hatte Helen in das Telefon gerufen. Und diesmal war es ihr egal gewesen, ob jemand im Park sich nach ihr umdrehte.

»Leider scheint es so«, hatte Dr. Reid bedrückt bestätigt. »Ihr Zustand hatte sich dramatisch verschlechtert. Ein Rückfall. Aus heiterem Himmel. Sie verschwand aus einer Sitzung mit mir, und seitdem hat sie niemand mehr gesehen. Wir haben alles abgesucht. Und da auch ein paar Sachen verschwunden sind ... jedenfalls hoffte ich, Sie hätten vielleicht etwas von ihr gehört. Daher wollte ich Sie gerade kontaktieren.«

»Nein, ich habe nichts von ihr gehört!«, hatte sie mit sich überschlagener Stimme geantwortet und das Gefühl gehabt, als öffnete sich der Boden unter ihr. »Was ist mit ihrem Handy?«, war ihr noch eingefallen, obwohl die Gedanken in ihrem Kopf Achterbahn fuhren.

»Das haben wir in ihrem Zimmer gefunden. Sie hat es nicht mitgenommen. Die ganze Sache ist mir wirklich sehr unangenehm, wie Sie sich vorstellen können. Das sollte normalerweise nicht passieren. Aber es ist auch nicht das erste Mal, dass ein

Patient abgängig ist, und bislang sind sie alle wieder wohlbehalten zurückgebracht worden. Glauben Sie mir, sie kann hier nicht weit kommen. Die Gegend um die Klinik ist sehr einsam ...«

»Sehr einsam?« Helen hatte nach Luft geschnappt, und während sie die aufsteigenden Tränen niederkämpfte, kam die Frage, die sie befürchtet hatte.

»Haben Sie vielleicht Verwandte in Warschau?«, hatte Dr. Reid gefragt und, ohne ihre Antwort abzuwarten, weitergesprochen. »Wir haben in ihrem Zimmer einen Brief gefunden, und es klingt wie ein Liebesbrief. Unterzeichnet ist er von einem Pavel, und als Absender ist eine Adresse in Warschau angegeben. Zudem haben wir einen leeren Umschlag für Flugtickets entdeckt ...«

Wie in Trance hatte sie die Adresse in Warschau notiert, sich versichern lassen, dass Dr. Reid die Polizei informierte, und das Gespräch dann beendet. Nach einigen Minuten, in denen sie verzweifelt versucht hatte, sich zu beruhigen, hatte sie diesen Patryk Weisz in Warschau angerufen.

»So etwas habe ich bereits befürchtet«, kommentierte er die Nachricht vom Verschwinden ihrer Tochter niedergeschlagen. »Scheint so, als wären sie zusammen durchgebrannt.«

Helen drehte sich bei dieser Vorstellung der Magen um. Keine halbe Stunde später – sie war auf dem Heimweg in ihr Apartment – rief Patryk Weisz sie erneut an.

»Ein Freund von mir arbeitet bei der Flugaufsicht, und er hat Zugang zu Daten, zu denen er eigentlich keinen Zugang haben dürfte. Er hat mir gerade bestätigt, dass eine Madeleine Morgan gestern Abend mit American Airlines über Wien nach Warschau geflogen ist.«

Bei dem Gedanken, wie ihre Tochter allein nach Warschau flog, wurde Helen schwindelig. Sicher war Madeleine nicht mehr das kleine Mädchen, das Helen immer noch vor sich sah, wenn sie an sie dachte. Mit den wunderschönen Locken und den großen, fragenden Augen. Madeleine war sechzehn, so alt, wie sie selbst gewesen war, als sie für das Modeln entdeckt wurde ... Ein Frösteln erfasste sie. Bei ihr hatte das Modeln die Kindheit beendet, bei Madeleine die Krankheit. Die Krankheit hatte ihr Madeleine schon vor einiger Zeit entrissen. Sie lebte nun Tausende Meilen entfernt von ihr in einer Klinik. Es verging kein Tag, keine Stunde, in der sie ihre Tochter nicht vermisste. Aber Helen hatte versucht, sich damit zu trösten, dass sie dort in guten Händen sei, schenkte man den Ärzten Glauben, in besseren Händen als zu Hause. Aber dass Madeleine, ohne mit ihr Kontakt aufzunehmen, aus der Klinik geflohen und allein nach Europa geflogen sein sollte, ohne jede Aufsicht, dieser Gedanke machte ihr große Angst.

»Kommen Sie her!«, forderte Patryk, als ein weiterer Anruf mit derselben Vorwahl wie die Rufnummer der Klinik einging.

Am anderen Ende der Leitung meldete sich ein Polizist. Der Klinikdirektor hatte ihre Mobilfunknummer an die örtliche Polizeidienststelle weitergegeben. Ob Madeleine Probleme gehabt habe, fragte der Beamte, und Helen erwiderte barscher als eigentlich beabsichtigt, dass ihre Tochter ansonsten kaum in einer psychiatrischen Klinik gewesen wäre. Danach ließ das Interesse des Beamten an einer Aufklärung des Falles merklich nach. Die Klinik habe einen Liebesbrief gefunden, ob sie etwas zu dem vermeintlichen Freund sagen könne.

Helen zwang sich, von Patryk Weisz' Vater in Polen zu erzählen. Zuzugeben, dass die Tochter möglicherweise mit einem fünfzig Jahre älteren Mann angebändelt hatte, fiel ihr nicht leicht. Wer würde Madeleines Verschwinden dann noch ernst nehmen? Sie beschloss, auch von den vertraulichen Informationen von der Flugsicherung zu berichten. Es war nicht ihr Problem, wenn Patryk Weisz' Freund Ärger bekommen sollte.

Erwartungsgemäß machte dies den Beamten stutzig. Ob sie den Namen des Mitarbeiters der Flugsicherung habe? Wie er dazu komme, geheime Fluggastdaten weiterzugeben? Dies sei ein Bundesvergehen. Das war der Moment gewesen, in dem Helens Nerven nicht länger mitgespielt hatten. Sie hatte in den

Hörer geschrien, um den Beamten wieder auf die richtige Spur zu bringen, die Spur ihrer Tochter. Am Ende verabschiedete der Polizist sich höflich, aber lustlos. So wie es scheine, fügte er hinzu, sei die Vermisstenanzeige eher etwas für die polnischen Kollegen. Er wolle sich einmal erkundigen, wie er nach Warschau Kontakt aufnehmen könne.

Voller Wut über die Trägheit der Polizei schenkte Helen sich in ihrem Apartment einen Cognac ein und stürzte ihn hinunter. Sie mochte Alkohol nicht sonderlich, aber in dieser Situation schien ihr ein Glas verzeihlich. Zwei endlose Stunden und zwei Cognac später, in denen sie das Handy vor sich angestarrt hatte, rief Weisz junior sie ein weiteres Mal an. Ihre Erzählung von dem Telefonat mit dem Polizisten schien ihn nicht zu überraschen. Den Teil mit der Flugsicherung hatte sie ausgelassen.

»So wie ich es sehe, können Sie zu Hause auf dem Sofa auf Nachricht von den polnischen Behörden warten, oder aber Sie kommen jetzt nach Warschau, und wir suchen Ihre Tochter zusammen«, hatte er vorgeschlagen. »Ich chartere für Sie einen Privatjet, mit dem sind Sie in wenigen Stunden hier.«

Noch in der Nacht war sie zum Flughafen gefahren und kurz darauf in den von Patryk Weisz gecharterten Learjet gestiegen.

Ihr Blick fiel nun auf das Gepäck, das ihr gegenüber auf einem freien Ledersessel lag. Sie hatte in der Kürze der Zeit Kleidung für eine Woche gepackt. Ihre Tasche mit den Schablonen für die Untersuchungen im Louvre hatte sie ebenfalls mitgenommen. Wenn alles gut ging, würde sie Madeleine in Warschau finden und mit ihr gemeinsam von dort nach Paris weiterfliegen. So wie es aussah, brauchten sie dringend ein wenig Zeit miteinander. Wenn alles gut ging ...

Wieder musste Helen gegen einen Weinkrampf ankämpfen. Sie hatte in den vergangenen Stunden auf viele Arten versucht, sich zu beruhigen, die schrecklichen Gedanken aus ihrem Kopf auszusperren, doch sie war nicht besonders gut darin, positiv zu denken. Ihre Tochter und ein alter Milliardär gemeinsam in

Polen? Sie konnte es immer noch nicht glauben. Helen hatte von solchen Beziehungen schon gehört, die sich über das Internet anbahnten. Von lüsternen Senioren, die dort nach Kontakten zu Minderjährigen suchten. Aber ihre Madeleine? Aus einer geschlossenen Klinik in den USA nach Warschau zu fliehen? Das war für Helen immer noch unvorstellbar. Wenigstens schien sie in dem Sohn von diesem Pavel Weisz einen Verbündeten gefunden zu haben, der über die Ereignisse genauso erschrocken zu sein schien wie sie.

Durch das Kabinenfenster betrachtete sie die Wolken, die sich wie düstere Schatten vor dem Horizont abzeichneten.

»Wo ist Oma?«, hatte Madeleine gefragt, als Helens Mutter Ruth vor sieben Jahren gestorben war. Es war kein schneller Tod gewesen. Und er war nicht überraschend gekommen. Tapfer hatte Ruth gegen den Krebs gekämpft und irgendwann den Kampf verloren. Und obwohl Helen genügend Zeit gehabt hatte zu überlegen, wie sie Madeleine auf den Tag vorbereiten würde, hatte sie, als der Anruf aus der Klinik gekommen war, dagestanden und nicht gewusst, was sie sagen sollte. Grandma war für Madeleine so etwas wie eine zweite Mutter gewesen. Wenn Helen ehrlich war, vielleicht sogar mehr als das. Während sie studierte, hatte Ruth sich um Madeleine gekümmert. Es hatte Tage und Wochen gegeben, da hatte Madeleine mehr Zeit mit ihrer Oma verbracht als mit ihr. »Alles, was du tust, tust du für sie«, hatte ihre Mutter versucht, sie zu trösten, wenn Helen wieder einmal schluchzend festgestellt hatte, was für eine Rabenmutter sie doch war. »Madeleine wird sehr stolz auf dich sein, wenn du einmal Medizinerin bist. Und du wirst ihr eine rosige Zukunft ermöglichen können.« Dann hatte ihre Mutter ihr über die Haare gestrichen, und es war, als würde sie damit all die bösen Gedanken aus ihrem Kopf vertreiben. Genauso wie sie selbst seit dem Tag, an dem ihre Mutter für immer gegangen war, Madeleine immer über das Haar strich, wenn sie einmal traurig war. Helen atmete schwer ein.

»Oma ist im Himmel. Über den Wolken«, hatte sie Madeleine schließlich gesagt. »Sie schaut auf uns herab und wacht von da oben über uns.« Madeleine war zum Fenster gelaufen, hatte die Gardine zur Seite geschoben, in den regenverhangenen Himmel geschaut und ihre Hand auf die Fensterscheibe gedrückt.

Tränen stiegen in Helen auf, als ihr Blick über den Horizont schweifte. »Pass auf unsere Kleine auf, Mama!«, flüsterte sie und legte ihre Handfläche auf das kalte Fensterglas. Für einen winzigen Moment fühlte sie so etwas wie Erleichterung, doch dann kam die Besorgnis zurück. Sie zog die Jalousie herunter und griff, um sich abzulenken, nach einer Tageszeitung, die im Flugzeug auslag. Helen blätterte sie unkonzentriert durch. Das Drama um Miss Massachusetts, die mit anderen Beauty Queens in Mexiko verschwunden war, ging in die zweite Woche. Heute kamen die Eltern des verschwundenen Mädchens zu Wort. Seite drei zeigte ein Foto von ihnen, im Zimmer der Tochter, die Mutter weinend. Die tragische Geschichte erinnerte Helen wieder schmerzlich an Madeleine. Genauso gut hätte man sie im verlassenen Jungmädchenzimmer ihrer Tochter fotografieren können.

Helen blätterte schnell weiter. Eine Aufnahme von einem Haufen toter Bienenkörper sprang ihr entgegen. In Brasilien hatte ein unbekanntes Virus ganze Bienenvölker getötet. Merkwürdigerweise wurden mittlerweile ganz ähnliche Fälle aus China gemeldet. Schrecklich. Sie legte die Zeitung weg, denn sie konnte sich nicht auf die Lektüre konzentrieren, und schloss die Augen.

Ein unruhiger Schlaf überkam sie, voller düsterer Traumbilder.

12

Acapulco

Darren, wegen seiner Ähnlichkeit zu Präsident Obama im Team nur Barack genannt, saß auf einer von acht Kisten Cola. Als eine der ersten Handlungen nach ihrer Ankunft in Acapulco hatten sie von einem benachbarten Getränkehändler Cola kommen lassen. Im Gegensatz zur US-Coke wurde sie in Mexiko noch mit echtem Rohrzucker hergestellt und in richtigen Glasflaschen ausgeliefert. In Washington musste man für eine mexikanische Cola in Szene-Restaurants oder Bars das Zehnfache einer normalen Coke ausgeben.

Nicht, dass sie nicht ernstere Sorgen gehabt hätten.

Aber wenn man seinen Dienst schon Tausende Meilen entfernt von der Heimat in einer ehemaligen, verlassenen Polizeistation mitten im Drogenkriegsgebiet leisten musste, dann lag es an einem selbst, sich ein paar kleine Annehmlichkeiten zu schaffen. Und Zucker und Koffein konnten sie gut gebrauchen.

Millner, der gerade aus dem Krankenhaus zurückkam, wischte sich mit dem Ärmel den Schweiß von der Stirn, nahm eine der warmen Flaschen und öffnete sie mit seinem Feuerzeug. Eine Schaumkrone quoll heraus, und Cola lief den Flaschenhals hinunter.

»Verdammter Mist, wir brauchen Strom«, fluchte Millner und hielt die Flasche mit ausgestrecktem Arm möglichst weit von sich entfernt, um ja keinen Tropfen abzubekommen.

»Habe gestern Morgen noch einmal Druck gemacht. Angeblich kommt heute Nachmittag ein Techniker von den Stadtwerken. Dann funktioniert auch endlich der Kühlschrank«, entgegnete Barack und betrachtete amüsiert Millners Versuche, den sprudelnden Flaschenvulkan in seiner Hand in den Griff zu bekommen.

Baracks Miene verdüsterte sich, als er an Millners Gürtel eine in Plastik eingeschweißte Zugangskarte mit einem schlechten Polaroid-Foto seines Partners entdeckte. *Galenia Hospital*, stand in grauen Lettern darüber. »Du warst bei der Kleinen?«, fragte er.

Millner nickte. »Sie ist wieder bei Bewusstsein, erinnert sich aber an nichts.«

»Und was ist übrig von ihr?«

Millner antwortete nicht sogleich, sondern führte die immer noch tropfende Flasche vorsichtig an den Mund und nahm mit spitzen Lippen einen kräftigen Schluck, dem er ein genussvolles Ächzen folgen ließ. »Sie ist sehr süß!«, sagte er schließlich.

»Miss Florida?«

Millner schüttelte den Kopf und nahm einen weiteren Schluck. »Die Cola, du Idiot! Die Kleine ist wirklich übel zugerichtet. Sieht aus wie nach einem Boxkampf.«

»Hauptsache, sie lebt. Und wer weiß, was ihr erspart bleibt!«, gab Barack unbeeindruckt zu bedenken.

Millner nickte.

»Dann sind wir immer noch nicht schlauer«, sagte sein Kollege missmutig.

»Wo sind die anderen?« Millner deutete in den ansonsten leeren Raum.

»Sergio ist bei der Policía Federal, und Thomas besorgt was zu essen.«

Millner nickte, lockerte die Krawatte um seinen Hals und ließ sich auf einen der abgewetzten Bürostühle fallen. Einige Augenblicke starrte er auf die halb leere Cola-Flasche in seiner Hand. »Ich verstehe es nicht ...«, sagte er kopfschüttelnd. »Die haben eine Straßensperre aufgebaut, als hätten sie genau auf diesen Bus gewartet. Verschwinden damit spurlos, und nun melden sie sich nicht. Keine Lösegeldforderung – nichts. So viele Geiseln muss man erst einmal verstecken.«

Barack kratzte sich nachdenklich am Kinn, ohne etwas zu erwidern.

»Oder doch Mädchenhändler. Vielleicht erhoffen sie sich bei so hübschen Mädchen besonderen Profit«, fuhr Millner fort.

Seine Kiefermuskeln spannten sich an, als würde er auf etwas besonders Hartem herumbeißen.

Plötzlich fasste Barack sich an die Stirn. »Du sollst übrigens im Headquarter anrufen. Keller hat vor etwa drei Stunden versucht, dich zu erreichen.«

Millner zog ein Mobiltelefon aus der Hosentasche und checkte das Display. »Ich hatte es im Krankenhaus ausgestellt ...«

»Keller meinte, du kennst dich in Brasilien aus«, bemerkte Barack belustigt.

»Brasilien?«, fragte Millner besorgt und trank den Rest der Cola in einem Zug aus. Dann musterte er das rot-weiße Etikett der Flasche, als könnte er nicht glauben, was darauf stand. »Das bedeutet nichts Gutes«, bemerkte er gedankenverloren. Er griff nach seinem Smartphone und wählte Kellers Nummer.

13

Florenz, um 1500

Seit drei Wochen ist der Fremde nun schon bei uns. Er hat einen komplizierten, fremdländischen Namen. Ich nenne ihn lo straniero, der Fremde. Auch Leonardo hat ihn vom ersten Moment an in sein Herz geschlossen. Was Leonardos Muse Salai natürlich nicht gefällt.

»Er hat eine schwarze Seele«, hat Salai gestern zu mir gesagt und dabei so eifersüchtig dreingeschaut, dass man ein Gemälde davon hätte anfertigen können.

»Das sagen die anderen Schüler auch über dich«, habe ich ihm geantwortet und mit dem Lappen nach ihm geworfen.

Lo straniero hat es, dem Herrn sei Dank, nicht mitbekommen. Er war mit Leonardo in den Feldern. Um ihn der Wahrheit näher zu bringen, wie er sagte. Um ihm seinen Anus zu zeigen, wie Salai meinte.

Es ist erstaunlich: Obwohl lo straniero an Lebensjahren deutlich jünger sein muss als Leonardo und ich, scheint er so etwas wie ein Lehrer zu sein.

Und wir seine Schüler. Alles, was er sagt, klingt, als wäre es wahr. Er redet viel von Wahrheit. Von Wahrhaftigkeit.

Und von einem bestimmten Maß des Herrn, nach welchem dieser die Welt erschuf. Dieses gilt es zu erkennen, so lo straniero, strebt man nach Wahrhaftigkeit. Noch verstehe ich es nicht genau. Aber er hat mich nach einer Bienenzucht gefragt, um es zu erklären. Morgen in aller Frühe werden wir zu meinen Klosterbrüdern gehen und die dortige Imkerei besuchen. Lo straniero bat mich auch, ihm eine Helianthus annuus zu besorgen, doch um diese Zeit blühen sie nicht, die Sonnenblumen. Weiß er das denn nicht?

14

Warschau

Die Mütze des Chauffeurs war ein wenig zu klein, erregte gerade deshalb Helens Aufmerksamkeit. Der Kopf konnte seit der Anschaffung kaum gewachsen sein. Teilten sich vielleicht mehrere Fahrer eine einzige Kopfbedeckung? Angesichts der Luxuslimousine, in der sie saß, eine abwegige Vorstellung.

Der Fahrer hatte sie direkt vom Rollfeld abgeholt und im Namen von Mr. Weisz in Warschau willkommen geheißen. Gleich nach der Ankunft hatte sie ihr Telefon vergeblich auf Nachrichten geprüft. Weder die Klinik noch die Polizei noch Madeleine selbst hatten sich gemeldet. Eine weitere Ewigkeit ohne ein Lebenszeichen von Madeleine.

Vor einer guten halben Stunde hatten sie die Autobahn verlassen und fuhren seitdem über Landstraßen durch erstaunlich dünn besiedeltes Gebiet. Ab und zu unterbrach ein von Bäumen umgebenes Gehöft die weiten Felder. Die Dörfer, die sie durchquert hatten, waren kaum mehr als eine zufällige Ansammlung von Häusern. Es war später Nachmittag, doch noch immer lag über allem ein nebliger Schleier. So schön der Herbst zu Hause in Neuengland war, so deprimierend wirkte sein düsteres Kleid hier auf sie.

Das Fahrzeug wurde plötzlich langsamer und bog in einen schmalen Weg ein. Keine offizielle Straße, wie Helen registrierte. Ein rot-weißes Schild verbot die Durchfahrt.

Ihr wurde ein wenig mulmig. Wieder starrte sie auf die Mütze des Fahrers.

Dieser neigte den Kopf zur Seite, als hätte er ihren Blick gespürt. »Wir sind jetzt gleich da«, sagte er.

Seine Stimme klang vertrauenerweckend. Helen zwang sich zu einem Lächeln und nickte zum Dank für die Auskunft.

Natürlich besitzt Pavel Weisz eine Privatstraße als Zufahrt, sagte sie sich. Learjet, Bentley, Chauffeur – all dies überraschte sie nicht, nachdem sie nach der Landung ein wenig in ihrem Smartphone über diesen Pavel Weisz recherchiert hatte. Er war in den Neunzigerjahren mit Anti-Viren-Software zu Reichtum gelangt; Forbes schätzte sein Vermögen auf über zehn Milliarden Dollar. Nachdem er vor einigen Jahren als einziger Passagier einen Hubschrauber-Absturz überlebt hatte, hatte er sich offenbar von den letzten Anteilen seines Unternehmens getrennt und komplett zurückgezogen.

Zu seinem Sohn, Patryk Weisz, hatte Helen nicht viel finden können. Ein Foto einer universitären Ruderstaffel, auf dem ein junger Mann inmitten seiner Mannschaftskollegen scheu lächelnd in die Kamera blickte. Ein Bild bei Facebook, auf dem das Gesicht zum großen Teil von den gespreizten Fingern einer Hand verdeckt war.

Es schien so, als mied die Familie Weisz trotz ihres Reichtums das Licht der Öffentlichkeit.

Die Straße schlängelte sich durch eine schmale Allee, deren Bäume schon die Blätter verloren hatten, und endete schließlich vor einem großen, blickdichten Eisentor. Zu beiden Seiten schloss sich eine gut drei Meter hohe Mauer an, die zusätzlich mit einer Stacheldraht-Krone gesichert war.

Wie der Eingang zu einem Gefängnis, dachte Helen.

Der Fahrer stoppte das Fahrzeug und griff zu einem Handy. Er wählte eine Nummer, sprach ein paar Fetzen Polnisch. Dann schwangen die beiden Flügel des Tores wie von Geisterhand zu beiden Seiten auf, und sie fuhren hindurch.

Langsam rollten sie einen breiten Weg hinauf. Split knirschte im Radkasten neben Helens Sitz.

Als bildete die große Mauer eine künstliche Vegetationsgrenze, befanden sie sich nun in einer vollkommen anderen Umgebung. Die graue Tristesse der polnischen Herbstlandschaft war dem satten Grün eines Parks gewichen, dessen Rasen wie ein Teppich aussah. Exotische Baumarten warteten mit bunten Blätterkleidern auf, Helen erkannte sogar ein paar Palmen.

Doch auch hier war es nicht gänzlich gelungen, die Jahreszeit auszusperren. Laub bedeckte den Boden, Pilze schossen in kleinen Gruppen aus der Erde. Hier und da spross Unkraut. Es genügte, um den Eindruck einer perfekt gepflegten Landschaft zu zerstören. Als wäre der Gärtner vor Kurzem verstorben.

Wege aus Kies schlängelten sich parallel zu der Auffahrt, gesäumt von Stein-Skulpturen. Was Helen zunächst für Fabelwesen oder Drachen hielt, entpuppte sich beim genaueren Hinsehen als Monster.

Fratzen mit weit aufgerissenen Augen, triefenden Mäulern und spitzen Zähnen starrten ihr entgegen. Wie Geschöpfe aus der Hölle.

Sie passierten die allein stehende Figur einer alten Frau. Eine Nase wie ein Keil, die Augen zwei tiefe in den Stein gebohrte Löcher. Die nackte Haut sah faltig aus, als wäre der Stein, aus dem sie gearbeitet war, im Laufe der Zeit eingelaufen. Am Körper hingen zwei ebenso schrumpelige Brüste, bis hinunter zum dicken Bauch. Darunter die Andeutung des Schambereichs. Unverhüllt und runzelig. Die Beine dürr und klapprig, als wären sie rein physikalisch gar nicht in der Lage, den Rest der schweren Figur zu stützen. Eine Hexe, kam Helen in den Sinn, als der Wagen plötzlich anhielt. Jetzt erst bemerkte sie, dass sie das Portal eines herrschaftlich wirkenden Hauses erreicht hatten. Wieder spürte sie ein Frösteln. Was auf den ersten Blick wirkte wie eine Kulisse aus dem Film *Vom Winde verweht*, stellte sich auf den zweiten als düstere Kopie heraus. Noch nie zuvor hatte sie ein Haus gesehen, das ganz aus schwarzem Stein bestand. Das war jedoch nicht das Auffälligste. Sie musste einmal blinzeln, um sich zu vergewissern, dass ihre Augen ihr keinen Streich spielten. Alles, was sie sah, war asymmetrisch.

Keine der mächtigen Säulen, die das Vordach stützten, hatte dieselbe Breite. Einige waren rund, andere eckig. Manche waren aus einem Stück gearbeitet, andere gemauert. Die Fenster waren unterschiedlich hoch und breit, und schienen außerhalb jeder Flucht errichtet zu sein. Wenn der Jetlag ihr keinen Streich spielte, war das ganze Haus schief.

Die Autotür wurde aufgerissen, und Helen schaute in das Gesicht eines bernhardinergesichtigen Butlers.

»Willkommen, Miss Morgan«, begrüßte er sie in tadellosem Oxford-Englisch. Das Muster eines Tweed-Stoffes kam ihr beim Klang seiner Stimme in den Sinn und verschwand sofort wieder.

Sie ergriff seine weiß behandschuhte Hand und ließ sich dankbar beim Aussteigen helfen. Leise ächzend streckte sie sich. Gerade wollte sie auf ihre Taschen hinweisen, als sie einen weiteren Bediensteten bemerkte, der, vom Kofferraum kommend, schon mit ihrem Gepäck auf den Hauseingang zusteuerte. »Die hier nehme ich selbst«, sagte sie und griff nach der großformatigen Tasche mit ihren Arbeitsutensilien, die sie nur ungern aus den Augen ließ.

»Wir bringen Ihr Gepäck gleich in Ihr Zimmer. Mr. Weisz erwartet Sie bereits«, erwiderte der Mann mit dem Hundegesicht und deutete auf die offene Haustür.

»Danke«, entgegnete sie. Schon wurde die Autotür zugeschlagen, und der Bentley rollte majestätisch davon.

Als sie sich dem Treppenpodest näherte, das mit wenigen Stufen hinauf zum Eingang führte, fielen ihr auf der Vorderseite des Vordachs eingearbeitete Steinfiguren auf. Die gleichen Kreaturen wie im Garten, die geifernd und hämisch grinsend auf sie herabblickten und ihre langen Klauen nach ihr ausstreckten.

Dämonen, dachte sie.

Während sie durch den Eingang schritt, meinte sie einen kalten Luftzug zu spüren.

Besser, sie schrieb Betty bei nächster Gelegenheit eine Mail, wo sie sich aufhielt.

15

Florenz, um 1500

Lo straniero ist ohne jeden Zweifel wunderschön. Noch schöner als Salai. Manchmal scheint es so, als leuchtete sein Antlitz im Dunkeln. Seine Haut ist glatt wie Eis. Als er heute Morgen noch schlief und die Sonne einen Strahl auf ihn warf, haben Leonardo und ich sein Gesicht heimlich vermessen. Einmal fürchteten wir, er würde erwachen, doch er hat geschlafen wie ein Säugling. Es ist verblüffend: Alles ist ganz symmetrisch. Als wäre es mit dem Zirkel entworfen worden. Leonardo hat eine Skizze angefertigt, die er nun studieren möchte. Ich habe ihn gewarnt, dass der Fremde es nicht erfahren darf. Habe ihm verdeutlicht, dass wir ihn auf keinen Fall verärgern dürfen. Es ist nicht sein Zorn, den ich fürchte, sondern dass er uns verlassen könnte.

Heute hat er mir ein Buch übergeben. Er trägt es zusammen mit neun anderen bei sich. Alle wirken ebenso alt wie wertvoll. Ich war mir sicher, dass es Bibeln sind. Doch ich habe mich geirrt. Jedenfalls sind es keine Bibeln, wie wir sie kennen. Dennoch hat der Inhalt mich sogleich in seinen Bann gezogen. »Lest es, solange ich bei Euch weile«, hat der Fremde gesagt. Die erste Nacht habe ich über den Büchern durchwacht. Und auch Leonardo kann sich, seit er die ersten Zeilen gelesen hat, kaum mehr seiner Arbeit widmen. Mir fehlen die Worte, um die Magie zu beschreiben, die von diesen Werken ausgeht. Es ist wie Nektar.

Übrigens: Wir haben die Imkerei des Klosters besucht. Zunächst wussten wir nicht, worauf der Fremde hinauswollte. Doch dann hat er eine Honigwabe herausgebrochen und einige Bienen getötet und uns Erstaunliches gezeigt.

»Wie bei den Blumen neulich!«, hat Leonardo ausgerufen, und der Fremde hat genickt, wie ein Lehrer nickt, wenn sein Schüler endlich versteht. Ich muss zugeben, dass ich in diesem Moment den Schmerz der Eifersucht in meiner Brust gespürt habe. Ich bin nicht Salai, habe ich versucht, mich zu zügeln. Leonardo kann seitdem das Vermessen nicht mehr lassen.

»Schaut in diese Bücher, dann werdet Ihr alles verstehen«, hat der Fremde gesagt. Es ist kompliziert. Aber mit jedem Tag, an dem er bei uns ist, habe ich das Gefühl, dass alles um mich herum Lüge ist. Langsam hebt sich der Schleier, der uns Menschen den Blick auf das Wahre verstellt. Es ist wie eine zweite Geburt.

Ich hoffe, er bleibt ewig.

16

Warschau

Nachdem sie das Foyer betreten hatten, war der Butler mit ihrem Gepäck durch eine große Flügeltür verschwunden. Noch während Helen besorgt ihrer großen Schultertasche mit dem wertvollen Inhalt hinterherblickte, räusperte sich jemand leise neben ihr. Ein weiterer Bediensteter hatte sich ihr unbemerkt genähert und sie von der Seite angesprochen. Er quittierte ihren erschrockenen Laut mit einem verlegenen Lächeln und deutete auf eine Tür, die von der Eingangshalle abging.

Helen folgte dem Mann über den weißen Marmorboden, vorbei an Säulen, die bis unter die mehrere Meter hohe Decke reichten. In der Mitte des Foyers erhob sich eine mächtige Steintreppe, die ins Obergeschoss führte. Helen fühlte sich an eine Schlossbesichtigung erinnert, an der sie vor Jahren auf einer Europareise teilgenommen hatte.

Dies änderte sich, als sie den nächsten Raum betraten. Ein tiefroter, hochfloriger Teppich, dunkelbraune schwere Ledermöbel, der Geruch nach kaltem Zigarrenrauch und ein knisternder Kamin versetzten sie mitten in das Ambiente eines Herrenclubs des zwanzigsten Jahrhunderts. Einzig die Herren fehlten. Der Diener deutete auf eine der Sitzgruppen und sagte etwas auf Polnisch, was sie als »Bitte warten Sie hier« deutete.

Nachdem ihr Begleiter sie allein gelassen hatte, schlenderte Helen durch das Zimmer. In einem antiken Barschrank, dessen Wert sie auf ein kleines Vermögen schätzte, sah sie durch das geschliffene Glas die Etiketten Dutzender Spirituosen, auf denen zum Beweis ihres Alters zweistellige Jahreszahlen aufgedruckt waren. Sie vermutete, dass der Alkohol den Wert des Schrankes noch überstieg. Darunter hingen in einer Vorrichtung mit dem Boden nach oben Gläser unterschiedlicher Größe – passend für jeden denkbaren Drink.

Sie näherte sich dem Feuer, das hinter einer trüben Glasscheibe lautlos flackerte und eine angenehme Wärme ausstrahlte. Auf dem Kaminsims standen mehrere gerahmte Bilder. Helen griff nach einem. Der Rahmen war schwer, und sie nahm an, dass er aus purem Gold bestand. Das Foto zeigte einen breit lächelnden Mann um die fünfzig. Seine Gesichtszüge wirkten wie aus Holz geschnitzt, die bereits ergrauten Haare waren akkurat gescheitelt. Der Mann strahlte eine Überlegenheit aus, wie Helen sie bei sehr erfolgreichen Menschen kennengelernt hatte. Aus seinem Blick sprach die Gewissheit, dass das Leben ihm nichts anhaben konnte, weil er genügend Geld besaß, um sich aus allen Problemen herauszukaufen. Neben ihm stand, viel kleiner und bescheidener wirkend – der Papst. Trotz ihrer Anspannung konnte Helen sich ob der gegensätzlichen Ausstrahlung der beiden Männer ein Schmunzeln nicht verkneifen. Sie hatte schon davon gehört, dass bedeutende Persönlichkeiten bei dem Oberhaupt der katholischen Kirche Privataudienzen erhalten konnten; offenbar war dies das Andenken an eine solche. Sie stellte den Rahmen zurück und kippte das danebenstehende Bild leicht in ihre Richtung, um die Reflexion, die der große Kronleuchter darauf warf, zu beseitigen. Dieses Foto zeigte denselben Mann wie eben, diesmal in einem Smoking. Sein Arm war um die Schulter eines anderen, deutlich jüngeren Mannes gelegt. Eine gewisse Ähnlichkeit war nicht zu übersehen. Vater und Sohn, schoss es Helen durch den Kopf.

»Mein Vater und ich«, erklang eine dunkle Stimme hinter ihr. Sie fuhr herum. Zwischen den schweren Sesseln, keine drei Meter entfernt von ihr, stand der jüngere der beiden Männer, die sie gerade noch auf dem Foto betrachtet hatte. Mit seiner Jeans und dem langärmeligen grauen Shirt war er deutlich legerer gekleidet als auf der Fotografie. Seine dichten, dunklen Haare, die auf dem Schnappschuss mit Gel nach hinten gekämmt waren, standen ihm nun in alle Richtungen vom Kopf ab.

Als hätte er ihre Gedanken erraten, fuhr er sich mit der Hand durchs Haar, was ihn sympathisch und ein wenig unsicher wirken ließ.

Helen merkte, dass ihre Wangen glühten. Vermutlich von der Hitze des Kamins neben ihr, vielleicht fühlte sie sich auch ein wenig ertappt.

»Ich habe Sie nicht kommen gehört«, entschuldigte sie sich und machte einen raschen Schritt zur Seite, vom Feuer weg.

Ihr Gastgeber lächelte. »Verzeihen Sie, wenn ich Sie erschreckt habe ...«

Für einen Augenblick standen sie sich unschlüssig gegenüber. Er sah gut aus, durchaus hätte man auch ein Foto von ihm bei einem ihrer Experimente verwenden können. Er schien nervös zu sein, was paradoxerweise auf sie beruhigend wirkte.

Sie streckte ihm die Hand entgegen. »Helen Morgan«, sagte sie. Sein Händedruck war kräftig, aber nicht schmerzhaft.

»Patryk, Patryk Weisz. Es tut mir leid, dass wir uns unter diesen Umständen kennenlernen.«

Helen nickte. »Haben Sie etwas von Ihrem Vater oder meiner Tochter gehört?«, entfuhr es ihr.

Er schüttelte den Kopf. »Leider nein. Ich habe noch einmal meinen Freund bei der Flugsicherung kontaktiert und ihn gebeten, mehr zu der Flugroute Ihrer Tochter herauszubekommen. Ich warte noch auf seine Antwort. Haben Sie bei der Polizei etwas erreicht?«

»Das Gleiche. Auch dort versucht man, mehr in Erfahrung zu bringen. Es ist schrecklich. Alle wirken sehr entspannt. Ein Polizist nannte Madeleine im Gespräch mit mir ›kleine Ausreißerin‹. Es ist ein Albtraum.«

Patryk Weisz nickte verständnisvoll. »Das Foto, das Sie gerade betrachtet haben, zeigt meinen Vater und mich. Auf einem Benefizball vor vier Jahren.«

»Verzeihen Sie, ich wollte nicht neugierig sein ...«

Ihr Gastgeber hob beschwichtigend die Hände. »Am Telefon fragten Sie mich, ob ich mir auf die Bemerkung ›Die Schöne und das Biest‹, die mein Vater unter dem Namen Ihrer Tochter notiert hat, einen Reim machen könne. Schauen Sie sich das Gemälde dort drüben an. Das ist auch mein Vater. Zwei Jahre nach dem Foto, das Sie sich eben angesehen haben.« Er deutete auf ein Ölbild, das hoch oben über dem Kamin hing und das Helen erst jetzt auffiel.

Bei seinem Anblick zuckte sie unwillkürlich zusammen. Es zeigte ein Monster. Im nächsten Augenblick bereute sie diesen Gedanken auch schon. Tatsächlich erkannte sie in dem Porträtierten Pavel Weisz wieder. Dieselben Augen. Nur die Unerschrockenheit, die ihr auf den Fotografien aufgefallen war, war aus seinem Blick verschwunden. Dieselben weißen Zähne, die aus einer schmalen Öffnung hervorblitzten. Doch alles andere sah vollkommen verändert aus. Als trüge er eine Maske aus Gummi. Die Haut wirkte wie aus faltigem Latex geformt; statt der ordentlichen Frisur hatte er eine Glatze, die ebenso vernarbt war wie das Gesicht. Von der Nase war kaum mehr übrig als zwei tief im Fleisch liegende Öffnungen. Der Hals, der wie der eines Neunzigjährigen aussah, steckte in einem Hemdkragen, umschlungen von einer Krawatte, deren Knoten so mächtig wirkte, als hielte er das ganze Geschöpf zusammen, das in dem Hemd steckte.

Helens Blick wanderte zu Patryk Weisz, der sie beobachtet hatte.

»So wie Sie reagieren die meisten auf seinen Anblick. Ein

Hubschrauber-Absturz in der Nähe von Aspen. Mein Vater war der einzige Überlebende. Aber sechzig Prozent seiner Haut sind dabei verbrannt.«

Helen schluckte schwer. »Es war nur der Kontrast zu den anderen Bildern von ihm«, versuchte sie, ihre Reaktion zu entschuldigen.

»Ich denke, genau diesen Kontrast hat er aufzeigen wollen, indem er die Fotos dort aufgestellt hat.« In Patryk Weisz' Stimme klang etwas mit, das Helen nicht erwartet hatte: Verbitterung.

»Nach dem Unfall war er nicht mehr derselbe. Ich meine nicht nur äußerlich. Auch ansonsten. Er hat sich hierher nach Polen zurückgezogen und den Kontakt zur Welt abgebrochen.«

Helen nickte. Weil sie glaubte, Pavel Weisz zu verstehen. Sie brauchte ja nur ihre eigene Reaktion zu betrachten, für die sie sich immer noch schämte: Es musste ein einziger Spießrutenlauf sein, wenn man sich, solchermaßen entstellt, durchs Leben bewegte. Allerdings schien der alte Weisz damit offensiv umzugehen, andernfalls hätte er sich wohl kaum mit seinen Verbrennungen in Öl verewigen und das Bild ausgerechnet im Empfangszimmer aufhängen lassen.

Dennoch war es unvorstellbar, dass sich Madeleine in einen Mann wie diesen ... verliebte. Allein der Gedanke war Helen unerträglich.

»Sie wundern sich, wie das zusammenpassen soll, Ihre Tochter und mein Vater, richtig?« Patryk Weisz warf ihr einen prüfenden Blick zu.

»Ihr Vater ist sechsundsechzig und Madeleine sechzehn«, entgegnete sie wie zur Rechtfertigung.

»Ich schlage vor, Sie folgen mir, und ich zeige Ihnen, wo ich Ihren und den Namen Ihrer Tochter entdeckt habe. Oder möchten Sie sich erst ein wenig ausruhen? Ich habe ganz vergessen, dass Sie seit Stunden auf den Beinen sind.«

»Wie könnte ich jetzt schlafen?«, entgegnete sie.

Für einen Moment glaubte sie, etwas wie Erleichterung über

Weisz' Gesicht huschen zu sehen. Er wandte sich zu einer schmalen Tür, die so zwischen zwei Bücherregalen versteckt lag, dass Helen sie noch gar nicht bemerkt hatte. »Kommen Sie bitte, hier entlang.«

Während sie ihm folgte, verspürte sie den Drang, einen letzten Blick auf das Ölgemälde zu werfen. So grausam Pavel Weisz auch verbrannt war, er schien auf dem Gemälde tatsächlich zu lächeln. Ein Lächeln, das ihr einen kalten Schauer über den Rücken jagte.

17

Leipzig

»Sinnlos. Einfach nur sinnlos.« Kriminalkommissar Manfred Liebermann schüttelte den Kopf und rieb sich mit den Händen das Gesicht.

»Ich sage: Linksextreme. Das richtet sich gegen die Stadt. Vielleicht wegen der abgeschobenen Flüchtlinge.« Feigel nahm einen Schluck aus seinem Teebecher.

»Für dich sind es immer die Linksextremen. Das würdest du sogar sagen, wenn eine Wand mit Hakenkreuzen beschmiert werden würde. Auch dann würdest du auf linke Terroristen tippen.« Liebermann verzog die Lippen zu einem spöttischen Grinsen.

»Lass mich doch in Ruhe!«, schimpfte Feigel und stellte seinen Becher mit einem lauten Geräusch auf dem Konferenztisch vor ihnen ab. »Ich sag euch: Gewalt von links wird wahnsinnig unterschätzt. Auf dem Seminar in Göttingen ...«

»Hör mir mit deinen Seminaren auf!«, unterbrach Liebermann ihn. »Nur weil du früher bei diesem Nazifußballclub mit deinen rechten Kumpels ...«

»Streitet euch nicht!«, mahnte von der Seite eine Frau um die vierzig. Durchtrainierte Figur, enge Jeans, weiße Bluse. »Lasst uns lieber weiter die Fakten zusammentragen. Schließlich haben wir uns zum Brainstorming getroffen.«

Liebermann schnaubte belustigt. »Brainstorming«, äffte er sie nach. »Ihr mit eurem Polizeischul-Nonsens. Die Fakten sind einfach: ein Rathaus ohne Turm, ein Betrunkener, der, wenn er überhaupt je wieder aufwacht, den Kater seines Lebens haben wird, und ein Platz voller Trümmer. Und das alles mitten in Leipzig, sozusagen im Schoß des Bürgermeisters.« Mit den Händen deutete er eine Explosion an.

»Wer zum Geier sprengt ein Rathaus, wenn nicht die Linken?«, warf Feigel ein.

»Die Rechten?«, frotzelte Liebermann.

»Ach, hör doch auf, Manfred!« Feigel machte eine abfällige Handbewegung.

»Auf jeden Fall war es eine saubere Leistung. Die Techniker sagen, der Turm wurde quasi rausgeschnitten wie mit dem Skalpell.«

»Wie mit dem Skalpell?«, wiederholte Liebermann ungläubig. »Was für ein Scheiß, Sabine! Der wurde einfach weggesprengt. Die Idioten haben die Sprengladung nur am Turm befestigt, und – bumm! – war er weg. Das hat doch nichts mit einem Skalpell zu tun.«

»Und wenn sie wirklich nur den Turm sprengen wollten?«, fragte seine Kollegin und stützte die Hände in die Hüften. Sie stand vor einem Flipchart, auf dem sie in der letzten halben Stunde mit sauberer Handschrift einige Stichworte notiert hatte.

»Warum sollte irgendwer nur den Turm des Leipziger Rathauses sprengen wollen?«, gab Feigel seinem Chef recht. »Das ist schließlich nicht der Big Ben oder der Eiffelturm.«

Liebermann nickte zustimmend. »Wenn du auf ein Wildschwein schießt und triffst zufällig genau ins Auge, dann sagen auch nicht alle: Ah, er hat mitten ins Auge gezielt. Wahnsinn!«

Kriminalhauptmeisterin Sabine Steinke runzelte die Stirn. »Das ist ein schlechtes Beispiel, Manfred. Natürlich würde das jeder denken. Und wenn der Jäger klug wäre, würde er auch felsenfest behaupten, dass er genau aufs Auge des Schweins gezielt hat.«

Liebermann schüttelte resigniert den Kopf. »So ein Blödsinn!«

»Immerhin war der Turm weltberühmt für den Goldenen Schnitt«, entgegnete seine Kollegin.

»Goldener Schnitt?«, fragte Feigel.

»Wie lange lebst du jetzt schon in Leipzig? Vielleicht solltest du mal eine Stadtbesichtigung machen. Der Turm teilt das Rathaus genau im sogenannten Goldenen Schnitt. So bezeichnet man ein bestimmtes Teilungsverhältnis. Zeichnet man eine zehn Zentimeter lange Linie und macht genau bei 6,18 Zentimetern einen senkrechten Strich, teilt man die Linie im Goldenen Schnitt ...«

»Schon gut, schon gut«, unterbrach Liebermann sie. »Bitte keine Mathematik. Hier geht es um einen Sprengstoffanschlag. Haben wir etwas Brauchbares vom BKA?«, fragte er nach kurzer Pause in Feigels Richtung. Der griff mit einer Hand nach einer blauen Akte, die vor ihm auf dem Tisch lag.

»Das BKA hat vom US-Geheimdienst Abhörprotokolle der letzten Wochen angefordert. Internet, Telefon. Ein paar Alerts. Und es gab eine Bitte der Amerikaner ans BKA um Überprüfung. Kam unabhängig vom Big Bang am Rathaus, schon zwei Tage zuvor. Der NSA war eine E-Mail-Korrespondenz zwischen einem E-Mail-Account in Grimma und einem Account irgendwo in Mexiko aufgefallen. Wir haben den Account identifiziert. Die Amerikaner haben einiges an Sprenglatein aus der Kommunikation herausgefiltert und es auf die Liste gesetzt.«

»Und? Das klingt doch vielversprechend. Grimma ist nicht weit von hier entfernt. Und in zeitlicher Nähe zur Explosion ist die Sache auch.« Liebermann drückte den Rücken durch und setzte sich aufrecht hin. Ganz offensichtlich witterte er eine Spur.

Feigel grinste. »Ich habe das überprüft. Der Account in

Grimma gehört einem ...« Während er in der Akte nach etwas suchte, machte er eine kleine Pause, um die Spannung zu erhöhen. »Andreas Schliberger. Seines Zeichens Sprengberechtigter bei einer Firma in Wurzen. Die sprengen seit vier Jahrzehnten Schornsteine, Brücken ...«

Liebermann atmete tief ein und faltete die Hände hinter dem Kopf, sodass zwei große Schweißflecken unter seinen Achseln sichtbar wurden. »Ein Sprengberechtigter redet über Sprengstoff. Ui! Tolle Spur!« Er stieß einen verächtlichen Laut aus. »Diese NSA fischt nur Blödsinn raus. Irgendwann sollen wir uns noch selber überprüfen, weil wir über Polizeifunk das Wort ›Mord‹ benutzt haben!«

Feigel gluckste amüsiert. »Wollen wir ihn trotzdem überprüfen?«

Manfred Liebermann überlegte kurz, schüttelte dann den Kopf. »Vergebliche Liebesmüh. Wir brauchen hier jeden Mann. Wenn das Rathaus angegriffen wird, müssen wir Schutzmänner parat stehen. Mach ein *Geprüft*-Vermerk fürs BKA, und die können das an die Amis weitergeben. Dann haben wir Ruhe.«

Feigel lächelte und machte mit seinem Kugelschreiber eine kurze Notiz in der Akte. Dann klappte er sie zu. »Also doch die Linken«, sagte er trocken.

»Oder ein Wildschwein«, bemerkte Steinke und wich im nächsten Moment geschickt dem Notizbuch aus, das Liebermann nach ihr warf.

18

New York

Er ahnte, worauf es hinauslief. Noch am Abend war eine Mail mit seinem Reiseplan eingegangen. Seine Tickets hatten am Flughafen bereits auf ihn gewartet. Acapulco war das Ziel. Aber es würde kein Urlaub werden. Was sollte man schon von einem erpressten Schönheitsoperateur in einem der Länder mit dem heftigsten Drogenkrieg fordern? Er würde ein oder mehrere Gesichter zu verändern haben. Gesichter, die auf den Fahndungslisten der Polizei oder auf den Todeslisten gegnerischer Clans ganz oben standen. Mit seiner Hilfe würden sich diese Männer eine neue Identität verschaffen. Und der Einzige, der wusste, wie sie aussahen und wer sie vor dem Eingriff gewesen waren, war er.

Dieser Gedanke quälte Ahmed Rahmani bereits den ganzen Vormittag und trieb ihm auch jetzt den Schweiß auf die Stirn. Er schaute zu einem der Flughafen-Polizisten hinüber, die neben der Sicherheitsschleuse misstrauisch die Passagiere musterten. Wie zufällig ließ er den Blick dann umherwandern. Ob die Erpresser ihn bereits beobachteten? Vielleicht würde er nicht allein fliegen. Während er seinen Gürtel aus der Hose zog und in einen der Plastikkästen vor sich legte, kam ihm die Szene im Büro wieder in den Sinn. Wie er mit heruntergelassener Hose onanierend auf seinem Bürostuhl gesessen hatte.

»Dieses kleine Video wird an alle Ihre E-Mail- und Facebook-Kontakte verteilt«, hatten sie gedroht. Ob er flog oder nicht, er war sowieso so gut wie erledigt.

Schwer atmend hievte er sein Handgepäck auf das Rollband der Sicherheitskontrolle, nickte dem Polizisten zu und passierte die Sicherheitsschleuse. Alles blieb stumm.

19

São Paulo

Millners Finger glitten über seine Wange. Unter den Stoppeln seines Bartes konnte er die Narbe spüren. Wer hätte gedacht, dass er so schnell nach São Paulo zurückkehren würde? Das letzte Mal hatte er die Stadt im Südosten Brasiliens in einem Ambulanzflugzeug der amerikanischen Regierung verlassen und dabei nicht nur in der Wirklichkeit, sondern auch im übertragenen Sinn zwischen Himmel und Erde geschwebt. Er hätte einiges darauf gewettet, dass er niemals wieder brasilianischen Boden betreten würde. Die Regierung musste einige Anstrengungen unternommen haben, um ihm die Einreise nach Brasilien zu ermöglichen, und immer noch befürchtete er, direkt nach der Landung verhaftet zu werden.

Er reckte den Hals, um an seinem Nebenmann vorbei durch das Fenster der Boeing einen Blick auf das Meer von Gebäuden zu werfen, zwischen denen die Hochhäuser wie Stalagmiten emporragten. Der diesige Horizont wirkte wie eine böse Vorahnung. Millner tastete nach dem Döschen mit den Pillen in seiner Hosentasche und nahm gleich drei auf einmal.

Wenn man sich solche Mühe machte, um ihn nach São Paulo zu bringen, und ihn von einem der spektakulärsten Fälle der jüngeren Vergangenheit in Mexiko abkommandierte, dann bedeutete dies nichts Gutes, das wusste er. Seine Gedanken wanderten zu den armen Mädchen, die, wenn sie überhaupt noch lebten, in irgendeinem mexikanischen Verlies auf ihre Rettung warteten, doch er drängte diese Gedanken beiseite. Er gehörte zur internationalen Truppe des FBI, und nun hatte er einen neuen Auftrag. Wie ein Arzt, der sich professionell und ohne emotionale Bindung dem nächsten Patienten widmen musste.

Seine Befürchtungen schienen sich zu bestätigen, als nach einer harten Landung am Ende der Gangway ein Brasilianer im schwarzen Anzug mit einem Foto in der Hand die Gesichter der Passagiere studierte.

»Mr. Millner?«

Er nickte und trat aus der Reihe der Passagiere. Widerstand war wohl zwecklos. Aus eigener Erfahrung wusste er, dass man mit der brasilianischen Polizei nicht diskutieren konnte. Dies würde auf diplomatischer Ebene zu klären sein. Im Stillen verfluchte er sich dafür, nicht auf sein Bauchgefühl gehört zu haben. Er stellte den Koffer ab und streckte die Hände nach vorne, um sich Handschellen anlegen zu lassen. Umso überraschter war er, als sein Gegenüber mit einem freundlichen Lächeln seine Hand ergriff und sie wie wild zur Begrüßung schüttelte.

»Wir haben Sie schon sehnlich erwartet. Mein Name ist Joao Resende. Nennen Sie mich Jo. Ich hoffe, Sie hatten einen guten Flug. Ich bin beauftragt, Sie direkt hinzubringen, um Ihnen die lästigen Kontrollen zu ersparen.« Noch während Millner verdutzt verharrte, nahm der Brasilianer seinen Koffer auf und zeigte auf einen schwarzen Geländewagen, der zwischen Streifenwagen auf dem Rollfeld parkte.

Es muss wirklich ernst sein, dachte Millner und setzte sich in Bewegung, um seinem neuen Reiseführer zu folgen.

Wenig später rasten zwei Streifenwagen und ein SUV über den Highway SP-36 ins brasilianische Hinterland.

»Und sie sind alle tot?«, fragte er.

Jo nickte. »Dort, wo wir hinfahren, haben vielleicht noch einige Zehntausend überlebt. Die meisten hat es aber dahingerafft.«

Millner verzog den Mund. »Und wie kann ich genau helfen?«

»Es ist kein Zufall, sondern ein geplanter Anschlag. Die Biologen sagen, so etwas haben sie noch nie gesehen. Vor allem nicht gleichzeitig.«

»Gleichzeitig?«

»Auf mehreren Kontinenten. Fast zur gleichen Zeit. Und hier an mehreren Orten. Es gab praktisch keine natürliche Ausbreitung, wenn Sie verstehen, was ich meine.«

»Und wer ... sollte so etwas tun?«, fragte Millner. Mittlerweile hatten sie den Highway verlassen. Das Gebiet um sie herum wurde immer ländlicher. Ein starker Kontrast zu den Betonburgen, die er soeben noch überflogen hatte.

»Um das herauszufinden, sind Sie hier. Wir tippen auf Bioterrorismus.«

»Bioterrorismus?«, wiederholte Millner ungläubig. »Ich meine, wir reden von ...«

Jo unterbrach ihn, indem er dem Fahrer etwas auf Portugiesisch zurief, der die Fahrt daraufhin verlangsamte und von der Landstraße abbog. Dann widmete sich der Brasilianer wieder ihm. »Manche sagen, dass das erst der Anfang ist«, erklärte er. »Und dass, wenn sie wirklich alle sterben sollten, über kurz oder lang auch wir Menschen dran sind.«

»An demselben Virus?«, wollte Millner wissen.

Jo schüttelte den Kopf. »Nein. Es steht auch noch gar nicht fest, ob es tatsächlich ein Virus ist.«

Während Millner noch über Jos Worte grübelte, wurde das Fahrzeug wieder langsamer. Vor ihnen tauchte ein Schild auf. *Meliponário de Santa Isabel*, stand auf einem weißen Holzschild, das dringend einen Anstrich nötig gehabt hätte. Daneben war das schlecht gemalte Bild einer riesengroßen Biene zu sehen. Dort, wo eigentlich der Kopf saß, klafften mehrere Löcher. Millners geübtes Auge erkannte, dass jemand das Schild offenbar als Zielscheibe für Schießübungen benutzt hatte.

Jo schlug dem Fahrer auf die Schulter und rief ihm erneut etwas zu, worauf dieser abrupt abbremste. Eine Staubwolke hüllte das Fahrzeug ein, während Jo sein Fenster herunterkurbelte. Als der Staub sich langsam lichtete, erkannte Millner um sie herum Reihen von Bäumen. Eine Plantage.

»Hören Sie das?«, fragte Jo und deutete mit dem Zeigefinger auf sein linkes Ohr.

Millner lauschte angestrengt, doch außer dem gleichmäßigen Tuckern des Motors vernahm er nichts. Unsicher zuckte er mit den Schultern.

»Eben«, sagte Jo. »Normalerweise können Sie hier vor lauter Summen ihr eigenes Wort nicht verstehen. Jetzt aber ist alles still. Totenstill!« Erneut lauschten beide in die Stille. Dann kurbelte Jo das Fenster wieder hoch. »Das Ende der Herrschaft der Bienenköniginnen!«, bemerkte er.

Millner starrte in Jos sorgenvolles Gesicht. Schönheitsköniginnen in Mexiko, Bienenköniginnen hier. Und er mittendrin. Kurz versuchte er, einen Zusammenhang zwischen beiden Fällen herzustellen, verwarf den Gedanken aber sofort. Er war eben ein moderner Ritter und immer dort, wo Königinnen seine Hilfe brauchten.

Auf Jos Kommando setzte sich das Fahrzeug mit einem Ruck wieder in Bewegung.

20

Warschau

Es war ein beeindruckendes Haus, fast ein Palast. So düster es mit seinen dunklen Steinen und schiefen Formen von außen wirkte, so prachtvoll war es eingerichtet. Wären nicht überall diese verstörenden Kunstwerke gewesen. Gemälde von Monstern, Skulpturen verstümmelter Modelle. Fotos hässlicher Menschen in den unterschiedlichsten Posen. Einen Menschen als hässlich zu bezeichnen lag Helen normalerweise fern. Auch aufgrund ihres Berufes. Doch wenn man nach einer Gemeinsamkeit der Porträtierten suchte, so musste man zwangsläufig auf das Attribut der Hässlichkeit stoßen. Von Falten zerfurchte Gesichter, übernatürlich schiefe Nasen, aus den Höhlen tretende Augäpfel, haarlose Schädel, von Missbildungen entstellte Körper. Auch schien der Innenarchitekt keine Wasserwaage besessen zu haben, denn überall im Gebäude dominierte – wie auch außen – die Asymmetrie. Misstraute Helen nach dem langen Flug und der Zeitumstellung anfangs noch ihrem Gleichgewichtssinn, merkte sie rasch, dass es der Innenausbau war, der mit seinen schiefen, manchmal skurril entarteten Fluchten und Formen für Verwirrung in ihrem Kopf sorgte.

»Mein Vater hat einen Hang zum Absurden«, sagte Patryk Weisz fast entschuldigend, während sie mit schnellen Schritten die Galerien von Bildern passierten. Ihr Weg führte sie zu einer schmalen Wendeltreppe, die zusätzlich zu dem normalen Treppenhaus die Geschosse als eine Art Nottreppe am Ende eines jeden Flures miteinander verband.

Helen fühlte Schwindel, als sie Patryk hinab ins Untergeschoss folgte. Sie gingen in den Keller. Mit dem gedämpfteren Licht fühlte sie Unwohlsein in sich aufsteigen.

»Hier wären wir«, sagte Weisz schließlich, als sie vor einer schlichten, dunkelgrauen Stahltür zum Stehen kamen. Vom Erscheinungsbild her passte sie nicht zum übrigen Stil des Hauses, in dem dunkles Holz und verspielte Architektur dominierten.

»Was ist hinter der Tür?«

»Das habe ich mich auch gefragt, als ich das erste Mal hier unten stand«, entgegnete Weisz junior geheimnisvoll. »Mein Vater war verschwunden und Forsyth, sein Verwalter, hatte mich in seiner Not kontaktiert. Ich bin sofort hierher nach Warschau geflogen, und wir haben einige Tage auf ein Lebenszeichen von ihm gewartet. Währenddessen bin ich stundenlang durch das Haus geschlichen, auf der Suche nach irgendeinem Hinweis, wohin er verschwunden sein könnte. Und irgendwann stand ich vor dieser Tür und stellte mir dieselbe Frage wie Sie gerade.«

»Und?« Helen war nun noch neugieriger. Patryk Weisz zeigte auf einen kleinen schwarzen Kasten neben der Tür.

»Ein Fingerabdruck-Sensor. Leider kann nur der Fingerabdruck meines Vaters diese Tür öffnen.«

Helen fühlte Enttäuschung in sich aufsteigen. Warum waren sie dann hier herabgestiegen? Bevor sie die Frage aussprechen konnte, hielt Weisz ihr etwas entgegen.

»Der Finger meines Vaters«, sagte er mit einem triumphierenden Lächeln.

Helen spürte, wie ihr das Blut in die Beine sackte. »Nicht im Ernst ...«, brachte sie angewidert hervor.

Ihr Begleiter lachte schallend. »Nein, nicht im Ernst. Ich habe einen Fingerabdruck von ihm auf einem Telefonhörer gefunden. Abfotografiert mit einer hohen Auflösung, das Bild am Computer bereinigt und invertiert. Dann mit dem Laserdrucker meines Vaters auf einer Transparenzfolie ausgedruckt. Darauf weißen Holzleim aufgetragen ... und fertig war der künstliche Finger!« Nun erkannte Helen ein kleines Stück wabbeliger Folie in Patryk Weisz' Hand.

Er legte das Gebilde über seinen Daumen, hielt beides nahe vor den Mund und hauchte die Folie mehrmals an. Dann presste er den Daumen mit der zweiten Haut auf ein quadratisches Glasfeld auf der Apparatur neben der Tür. Eine Lampe über dem Feld leuchtete grün, dann ertönte ein Summen, das schwarze Wolken vor Helens Augen erzeugte. Während sie versuchte, die Wolken durch das Zusammenkneifen ihrer Lider zu verscheuchen, drückte Weisz mit dem Knie die Tür auf, und das Summen erstarb.

»Woher können Sie so etwas?«, wollte Helen wissen, die sich beeilte, ihm durch die Tür zu folgen.

»Mein Vater ist mit Antiviren-Programmen reich geworden. Und wer verhindern möchte, dass jemand irgendwo eindringt, der muss erst einmal wissen, wie man eindringt. Ist mir quasi in die Wiege gelegt worden. Wir sind so eine Art Panzerknacker-Familie 2.0.« Patryk Weisz drehte sich zu ihr um und schenkte ihr ein Lächeln. Die kleinen Lachfalten verliehen ihm etwas Spitzbübisches, das ihr gefiel. Als ihr dies bewusst wurde, meldete sich umgehend ihr schlechtes Gewissen. Ihre Gedanken sollten einzig um Madeleine kreisen. Sie hatte nicht das Recht, Patryks Charme auch nur zu bemerken, solange sie nicht wusste, ob es Madeleine gut ging und wo sie war. Andererseits war ihr klar, dass ihr Gehirn nur zu verdrängen versuchte. Verlagerung des Unerträglichen ins Unbewusste. Ein fundamentaler Abwehrmechanismus, der dem Menschen das seelische Überleben ermöglicht, gegen den man sich besser nicht wehrt.

Vor ihnen schaltete sich automatisch ein Deckenlicht ein.

»Ich selbst bin allerdings nicht so paranoid wie mein Vater. Wie man sieht, macht es auch keinen Sinn. Man kann alles knacken. Daher lautet meine Handy-Pin auch schlicht eins-zwei-drei-vier. Alles andere kann ich mir nicht merken. Vorsicht hier mit den Stufen!«, sagte er und ging voran. Hinter ihnen schloss sich die schwere Stahltür mit einem saugenden Geräusch.

»Wow!«, stieß Helen hervor, als sie über Patryk Weisz' Kopf hinweg in den Raum vor ihnen schaute.

Am Fuße der kleinen Treppe angekommen, trat Weisz zur Seite und hob einen Arm, wie ein Zirkusdirektor, der seine größte Attraktion präsentiert. Sie befanden sich mitten in einem Museum. Der Boden bestand aus dunklem Stein, die Decke war für ein Untergeschoss erstaunlich hoch, und im nächsten Moment erkannte Helen auch, warum dies so sein musste: Zwischen hüfthohen Vitrinen standen mannshohe Skulpturen und Statuen. Nicht weit entfernt entdeckte Helen eine Kopie des *David* von Michelangelo. Die Wände zu ihrer Linken und Rechten waren von Gemälden bedeckt, die wie riesige Fliesen über die gesamte Fläche angeordnet waren.

Staunend näherte sie sich dem Mittelpunkt des Raumes. Viele der Skulpturen und Bilder kamen Helen bekannt vor. In zwei zusammenmontierten Tafeln, die Porträts von Marilyn Monroe zeigten, glaubte Helen, einen Warhol zu erkennen.

»Was ist das hier?«, wandte sie sich an Patryk Weisz, der sie mit einem gespannten Lächeln beobachtet hatte.

»Ich habe Ihnen doch gesagt, dass mein Vater nach seinem schlimmen Unfall nicht mehr derselbe gewesen ist. Nicht nur äußerlich, auch innerlich hat er sich sehr verändert. Er hat eine wahre Obsession entwickelt.«

»Für Kunst?«

Weisz schüttelte den Kopf.

»Nein, für die Schönheit. Was Sie hier sehen, ist die gesamte Geschichte der Ästhetik, versammelt in einem Raum.«

Er schritt zurück zum Eingang, und Helen folgte ihm.

»Ich habe das hier selbst erst vor einigen Tagen entdeckt und versucht, mich mithilfe des Internets und Büchern aus dem Arbeitszimmer meines Vaters zu orientieren. Alles ist chronologisch aufgebaut. Sehen Sie, hier beginnt es.« Patryk Weisz zeigte auf einen Sockel mit einer Skulptur nahe der Tür. Sie war aus Lehm gearbeitet und stellte einen Torso dar, dem Arme und Füße zu fehlen schienen. Auffällig waren die beiden riesigen Brüste und ein Kopf wie ein Fußball, ohne Gesicht. »Die *Venus von Willendorf*. Entstanden um 25 000 vor Christus. Mein Vater erwarb sie offenbar vom Naturhistorischen Museum in Wien.«

Helen blieb vor der kleinen Figur stehen. Erst jetzt entdeckte sie, dass die Figur sehr wohl zwei fein gearbeitete Arme besaß, die aber so mit der großen Oberweite verschmolzen, dass man sie nicht gleich erkannte. Sie spürte, wie sich Aufregung in ihr ausbreitete. Dies alles hier hatte etwas mit ihr zu tun. Nicht nur, weil sie als Neuroästhetikerin die neurologischen Dimensionen der Ästhetik erforschte. Nein, aus einem Grund, den sie nicht verstand, fühlte sie sich durch dies hier tief berührt. Aber auch so etwas wie Angst machte sich in ihr breit. Weisz war bereits weitergegangen.

»Und so geht es in dieser Reihe weiter. Eine Venus nach der anderen, Epoche für Epoche. Schauen Sie diese hier. Zwei Jahrhunderte vor Christus. Erkennen Sie die Skulptur?«

Helen hatte aufgeholt. Als sie vor der knapp zwei Meter großen Statue stand, rang sie nach Luft. Nicht nur, weil sie sich so beeilt hatte. »Ist das etwa die ...«

»*Venus von Milo*. Sehr richtig!«, ergänzte Patryk Weisz nicht ganz ohne Stolz.

»Aber die befindet sich im Louvre!«

»Sicher, dass es sich im Louvre um die echte handelt?«, entgegnete Weisz mit einem Augenzwinkern und war schon wieder mehrere Schritte voraus. Nun stand er vor einem der Gemälde an der Wand. »Dann werden Sie vielleicht auch dieses Bild kennen!«, rief er. Die Akustik des Raumes verschluckte seine Worte.

»Die *Geburt der Venus* von Sandro Botticelli«, stellte Helen verblüfft fest, als sie endlich zu ihm aufgeschlossen hatte und die nackte Venus in der gigantischen Muschel betrachtete, die mit der einen Hand ihren Busen und mit der anderen mithilfe ihrer langen roten Haare ihre Scham bedeckte.

»Welch Veränderung in der Darstellung seit der *Venus von*

Willendorf!«, stellte Patryk Weisz trocken fest. »Zusammenfassend könnte man sagen: Die Modelle wurden über die Jahrhunderte immer schlanker. Oder man kann auch sagen: dünner. Wenn man so will, eine kulturelle Magersucht!«

Immer dünner. Wieder bildeten sich schwarze Flocken vor Helens Augen. Ihre Gedanken wanderten schlagartig zu Madeleine. Was machte sie hier überhaupt? Ihre Tochter war verschwunden, und sie wanderte in einem polnischen Keller mit einem fremden Mann durch eine Kunstausstellung.

»Alles in Ordnung mit Ihnen?«, fragte Patryk Weisz und fasste sie leicht am Oberarm.

Helen nickte. »Ich finde dies alles sehr interessant, aber Sie wollten mir hier unten etwas zeigen? Ich meine wegen meiner Tochter ... und Ihrem Vater.«

»Verzeihen Sie, ich wollte nicht taktlos sein«, entgegnete Weisz mit leichter Bestürzung. »Doch mein Gefühl sagt mir, dass diese Passion meines Vaters hier etwas mit seinem Verschwinden zu tun hat – und demzufolge auch mit dem Verschwinden Ihrer Tochter. Gedulden Sie sich bitte nur noch einen Augenblick ...« Er sah sie flehentlich an.

Helen fühlte sich plötzlich unendlich müde. Ihre Augen brannten, und sie hatte Probleme, einen klaren Gedanken zu fassen. Aus Studien von Kollegen wusste sie, dass bei Müdigkeit einige Regionen des Gehirns abschalteten, während andere aktiv blieben. Bei ihr schien dieser Prozess bereits eingesetzt zu haben; sie fühlte sich jedenfalls nicht zu großem Protest in der Lage. So war ein mattes »Wenn Sie meinen ...« alles, was sie derzeit hervorbrachte.

»Danke für Ihr Vertrauen«, sagte Patryk Weisz mit einem warmen Lächeln, um im nächsten Moment seine Führung durch die Sammlung unbeirrt fortzusetzen. »Schauen Sie bitte noch auf die Gemälde hier neben uns. Eine unbekleidete Venus neben der anderen. Cranach, Tizian, Velázquez, Goya. Mein Vater hat sie alle in diesem Raum versammelt. Die Reihe endet mit einem Aktporträt von Marilyn Monroe. Ich glaube aber, seine Sammlung war damit noch nicht vollendet. Dort sind noch einige freie Plätze ...«

Helen folgte mit ihrem Blick der Aufreihung von Gemälden. Rosige Pinselstriche nackter Frauenhaut verschwammen vor ihren Augen, und sie hatte das Gefühl, sie schließen zu müssen, um einen Schwindel zu unterdrücken.

»Kunsthistorisch wirklich eine bedeutende Sammlung, aber was meinen Sie mit Obsession? Und was bitte soll das alles mit meiner Tochter zu tun haben?«

»Mir ging es ähnlich wie Ihnen, als ich das hier sah, und ich versuche nur, Sie in meine Lage zu versetzen, damit Sie alles so verstehen wie ich.« Patryk Weisz sprach nun schnell und aufgeregt und wandte sich ihr ganz zu.

»Es gibt einen weiteren Raum, und dort fand ich die Notiz mit Ihrem Namen und Ihrer Telefonnummer.« Weisz deutete auf eine schlichte Holztür einige Meter entfernt. »Vielleicht ist ›Obsession‹ auch das falsche Wort.« Er wirkte plötzlich bedrückt. »Vielleicht ist mein Vater nur wahnsinnig.«

21

Florenz, um 1500

Lo straniero *ist sehr zufrieden mit uns. Leonardo und ich haben begonnen, die Welt neu zu katalogisieren.*

Bislang dachten wir in Kategorien wie Mann und Frau, Arm und Reich, Gut und Böse, Leben und Tod, Haben und Soll.

Wie blind wir waren!

Gerade ich, der die doppelte Buchführung zur Perfektion gebracht hat. Wie konnte ich meine Zeit an Zahlen verschwenden und dabei das Wesentliche nicht verbuchen?

Nun haben wir die Harmonie, die Proportionen und vor allem die Ästhetik, um die Dinge und auch die Menschen um uns herum zu beschreiben und neu zu ordnen. Plötzlich erscheint uns die Welt vollkommen verändert.

Was gestern noch ein Lächeln auf unsere Gesichter gezaubert hat, verabscheuen wir heute. Was wir bislang übersahen, weckt nun unser Interesse.

Wir haben uns von einigen unserer Schüler getrennt, entweder weil sie selbst nicht unseren neuen Anforderungen entsprachen oder aber weil sie nicht verstehen wollten, was wir von ihnen zukünftig verlangen.

»Wie soll ich das Schöne darstellen, wenn nichts Schönes um mich herum ist!«, hat Leonardo geflucht. Auch hat er einige seiner Knaben fortgeschickt. Mit Verachtung. Salai hat er natürlich behalten. Auch wenn der Bengel lo straniero *weiterhin misstraut, was mich tief besorgt. Das ist eines der Dinge, die ich nach wie vor nicht verstehe. Salai mit seinem perfekten Knabengesicht und seinem Körper, der eines Gottes würdig wäre, entspricht so sehr dem, was* lo straniero *uns versucht zu lehren. Als wäre er nach seinen Vorgaben erschaffen.*

Wie kann es sein, dass er den verachtet, der ihn so sehr erhebt? Ich weiß nicht genau, warum, aber mir kommt es vor wie Blasphemie.

Ich werde mit lo straniero *darüber sprechen, bevor Salai etwas Unüberlegtes anstellt.*

22

Acapulco

Sie wusste nicht, wie spät es war. Sie wusste nicht, wo sie war. Als sie erwachte, roch es nach feuchter Erde. Sie hatte einen Moment gebraucht, um zu sich zu kommen, wähnte sich im ersten Augenblick in ihrem weichen Bett in Montgomery, Alabama. Doch die Kälte, die sie spürte, zerstörte diese Illusion rasch. Dann sah sie den blauen Himmel über sich. Sie war im Freien!

Als sie sich bewegte, schmerzte alles an ihr. Ein Schmerz, wie sie ihn noch niemals im Leben gespürt hatte. Als würde ihre Haut am gesamten Körper verbrennen. Vorsichtig richtete sie sich auf, verlor das Gleichgewicht und schlug hin. Ihre Hände krallten sich in Erde und Gras. Ein weiteres Mal versuchte sie, auf die Beine zu kommen, und wieder fiel sie rücklings zu Boden, als sich alles um sie herum drehte. Dann sah sie ein Haus. Erkannte Fenster, nicht weit entfernt. Sie stöhnte auf vor Schmerzen, doch nun gelang es ihr aufzustehen.

Nach einigen Metern schon rang sie um Atem. Die Schmerzen schienen ihren Körper, ihr Gesicht explodieren zu lassen. Sie strauchelte, fiel auf die Knie und erbrach sich. Betäubt starrte sie auf die Gallenflüssigkeit, die gelblich grün im Sonnenlicht schimmerte. Wieder ging ihr Blick zu dem Haus. Langsam kam die Erinnerung zurück. Die anderen Mädchen. Der Bus. Das Verlies. Die Ohnmacht. War sie endlich frei?

Der Gedanke half ihr beim Aufstehen. Meter um Meter bewegte sie sich vorwärts, endlich erreichte sie eine Veranda. Fenster, in denen sich die Sonne spiegelte. An der ersten Stufe stürzte sie, kroch die nächsten Stufen hinauf. Sie bekam einen Türknauf zu fassen, an dem sie sich aufrichten konnte. Mit aller Kraft hämmerte sie gegen die Tür, und doch gelang ihr nur ein zaghaftes Klopfen. Ihre Stirn schmerzte, als sie den Kopf gegen das Holz der Tür presste. Lauschte. Sie hörte nur ihren eigenen Herzschlag, der in ihren Ohren rauschte. Ihren Atem. Dann ein Klappern hinter der Tür.

Als die Tür geöffnet wurde, verlor sie, die mit ihrem gesamten Körper dagegenlehnte, das Gleichgewicht und fiel über die Schwelle. Mit dem Kopf streifte sie etwas Weiches, das einen spitzen Schrei ausstieß. Im nächsten Moment schlug sie auf harten Dielen auf, unfähig, den Sturz mit den Händen abzufangen.

»*Oh, Dios mío, un monstruo!*«, war das Letzte, was sie hörte, bevor die Dunkelheit sie einhüllte.

23

São Paulo

Der Imker war ein kluger Mann namens Naldo mit kleinen, wachen Augen. Er wirkte mal aufgebracht, mal niedergeschlagen und ignorierte Millner, indem er die meiste Zeit direkt mit Jo sprach. Es war eine ziemlich große Bienenfarm, und tatsächlich wirkte sie auf Millner verlassen. Nur vereinzelt waren Bienen unterwegs, was für eine Imkerei dieser Größe, so wurde Jo nicht müde zu versichern, äußerst ungewöhnlich war. Millner war froh darüber, hasste er doch alles, was fliegen und stechen konnte.

Dieser Hass hatte sich gemildert, als der Imker sie gleich zu Beginn in einen Schuppen geführt und auf einen großen Berg gezeigt hatte. Was Millner zunächst für Getreide oder Bienenfutter gehalten hatte, entpuppte sich als ein Haufen Bienenkadaver. Naldo hatte eine Handvoll gegriffen und ihnen unter die Augen gehalten. Dann hatte er eine einzelne tote Biene genommen und wie eine Krabbe auseinandergebrochen.

»Es ist irgendein Virus oder Pilz, der die Tiere tötet«, hatte Jo die Worte des Mannes übersetzt und auf einen weißlichen Belag am Bienentorso gezeigt. Millner hatte genickt, als wäre er zeit seines Lebens nichts anderes gewesen als Tierarzt, und dann geschaut, dass er der stickigen Luft des Schuppens entkam. Bei Tausenden von Bienenleichen meinte er, auch hier den Geruch von Verwesung wahrzunehmen.

Nun saßen sie auf einer Veranda vor dem Haus, in dem Naldo wohnte, vor ihnen ein Glas mit einem stark alkoholischen Getränk, das nach Honig schmeckte.

»Wann sind die ersten Bienen gestorben?«, richtete Millner das Wort direkt an ihren Gastgeber, der zu Jo hinüberblickte, als müsste er ihn um Erlaubnis bitten, um zu antworten. Der Brasilianer übersetzte.

»Vor drei Wochen«, sagte Naldo und hielt zur Untermalung

seiner Worte drei Finger in die Höhe. »Gleich am ersten Tag starben Tausende«, fuhr er fort. »Am nächsten Tag zehntausend, und so ging es weiter – bis heute.«

Von seinem Bioterrorismus-Training mit Epidemiologen wusste Millner, dass eine solch heftige Ausbreitung eher ungewöhnlich war. Das, was die Tiere tötete, musste höchst infektiös sein. Oder sehr giftig.

»Wie sieht es bei den anderen Imkern aus?« Millner deutete hinaus in die Landschaft um sie herum.

»Sie haben alle dasselbe Problem. Sterbende Tiere, wohin man schaut.«

»Nur hier in São Paulo?«

Naldo schüttelte den Kopf. »Überall in Brasilien. Überall auf der Welt!«

Millner nickte. Das entsprach dem, was sein Department ihm als Briefing mitgegeben hatte. Nicht nur hier in Brasilien, auch auf anderen Kontinenten starben die Bienen. »Wenn ich richtig informiert bin, verschicken Imker ihre Königinnen an andere Imker rund um den Globus per Post. Kann sich diese Sache so verbreitet haben?« Auch dies hatte Millner auf dem Flug hierher in seinen Unterlagen gelesen.

Naldo hörte sich geduldig die Übersetzung an und schüttelte dann energisch den Kopf. »Wir beziehen keine Königinnen per Post. Aber wir züchten und verschicken welche.«

»Züchten Sie auch diese sogenannten Killerbienen?«, wollte Millner wissen. Das FBI hatte ihm einen Artikel ausgedruckt, in dem er von der Kreuzung afrikanischer und europäischer Bienen in Brasilien gelesen hatte. In den Fünfzigerjahren waren mehrere Schwärme aus dem Labor entkommen, und seitdem breitete sich diese Art als sogenannte »Killerbiene« bis nach Nordamerika aus.

Bei dem Wort »Killerbiene« verdunkelte sich Naldos Miene, noch bevor Jo übersetzt hatte. Aufgeregt und wild gestikulierend redete er auf Jo ein.

»Er sagt, ›Killer‹ nennen nur dumme Leute seine Bienen«,

übersetzte Jo leicht verlegen. »Sie sind zwar aggressiver als die europäischen Bienen, dafür liefern sie aber auch ein Vielfaches an Honig und sind viel widerstandsfähiger.«

Millner machte eine entschuldigende Geste.

»Ihren Namen tragen sie nur, weil sie im Gegensatz zu europäischen Bienen, wenn sie sich bedroht fühlen, als gesamter Stock angreifen und vermeintliche Angreifer verfolgen. Wegen der Vielzahl der Stiche kann ein Angriff daher tödlich sein. Lässt man sie jedoch in Ruhe, lassen sie einen auch in Ruhe.«

Millner hob den Kopf, als wäre er froh, etwas gelernt zu haben. »Obwohl sie so widerstandsfähig sind, sterben aber auch sie?«, fragte er Naldo zuliebe mit besonders besorgtem Gesichtsausdruck.

Der Imker nickte nach kurzer Übersetzung.

Millner griff nach dem Getränk. Der hohe Zuckergehalt hatte gemeinsam mit dem Alkohol eine verheerende Wirkung. Nicht nur, dass Millner Durst bekam, er spürte auch, wie er langsam betrunken wurde. Fast sehnte er sich nach der mexikanischen Polizeiwache mit den vielen Kisten Coke zurück. Er war kein Biologe, was sollte er hier? Er war Polizist.

»Haben Sie jemanden auf Ihrer Farm gesehen, der die Tiere vergiftet haben könnte? Haben sich hier in der Zeit, bevor das Massensterben begann, irgendwelche Fremden herumgetrieben?«

Naldo schien zu überlegen, dann schüttelte er den Kopf.

Millner warf Jo einen Blick zu, der bedeuten sollte, dass er hier fertig war.

»Kennen Sie Albert Einstein?«, fragte Naldo ihn plötzlich. Nun sprach er in gebrochenem Englisch.

»Klar kenne ich Albert Einstein. Das deutsche Genie.«

»Wissen Sie, was er einmal gesagt haben soll?«

Millner zuckte mit den Schultern. Der Imker wollte sich wohl kaum mit ihm über die Relativitätstheorie unterhalten.

»Wenn die Bienen verschwinden, hat der Mensch nur noch vier Jahre zu leben. Keine Bienen mehr, keine Bestäubung mehr, keine Pflanzen mehr, keine Tiere mehr, keine Menschen mehr.«

Dies leuchtete ihm ein. Vermutlich ein Grund, warum er nach Brasilien geschickt worden war und warum Bienen ein intelligentes Ziel für Bioterrorismus sein konnten. Allerdings hatte er gelesen, dass Experten davon ausgingen, dass die Menschheit das Aussterben der Bienen sehr wohl überleben würde. Die Pflanzenwelt auf der Erde würde sich jedoch tatsächlich dramatisch verändern, und das Angebot an Nahrung würde ohne Bienen rapide einbrechen. Vieles würde für immer aus den Supermarktregalen verschwinden, von den Regionen der Erde, in denen man heute schon hungerte, ganz zu schweigen. Erst im Zuge dieses Auftrages hatte er erfahren, dass Bienen in der Landwirtschaft heute eine überragende Rolle spielten. Ganze Bienenvölker wurden von Plantage zu Plantage herumgereicht, damit sie als »Wanderarbeiter« die Pflanzen bestäubten.

Es gab wohl erste Versuche, dies künstlich per Hand zu tun. Aber kein Mensch konnte so effektiv wie eine Biene sein.

Eine Biene, so hatte er gelesen, schaffte bis zu zweitausend Blüten pro Tag. Und ein Bienenstaat bestand aus bis zu sechzigtausend Tieren.

»Genau deswegen bin ich hier. Um das Bienensterben zu stoppen. Die US-Regierung nimmt die Sache sehr ernst«, sagte Millner zu Naldo. Erstmals sah er so etwas wie Vertrauen in dessen Augen aufblitzen.

»Die Biene ist der Schlüssel zu allem«, erklärte der Imker. »Für die meisten ist sie nur ein Insekt. Für manche sogar ein lästiges. Tatsächlich ist sie aber Gottes Dienerin auf diesem Planeten.« Millner war erschrocken über die Lautstärke, in der Naldo plötzlich sprach. »Haben Sie von der göttlichen Teilung gehört, Mr. Millner?« Die Augen des Imkers waren weit geöffnet.

Millner ging in Gedanken die Unterlagen durch. Nein, davon hatte er nichts gelesen.

»Auch der Goldene Schnitt genannt. Eine besondere Proportion, bei der zwei Strecken in einem bestimmten Verhältnis zueinander stehen, das wir Menschen als besonders gelungen empfinden.«

Millner schaute hilfesuchend zu Jo hinüber, doch der machte keinerlei Anstalten einzugreifen.

»Nehmen Sie die Strecke vom Boden bis zu Ihren Haarspitzen und teilen Sie sie durch die Strecke vom Boden bis zu Ihrem Bauchnabel. Sie erhalten eine Zahl um 0,6, auch Phi genannt. Mache ich dasselbe, erhalte auch ich eine Zahl um 0,6. Obwohl Sie zwei Köpfe größer sind als ich. Der Bauchnabel des Menschen steht immer im Verhältnis des Goldenen Schnittes zu seiner Körpergröße. Sie können dasselbe auch mit den Längen von ihrer Schulter bis zur Fingerspitze und vom Ellbogen bis zur Fingerspitze machen. Oder vom Boden bis zur Hüfte und bis zum Knie. Stets ist das Verhältnis 0,6 ...«

»Was hat das mit den Bienen zu tun?«, wollte Millner wissen. In der Hitze São Paulos war ihm nicht nach Mathematik. Offen gestanden war ihm noch niemals nach Mathematik zumute gewesen.

»Die Bienen sind ebenfalls im Goldenen Schnitt erschaffen. Die Strecke vom Kopf bis zur Brust und von der Brust bis zum Ende des Hinterteils – alles im Goldenen Schnitt. Teilen Sie die beiden Strecken, erhalten Sie bei jedem Tierchen stets 0,6. Und nicht nur das ...« Naldo holte Luft, als wollte er zu einem längeren Vortrag ausholen. »Oder nehmen Sie den Familienstammbaum einer Bienen-Drohne. Männchen entstehen durch die unbefruchteten Eier der Königin, daher haben männliche Bienen immer nur eine Mutter und keinen Vater. Aber die Königin hat eine Mutter und einen Vater, quasi die Großeltern unserer Arbeiterdrohne. Die Großmutter hat wiederum eine Mutter und einen Vater, der Vater als männliche Biene jedoch nur eine Mutter. Denkt man dies weiter, zwei Eltern pro weibliche Ahnin und nur eine Mutter pro männlichem Vorfahr, und schreibt man dies auf, so ergibt dies für jede männliche Drohne eine Mutter, zwei Großeltern, drei Urgroßeltern, fünf Ururgroßeltern, acht Urururgroßeltern und so weiter. 1,2,3,5,8 – das sind alles sogenannte Fibonacci-Zahlen, bei denen die Summe zweier aufeinanderfolgender Zahlen stets die unmittelbar danach folgende Zahl ergibt. Und der Quotient zweier aufeinanderfolgender Fibonacci-Zahlen ergibt immer 0,6. Rechnen Sie es nach! 2 durch 3 ergibt, 0,6. Und 3 durch 5 ebenfalls!«

Naldo machte eine kurze Pause, rang nach Atem und gab dabei ein gurgelndes Geräusch von sich. Gerade begann Millner, sich Sorgen um ihn zu machen, als er ebenso aufgeregt wie vorher forfuhr:

»Oder zählen Sie die weiblichen Bienen in einem Stock und teilen Sie die Zahl durch die Anzahl der männlichen Drohnen. Raten Sie, was Sie für eine Zahl erhalten? 0,6! Schauen Sie sich die Blüten an, die die Bienen besuchen. In nahezu allen werden Sie den Goldenen Schnitt finden, denn auch Blüten sind nach dessen Regeln erschaffen ...« Naldo beugte sich vor und hustete einmal. Nun schien ihm endgültig die Luft ausgegangen zu sein.

»Was soll das?«, nutzte Millner die Atempause seines Gegenübers. Plötzlich hatte er das Gefühl, nicht einem Imker, sondern einem Mathematiker gegenüberzusitzen.

Naldo kam so nah, dass sein Gesicht jetzt nur noch eine Handbreit von Millners Gesicht entfernt war. Sein Atem roch nach Honig und gegorenem Saft. »Jemand tötet Gottes perfekteste und fleißigste Helfer auf diesem Planeten«, flüsterte er Millner zu. Dann lehnte er sich zurück und schob diesmal vier ausgestreckte Finger seiner rechten Hand vor Millners Gesicht.

»Vier Jahre«, krächzte der Imker. »Vier Jahre bis zum Ende der Menschheit.«

Millner spürte den Wunsch zu lachen, um die Situation zu entspannen. Irgendeinen Scherz zu machen, der alle erleichtert auflachen ließ. Doch er brachte kein Wort heraus. Langsam lehnte er sich zurück, um der Nähe des Imkers zu entkommen. Jo saß regungslos neben ihnen und schien über die düstere Prognose ihres Gesprächspartners noch erschrockener zu sein als er.

In diesem Augenblick klingelte Millners Mobiltelefon. Es

gibt einen Gott, dachte er und griff so energisch zum Handy, als erwartete er den wichtigsten Anruf seines Lebens.

»Ja«, sprach er in das Telefon und beobachtete, wie auch Naldo sich nun in seinem Stuhl aus geflochtenem Korb zurücklehnte.

»Ein weiteres Mädchen ist wieder aufgetaucht«, hörte er Baracks Stimme. »Miss Alabama.« Er klang nicht froh.

»Geht es ihr gut?«, fragte Millner besorgt.

»Gut?« Barack schien nach einer Antwort zu suchen. »Schau dir das Foto an, das ich dir gerade geschickt habe.« Irgendetwas in seiner Stimme beunruhigte Millner zutiefst.

»Lebt sie?«

»Schau es dir an. Und dann melde dich wieder!«

Millner blickte auf das Display. Nun sah er, dass er eine SMS-Nachricht erhalten hatte. Er warf Naldo und Jo einen entschuldigenden Blick zu und öffnete die Textnachricht. Sie war von Barack. Er bekam eine weitere Nachricht. Ein Foto. Es dauerte einen Augenblick, bis die Bilddatei sich öffnete. Dann überkam ihn ein spontaner Würgereiz.

24

Warschau

Jetzt wusste Helen, was Patryk Weisz damit gemeint hatte, sein Vater sei eventuell wahnsinnig. Staunend blickte sie sich um. Sie hatten den großen Raum verlassen und waren durch eine Holztür in einen deutlich kleineren eingetreten. Helen kamen sofort die Begriffe Yin und Yang in den Sinn. War der erste Raum überraschend hell und einladend gestaltet, mussten ihre Augen sich hier erst an das schummrige Licht der wenigen Lampen gewöhnen. Auch die Decke wirkte sehr viel niedriger. Am auffälligsten zeigte der Gegensatz der beiden Räume sich jedoch in den Exponaten. Hatte Weisz junior soeben noch von einer Sammlung über die »Schönheit« gesprochen, so musste das Motto in diesem Teil des Untergeschosses wohl »Hässlichkeit« lauten.

Wie schon in den Obergeschossen des Hauses schmückten die Wände Gemälde, auf denen Helen ausschließlich grausame, entstellte oder sogar ekelerregende Motive erkannte.

»*Das Haupt der Medusa*. Von Rubens. Lange hing es im Kunsthistorischen Museum von Wien als Leihgabe«, kommentierte Patryk Weisz von der Seite. »Und das Gemälde daneben, auf dem der Greis das Baby zu beißen scheint, ist ebenfalls ein Rubens. Es stellt Saturn beim Verschlingen seiner Kinder dar.«

Als Helen vor Schreck zurückwich, stieß sie gegen etwas Hartes, das sogleich spitze Schreie ausstieß und wie wild hinter ihr zu zappeln begann. Als sie sich umdrehte, blickte sie in das Gesicht eines Teufels, dessen hervortretende Augen und Zunge sich in hölzernen Höhlen bewegten. Der grob geschnitzte Torso, der unkontrolliert hin und her wackelte, ruhte auf einem Kasten mit Zahnrädern als Unterleib.

Weisz lachte auf. »*Der angekettete Sklave*. Ein Automat des legendären Manfredo Settala aus dem siebzehnten Jahrhundert. Er ist wirklich gruselig, nicht?«

Helen sah zu, dass sie das Gebilde, das noch immer jämmerliche Schreie von sich gab, rasch umrundete.

»Wie gesagt, mein Vater ist verrückt geworden«, entschuldigte Patryk Weisz sich bei ihr, als sie endlich wieder vor ihm stand. »Die Exponate in diesem Raum können einem schon Angst machen. Dort hinten in dem gläsernen Sarkophag liegt sogar eine echte Moorleiche.«

»Danke, ich habe genug gesehen«, entgegnete Helen und hob abwehrend die Hand. »Sie sagten, Sie haben hier den Hinweis auf mich ... und Madeleine gefunden?«

Langsam hatte sie wirklich genug davon, wie ein Kind durch die fabelhafte Wunderwelt der Weisz' zu wandeln. Sie hatte wahrlich andere Sorgen.

»Hier lag der Block mit Ihrem Namen und Ihrer Telefonnummer.« Patryk Weisz zeigte auf einen kleinen Sekretär an der Wand, angelte einen Zettel vom Tisch und übergab ihn ihr.

Es war ein schlichtes weißes Stück Papier, auf dem in kritzeliger Schrift ihr Name stand. Ihre Mobilfunknummer erkannte sie nicht sofort, da sie mit der Vorwahl für die Vereinigten Staaten versehen worden war. Helens Magen krampfte sich zusammen, als sie daneben Madeleines Namen las. Tatsächlich war darum ein Herz gemalt. Die Strichführung verriet, dass jemand das Herz zigfach nachgemalt hatte. So wie sie häufig während eines Telefonates gedankenverloren auf Zetteln kritzelte. Darunter entzifferte sie mehrere Buchstaben in wohl polnischer Sprache.

»*Die Schöne und das Biest*«, übersetzte Weisz junior. »Ich habe noch einmal einen der Hausangestellten gefragt. Meine Übersetzung war korrekt.«

»Merkwürdig«, entfuhr es ihr.

»Was?«

»Meine Handynummer kennt kaum jemand.«

»Vielleicht hat mein Vater sie von Ihrem Institut?«

Helen schüttelte den Kopf. »Ich bin keiner dieser Telefon-Junkies, die immer und überall erreichbar sein wollen.«

»Das ist gut«, antwortete Weisz. Helen schaute ihn fragend an. »Weil uns das vielleicht einen ersten Hinweis geben kann. Offenbar waren Ihr Name und Ihre Telefonnummer für meinen Vater irgendwie bedeutsam. Ich habe herausgefunden, dass sein Butler Marvin ihm diesen Block erst kurz vor seinem Verschwinden besorgt hat. Je weniger Leute Ihre Telefonnummer kennen, desto einfacher wird es, herauszufinden, wer sie ihm gegeben hat.«

Das klang logisch.

»Sie sind Neuroästhetikerin, richtig?«, riss er sie aus ihren Gedanken. »Ich habe ein wenig über Sie recherchiert«, ergänzte er mit einem schüchternen Lächeln.

Sie nickte. Immer noch grübelte sie über den Zettel nach. Jetzt, da sie den Namen ihrer Tochter, umrandet von einem

Herz, mit eigenen Augen sah, kam ihr die ganze Sache noch abwegiger vor.

»Und Sie sagten, dass Sie in den nächsten Tagen eigentlich beruflich nach Paris müssen?«

»Ja, ich werde im Louvre ein Gemälde untersuchen.«

»Welches Gemälde?« Weisz schien sich tatsächlich für ihre Tätigkeit zu interessieren, was ihr schmeichelte. Doch im Augenblick stand ihr nicht der Sinn danach, über sich selbst zu sprechen. Sie war hier, um ihre Tochter zu finden. Außerdem war da die Verschwiegenheitserklärung, die sie im Rahmen der Vorverhandlungen mit dem Louvre hatte unterschreiben müssen. »Ich darf leider nicht darüber reden.«

Die in dem Satz enthaltene Zurückweisung war ihr unangenehm. Immerhin hatte Patryk Weisz sie auf seine Kosten hierher geholt und Interesse an ihr und ihrer Arbeit gezeigt. Doch er schien es ihr nicht übel zu nehmen.

»Klingt ja sehr geheimnisvoll«, sagte er mit einem kleinen Lächeln.

»Ich vermesse die Person, die auf einem bestimmten Gemälde porträtiert ist. Vielleicht haben Sie im Internet auch von den von mir entwickelten Schablonen gelesen? Den Morgan-Schablonen?«

Weisz schüttelte den Kopf.

»Das Verfahren ist recht kompliziert. Aber ich bin der Auffassung, dass die Verwendung bestimmter Proportionen in der Kunst, vor allem in Gemälden, neurale Reize im menschlichen Gehirn erzeugt. In den vergangenen Jahren habe ich entsprechende ... wie soll ich es Ihnen erklären ... Gitter entworfen. Sie können sich meine Schablonen vorstellen wie große Landkarten auf durchsichtigem Plexiglas. Ein Paradebeispiel für den Einsatz dieser Proportionen ist ... eben dieses bestimmte Gemälde, das ich in Paris untersuchen soll. So zumindest mein Verdacht, der sich in den nächsten Tagen bestätigen soll. Wenn nicht ...« Sie stockte.

»Wir finden Ihre Tochter«, sagte Patryk Weisz und strich sanft über ihre Schulter. »Aber nun bin ich natürlich neugierig geworden, welches Gemälde Sie meinen.« Er lächelte. »Keine Sorge, ich will Sie nicht in Verlegenheit bringen. Ich werde mir einfach Ihr nächstes Buch kaufen, vermutlich erfahre ich es dann.«

»Vermutlich.« Auch Helen musste nun lächeln.

Plötzlich wurde Weisz wieder ernst. »Dann hat aber Ihre Tätigkeit als Neuroästhetikerin schon mit alldem hier zu tun?« Patryk deutete auf die Kunstwerke um sie herum.

»Irgendwie schon«, gab Helen ihm recht. »Es geht um Schönheit ...«

»Da ist es sicher kein Zufall, dass mein Vater sich gerade Ihren Namen und Ihre Nummer notiert hat.«

»Und welche Rolle spielt dann Madeleine?«

Patryk Weisz zuckte mit den Schultern. »Die Schöne und das Biest«, murmelte er. »Hat auch etwas mit Schönheit zu tun.«

Eine Weile schauten sie einander an. So wie er dort vor ihr stand, wirkte er verloren. Ein Kind, das seinen Vater sucht, ging es ihr durch den Kopf. Und eine Mutter, die ihre Tochter verloren hat.

Plötzlich ging ein Ruck durch ihn. »Das alles hier verwirrt mich. Sie können sich also nicht vorstellen, was mein Vater von Ihnen konkret gewollt haben kann? Er hat Sie nicht angerufen? Auch nichts auf Ihrer Mobilbox hinterlassen?«

»Ich bin ganz sicher, dass ich nicht mit Ihrem Vater gesprochen habe.«

Sie sah, wie seine Schultern ein paar Zentimeter tiefer sanken. Offensichtlich hatte er überzogene Hoffnungen gehabt, dass sie ihm helfen könnte, das Verschwinden seines Vaters aufzuklären.

»Es tut mir wirklich leid ...«, entschuldigte sie sich.

»Es muss viel schlimmer sein, eine minderjährige Tochter zu vermissen als einen verrückten, alten Sturkopf von Vater.«

Sein Mitgefühl tat ihr gut. Dennoch spürte sie, wie sich ihre Kehle bei seinen Worten zuschnürte.

»Ich würde mich freuen, wenn Sie sich hier trotzdem noch ein bisschen umsehen. Vielleicht kommt Ihnen irgendetwas bekannt vor, oder irgendetwas hat einen Bezug zu Ihnen, Ihrer Arbeit ... oder Ihrer Tochter. Jeder Hinweis wäre wertvoll.«

Nun klang er fast flehentlich. Auch ohne seine Bitte hätte sie sich umgeschaut, in der Hoffnung auf irgendeinen Hinweis, wie das Ganze hier mit Madeleines Verschwinden zusammenhing.

Sie trat an den Schreibtisch. Er wirkte unaufgeräumt. Nicht so, als hätte der Besitzer vorgehabt zu verschwinden, vielmehr so, als wäre er gerade nur einen Kaffee holen gegangen. Ein Schamgefühl überfiel sie, als wühlte sie unberechtigt in jemandes Schubladen.

Neben einer Tastatur lagen Stapel von Papieren. Rechnungen, Lieferscheine. Auf einigen erkannte sie die Namen renommierter Museen. In einem Aschenbecher türmten sich Stummel von Zigarillos. Jetzt erst nahm Helen den Geruch kalten Tabaks wahr. Nichts, was ihr irgendetwas sagte. Ihr Blick wanderte zur Wand über dem Schreibtisch. An ihr waren mit Klebestreifen Zeitungsartikel und Fotos angebracht worden. Helen beugte sich vor. Eine Liste mit Namen von Modezeitschriften, von denen sie die meisten kannte. Auf einem Blatt daneben war das gezeichnete Bild einer Biene zu sehen. Die einzelnen Körperteile waren über Pfeile mit lateinischen Begriffen bezeichnet. Es sah aus wie die ausgerissene Seite eines Biologielehrbuchs. Zwei der Begriffe waren unterstrichen, daneben war etwas in unleserlicher Schrift notiert. Unter der Abbildung der Biene hing eine Weltkarte. Gerade groß genug, um die einzelnen Länder zu erkennen. Auf verschiedenen Kontinenten waren mit rotem Stift große Kreise gemalt.

Schräg darüber klebte ein Zeitungsartikel, den Helen überflog. Er wies auf eine bevorstehende Wahl der Miss Amerika in New York hin. Im Artikel war eine Passage mit Textmarker hervorgehoben, in der es um Mexiko ging. Ein Gedanke wie ein Déjà-vu blitzte in ihr auf, verschwand aber sofort wieder.

Weiter rechts, über einem flachen Computermonitor, hing ein Foto von einem majestätisch wirkenden Gebäude mit einem einzelnen Turm. Der Turm war mit zwei roten Filzstrichen durchgestrichen worden. Vielleicht ein Schloss, irgendwo in Europa. Unter dem Gebäude waren auf dem Bild, ebenfalls mit rotem Filzer, eine E-Mail-Adresse und ein Name notiert. *Andreas Schliberger*, las sie lautlos. Offenbar ein deutscher Name. Er sagte ihr nichts. Daneben standen Zahlen, die sie erst auf den zweiten Blick als Datum von vorgestern erkannte, da die Europäer den Tag und nicht den Monat an erster Stelle schrieben.

»Was ist das?« Sie zeigte auf das Foto mit dem Turm.

Weisz zuckte mit den Schultern.

»Warum hat Ihr Vater all diese Fotos und Zeitungsartikel hier aufgehängt?«

Auch darauf hatte Patryk Weisz keine Antwort.

Helen überflog den Artikel über die Misswahl ein weiteres Mal. Auch betrachtete sie noch einmal die übergroße Biene. Sie stellte sich das Summen einer Biene vor. Fetzen von Frühlingsfarben legten sich dabei über das Foto vor ihr, doch plötzlich schob sich ein grauer Filter über alles. Der Artikel über das Bienensterben, den sie im Flugzeug gelesen hatte, fiel ihr wieder ein. Als hätte sie die Tür zu ihrem Kurzzeitgedächtnis aufgestoßen, kam ihr auch die Entführung der Schönheitsköniginnen in Mexiko in den Sinn.

In den letzten Tagen hatte man den Berichten dazu in den Zeitungen und im Fernsehen nicht entkommen können. Sie suchte den Zeitungsartikel an der Wand vergeblich nach einem Datum ab. Aber er schien vor dem Entführungsdrama verfasst worden zu sein. Eine dunkle Ahnung breitete sich in ihr aus. Gleichzeitig begann ihr Puls sich zu beschleunigen. Sie warf einen raschen Blick zu Patryk Weisz hinüber, der immer noch unbeweglich neben ihr stand und nichts von dem, was in ihr vorging, mitzubekommen schien.

Vorsichtig trat sie einen Schritt zurück und betrachtete die Wand aus größerer Entfernung. Jetzt erst fiel ihr ein Foto auf, das einen Mann in einem weißen Arztkittel zeigte. Er schien arabischer oder südländischer Abstammung zu sein. Seine Haare zeigten einen ersten Schimmer von Grau und waren ordentlich gescheitelt und zur Seite gekämmt. Die Zähne blitzten weiß unter dem wirren Gekritzel eines Kugelschreibers hervor, das fast sein gesamtes Gesicht verdeckte. Als hätte jemand aus Wut versucht, seine Züge unkenntlich zu machen. Daneben stand der Name *Mona* notiert.

»Und wer ist das?«, fragte sie.

»Dr. Ahmed Rahmani«, antwortete Weisz mit einer gehörigen Portion Verachtung in der Stimme. »Ein Arzt. Jedenfalls nennt er sich so. Er ist für den Tod meiner Mutter verantwortlich. Offenbar hat mein Vater sein Foto hier hingehängt, um dies niemals zu vergessen.« Patryk Weisz' Worte drangen in giftgrünem Gewand zu ihr herüber.

Helen nickte. Sie wusste nicht genau, was sie erwidern sollte. »Mein Beileid«, sagte sie leise.

Sie merkte, wie ihre Knie leicht zu zittern begannen, und stützte sich auf dem Schreibtisch ab. Ihre Hände berührten ein Buch, das dort aufgeschlagen, mit dem Rücken nach oben lag. *Diario di Luca Pacioli* lautete der Titel. Das Buch sah sehr alt aus. Während sie darüber nachdachte, wie alt, begann es sich vor ihren Augen langsam zu drehen.

»Geht es Ihnen nicht gut?«, erkundigte Weisz sich und trat von hinten an sie heran. Sie spürte, wie seine Hände sich um ihren Arm legten und sie zu dem Bürostuhl führten, auf den sie niedersank. Der herbe Duft seines Aftershaves drang ihr in die Nase. »Danke für Ihr Mitgefühl, aber es ist schon einige Jahre her. Sie starb während einer Operation.«

Wovon redete er? Helen spürte, wie sie einen Moment Mühe hatte, seinen Worten zu folgen. Ach so, von seiner Mutter ...

Abermals schweifte ihr Blick zu der Wand vor ihr. Zu dem

Zeitungsartikel über die Misswahl. Der Abbildung der Biene, die nun noch größer wirkte. Weiter nach oben.

Und dann sah sie es. Ein Foto, das aussah wie der Schnappschuss eines Paparazzos. Aus einem schlechten Winkel aufgenommen, zu weit entfernt, um wirklich scharf zu sein.

Doch sie erkannte die eingefallenen Wangen, die großen, hellwachen Augen und die vollen Lippen sofort.

Es war Madeleine, ihre Tochter.

25

Boulogne Billancourt

Jacques Fourré musste wirklich dringend mal verschwinden. Er nahm ein Exemplar von dem Zeitschriftenstapel, rollte es mit geübtem Griff zusammen und klemmte es sich unter den Arm.

»Auf der Siebzehn!«, rief er seinem Kollegen laut zu, der zum Zeichen, dass er trotz der Lärmschutz-Kopfhörer verstanden hatte, den Daumen hob.

Keine zwanzig Sekunden später wählte Fourré eine der Kabinen im Herrenklo aus und ließ sich seufzend auf der Toilettenbrille nieder. Er riss ein Stück Klopapier ab und tupfte sich damit den Schweiß von der Stirn. Die Schicht war bald zu Ende, und nach einem Käsetoast und einem Bierchen in Philips *Bar Tabac* würde er sich zu Hause erst einmal aufs Ohr hauen. Er entrollte die frisch aus der Presse kommende Zeitschrift, die noch nach Druckerschwärze roch, und stutzte. Vom Cover lächelte ihm die grotesk verzerrte Karikatur einer Frau entgegen. Jacques fühlte sich an ein Computerprogramm erinnert, das sein Neffe ihm vor nicht allzu langer Zeit prustend gezeigt hatte und mit dem man Gesichter so verzerren konnte, dass die Bilder aussahen wie Fotos von Außerirdischen.

Hier auf dem Klo der Druckerei las er regelmäßig die großen Modemagazine aus der Druckerpresse; so eine Spielerei hatte er aber noch niemals zuvor gesehen. Und dann auch noch auf dem Cover. Nun gut, er gehörte vermutlich auch nicht zur Zielgruppe dieser Zeitschriften. Auf der Suche nach einer Erklärung überflog er die Schlagzeilen auf dem Titelblatt, doch dort standen die üblichen Versprechungen über Wunderdiäten, Wundersex und Wundermode.

Kopfschüttelnd schlug er die Zeitschrift auf und stieß auf die nächste Karikatur. Dort, wo sonst das Foto der Chefredakteurin das Editorial garnierte, war diesmal nur das verzerrte Bild einer Frau zu erahnen. Die Augen groß und rund wie die einer Kuh, die Nase aufgeblasen wie ein Luftballon, der Mund ein schmaler Strich, das Kinn ein lang gezogener Stiel. Seite um Seite blätterte er um, die Gesichter blieben in derselben Art und Weise entstellt. In der gesamten Zeitschrift fand er kein einziges normales Foto eines Menschen. Selbst die Anzeigen zierten lächerliche Fratzen. Und auch die abgebildeten Körper zu den Gesichtern waren mal aufgebläht wie der des Michelin-Männchens, mal eingefallen, als hätte jemand die Luft herausgelassen.

Jacques Fourré war kein Zeitungsschreiber und hatte auch mit Mode nichts am Hut. Doch seine innere Stimme sagte ihm, dass da irgendetwas erheblich schiefgegangen sein musste. Kurz überlegte er, den Schichtleiter zu informieren, doch dann entschied er sich dagegen. Er hatte früh gelernt, dass man sich nicht in Sachen einmischen sollte, die einen nichts angingen. Auch dachte er an Philips duftenden Toast. Im schlimmsten Fall mussten sie die gesamte Auflage noch einmal drucken. Dann war es vorbei mit seinem Feierabend. Nein, es war besser, er vergaß, was er hier gesehen hatte. Und da es kein schöner Anblick war, sollte ihm dies leichtfallen.

Er beeilte sich mit dem Abputzen und versenkte die Zeitschrift, so gut es ging, im Mülleimer neben dem Waschbecken. Während er seine Hände trocken föhnte, musste er plötzlich grinsen. Zu gern würde er die Gesichter dieser Modefuzzis sehen, die einmal im Jahr mit den neuen Redakteuren die Druckerei besuchten, wenn sie die jüngste Ausgabe in die Hände bekamen. Vermutlich würden sie sich von denen in der Zeitschrift gar nicht groß unterscheiden.

26

São Paulo

»Es ist wirklich grausig. Das Perverseste, was ich je gesehen habe.« Die Sache nahm Barack hörbar mit. Millner stellte sich vor, wie er schnaufend auf einer der Cola-Kisten in ihrem provisorischen Büro in Mexiko saß und den Kopf schüttelte. »Bei Leichen habe ich alles gesehen, was man sich vorstellen kann, und auch, was nicht. Aber bei einer Lebenden ...«

Millner strich sich mit der Hand über das Gesicht. Das waren die Schattenseiten ihres Jobs. Man musste hinschauen, wo andere lieber wegsahen. Er warf einen Blick hinüber zu Jo, der teilnahmslos aus dem Fenster blickte. Mit dem Telefonat als Vorwand hatten sie es geschafft, sich endlich von Naldo, dem Imker, zu verabschieden, und waren nun wieder auf dem Weg zum Flughafen.

»Ist das alles von der Rechtsmedizin dokumentiert worden?« Die nächste Frage musste er stellen, auch wenn sie ihm schon jetzt Schmerzen bereitete: »Könnt ihr mir Detail-Aufnahmen zuschicken? Und bitte auch ein Foto, wie sie ... also ... wie sie vorher aussah.«

»Habe ich schon in Auftrag gegeben. Aber ich rate dir: Iss vorher nichts. Das Gesicht ist total entstellt, die Brüste ... Das arme Mädchen wurde komplett ... umgebaut. Allerdings war der Rechtsmediziner wirklich erstaunt ...«

»Das glaube ich gern«, antwortete Millner.

»Nein, nicht über die Sache an sich. So etwas hat er natürlich auch noch nie gesehen, sondern über die Ausführung. Absolut professionell. Hervorragende chirurgische Arbeit, wie er sagte. Das war ein Profi. Kein durchgeknallter Drogenhändler.«

»Ein Profi?«

»Er tippt auf einen plastischen Chirurgen aus der obersten Liga. Einen Schönheitsdoktor.«

Das passte alles nicht zusammen. Wer entführte einen Bus mit Schönheitsköniginnen mit militärischer Präzision, um dann eines der Mädchen zum Monster umzuoperieren und wieder freizulassen? Ein Perverser mit Armee? Das war ihm noch nie vorgekommen. Psychopathen waren normalerweise Einzeltäter. Selten mal zu zweit unterwegs.

»Und setzt die Profiler darauf an!«

»Auch schon geschehen«, antwortete Barack. Er klang beleidigt.

»Und keine Presse!«

»Zu spät. Habe gerade aus Washington erste Screenshots von Zeitungsartikeln bekommen. Die haben sogar Fotos von der Kleinen abgedruckt ...«

»Wie kann das sein?«, wollte Millner erstaunt wissen. »Ich dachte, die ist erst seit ein paar Stunden frei.«

»Die Fotos müssen vorher entstanden sein. Miles ist gerade dabei, das zu recherchieren. So wie es derzeit aussieht, haben die der Presse die Fotos zugespielt. Bei den Medien herrscht die reine Panik. Amerikas hübscheste Töchter in der Hand eines irren Chirurgen. Ein nationaler Albtraum ...«

»Verdammter Mist!« Ein regelmäßiges Piepen ertönte. Millner schaute auf das Display, das einen zweiten Anruf meldete. »Washington klopft an. Wir telefonieren später weiter«, sagte er zu Barack und drückte die Taste zum Annehmen des Anrufs.

Es kam nicht oft vor, dass der Leiter des FBI ihn anrief. Amerikas schönes Gesicht wurde angegriffen, und er steckte im Süden Brasiliens fest, um ein paar Bienen zu retten.

27

Warschau

»Das ist meine Tochter!«, hatte sie ausgerufen und auf das Foto gezeigt. Patryk Weisz war hervorgetreten und hatte sich das Bild genauer angeschaut. »Es kann nicht sehr alt sein«, stellte sie fest. Im Hintergrund war das Gebäude der Klinik zu erkennen. »Warum hängt das hier?«

Sie spürte Wut in sich aufsteigen. Niemand hatte das Recht, ein Foto ihrer sechzehnjährigen Tochter aufzuhängen. Dass dies Tausende von Meilen von ihrem Zuhause entfernt, im Haus eines exzentrischen polnischen Milliardärs geschehen war, verstärkte ihr Gefühl, dass hier etwas Bedrohliches vor sich ging, und zu der Wut gesellte sich Angst.

»Das ist Ihre Tochter?« Patryk klang überrascht.

Sie trat näher an das Foto heran. Es handelte sich um einen Farbausdruck in guter Qualität. Madeleine lächelte auf dem Foto nicht, sie lächelte ohnehin nur sehr selten, aber sie schaute auch nicht unglücklich. In ihrem Gesicht lag dieser besondere Ausdruck, der Melancholie, aber auch Stärke verriet, mit dem sie nicht nur ihre Mutter, sondern auch Lehrer und Ärzte für sich einnahm und sicher auch schon die ersten Jungen aus ihrer Klasse bezaubert hatte. Hätte dieses Bild über ihrem eigenen Arbeitsplatz an der Wand des Labors gehangen, es hätte ein schönes Stück Zuhause dargestellt. Doch hier war es vollkommen fehl am Platz. Jetzt erst bemerkte Helen, dass auf dem Ausdruck etwas notiert war. *Madrid: Museo Nacional del Prado, ML*, stand dort geschrieben, außerdem das Datum von morgen.

Helen schüttelte verwirrt den Kopf und deutete auf die Notiz. »Was hat das zu bedeuten?«

Weisz trat heran und las nun seinerseits das, was dort neben Madeleines Foto stand.

Währenddessen wanderte ihr Blick über die übrigen Papiere an der Wand und wieder zurück zu dem Foto ihrer Tochter. Es gab für sie keinen Zweifel: Der alte Weisz, ob nun wahnsinnig oder nicht, führte etwas Böses im Schilde, und Madeleine war Teil davon.

Ich muss die Polizei anrufen, dachte sie. Was aber würde Weisz junior dazu sagen? Immerhin ging es hier um seinen Vater. Sie musterte ihn von der Seite. Weit vorgebeugt stand er neben ihr und studierte die Papiere an der Wand. Auch er wirkte besorgt.

»Ich habe das Gefühl, hier stimmt irgendetwas nicht ...«, sagte sie vorsichtig. Während sie die Worte aussprach, beobachtete sie seine Reaktion.

Patryk Weisz drehte sich langsam zu ihr und schaute sie direkt an. Ganz offensichtlich schien auch er mit sich zu ringen.

»Das denke ich auch.« Seine Miene war ernst, und er stieß einen tiefen Seufzer aus. Ein warmer Braunton erschien bei seinen Worten vor ihrem inneren Auge. Sie spürte, wie sie sich etwas entspannte. Doch das ungute Gefühl, jene Mischung aus Angst und Wut, ließ sich nicht abschütteln.

»Sagen Sie mir, was Sie wissen!«, forderte sie harscher als beabsichtigt.

»Verzeihen Sie, dass ich Sie nicht sofort eingeweiht habe, aber ich wusste nicht, ob ich Ihnen trauen kann oder ob Sie nicht vielleicht doch ... Teil des Ganzen sind.«

Helen lehnte sich verblüfft zurück. »Teil welches Ganzen?«

»Darf ich einmal?« Patryk Weisz schob den Bürostuhl, auf dem Helen immer noch saß, sanft zur Seite und beugte sich über die Tastatur des Computers vor ihnen auf dem Schreibtisch. Auf Tastendruck schaltete der Monitor sich ein. Geschickt flogen Weisz' Hände über die Tasten, dann liefen über den Bildschirm Reihen grüner Ziffern und Buchstaben.

»Was ist das?«

»Wie gesagt, mein Vater ist mit Antiviren-Software erfolgreich geworden.«

Helen schüttelte den Kopf. Sie hatte über Madeleine und die Papiere an der Wand reden wollen, nicht über Computer-Software. »Und dies ist so eine Antiviren-Software?«, fragte sie gequält.

Er lächelte vielsagend und schüttelte den Kopf. »Nein. Das hier ist das genaue Gegenteil davon.«

»Ein Computervirus?«

Patryk Weisz nickte. »Ich glaube, dass mein Vater ihn entwickelt hat. Es sind mehrere Versionen auf diesem Rechner, wobei das Virus sich von Version zu Version weiterentwickelt.« Auf seiner Stirn hatten sich nun tiefe Sorgenfalten gebildet.

Helen wusste nicht, was sie sagen sollte. Ein Computervirus war gegen das, worin sie eine Verwicklung seines Vaters vermutete, eine Lappalie. Auch würde ein Computervirus kaum erklären, warum ein Bild ihrer Tochter an der Wand hing. »Mehr vermuten Sie nicht? Nur dass er ein Computervirus geschaffen hat?«, fragte sie ungläubig.

Weisz' Miene blieb ernst. »Ich habe noch nicht ganz verstanden, was es zu bewirken imstande ist. Wenn meine ersten Vermutungen aber stimmen, dann wird es erhebliche Auswirkungen auf die Welt haben, in der wir leben. Ich fürchte, es ist in der Lage, Grundlagen zu zerstören, die unser gesamtes Leben bestimmen.«

Sie versuchte, seine Worte zu verstehen. Sicher hatte auch sie schon von Computerviren gehört. Von Trojanern, mit denen Passwörter gestohlen wurden. Auch davon, dass Geheimdienste Viren einsetzten, etwa um Atomanlagen in anderen Ländern zu sabotieren. Als tatsächliche Gefahr für das Wohlergehen der gesamten Welt hatte sie ein Computervirus aber bislang noch niemals empfunden.

»Sie meinen, dass dieses Virus einen Krieg auslösen kann oder so?«

Patryk Weisz drückte den Rücken durch, suchte nach einer Sitzgelegenheit und setze sich dann vor ihr auf die Kante des Schreibtisches.

»Vorsicht, das Buch!«, rief sie und zog unter seinem Gesäß das alte Buch hervor, das ihr vorhin bereits aufgefallen war.

Während er sich entschuldigte, als wäre es ihr Buch, legte sie es vorsichtig auf ihren Schoß.

»Nein, keinen Krieg, und es wird auch keine Atomraketen starten. Wie gesagt, ich habe die Funktionsweise noch nicht ganz verstanden, doch ich glaube, es greift etwas viel Banaleres an: Harmonien ... oder besser: Proportionen.«

Helen schüttelte den Kopf. Auch wenn sie als Neurologin durchaus mit komplexeren Sachverhalten zu tun hatte, verstand sie nicht, worauf Patryk Weisz hinauswollte. »Als ich sagte, hier stimmt etwas nicht, meinte ich nicht das da.« Sie zeigte auf den Monitor, auf dem noch immer scheinbar endlose Reihen von Ziffern über den Bildschirm zogen. Während sie sprach, strich sie über den Einband des Buches in ihrer Hand. Es fühlte sich weich und warm an. Der Geruch von altem Papier stieg ihr in die Nase. »Ich meinte den Zeitungsartikel dort an der Wand über das Vorbereitungscamp der amerikanischen Misswahlen in Mexiko. Und ich meinte die Abbildung der Biene mit der Weltkarte daneben. Haben Sie in letzter Zeit die Nachrichten verfolgt?«

Patryk Weisz drehte sich überrascht zu der Wand in seinem Rücken und warf einen Blick auf die von ihr angesprochenen Blätter. »Nein, ich hatte hier in Polen mit der Entschlüsselung des Virus zu tun und habe viel Zeit in diesen Kellerräumen verbracht«, sagte er entschuldigend. »Was hat es mit dieser Misswahl und den Bienen auf sich?« Er schien tatsächlich nichts davon mitbekommen zu haben. Zum ersten Mal fiel ihr auf, wie müde er wirkte. Bei seiner gut gebräunten Haut fielen die dunklen Ränder unter seinen Augen nicht gleich auf. Jetzt aber, so nah an der Schreibtischlampe, konnte sie die deutlichen Anzeichen von Erschöpfung in seinem Gesicht erkennen.

»Ein Bus mit den Kandidatinnen für die Wahl der Miss Amerika wurde vor über einer Woche in der Nähe von Acapulco gekidnappt. Die Mädchen sind bis heute spurlos verschwunden.«

Weisz fuhr sich mit der Hand durch die Haare, ein paar widerspenstige Haarbüschel standen ihm danach wild vom Kopf ab. »Ich verstehe nicht, wie das mit meinem Vater zusammenhängen sollte. Gut, er ist auch verschwunden ...«

»Und auf der ganzen Welt gibt es ein mysteriöses Bienensterben. Ich habe auf dem Flug hierher darüber gelesen. Und wenn ich mich recht erinnere, wurden in dem Artikel Länder genannt, die auf der Karte hier an der Wand rot umkreist sind.«

Wieder folgte sein Blick ihrem Zeigefinger. Einen Moment war es still im Raum, dann brach Patryk Weisz in Gelächter aus. »Sie glauben nicht wirklich, dass mein Vater damit etwas zu tun hat? Entführung, sterbende Bienen?« Ihr ernster Blick ruhte auf seinem Gesicht, in dem die Lachfalten, je länger sie ihn anschaute, langsam wieder verschwanden. »Sie meinen es ernst?«, fragte er schließlich, doch es klang wie eine Feststellung. »Das ist verrückt!«

»Sie sagten, Ihr Vater sei verrückt!« Helen schaute einmal mehr zu dem Foto ihrer Tochter an der Wand. Aus dem Augenwinkel sah sie unverändert Zahlenreihen auf dem Monitor vorbeifliegen.

»Schon, doch damit meinte ich eigentlich diese Ausstellung hier. Oder aber das da!« Er zeigte in eine Ecke des Raumes, die Helen bislang noch nicht beachtet hatte.

Im Halbdunkeln erkannte sie eine metallisch glänzende Tür, in die eine Glasscheibe eingelassen war. Darauf prangte das gelbe Warnzeichen für Biohazard – Biogefahr.

»Was ist dahinter?«

»Gehen Sie hin und schauen Sie nach«, entgegnete Weisz.

Helen erhob sich fast widerwillig. Mit vorsichtigen Schritten, als traute sie dem Fußboden nicht, näherte sie sich der Tür. Hinter der Scheibe, die von einem feinen Gitternetz durchzogen war, brannte schwaches Licht. Auf halbem Weg zur Tür blieb sie stehen und musterte Patryk Weisz noch einmal. Er saß noch immer mit verschränkten Armen auf der Kante des Schreibtisches und beobachtete sie.

Endlich hatte sie die Tür erreicht. Langsam schob sie den

Kopf zur Seite und spähte an dem gelben Warnaufkleber vorbei durch die Scheibe. Im schummrigen Licht erkannte sie einen schlichten Raum. Er war länger als breit und wirkte so steril wie ein Operationssaal. Auf dem Zementblock in der Mitte des Raumes standen verschiedene Instrumente, wie es sie in einem Labor gab. Nichts Besonderes. Wenn dem Warnhinweis zu trauen war, mussten sich hinter der Tür irgendwelche biologischen Organismen oder Substanzen befinden, von denen eine potenzielle Gefahr ausging.

Helen stellte die Augen auf kurze Distanz und prüfte die Dicke der Tür. Sie machte einen stabilen Eindruck. An den Seiten erkannte sie die Ränder von Silikondichtungen. Sie drehte sich erneut zu Patryk Weisz um, der sie weiter beobachtete. Ihre Lippen formten das Wort »Was?«

Ohne zu antworten, nickte er fast unmerklich in Richtung der Tür.

Wieder wandte sie sich der Scheibe in der Stahltür zu, und da sah sie es. Ganz hinten im Raum. Für einen Moment zweifelte sie daran, dass es eben schon da gewesen war, weil es ihr bis jetzt nicht aufgefallen war. Aus einem stabilen Glaskasten, der an der Wand am Ende des Raumes befestigt war, lächelte sie eine Frau an.

28

Florenz, um 1500

Leonardo hat einen großen Teil seiner Werke vernichtet, die nicht mehr seinen neuen Idealen entsprachen. »Verirrungen« hat er sie genannt. Es gab einen großen Streit mit Salai, der ihn davon abhalten wollte, sie ins Feuer zu werfen. Als lo straniero *schlichten wollte, hat Salai ihn geschlagen. Zunächst befürchteten wir eine Auseinandersetzung, doch* lo straniero *hat sich nicht gewehrt. Ganz ruhig stand er dort, den Abdruck von Salais Hand auf seiner weichen Wange. Und er hat gelächelt. Salai wollte schon ein weiteres Mal zu-*

schlagen, aber dann hat er sich fluchend zurückgezogen. Wir haben uns bei lo straniero tausendfach entschuldigt. Ich muss gestehen, dass ich sogar auf die Knie fiel und seine Hand küsste. Nicht auszudenken, wenn er uns wegen dieser Szene verlassen hätte.

Doch er ist ganz gelassen geblieben, als wäre nichts geschehen. Salai sei nur von außen schön, hat er schließlich gesagt und Leonardo geholfen, die ungelenken, die misslungenen, die hässlichen Gemälde und Skizzen zu verbrennen.

Ich habe derweil mit dem Lesen des letzten der zehn Bücher begonnen. Nach langen Studien bin ich sicher, dass sich uns etwas von Gottes Herrlichkeit offenbart hat. Wie lange hat die Menschheit versucht zu verstehen, nach welchen Regeln er die Welt erschaffen hat! Und nun liegt der Bauplan so offen vor uns. Leonardo und ich sind uns einig, dass es unsere Menschenpflicht ist, uns zukünftig genauestens an diese Regeln zu halten. Nicht, um ihm nachzueifern, sondern um ihn zum Vorbild zu nehmen. Ich werde dazu etwas verfassen. Ein Werk von großer Klarheit und Dichte. Als Titel schwebt mir Die göttliche Proportion *vor. Leonardo hat zugesagt, dafür die Skizzen zu erstellen. Lo straniero wird es gefallen, und es wird helfen, dass er die Sache mit Salai verzeiht. Was Gian Giacomo angeht, werde ich mit Leonardo sprechen und ihn daran erinnern, dass sein Kosename nicht umsonst »Salai« ist, was »Ausgeburt des Teufels« bedeutet.*

Ein Gedanke, der mich gleichermaßen besorgt wie fasziniert: Kann es wirklich sein, dass hier, vor Leonardos und meinen Augen, die beiden mächtigsten Kräfte des Universums miteinander ringen?

Wenn es so sein sollte, werden wir uns bald für eine Seite entscheiden müssen.

29

Warschau

Der Mann im schwarzen Anzug saß in einer Baumgabel, in sicherer Höhe. Seine auf Hochglanz polierten braunen Lederschuhe ruhten auf einem schmaleren Ast eine Etage tiefer. Der braune Gürtel, das Dreieck des Einstecktuches, das farblich auf die Krawatte abgestimmt war – all dies verriet Stil und wollte so gar nicht zu der Lockenpracht passen, die bis über seine Schulter fiel. Den Rücken gegen den Stamm gepresst, schien er zu schlafen. Eine Fliege umkreiste seinen Kopf, ließ sich auf seiner Wange nieder, rieb die Vorderbeine aneinander, flog auf, als der Mundwinkel unter ihr leicht zuckte, und ließ sich nach einer kurzen Flugrunde wieder auf der Stirn nieder.

Unten am Stamm lehnte ein schwarzer Stock, dessen oberes Ende ein mächtiger Silberknauf in Gestalt eines Widderkopfes bildete.

Die Fliege stob abermals erschrocken davon, als der Mann in der Krone der alten Eiche, nicht weit entfernt von dem imposanten Eingangstor, das den Weg zum Haus des alten Weisz versperrte, plötzlich die Augen öffnete und den Kopf vorsichtig zur Seite neigte. Für Sekunden verharrte er bewegungslos. Ein sanftes Lächeln umspielte seine Lippen, als er am Horizont, vor dem blutroten Himmel der untergehenden Sonne, eine Reihe von Lichtern wahrnahm.

Der Mann zog den Krawattenknoten fester, fixierte einen Punkt am Boden unter dem Baum und ließ sich im nächsten Moment fallen.

Durch ein geschicktes Beugen der Knie federte er den Sturz ab, griff nach dem Stock und begann, entlang der mächtigen Mauer, die das Grundstück umgab, so schnell zu laufen, dass die Fliege Mühe hatte, ihm zu folgen.

30

Washington

An Schlaf war auf dem Flug von São Paulo nach Washington nicht zu denken. Nach dem Start war er kurz eingenickt, doch sobald er die Augen schloss, sah er die Bilder des entstellten

Mädchens vor sich. Man hatte ganze Arbeit geleistet. Der Bericht des Rechtsmediziners, den Barack ihm auf sein Smartphone geschickt hatte, klang wie das Protokoll einer Horror-OP.

Ihre Nase war zertrümmert und mit körperfremdem Knorpel aufgefüllt worden, sodass sie zu einem skurrilen Gebilde in der Form eines Vogelschnabels mutiert war. An Dutzenden Stellen hatte man die Haut des Mädchens mit körperfremdem Fett unterspritzt, vor allem am Bauch und an den Oberschenkeln. Mit dem Fettabsauger hatte man dafür dort gearbeitet, wo dies weder üblich noch notwendig war, und so eine katastrophale Kraterlandschaft im Bindegewebe geschaffen. Ein Foto zeigte eine Brust, die wirkte, als hätte man sie ausgenommen. Von ihr war nichts übrig geblieben als ein Hautsack, der nun schlaff über den Rippen hing. Die andere Brust war dafür mit so viel Silikon aufgefüllt worden, dass, so der Bericht, jederzeit ein Platzen zu befürchten war. Große Sorgen bereitete den Ärzten auch der intensive Einsatz von Botulinumtoxin, mit dem die Mimik des Mädchens, ergänzt durch Silikoneinspritzungen, zu einer entsetzlichen Fratze modelliert worden war.

Die Tatsache, dass man ihr auch sämtliche Haare abrasiert hatte, nahm sich dagegen nahezu bedeutungslos aus. Sie würden nachwachsen. Wenigstens, so der Bericht, habe das Mädchen vermutlich keine Schmerzen erlitten. Die Eingriffe waren in Vollnarkose vorgenommen worden. Als sie gefunden wurde, war ihr Körper noch immer mit Schmerzmitteln vollgepumpt. Auch gab es keine Spuren von anderen körperlichen Misshandlungen oder gar sexuellen Übergriffen.

Millner nahm sein Telefon und öffnete noch einmal die letzten einer Reihe von Fotos, die dem medizinischen Gutachten beigefügt waren. Er blätterte bis zu den Bildern vor, auf denen Nahaufnahmen der Unterschenkel des Mädchens festgehalten waren, die auf den ersten Blick ein dichtes Netz von Tätowierungen aufwiesen. Aufgemalte Haare, so dicht, dass man meinen konnte, Schienbeine und Waden wären mit Fell bedeckt. Die Ärzte hatten es als ein missbräuchlich verwendetes Permanent-Make-up identifiziert. Soweit Millner wusste, verblasste diese Art von kosmetischer Tätowierung nach einigen Jahren. Anders als die Tätowierung, die der Kleinen mitten auf der Stirn gestochen worden war. Millner hatte erst geglaubt, sich zu irren, als er das Foto mit einer Spreizbewegung seiner Finger auf dem Display seines Smartphones vergrößert hatte. Doch auf der Stirn des Mädchens prangte eindeutig eine gelb-schwarz gestreifte Biene. Eine Tatsache, über die er nur schwer hinwegkam. Ein paar Stunden zuvor hatte er noch auf der Veranda eines brasilianischen Imkers gesessen und mit ihm über das rätselhafte Sterben seiner Bienen gesprochen, und nun starrte er in das entstellte Gesicht eines in Mexiko entführten und geschundenen Mädchens, auf dessen Stirn sich eine eintätowierte Biene befand.

Er war alt genug, um erfahren zu haben, dass das Leben die merkwürdigsten Zufälle bereithielt. Aber er war auch ein zu erfahrener Ermittler, um nicht zu wissen, dass es Zufälle nur sehr selten gab. Die Bezeichnung des Zusammentreffens mehrerer Ereignisse als Zufall war oft nur der vorschnelle Verzicht auf eine kausale Erklärung für deren gemeinsames Auftreten. Meistens gab es jedoch eine Erklärung, einen Zusammenhang. Millner war so gut in seinem Job, weil er Zusammenhänge fand, wo andere keine sahen. Und seine innere Stimme sagte ihm, dass es hier eine Verbindung gab. Jedoch ärgerte es ihn, schon seitdem sie in São Paulo gestartet waren, dass es ihm nicht gelang, seinem Gefühl Bilder zuzuordnen.

Bienensterben und Schönheitsköniginnen. Die Verstümmelung der freigelassenen Miss Alabama sah nach einer Warnung aus, um das Lösegeld hochzutreiben. Allerdings war eine solche Forderung immer noch nicht gestellt worden. Konnte es sein, dass jemand Amerikas Beauty Queens und gleichzeitig die Population der Bienen ins Visier nahm?

Das Nachdenken ermüdete ihn. Er rieb sich die Stirn und griff nach dem Whiskey, den er sich gegen seine Flugangst bei der Stewardess bestellt hatte. Er warf eine Tablette in das Glas und stürzte den Whiskey hinunter, klappte den Tisch hoch, verstaute den leeren Plastikbecher in dem Sitznetz vor sich und lehnte sich frustriert zurück.

Gerade wollte er die Augen schließen, als ein Gespräch in der Sitzreihe vor ihm ihn aufhorchen ließ.

»Sieht aus wie ein Zombie!«, bemerkte eine Frau lachend. Ihrer Stimme nach zu urteilen, war sie recht jung. »Voll der Horror!«

»So etwas Krasses habe ich noch nie in einer Zeitung gesehen. Guck mal hier, auf den Fotos auch!«

Millner beugte sich zur Seite, um durch die Lücke zwischen den Sitzen in die Reihe vor sich zu schauen, doch alles, was er sah, war eine Jacke, die jemand in die Ritze gestopft hatte. Das Kichern dahinter wurde lauter.

»Alle sind zu Freaks mutiert! Schau dir mal die Titten an! Eine ganz klein und eine riesig groß.«

Millner sprang auf, machte einen Schritt nach vorn und griff nach der Zeitung, die aus der Sitzreihe vor ihm herausragte. Dahinter kamen die Gesichter zweier junger Frauen zum Vorschein, die ihn erschrocken anblickten. Er kümmerte sich nicht darum, sondern starrte verblüffte auf die Zeitung.

Nicht Mrs. Alabama war dort zu sehen, sondern eine Anzeige mit einer spärlich bekleideten Frau, deren Gesicht und Körper grafisch entstellt waren. Tatsächlich erinnerte ihr Gesicht an das eines Zombies, der Körper an die Karikatur eines Pin-up-Girls.

»Hey, Mister, geht's noch?«

Er ignorierte den Protest der hübscheren der beiden Frauen, die am Gang saß und ihm am nächsten war. Seine Augen wanderten über die Seite und blieben an dem Porträt-Foto eines Mannes im Artikel darüber hängen. Auch dessen Gesicht wirkte, als hätte sich der Bildredakteur einen üblen Scherz erlaubt. Die Nase war bizarr vergrößert, die Augen merkwürdig verdreht. Die Abstände zwischen Mund, Nase und Augen schienen ebenfalls manipuliert worden zu sein.

»Die sehen alle so aus in der Zeitung«, stellte nun die andere der beiden Frauen von der Seite fest.

Millner blätterte um. Auch auf der nächsten Seite fanden sich einige Fotos von Menschen, die mit viel zu großen Köpfen und verzerrten Proportionen wie Außerirdische oder aber Darsteller aus einem Zombie-Film wirkten. Auf der nächsten Seite das Gleiche.

»Kann ich die behalten?«, murmelte Millner, und ohne eine Antwort abzuwarten, taumelte er zurück und ließ sich wieder in seinen Sitz fallen.

»Gern! Weil Sie so nett gefragt haben«, schallte es aus der Reihe vor ihm, gefolgt von einem gezischten:

»Lass ihn, ich glaube, er ist betrunken.«

Endlich hatte Millner in dem Knäuel aus Zeitungsseiten die Titelseite gefunden. In schwarzen Lettern prangte dort der Schriftzug *Washington Post*. Darunter ein Foto, das laut Bildunterschrift die Präsidentin der Fed zeigen sollte, tatsächlich aber nur die Grimasse einer Frau abbildete. Und dann sah er sie. Direkt zwischen den Worten *Washington* und *Post*. Zunächst hatte er es für einen Teil des Schriftzuges gehalten, dann für einen Klecks Druckerschwärze. Doch auf den dritten Blick erkannte er es: eine kleine gedruckte Biene.

31

Warschau

»Die *Mona Lisa!*«, rief Helen aus und drehte sich zu Patryk Weisz um. Der hatte sich von der Kante des Schreibtisches erhoben und kam auf sie zu. Erst jetzt fiel Helen der katzenhafte Gang ihres Gastgebers auf. Er blieb neben ihr stehen und blickte durch die Scheibe in den Raum, in dem an der gegenüberliegenden Wand in einem Glaskasten das Gemälde der *Mona Lisa* hing.

»Was soll das?«, fragte sie und deutete auf das Warnzeichen für Biogefahr auf der Tür. »Normalerweise sichert man damit Krankheitserreger, Bakterien, Viren oder Ähnliches. Warum hängt das Bild da drin?«

»Ich habe keine Ahnung«, entgegnete Patryk. »Und ich habe mich gehütet, den Raum zu betreten. Möchten Sie?« Er schaute sie herausfordernd an.

Helen erwiderte seinen Blick und spürte, wie es in ihrer Magengegend zu kribbeln begann. Irgendetwas irritierte sie. Während sie noch in seinem Gesicht nach dem Grund suchte, fiel es ihr ein: Das Ockerbraune, das sie immer mit seiner Stimme assoziierte, war verschwunden und einem Rotton gewichen. Einem dunklen Rot, das normalerweise nichts Gutes verhieß.

»Es wird nicht die echte *Mona Lisa* sein ...«, merkte sie an.

»Bei meinem Vater weiß man nie. Bedenken Sie, er ist milliardenschwer. Und er gibt sich selten mit Kopien zufrieden ...«

»Er bräuchte eine Billion«, entgegnete Helen. »Und selbst damit wäre die *Mona Lisa* nicht zu kaufen, weil sie unverkäuflich ist.«

»Sie ist eintausend Milliarden Dollar wert?« Patryk Weisz wirkte erstaunt. »Woher haben Sie das?«

»Das ist der Wert, auf den die *Mona Lisa* heute geschätzt wird«, bestätigte Helen.

»Das ist viel!« Er verzog beeindruckt die Mundwinkel. Plötzlich hellte sich sein Gesichtsausdruck auf. »Vielleicht hat er sie gestohlen?«

»Davon hätte die Öffentlichkeit erfahren«, entgegnete Helen. »Auch ist die *Mona Lisa* das wohl am besten gesicherte Gemälde der Welt. Er bräuchte eine Armee, um sie zu stehlen. Und vor allem ...« Sie stockte.

»Was?«

»Sie ist es, die ich im Louvre untersuchen werde.«

»Sie untersuchen die *Mona Lisa*?«, wiederholte er verblüfft. Dunkelrote Fetzen vermischten sich mit ockerbraunen Strichen zu einem neuen Farbmuster.

»Ich darf nicht darüber reden. Aber ... ja, ich untersuche die *Mona Lisa* in Paris.«

»Im Rahmen Ihrer Forschung ...«

Helen nickte.

Ein Grinsen breitete sich auf Weisz' Gesicht aus. »Schade, und ich hatte gehofft, die *Mona Lisa* dort drüben wäre echt. Immerhin erbe ich das hier alles irgendwann einmal, und mit tausend Milliarden kann man viel Gutes tun.« Kaum hatte er es ausgesprochen, verdunkelte sich seine Miene, und er fügte murmelnd hinzu: »Hoffentlich nicht allzu bald ...«

Helen spürte das Bedürfnis, ihm tröstend über den Arm zu streichen. Das langärmelige Shirt, das er trug, fühlte sich warm und weich an. Patryk bedankte sich für die mitfühlende Geste mit einem Lächeln. Es tat ihr gut und löste ein wenig die Beklemmung, die sie in den vergangenen Minuten erfasst hatte.

Ein Summen nahe an ihrem Körper ließ Helen zusammenfahren. Ihr Handy klingelte. Die Nummer der Klinik erschien auf dem Display. Hoffnung breitete sich in ihr aus. Vielleicht war Madeleine ja wieder aufgetaucht. Sie nahm das Telefon ohne das Headset ans Ohr.

»Ja?«, meldete sie sich ein wenig atemlos.

»Hallo, Mrs. Morgan? Hier ist Dr. Reid.«

»Haben Sie sie gefunden?«

»Leider nein.«

Helen fühlte, wie ihr flau wurde. Sie schaute sich nach einer Sitzgelegenheit um, fand aber in der Nähe keine. In ihr stieg eine Ohnmacht auf. Eine Hilflosigkeit, wie sie sie noch niemals zuvor empfunden hatte.

»Wir haben ihr Zimmer noch einmal gründlich auf den Kopf gestellt, und dabei ist uns ein Reiseführer in die Hände gefallen.«

»Ein Reiseführer?«

»Ja, von Madrid. Sagt Ihnen das im Zusammenhang mit Ihrer Tochter vielleicht etwas? Hatte sie vor, dorthin zu reisen?«

Helens Blick wanderte zu der Wand mit Madeleines Foto.

»Mrs. Morgan, sind Sie noch da? Wir haben auch eine Broschüre gefunden. Von einem Museum. Warten Sie ...« Es rauschte kurz, dann war Dr. Reid wieder am Telefon. »Das Museo Nacional del Prado. Können Sie damit etwas anfangen?«

Helen ging mit schnellen Schritten zurück zum Schreibtisch und beugte sich vor, um das Blatt mit dem Foto ihrer Tochter von Nahem zu betrachten. *Museo Nacional del Prado*, stand dort geschrieben, außerdem das Datum des morgigen Tages.

»Sagt Ihnen das vielleicht etwas, Mrs. Morgan?«

»Vielleicht«, brachte sie hervor. »Vielen Dank, Dr. Reid. Und melden Sie sich bitte sofort, wenn Sie irgendetwas Neues wissen, ja?«

»Werde ich. Glauben Sie mir, es tut mir wirklich leid. Wir nehmen das zum Anlass, die Sicherheitsstandards unserer Klinik weiter zu verbessern ...«

Helen zwang sich zu einer Abschiedsfloskel, dann beendete sie das Telefonat durch einen Knopfdruck auf dem Handy. Was die Klinik in Zukunft besser machen wollte, interessierte sie nicht. Das würde ihr Madeleine auch nicht zurückbringen.

»Wer war dran?«, fragte Patryk besorgt.

Wieder fiel ihr Blick auf die Fotografie ihrer Tochter, auf der sie ihr nun so verletzlich wie nie erschien. Beinahe glaubte sie, Madeleine auf dem Foto »Mama!« rufen zu hören.

»Was ist geschehen?«

Sie sah zur Seite; sein Gesicht war nun direkt vor ihr. Er hatte seine Hand um ihre Hüften gelegt. »Das war Madeleines Arzt in der Klinik.«

»Haben sie sie gefunden?«

Sie schüttelte den Kopf. »Nein, aber einen Reiseführer von Madrid und eine Broschüre vom Museo Nacional del Prado. In ihrem Zimmer.«

Er wandte sich Madeleines Foto an der Wand zu. »*Museo Nacional del Prado*«, las er die handschriftliche Notiz leise ab und schaute sie verblüfft an. »Sie glauben, sie ist dort?«

Helen zuckte mit den Schultern.

»Warten Sie!«, rief er und hob das Telefon neben ihnen ab. Er wählte eine Nummer und sprach leise in den Hörer. Wenn Helen sich nicht irrte, sprach er Polnisch. Ein paar Mal wiederholte er dasselbe Wort, dann legte er auf und schaute sie freudestrahlend an. »Mein Freund von der Flugsicherung. Tatsächlich ist eine Madeleine Morgan heute auf einen Flug von Warschau nach Madrid gebucht gewesen. Sie müsste dort gerade gelandet sein!«

Helens Herz machte einen Sprung. Endlich ein Lichtblick. Auch wenn sie immer noch nicht verstand, was hier vor sich ging. »Aber weshalb ...«, begann sie, wurde jedoch mitten im Satz von einem schrillen Geräusch unterbrochen. Das Telefon klingelte.

Patryk Weisz nahm den Telefonhörer ab.

Helen beobachtete, wie Weisz einen Augenblick lang zuhörte, ohne etwas zu sagen, und dann auflegte.

Im nächsten Moment tippte er etwas auf der Computertastatur ein, und auf dem Monitor wurde der Bereich vor dem Eingang der Villa sichtbar. Die Stelle, an der der Chauffeur Helen abgesetzt hatte.

Sie musste die Augen zusammenkneifen, um scharf zu sehen. Auf dem Kamerabild wimmelte es von Fahrzeugen und Polizisten in schweren Uniformen, die aufgeregt hin und her liefen.

»Das war Adam, einer der Butler. Die Polizei ist hier. Auf der Suche nach meinem Vater. Sie behaupten, sie haben einen Durchsuchungsbeschluss. Und sie haben nach Ihnen und mir gefragt.«

Während er dies sagte, wurde das Bild dunkel, und kurz darauf erschienen wieder die Kolonnen von Zahlen auf dem Monitor. Patryk Weisz griff hinter den Computermonitor, dann wurde der Bildschirm ganz schwarz. Er zog einen kleinen USB-Stick aus dem Computer und ließ ihn in seiner Hosentasche verschwinden. Dann baute er sich vor Helen auf, legte eine Hand an sein Kinn und blickte zu ihr hinunter. Man sah ihm förmlich an, dass er etwas Schwieriges zu sagen hatte.

»Wenn Sie mich fragen, haben wir jetzt zwei Möglichkeiten«, setzte er an. Von irgendwo über ihnen drang ein lautes Poltern. Dann hörte sie über ihrem Kopf dumpfes Stampfen wie von schweren Stiefeln.

»Entweder wir gehen jetzt nach oben und stellen uns der polnischen Polizei. Es wird dann allerdings eine Menge Fragen geben zu meiner und Ihrer Person, zu meinem Vater und zu Ihrer Tochter. Und vermutlich auch zu alldem hier.« Patryk deutete auf die Blätter an der Wand und die Zahlenreihen auf dem Computerbildschirm.

»Zu mir? Ich habe mit alldem hier nichts zu tun!«, protestierte Helen. »Ich kenne Sie und Ihren Vater überhaupt nicht!«

»Vermutlich ist die Polizei Ihretwegen hier. Haben Sie gegenüber der Polizei in den Vereinigten Staaten angegeben, dass sich mein Vater Ihrer minderjährigen Tochter ...«, Patryk Weisz schien nach dem richtigen Wort zu suchen, »... genähert hat?«

»Ja, natürlich!«, rief Helen entrüstet aus. »Es stimmt ja auch!« Sie deutete auf das Bild an der Wand.

Er hob beschwichtigend die Hände. »Aber glauben Sie mir: Es wird eine Menge Zeit kosten, bis wir alles aufgeklärt haben. Vor allem, wenn die auch noch auf den Computervirus dort stoßen sollten. Und die polnische Polizei soll nicht zimperlich sein ... Und bedenken Sie: Ihre Tochter hat nach Auskunft meines Freundes bei der Flugsicherung Polen schon wieder verlassen. Das heißt, die polnische Polizei kann in Bezug auf Madeleine wenig ausrichten.«

Patryk Weisz hatte recht, Helen wollte selbst so schnell wie möglich raus aus diesem Haus. »Sie sagten, wir hätten zwei Möglichkeiten? Was ist die zweite Option?«, fragte Helen. Das Trampeln über ihnen wurde lauter.

»Wir können auch einen geheimen Notausgang benutzen und uns von hier absetzen, ohne mit der Polizei zu sprechen. Mein Vater hat unter dem Haus ein Tunnelsystem anlegen lassen, über das man an die Nordseite des Grundstücks gelangt. Wir wären fort, bevor irgendjemand da oben bemerkt, dass wir überhaupt hier gewesen sind. Glaubt man dem Foto Ihrer Tochter dort und dem Datum daneben, dann finden wir sie und vermutlich auch meinen Vater morgen in diesem Museum in Madrid.«

Ein lautes Klopfen drang vom Nachbarraum zu ihnen herüber.

»Sie versuchen, hier unten einzudringen. Lange wird sie die Stahltür nicht aufhalten können«, sagte Patryk Weisz.

Helen betrachtete ein weiteres Mal Madeleines Foto. Dann sprang sie auf und riss es von der Wand. Die Klebestreifen, mit denen es befestigt war, waren erstaunlich wehrhaft, und ein Stück des Bildes, direkt neben Madeleines Kopf, riss ab. Ein lauter Knall ließ sie zusammenfahren. Offenbar verschaffte die Polizei sich nun gewaltsam Zutritt zum Nebenraum.

»Dann kommen Sie schnell!«, drängte Patryk und hielt ihr seinen ausgestreckten Arm entgegen. Helen ergriff seine Hand, und er zog sie zu einem Buchregal an der Wand. »Der Klassiker«, sagte er etwas spöttisch und entnahm der obersten Reihe ein Buch. Im nächsten Moment schwang das Regal wie eine elektrische Schiebetür zur Seite und gab den Blick auf eine eckige Aussparung in der Wand frei, breit und hoch genug, um hindurchzuschlüpfen. Gerade hatte Patryk ein Bein hineingestellt, als sie seine Hand losließ und zurück zum Schreibtisch eilte.

»Was tun Sie?«, hörte sie ihn erschrocken fragen.

Schon hatte sie das alte Buch gegriffen. Einem weiteren lauten Knall im Nebenraum folgte das Rufen aufgeregter Männerstimmen, die grelle Blitze in Helens Blickfeld zauberten. Die Stimmen von nebenan wurden lauter. Dazu hörte sie das Trampeln schwerer Schuhe. Hektisch pflückte sie die weiteren Zettel von der Wand. Das unbekannte Schloss mit dem durchgestrichenen Turm, die Zeitungsartikel. Ein Poltern ließ sie zur Tür herumfahren. Sie presste die Blätter in ihrer Hand und das Buch gegen ihren Bauch, und keine fünf Sekunden später zog Patryk sie durch das Loch in einen Gang hinein. Ihr letzter

Blick galt der kahlen Wand, an der neben Kleberesten nur noch ein einziges Blatt klebte: das Bild von der Biene.

Mit einem leise knirschenden Geräusch schwang hinter ihnen das schwere Regal wieder zurück an seinen Platz, und mit der vollkommenen Dunkelheit umgab sie eine plötzliche Stille.

32

Florenz, um 1500

Heute ist etwas Schreckliches geschehen. Nach dem Erwachen war Salai verschwunden. Sein Bett war noch warm, aber von ihm fanden wir weder im Haus noch im Garten eine Spur. Auch lo straniero war zunächst nirgends auffindbar, und so vermuteten wir, dass beide zusammen aufgebrochen waren, was uns jedoch merkwürdig anmutete, da sie sich bisher stets aus dem Weg gingen. Doch dann kam lo straniero kurz darauf mit einem Krug frischer Ziegenmilch und wusste nichts über Salai. Schon trösteten wir uns damit, dass Salai, der in letzter Zeit immer eifersüchtiger auf lo straniero wurde, nur davongelaufen war, um sein Gemüt zu kühlen, als sich von der Straße her ein großes Geschrei erhob.

Drei Bauern trugen einen Körper zu uns herein, und nur an der Kleidung erkannte ich, dass es Salai war, den sie brachten. Sie hatten ihn auf dem Weg zu ihren Feldern entdeckt. Er war nicht bei Bewusstsein, aber äußerlich offenbar unverletzt. Bis auf sein Gesicht. Es war ganz schwarz, und erst dachte ich, es wäre nur von Erde verschmutzt. Doch dann bemerkte ich diesen Geruch nach Horn und Ruß. Sein ganzes Gesicht war verbrannt, und bei genauerer Beschau erkannte ich das blanke Fleisch. Die Bauern vermuteten, dass er im Dunkeln mit einer Fackel unterwegs gewesen und hineingestürzt ist.

Selten habe ich Leonardo so entsetzt gesehen. Er legte ihn sogleich auf sein Bett, wusch vorsichtig sein Gesicht und weinte und klagte. »Nicht mein schöner Salai! Nicht sein Gesicht! Er war so schön! So wunderschön!« Ich weiß nicht, was ihn mehr erschütterte: der mögliche Verlust seines Lieblings oder die Zerstörung solcher Anmut. Selbst lo straniero schien schockiert zu sein. Ganz still saß er auf seinem Stuhl vor seiner Ziegenmilch, offenbar nicht fähig, sich zu rühren. Sollte Salai je wieder erwachen, bin ich nicht sicher, ob Leonardo ihn behalten wird. Ohne seine Anmut ist er womöglich nur noch ein armer Teufel.

33

Warschau

Er hatte nicht lange warten müssen, bis der junge Weisz und die Frau aus einer mit Moos bewachsenen Luke vor der nördlichen Mauer des Anwesens herausstiegen. Die Sonne war bereits vollständig untergegangen. Erst erschien die Frau, dann der Mann. Ganz Kavalier. Während der junge Weisz, wie es schien, völlig unerschrocken die Umgebung prüfte, war ihrem Gesicht die Panik anzusehen. Sie war recht hübsch für ihr Alter. Hektisch schaute sie umher, als erwartete sie, jeden Augenblick von etwas oder jemandem angefallen zu werden.

Plötzlich erstarrte er. Etwas, das sie gemeinsam mit einem Bündel Papieren eng an ihren Körper gepresst hielt, weckte seine Neugierde. Er verfluchte die Beschränktheit der menschlichen Sehkraft. Doch er war sich sicher, dass er das Buch kannte. Der Einband war gealtert. Die Farbe war verblichen, seit er es das letzte Mal gesehen hatte. Ein Anflug von Nostalgie überkam ihn. Durch die Nase zog er den Geruch von Ölfarbe ein. Stellte sich vor, wie der Rauch aus dem Schornstein des kleinen Hauses emporstieg. Spürte den Geschmack von Ziegenmilch auf seiner Zunge. Erinnerte sich an die weiche Haut des Knaben. Er schüttelte sich wie ein nasser Hund und schlug nach der Fliege, die erschrocken davonflog. Für einen Moment stutzte er, als Patryk Weisz und die Frau aus seinem Sichtfeld verschwanden. Doch dann hörte er, wie der Motor eines schweren Wagens angelassen wurde, und als er ein paar eilige Schritte um die Ecke machte, sah er gerade noch den schwarzen Bentley hinter einer Reihe von jungen Bäumen davonfahren.

Er klemmte den Stock mit dem silbernen Knauf unter den Arm und schlenderte langsam hinterher. Er würde vor ihnen dort sein, wohin auch immer sie fuhren.

34

Texas

Nach Dr. Reids direkten Worten war Madeleine auf das Damenklo gestürzt und hatte sich übergeben. Fast hatte sie nicht mehr gewusst, wie sehr der Magensaft im Hals brannte; sie hatte den Geschmack auf der Zunge vergessen, der sie die letzten Jahre begleitet hatte. Dann hatte sie eine Ewigkeit neben der offenen Toilette gehockt, auf den Klopapierhalter vor sich gestarrt und sich genauso leer gefühlt wie die abgewickelte Papprolle, die darauf steckte. Irgendwann, als das vom falschen Atmen herrührende Kribbeln in den Händen langsam verschwand, gab ihr ein Gedanke die Kraft, sich aufzurichten: Brian.

Warum hatte er ihr nur nicht gesagt, wie unansehnlich, wie *fett* sie geworden war? Er hätte sie warnen müssen. Beschützen.

Irgendwann hatte sie sich wieder kräftig genug gefühlt, um sich auf den Beinen zu halten. Sie hatte sich das Gesicht gewaschen und auf die Suche nach Brian gemacht. Sie fand ihn im Garten der Klinik, wo er auf einer Bank saß und las.

Er sah von seinem Buch auf. »Du siehst schrecklich aus!« Zum ersten Mal seit Wochen war er ehrlich zu ihr. Schluchzend attackierte sie ihn, überzog ihn mit einem Trommelfeuer von Fausthieben, bis die Kraft sie wieder verließ und sie weinend in seine Arme fiel. So verwundert er über ihren Ausbruch zu sein schien, so liebevoll drückte er sie an sich, und als sie weinend seine warme Haut spürte, seinen Duft wahrnahm, war ihre Wut schon fast verflogen.

»Was ist passiert?«, fragte er besorgt.

»Dr. Reid war zum ersten Mal aufrichtig zu mir«, antwortete sie schluchzend. »Ich will nur noch weg von hier!«

Brian nahm sie noch fester in den Arm und flüsterte: »Dann komm, hauen wir ab!«

Sie löste sich von ihm und schaute ihn überrascht an. »Ist das dein Ernst?«

»Die Klinik, das alles hier, das tut uns beiden nicht gut! Das ist nur ein Abstellgleis.«

Ohne zu zögern, nickte sie.

»Du wartest hier, und in fünfzehn Minuten gehst du zu dem Pavillon hinter der Gymnastikwiese«, sagte er, als hätte er die Sache schon lange geplant. »Gib mir deinen Zimmerschlüssel, und ich hole für uns ein paar Sachen.«

»Lass mich selbst packen!«, widersprach sie.

Doch Brian schüttelte aufgeregt den Kopf. »Wenn wir beide mit gepacktem Rucksack durch das Haus und durch den Garten marschierten, wäre das zu auffällig. Was, wenn Gus vom Sicherheitsdienst uns sieht? Nein, du spazierst einfach durch die Anlagen, als ob nichts wäre. Und ich komme dann dazu. Ich kenne eine Stelle, wo wir durch den Zaun schlüpfen können.«

Für sie klang das einleuchtend. Die Klinik war eine geschlossene Einrichtung und streng bewacht, auch wenn man es nicht gleich bemerkte. »Bring mein Handy mit!«, bat sie ihn und dachte an ihre Mutter. Früher oder später würde sie versuchen, sie zu erreichen.

»Das kannst du nicht mitnehmen! Darüber können sie uns orten! Wir kaufen ein neues Handy, wenn wir hier raus sind!«

Auch das klang für sie logisch.

»In meinem Nachttisch ist eine Bibel, und darin stecken fünfhundert Dollar in Scheinen«, sagte sie, und er quittierte diese Information mit einem erfreuten Grinsen.

»Damit kommen wir bis Mexiko«, antwortete er, und dann verschwand er.

In der Folge hatte alles wie am Schnürchen geklappt. Keine fünfzehn Minuten später war Brian mit einem großen Rucksack erschienen, wie man ihn beim Militär trug. Schon Tage zuvor hatte er hinter einer Hecke aus Dornenbüschen ein großes Loch im Drahtzaun entdeckt, das irgendjemand hineingeschnitten haben musste. Auf ihre Frage, ob er es gewesen war, hatte er nur vielsagend gegrinst.

Die erste Stunde nach ihrem Ausbruch bewegten sie sich noch auf den Feldern parallel zur Straße fort. Wenn ein Auto kam, das man in der flachen Landschaft schon von Weitem bemerkte, kauerten sie sich flach auf den Boden. Madeleine fühlte sich wie ein entflohener Sträfling. Sie schwitzte von dem Tempo, das Brian vorlegte, und war froh, dass er den Rucksack trug. Es fehlte nur noch das Bellen von Bluthunden in der Ferne.

Nachdem sie unter Brians Führung einige Felder überquert und auch ein Wäldchen hinter sich gelassen hatten, wähnten sie sich sicher genug, um zu versuchen, ein Auto anzuhalten. Brian schien sich ziemlich gut in der Gegend auszukennen, doch auf ihre Frage, warum dies so sei, antwortete er nur: »Karten.« Schließlich stießen sie auf ein verlassenes Auto, das keine zehn Meter neben der Straße parkte. Es war alt und sehr schmutzig, die rote Farbe war von Wind und Wetter verblasst.

»Vielleicht steckt der Schlüssel«, meinte Brian aus Spaß, und sie bekam einen richtigen Schreck, als sie bei einem Blick durch die Scheibe tatsächlich neben dem Lenkrad die Umrisse eines Schlüsselanhängers entdeckte.

»Das können wir nicht tun!«, protestierte sie, aber Brian hatte schon die Tür aufgerissen und den Motor testweise angelassen. Nach einigen Startschwierigkeiten schien er sich einzulaufen.

»Es wirkt nicht so, als hinge jemand besonders an diesem Auto, oder?«, erwiderte er. »Komm, steig schon ein!«

»Das ist Diebstahl!«

»Der Schlüssel steckt!«

»Trotzdem ist es Diebstahl!«, beharrte sie, doch es klang schon weniger überzeugend.

»Dieses Auto oder zurück in die Klinik!«, sagte Brian mit ernster Miene. »Außerdem leihen wir es uns ja nur aus.« Und wenig später saß sie neben ihm auf dem Beifahrersitz, den Rucksack auf der Rückbank.

Sie fuhren, bis es dunkel wurde, und schliefen im Auto, um am nächsten Morgen ihre Fahrt fortzusetzen.

Aus dem alten Autoradio klang *Angel and the Badman* von Jonny Cash.

Mittlerweile waren sie schon wieder Stunden unterwegs, und Madeleines Sorge, jeden Augenblick von einer Sondereinsatztruppe der Highway Patrol angehalten zu werden, hatte sich gelegt. Die Sonne stand hoch am Himmel, und ihr Blick fiel auf Brian, der konzentriert, aber dennoch entspannt das Auto steuerte.

»Fahren wir wirklich nach Mexiko?«

Ein verstohlenes Lächeln breitete sich auf seinem Gesicht aus. Sie mochte diesen spitzbübischen Ausdruck. »Da ist es wenigstens warm. Und ich kenne dort jemanden, bei dem wir vielleicht unterschlüpfen können.«

»Ich weiß nicht ...«, entgegnete Madeleine. »Das ist weit!«

»Wir haben Zeit«, sagte Brian. Sie passierten einen kleinen Ort, dessen Namen sie nicht kannte und sofort wieder vergaß, wie die Namen der vielen Orte zuvor.

»Wir müssen dringend ein Handy kaufen. Ich muss meine Mum anrufen.«

»Klar. Wenn ein Laden kommt, halte ich an. Mach dir keine Sorgen. Deine Mutter denkt ohnehin, du bist in der Klinik! Jetzt entspann dich und schlaf ein wenig!«

Seine Worte taten ihr gut, und tatsächlich spürte sie plötzlich eine große Müdigkeit. Der alte Autositz knarrte unter ihr, als sie versuchte, es sich bequem zu machen. Sie schloss die Augen und spürte plötzlich Brians Hand auf ihrer. Sanft strich sein Daumen über ihren Handrücken. Ihren hässlichen, aufgequollenen, fetten Handrücken.

35

Skierniewice

Der schwere Wagen hatte nach einer halbstündigen Fahrt vor einem alten Bauernhaus geparkt. Mit seiner grauen, verputzten Fassade, dem mit Moosflecken bedeckten Dach und den grauen Gardinen hinter verwitterten Fensterrahmen machte das Haus keinen besonders einladenden Eindruck auf Helen. Umso erstaunter war sie, als sie erfuhr, dass es sich um einen Gasthof handelte.

»Wir haben hier auf dem Land keine besonders große Auswahl«, hatte Patryk beinahe entschuldigend festgestellt, während sie darauf warteten, dass auf ihr Klopfen jemand die abgewetzte Holztür öffnete.

Nachdem die im Wandregal versteckte Geheimtür im Keller des Anwesens sich hinter ihnen geschlossen hatte, waren sie durch einen langen dunklen Gang gelaufen, der in einer scharfen Rechtskurve bergauf bis zu einer schmalen Luke geführt hatte. Sie waren über eine eiserne Leiter am äußersten Rand des Anwesens aus den Katakomben gestiegen und hatten die massive Außenmauer durch eine rostige Eisentür passiert. Dahinter hatte bereits der Bentley auf sie gewartet, mit dem Helen auch vom Flughafen abgeholt worden war. Der Fahrer war derselbe. Zu ihrer Überraschung lagen ihr Gepäck und auch ihre große Arbeitstasche bereits auf der Rückbank.

»Ralph war früher selbst so etwas wie ein Polizist«, stellte Patryk den Fahrer augenzwinkernd vor und fügte hinzu: »Sagen wir mal so: Der Besuch der Polizei kam für uns nicht vollkommen überraschend.«

»Wir fahren zum Flugplatz nach Lodz«, erklärte Patryk während der weiteren Fahrt. »Er ist etwa eine Stunde entfernt von hier, aber deutlich schlechter bewacht als der Warschauer Flughafen. Die Wahrscheinlichkeit, dass man dort auf uns wartet, ist gering. Allerdings besteht da ein Nachtflugverbot, sodass wir erst morgen früh nach Madrid starten können. Bis dahin müssen wir also irgendwo unterkommen.«

So waren sie zu diesem Gasthof gekommen. Schon hoffte Helen, dass niemand öffnen würde und sie sich eine andere, einladendere Übernachtungsmöglichkeit würden suchen müssen, als die Tür mit einem lauten Knarren aufschwang.

Vor ihnen stand eine alte Frau. Sie trug einen blauen Kittel und ein buntes Kopftuch, das ihr faltiges Gesicht noch zerknitterter erscheinen ließ. Sie wirkte wie jemand, der sein ganzes Leben hart gearbeitet hatte. Die Frau wechselte mit Patryk einige Worte auf Polnisch, wobei er Probleme zu haben schien, sie zu verstehen, dann trat sie zur Seite und ließ sie ein.

Kurz darauf stand Helen im ersten Stock des Hauses in einem kargen Einzelzimmer, das nur mit einem einfachen Bett, einem leeren Schrank und einem Tisch mit zwei Stühlen möbliert war. Außer einem Waschbecken, auf dem ein verwaschenes Stück Seife und ein kariertes Handtuch lagen, befanden sich keine sanitären Anlagen im Zimmer. Dusche und Toilette waren auf dem Gang, wie Patryk ihr erklärt hatte, als sie die knarrende Treppe hinaufgestiegen waren.

Helen schlüpfte aus ihren Kleidern, nahm das Handtuch und schlang es sich um den Körper. Dann öffnete sie die Tür und versicherte sich, dass der Flur verlassen dalag. Auf Zehenspitzen lief sie über den kalten Fußboden zu der Tür, hinter der sie die Dusche vermutete.

Es war ein kleines Bad mit einem bunt gemusterten Duschvorhang aus Plastik, doch das warme Wasser, das aus dem verrosteten Duschkopf rieselte, tat Helen gut. Sie fühlte sich, als wäre sie seit zwei Tagen ununterbrochen auf den Beinen, und mit der durchwachten Nacht im Flugzeug und dem Jetlag stimmte dies auch beinahe. Während sie sich die Haare wusch, hatte sie das erste Mal seit längerer Zeit das Gefühl, ein wenig zur Besinnung zu kommen. Und wieder erfasste sie mit Macht das Gefühl von Panik. Solange sie abgelenkt war, etwas unternahm, um Madeleine zu finden, hielt sie ihre Sorgen in Schach.

Doch sobald sie zur Ruhe kam, war es so, als holte die Angst sie ein. Die billige Seife brannte in ihren Augen.

Patryks merkwürdiger Anruf im Park, Madeleines Verschwinden, der überstürzte Flug nach Warschau, die sonderbaren Erlebnisse im Haus des alten Weisz, das alles kam ihr nun vor wie ein nicht enden wollender Albtraum. Ein böser Traum, aus dem sie endlich erwachen wollte. Alles, was jetzt zählte, war, dass sie Madeleine wohlbehalten wiederbekam. Um alles andere, auch die wirre Welt der Familie Weisz, würde sie sich später kümmern können.

Dennoch war sie dankbar, nicht ganz allein zu sein. Patryk schien auf ihrer Seite zu stehen, und sie war froh, dass er sie begleitete. Sie hätte nicht gewusst, wie sie die letzten Stunden ohne ihn überstanden hätte. Seit sie wusste, dass Madeleine vermisst wurde, fühlte sie sich noch einsamer als sonst. Ihr fiel auf Anhieb niemand ein, der ihr in dieser Situation hätte beistehen können. Da tat es gut, jemanden zu haben, mit dem sie sich austauschen konnte. Nicht nur, dass Patryk sie am ehesten verstehen konnte, weil auch sein Vater vermisst wurde. Mit seiner ruhigen und vorausschauenden Art und nicht zuletzt seinen finanziellen Möglichkeiten vermittelte Patryk ihr ein gewisses Maß an Sicherheit.

Immer noch brannten ihre Augen zu sehr, um sie zu öffnen. Helen tastete nach dem Wasserhahn und drehte daran. Das kalte Wasser ließ sie erschaudern. Nachdem es ihr endlich gelungen war, es abzustellen, öffnete sie den Duschvorhang und suchte mit geschlossenen Augen nach dem Handtuch, das sie zuvor griffbereit über den Knauf einer Heizung gehängt hatte.

»Oh, sorry!«

Helen blinzelte und sah Patryk nicht weit entfernt in der offenen Tür stehen. Der kalte Luftzug aus seiner Richtung schickte ihr eine Gänsehaut über den Körper. Schnell bedeckte sie sich mit dem Handtuch, das ein wenig zu schmal war. Schon schloss sich die Tür wieder.

»Es tut mir wirklich leid, aber es war nicht abgeschlossen!«, hörte sie Patryks Stimme nun vom Flur her.

»Es gibt überhaupt keinen Schlüssel!«, rief sie und trocknete sich schnell ab.

Sie wickelte das Handtuch um ihren Oberkörper und prüfte in dem beschlagenen Spiegel, ob das Handtuch auch alle entscheidenden Stellen ihres Körpers verdeckte.

»Ich bin fertig, Sie können reinkommen!« Sie öffnete vorsichtig die Tür und blickte in Patryks freundlich lächelndes Gesicht. Sein Blick war reumütig. Auch er trug nichts außer einem bunten Handtuch um die Hüften. Sein Oberkörper wirkte muskulös und durchtrainiert. Seine breite Brust war von dunklen Haaren bedeckt.

Sie glaubte zu erkennen, dass auch er sie verstohlen musterte.

»Gehen Sie jetzt schlafen?«, fragte er, während sie die Plätze tauschten und sich dabei flüchtig berührten.

Sie zögerte kurz mit der Antwort.

»So war es nicht gemeint«, versicherte er rasch und schien zu erröten.

»Ich habe das Gefühl, als hätte ich seit Tagen nicht geschlafen.«

»Ich wecke Sie morgen früh!«, versprach Patryk, der nun im Bad stand, während sie auf dem kalten Flur zu frieren begann.

Sie zog das Handtuch vor ihrer Brust noch ein wenig höher.

»Danke!«, sagte sie und warf ihm ein Lächeln zu.

»Kein Problem!«

»Ich meine auch dafür, dass sie mir mit meiner Tochter helfen.«

»Auch kein Problem!«, entgegnete Patryk, immer noch mit einem warmen Lächeln. »Letztlich helfen Sie ja auch mir.«

Helen nickte.

»Glauben Sie mir: Alles wird gut!« Er streckte die Hand aus, um sie sanft am Oberarm zu berühren.

Ein warmes Gefühl breitete sich von der Schulter über ihre

Brust aus. Dennoch zog sie den Arm unwillkürlich zurück, sodass Patryks Hand herabsank.

»Ich versuche, positiv zu denken. Gute Nacht«, sagte Helen und wandte sich ab, um zu ihrem Zimmer zu gehen.

Auf dem Weg meinte sie, immer noch Patryks Blick in ihrem Rücken zu spüren. Ohne sich noch einmal umzudrehen, huschte sie in ihr Zimmer, ließ sich auf das Bett fallen und begann zu weinen. Die Tränen ließen sich einfach nicht länger zurückhalten.

36

Washington

»Irgendetwas stimmt da nicht!« Millner saß auf einer Seite des Konferenztisches, mit dem Rücken zur Tür, Wes Keller, Direktor des FBI, und seine Stellvertreterin Florence Viola auf der anderen. Nach der Landung auf dem Ronald Reagan Washington National Airport hatte Millner aus dem Taxi sofort das Headquarter angerufen und trotz der späten Stunde um ein Treffen mit Keller im kleinsten Kreis gebeten. Damit hatte er vor allem gemeint, dass die Deputy Director Viola nicht anwesend sein sollte, und gehofft, dass Keller seinen Wink zu deuten wusste. Umso überraschter war er gewesen, beim Betreten des Konferenzraums Violas bittersüßes Lächeln zu sehen. Das aggressive Blitzen in ihren Augen war ihm auch nicht entgangen.

»Natürlich stimmt etwas nicht, wenn irgendwelche Irren Amerikanerinnen entführen und verstümmeln!«, entfuhr es Keller. Er war einer der ältesten Beamten in der Behörde. Sein Gesicht war von der Sonne gegerbt und von tiefen Falten durchzogen. Er wirkte wie ein Cowboy und war für seine nicht gerade einfühlsame Art berühmt.

»Das meine ich nicht, ich spreche von den Bienen!«

»Die Bienen?« Viola schaute irritiert zu Millner.

»Er war gerade in Brasilien wegen des weltweiten Bienensterbens. Wir vermuten ein Virus.«

»Ein Virus?« Viola verzog angewidert den Mund. Sie war keine vierzig und sah in ihrem grauen Hosenrock, dem passenden Blazer und der weißen Bluse, bei der ein Knopf zu viel geöffnet war, unglaublich attraktiv aus. Kein FBI-Agent, der nicht gern einmal mit ihr eine nächtliche Observation durchgeführt hätte. Es kursierten die wildesten Gerüchte über ihren geübten Umgang mit Handschellen. Florence Viola war der lebende Beweis dafür, dass Sexismus niemals auszurotten war, selbst in der FBI-Behörde nicht. Doch Millner kannte auch ihre andere Seite.

»Das meine ich nicht!«, entfuhr es ihm. »Ich meine dies hier.« Er breitete die Ausgabe der *Washington Post* aus und schob sie über den Tisch. Dabei deutete er mit dem Zeigefinger auf die Abbildung einer Biene im Titel. »Sehen Sie sich die Fotos auf der Titelseite an. Total entstellt. So sieht das ganze Blatt aus.«

Er registrierte das Unverständnis in Kellers Gesicht. »Was hat das ...«

»... mit unseren verschwundenen Beautys zu tun?«, vervollständigte Millner die Frage seines Vorgesetzten. Er zog aus der Akte neben sich das oberste Foto heraus und legte es neben die Zeitung.

Es zeigte ein Stück gebräunter Haut und die Tätowierung einer Biene.

»Miss Alabama. Sie haben ihr eine Biene auf die Stirn tätowiert.«

»Die gleiche Biene wie auf der *Washington Post*?«, bemerkte Viola erstaunt.

Keller starrte immer noch verständnislos auf die Zeitung und das Foto vor sich. »Was hat das zu bedeuten?«, murmelte er schließlich und blickte Millner Rat suchend an.

»Deswegen wollte ich Sie sprechen, Sir. Ich habe keine Ahnung. Und dann auch noch das weltweite Bienensterben. Ich habe in Brasilien einen Imker getroffen. Er meint, das Virus sei kein normales Virus. Alles spricht aus meiner Sicht für eine absichtliche Verbreitung.«

»Sie meinen, wir haben es mit Bioterrorismus zu tun?« In Violas Worten schwang großes Unbehagen mit.

Millner zuckte mit den Schultern.

»Zumindest mit einer großen Verschwörung«, sagte Keller nachdenklich.

»Das ist, was ich befürchte«, stimmte Millner zu. »Alles hängt miteinander zusammen.«

Keller schlug die Zeitung auf und blätterte rasch durch die Seiten. An einem Foto, auf dem die Abgebildeten besonders monströs wirkten, blieb er kurz hängen und betrachtete es von Nahem.

»Haben Sie mit der *Washington Post* Kontakt aufgenommen, um zu hören, was da passiert ist?«

»Ich habe auf dem Weg hierher mit dem stellvertretenden Chefredakteur gesprochen, einem Mann namens Levin. Er war sehr misstrauisch und wollte am Telefon nicht viel sagen. Es scheint aber so, als handelte es sich um ein Virus.«

»Noch ein Virus?«

Millners Blick flog zu Viola. Das Wort »Virus« schien sie besonders zu beunruhigen. »Ein Computervirus. Es scheint das Computersystem der Zeitung oder der Druckerei befallen zu haben, genau wissen sie es noch nicht. Aber die *Washington Post* ist nicht die einzige Zeitung, die betroffen ist. Es gibt wohl Dutzende andere Pressehäuser, auch Zeitschriften, bei denen im Druck nur Murks herausgekommen ist. Offenbar sind auch nicht alle Exemplare betroffen, sondern nur die späteren Drucke einer Auflage. Einige haben es bemerkt, bevor die Presseerzeugnisse in den Handel gekommen sind, andere nicht. Die *Washington Post* konnte wohl nicht mehr alle Exemplare rechtzeitig zurückrufen.«

»Was für eine Scheiße ist das? Ein globaler Angriff auf ... was genau? Und warum ausgerechnet Bienen?«, entfuhr es Keller nun. Er schlug mit der Hand auf die Tischplatte, sodass Viola neben ihm zusammenzuckte.

»Haben Bienen in irgendeiner Kultur oder irgendeiner Religion eine Bedeutung, von der ich nichts weiß?«, ergänzte Wes Keller und rieb sich die Hand.

»Sie sollten das jemanden herausfinden lassen«, entgegnete Millner trocken.

»Und wir müssen ermitteln, wie groß das wirkliche Ausmaß ist«, sagte Viola. »Womöglich gibt es weitere Ereignisse dieser Art.« Sie deutete auf die Unterlagen auf dem Tisch. »Ohne dass wir bislang einen Zusammenhang erkannt haben.«

»Ganz genau. Wir brauchen das ganze Programm. Profiler, IT-Experten, Sonderteams«, pflichtete Keller ihr bei.

Millner spürte, wie die Anspannung, die er auf der Fahrt hierher gespürt hatte, langsam wich. Durch die Reaktion der beiden Direktoren fühlte er sich in seiner Einschätzung der Lage bestätigt. Man bat den FBI-Direktor nicht einfach zu einem persönlichen Gespräch, wenn man nichts Großes im Gepäck hatte. Und diese Sache schien groß genug zu sein. Er konnte ein paar Erfolge als Ermittler gebrauchen.

»Wie schlimm ist das mit den Bienen?«, wollte Viola wissen.

»Albert Einstein soll einmal gesagt haben, wenn die Biene von der Erde verschwindet, lebt die Menschheit noch vier Jahre«, entgegnete Millner und beobachtete ihre Reaktion.

Viola riss wie erwartet erschrocken den Mund auf. Er wartete, bis er weitersprach. Sollte das Miststück ruhig ein bisschen leiden. »Keine Sorge, Einsteins Prophezeiung ist wohl ein wenig übertrieben. Aber bittere Folgen für viele Teile der Welt hätte das Aussterben der Bienen auf jeden Fall. Ohne Bienen keine Pflanzen. Und ohne Pflanzen weniger Nahrung. So einfach ist das. Avocados, Kirschen, Wassermelonen, Kiwis. Dreißig Prozent unserer Lebensmittel würde es nicht mehr geben, wenn die Bienen aussterben. Nach einer neuen Studie sind dreißig Prozent unserer Nahrungsmittel auf eine Bestäubung durch Bienen angewiesen. Es droht also auch ein enormer wirtschaftlicher

Schaden. Die weltweite Bestäubungsleistung der Bienen wird auf dreihundertelf Milliarden Euro jährlich geschätzt. Ich kann mir nur wenig vorstellen, was so katastrophale Folgen hätte wie eine Ausrottung der Bienen auf diesem Planeten.«

Einen Moment blieb es still im Raum. Das Surren der Klimaanlage erinnerte Millner an das Summen einer Biene, und er fragte sich, ob die anderen gerade das Gleiche dachten wie er. Ein guter Moment, um seine Rolle zu klären.

»Was soll ich jetzt machen?«, fragte er in das Schweigen hinein.

»Urlaub«, entgegnete Viola wie aus der Pistole geschossen. Ein Lächeln huschte über ihr Gesicht.

»Urlaub?«, wiederholte Millner ungläubig.

»Greg kann uns nützlich sein, Florence. Er hat das Ganze aufgedeckt«, wandte Keller ein.

»Wes, vergiss nicht, dass er nur auf Bewährung im Einsatz ist«, zischte sie und warf Millner einen verstohlenen Blick zu, als hoffte sie, dass er ihre Worte nicht gehört hatte, obwohl er ihr genau gegenübersaß.

»Aber er hat doch nichts getan ...«, entgegnete Keller irritiert.

»Was soll das, Florence?«, mischte Millner sich ein.

Offenbar hatte Viola darauf nur gewartet. »Greg, Sie haben nach Ihrer ... Pause ... einen Blitzstart hingelegt. Mexiko, São Paulo, Washington. Dies hier ist vielleicht noch eine Spur zu groß. Machen Sie ein paar Tage Urlaub und dann melden Sie sich wieder zum Dienst. Ich bin nur besorgt um Ihre ... wie soll ich sagen? Um ihre mentale Gesundheit?« Obgleich Violas Worte versöhnlich klangen, blickte sie ihn herausfordernd an.

Millner spürte, wie der Zorn in ihm wuchs. Hilfesuchend wandte er sich an Keller, der ihn sorgenvoll beobachtete, ohne Anstalten zu machen, ihm den Rücken zu stärken. Stattdessen begann er, bedächtig die Zeitung vor sich zusammenzufalten. Plötzlich hielt er inne, als hätte er eine Entscheidung getroffen.

»Greg, Florence hat recht. Lassen Sie es langsam angehen. Dies scheint ein großer Fall zu sein, und da sollten Sie lieber noch die Finger von lassen. Sie haben sich Ihre Sporen in dieser Angelegenheit bereits verdient. Sie haben die Zusammenhänge entdeckt, und das wird so auch in meinem Bericht stehen. Wie lange sind Sie nach der Pause wegen der Sache in Brasilien jetzt wieder im Dienst?«

»Einen Monat.«

»Und Ihre Narben sind gut verheilt?«

»Was haben meine Narben mit diesem Fall zu tun?«, vermied Millner eine direkte Antwort. Er spürte, dass er kurz davor war zu explodieren, was in dieser Situation alles andere als förderlich wäre. »Es geht mir gut, Sir!«

»Wes, es gibt Abmachungen«, raunte Viola von der Seite, wieder deutlich hörbar für Millner.

Einen Augenblick verharrte Keller, dann erhob er sich. »Urlaub!«, sagte er mit fester Stimme. Auch Viola hatte sich erhoben. Ein unmissverständliches Zeichen, dass das Gespräch beendet war.

Wie in Trance stand Millner auf und ging zur Tür. Keller hatte die Hände in den Taschen seiner schwarzen Anzughose vergraben und beobachtete ihn immer noch von seinem Platz hinter dem Konferenztisch aus. Viola blickte ihn kampfeslustig an. Sie stützte sich auf dem Tisch auf, als hätte sie gerade einen Zehn-Kilometer-Lauf hinter sich gebracht.

»Was ist mit den Mädchen?«, fragte Millner.

»Wenn sie noch leben, werden sie gerettet«, entgegnete Keller.

»Auch ohne Sie!«, ergänzte Viola. »Oder soll ich besser sagen: Ohne Sie ist es wahrscheinlicher?«

Millners Hände ballten sich zu Fäusten, doch dann besann er sich eines Besseren, nickte nur und sah zu, dass er aus dem Raum kam.

Während er, leise vor sich hin fluchend, auf die Fahrstühle zusteuerte, begann die Narbe unter seinem Bart zu jucken.

Er hatte gewusst, dass Viola keine Gelegenheit auslassen würde, sich an ihm zu rächen. Immer wieder, bis ans Ende seines Lebens. Wenigstens bis ans Ende seines Dienstes beim FBI. Millner schaute sich um, und als er sicher war, dass niemand ihn beobachtete, nahm er schnell zwei Pillen aus dem Plastik-Döschen, das er immer bei sich trug. Er würgte sie ohne Flüssigkeit hinunter und spürte, wie sie seine Speiseröhre hinabkrochen.

Plötzlich klingelte sein Handy. *Keller*, stand auf dem Display.

»Millner?«, hörte er die Stimme seines Vorgesetzten. »Sind Sie schon auf dem Weg in den Urlaub?«

»Sehr witzig. Ich stehe vor den Fahrstühlen. Florence kann mir die Sache in Brasilien nicht verzeihen.«

»Sie wird es, glauben Sie mir. Jetzt machen Sie erst einmal Urlaub.«

Millner lag eine Antwort auf der Zunge, die er aber hinunterschluckte.

»Ich hätte ein erstes Urlaubsziel für Sie: Fliegen Sie zu WeiszVirus nach London und sprechen Sie mit denen über das Computervirus.«

Zum wiederholten Male in den vergangenen vierundzwanzig Stunden traute Millner seinen Ohren nicht. »Ich verstehe nicht ganz, Sir.«

»Offiziell sind Sie im Urlaub. Inoffiziell sind Sie weiterhin mein Mann an der Front. Glauben Sie wirklich, ich verzichte bei einer so wichtigen Angelegenheit auf Sie?«

»Aber gerade eben haben Sie noch ...«

»Florence Viola ist wie eine lebende Wanze. In ein paar Jahren wird sie auf meinem Platz sitzen, und das nicht, weil sie auf meinem Schoß hockt. Auch ich muss vorsichtig sein. Der Präsident steht auf ihre langen Beine. Verstehen Sie?«

Ein Klingeln kündigte das Kommen des Fahrstuhls an.

»WeiszVirus? Ist das nicht die Firma des Milliardärs, der seit ein paar Wochen vermisst wird?« Er hatte über das spurlose Verschwinden des Firmengründers in der Zeitung gelesen.

»Mag sein, aber der ist ohnehin schon lange raus aus der Firma. Die sind die Besten, was Computerviren angeht. Wenden Sie sich an Michael Chandler. Ich kenne ihn von früheren Projekten. Ein guter Mann. Ich werde ihn informieren, dass Sie ihn besuchen.«

»Bin schon unterwegs.« Millner trat in die leere Fahrstuhlkabine.

»Und vergessen Sie Ihre Badehose nicht«, hörte er Keller noch aus dem Lautsprecher krächzen, bevor der Empfang abriss.

37

Coyuca de Benítez

Die Flasche vor ihm war fast leer. Er starrte auf den Wurm, der am Boden schwamm. Er sah vollkommen unversehrt aus. Würde man ihn aus der Flasche befreien, musste man möglicherweise damit rechnen, dass er auf und davon kroch. Aber der Wurm war ein lebender Toter, eine Alkoholleiche, deren Schicksal längst besiegelt war. Wie er selbst.

In den ersten Tagen hier in Mexiko hatte er noch überlegt, sich zum Einschlafen selbst ein wenig vom Propofol zu verabreichen, das er in dem Lagerraum mit den Medikamenten entdeckt hatte. Doch es war schwieriger zu dosieren als der Mezcal. Gerade wenn man sich selbst ins Land der Träume befördern wollte. Die Hitze in seiner Baracke war unerträglich, und die schweißnasse Kleidung klebte ihm auf der Haut. Wie musste es erst den Mädchen in dem Verlies unter dem Haupthaus ergehen, eingepfercht auf so engem Raum?

Das gluckernde Geräusch, das der Alkohol beim Einschenken erzeugte, übte etwas Beruhigendes auf ihn aus, und schon stürzte er das nächste Glas hinunter. Der Schnaps brannte in seiner Kehle, selbst noch im Magen. Oder war es sein Gewissen, das ihn verzehrte? Das Höllenfeuer, das ihn von innen auffraß?

Für einen kurzen Moment glaubte er, der Wurm in der Flasche lachte ihn aus. Doch es war nur das Knarren der Tür, die langsam geöffnet wurde. Er erwartete, das runde Gesicht seines Wächters Tico zu sehen, der zwar nicht besonders klug, aber ganz in Ordnung war. Umso überraschter war er, als der Teufel höchstpersönlich eintrat. Die Fratze, die er bei der ersten Begegnung hier in Mexiko sofort als Fazialisparese diagnostiziert hatte, einer weitreichenden Lähmung der Gesichtsmimik, in diesem Fall offenbar ausgelöst durch starke Verbrennungen. In Verbindung mit der vernarbten Haut wirkte die starre Mimik wie eine Maske. Als er ihn das letzte Mal gesehen hatte, war er noch ein stattlicher, sogar gut aussehender Mann gewesen. Und auch wenn er von dessen Unfall gehört hatte, hatte Rahmani seinen Schrecken über den Anblick nicht gänzlich verbergen können.

Der Alte schloss die Tür hinter sich und kam gemächlichen Schrittes zu ihm herüber, um sich auf dem freien Stuhl ihm gegenüber niederzulassen. Ein Tisch, zwei Stühle, ein altes Drahtgestell, das ein Bett darstellen sollte, ein Waschbecken und ein Klo – viel mehr befand sich nicht in diesem fensterlosen Raum.

»Wie ich sehe, haben Sie einen Weg gefunden, sich damit zu arrangieren, Dr. Rahmani.« Die Worte wurden von einem leisen Zischeln begleitet.

»Arrangieren?« Derart schwachsinniges Gerede kam ihm gerade recht, um sich unter der Wirkung des Alkohols in Rage zu reden. »Ist das Ihr Geheimrezept, um so abscheuliche Dinge zu tun? Sich zu arrangieren? Arrangieren Sie sich denn damit?« Er spuckte verächtlich auf den Boden und blickte in die unbewegte Miene seines Gegenübers, der bloß sanft den Kopf schüttelte.

»Arrangieren müssen sich nur die Ahnungslosen. Ich hingegen, ich habe es nicht nötig, mich zu arrangieren. Ich gestalte.«

»Sie gestalten?« Dr. Rahmani konnte ein verächtliches Lachen nicht unterdrücken. Er war zu betrunken. Er griff nach der Flasche und schenkte das Glas wieder voll. Nun lag der Wurm fast ganz auf dem Trockenen. »›Gestalten‹ nennen Sie das? Unschuldige Mädchen zu massakrieren? Sie sind ein Irrer! Eine bedauernswerte Kreatur! Nicht besser als dieser Wurm hier in der Flasche.« Man konnte ihn vielleicht zwingen, schreckliche Dinge zu tun. Aber nicht, dabei auch noch freundlich zu sein. So hoffte er zumindest. Doch seine Sorge war unberechtigt, tatsächlich schienen seine Worte diesen Wahnsinnigen sogar zu amüsieren.

»Aegiale hesperiaris, Dr. Rahmani. Aegiale hesperiaris.«

»Was soll das nun wieder heißen?«

»Eine Raupe! Das dort in der Flasche vor Ihnen ist kein Wurm, sondern eine Raupe. Sehen Sie: Wo Sie nur einen armseligen Wurm sehen, erkenne ich die Raupe. Worin Sie das Ende wähnen, sehe ich den Anfang von etwas Neuem.«

»Wovon reden Sie, zum Teufel!« Ihm rauschten die Ohren von dem Gesäusel – und dem Schnaps.

»Vielleicht bin ich tatsächlich ein wenig wie diese Raupe, denn im Gegensatz zu Ihnen bin ich bereit, mich weiterzuentwickeln. Ich sehe unser Dasein nur als permanentes Zwischenstadium.«

Dr. Rahmani starrte auf das Insekt in der Flasche. Wenn man genau hinschaute, ähnelte dessen ausgebleichte, gummiartige Haut tatsächlich dem verbrannten Gesicht seines Gegenübers. Er griff nach dem Glas und nahm einen weiteren großen Schluck, um auch diesen Gedanken zu vertreiben. »Warum tun Sie das den Mädchen an?« Seine Aussprache klang verwaschen, als er das Glas wieder abgesetzt hatte. Auf diese einfache Frage würde es keine dreimalkluge Antwort geben. Tatsächlich schien der Irre einen Augenblick lang sprachlos zu sein. Ein dünner Speichelfaden rann aus dem niemals ganz geschlossenen Mundwinkel, ebenfalls eine Folge der Gesichtslähmung.

»Wieder sehen Sie nur den Wurm«, antwortete er schließlich nuschelnd.

»Ich sehe nur Menschen, denen Sie Schmerz zufügen!« Rahmani fühlte aufrichtigen Zorn. Er dachte an die Verzweiflung, die er in den vergangenen Tagen gespürt hatte.

Vielleicht sollte er ihm jetzt und hier die Flasche über den

Schädel ziehen und damit alles beenden? Er dachte an Tico und sein automatisches Gewehr, das dieser immer vor der Brust trug, und verwarf diese Idee wieder.

»Ich füge Ihnen Schmerzen zu?« Das Zischeln in der Stimme wurde lauter.

»Mir und diesen jungen Frauen!«

»Sie irren sich, mein Lieber. Ihre Zunft ist es, die Frauen das antut. Und tun Sie nicht so, als wäre das für Sie etwas Besonderes! Sie und Ihresgleichen schneiden doch jeden Tag Frauenbrüste auf und stecken Silikonkissen hinein. Injizieren Gift unter die Haut gesunder Menschen. Entfernen Mittelfußknochen, damit Ihre Patientinnen in High Heels passen. Brechen jungen Frauen die Beine, um sie zu verlängern. Neuerdings schnippeln Sie sogar an Vaginas herum. Es ist doch Ihr Beruf, Gott zu spielen und die Natur zu verändern. Und wie viele Ihrer Patienten leiden nach so einer Operation Schmerzen? Wie viele sind denn schon in Ihrem OP oder später an den Folgen Ihres Weltverbesserungswahns gestorben, Herr Dr. Rahmani?« Der Alte hatte sich während seiner Rede erhoben und stand nun weit über den Tisch gebeugt da, sodass Rahmani die Spuckefäden, die ihm mit jedem empörten Wort entgegenflogen, in seinem Gesicht spüren konnte. Auch wenn er von einer Wolke aus Alkohol umgeben war, dämmerte es ihm langsam.

»Machen Sie das alles nur deswegen, Mr. Weisz? Wegen Ihrer Frau?«

»Sprechen Sie nicht über Sie!« Zum ersten Mal schien der Alte seine Selbstbeherrschung zu verlieren und eine ehrliche Regung zu zeigen.

»Sie hatte einen unerkannten Herzfehler. Jede nächste Narkose wäre ihre letzte gewesen. Es war reiner Zufall, dass es bei uns in der Klinik passierte! Das haben alle Gutachter bestätigt. Deswegen bin ich auch freigesprochen worden!«

»Ich sagte, Sie sollen nicht über sie sprechen!« Mit einer Handbewegung wischte der alte Weisz das Glas vom Tisch, das mit lautem Klirren auf dem Boden zersprang.

»Ich glaube nicht, dass Ihre Frau dies hier gewollt hätte. Dadurch wird sie auch nicht wieder lebendig!«

Der Alte griff nach der Flasche, und schon sah Rahmani auch diese zu Boden fliegen. Doch plötzlich hielt Weisz inne. Als würde ihn ein jäher Schmerz durchfahren, erstarrte er und ließ sich wieder auf seinen Sitz fallen. Die leere Flasche hielt er dabei immer noch direkt vor sein Gesicht und betrachtete nun die Raupe auf dem Flaschenboden aus der Nähe.

»Es stimmt: Sie wird nicht mehr lebendig«, sagte er und schüttelte traurig den Kopf. Das konvexe Glas der Flasche ließ sein linkes Auge doppelt so groß erscheinen. »Was glauben Sie, tötet man die Raupen, bevor man sie in den Schnaps wirft, oder gibt man sie lebend in die Flasche, wo sie im Alkohol grausam ertrinken?«

»Was? Ich habe keine Ahnung.«

»Und wenn man sie vorher töten sollte: Gibt es jemanden, der den ganzen Tag nichts anderes tut, als Raupen zu töten? Wie wird er wohl damit fertig?«

»Mr. Weisz, ich weiß es nicht. Aber ich denke wirklich, Sie brauchen Hilfe!«

»Hilfe?« Weisz stellte die Flasche vorsichtig zurück auf den Tisch und blickte ihn an. Nur für einen kurzen Moment verrieten seine Augen so etwas wie Trauer. Dann stellte sich wieder dieses angriffslustige Flackern ein, das Rahmani bei ihrer ersten Begegnung schon aufgefallen war.

»In der Tat brauche ich Hilfe, Doktor. Und zwar Ihre!« Er legte zwei eng beschriebene Zettel vor sich auf den Tisch.

»Was ist das?«, fragte Rahmani misstrauisch.

»Lesen Sie!«

Die Zettel enthielten mehrere Absätze mit durchnummerierten Überschriften. Hinter jeder Zahl stand das Wort *Miss* und dahinter der Name eines Bundesstaates.

»Was ist das?«, wiederholte er seine Frage, obwohl er es bereits wusste.

»Der Plan für die nächsten Operationen. Ab sofort wird

zweimal am Tag operiert. Wir müssen schauen, dass wir dabei ein wenig Kreativität in die Schöpfungen bekommen. Ich habe für jedes Mädchen eigene Ideen entwickelt und dabei versucht, ihre besondere Physiognomie zu berücksichtigen. Lassen Sie uns darauf achten, dass wir das, was an ihnen als besonders schön galt, betonen. Wir müssen es ... wie soll ich sagen? Karikieren. Verstehen Sie? Das ist wirklich sehr wichtig, damit es gelingt!«

Ihm schauderte. Er überflog den handgeschriebenen Text, bei dem die Buchstaben sich stark nach rechts neigten. Das, was er las, verursachte ihm eine Gänsehaut. »Sie sind krank«, stieß er hervor. »Was soll das alles? Wozu tun Sie das? Rache für den Tod Ihrer Frau? Geht es um Lösegeld? Ich dachte, Sie sind ein reicher Mann? Oder wollen Sie wirklich nur mich vernichten?«

Weisz starrte ihn schweigend an.

»Ich bin immer noch Arzt. Ich habe den hippokratischen Eid geschworen. Ich kann das hier nicht.« Er sprang auf und warf die Zettel von sich. »Tun Sie, was Sie wollen. Verbreiten Sie meinetwegen das Video. Was ist schon dabei: ich mit heruntergelassenen Hosen? Wen interessiert es, wann ich mir wo einen runterhole? Ich bin raus! Oder bringen Sie mich dann etwa um? Das ist mir mittlerweile auch egal! Dann tun Sie es! Am besten jetzt und hier!«

Er spürte, wie er mit jeder Bewegung seiner wild gestikulierenden Hände aus dem Gleichgewicht zu geraten drohte.

Weisz griff nach den Zetteln und ordnete sie, ohne seinen Wutausbruch zu beachten. Dann erhob er sich mit demselben Gleichmut, mit dem er den Raum einige Minuten zuvor betreten hatte. »Gut, dann machen wir es so. Wir zeigen der Welt das Video von Ihnen und Ihrem kleinen Freund da unten, und ich werde die Operationen an den Mädchen selbst durchführen.« Er wandte sich zum Gehen.

»Das können Sie nicht! Sie haben keinerlei Erfahrungen. Sie werden die Mädchen umbringen, wenn Sie tun, was da auf dem Zettel steht!« Er fiel nach hinten und landete wieder auf dem Stuhl, auf dem er bis eben gesessen hatte.

Weisz blieb an der Tür stehen. »Dann tun Sie, was ein Arzt tun muss, und retten Sie den Mädchen das Leben, indem Sie die Operationen an meiner Stelle durchführen. Gebietet das nicht sogar Ihr hippokratischer Eid?«

Er spürte, wie ihm schlecht wurde. »Sie sind der Satan!«, rief er und hörte bestürzt, dass er schluchzte. Gleich würde er sich erbrechen müssen. Er war mit Sicherheit kein Heiliger; auch war er in der Vergangenheit kein Kostverächter gewesen, wenn sich ihm die Gelegenheit geboten hatte. Er wusste, sein Fleisch war schwach. Aber das hier, das war etwas anderes. Etwas Perverses.

»Dann machen wir also morgen früh weiter. Es wird bald noch ein weiteres Mädchen eintreffen, das auf dem OP-Plan dort noch nicht vermerkt ist. Sie ist keine der anderen Flittchen und leider nicht in bester Verfassung. Für Sie werden wir uns eine Spezialbehandlung ausdenken müssen. Ich bin mir noch nicht ganz sicher. Kennen Sie sich mit Amputationen aus?«

Rahmani starrte den Alten an in der Hoffnung, dass es ein Scherz war. Aber der meinte seine Worte offenbar vollkommen ernst. Er schleuderte ihm ein wütendes »Nein!« entgegen.

»Nun gut, so schwer kann es nicht sein«, entgegnete Weisz und öffnete die Tür. Dabei betrachtete er die Glassplitter auf dem Fußboden. »Ich lasse Ihnen besser von Tico noch eine Flasche vom Mezcal und ein neues Glas bringen.« Der Spott in seiner Stimme war trotz der Zischlaute nicht zu überhören. »Wer weiß, vielleicht müssen Sie einfach nur genug trinken, um irgendwann den Unterschied zwischen einem Wurm und einer Raupe zu erkennen. Und wenn Sie betrunken operieren – umso besser!«

Das Knarren der sich schließenden Tür vermischte sich mit dem pfeifenden Lachen des Alten und dem Röcheln aus seiner eigenen Kehle, als Rahmani sich auf seine nackten Füße erbrach.

38

Mailand

»Einer von euch wird mich verraten!«

Im Schein seiner Taschenlampe erkannte er den Schrecken, der den Gesichtern der zwölf Männer ins Gesicht geschrieben war. Gestenreich schienen sie jeden Verdacht von sich weisen zu wollen. In kleinen Gruppen diskutierten sie über das eben Gehörte. Nur er, der den Satz ausgesprochen hatte, schwieg in leiser Andacht. Betrachtete die Innenfläche seiner nach oben gedrehten Hand, als wäre dort die Lösung des Rätsels verborgen. Als könnte er darin lesen, welcher seiner Jünger derjenige sein würde.

Er betrachtete die Szenerie still, fast ehrfürchtig. Der Einbruch war viel einfacher gewesen als erwartet. Da ein Wandgemälde nicht gestohlen werden konnte, schienen die Sicherheitsbedenken nicht besonders groß zu sein. Die Sicherheits- und Staubschleusen hatte er mit dem Aufbruch des gesamten Mauerwerks in der östlichen Ecke des Raumes umgangen. Immer wieder hatte er in die Finsternis gelauscht, doch niemand hatte auf den Lärm, den er gezwungenermaßen veranstaltet hatte, reagiert. Das Kloster war mitten in der Nacht vollkommen verlassen. Nun stand er bereits geschlagene fünf Minuten vor dem Gemälde und betrachtete es aus der Nähe. An drei Besichtigungen hatte er in den vergangenen Wochen teilgenommen, doch niemals war er dem Gemälde dabei so nahe gekommen wie jetzt. Der Zahn der Zeit war überall zu erkennen. Feinste Risse durchzogen das Bild, an manchen Stellen blätterte die Farbe ab. Kein Wunder, hatte das Werk über fünfhundert Jahre und selbst die Bombenangriffe während des Zweiten Weltkrieges überstanden. Bis heute. Das Gewicht der beiden Kanister, die er auf seinem Rücken mit sich trug, begann zu schmerzen. Es war verrückt, wofür Menschen bereit waren, Geld zu zahlen. Diese Nacht würde ihn zu einem reichen Mann machen. Zumindest für seine Verhältnisse. Und er würde dabei noch Geschichte schreiben. Er hatte sich fest vorgenommen, am nächsten und übernächsten Tag alle Tageszeitungen zu kaufen. Seine Tat würde die Titelseiten füllen. Sobald der Rest des Geldes auf seinem Konto einging, würde er ihre Wohnung in dem alten Hochhaus im Quarto Oggiaro kündigen, und er und seine Familie würden zurück nach Sizilien gehen, um sich dort ein Häuschen zu kaufen.

Alles klang so einfach, bis der Kegel seiner Taschenlampe das Gesicht Jesu streifte. Er sah die betenden Hände seiner Mutter vor sich, die alte Kirche, in der sein Vater beerdigt worden war. Der Glaube, den er auf dem Weg zum Erwachsenwerden verloren hatte, flammte in ihm auf. Doch gerade, als seine Zweifel drohten, überhandzunehmen, erinnerte er sich daran, dass er schon lange verlassen worden war, von allem, was die Macht hatte, sein Leben in gute Bahnen zu lenken.

Er stellte die Kanister ab und griff nach der Schutzbrille, die um seinen Hals baumelte. Mit einem kräftigen Schnaufen betätigte er die Pumpe und richtete die Spritzdüse auf das Kunstwerk.

Wichtig sind die Hände!, hatte man ihm in den Anweisungen geschrieben. Er hatte den Sinn dahinter nicht erkannt, doch zielte er nun so gut, wie er konnte. Als der stechende Geruch der Säure in seiner Nase zu brennen begann, bekreuzigte er sich mit seiner freien Hand. Er durfte auf keinen Fall den albernen Aufkleber mit der Biene vergessen.

39

Washington

Bringt unsere Mädchen heim!, stand auf den Plakaten, die die Demonstranten in die Höhe hielten. Was am späten Vormittag mit einer Verabredung auf einer Facebook-Seite und einem kleinen Auflauf von gerade einmal zehn Protestlern vor dem Gebäude des Kongresses begonnen hatte, war den Tag über auf eine beachtliche Masse von mehreren Tausend Teilnehmern angeschwollen. Und nicht nur in Washington, auch in New York, Los Angeles und sogar weit oben im hohen Norden in Anchorage, von wo eine der entführten Schönheitsköniginnen stammte, war man auf die Straße gegangen.

Piet Lindström hatte mit seinem Kameramann und dem Tontechniker bereits am Morgen einige der aufgeregten Demonstranten interviewt und dann von einer höher gelegenen Stelle fasziniert beobachtet, wie die Menge der Empörten von Stunde zu Stunde anwuchs wie ein aufgehender Hefeteig. Das war aber nicht das Einzige, was ihn, der in fünfundvierzig Minuten seinen Bericht für die landesweite Ausstrahlung in den Spätnachrichten abzugeben hatte, faszinierte. War es in den ersten Stunden der Kundgebung noch ausschließlich um die in Mexiko entführten Amerikanerinnen und die offensichtliche Untätigkeit der amerikanischen Behörden gegangen, hatten sich zu den *Bringt sie heim!*-Bannern und -Papptafeln immer weitere Forderungen hinzugesellt, die ihn erstaunten: *Schluss mit dem Schönheitswahn!*, stand auf einem Schild, das eine Frau in die Höhe reckte, die bei keiner Misswahl hätte teilnehmen können.

Wer schön sein will, muss leiden?, *fuck beauty* oder *Ohne Misswahl keine Qual*, las er.

»Halt mal da drauf!«, rief er seinem Kameramann zu und zeigte auf eine Gruppe von fünf jungen Frauen, die für diesen Protest offenbar ihre Halloween-Kostüme hervorgekramt hatten. Sie trugen Masken wie Monster, einige sogar Kostüme, die ihnen ein ähnliches Aussehen gaben wie den Menschen auf den gruseligen Bildern, die dieses Computervirus aktuell erzeugte. Dabei hielten sie ein Spruchband vor sich, auf dem geschrieben stand: *Wir sind alle Monster!*, und darunter: *Schluss mit der Verkleidung!*

Piet schüttelte ungläubig den Kopf, als plötzlich aus einer Gruppe junger Männer, die vor ihren Gesichtern hellgrüne Chirurgen-Mundschutze trugen, Gegenstände in Richtung der

Polizisten flogen, die eine schützende Mauer zwischen den Demonstranten und dem Kongress bildeten. Piet klopfte seinem Kameramann hektisch auf die Schulter, der sofort dort hinüberschwenkte.

Erst auf den zweiten Blick erkannte Piet, womit die Ordnungshüter beworfen wurden: Schminkutensilien. Mehrere berittene Polizisten gingen mit Schlagstöcken gegen die Unruhestifter vor, was weitere Aggressionen und ein gellendes Pfeifkonzert in den Reihen der Mitstreiter erzeugte. Piet spürte, dass die Stimmung zu kippen drohte.

Er schaute auf seine Armbanduhr, griff nach dem Mikrofon und brachte sich zwischen Kamera und Demonstranten.

»Was als Solidaritätskundgebung für die in Mexiko entführten Mädchen begann, hat sich in den vergangenen Minuten zu einer Kundgebung gegen etwas entwickelt, was uns alle betrifft. Etwas, das unsere Gesellschaft seit Jahrhunderten prägt wie kaum eine andere Erscheinung. Etwas, das bislang als Schmieröl einer funktionierenden Gesellschaft bezeichnet werden konnte, als Überbleibsel der evolutionären Entwicklung und Rudiment tierischen Balzverhaltens. Ein menschliches Ideal, ohne das unsere tapferen Heldinnen nicht nach Mexiko gefahren wären, wo sie Opfer eines feigen Angriffs wurden. Ein Phänomen, ein Phantom, dem wir alle auf unsere ganz eigene Art hinterherjagen. Etwas, das jeder von uns für sich selbst anstrebt und, wenn die Natur dies nicht zulässt, wenigstens besitzen will, und sei es nur durch Heirat oder die moderne Medizin: die Schönheit.«

Er trat einen Schritt zur Seite, um der Kamera den Blick auf die Tumulte hinter sich freizugeben, wo mittlerweile zwischen Polizisten und Demonstranten ein von beiden Seiten leidenschaftlich geführter Kampf entbrannt war.

Piet wartete einige Sekunden, bis er laut »Cut!« rief.

Noch vierzig Minuten bis zur Sendung.

40

Skierniewice

»Haben Sie gut geschlafen?« Patryk schwang sich neben Helen auf die Rückbank des schweren Wagens. Es war sehr früh, und durch die geöffnete Autotür drang kalte Morgenluft herein, die sie frösteln ließ.

»Ich habe kein Auge zubekommen«, antwortete sie. »Das Bett war steinhart und ...« Sie stockte.

»Wir finden sie. Heute«, sagte Patryk mit großer Überzeugung.

Helen nickte.

Die Abstandswarner piepten laut, als Ralph, der Fahrer, rückwärts vom Hof fuhr.

Für eine Weile sagte niemand etwas.

»Und was ist nach all Ihren Forschungen Ihr Zwischenfazit zur Schönheit? Ich meine, aus fachlicher Sicht?«, unterbrach Patryk plötzlich die Stille.

Helen brauchte einen Augenblick, um sich auf seine Frage zu konzentrieren. »Was meinen Sie genau?«

Patryk Weisz richtete sich in seinem Sitz auf. Es wirkte so, als hätte diese Sache ihn schon länger beschäftigt. »Ist Schönheit etwas Gutes oder etwas Schlechtes?« Der ernste Ton seiner Worte irritierte sie.

»Ich weiß nicht ... In solchen Kategorien denken wir am Institut nicht ... Das wäre so, als fragten Sie mich, ob das Wetter an sich etwas Gutes oder Schlechtes ist.«

»Was genau macht eine Neuroästhetikerin?«

»Die Neuroästhetik umfasst mehrere Gebiete. Die Wahrnehmungspsychologie, die funktionelle Anatomie, die Evolutionsbiologie und die Neurologie. Ich bin Neurologin. Am Institut versuchen wir herauszufinden, was im Gehirn passiert, wenn wir Menschen etwas als schön empfinden. Beispielsweise das Schönheitsempfinden beim Betrachten eines Kunstwerkes oder auch nur eines schönen Menschen. Dazu benutzen wir die funktionelle Magnetfeldresonanztomografie, besser bekannt als MRT. Mit ihrer Hilfe kann man sehen, was wann im Gehirn geschieht. Sie kennen diese großen Röhren, in die man zu Untersuchungszwecken hineingeschoben wird?«

Patryk hatte einen Zeigefinger ans Kinn gelegt und ihr aufmerksam zugehört. »Ja, die kenne ich. Also kann man sagen, Sie erforschen, wie Schönheit auf das menschliche Gehirn wirkt?«

Helen nickte.

»Sie haben auch ein Buch verfasst? Wie hieß es noch gleich? Die *Kunst der Schönheit*?«

»*Schönheit und Kunst*. Die Kunst bietet sich besonders an, um Schönheit zu erforschen. Seit Jahrtausenden versuchen Künstler, das, was sie und ihre Mitmenschen zu ihrer Zeit als schön empfinden, in Kunstwerken darzustellen. Schauen Sie auf die Sammlung Ihres Vaters.«

»Ihr Buch war sogar in den Bestsellerlisten!«, bemerkte Patryk Weisz anerkennend.

»Ist es immer noch. Übersetzt in zwölf Sprachen. Das Thema Schönheit ist ein globales Thema. Oder, genauer gesagt, die Frage: Was ist Schönheit überhaupt?«

»Und dann beraten Sie auch noch NBC bei einer mehrteiligen Fernsehreihe zum Thema Schönheit ...«

»Das haben Sie alles im Internet über mich gefunden?« Helen spürte, wie ihr das Blut ins Gesicht schoss.

»Ja, man muss nur Ihren Namen eingeben. Sie sind eine richtige Koryphäe auf dem Gebiet der Schönheitsforschung!«

»Das klingt, als wäre ich alt«, entgegnete Helen und lächelte verlegen. Tatsächlich hörte es sich nicht schlecht an, so bezeichnet zu werden. Sie hatte in den vergangenen Jahren hart an ihrer Reputation gearbeitet.

»Und daher auch das Gehirn?«, stellte Patryk fest.

Helen warf ihm einen verständnislosen Blick zu.

»Ich meine Ihr Tattoo auf dem ... na, Sie wissen schon. Ich habe es gestern gesehen, als wir uns im Bad getroffen haben.«

Helen grinste. »Besser als ein Hirschgeweih!«

»Klar, Sie sind Neurologin, aber deswegen muss man sich ja nicht gleich ein Gehirn als Tattoo stechen lassen. Ich meine, was sollte ein Frauenarzt oder ein Proktologe machen ...«

Nun musste sie lachen.

»Außerdem ist ein Gehirn nicht besonders sexy«, ergänzte Patryk. »Welcher Mann will schon eine Frau mit zwei Gehirnen ...« Er versuchte offenbar, sie aufzuheitern, und dafür war sie dankbar.

»Unterschätzen Sie nicht die Sinnlichkeit eines Gehirns«, entgegnete Helen. »Es ist ein faszinierendes Organ. Das Zentrum von allem. Selbst Sex würde nicht funktionieren, wenn das Gehirn nicht die entsprechenden Reize geben würde ...«

»Ihre Antworten sind mir immer viel zu rational«, entgegnete Patryk. Er sah gut aus, wenn er scherzte. Seine perfekt weißen Zähne blitzten in einer Reihe, wenn er lachte. »Können Sie auch mal loslassen? Nicht immer nur logisch denken? Warum haben Sie sich keinen Schmetterling stechen lassen?«

»Wer sagt, dass ich das nicht habe?«, antwortete Helen und warf ihm einen geheimnisvollen Blick zu. Für einen Moment ging Patryk ihr auf den Leim, dann lachten sie beide gemeinsam. Sofort bekam sie ein schlechtes Gewissen – Madeleine war verschwunden, wie konnte sie da scherzen und lachen?

»Nein, im Ernst: Wie kommt eine so hübsche Frau wie Sie dazu, sich mit Gehirnen zu beschäftigen?«, fragte Patryk, nachdem auch er wieder ernst geworden war.

»Was ist das denn für eine Frage?«, entgegnete sie mit echter Empörung. »Soll das heißen, hübsche Frauen dürfen sich nicht mit schwierigen oder anspruchsvollen Themen befassen?«

»Nein, ich meine nur ...« Patryk fühlte sich sichtlich unwohl.

Sie legte ihre Hand beruhigend auf seinen Arm.

»Seien Sie unbesorgt, Sie stehen mit dieser Ansicht nicht alleine da.« Rasch zog sie die Hand wieder zurück. »Dies ist einer der Gründe, warum ich mich für die Neuroästhetik entschieden habe. Ist es nicht erstaunlich, welche Vorurteile wir mit angeblicher Schönheit verbinden? Wer schön ist, muss nicht klug sein. Wer klug ist, ist nicht schön. Wussten Sie, dass schöne Menschen es leichter haben im Leben?«

Patryk entspannte sich wieder. »Ich dachte bislang, reiche Menschen haben es leichter im Leben ...«

»Das mag sein. Aber es stimmt: Wer schön ist, wird bevorzugt, und zwar nicht nur bei der Partnerwahl. Das beginnt bereits im Kindergarten, wenn es um die Aufmerksamkeit der Erzieher geht, und endet bei der Berufswahl. Menschen, die die Mehrheit als schön empfindet, werden eher eingestellt und auch schneller befördert als Menschen, die die gängigen Kriterien von Attraktivität nicht erfüllen.«

»Das muss für denjenigen, dem die Dinge so zufallen, aber nicht immer positiv sein«, entgegnete Patryk.

»Wie meinen Sie das?«

»Ich spreche als Sohn eines Milliardärs aus eigener Erfahrung. Egal, ob man es nun einfacher hat, weil man reich ist oder weil man nach Ihrer Theorie schön ist: Man muss dadurch weniger leisten. Weniger können. Weniger kämpfen. Jemand, der nicht reich ist und auch nicht schön, oder jemand, der sogar arm oder hässlich ist, der kann nur etwas erreichen, wenn er durch sein Können überzeugt, durch seine Fähigkeiten. Ich glaube, daher ist an dem Vorurteil, dass schöne Menschen weniger klug sind als weniger schöne, sogar manchmal etwas Wahres. Jeder muss sehen, wie er andere von sich überzeugen kann.«

Helen hob überrascht den Kopf. »Dafür, dass Sie schön und reich sind, haben Sie ziemlich weise Einsichten.«

Patryk grinste verlegen und deutete mit der Faust einen freundschaftlichen Schlag in ihre Richtung an.

»Es gab Zeiten, da hätte ich mir tatsächlich statt eines Gehirns einen Schmetterling stechen lassen«, ergänzte Helen. »Bevor ich Neurologie studiert habe, war ich Fotomodell.«

Patryk zog verwundert die Brauen hoch. »Das hätte ich nicht gedacht.«

»So hässlich bin ich aber auch nicht«, konterte sie.

Patryk rang sich ein müdes Lächeln ab. »Das meinte ich nicht. Doch das ist ein krasser Gegensatz. Model und Neurologin.«

»Das stimmt«, gab Helen ihm recht. »Mutet fast schon metaphorisch an. Das Abwenden von der Äußerlichkeit zum Inneren.«

Beide tauschten einen Blick, in dem gegenseitige Anerkennung lag. Zumindest kam es Helen so vor.

»Ich habe auch versucht, ohne das Geld meines Vaters auszukommen«, sagte Patryk. »Mich allein durchzuschlagen.«

»Und?«

»Ist nicht gelungen«, entgegnete er, und sein Blick verdüsterte sich. Einen Moment wartete Helen auf eine Erklärung, und als die ausblieb, rang sie sich zu einer Nachfrage durch.

»Wollen Sie darüber reden?«

Patryk schüttelte den Kopf und schaute durch das Seitenfenster nach draußen. »Bald sind wir am Flughafen«, sagte er.

Helen fragte sich, woran er dies festmachte. Die Landschaft, die vor dem Fenster vorbeiflog, sah noch genauso aus wie vor fünf Minuten. Während sich Felder und Haine abwechselten, schwiegen sie für eine Weile.

»Ich kann mir nach dem Verschwinden meines Vaters nur ansatzweise vorstellen, wie es ist, wenn die minderjährige Tochter vermisst wird. Immer, wenn es Nacht wird, male ich mir die schlimmsten Szenarien aus, was mit meinem Vater geschehen sein könnte«, unterbrach Patryk die Stille.

So erging es auch ihr. Mit der Dunkelheit ergriffen die ärgsten Befürchtungen von ihr Besitz, mit der aufgehenden Sonne schöpfte sie dann meist wieder ein wenig Hoffnung, Madeleine vielleicht sogar noch vor Sonnenuntergang gesund in die Arme schließen zu können.

»Vielleicht hätten wir doch mit der Polizei zusammenarbeiten sollen«, sprach Helen einen Gedanken aus, der sie die vergangene Nacht über wach gehalten hatte. »Wir haben ja nichts zu verbergen.«

»Mein Vater wird seit sechs Wochen vermisst. Glauben Sie, die Polizei hat irgendeinen ernsthaften Versuch unternommen, ihn zu finden, oder irgendetwas erreicht?«

Sie meinte, Verbitterung aus seiner Stimme herauszuhören. »Vielleicht wäre das bei einem verschwundenen Kind anders?«

»Vielleicht«, sagte Patryk. »Meine Erfahrung im Leben ist allerdings, dass man sich niemals auf andere verlassen sollte. Wer weiß: Vermutlich würde Ihre Tochter sogar flüchten, wenn sie von einer Horde grimmig dreinblickender Polizisten erwartet wird. Vergessen Sie nicht, dass sie sich auf der Flucht befindet. Wir wissen, wo Ihre Tochter ist, und daher ist es das Beste, wir suchen Sie dort selbst.«

Das klang logisch.

Helen griff in die Tasche ihres Mantels und zog den Zettel mit Madeleines Foto hervor, den sie von der Wand in Pavel Weisz' Haus gerissen hatte. Sie las die Notiz ein weiteres Mal. *Madrid: Museo Nacional del Prado, ML.*

»Was heißt wohl dieses ML hinter dem Namen des Museums?«, fragte Patryk, der die handschriftliche Bildunterschrift offenbar ebenfalls noch einmal gelesen hatte.

»Mona Lisa!«, entfuhr es Helen.

»Mona Lisa? Ich dachte, die hängt im Louvre in Paris ...«

»Die *Mona Lisa del Prado*«, entgegnete Helen. »Eine perfekte Kopie des Originals. Sie hängt im Prado-Museum, wurde aber erst vor Kurzem als Zwillingswerk der echten *Mona Lisa* erkannt.«

»Zwillingswerk?«

»Ich habe gerade darüber gelesen. Man geht davon aus, dass sie zur selben Zeit wie das Original gemalt wurde. Vermutlich von einem Schüler Leonardo da Vincis.«

»Mmmh«, murmelte Patryk.

Eine Weile schwiegen sie, und der Wust aus Gedanken in Helens Kopf wurde nicht kleiner. »Ich verstehe das alles nicht. Madrid, das Museo del Prado, die *Mona Lisa*, Madeleine, Ihr Vater. Was hat das alles miteinander zu tun?«, sagte sie schließlich.

»Vielleicht wollen Sie sich bei dem Gemälde treffen? Im Museo del Prado? So ein Museum ist groß; da verabredet man sich am besten bei einem berühmten Gemälde.«

»Es fehlt nur die Uhrzeit ...«, gab Helen zu bedenken.

Sie hoffte, dass Patryk recht hatte. Dann bestanden gute Chancen, dass sie dort auf Madeleine treffen würden. Notfalls würde sie eben den ganzen Tag im Museum verbringen, so lange, bis ihr Kind auftauchte.

Erst jetzt fiel ihr wieder der bohrende Schmerz auf, der am Abend zuvor bereits hinter ihrer Schläfe gewütet hatte. Sie schloss die Augen und strich sich mit der Hand über das Gesicht. Für den Bruchteil einer Sekunde hoffte sie, dass sie gleich in ihrem Bostoner Apartment erwachen würde und alles doch nur ein böser Traum war. Doch als sie die Augen aufschlug, saß sie noch immer in dem Bentley und starrte auf ein polnisches Maisfeld, das vor dem Seitenfenster vorüberflog.

»Ich hoffe, mein Vater und Ihre Tochter können uns nachher alles erklären«, sagte Patryk wohl in dem hilflosen Versuch, Zuversicht zu verbreiten.

Plötzlich überkam sie eine bleierne Müdigkeit. Auf ihrem Handy gab es weder neue Nachrichten noch Anrufe. Sie lehnte den Kopf erschöpft gegen die weiche Kopfstütze. Auch Patryk setzte sich neben ihr bequemer hin. Sie drehte sich von ihm weg.

Was sollte Madeleine mit dem alten Weisz zu tun haben? Es war eine geradezu aberwitzige Vorstellung, dass die beiden sich auch nur kannten. Madeleine war zuletzt in einer Klinik eingesperrt gewesen, ohne Gelegenheit, jemanden kennenzulernen. Andererseits hatten sie und Madeleine sich in der vergangenen Zeit immer mehr entfremdet, und der Gedanke versetzte ihr einen feinen Stich. Sie hatte schon lange das Gefühl, nicht mehr alles zu wissen, was ihre Tochter beschäftigte. Madeleines Einweisung in die Klinik war aus Helens Sicht auch eine Bankrotterklärung für sie als Mutter gewesen. Und sie hatte den Verdacht niemals ganz abschütteln können, dass Madeleine es auch so sah.

Das Gefühl der Entfremdung hatte erstaunlicherweise zu jener Zeit eingesetzt, als Madeleine und sie sich nähergekommen waren. Nach dem Tod ihrer Mutter hatte Helen sich um Madeleine kümmern müssen. Zunächst war sie im Institut auf Teilzeit gewechselt, und plötzlich saßen Mutter und Tochter gemeinsam nachmittags im Apartment und verbrachten so viel Zeit miteinander wie niemals zuvor. Helen wusste bis heute nicht, ob diese Fremdheit zwischen ihnen an ihr gelegen hatte, denn wenn sie ehrlich war, vermisste sie das Labor. Oder ob Madeleine daran schuld war, die sich in der Pubertät befand und sich durch die plötzliche Nähe der Mutter bedrängt fühlte. Es war die Zeit, in der sie begannen, ständig zu streiten. Und in der Madeleine abnahm, ohne dass Helen sich dabei zunächst etwas dachte.

Weite Hosenbünde schob sie auf Wachstumsschübe. Die Zeiten, die Madeleine eingeschlossen im Bad verbrachte, hielt sie anfangs für Teenager-Allüren. Helen war bei ihr gewesen – und dennoch weit entfernt. Aber nichts und niemand hatte sie auf diese Krankheit vorbereitet. Dann kamen die Tage, in denen Madeleine nach der Schule nicht heimkam und ihre Freizeit bei Freundinnen verbrachte, ohne sich zwischendurch einmal zu Hause blicken zu lassen. Plötzlich war Helen es, die sich verlassen fühlte. Fast dankbar war sie gewesen, als die Personalabteilung sie vor die Wahl stellte, als Projektleiterin entweder wieder in Vollzeit zu arbeiten oder aber das Institut zu verlassen. Ohne schlechtes Gewissen war sie an das Institut zurückgekehrt, im festen Glauben, dass Madeleine sie ohnehin nicht mehr brauchte. Bei diesem Gedanken spürte Helen erneut ein Stechen in der Brust.

Aus dem Augenwinkel warf sie einen verstohlenen Blick zu Patryk.

Mit geschlossenen Augen lehnte er in seinem Sitz. Er sah hübsch aus. Glatte Wangen, volle Lippen. In seinem Haar waren ein paar Locken erkennbar. So wirkte er auf sie wie ein kleiner Junge. Ein kleiner Junge, der seinen Vater verloren hatte.

Diese Vorstellung beruhigte sie irgendwie, und für einen Moment wünschte sie sich, dass sie alle noch Kinder wären. Kleine Menschen ohne Verantwortung und ohne ernsthafte Sorgen. Jenseits von Gut und Böse. Bei dem Wort »Böse« erschrak sie, als hätte sie sich an etwas Schreckliches erinnert. Die Schmerzen hinter ihrer Schläfe waren wieder unerträglich geworden.

41

London

Millner fühlte sich selbst wie ein Virus, das an allen Sicherheitsbarrieren vorbei in das Gebäude von WeiszVirus eingedrungen war. Die Firmenzentrale befand sich in einem unscheinbaren Bau im Londoner Stadtteil Wimbledon. Er war direkt nach seinem Besuch im FBI-Headquarter zurück zum Flughafen gerast und hatte tatsächlich noch den letzten Direktflug ergattert. London war fünf Stunden voraus, und so kam er dort im Morgengrauen an. In grandioser Selbstüberschätzung hatte er trotz des Linksverkehrs am Flughafen einen Mietwagen genommen und die Adresse von WeiszVirus zunächst vergeblich gesucht. Ein typischer Fall von unerfüllter Erwartung. Wo er ein modernes Bürogebäude, etwas Raumschiff-Ähnliches, vermutet hatte, befand sich lediglich ein grauer Betonquader, nicht größer als ein Doppeldeckerbus. Nur die vielen Kameras und die verdächtig nach Tresor aussehende Eingangstür verrieten Millner, dass er hier richtig war.

Während er noch vergeblich nach einer Klingel suchte, ertönte plötzlich ein Summen, und die Tür schwang nach außen auf, wobei sie ihn nur um Haaresbreite verfehlte. Und wieder wurden seine Erwartungen nicht erfüllt: In dem Gebäude schien es keine Rezeption, keine Büros zu geben. Stattdessen erwarteten ihn ein grauer Zementboden, nackte Betonwände und, keine zwei Meter hinter dem Eingang, eine Einlasskontrolle, wie es sie auf Flughäfen gab. Ein Trupp von vier uniformierten Männern, mit denen er nicht hätte in Streit geraten wollen, umzingelte ihn und bedachte ihn mit argwöhnischen Blicken, als wäre er der erste Besucher, der jemals den Weg hierher gefunden hatte.

Der kleinste, aber auch stämmigste der vier Burschen war nun schon vor mehr als fünf Minuten mit seinem Dienstausweis in einem seitlich gelegenen Raum verschwunden. Millner begann gerade, sich Sorgen zu machen, als der Mann schließlich mit ernster Miene zurückkehrte und ihm bestätigte, was er bereits wusste: dass Mr. Chandler ihn erwarten würde.

Während Millner noch darüber nachgrübelte, wie und wo Mr. Chandler ihn in dieser Sardinenbüchse empfangen würde, öffnete sich in der hinteren Wand eine Fahrstuhltür, und kurz darauf legte Millner geschätzte zwanzig Meter unter die Erde zurück. WeiszVirus agierte im Untergrund. Dies erklärte die kümmerlich erscheinende oberirdische Anlage.

Nun öffneten sich die Fahrstuhltüren, und der Wachmann, der ihn begleitete, führte ihn durch einen langen Gang. Sie passierten fensterlose Räume, in denen Millner im Vorbeigehen mit Festplatten vollgestopfte Regale ausmachte. In der Luft lag der Geruch heiß gelaufener Elektronik. Alle paar Meter versperrte ihnen eine Glastür den Weg, die der Wachmann mit einem Zugangschip öffnete.

Endlich standen sie vor einer Bürotür mit der schlichten Aufschrift *M. C.* Michael Chandler, interpretierte Millner die Initiale, und kurz darauf drückte er einem schlaksigen Knaben, der die zwanzig offenbar kaum überschritten hatte, die Hand, die sich in seiner schlaff und verschwitzt anfühlte. Während Millner sich verstohlen den Schweiß seines Gegenübers am Anzug abwischte, schaute er sich in dem kleinen Büroraum um.

Er hatte schon Schreibtische mit mehreren Bildschirmen gesehen, beim FBI gehörte dies mittlerweile zur Standardausstattung. Doch in diesem Büro zählte er nicht weniger als zwölf Monitore. Der Schreibtisch war zur Wand ausgerichtet, an der die Mehrzahl der Bildschirme befestigt waren. Alle zeigten Kolonnen von Zahlen sowie Begriffe und Kürzel, die er noch niemals gesehen hatte. Vermutlich eine Programmiersprache, dachte er.

»Leider kann ich Ihnen keinen Platz anbieten, Mr. Millner. Wir sind hier unten nicht auf Besuch eingestellt. Wenn Sie möchten, können Sie sich auf meinen Schreibtisch setzen.«

Chandler wischte mit dem Arm ein paar leere Kaffeebecher und einen großen Pizzakarton zur Seite und schuf so einen freien Platz, gerade groß genug für Millner.

»Ein Energydrink?«, fragte Chandler und öffnete einen kleinen Kühlschrank, der neben der Tür stand. Ohne Millners Antwort abzuwarten, warf er ihm eine Dose zu und öffnete sich selbst eine, aus der er einen großen Schluck nahm. Dann schlenderte er zu seinem Bürostuhl, der Millner an einen Kommandoplatz aus *Raumschiff Enterprise* erinnerte, lehnte sich weit zurück und blickte ihn erwartungsvoll an.

Das blasse Gesicht voller Pickel, die Haare notdürftig mit Haarwachs in Form gebracht, wirkte er auf Millner wie ein Teenager. Die Lippen des jungen Mannes waren schmal. Millner vermutete indische Wurzeln.

»Schön, dass Sie so früh Zeit für mich haben«, eröffnete er das Gespräch.

»Im Moment arbeiten wir sowieso rund um die Uhr«, entgegnete Chandler und deutete auf seinen Bürostuhl. »Das ist sozusagen mein Bett.«

»Sie wissen, warum ich hier bin?«

Michael Chandler nickte. »Wes hat mich grob informiert.«

Wes hatte ihn informiert. So, so. Er nennt den Direktor des FBI also beim Vornamen, dachte Millner und überlegte kurz, welche Verbindung wohl zwischen den beiden bestand. Er hielt die Getränkedose weit vom Körper weg und öffnete sie vorsichtig. Wie erwartet sprudelte sie dennoch über, und Millner schlürfte das Getränk vom Deckel. »Es geht um dieses neue Virus. Computervirus«, sagte er schließlich.

»Das Mona-Lisa-Virus«, entgegnete Chandler, begleitet von einem kleinen Rülpser.

»Bitte?«, fragte Millner irritiert.

»So nennen wir das Virus: Mona-Lisa-Virus.«

»Ich wusste nicht, dass es schon einen Namen hat.«

»Ist Ihnen schon einmal aufgefallen, dass wir Menschen allem einen Namen geben? Hurrikan Kathrina, Kartoffel Linda, Komet Halley, ein Apfel namens Granny Smith. Was keinen Namen hat, können wir nicht bewundern, nicht fürchten und auch nicht bekämpfen. Dieses Monster von Virus haben wir Mona-Lisa-Virus genannt.«

Millner runzelte die Stirn. »Mona Lisa? Wieso das?«

»Wie das Gemälde von Leonardo da Vinci. Im wahrsten Sinne des Wortes das Sinnbild für Schönheit. Und ein Paradebeispiel für die Verwendung des Goldenen Schnittes in der Kunst.«

Millner, der gerade einen weiteren Schluck aus der Dose hatte nehmen wollen, stockte. Nun hörte er schon zum zweiten Mal innerhalb weniger Tage vom Goldenen Schnitt. Auch der Imker in Brasilien hatte davon gesprochen.

Chandler beobachtete ihn, leerte die Dose in einem Zug, zerquetschte sie danach in der Hand und warf sie in Richtung eines Papierkorbes, in dem Millner bereits ein gutes Dutzend ähnlich zugerichteter Blechdosen entdeckte. Die Dose prallte vom Rand ab und landete scheppernd auf dem Fußboden. »Sagt Ihnen der Goldene Schnitt etwas?«, fragte Chandler.

»Eine besondere Proportion ...«, entgegnete Millner vage.

Chandler verzog beeindruckt den Mund. »Ganz genau. Und zwar eine, die als vollkommen gilt. Viele als schön geltende Gesichter weisen dieses besondere Größenverhältnis auf. Und genau da setzt das Mona-Lisa-Virus an: Es zerstört sie.«

»Die Gesichter?«

»Die Proportionen. Das Virus verändert auf allen Bildern auf dem Computer und selbst im Internet die Proportionen, die dem Goldenen Schnitt nahe kommen. Eben noch ein Model ... und im nächsten Augenblick ein Freak.« Chandler beugte sich vor und drückte eine Taste auf der Tastatur vor sich. Auf einem Bildschirm an der Wand erschien der Schnappschuss einer Gruppe junger attraktiver Frauen auf einer Couch. Mit einem weiteren Tastendruck verwandelte Chandler die zarten Gesichter in Fratzen, die Millner entsetzt den Atem anhalten ließen. Chandler wiederholte es mit einigen anderen Fotos von Frauen und Männern.

»Das geschieht mit allen Bildern auf der Festplatte infizierter Computer. Die Dateien werden so verändert, dass man es nicht mehr rückgängig machen kann. Und dasselbe passiert im Internet. Bei der derzeitigen Infektionsrate sind wir bald ein Volk von Zombies. Zumindest auf unseren Computern und im Netz.«

Eine Vorstellung, die Millner mit einem Mal amüsierte. Er war nie besonders eitel gewesen, und Fotos von sich selbst mochte er schon gar nicht.

Chandler schien seine Gedanken zu erraten. »Auch wenn es lustig klingt: Es ist dramatisch. Bilder sind mächtig. Vielleicht eines der mächtigsten Instrumente überhaupt. Sie kennen den Spruch: ›Ein Bild sagt mehr als tausend Worte‹?«

Millner nickte. Er dachte an die Fotos des geschundenen Mädchens, die Barack ihm geschickt hatte.

»Nehmen Sie die modernen Medien, Mr. Millner. Nachrichten ohne Bilder sind kaum mehr vorstellbar. Die Werbung bedient sich ihrer und die Propaganda ebenfalls. Wir alle nutzen Fotos, um Botschaften und Emotionen zu transportieren. Soziale Netzwerke leben von Bildern. Ich denke, man kann sogar sagen, Bilder regieren diese Welt.«

So hatte Millner es noch niemals gesehen. Aber was Chandler sagte, klang einleuchtend.

»Betroffen sind im Übrigen nicht nur Fotodateien auf privaten Rechnern. Sondern vor allem auch die auf Unternehmensservern, selbst die von Verlagen. Bei der derzeitigen Infektionsrate fürchten wir, dass es schon bald keinen Computer, keine Medien mehr geben wird, in denen noch normale Gesichter erscheinen. Klingt verrückt, aber heute ist alles digital. Das Computervirus greift sogar Filmdateien an. Wie gesagt: Es macht aus uns allen digitale Zombies.«

Millner spürte den Ernst in Chandlers Worten und nickte. »Ich habe es in der *Washington Post* gesehen.«

»Die *Washington Post* hat sich bereits an uns gewandt«, sagte Chandler. »Sie und auch einige andere Zeitungen mussten ihren normalen Druckbetrieb bereits einstellen. Selbst Online-Ausgaben sind betroffen. Die *Washington Post* erscheint aktuell nur noch in kleiner Auflage im Notdruck. So lange, bis die gesamte IT ausgetauscht ist. Und wir können nicht garantieren, dass die neue IT nicht auch vom Virus befallen wird. Und gerade heute Morgen haben wir entdeckt ...« Chandler drehte sich mit seinem Stuhl um und nahm etwas von seinem Schreibtisch. »Dass das Virus auch bereits Kameras infiziert. Diese hier hat Internetzugang, und darauf haben wir es gefunden ...«

»Und haben Sie schon eine Ahnung, wer dahintersteckt?«

Chandler schüttelte den Kopf. »Nicht die leiseste. Aber derjenige muss ein Genie sein. Er kennt sich nicht nur mit Computerviren hervorragend aus, sondern auch mit Antiviren-Software. Das Virus greift über eine Schwachstelle, die wir selbst noch nicht gefunden haben, sogar unsere Analysesoftware an. Das ist das Merkwürdige.«

»Was?«

»Dass es eigentlich wie ein gigantischer Scherz wirkt. Anders als bei anderen Superviren der vergangenen Jahre, die militärische Anlagen oder Computer einer bestimmten Nation angegriffen haben. Aber es ist viel zu professionell und perfekt für einen bloßen Witz. Es muss irgendetwas dahinterstecken, was wir noch nicht erkannt haben.«

Genau das ist es, was diesen Milchbubi fertigmacht, dachte Millner. Vermutlich hatte er stets zu den besten seines Fachs gehört, mit dreizehn seine erste Software-Firma gegründet, irgendeine Elite-Universität in Rekordzeit mit Prädikat abgeschlossen, und nun kam irgendein Scherzbold daher und zeigte ihm seine Grenzen auf – mit Grimassen und Fratzen. Das Geschäft mit der Antiviren-Software schien eine Art Wettkampf zu sein, ein Wettlauf unter Gleichgesinnten, den nur einer gewinnen konnte.

»Sie nannten es vorhin ein ›Monster von Virus‹. Was macht das Computervirus so monströs?«, wollte Millner wissen.

»Streng genommen ist es kein Virus, sondern aus technischer Sicht ein ...«

»Ersparen Sie mir technische Details. Mich interessiert, was es anrichtet.«

»Computerviren verhalten sich nicht anders als biologische Viren. Letztlich hat jedes Virus nur eine Mission: sich zu kopieren.«

»Kopieren?«

»So oft wie möglich. Nichts wächst so schnell wie etwas, das sich selbst vervielfältigt. 2,4,8,16,32 ...«

»Nichts anderes passiert in einer Atombombe. Dort teilen sich die Atome so lange, bis sie hochgehen«, entgegnete Millner.

»Ganz genau. Hinzu kommt, dass Viren hinterhältig sind. Trittbrettfahrer, denn sie haben kein eigenes Kopiersystem an Bord, sondern greifen auf das vorhandene Equipment zurück. Jede normale Zelle nutzt das Mittel der Teilung, das Virus kapert sie, infiltriert seine Informationen, und fortan arbeitet die Zelle für das Virus. Genau so machen es die Computerviren.«

»Und dieses Computervirus ist schlimmer als andere?«

»Es ist ein wahrer Albtraum. Das Virus infiziert das Bios.«

Auf Millners verständnislosen Blick hin verbesserte Chandler sich sogleich:

»Es infiziert den ›Start-Code‹ eines Computers. Ganz egal, welches Betriebssystem darauf läuft. Das ist äußerst ungewöhnlich. Eine Neuinstallation der Betriebssoftware beseitigt das Virus daher nicht. Bei unseren Versuchen, das Virus von infizierten Computern zu entfernen, hat es angefangen, unsere Analysesoftware anzugreifen. Das Schlimmste ist aber, dass es verschlüsselte Internetverbindungen zu unbekannten Kontrollservern aufnimmt, und zwar selbst dann, wenn der Rechner vom Internet getrennt wird. Es versucht, selbstständig eine Internetverbindung zu erstellen. Und es tauscht über hochfrequente Audiosignale Datenpakete mit anderen Rechnern aus, die auch nur in der Nähe stehen. Erst als wir bei den Rechnern Mikrofone und Lautsprecher ausgebaut haben, konnten wir den Datenaustausch stoppen. So etwas haben wir noch nie zuvor gesehen und auch nicht geglaubt, dass wir es jemals zu sehen bekommen.« Millner hörte neben Sorge auch eine Portion Bewunderung aus Michael Chandlers Worten.

»Werden Sie etwas finden, um dieses Virus zu bekämpfen?«

»Selbstverständlich werden wir das. Keine Software ist perfekt, und das gilt auch für dieses Schadprogramm. Und wir von WeiszVirus sind die Besten.« Chandler wirkte auf Millner nicht wirklich überzeugt.

»Aber noch haben Sie nichts?«

Chandler biss sich auf die Lippen, um die sich eine weiße Linie abzeichnete. »Es kann etwas dauern. Wie erwähnt ist es ziemlich trickreich programmiert.«

Millner blickte gedankenverloren auf den Monitor an der Wand, auf dem noch immer die Fratze eines Mannes zu sehen war. »Was ist mit der Biene?«, fragte er.

»Eine weitere Merkwürdigkeit. Die Software hinterlässt diese kleinen Bildchen einer Biene. Als Wasserzeichen auf veränderten Fotos, manchmal auch als prominente Grafik. Warum, wissen wir nicht.«

»Als Visitenkarte«, entgegnete Millner. »Wie bei einem Serienmörder. Haben Sie eine Ahnung, warum gerade eine Biene?«

Chandler zuckte mit den Schultern.

Während des Gesprächs war Millner noch eine Idee gekommen. »Sie sagten, derjenige, der dahintersteckt, kennt sich auch mit Ihrer Antiviren-Software sehr gut aus. Gibt es irgendwelche Mitarbeiter, die infrage kämen?«

»Ausgeschlossen! Niemand außer mir wäre in der Lage, so etwas zu programmieren.«

»Und waren Sie es?«

Für einen kurzen Moment entglitten Chandler die Gesichtszüge, und er starrte Millner mit offenem Mund an. Dann gewann er seine Selbstsicherheit zurück und brach in Gelächter aus. »Beinahe hatten Sie mich. Ich dachte echt, Sie meinen es ernst.«

»Ich meine es ernst«, entgegnete Millner, nahm einen letzten Schluck aus der Dose und erhob sich.

»Wenn ich mir die Mühe machen würde, so ein Virus zu erschaffen, dann nur, um damit reich zu werden, nicht, um Fotos zu verschandeln.«

Millner fixierte ihn noch eine Weile, dann entließ er ihn aus dem Verdacht. Chandlers Bewunderung für denjenigen, der dieses Supervirus erfunden hatte, war nicht gespielt. »Ich glaube Ihnen«, sagte Millner. »Was ist mit Mr. Weisz?«

»Was soll mit ihm sein?« Chandler schaute irritiert.

»Er ist verschwunden.«

»Ich habe keine Ahnung. Aus dem Unternehmen ist er jedenfalls schon länger verschwunden. Seit dem Streit mit seinem Sohn und dem Hubschrauber-Unglück. Alle Anteile gehören jetzt Patryk Weisz. Und der lässt sich hier nur selten blicken.«

»Streit mit seinem Sohn?«

Chandler machte eine wegwerfende Handbewegung. »Das ist lange her. Pavel hatte Probleme, sich vom aktiven Geschäft zu trennen. Sein Sohn stand bereit, und er ließ ihn nicht ran. Das Ganze hat das Unternehmen über Monate gelähmt, doch dann hat das Schicksal das durch den Hubschrauber-Absturz erledigt.«

»Was wissen Sie über den Absturz?« Millner klebte sich im Geiste einen Merkzettel an die Innenseite seiner Stirn.

Chandler hob die Schultern. »Nicht viel, nur das, was in den Zeitungen steht. Pavel war danach nicht mehr derselbe, und er hat niemals gern darüber gesprochen. Es geschah im Skiurlaub, bei einem Ausflug, bei dem er und Patryk sich eigentlich versöhnen wollten.«

Millner klebte ein weiteres Post-it an seinen Frontallappen. »Könnte Weisz so ein Computervirus wie dieses Mona-Lisa-Ding erschaffen?« Er kam sich albern dabei vor, das Virus so zu nennen.

Für einen Moment schien Chandler ob seiner Frage verblüfft zu sein. »Er könnte!«, stellte er fest. »Aber warum sollte er?« Er und Millner starrten einander eine Weile an, dann erhob Chandler sich ebenfalls.

»Keine Idee, wo ich ihn finden könnte?«

»Ich habe schon seit Monaten keinen Kontakt mehr zu Pavel. Vielleicht fragen Sie seinen Sohn.« Chandler angelte nach einem Zettel, schrieb etwas darauf und reichte ihn Millner. »Seine Handynummer.«

Millner nickte zum Dank und steckte den Zettel ein. »Kontaktieren Sie mich, wenn Sie etwas Neues herausfinden.« Er reichte Chandler seine Visitenkarte, der sie aufmerksam betrachtete.

»Wen oder was jagen Sie wirklich?« Michael Chandler schaute ihn herausfordernd an und sprach weiter, ohne Millners Antwort abzuwarten. »Es geht hier doch nicht nur um das Mona-Lisa-Virus, habe ich recht? Ich weiß, dass das FBI für so etwas eigene Abteilungen mit hervorragenden Spezialisten hat, und Sie haben von Computerviren keinen blassen Schimmer. Worum geht es also wirklich?«

Millner erwiderte schweigend den herausfordernden Blick seines Gegenübers. Dann knüllte er die leere Dose in seiner Hand zusammen und warf das Blechknäuel, ohne hinzuschauen, in den Papierkorb neben Chandlers Schreibtisch, wo es mittig einschlug.

»Das mit dem Verunstalten schöner Gesichter, das macht jemand nicht nur auf Fotos, sondern auch in der Wirklichkeit. Dieses Mädchen wurde gestern in der Nähe von Acapulco an einer Landstraße gefunden. Sie ist die amtierende Miss California.«

Millner hatte sein Smartphone gezückt und hielt es Chandler entgegen, damit er das Foto darauf erkennen konnte.

Der junge Mann verzog angewidert das Gesicht. »Eine von den in Mexiko entführten Schönheitsköniginnen?«, fragte er und fügte auf Millners erstaunten Blick hinzu: »Es läuft seit Tagen auf allen Kanälen!«

»Sie ist bereits die Zweite, die so zugerichtet wurde. Eine ihrer Kolleginnen haben wir zuvor gefunden.«

»Das ist doch krank!«, bemerkte Chandler sichtlich betroffen.

»Und wer immer dafür verantwortlich ist: Er hat noch weitere Mädchen in seiner Gewalt ...«

»Wir werden hier tun, was wir können. Wenn ich einen Hinweis darauf habe, wer es programmiert hat oder von wo das Virus stammt, kontaktiere ich Sie.«

Millner nickte dankbar. »Dann lassen Sie mich jetzt mal wieder hier raus«, sagte er und deutete auf die Tür.

Chandler nahm den Hörer seines Telefons ab und drückte eine Taste, bevor er, ohne etwas gesagt zu haben, wieder auflegte. »Wirklich eine hässliche Welt da oben«, bemerkte er und schaute auf seine Monitore.

In diesem Moment klopfte es an der Tür, und derselbe Wachmann, der Millner in die Katakomben hinabgeführt hatte, schaute herein.

Wenig später entließ die Security ihn in den Morgennebel Londons. Während er nach seinem geparkten Wagen Ausschau hielt, ging ihm Chandlers letzter Satz nicht aus dem Kopf. Irgendetwas stimmte daran nicht. Ein Kastenwagen hupte laut, als Millner seinen Fuß auf die Straße setzte. Verdammter Linksverkehr. Millner fluchte und hoffte, dass der Fahrer seinen ausgestreckten Mittelfinger im Rückspiegel erkennen konnte.

42

Florenz, um 1500

Es ist, als hätte das Feuer etwas in seinem Kopf zerstört. Ich rede nicht von der Schwermut, die Salai seit jenem Tag ergriffen hat. Diese rechne ich den Schmerzen zu, die die verbrannte Haut in seinem Gesicht verursacht. Und seiner Trauer wegen der verlorenen Anmut. Nein, es sind die Geschichten, die Salai erzählt, die mir Sorgen bereiten. Gegen lo straniero hat er geradezu einen Wahn entwickelt. Heute suchte er mich wieder auf und erzählte von jungen Mädchen, die Leonardo und lo straniero im Atelier empfangen. Nur die Hübschesten, und allesamt Jungfrauen. Ängstlich würden sie das Atelier betreten. Einige würden sogar weinen. Salai hat mich angefleht, mit ihm zu gehen und es mir selbst anzuschauen.

»Was werden sie schon anderes tun, als sie zu porträtieren?«, habe ich entgegnet. Doch Salai hat nur gelacht. Gesagt, er wisse, was er sehe und was nicht. Und dann hat er ganz ernst geschaut und von verlorenen Seelen gesprochen. Ich muss dringend mit Leonardo reden, doch ich bekomme ihn kaum noch zu Gesicht. Genauso wenig wie lo straniero. Beide schließen sich den Tag und manchmal auch die Nacht über in Leonardos Schatzkammer ein. Mir ist es recht. Ich schreibe an meinem Werk zur Göttlichen Proportion. Im Moment fließt es durch mich hindurch, als wäre mein Arm nicht der meine, sondern der des Herrn. »Scher dich zum Teufel!«, habe ich Salai angeschrien, und er hat seine vom Feuer zerfressene Fratze zu einer wilden Grimasse verzogen, die ihn noch hässlicher gemacht hat, als er nun ohnehin ist. Und er hat irre gelacht und gesagt, dass er das vermutlich tun werde.

Hoffentlich tut er sich nichts an. Wünscht man jemanden zum Teufel, so meint man es ja nicht so. Der Herr, er wird es wissen.

43

Madrid

Niemand hatte sie aufgehalten. Nachdem sie der Polizei auf dem Anwesen der Familie Weisz am Vortag nur knapp entkommen waren, hatte Helen fest damit gerechnet, am Flughafen verhaftet zu werden. Doch nichts war geschehen. Problemlos hatten sie den Sicherheitscheck für VIP-Gäste passiert. Auf dem Rollfeld stand für sie bereits ein Learjet startbereit. Derselbe, der sie von Boston nach Warschau gebracht hatte. Der Stewart reichte ihr eine Kopfschmerztablette aus der Bord-Apotheke, und für kurze Zeit gelang es Helen sogar, im Flugzeug zu schlafen. Bis ein Traum sie aufschrecken ließ: Madeleine lief ihr mit ausgebreiteten Armen auf einer Wiese entgegen. Doch je näher sie kam, desto mehr veränderte sie sich, und als sie endlich vor ihr stand und sie sie gerade an sich drücken wollte, blickte sie nicht in das Gesicht ihrer Tochter, sondern in das der *Mona Lisa*.

Während Helen noch über die Bedeutung des Traumes grübelte, setzten sie zur Landung an, und keine halbe Stunde später fuhren sie in einer weiteren, am Flugplatz gemieteten Luxuskarosse durch die Innenstadt Madrids.

Patryk und sie hatten während des Fluges nur wenige Worte miteinander gewechselt, zu erschöpft war Helen von den Ereignissen der vergangenen Tage, zu groß war die Sorge um Madeleine, die sich wie Säure immer tiefer in ihr Herz fraß. Das Klingeln eines Handys riss sie aus ihren Gedanken. Doch es war das von Patryk.

»Wer sind Sie?«, hörte sie ihn fragen. Er wirkte beunruhigt. »Woher haben Sie überhaupt diese Nummer?« Er rutschte auf seinem Sitz hin und her, als wäre das Leder unter ihm plötzlich heiß geworden. »Sie waren bei WeiszVirus?« Er runzelte besorgt die Stirn.

»In Warschau. Ich bin derzeit in Warschau, im Haus meines Vaters.« Das war eine Lüge.

Helen neigte den Kopf, um besser verstehen zu können.

»Nein, er ist noch nicht wieder aufgetaucht. Ich bin nach Polen gekommen, um ihn zu suchen.« Patryk sprach ungehalten, fast ärgerlich. »Von einem solchen Computervirus weiß ich nichts. Ich war schon seit mehreren Wochen nicht mehr im Büro.«

Helens Herzschlag beschleunigte sich. Der Monitor mit den Zahlenkolonnen aus Weisz' Keller kam ihr in den Sinn. Auch jetzt schien Patryk seinem Gesprächspartner nicht die Wahrheit zu sagen. Sie konnte nicht verstehen, was der Anrufer erwiderte.

»Hören Sie, ich kann Ihnen nicht weiterhelfen. Es bereitet mir genügend Sorgen, das Verschwinden meines Vaters aufzuklären. Bitte wenden Sie sich an ...« Nun schien der Anrufer ungeduldig zu werden, das metallische Krächzen aus dem Handy wurde lauter. Patryk blickte angestrengt aus dem Fenster. »Bienen? Keine Ahnung. Ich weiß nichts von Bienen.«

Helen wurde flau. Sie dachte an die Zeichnung einer Biene an der Kellerwand.

»Das tue ich, ich habe ja nun Ihre Nummer, Mr. Millner. Bis dann.« Patryk nahm das Handy vom Ohr und atmete tief ein. Dann wandte er sich unvermittelt Helen zu. Sie fühlte sich ertappt. Als hätte jemand eine Tür geöffnet, durch deren Schlüsselloch sie gerade geschaut hatte.

»Wer war das?«, fragte sie.

»Ein Mr. Millner. Er sagt, er sei vom FBI.«

»FBI?« Helen wurde noch mulmiger zumute. Wo war sie hier nur hineingeraten? »Warum haben Sie ihn angelogen?«

»Schalten Sie das Handy lieber aus. Falls die versuchen, Sie zu orten«, mischte sich Ralph vom Fahrersitz in ihre Unterhaltung ein.

Patryk befolgte den Rat, bevor er auf Helens Frage antwortete. »Die Polizei hat es auf uns abgesehen, schon vergessen? Die sind in das Haus meines Vaters gestürmt. Derzeit können wir keinem trauen.«

»Vielleicht kann das FBI uns helfen? Wir haben uns schließlich nichts zuschulden kommen lassen.«

Patryk schüttelte energisch den Kopf und deutete durch die Windschutzscheibe nach draußen. »Sehen Sie da vorne das Gebäude mit den Säulen? Das ist das Museo del Prado. Ihre Tochter ist vielleicht jetzt schon hier, irgendwo ganz in der Nähe.«

Bei diesen Worten kam Helen ihr Traum aus dem Flugzeug wieder in den Sinn, doch sie vertrieb den Gedanken daran sofort.

»Wollen Sie riskieren, dass wir sie verpassen, indem wir das FBI und wer weiß wen noch auf uns aufmerksam machen? Vermutlich verhören die uns erst einmal eine Woche lang, bevor sie uns wieder freilassen. Wenn überhaupt.« Patryk starrte sie mit düsterer Miene an. Das Karamellbraun aus seiner Stimme war nun wieder gänzlich verschwunden. Sie sah das Bild blutroter Lava vor sich.

»Nein, das will ich nicht«, flüsterte sie und schluckte. Sie reckte den Hals, um an Patryk vorbei einen Blick auf das Museo del Prado zu werfen. Trauben von Touristen belagerten den Eingang. Mit zusammengekniffenen Augen hielt sie zwischen den vielen Menschen vergeblich nach der vertrauten Silhouette Madeleines Ausschau.

»Unser Hotel ist nicht weit entfernt. Ich schlage vor, wir checken ein und gehen dann gleich hinüber zum Museum. Dann sind wir rechtzeitg zur Öffnung dort.«

Helen nickte und suchte weiter die Gesichter auf dem Bürgersteig nach dem Madeleines ab.

»Während Sie im Flugzeug geschlafen haben, habe ich mit dem Direktor des Museo del Prado Kontakt aufgenommen. Mir fiel ein, dass ich im Arbeitszimmer meines Vaters Briefe vom Prado gesehen hatte und auch eine Handynummer. Er heißt José Francisco Alegre und war am Telefon sehr freundlich. Tatsächlich kennt er meinen Vater ziemlich gut, weil dieser in den vergangenen Jahren einige Kunstwerke vom Prado erworben hat. Auch Ihr Name sagte ihm etwas. Er kannte Ihre Schablonen.«

»Tatsächlich?« Helen war gleichermaßen überrascht wie erfreut. Mit dem Museo del Prado hatte sie bislang noch nichts zu tun gehabt. Umso schöner, wenn der Ruf ihrer Arbeit mittlerweile bis hierher vorgedrungen war.

»Er fragte, ob Sie ihm die Schablonen einmal zeigen würden, und ich habe mir die Freiheit erlaubt zuzusagen.«

»Ich weiß nicht ...« Der Gedanke, mit dem Direktor über ihre Arbeit zu sprechen, gefiel ihr nicht. Unter normalen Umständen hätte sie dafür alles stehen und liegen gelassen. Heute stand ihr allerdings der Sinn gar nicht danach. Sie war hier, um Madeleine wiederzufinden.

»Ich weiß, was Sie denken. Vielleicht kann er uns aber auf der Suche nach Ihrer Tochter und meinem Vater nützlich sein. Das Museum ist groß, und wir wissen nicht, zu welcher Uhrzeit wir mit Ihrer Tochter und meinem Vater rechnen können. Er kann uns mit Sicherheit helfen. Vielleicht können wir sogar einen Blick auf die Überwachungsmonitore werfen oder den Mitarbeitern an der Eingangskontrolle Fotos von den beiden zur Verfügung stellen.«

Das klang einleuchtend. »Na schön«, gab sie nach. Sie blickte auf ihr Handy. Noch keine neue Nachricht. Sobald sie im Hotel waren, würde sie noch einmal in der Klinik anrufen, um zu hören, ob es Neuigkeiten gab. Mittlerweile hatte sich ein Stau vor ihnen gebildet, verursacht von einem Reisebus, aus dem nun Touristen ausstiegen. Plötzlich stutzte sie. Inmitten einer Gruppe von Asiaten schien ihr ein Mann zuzuwinken. In seinem schwarzen Anzug mit Einstecktuch, Krawatte, den glänzenden braunen Schuhen und den langen, gelockten Haaren stach er zwischen den sommerlich gekleideten Touristen sofort hervor. In der einen Hand hielt er einen Stock mit einem silbernen Knauf, mit der anderen winkte er ihr zu.

Sie wandte sich Patryk zu und zupfte an seinem Ärmel. »Schauen Sie, der Mann dort drüben im Anzug, neben dem Bus!« Patryks Blick folgte ihrem ausgestreckten Finger, der auf die Reisegruppe zeigte, in deren Mitte eben noch der Mann gestanden hatte. Doch nun war er wie vom Erdboden verschluckt. Helen suchte die Umgebung ab, aber weit und breit war nichts mehr von ihm zu sehen.

»Welchen Mann meinen Sie?«, fragte Patryk erstaunt.

»Komisch, jetzt ist er weg.« Helen ließ den Arm sinken und glitt langsam zurück in ihren Sitz, während der Wagen wieder beschleunigte. Hinter einem Kreisverkehr, dessen Mitte ein riesiger Brunnen schmückte, ragte ein großes weißes Gebäude auf, dessen Dach der Schriftzug *Hotel* zierte.

Sie warf einen letzten Blick über ihre Schulter, doch der Mann im Anzug war nirgends zu entdecken. Hatte sie etwa Halluzinationen? Als Neurologin wusste sie nur zu gut, was das bedeutete.

44

Coyuca de Benítez

Sie hatten an einem Diner angehalten und etwas gegessen. Während sie den fettigen Burger mit den ranzigen French Fries in der Damentoilette wieder erbrach, hatte Brian in dem Lädchen nebenan nach einem Handy gefragt, doch sie führten keine.

Danach waren sie durchgefahren, hatten nur zum Tanken und zum Wasserlassen angehalten. Da sie die Handynummer ihrer Mutter nicht auswendig kannte, hatte Madeleine an einem Münztelefon an einer Tankstelle einmal versucht, sie im Institut in Boston zu erreichen, doch niemand nahm ab.

Brian hatte sich auf der langen Autofahrt als jemand erwiesen, der beinahe ohne Schlaf auskam. Immer wieder hatte sie versucht, ihn zu einer weiteren Pause zu überreden, doch er benahm sich wie jemand auf der Flucht. Gewissermaßen waren sie es auch. Sie saßen in einem Auto, das nicht ihnen gehörte, und waren aus einer geschlossenen Klinik für Jugendliche geflohen.

Umso erleichterter war sie, als sie die Grenze zu Mexiko ohne Probleme überquerten. Die letzten Kilometer hatte sie geschlafen und erwachte erst, als das sonore Brummen des alten Motors erstarb und es ganz still um sie herum wurde. Draußen war es mittlerweile dunkel.

»Sind wir da?«, fragte sie verschlafen und rekelte sich auf ihrem Sitz. Obwohl sie ihre Jacke als Decke benutzte, war ihr kalt.

»Pssst!«, ermahnte Brian sie. Irritiert richtete sie sich auf und versuchte, in der Dunkelheit etwas zu erkennen. Doch alles, was sie sah, war von den Scheinwerfern ihres Wagens erleuchteter Kies. Brian saß bewegungslos hinter dem Steuer, jeder Muskel seines Körpers schien angespannt zu sein. Als erwartete er, dass jeden Augenblick etwas geschehen würde.

»Was ...«, setzte sie erneut an, doch wieder ließ sie ein lautes »Pssst!« verstummen. Seine Stimme, all seine Bewegungen wirkten auf sie plötzlich fremd.

Angst breitete sich in ihr aus. Immer noch versuchten ihre Augen, sich an die Umgebung zu gewöhnen. Um sie herum war es ganz still, das Einzige, was sie hörte, war Brians Atem. Er atmete ungewöhnlich schnell. Am Rande des Lichtkegels vor ihnen glaubte sie, eine Gestalt zu erkennen.

»Brian ...«, wisperte sie, doch bevor sie weitersprechen konnte, wurde plötzlich die Tür neben ihr aufgerissen. Sie spürte überall Hände, an ihren Oberarmen, an ihren Schenkeln, ein Arm schlang sich um ihren Bauch, ein anderer um ihren Hals. »Brian!« Diesmal schrie sie, und während sie aus dem Auto gezerrt wurde, sah sie ihn ein letztes Mal, wie er immer noch regungslos auf seinem Sitz saß, beide Hände am Lenkrad, ohne sie anzuschauen.

Ein weiterer Schrei von ihr erstickte unter einer riesigen Pranke, die sich über ihren Mund legte und ihr den Atem nahm. Jemand trug sie weg, das Auto blieb irgendwo hinter ihnen im Dunkeln zurück.

Hämisches Lachen drang an ihr Ohr, es stank nach Alkohol.

Sie strampelte, konnte ein Bein frei bekommen, trat gegen etwas Weiches und hörte ein Stöhnen. Das Lachen wurde lauter, nun jedoch begleitet von wütenden Flüchen. Etwas traf sie an der Nase, ein stechender Schmerz schoss in ihren Kopf. Etwas Warmes, Feuchtes rann über ihre Lippen; es schmeckte nach Eisen. Männer stritten in spanischer Sprache. Plötzlich verließen sie ihre Kräfte, ihre Glieder gehorchten ihr nicht mehr. Schwerelos schwebte sie über dem Boden. Ihre Tränen vermischten sich mit dem Blut. Mama! Hatte sie laut nach ihrer Mama geschrien? Sie wusste es nicht. Niemals zuvor hatte sie sich so sehr nach ihrer Mutter gesehnt wie in diesem Augenblick.

45

London

»Na, das ist ja ein schöner Urlaub!« Er konnte förmlich durch das Telefon hören, wie Barack sich vor Lachen schüttelte.

»Sehr lustig. Ein Anruf von mir, und du bist der Nächste im Last-Minute-Flieger. Was war da letzte Woche mit der kolumbianischen Prostituierten? Und was war das für ein weißes Pulver in deinem Hotelzimmer?«

Baracks Lachen verstummte augenblicklich. »Wie kann man nur so wenig Spaß verstehen wie du!«

Nun musste Millner grinsen. »Hast du was für mich oder nicht?«

»Er hat das Telefon sofort nach eurem Telefonat ausgeschaltet. Daher können wir es jetzt leider nicht mehr orten.«

»Und davor?«

»War er in Madrid, Spanien.«

»Nicht in Warschau?«

»Bis gestern schon. Als ihr telefoniert habt, aber nicht mehr. Da war er in Madrid.«

»Dann hat er also gelogen! Ich habe es gewusst!«, triumphierte Millner. »Schick mir alles über ihn rüber, was du finden kannst. Wenn er lügt, hat er etwas zu verbergen.«

»Vielleicht wurde sein Vater entführt, und er soll die Polizei aus dem Spiel lassen«, gab Barack zu bedenken.

»Könnte sein. Aber auch dann will ich es wissen. Bitte checke für mich auch alle Passagierlisten und die Hotels in Madrid. Ich will wissen, ob er alleine unterwegs ist.«

»Jawohl, Sir, wird gemacht.« Der ironische Unterton in Baracks Stimme war nicht zu überhören.

»Und nehmt Kontakt mit der Polizei in Warschau auf, ob die irgendetwas zum alten Weisz oder seinem Sohn wissen.«

»Auch das, Sir. Wir sind hier in Mexiko ja praktisch direkt nebenan.«

Millner schmunzelte. »Wie läuft es bei euch?«

»Ist wie Halloween. Wir sitzen hier und warten, welches Monster als Nächstes an der Tür klingelt. Nein, im Ernst, heute Morgen ist ein weiteres Mädchen aufgetaucht. Miss Alaska. Es scheint so, als würden die Verstümmelungen von Mal zu Mal schlimmer ...« Nun klang Barack ernsthaft betroffen.

»Schickst du mir die Fotos?«, bat Millner.

»Selbstverständlich, du krankes Genie.«

»Danke. Ich werde dann mal schauen, ob ich einen Flug nach Madrid bekomme. So viele Meilen wie in diesem Urlaub habe ich noch nie gesammelt.« Millner beendete das Gespräch und atmete die kühle Luft ein, die von der Themse zu ihm heraufstieg. Er saß auf einer Bank am Ufer und blickte hinüber zur Tower Bridge, die sich imposant über dem Fluss erhob. Es war immer noch früh. Nach dem Besuch bei WeiszVirus hatte er das Gefühl gehabt, ein bisschen Zeit zum Nachdenken zu benötigen, und so hatte er spontan am Fluss angehalten. Mit seinem Smartphone hatte er einen kurzen Bericht über seinen Besuch bei WeiszVirus getippt und per E-Mail an Keller versandt. Dann hatte er sich einen Pappbecher Tee besorgt und die Ruhe um sich her genossen. Die Entspannung, die er beim Blick über das tiefschwarz wirkende Wasser spürte, hatte nur kurz angehalten.

So lange, bis eine junge Joggerin im bauchfreien Top mit pinken Ohrenstöpseln an ihm vorbeigelaufen war. Ihr Gesicht war von der morgendlichen Anstrengung schmerzverzerrt, und er fragte sich, wie man sich zu so früher Stunde aus dem Bett quälen konnte, nur um durch die herbstliche Kühle zu rennen. Weitere Jogger folgten, keiner sah beim Laufen glücklich aus. Auch wenn es hieß, dass beim Joggen ohne Ende Endorphine ausgeschüttet wurden. Angeblich konnte Joggen sogar süchtig machen.

Schönheitswahn. Schlankheitswahn. Bestenfalls Fitnesswahn. Nach den jüngsten Ereignissen in Mexiko sah er all diese Bemühungen mit anderen Augen. Wie vergänglich war Schönheit! Wie lächerlich alle Anstrengungen, sie zu erhalten oder zu erreichen! Er selbst hatte sich niemals viel daraus gemacht, was auch daran lag, dass er kein schöner Mann war. Zu breit gebaut, zu schwere Knochen. Seine Nase hatte er sich in seiner Jugend bei Straßenkämpfen mehrmals gebrochen, ohne dass sie im Nachhinein gerichtet worden war. Seine Haut hatte sich von der Akne seiner Jugend niemals ganz erholt. Und auch seine jüngste Narbe an der Wange machte ihn nicht hübscher. »Du bist speziell«, hatte eine seiner Exfreundinnen einmal zu ihm gesagt, während sie ihm nach dem Sex verträumt über das Gesicht gestrichen hatte, und dies war auch schon das Schmeichelhafteste, was einer Frau jemals zu ihm eingefallen war. Aber er fand, dass er ein gutes Herz hatte, und er besaß zumindest genügend Verstand, um es zum FBI zu schaffen. Was ihn sonst noch ausmachte, war sein unerschütterlicher Glaube an das Gute. Darauf bildete er sich mehr ein als auf einen Bodybuilderkörper oder ein makelloses Gesicht.

Jetzt war die Uferpromenade menschenleer. Millner liebte die Einsamkeit. Er legte den Kopf in den Nacken und schaute in den wolkenverhangenen Himmel.

Das Klingeln seines Mobiltelefons zerriss die Stille.

»Was noch, du Hurensohn?«, fragte er ärgerlich.

»Nette Begrüßung«, meldete sich Keller.

Vor Schreck kippte ihm der Becher um; Tee ergoss sich über seine Hose. »Verdammte Scheiße!«, fluchte er, um sich sogleich zu entschuldigen. »Verzeihen Sie, ich meine nicht Sie, Sir. Sie sind noch wach? Bei Ihnen muss es ...«

»Klar bin ich noch wach. Ich habe gerade Ihren Bericht zu WeiszVirus gelesen. Mittlerweile haben wir ein weiteres Mädchen gefunden.«

»Ich habe es schon gehört, Sir«, unterbrach Millner ihn.

»Eine solche Sauerei!« Keller klang wütend. »Haben Sie das in Italien mitbekommen?«

Millner verneinte.

»Jemand hat ein altes Wandgemälde vernichtet. Mit Säure. *Das Abendmahl* von Leonardo da Vinci. In der Santa Maria delle Grazie in Mailand. Scheint eine Kirche oder ein Kloster zu sein. Jedenfalls war es eines der bedeutendsten Kunstwerke Italiens. Die Aufregung dort ist groß.«

»Und wieder eine Biene am Tatort?«, fragte Millner.

»Ganz genau. Ein Aufkleber. Er klebte genau auf der Stelle ... Wie soll ich sagen? Also genau dort, wo vorher Jesus gewesen war.«

Millner klemmte sich das Telefon zwischen Ohr und Schulter und rubbelte mit der letzten trockenen Stelle seines Taschentuchs auf seiner Hose herum. »Ein Witzbold ist er also auch noch.«

»Ich lache nicht«, entgegnete Keller. »Vor einigen Tagen ist in Leipzig – das ist eine Stadt in Deutschland – der Rathausturm gesprengt worden. Auch diese Tat konnten wir mittlerweile der Serie zuordnen. An der Tür des Rathauses wurde ein Bienenaufkleber gefunden, der zunächst niemandem aufgefallen war.«

»Wahnsinn«, bemerkte Millner überrascht. Das Ausmaß schien weitaus größer zu sein als gedacht.

»Ich schicke Ihnen alles über die beiden Vorfälle auf Ihr Handy. Wird langsam Zeit, dass wir Land gewinnen. Mittlerweile haben wir mehrere Teams auf die Sache angesetzt. Florence macht ordentlich Druck.«

Bei der Erwähnung dieses Namens spürte Millner wieder Wut in sich aufsteigen. »Ich verstehe immer noch nicht, was ich hier mache. Entweder gehöre ich zum Team oder nicht.«

»Die Sache in Brasilien haben Sie sich ganz allein eingebrockt«, hielt Keller dagegen.

»Und ich habe dafür bezahlt. Ich lag drei Wochen im Koma und habe nun einen Kiefer aus Eisen. Und das Disziplinarverfahren wurde eingestellt.«

»Raten Sie mal, warum. Weil ich für Sie gebürgt habe. Also mimen Sie nicht den Beleidigten.«

»Schon gut.« Auch wenn er wütend war – dumm war er nicht. Es war besser, es sich mit Keller nicht zu verscherzen.

»Spielen Sie Eishockey, Millner?«

»Lieber Baseball.«

»Wer ist der wichtigste Spieler beim Eishockey?«

»Keine Ahnung. Der Torwart?«

»Ganz genau, Millner. Der Torwart. Er hält den Kasten sauber. Ohne ihn läuft nichts. Und wissen Sie, was wir beide sind?«

»Ich ahne es.« Seine teedurchtränkte Hose klebte an seinem Bein.

»Wir beide sind Torwarte. Wir haben den Überblick, sehen das ganze Spielfeld vor uns. Und wir sind da, wo es brenzlig wird. Und wissen Sie, was man im Eishockey macht, wenn man hinten liegt und nicht mehr viel Zeit bleibt?«

»Man nimmt den Torwart raus.«

»So ist es. Um vorne eine Überzahl zu schaffen. Aber er gehört dennoch weiter zum Team, denn er ist eigentlich der wichtigste Mann. Er muss nur mal kurz auf der Bank Platz nehmen. Und wenn der Ausgleich gelingt, dann ist er auch wieder dabei und gewinnt das Spiel. So ist es mit Ihnen, Millner. Lassen Sie uns zusehen, dass wir Sie zurück ins Spiel bekommen, und dann sind Sie auch wieder ganz offiziell dabei. Mit Florence' Segen.«

Mit Florence' Segen, wiederholte Millner in Gedanken. Florence konnte ihn mal. Und Kellers Torwart-Metapher auch.

»Verstanden, Sir. Dann versuche ich also, zurück aufs Spielfeld zu kommen. Ich fliege nach Madrid.«

»Madrid? Was wollen Sie da?«

»Mein Gefühl sagt mir, dass der verschwundene Pavel Weisz oder sein Sohn etwas mit dem Computervirus zu tun haben. Derzeit die beste Spur. Können Sie die beiden für mich durch den Computer jagen?«

»Mache ich. Ich melde mich. Halten Sie mich auf dem Laufenden!« Das Gespräch war beendet.

Langsam erhob Millner sich und strich sich die Hose glatt. Gemächlich schlenderte er zu seinem Fahrzeug. Ein Rathaus in Leipzig. Ein Wandgemälde in Italien. Schönheitsköniginnen in Mexiko. Ein Computervirus, das Gesichter zerstörte. Ein weltweites Bienensterben. Er schaute auf sein Smartphone, doch noch hatte er nichts von Keller erhalten. Eine Biene als Verbindungsglied zwischen allem. Es musste noch mehr geben, irgendetwas, das sie noch nicht erkannt hatten. Und er ahnte bereits, was es war.

Gerade als er den Mietwagen erreichte, summte sein Handy. Er überflog Kellers E-Mail mit den Memos zu den Vorfällen in Deutschland und Italien. Bereits im zweiten Absatz sprang es ihm entgegen. Er öffnete das Handschuhfach und nahm die kleine weiße Plastikdose mit den Pillen heraus. Besorgt starrte er auf den Inhalt. Nur noch drei Tabletten. Er schüttete sie alle direkt aus der Dose in den Mund und spülte sie mit dem letzten Schluck Tee herunter, bevor er Pillendose und Pappbecher aus dem geöffneten Fenster warf. Einen Moment lehnte er mit geschlossenen Augen gegen die Nackenstütze, dann startete er den Wagen.

Während er mit einer Hand lenkte, griff er mit der anderen erneut zu seinem Telefon. Bevor er weiter nach Madrid flog, würde er unbedingt noch mit einem Schönheitschirurgen sprechen müssen.

46

Florenz, um 1500

Ich kann die Augen davor nicht verschließen: Etwas geht vor in Leonardos Atelier. Immer mehr junge Mädchen kehren dort ein. Manche werden fortgeschickt und verlassen unter Tränen das Haus. Einige wenige laufen davon, als wären sie auf der Flucht. Andere dürfen bleiben. Ich weiß nicht, was lo straniero und Leonardo mit ihnen anstellen. Er sagt, sie malen.

Salai gibt nicht auf. Als ich gestern Nacht von einem Geräusch geweckt wurde und austreten war, sah ich einen Schatten im Hof. Ich wusste gleich, dass er es war. Er verschwand in Leonardos Atelier. Ich bin ihm gefolgt, um zu verhindern, dass er etwas anstellt. Bin selbst geschlichen wie ein Landschädlicher, sodass er mich nicht bemerkte. Zu meiner Verwunderung fand ich ihn malend. Durch ein Astloch in der Wand konnte ich ihn an der Leinwand stehen sehen. Ganz eifrig hat er den Pinsel geführt. Ich weiß nicht, was er malt. Aber vielleicht hilft es ihm, den Verstand zurückzugewinnen.

Ich hoffe, es ist keine ansteckende Krankheit und auch kein fauler Zauber: Eines der Mädchen, das Leonardo und der Fremde gemalt haben und das ich noch gestern in aller Ruhe von unserem Haus weggehen sah, ist heute nackt in der Stadt aufgegriffen worden. Wie mir berichtet wurde, hat sie wirr geredet, erzählt, der Leibhaftige sei hinter ihr her, bis meine Brüder vom franziskanischen Orden sie schließlich fortgebracht haben.

Es ist schon erstaunlich, zu welchen Irrungen der menschliche Geist fähig ist.

Mit meinem Werk über die göttliche Proportion komme ich ansonsten gut voran. Der Fremde wird sehr zufrieden mit mir sein, wenn er sieht, was ich geschaffen habe. Es ist Zeit, sie nun zu verbreiten, auf dass sie die Welt erobert.

47

Madrid

»Soll ich?« Patryk erhob sich aus dem Sessel, in dem er bis eben gesessen hatte, und deutete auf die große Umhängetasche, die Helen über der Schulter trug. Sie bestand aus schwarzem Nylon, maß etwa achtzig mal sechzig Zentimeter und sah aus wie die überdimensionale Tasche eines Fahrradkuriers.

»Geht schon!«, antwortete sie bestimmt, aber höflich. Ihre Schablonen in der Umhängetasche bestanden aus feinem Plexiglas und waren daher nicht faltbar. Die Tasche war eine Sonderanfertigung eines jüdischen Taschenmachers in Boston, für die sie ein kleines Vermögen ausgegeben hatte. Allerdings wogen die Schablonen so gut wie nichts, daher benötigte sie auch keine Hilfe beim Tragen. Verkürzt beschrieben, bestand die von ihr erfundene Technik darin, mithilfe der Plexiglasscheibe und eines überdimensionalen Geodreiecks die geometrische Konstruktion eines Gemäldes zu vermessen und aufzuzeichnen. Die Bildkomposition, besonders Fluchtpunkte, Abstände von Objekten zueinander und zum Bildrand, Winkel – all dies stand im Mittelpunkt ihres Interesses, und dabei ganz besonders eine bestimmte Proportion: die göttliche Teilung, auch Goldener Schnitt genannt.

»Ich schlage vor, wir gehen zu Fuß«, sagte Patryk, während er sich mit ihr durch die mit goldenem Messing verzierte Drehtür des Hotels hindurchzwängte. Helen hielt nach Ralph Ausschau und entdeckte ihn einige Meter entfernt vor dem Hotel. Er folgte ihnen in gebührendem Abstand. Obwohl ihre Heimatstadt Boston auf demselben Breitengrad wie Norditalien lag und dort milde Temperaturen herrschten, war es hier in Spanien sogar noch ein wenig wärmer. Während sie Patryk folgte, hob sie das Gesicht, schloss für einen kurzen Moment die Augen und genoss die Wärme der Sonne.

»Ich habe nachgedacht«, sagte Patryk. Mittlerweile gingen

sie parallel zu einer breiten, vielbefahrenen Straße. »Und ich glaube, ich ahne, was mein Vater mit Ihrer Tochter zu schaffen haben könnte.«

Bei diesen Worten stockte ihr der Atem. »Zu schaffen hat« – wie das klang! Madeleine war noch ein Kind.

»Ich denke, er hat vor, Sie zu erpressen.«

Helen blieb stehen. »Was?«, fragte sie ungläubig.

Auch Patryk hielt im Gehen inne. Aus dem Augenwinkel sah Helen Ralph, der immer noch einige Meter hinter ihnen war und ebenfalls stoppte.

»Ich glaube, er will Sie erpressen«, wiederholte Patryk in aller Seelenruhe. Bei seinen Worten zog ein roter Blitz wie ein Meteorit an Helens Sichtfeld vorbei.

»Mich erpressen? Wieso und womit?«

»Mit Ihrer Tochter. Und wieso, das wird sich zeigen. Ich vermute, es hat etwas mit Ihrer Profession und seiner Obsession zu tun. Vermutlich geht es im weitesten Sinne um die Schönheit.«

Helen machte einen Schritt auf Patryk zu. »Das klingt verrückt. Ich kann mir nicht vorstellen, was Ihr Vater von mir wollen könnte. Ich bin Forscherin!«

»Warum sollte er sich sonst für Ihre Tochter interessieren? Uns beiden ist doch klar, dass es hier nicht um irgendeine ... wie soll ich sagen ... Liebelei geht. Warum sonst standen wohl auch Ihr Name und Ihre geheime Handynummer auf diesem Zettel, den ich gefunden habe? Nein, es geht um Sie. Da bin ich mir inzwischen ganz sicher. Es kann kein Zufall sein, dass Sie sich beruflich mit der Schönheit beschäftigen, seiner großen Passion. Oder soll ich ›Wahn‹ sagen?«

»Aber was könnte er von mir wollen? Und was hat er mit Madeleine vor?«

»Das fragen wir ihn am besten selbst.«

Helen dachte an die riesige Sammlung des alten Weisz. Was Patryk sagte, klang leider nicht vollkommen abwegig.

»Ich habe keine Ahnung, was ich für Ihren Vater tun könnte,

wozu ich durch Erpressung gezwungen werden müsste. Glauben Sie wirklich, Ihr Vater wäre dazu in der Lage?«

»Sie kennen ihn nicht. Er hat sich seit seinem Hubschrauber-Unfall wirklich sehr verändert.«

Sie standen sich gegenüber, während neben ihnen der Verkehr vorbeirauschte.

»Unsere Chance ist, dass er nicht weiß, dass wir ihm auf der Spur sind.« Offensichtlich wollte Patryk etwas Tröstendes sagen, doch seine Vermutung, dass Madeleine eine Geisel sein könnte, verursachte ihr einen Kloß im Hals.

Den Rest des Weges gingen sie schweigend nebeneinanderher, und die wenigen Wolken, die sich mittlerweile vor die spanische Herbstsonne geschoben hatten, erschienen Helen plötzlich besonders düster und bedrohlich.

Sie erreichten das Museum, als es öffnete. Helen hielt zwischen den wartenden Besuchern erfolglos Ausschau nach Madeleine. Die Eingangskontrolle des Museums passierten sie ohne Probleme, und kurz darauf führte sie eine streng dreinblickende Aufsicht mit strammen Schritten zum Büro des Direktors.

Señor Alegre war ein attraktiver Endfünfziger mit grau meliertem Haar, buschigen Augenbrauen, feurigen dunklen Augen und einer markanten Nase, die seinem Gesicht etwas Forderndes verlieh. Er begrüßte Helen überschwänglich, als hätte er nur darauf gewartet, sie kennenzulernen. Patryk hatte der herzlichen Begrüßung mit einem zufriedenen Lächeln zugesehen.

»Sprechen Sie mit ihm, ich gehe zur *Mona Lisa* und halte dort Ausschau. Nicht, dass wir sie verpassen«, flüsterte Patryk ihr zu.

Helen schaute ihn irritiert an. »Ich dachte, wir sprechen gemeinsam mit dem Direktor über die Sache«, entgegnete sie leise.

»Welche Sache?« Señor Alegre blickte neugierig von einem zum anderen. Er sprach perfektes Englisch.

»Mrs. Morgan wird es Ihnen erklären!«, sagte Patryk mit einem verbindlichen Lächeln. »Wir möchten Sie in einer bestimmten Angelegenheit um Ihre Hilfe bitten. Ich verschwinde derweil und schlendere ein wenig durch die Ausstellung, wenn Sie erlauben? Wie ich hörte, haben Sie hier eine Kopie der *Mona Lisa*? Die möchte ich mir unbedingt anschauen!«

Patryk zwinkerte Helen zu. Sie verstand. Am liebsten wäre sie mit ihm gegangen, um selbst nach Madeleine Ausschau zu halten.

»Aber selbstverständlich, Señor. Wir haben auch eine Sonderausstellung zu Dalí. Die kann ich Ihnen sehr empfehlen!«

Patryk bedankte sich, und kurz darauf waren Helen und Señor Alegre allein in dessen Büro.

Es war mit einem alten Schreibtisch, der selbst museumsreif war, zwei ebenso alten Besucherstühlen davor und Regalen voller Bücher eingerichtet. Helen suchte nach ihr bekannten Buchrücken, doch die meisten Titel sagten ihr nichts. Am auffälligsten war eine Statue an der Wand neben der Tür, die den Torso eines männlichen Körpers nach altgriechischem Vorbild zeigte, an dessen erigiertem Penis ein Regenschirm hing. Helen musste zweimal hinschauen, um zu verstehen, was sie sah.

»Sie denken, es regnet in Madrid nie? Das ist ein Irrtum«, riss Señor Alegre sie aus den Gedanken. Sein verschmitztes Grinsen quittierte sie mit einem ebensolchen Lächeln. »Also, was führt sie hierher?«, kam der Direktor zurück zur Sache und zeigte auf einen der Besucherstühle. Er selbst ließ sich auf dem anderen nieder.

»Es geht um meine Tochter Madeleine. Und um Patryk Weisz' Vater.« Während Helen sprach, fiel ihr auf, wie verrückt die ganze Sache war. Sie hatte keine Ahnung, wie sie Señor Alegre einweihen sollte, ohne dass dieser auch sie für verrückt hielt. »Meine Tochter ist seit einigen Tagen verschwunden, und Mr. Weisz' Vater wird ebenfalls vermisst. Wir haben Grund zu der Annahme, dass beide heute hier im Museum erscheinen werden ...« Sie stockte. »Gemeinsam. Wir wissen, wo sie sich vielleicht treffen, aber nicht, wann.«

Tatsächlich blickte Señor Alegre sie mit einiger Verwunderung an.

»Vermutlich haben sie sich hier verabredet, und zwar bei der *Mona Lisa*«, ergänzte sie.

Señor Alegre runzelte die Stirn. Man sah förmlich, wie er versuchte, dem Gehörten Sinn zu verleihen. »Sie meinen, die *Mona Lisa del Prado*?«, fragte er mit sanfter Stimme.

»Genau die«, bestätigte sie. Dennoch fühlte sie sich verpflichtet, das Unausgesprochene zu relativieren. »Wir wissen noch nicht genau, welche Art von Beziehung zwischen den beiden besteht. Sehen Sie, meine Tochter ist erst sechzehn, und wie Sie wissen, ist Mr. Weisz bereits über sechzig ...«

Sie erntete einen verständnisvollen Blick des Direktors. So wie es schien, war er ein einfühlsamer Mensch.

»Und wie kann ich Ihnen behilflich sein?«, fragte er.

»Wir würden hier gern auf die beiden warten, und wenn es möglich ist, können wir vielleicht mit Ihrem Personal am Eingang sprechen. Ich habe ein Foto. Vielleicht erkennt jemand meine Tochter, wenn sie das Museum betritt. Oder Mr. Weisz. Er ist mit Sicherheit ...« Einmal mehr geriet sie auf der Suche nach den richtigen Worten ins Stocken.

»Nicht zu verwechseln«, vervollständigte Señor Alegre ihren Satz. »Selbstverständlich unterstütze ich Sie«, fügte er an und erhob sich. »Am besten, wir gehen jetzt sofort einmal zu unserer *Mona Lisa*. Mr. Weisz ist ja schon dort. Ich meine den Sohn.«

»Herzlichen Dank für Ihr Verständnis«, sagte Helen und erhob sich ebenfalls.

»Und ich dachte, Sie wollten mit mir über Ihre Arbeit sprechen. Ich wäre sehr neugierig, mehr über Ihre Schablonen zu erfahren.« Señor Alegre zeigte auf ihre Tasche. »Sind sie dort drin?«

Helen nickte. »Ich zeige sie Ihnen gern später; so wie es ausschaut, müssen wir ja vielleicht den ganzen Tag hier warten.«

»Kommen Sie, ich führe Sie erst einmal zu unserer *Mona Lisa*. Lassen Sie Ihre Tasche gern hier. Dies ist vermutlich eines der am besten gesicherten Gebäude Spaniens.«

»Ich lasse sie grundsätzlich nur sehr ungern unbeaufsichtigt«, entgegnete Helen. »Sie ist viel leichter, als sie aussieht.«

»Wie Sie wollen«, entgegnete Señor Alegre mit einem nachsichtigen Schulterzucken und öffnete die Tür seines Büros. »Sie kennen die Geschichte unserer *Mona Lisa*?«, fragte er, während sie dem Gang des Verwaltungstraktes folgten.

»Nur aus der Presse.«

»Das Gemälde gehört bereits seit der Eröffnung dieses Museums im Jahr 1815 zum Bestand. Allerdings hielt man es über die Jahrhunderte für eine einfache, jüngere Kopie der echten *Mona Lisa* aus flämischer Schule. Als man begann, es für die große Leonardo-da-Vinci-Ausstellung im Louvre im Jahr 2012 aufzuarbeiten, zeigten Analysen, dass die Tafel, auf der es gemalt ist, nicht wie vermutet aus Eiche, sondern aus Walnussholz besteht. So wie es auch in der Werkstatt von Leonardo da Vinci verwendet wurde.«

Mittlerweile hatten sie eine Tür erreicht, die zur Ausstellung führte. Der Direktor drückte den Daumen auf ein Lesegerät, und mit einem Summen öffnete sich die Verriegelung. Genau die gleiche Sicherung hatte Helen an der Tür des alten Weisz gesehen. Und auch, wie leicht sie zu überwinden war.

»Aber die echte *Mona Lisa* ist auf Pappelholz gemalt«, merkte Helen an, während hinter ihr die Tür ins Schloss schnappte.

»Sie sind gut informiert. Das stimmt. Allerdings ergaben unsere Untersuchungen mittels Infrarot-Spektroskopie, dass das Walnussholz unserer *Mona Lisa* genauso alt ist wie die echte *Mona Lisa*. Auch unser Gemälde entstand Anfang des sechzehnten Jahrhunderts. Damit war bewiesen, dass die bisherige Einordnung als Plagiat aus der flämischen Schule falsch war. Unsere *Mona Lisa* musste vielmehr etwa gleichzeitig mit der echten *Mona Lisa* entstanden sein.«

Der Direktor schritt rasch voran, ohne die Gemälde zu ihrer Linken und Rechten eines Blickes zu würdigen. Helen erkannte einige Meisterwerke von Velázquez, vor denen sie unter normalen Umständen Stunden hätte verbringen können. Doch heute interessierten sie sie kaum.

»Dann entdeckten wir, dass die schwarze Hintergrundfarbe,

die den Kopf unserer Gioconda umgab, erst viel später, nach 1750, aufgetragen worden ist. Als wir sie entfernt hatten, kam darunter genau dieselbe Landschaft zum Vorschein, die sich auch auf der echten *Mona Lisa* befindet. Unser Bild war also eine identische Kopie.« Señor Alegre blieb vor dem Übergang zum nächsten Ausstellungsraum stehen und wandte sich zu ihr. »Es gab für uns keinen Zweifel: Unsere *Mona Lisa* wurde zeitgleich mit dem Original gemalt. Es war nicht untypisch, dass Meister und Lehrling nebeneinander ein und dasselbe Motiv abbildeten. Nur ist unsere *Mona Lisa* viel besser erhalten als das Original. Die Pinselführung ist viel kompakter, die Farben erscheinen leuchtender. Es ist wie so oft im Leben.« Er kam näher, als wollte er ihr ein Geheimnis anvertrauen, wodurch sie instinktiv ein wenig zurückwich. »Die Nachahmung übertrifft das Original! Aber sehen Sie selbst.«

Der Direktor ging, ein erwartungsfrohes Lächeln auf den Lippen, rückwärts in den nächsten Raum und deutete mit dem ausgestreckten rechten Arm auf die Wand. In der Mitte zwischen zwei großen Informationstafeln prangte ein pompöser goldfarbener Rahmen, der aufgrund der Andeutung eines Vordachs an der Oberseite und den beiden, wie Säulen geschnitzten Seitenteilen wie das Portal eines antiken Tempels wirkte. Helen blickte sich suchend um. In der Mitte des Raumes stand eine Bank, doch sie war leer. Madeleine war nirgendwo zu sehen. Auch Patryk Weisz hielt sich nicht in diesem Raum auf.

Sie schaute auf die Uhr an ihrem Handgelenk. Es war noch früh. Genügend Zeit für Madeleine aufzutauchen. Helen blickte zum gegenüberliegenden Eingang des Saals und stellte sich vor, Madeleine würde plötzlich dort erscheinen. Sie sah sie förmlich vor sich, mit scheuem Blick, der sich, sobald sie sie entdeckte, in freudige Überraschung wandelte.

»Schauen Sie hier«, hörte sie Señor Alegre hinter sich sagen. »Nicht bloß eine perfekte Kopie der *Mona Lisa*, sondern ihr identischer Zwilling!«

Helen löste den Blick nur widerwillig von der Stelle, wo sie sich Madeleines Erscheinen erträumt hatte, und wandte sich dem Gemälde zu. Señor Alegre hatte nicht zu viel versprochen: Wo die bekannte *Mona Lisa* aus dem Louvre durch einen trüben Schleier der Jahrhunderte blickte, erzeugt vom sogenannten Craquelé, einem feinmaschigen Netz aus Rissen in der Oberfläche des Ölgemäldes, präsentierte sich diese *Mona Lisa* in leuchtenden Farben. Helen hielt den Atem an, als sie mit ihrem Blick jeden Quadratzentimeter des Bildes abtastete. Jetzt verstand sie die Worte Giorgio Vasaris, der 1550 als Erster die echte *Mona Lisa* in poetischen Worten beschrieben hatte. In Vorbereitung ihres Termins im Louvre hatte sie seine Beschreibung erst vorige Woche in einem wissenschaftlichen Buch über da Vincis Meisterwerk noch einmal gelesen.

Alles, was der Florentiner Maler seinerzeit in dem Gemälde erblickt hatte, das sah nun auch sie: den Glanz und die Feuchtigkeit der Augen, wie sie normalerweise nur bei Lebenden vorkommen. Die Augenbrauen, die an einer Stelle voller und an anderer spärlicher aus der Haut wuchsen und sich nach den Poren wandten. Die zarten, rötlichen Löcher der Nase. Der Mund mit seiner leichten Öffnung und seinen ganz leicht nach oben gebogenen Winkeln, das Aufeinandertreffen des Rotes der Lippen mit der Gesichtsfarbe, das Halsgrübchen, in dem man bei aufmerksamer Betrachtung das Schlagen des Blutes zu sehen glaubte. Und nicht zuletzt das liebreizende Lächeln, das eher von himmlischer als irdischer Hand gemalt zu sein schien. Wie Vasari über das Original geschrieben hatte: Es war ein Wunderwerk, weil es war wie das Leben. Und so schön.

Plötzlich stutzte Helen. Jemand hatte etwas geflüstert. Sie drehte sich zu Señor Alegre um. Der stand mit verschränkten Armen neben ihr, eine Hand ans Kinn gelegt, und betrachtete tief versunken das Gemälde vor ihnen. Kein Laut kam über seine Lippen. Etwas weiter entfernt hielt sich eine Gruppe älterer Frauen auf, die sich in einer osteuropäischen Sprache miteinander unterhielten. Im Übergang zum nächsten Raum sah Helen einen Mann in einem edlen Anzug, der den Raum gerade verließ. Er hatte ihr den Rücken zugewandt und stützte sich auf einen Stock mit einem schweren, silberfarbenen Knauf. Für einen Moment glaubte sie, ein Déjà-vu zu haben, doch gleich verflüchtigte sich der Gedanke wieder. Sie schüttelte kaum merklich den Kopf. Wie dem auch sei, sie war allein, niemand hielt sich in ihrer Nähe auf. Sie musste sich also verhört haben. Gerade richtete sie ihre Aufmerksamkeit wieder auf das Gemälde, als sie das Geräusch erneut hörte. Es war eher ein Krächzen als ein Flüstern. Ihr Kopf schnellte zur Seite, doch der Direktor stand in unveränderter Haltung neben ihr.

Als er bemerkte, dass sie ihn anschaute, lächelte er ihr zu. »Wunderschön, nicht?«

Sie nickte und erwiderte das Lächeln. Dann wandte sie sich wieder dem Bild zu. Als sie den Hintergrund des Gemäldes studierte, der viel detailreicher zu sein schien als der des Originals, vernahm sie das raue Wispern erneut. Diesmal ganz deutlich. Ein ganzer Satz. Wenn sie nicht irrte, in italienischer Sprache.

Sie trat unvermittelt einen Schritt zurück und drehte sich einmal um die eigene Achse. Nichts. Die Gruppe osteuropäischer Frauen war weitergegangen. Am anderen Ende des Raumes stand ein Pärchen, das die Kopfhörer der Audio-Tour trug. Für einen kurzen Moment sah sie in der Frau von hinten eine gewisse Ähnlichkeit mit Madeleine, und ihr Herz wollte einen Freudensprung vollführen. Dann jedoch bemerkte sie ihren Irrtum. Ihre Tochter war viel schmaler und größer. Und die beiden standen zu weit entfernt, als dass sie sie hätte flüstern hören können.

Der Direktor betrachtete sie erstaunt. »Alles in Ordnung?«

»Es ... es ist nichts«, antwortete sie und deutete auf das Gemälde. »Darf ich es aus der Nähe betrachten?«

»Selbstverständlich. Aber seien Sie vorsichtig, wenn Sie ihm zu nahe kommen, geht der Alarm los.«

Sie machte drei große Schritte nach vorn und beugte sich über ein Absperrband, das das Gemälde vor aufdringlichen Besuchern schützen sollte. Auch von Nahem wirkten die Farben, als wären sie noch feucht, so sehr glänzten sie. Nun glaubte sie, eindeutig das Wort »*parvenza*« zu verstehen. Helen beugte sich noch weiter vor. Andere Worte drangen an ihr Ohr. Ein durchdringendes Schrillen ließ sie zusammenfahren.

48

Coyuca de Benítez

Der Boden bestand aus Lehm. Fester Lehm, der feucht und schwer unter ihren Fingernägeln klebte. Der Verschlag, in den die Männer sie gesperrt hatten, war sehr klein. Sie konnte darin gerade stehen, doch wenn sie die Arme ausbreitete, berührte sie auf beiden Seiten die hölzernen Wände. Die Freude darüber, dass man ihr die Fesseln abgenommen hatte, hatte nur so lange gewährt, bis sie gegen die Tür getreten hatte. Die dünnen Chucks, die sie trug, dämpften den Aufprall kaum ab, und der große Zeh schmerzte, als hätte sie sich ihn gebrochen. Auch ihre Schulter fühlte sich taub an, nachdem sie sie immer wieder gegen die Tür gerammt hatte. Doch das Holz hatte keinen Zentimeter nachgegeben.

Jetzt kauerte sie schwer atmend in einer Ecke und versuchte noch immer, sich an die Dunkelheit zu gewöhnen. Es war kalt, und bis sie die Decke am Boden entdeckt hatte, war sie bereits komplett durchgefroren. Im Dunkeln hatte sie auch eine Flasche ertastet, deren Inhalt nach nichts roch, den sie aber nicht zu trinken wagte. In ihrem Rucksack, den die Männer offenbar von der Rückbank des Autos genommen, durchwühlt und ihr dann hereingeworfen hatten, war noch ein Rest Wasser von der Fahrt gewesen, das sie mittlerweile ausgetrunken hatte. Ihr Mund fühlte sich bereits trocken an. Zudem hatte sie einen Eimer ertastet, der ihr offenbar als Toilette dienen sollte.

Das alles hier geschah nicht zufällig. Man hatte sie erwartet. Hatte sie Brians Namen zunächst noch hilfesuchend geschluchzt, murmelte sie ihn seit einigen Minuten nur noch verächtlich vor sich hin. Nie würde sie vergessen, wie er tatenlos durch die Windschutzscheibe gestarrt hatte, als man sie aus dem Auto gezerrt hatte. Er hatte sie in eine Falle gelockt, daran bestand kein Zweifel.

Doch was hatte man mit ihr vor? Sie hatte vor einigen Wochen einen Film über Mädchenhändler gesehen, verbat sich aber, sich Einzelheiten ins Gedächtnis zu rufen. Oder ging es um Lösegeld? Ihre Mutter war nicht reich. So oder so, sie würde es bald erfahren. Mit zusammengebissenen Zähnen tastete sie ihren Zeh ab. Auch wenn sie es im Dunkeln nicht sehen konnte, war sie sicher, dass er blau angelaufen war.

Ihr knurrte der Magen. Sie legte den Arm auf die Schulter und nuckelte an ihrem Unterarm. Etwas Essbares hatte sie in ihrem Gefängnis nicht entdeckt. Das Ganze hatte also wenigstens etwas Gutes: Sie würde ordentlich abnehmen.

49

London

Einen Schönheitschirurgen in L. A. zu finden war ungefähr so schwierig wie Sand in der Wüste. An keinem anderen Ort auf der Welt gab es eine solche Dichte von Beauty Docs. In London gestaltete sich dies schon schwieriger, zumal es noch sehr früh war. Millner hatte sich im Internet die Telefonnummern einiger Kliniken herausgesucht, doch es gelang ihm erst kurz vor zehn Uhr, jemanden an den Apparat zu bekommen.

Stolz, den Linksverkehr überlebt zu haben, bog er eine gute Stunde später mit seinem Mietwagen auf den Parkplatz einer Klinik an der Grosvenor Street ein, die von außen wie ein First-Class-Hotel anmutete.

Die Tür zur Praxis war offen, und an der Rezeption empfing ihn eine Blondine, die ihm kühl entgegenblickte. Ihr getuntes

Äußeres ließ vermuten, dass sie in dieser Praxis für den Doktor offenbar Betthupferl und Versuchskaninchen in einer Person war. Während er auf ihre gigantischen Brüste starrte und sich überlegte, wie sie die Bemühungen ihres Chefs um ihre Oberweite wohl honorierte, wedelte er mit seinem FBI-Ausweis.

Allein die Tatsache, dass der Doktor sich am Telefon bei Erwähnung seines Arbeitgebers sofort bereit erklärt hatte, ihn zu empfangen, ließ Millner hoffen, dass Dr. Dr. Rupert Jones, den ein Schild am Eingang als Eigentümer dieser Klinik auswies, ein besonders schlechtes Gewissen gegenüber den Strafverfolgungsbehörden hatte. Millner hatte dem Arzt nur gesagt, dass es sich um eine laufende Ermittlung handele und er am Telefon nicht ins Detail gehen könne. Die blonde Assistentin führte ihn mit einem Hüftschwung, der ihn hypnotisierte, zu einem der Räume, die sternförmig vom Empfangsbereich abgingen. Auf ein sanftes Klopfen hin erklang hinter der Tür ein »Ja«, und schon stand Millner Dr. Dr. Jones gegenüber.

Der Händedruck des Arztes war weich, die feingliedrigen Finger glichen denen eines Pianisten. Er hätte einen Schönheitschirurgen in einer Hollywood-Produktion spielen können, so sehr entsprach er dem Klischee: unnatürlich schwarzes Haar, Zähne, als wären sie aus Elfenbein gefertigt, und ein so dunkler Teint, um den ihn jeder Golf-Profi beneidet hätte. Der Doktor trug weiße Schuhe zu einer weißen Hose mit Bundfalte und ein weißes Polo-Shirt, auf dessen Brust das Logo der Klinik prangte.

Für die Einrichtung dieses Büros hat bestimmt ein ganzer Regenwald sterben müssen, dachte Millner. Trotz all des Selbstbewusstseins, das der Arzt ausstrahlte, entging Millner jedoch nicht die gewisse Verunsicherung. Er tippte auf Steuervergehen. Vielleicht auch die Beteiligung an einem illegalen Fondsmodell. Ganz eventuell eine ungesunde Nähe zu Drogen. Jedenfalls hatte dieser Doktor eine Leiche im Keller, was Millner nur recht sein konnte.

»Was führt sie zu mir?«, fragte der Doktor mit besorgtem Gesichtsausdruck, während er auf eine lederne Sitzecke nahe der Tür zeigte. »Sie haben Glück, da wir sehr früh mit den Operationen beginnen und eine ausgefallen ist.« Ein billiger Versuch, das Gespräch mit ihm abzukürzen. Millner ließ sich genüsslich auf das Sofa fallen, womit für den Doktor nur noch der Sessel blieb. Die Garnitur roch angenehm nach Leder und weckte in Millner das Verlangen, sich darauf auszustrecken und ein kurzes Nickerchen zu halten. Das Jetten zwischen den verschiedenen Zeitzonen in den vergangenen Tagen hatte ihm ordentlich zugesetzt.

»Es ist eine sehr ernste Sache«, sagte Millner und fixierte sein Gegenüber mit dem undurchdringlichsten Blick, den er aufsetzen konnte.

Es gab zwar keinen Grund, den Doktor unnötig schwitzen zu lassen, da er nur ein paar fachliche Fragen hatte. Aber er hatte auch eine große Abneigung gegen die Schönheitschirurgie an sich; ein wenig Spaß konnte da nicht schaden.

»Ist das Ihr Maserati, den ich da draußen gesehen habe? Ich meine den olivgrünen mit den braunen Sitzen?«

Beim Parken war ihm der Luxussportwagen sofort aufgefallen, und eine fette Folierung mit dem Namen der Klinik ließ keinen Zweifel daran, dass der liebe Doktor der Besitzer war.

»Ja, was ist damit?« Obwohl Millner sicher war, dass der Doc selbst Botox spritzte, glaubte er, bei ihm wachsende Sorgenfalten zu erkennen.

»Ihr Geschäft scheint ja sehr gut zu laufen ...« Millner lehnte sich behaglich zurück und legte die Arme links und rechts auf die Rückenlehne. Das Leder quietschte unter seinen Ellenbogen.

»Die Schönheitschirurgie boomt. Nicht nur in unserer Klinik. Aber um das zu erfahren, sind Sie mit Sicherheit nicht heute Morgen zu mir gekommen.« Zur Nervosität gesellte sich nun ein Anflug von Ärger.

»Das stimmt«, entgegnete Millner und stützte die Arme auf die Knie. »Sie haben die Sache mit der Entführung der amerikanischen Schönheitsköniginnen in Mexiko verfolgt?«

Obwohl das Thema grausam war, schien sich Dr. Dr. Jones sichtlich zu entspannen. Es ging also nicht um ihn und seine Geschäfte.

»Ja, das habe ich natürlich verfolgt. Eine schreckliche Sache, das Ganze.«

»Was ist Ihre Ansicht als plastischer Chirurg dazu?«

Der Arzt stutzte. »Warum fragen Sie das gerade mich? Sie glauben doch nicht, dass ich etwas damit zu tun habe?«

Millner hatte eine gemeine Antwort auf der Zunge, doch er wollte das Spiel nicht zu weit treiben. »Nein, das glaube ich nicht. Offen gestanden, habe ich Sie ganz zufällig ausgewählt. Ich bin das Telefonbuch durchgegangen, und Ihre Klinik war die erste, die zu erreichen war.«

»So ermittelt das FBI also heute?«, entgegnete Dr. Dr. Jones. Ein spöttisches Grinsen huschte über sein Gesicht. Kaum war die Angst gewichen, kehrte die ihm offenbar eigene Überheblichkeit zurück. Millner bereute, dass er ihn nicht noch ein wenig hatte schmoren lassen.

»Vielleicht kam mir der Name Ihrer Klinik aber auch bekannt vor, weil ich ihn schon einmal auf irgendeinem Aktendeckel gesehen habe. Kann das sein?«

Schlagartig wich die Farbe wieder aus dem Gesicht des Arztes. Millner musste sich ein Lächeln verkneifen.

»Nicht, dass ich wüsste«, sagte Dr. Jones und fuhr sich mit der Hand durch die Haare.

»Wie dem auch sei, seien Sie so freundlich, mir ein paar Fragen zu beantworten.«

»Fragen Sie nur!« Jones schaute verstohlen auf seine Armbanduhr.

»Haben Sie die Fotos von den entstellten Mädchen gesehen?«

Der Doktor nickte.

»Und ist das gute Arbeit?«

Der Arzt stutzte. »Wie meinen Sie das? Die Frauen sind total verunstaltet!« Die Empörung war zweifellos echt.

»Ich meine, ob die Verschandelungen aus chirurgischer Sicht eine professionelle Arbeit darstellen. Auch wenn es schrecklich aussieht.«

»Dafür müsste ich mehr Fotos haben. Aber nach dem zu urteilen, was ich sehen und lesen konnte, wirkte es so, als wäre zumindest ein ausgebildeter Operateur am Werk gewesen.«

»Ein Schönheitschirurg?«

Der Doktor zögerte mit seiner Antwort. »Ich denke schon. Meines Erachtens braucht es ein gewisses Maß an Fachwissen, um derartige ... wie soll man es überhaupt nennen? Um derartige Hässlichkeitsoperationen durchzuführen.«

»Haben Sie eine Idee, warum jemand so etwas macht?«

Der Doktor zog die Mundwinkel nach unten und schüttelte den Kopf. »Ich vermute, das ist ein Psychopath. Oder jemand, der ...« Dr. Jones stockte.

»Der?«

»Oder jemand, der ein Zeichen setzen will. Vielleicht gegen die plastische Chirurgie. Wir merken bei unseren Patienten hier schon eine gewisse Verunsicherung.«

»Verunsicherung?«

»Nun, die sehen auch diese Bilder, und irgendwie verdirbt es ihnen den Spaß an solchen Operationen, wie wir sie durchführen. Diese Sache ist mit einem Lebensmittelskandal zu vergleichen, der den Appetit verdirbt.«

»Und was meinen Sie mit ›Zeichen setzen‹?«

»Nun ja, obwohl die Patientenzahlen immer weiter steigen, wird unsere Branche ja schon seit Jahren von den Medien aufs Korn genommen. Genauso wie der angebliche Schönheitswahn. Oder die Modebranche mit den Hungermodels. Vielleicht hat ja nun jemand beschlossen, etwas gegen die Schönheitschirurgie zu unternehmen? Klingt verrückt, aber ist ja auch nur meine Theorie.«

»Für mich klingt das gar nicht verrückt«, entgegnete Millner.

»Wäre aber ein vergebliches Unterfangen. Was meinen Sie, was passieren würde, wenn alle Frauen auf diesem Planeten auf einmal mit ihrem Aussehen zufrieden wären? Wie viele Industrien leben vom Schönheitsideal? Das würde zu einer globalen Wirtschaftskrise führen.«

So hatte Millner es noch niemals betrachtet. »Und Sie wären arbeitslos«, ergänzte er.

Dr. Jones grinste.

»Allerdings. Gut, dass es niemals dazu kommen wird. Kein Streben in der Menschheitsgeschichte ist so groß wie das Streben nach Schönheit. Und das wird niemals irgendjemand ändern können, so verrückt er auch sein mag.«

Millner spürte, dass etwas in den Worten des Doktors wert war, darüber nachzudenken. Er nahm sich vor, sie sich auf dem Flug nach Madrid noch einmal ins Gedächtnis zu rufen.

Bis hierhin war alles nur Geplänkel gewesen. Jetzt kam er zu dem wahren Grund seines Besuchs.

»Etwas ganz anderes. Spielt in der plastischen Chirurgie der sogenannte ›Goldene Schnitt‹ eine Rolle?« Millner spürte, wie sein Körper eine Ladung Adrenalin auswarf. Nun würde sich zeigen, ob er mit seiner Vermutung richtig lag.

Umso überraschter war er, als der Doktor anfing zu lachen. »Sie fragen mich allen Ernstes, ob meine Arbeit etwas mit dem Goldenen Schnitt zu tun hat?« Die Frage schien ihn ehrlich zu amüsieren. »Kommen Sie, ich zeige Ihnen etwas!«, sagte Dr. Jones und erhob sich.

Millner, immer noch erstaunt über die Reaktion, stand ebenfalls auf und folgte ihm zu einem Bild, das auf halbem Weg zum Schreibtisch an der Wand hing. Es zeigte das Foto einer berühmten Schauspielerin. Auffällig war ein Netz aus Linien, das auf dem Gesicht aufgedruckt war und Millner ein wenig an eine Kriegsbemalung erinnerte.

»Marilyn Monroe«, sagte der Doktor überflüssigerweise und deutete auf das Porträt. »Sicher eine der schönsten Frauen, die Hollywood je gesehen hat. Jedoch wäre dieses Bild austauschbar. Genauso gut könnte hier eine Aufnahme von Sophia Loren oder Angelina Jolie hängen. Oder von der Nofretete. Das grafische Gitter, das Sie über dem Gesicht erkennen können, wäre stets das gleiche.«

»Und das bedeutet?«

»Alles streng im Goldenen Schnitt!« Dr. Jones klang fast triumphierend. »Die Proportionen des perfekten Gesichts oder eben des Gesichts, das wir als perfekt empfinden, entsprechen genau den Regeln des Goldenen Schnitts. Die Proportionen eines gut aussehenden Gesichts lassen sich nach dem Maß des Goldenen Schnitts berechnen. Zum Beispiel entspricht das Verhältnis von Nasenbreite zu Mundbreite genau dem des Goldenen Schnitts, nämlich 1:1,61. Diese Zahl kennt jeder Schönheitschirurg.«

Millner betrachtete das Porträt von Marilyn Monroe mit großer Genugtuung. »Und lassen Sie mich raten: Das gilt nicht nur für das perfekte Gesicht?«

»Genau. Sie können es auf beinahe alle Körperproportionen übertragen. Der Goldene Schnitt ist so etwas wie der Bauplan Gottes für einen schönen Menschen.«

»Und wo Gott versagt hat, bessern Sie nach?« In Millners Worten schwang mehr Verachtung mit als beabsichtigt.

»Neunundneunzig Prozent ist und bleibt Gottes Werk. Wir Chirurgen kümmern uns nur um das eine Prozent, das man bei manchen Menschen noch verbessern kann.«

Mit so einer Antwort hatte Millner in etwa gerechnet, und ihm fielen genügend Entgegnungen ein, um eine handfeste Diskussion über die plastische Chirurgie zu entfachen. Aber er hatte die Information, die er brauchte, und keine Lust, sich zu streiten. Betrachtete man den Maserati auf dem Parkplatz, schien es für den doppelten Doktor auch keinen Grund zu geben, ernsthaft über seinen Beruf nachzudenken.

»Wenn ich Sie so anschaue, Mr. Millner, könnten auch Sie ein wenig plastische Chirurgie gebrauchen.« Dr. Dr. Jones deutete auf sein Gesicht. Offensichtlich war Jones' Streitlust wesentlich größer als seine eigene. Millner spürte, wie Wut in ihm aufstieg, und er war unfähig, sie zu stoppen.

»Wenn Sie meine Nase meinen, Mr. Jones: Sie sieht nicht so gut aus, wie die von so manch einem Hollywood-Beau, aber sie ist eine verdammt gute Spürnase. Spürnasen müssen anscheinend so aussehen, um zu funktionieren. Und diese hässliche Spürnase hätte große Lust, mal Ihre Konten, Steuererklärungen und sonstigen Geschäfte zu durchstöbern. Ich bin mir sicher, irgendwo würde sie etwas finden! Oder ich verbiege Ihnen Ihre Retortennase gleich mit einer geraden Rechten, und dann sind Sie Ihr nächster Patient!«

Ob es nun an seiner Drohung lag, Ermittlungen anzustellen, oder der Androhung roher Gewalt – seine Worte verfehlten ihre Wirkung nicht. Weiß wie sein Hemd, blickte der Doktor ihn erschrocken an.

»Ich meinte nur die Narbe auf Ihrer Wange, die Sie durch Ihren Bart zu verstecken suchen«, brachte er hervor und hielt schützend beide Hände vor seinen Körper, als rechnete er jeden Augenblick mit einem Angriff.

Die Narbe hatte er vergessen. Nun spürte Millner, wie ihm die Hitze in den Kopf stieg. Instinktiv berührte er mit der Hand die Narbe. Sie war noch zu frisch, um stets präsent zu sein.

»Das ist mir egal«, sagte er und versuchte, weiter ärgerlich zu klingen. »Dürfen Sie als Schönheitsdoktor eigentlich Tramadol verschreiben?«, fragte er barsch.

Der Arzt stutzte einen Moment, dann schien er zu verstehen. Er nickte und trat hinter seinen Schreibtisch. Mit einem Tastendruck weckte er seinen Computer aus dem Ruhemodus und tippte etwas ein.

»Wie viel?«, fragte der Arzt, und als Millner zögerte, sagte er: »Ich schätze, die größte Packung.« Der Doktor beendete die Eingabe mit der Return-Taste. »Meine Assistentin händigt Ihnen das Rezept am Empfang aus.«

Millner wusste nicht, was er sagen sollte, und hob nur die Rechte.

»Schätze, damit sind wir nun fertig miteinander?«, fragte der Arzt.

Millner hob erneut nur die Hand und verließ dann rasch das Zimmer ohne weiteren Gruß. Im Gesicht der opulent ausgestatteten blonden Empfangsdame glaubte er, so etwas wie Mitleid zu erkennen, als sie ihm das Rezept mit einem Lächeln übergab. Doch vermutlich bildete er sich dies nur ein. Seine Verabschiedung verhallte im Treppenhaus, und als er vom Parkplatz der Klinik fuhr, vermied er es, einen letzten Blick auf den Maserati zu werfen.

Nachdem er einige Kilometer zwischen sich und die Klinik gebracht hatte, bog er den Rückspiegel so, dass er sich darin betrachten konnte. Vielleicht sollte er wirklich darüber nachdenken, die Narbe entfernen zu lassen, auch wenn sie ihn selbst unter dem Bart nicht so störte. Andererseits lenkte sie auch von seiner wirklich nicht besonders symmetrischen Nase ab. Er fuhr sich mit der Hand über das Gesicht, als wollte er ein Fensterbild verwischen, und brachte den Rückspiegel zurück in Position. Was für ein Unsinn! Was wirklich zählte, waren die inneren Werte, und diesbezüglich hatte sein Instinkt ihn wieder nicht enttäuscht. Er schielte nach dem Rezept auf der Mittelkonsole. Er würde am Flughafen nach einer Apotheke suchen, bevor er nach Madrid flog.

50

Florenz, um 1500

Ich habe es entdeckt. Das ordinäre Porträt einer Frau. Es ist noch nicht fertig, aber weit gediehen. Niemals hätte ich Salai solche Fähigkeiten zugetraut. Als er in der Stadt war, um für den Fremden Ziegenfett zu besorgen (ich weiß nicht, wofür er es braucht, aber er benötigt Mengen davon), habe ich seine Verstecke abgesucht. Allerlei Diebesgut habe ich gefunden und schließlich unter einem Tuch aus Leinen auch das Gemälde. Auf Nussholz gemalt.

Ich kann nicht leugnen, dass es mich fasziniert hat. Die Pinselführung reif, die Farben intensiv. Gefragt habe ich mich, wen er da porträtiert hat.

Das Mädchen habe ich noch nie gesehen. Sie lächelt milde. Ich habe das Bild an seinen Platz zurückgelegt und alles belassen, wie ich es vorgefunden habe.

Heute bekam ich Besuch von einem Goldschmied aus Nürnberg. Dürer war sein Name. Ich habe ihn in die Kunst der Proportionen eingewiesen, und er war sehr wissbegierig. Als er uns wieder verließ, spürte ich geradezu, wie sehr das von mir entzündete Feuer in ihm loderte.

Jetzt, da ich diese Zeilen schreibe, finde ich, dass das Wort »Feuer« es gut umschreibt.

Einmal entzündet, breitet es sich rasend schnell aus und gibt nicht auf, bis der letzte Fleck lichterloh brennt. Und es blendet so sehr wie ein Feuerschein.

Zu hell, um hineinzuschauen, aber je näher man kommt, desto stärker wärmt es einen.

51

Madrid

Sie musste dem Bild zu nahe gekommen sein und so den Alarm ausgelöst haben. Schreckliche Blitze zuckten vor ihrem Gesichtsfeld. Die Finger auf die Ohren gelegt, drehte sie sich zum Direktor, in der Hoffnung, dass er den Alarm schnell ausschalten konnte. Doch alles, was sie sah, war eine dichte Wolke weißen Qualms, die auf sie zukam. Erschrocken holte sie Luft. Ein Fehler. Der Rauch füllte ihre Lungen, und sie hatte das Gefühl zu ersticken. Ihre Augen tränten. Sie taumelte mit ausgestreckten Armen dorthin, wo eben noch Señor Alegre gestanden hatte, doch sie griff ins Leere. Schon nach einigen Metern im Rauch hatte sie die Orientierung verloren. Direktor Alegre war verschwunden. Über allem lag noch immer das ohrenbetäubende Schrillen, durch das hindurch sie nun aufgeregtes Rufen vernahm. Weit entfernt weinte ein Kind.

Plötzlich spürte sie eine Hand auf ihrem Arm, und kurz darauf sah sie nicht etwa in das Gesicht des Direktors, sondern in das Patryks. Mit seiner Rechten drückte er sich das Halstuch vors Gesicht, mit der Linken nahm er ihr den Taschengurt von der Schulter.

»Ich nehme Ihre Tasche, wir müssen dort entlang!«

Seine Stimme klang durch das Tuch gedämpft und fremd. Die zusätzliche Bewegungsfreiheit ohne die große Schablonen-Tasche über der Schulter linderte jedoch ihre Panik im undurchdringlichen Rauch. Dankbar ließ sie sich von Patryk sanft zum Ausgang dirigieren. Plötzlich verschwand er wieder von ihrer Seite, und an seiner Stelle tauchte Ralph auf. Ein Hustenanfall zwang sie anzuhalten, doch schon wurde sie von hinten weitergeschoben. Von einer Sekunde auf die andere lichtete der Rauch sich, und sie erkannte einen der Treppenaufgänge, die sie vorhin passiert hatten.

Von allen Seiten schoben sich Menschen an ihnen vorbei. Immer noch hatte Ralph seine Hand wie einen Schraubstock um ihren Arm gelegt. Sie drehte sich um und sah hinter sich eine Wand aus dichtem Rauch.

»Kommen Sie, dort runter!«, rief Ralph und schob sie zur Treppe.

Helen blieb abrupt stehen. »Nein!«, schrie sie. »Was ist, wenn Madeleine hier ist?«

Ralph zerrte an ihrem Arm und zog sie mit einem Ruck weiter. »Sie ist nicht hier!«, schnaubte er. Helen wollte etwas entgegnen, doch Ralph umfasste nun auch ihren anderen Arm und trug sie beinahe die ersten Stufen hinunter, wobei er mit lauter Stimme rief: »Fire! Fire!«, um die anderen Besucher zu warnen. Andere Museumsbesucher hasteten mit ihnen die Treppenstufen hinab, aufgeregtes Geschrei war zu hören. Jemand trat Helen auf den Fuß. Ein Ellenbogen rammte sich im Gewühl der Treppe spitz in ihre Seite. Aus dem Augenwinkel sah sie, wie Ralph eine ältere Frau recht unsanft zur Seite schob, und murmelte an seiner Stelle eine Entschuldigung.

»Patryk Weisz, er ist noch oben! Mit meiner Tasche!«, brachte sie hervor, als sie einen weiteren Treppenabsatz erreicht hatten.

»Er wird schon kommen! Ich soll Sie hier rausbringen!«, entgegnete Ralph, und schon flogen sie eine weitere Treppe hinab. Endlich erreichten sie die Empfangshalle des Museums, in die von allen Seiten Menschen strömten. Das Personal hatte die Ausgänge weit geöffnet und winkte die Besucher durch die Türen hinaus.

Sie gelangten ins Freie. Schwer atmend ließ Helen sich auf eine der Treppenstufen vor dem Eingang fallen, doch schon wurde sie von Ralph wieder hochgerissen.

»Kommen Sie, Mrs. Morgan. Wir sollten von hier verschwinden!«, sagte er und zerrte sie weiter zur Straße.

Helen scannte die Gesichter der übrigen Besucher, die sich nach und nach im Freien sammelten, auf der Suche nach Madeleine – vergebens. Schließlich erreichten sie den Wagen, mit dem sie vom Flughafen zum Hotel gefahren waren.

»Wie kommt der hierher?«, fragte sie erstaunt und erinnerte sich daran, wie sie zu Fuß vom Hotel zum Museum gegangen waren.

Ralph öffnete die Tür im Fond und bugsierte sie auf die Rückbank. Dann schwang er sich auf den Fahrersitz.

»Was soll das? Ich möchte hierbleiben. Meine Tochter kommt irgendwann hierher. Und wo ist Mr. Weisz?«, protestierte sie, doch im selben Moment wurde die Tür aufgerissen, und Patryk schwang sich auf den Sitz neben sie.

»Ihre Tasche«, keuchte er und schob sie vorsichtig in den Fußraum zwischen Rück- und Vordersitzen.

Mit brennenden Augen, immer noch nach Atem ringend, versuchte Helen, das Chaos in ihrem Kopf zu sortieren, zu begreifen, was gerade geschehen war. »Madeleine...«, stieß sie hustend hervor. Doch bevor sie irgendetwas hinzufügen konnte, setzte das Fahrzeug sich in Bewegung und brachte sie fort.

52

London

Die Medien spielten verrückt. Offenbar mussten immer mehr Tageszeitungen und Zeitschriften auf Fotodateien mit der Darstellung von Gesichtern verzichten, da auch ihre Rechner vom neuen Computervirus betroffen waren.

Millner stand in einem Presseshop in Heathrow und betrachtete ungläubig den Blätterwald vor sich. Die Schlagzeilen zum Computervirus hatten die Berichterstattung über die entführten Schönheitsköniginnen verdrängt. Er überflog die Titelblätter der einzelnen Zeitungen. Noch schien niemand den Zusammenhang zu sehen.

Sind wir bald alle digitale Zombies?, titelte die *Times*. Darunter war eines der grotesk veränderten Gesichter abgedruckt. *Zombied!*, lautete die Überschrift der *USA Today*. Auch sie zeigte darunter eines der grauenhaften Fotos. Anders *The Guardian*. *Unser wahres Ich?*, stand in schwarzen Lettern geschrieben. Ein regionales Blatt hatte eine weiße Fahne abgedruckt und darüber das Wort *Kapitulation!* Andere Zeitungen fragten: *Wer steckt dahinter?* Die Schlagzeile *Was tut die Regierung?* brachte Millner zum Schmunzeln.

Ja, was tat die Regierung eigentlich? Im Hauptquartier des FBI herrschte das blanke Chaos. Und er, der Einzige, der eine leise Ahnung hatte, war beurlaubt und jettete als »Geheimwaffe« des FBI-Direktors Keller durch die Welt. Und alles wegen der Sache in Brasilien, bei der er im Einsatz für die Nation beinahe sein Leben verloren hatte. Statt einen Orden zu erhalten, war er auf die Reservebank verbannt worden.

Keller hatte ihm in der letzten Stunde zwei aufgeregte Nachrichten auf der Mailbox hinterlassen, doch er hatte noch kein Bedürfnis verspürt zurückzurufen. Zwar glaubte er, langsam zu verstehen, was vor sich ging, aber das Motiv allein führte noch nicht zum Täter. Und er hatte keine Lust, den anderen auf das Pferd zu helfen, um dann zuzuschauen, wie sie ohne ihn davonritten. Hier ging es nicht bloß um die Lorbeeren für die Lösung des Falles. Es ging um einen Bus voller amerikanischer Mädchen, die an einem unbekannten Ort in Mexiko nach und nach auf grausame Weise verstümmelt wurden. Um jahrhundertealte Kulturschätze, die auf der gesamten Welt anscheinend grundlos vernichtet wurden. Um die Gattung der Bienen, die irgendjemand auszurotten versuchte. Millner war tatsächlich Polizist und später FBI-Beamter geworden, um die Welt vor solchen Irren zu schützen, wie sie hier am Werke waren. Und es ging für ihn um seine Rehabilitierung. Der junge Weisz hatte gelogen, was seinen Aufenthaltsort anging. Sein Vater war seit einigen Wochen verschwunden. Beide hatten ihr Vermögen mit einer Antiviren-Software gemacht. Sein Instinkt sagte ihm, dass es kein Zufall war.

Ein ungewohntes Bild bot sich auch bei den Mode-Zeitschriften: Auf dem Cover der *Vogue* prangte ein bloßes Kleid ohne Model darin. Und eine andere Modezeitschrift hatte sich damit beholfen, das Foto des Covergirls auf Höhe des Halses abzuschneiden und nur den Körper zu zeigen. Aber auch die Proportionen des abgebildeten Frauenkörpers schienen nicht mehr ganz zu stimmen. Ob es am Model lag oder ob dahinter auch das Virus steckte, konnte Millner nicht sagen.

Boarding, stand auf der Anzeigentafel neben seinem Flug. Er stopfte sich den Rest eines Käse-Sandwichs in den Mund, griff nach seinem Koffer, dem Becher Kaffee und machte sich auf zum Gate. Sein Mobiltelefon klingelte. Ein Blick auf das Display ließ ihn zusammenzucken. Darauf zu sehen war das zur Fratze verzerrte Bild eines Mannes.

»Warum antworten Sie nicht?«, hörte er Kellers Stimme. Das verfremdete Gesicht gehörte also ihm. Alle Kontakte des FBI hatten ein Foto zum jeweiligen Namen gespeichert. Dies konnte nur bedeuten, dass auch sein eigenes Smartphone mittlerweile vom Virus befallen war. Er musste innerlich lachen, als er an die Schlagzeile der *New York Times* dachte. *Unser wahres Ich?* – bei Keller stimmte es wohl.

»Schlafen Sie nie?«, fragte Millner.

»Derzeit schläft beim FBI niemand«, antwortete Keller schroff.

»Ich war unterwegs. Jetzt bin ich am Flughafen.«

»Die polnische Polizei hat wegen des Verschwindens dieses Pavel Weisz gestern dessen Anwesen in Warschau durchsucht«, fuhr Keller fort. »Offenbar vermuten die jetzt dahinter ein Verbrechen. Angetroffen haben sie ihn aber erwartungsgemäß nicht. Weisz hat ein merkwürdiges Faible für ... Kunst. Eine Riesensammlung unter seinem Haus im Wert von mehreren Millionen Dollar.«

»Und der Sohn?«

»Wie es aussieht, ist Patryk Weisz kurz vorher von dort abgereist. In seiner Begleitung befindet sich eine Frau, deren Identität wir noch nicht kennen. Ein Bediensteter sagte im Verhör, sie sei kurz vor dem Eintreffen der Polizei erschienen und dann zusammen mit Patryk Weisz spurlos verschwunden. Einem der Hausdiener zufolge handelt es sich bei der Unbekannten um eine Amerikanerin Mitte dreißig. Eher groß, braune Haare. Hübsch. Im Moment sind wir dabei, die Passagierlisten von Flügen nach Warschau und Bilder von Überwachungskameras zu sichten, um sie zu identifizieren. Sobald wir einen Namen haben, schicke ich ihn rüber.«

Etwas an Kellers Bericht hatte Millners Interesse besonders geweckt.

»Was für Kunst hat Weisz genau gesammelt? Haben Sie Fotos von seiner Sammlung?«

»Ich frage bei den Polen nach.«

»Sollten Fotoaufnahmen von seiner Kunstsammlung gemacht worden sein, brauche ich die alle. Von allen Details.«

»Ich kümmere mich darum. Und ich leite Ihnen gleich alles weiter, was wir zu Weisz im Computer gefunden haben. Eins noch ...« Keller schien noch etwas Unangenehmes loswerden zu wollen. »Sie sind natürlich nicht mehr allein an dieser Sache dran. Sie können sich vorstellen, was hier los ist. Erst die Sache in Mexiko und jetzt dieses Computervirus. Die da oben flippen alle aus und wollen Ergebnisse sehen. Ich habe den Namen Weisz nun in die große Runde gegeben. Sein mysteriöses Verschwinden, seine Affinität zu Computerviren. Das ist ein Ansatz. Ein Team ist bereits auf dem Weg nach Warschau. Ein anderes zu WeiszVirus nach London.«

»War klar«, antwortete Millner gespielt gelassen. »Wir sind ja ein Team.«

»Ganz genau!«

Millner hörte, wie jemand Keller ansprach.

»Ich muss auflegen, Torwart!«

Das Gespräch war beendet.

Patryk Weisz war also nicht allein unterwegs. Er war offenbar vor der Polizei nach Madrid geflüchtet. Millner durchforstete sein Hirn nach irgendetwas, das im Zusammenhang mit Madrid in ihm Assoziationen weckte, doch dort war nichts. Er musste sich eingestehen, dass er zu Madrid überhaupt nichts wusste.

Sein Smartphone vibrierte. Die E-Mails von Keller waren eingegangen. Während des Fluges würde er genügend Stoff zum Lesen haben und hoffentlich noch ein bisschen Schlaf nachholen können.

53

Florenz, um 1500

»Ein Gemälde muss die Seele der Porträtierten in sich aufnehmen, um sie widerzuspiegeln.« Dies ist die neueste Erkenntnis Leonardos. Er und der Fremde sind weiterhin damit beschäftigt, etwas Großes zu schaffen. Immer noch geht es im Atelier zu wie in einem Taubenschlag: Junge – auch sehr junge – Mädchen kommen. Einige reisen sogar aus Pisa oder Venedig an. Auf meine Frage, was Leonardo und lo straniero mit ihnen anstellen, hat Leonardo belustigt reagiert.

»Was wohl? Wir malen mit ihnen!«, hat er geantwortet und ergänzt: »Und lo straniero kümmert sich auch um ihr Leibeswohl.« Mir ist bei alldem etwas unbehaglich. Solange ich aber nichts damit zu tun habe, werde ich vor dem Herrn keine Rechenschaft abzulegen haben.

Sosehr die Arbeit Leonardo euphorisiert, so wunderliche Ideen produziert sie auch. »Wenn es der Gemahlin eines Auftraggebers an Symmetrie im Gesicht mangelt und ich dies auf der Leinwand behebe, um offensichtliche Mängel in Gottes Werk zu korrigieren – warum kann man es nicht auch in der Wirklichkeit tun?«

Auf meine irritierte Frage, wie er dies meine, ging er wortlos davon. Wenig später kehrte er mit seinen Studien zur Anatomie zurück. Er zeigte mir die Blätter, mit den Ansichten zum Schädel und Gesicht.

»Man kann es formen. Wenn man es bricht und dann neu gestaltet. Und auch die Haut. Sie ist dehnbar wie ein Schweinedarm. Man stelle sich vor, man fülle sie auf. So könnte man es machen.«

»In Gottes Werk eingreifen?«, fragte ich. »Niemand darf sich an seine Stelle begeben!«

Und Leonardo lachte wieder. Er habe dies bereits mit lo straniero diskutiert. »Wenn der Lehrling den Firnis auf das Gemälde aufbringt«, habe er gesagt, »setzt er sich dann an die Stelle des Meisters? Wenn wir ein Gebäude nach der göttlichen Proportion errichten, ist dies etwas anderes?«

»Denk an den Turmbau zu Babel«, warnte ich ihn. »Der Herr billigt es nicht, wenn man ihm zu nahe kommt. Denk daran, was damals geschah: Zerstreuung und Verwirrung.«

»Der Herr?«, hat er mit einem ganz sonderlichen Schein in den Augen erwidert. »Wir haben lo straniero!« Und dann ist er fortgegangen und hat sich wieder seiner Arbeit gewidmet.

Ich muss gestehen, dass sich in meinem Herzen so etwas wie Zweifel regt. Ich werde mit lo straniero darüber sprechen.

Ergänzung: Salai sagt, Gemälde können sprechen. Ich fürchte, er verliert nun endgültig den Verstand.

Zweite Ergänzung: Ich sehe keines der Mädchen wieder gehen. Sie alle kommen nur. Ich vermute, sie schleichen sich während der Nacht davon.

54

Madrid

»Was war das?« Endlich hatte Helen es geschafft, ein paar Worte herauszubringen.

»Der Feueralarm«, antwortete Patryk.

Helen führte die Nase an ihren Ärmel. Er roch chemisch. Immer noch tränten ihre Augen. Ihre Schleimhäute brannten.

»Ich stand mit Señor Alegre vor der *Mona Lisa* und plötzlich ...«

»Ich weiß, wir haben Sie gesehen. Als ich zurück ins Büro des Direktors kam, sagte man uns, Sie seien zusammen in der Ausstellung unterwegs. Gerade hatten wir Sie beide entdeckt, als sich plötzlich von überall dieser Rauch ausbreitete. Gott sei Dank habe ich Sie gerade noch zu fassen bekommen, und Ralph hat sie nach draußen gebracht ...«

Helen blickte nach vorn zu dem Fahrer. In diesem Moment bog ihr Fahrzeug wieder in den Kreisel vor ihrem Hotel ein.

»Wir müssen zurück zum Museum, wegen Madeleine!«, protestierte sie nun. Immer noch zitterten ihr die Knie vor Aufregung. »Und wegen Ihres Vaters!«, ergänzte sie in Patryks Richtung.

»Ich glaube kaum, dass das Museum heute noch einmal öffnet«, hielt er ihr entgegen.

»Der Direktor wird mich auch vermissen«, warf Helen ein, die immer noch nicht fassen konnte, was sie erlebt hatte. »Wir sind ja geradezu geflohen!«

»Ich traf ihn auf dem Weg nach draußen und sagte ihm, dass wir erst einmal ins Hotel gehen. Ich denke, er hat im Moment andere Sorgen.«

Ein Feuer war für ein Museum vermutlich der Supergau. Hoffentlich war der *Mona Lisa* nichts geschehen! Mittlerweile waren sie in der Tiefgarage des Hotels angekommen.

»Wir müssen trotzdem sofort zurück!«, wiederholte sie.

»Am Museum herrscht sicher Chaos!«, meldete Ralph sich von vorn. »Dort ist alles weiträumig abgesperrt. Haben Sie nicht das Polizeiaufgebot vor dem Gebäude gesehen? Niemand kommt dort jetzt hin.«

»Machen Sie sich keine Sorgen«, ergänzte Patryk. »Alle Besucher wurden evakuiert. Falls Madeleine und mein Vater dort waren, geht es ihnen gut. Aber sie waren nicht da. An der Einlasskontrolle hat sie niemand gesehen. Sonst hätte man uns Bescheid gegeben.« Er schaute auf die Uhr. »Wir beide können uns im Hotel kurz frisch machen, und ich schicke Ralph zurück zum Eingang des Museums. Wir geben ihm das Foto Ihrer Tochter. Sollte das Museum doch noch einmal öffnen, oder sollt er Madeleine und meinen Vater auf dem Vorplatz entdecken, ruft er uns an, und wir sind in wenigen Minuten dort.«

Helen spürte den Drang, allein zum Museum zurückzufahren, um dort auf Madeleine zu warten. Patryk schien ihr dies anzusehen. »Wir können uns in der Zwischenzeit Gedanken machen, wo die beiden hier in Madrid abgestiegen sein könnten. Wenn sich das Feuer im Museum herumspricht, ist die Wahrscheinlichkeit ohnehin sehr gering, dass sie dort noch erscheinen.«

Dieser Vorschlag klang für Helen sinnvoll.

»Und ich werde nachher noch einmal versuchen, Señor Alegre zu kontaktieren«, fügte Patryk hinzu.

Der Motor verstummte, und ein lautes Piepen ertönte, als die Fahrertür geöffnet wurde. Helen stieg aus und betrachtete das Auto, als stimmte damit etwas nicht.

»Alles in Ordnung?«, fragte Patryk besorgt.

»Wieso stand das Auto eigentlich plötzlich vor dem Museum, wir waren doch vom Hotel zu Fuß dort hingelaufen?«

Patryk, der auf der anderen Seite des Fahrzeugs wartete, schaute sie für einen Moment verblüfft an.

»Ich habe es vom Hotel dorthin bringen lassen«, mischte Ralph sich von der Seite ein. »Ich dachte, es wäre für den Rückweg bequemer.«

Ein Kopfschmerz meldete sich hinter dem rechten Auge zurück. Helen stützte sich kurz an der Heckklappe ab, dann folgte sie, flankiert von Ralph, Patryk zu einem Schild, das den Weg zur Rezeption wies.

Fast hatten sie den Ausgang der Tiefgarage erreicht, als ihr etwas einfiel. »Meine Tasche! Sie ist noch im Auto.«

»Ralph wird sie holen!«, sagte Patryk, und sein Fahrer machte sofort kehrt.

»Ich komme mit!«, widersprach Helen und eilte zurück. Zwischen den eng parkenden Autos gelang es ihr erst nach einigen Verrenkungen, die Tasche hinter den Sitzen herauszuziehen. Sie zerrte ungewohnt schwer an Helens Schulter, deshalb nahm Ralph sie ihr galant ab. Offenbar hatte Helen sich bei der Flucht aus dem Museum ein wenig Hals und Schulter verrenkt.

Fünf Minuten später hatte der Hotellift sie zur dritten Etage gebracht, und sie verabschiedete sich an Patryks Zimmertür, der für sie beide zwei nebeneinanderliegende Hotelzimmer gebucht hatte. Sein Angebot, in der Bar noch gemeinsam einen Drink zu nehmen, hatte Helen dankend abgelehnt.

Das Hotelzimmer war hell und elegant eingerichtet. Es bestand aus zwei Räumen und einem großzügigen Bad. Zu Patryks Zimmer führte eine Zwischentür, die jedoch abgeschlossen war. Davon hatte Helen sich nach ihrer Ankunft als Erstes überzeugt.

Entgegen ihrer sonstigen Angewohnheit ließ sie sich auf die Überdecke des King-Size-Bettes fallen. Normalerweise hätte sie diese vorher aus hygienischen Gründen abgezogen, doch heute waren ihr solche Nebensächlichkeiten gleichgültig. Sofort fühlte sie eine bleierne Müdigkeit. Wo war Madeleine?

Als sie die Augen schloss, sah sie sich in dem kleinen Park in Boston vor dem Rot-Ahorn stehen, kurz bevor ihr Mobiltelefon geläutet und Patryk Weisz sie nach ihrer Tochter gefragt hatte. Wie sehr wünschte sie sich jetzt an diesen Ort und in diese Zeit zurück! Wünschte, sie hätte das Gespräch nicht angenommen und wäre stattdessen einige Tage zuvor zu Madeleine in die Klinik gefahren, um sie vor dem Paris-Trip noch einmal zu besuchen. Die Bilder vor ihren Augen verschmolzen miteinander, und eine große Stille legte sich über alles.

Sie öffnete die Augen. Ihre Wangen fühlten sich feucht an. Sie musste eingeschlafen sein und im Schlaf geweint haben. Wie lange sie geschlafen hatte, wusste sie nicht. Über ihr hing ein alter Kronleuchter. Langsam kam sie zu sich. Sie war in Madrid. In einem Hotelzimmer. Mit dieser Erkenntnis kehrte auch die Angst um Madeleine zurück und drohte, ihr die Luft zum Atmen zu nehmen. Doch sie musste sich zusammenreißen. Im Leben musste man vor allem eines sein: tapfer. Dies hatte ihre Mutter ihr von klein auf eingebläut. Gerade während ihrer Zeit als Model hatte Helen sich oft an diesen Rat erinnert, und er hatte ihr stets Kraft verliehen.

Ohne sich zu bewegen, ließ sie den Museumsbesuch noch einmal Revue passieren. Sie wurde das Gefühl nicht los, dort irgendetwas vergessen oder in der Hektik des Feueralarms übersehen zu haben. Ihre Schablonen hatte sie gerettet. Sie tastete nach der Tasche, die neben ihr auf dem Bett lag – und stutzte. Sie fühlte sich anders an als sonst. Helen drückte fester zu und spürte durch den Stoff hindurch etwas Hartes. Irritiert setzte sie sich auf und zog die Tasche zu sich herüber. Mit geübten Handgriffen öffnete sie den Reißverschluss und runzelte die Stirn, als sie die Kante eines dünnen Holzbrettes erblickte, das neben ihren Folien steckte. Was immer das war, es gehörte nicht ihr.

Vorsichtig zog sie es heraus, was nicht ganz einfach war, da es gerade eben in die Tasche passte. Das Holz wirkte alt und war von Furchen durchzogen. Plötzlich überkam Helen eine Ahnung. Zitternd drehte sie die Holzplatte um und blickte in das gemalte Gesicht einer jungen Frau. Die *Mona Lisa!*

Während Helen ungläubig auf das Gemälde in ihren Händen starrte, vernahm sie deutlich ein Flüstern, das ihr bereits im Museum aufgefallen war. Sie erschrak. Langsam glitten ihre Augen über den Hintergrund des Gemäldes. »*La bella*«, raunte es. Sie betrachtete das Gewand mit den roten Ärmeln. »Parvenza«, glaubte sie zu verstehen. Und schließlich wanderte ihr Blick über das Gesicht mit dem geheimnisvollen Lächeln. Ein Zischen ließ Helen zusammenzucken. »*Del male!*« Hastig drehte sie das Gemälde wieder um, sodass sie die hölzerne Rückseite vor sich hatte.

Schwer atmend lauschte sie auf die Geräusche im Zimmer, doch außer dem Nachhall einer weit entfernten Toilettenspülung und dem kaum vernehmbaren Surren des Kühlschranks der Minibar war nichts zu hören. Sie drehte das Bild um und tastete es wieder mit den Augen ab. Erneut glaubte sie, Worte zu verstehen: »*La bella parvenza.*« Und beim Betrachten des Gesichts: »*Del male!*« Helen erschauerte. *La bella parvenza del male* – mit den Brocken Italienisch, die sie aus ihrer Zeit auf den Laufstegen beherrschte, übersetzte sie es sich. »Der schöne Schein des Bösen«, sprach sie leise vor sich hin.

Erschrocken ließ sie das Bild aus den Händen gleiten. Ihr Kopf schien vor Schmerzen jeden Moment zu explodieren. Es wurde immer schlimmer.

55

Coyuca de Benítez

Die Tür flog mit einem Krachen auf, und das grelle Sonnenlicht schmerzte in Madeleines Augen. Wieder griffen grobe Hände nach ihr, die ihre wild um sich schlagenden Arme nach hinten bogen. Unsanft wurde sie hochgerissen und ins Freie gezerrt. Ihre Schreie, vielleicht aber auch die Hitze, die ihr entgegenschlug, nahmen ihr die Luft. Drei Männer zählte sie, dem Aussehen und der Sprache nach zu urteilen, Mexikaner. Einer hielt ihre Beine fest, die beiden anderen je einen ihrer Arme. Ihre verzweifelten Versuche, sich zu befreien, wurden mit Ausrufen in spanischer Sprache quittiert. Einer der Männer lachte hämisch. Mit einem Mal spürte sie eine Hand in ihrem Schritt, und ihre Panik wuchs.

Sie erreichten eine Behausung. Eine Tür wurde aufgestoßen, und Madeleine wurde auf eine Pritsche geworfen. Die alte Matratze wirkte wie ein Trampolin und katapultierte sie nach oben, bis sechs Hände sie herunterdrückten. Jemand machte sich an ihrem Gürtel zu schaffen, und eh sie verstand, was vor sich ging, waren ihre Beine nackt. Ihr T-Shirt wurde hochgezogen, verdeckte einen Moment ihr Gesicht. Eine ungeschickte Hand öffnete ihren BH. Madeleine presste die Augen fest zusammen. Sie spürte Bartstoppeln an ihrer Wange, roch Schnaps. Lautes Gelächter aus drei Kehlen. Und gerade als sie zu weinen begann, sich aufgeben wollte und beschloss, sich in Gedanken woanders hinzubegeben, um es irgendwie zu ertragen, wurde es plötzlich ruhig um sie herum.

Als sie es wagte, die Augen zu öffnen, schien sie allein zu sein. Sie schaute an sich hinunter. Bis auf ihren Slip war sie nackt. Ihre Kleidung entdeckte sie neben sich auf dem Fußboden, achtlos hingeworfen. Von ihren drei Peinigern war nichts mehr zu sehen.

»Sie sind sehr grob. Wie Tiere!«

Die Stimme ließ sie zusammenfahren. Während sie hektisch ihr T-Shirt vom Boden klaubte und es sich schützend vor die Brust presste, versuchte sie, in dem Halbdunkel, von wo die Stimme kam, etwas zu erkennen.

Aus dem Schatten trat plötzlich ein Mann. Er war klein, das Haar zeigte bereits erste Spuren von Grau. Die runde Brille ließ ihn intellektuell aussehen. Er wirkte nicht wie ein Gewalttäter, und Madeleines Angst legte sich ein wenig. Am beruhigendsten empfand sie jedoch den weißen Kittel, den er trug. Offenbar war er Arzt. Dies alles änderte jedoch nichts an der Tatsache, dass sie fast vollständig nackt vor ihm kauerte.

»Mein Name spielt keine Rolle, aber ich bitte dich, dich zu beruhigen. Ich bin Arzt.« Jetzt, da er vor ihr stand, bemerkte sie, dass er stark schwitzte. Schweißperlen rannen von seiner Stirn über die Schläfen das Gesicht hinab. Er griff nach einem Stuhl und zog ihn zu sich heran, sodass er direkt vor ihr Platz nehmen konnte.

Beinahe mitleidig ruhte sein Blick auf ihr. Oder kam ihr das nur so vor?

»Ich kann dir leider nicht versprechen, dass dir nichts geschehen wird. Das wäre eine Lüge. Aber egal, was passiert, ich denke, du, wir beide, haben die Wahl, ob wir ohne die Kerle da draußen zurechtkommen oder nicht. Und glaub mir, die sind nicht harmlos ...« Der Mann sprach etwas undeutlich. Seine glasigen Augen weckten in ihr den Verdacht, dass er betrunken war.

»Auf jeden Fall kann ich dir garantieren, dass du für heute sicher bist, wenn du mir erlaubst, dass ich ein wenig die Hand an dich lege – und davon ein Foto mache.«

Madeleine stieß einen spitzen Schrei aus, zog die Beine an und rückte näher an die Wand, das T-Shirt immer noch vor die Brust gepresst.

Augenblicklich schaute der Mann, von dem sie glaubte, dass er Arzt war, sorgenvoll zur Tür. Doch sie blieb geschlossen.

»Sei ruhig!«, sagte er in flehendem Ton. »Hast du nicht verstanden? Ich kann sonst für nichts garantieren, weiß nicht, was die mit dir anstellen. Ich werde dir nichts tun, mir geht es um dies hier.« Der Mann griff in die Tasche seines weißen Kittels und holte einen dicken schwarzen Filzstift hervor. »Das mag jetzt etwas unverständlich klingen. Aber vertraue mir bitte. Ich werde mit diesem Stift ein paar Linien auf deinen Körper zeichnen, auch an Stellen, die dir vielleicht unangenehm sind. Dann mache ich ein Foto, und ich werde dafür Sorge tragen, dass du zurück in dein ... Gästehaus gebracht wirst, ohne dass dir etwas geschieht. Einverstanden?«

Ungläubig blickte sie auf den schwarzen Stift in der zitternden Hand ihres Gegenübers.

»Die Alternative wäre, dass wir dich betäuben, und wie gesagt, die Männer dort draußen sind wie Tiere.«

Der Doktor deutete auf einen kleinen Tisch neben ihr, auf dem sie erst jetzt eine silberne Schale entdeckte, in der ein Spritzenbesteck und ein kleines braunes Glasfläschchen lagen.

Ein lautes Hämmern an der Tür ließ sie zusammenfahren. Jemand rief etwas auf Spanisch. Der Arzt antwortete mit lauter Stimme und warf ihr danach einen flehentlichen Blick zu. Dann zog er die geriffelte Kappe von dem Stift in seiner Hand ab.

Madeleines gesamter Körper begann zu zittern.

56

Madrid

Unschlüssig saß Helen auf dem Bett und starrte auf das Gemälde. Es bestand für sie kein Zweifel, dass es sich dabei um die *Mona Lisa del Prado* handelte. Sie hatte sich während des Feueralarms im Museum nur kurz von ihrer Tasche getrennt. Dies musste jemand genutzt haben, um darin das Gemälde zu verstauen. Und da es Patryk Weisz gewesen war, der ihr die Schablonentasche, wie sie gedacht hatte, aus Hilfsbereitschaft, abgenommen hatte, lag der Verdacht nahe, dass er dahintersteckte. Vermutlich hatte es auch überhaupt kein Feuer im Museum gegeben. Alles hatte nur ein großes Ablenkungsmanöver sein sollen. Kein Wunder, dass Patryk Weisz nach der Ankunft im Hotel darauf bestanden hatte, dass Ralph ihr die Tasche auf das Zimmer nachbrachte.

Vor dem Hotel erklang seit Minuten ohne Unterbrechung Sirenengeheul. Feuerwehrwagen, wie sie zunächst gedacht hatte. Vielleicht waren aber mittlerweile auch Polizeifahrzeuge darunter, denn bestimmt wurde inzwischen nach den Dieben eines der wertvollsten Ausstellungsstücke des Museums gefahndet. Und dieses lag nun neben ihr auf dem Bett in ihrem Hotelzimmer! Helen hatte schon ihr Handy gezückt, um die Polizei anzurufen, es aber dann doch gelassen. Was, wenn man ihr nicht glaubte? Wenn auf dem Gemälde nur ihre Fingerabdrücke zu finden waren? Das Bild steckte immerhin in ihrer Tasche, und sie hatte keinerlei Zeugen, die ihre Darstellung der Ereignisse bestätigen würden, außer dem Fahrer Ralph. Doch wenn Weisz junior hinter dem Diebstahl steckte, dann hatte vermutlich auch Ralph damit zu tun. Aber war das denkbar: Patryk Weisz – ein Gemäldedieb?

Sie dachte an die Schätze in der Sammlung seines Vaters. Die Familie verfügte zudem über ein Milliardenvermögen. Warum sollte Patryk Weisz solch ein Risiko eingehen? Und was hatte sie damit zu tun? Wollte man ihr die Schuld zuschieben, oder hatte man sie und ihre Tasche nur als Türöffner benötigt, um den Plan in die Tat umzusetzen? Sie spielte einen Augenblick mit dem Gedanken, das Bild einfach wieder in die Tasche zurückzulegen und so zu tun, als hätte sie sein Vorhandensein nicht bemerkt. Aller Voraussicht nach würde jemand sie in den nächsten Stunden ablenken und währenddessen das Bild »stehlen«. Damit wäre sie aus der Sache raus.

Was aber war mit Madeleine? Der eigentliche Grund, warum sie in Madrid und auch im Museo del Prado gewesen war, war das Foto ihrer Tochter mit der Notiz, das sie im Keller Pavel Weisz' entdeckt hatte. Selbst wenn dies nur ein Trick gewesen war, um sie hierher zu locken – und bei diesem Gedanken sank Helen das Herz –, war es doch wahrscheinlich, dass die Weisz-Familie etwas mit dem plötzlichen Verschwinden Madeleines zu tun hatte. Schließlich fasste sie einen Entschluss, nahm das Gemälde vorsichtig am Rand auf und ging zu der Zwischentür, die ihr Apartment mit Patryks Suite verband.

Auf ihr Klopfen erhielt sie keine Antwort. Langsam drückte sie die Türklinke herunter und war erstaunt, als die Tür sich öffnen ließ. Vorhin war sie doch noch verschlossen gewesen. Als die Tür einen Spalt offen stand, hielt Helen inne und lauschte. Alles schien ruhig zu sein. Was, wenn Patryk und Ralph abgereist waren? Vorsichtig spähte sie ins Nachbarzimmer.

»Nicht so schüchtern, kommen Sie ruhig herein, Mrs. Morgan!«

Helen erstarrte. Die Stimme kannte sie nicht. Sie klang so zischend wie überkochendes Wasser, das auf einer Herdplatte verdampfte. Unschlüssig blieb sie auf der Türschwelle stehen.

»Jetzt kommen Sie schon herein! Wir beißen nicht!« Die Aufforderung klang beinahe fröhlich.

Misstrauisch stieß sie mit der freien Hand die Tür auf. Patryks Suite war größer als ihre eigene, doch ebenso luxuriös eingerichtet. Im hinteren Teil sah sie einen Esstisch mit sechs Stühlen und einem riesigen Blumenbukett in der Mitte, daneben eine Couchgarnitur. Sie erschrak. Auf einem der beiden Sofas saß jemand: der Mann, den sie bereits von dem Ölgemälde in Warschau kannte. Bei seinem Anblick schauderte es ihr. Nicht allein wegen des Aussehens. Die verbrannte Haut sah genauso aus wie auf dem Ölbild, beinahe wie eine Maske aus Latex. Der kahle Schädel verlieh der Erscheinung etwas Unmenschliches. Es waren aber vor allem die lauernde Körperhaltung und das Lächeln, die ihr sofort Angst einflößten.

»Es freut mich, dass wir uns nun endlich einmal persönlich kennenlernen. Sie sind noch hübscher als auf den Fotos, die ich von Ihnen gesehen habe«, sagte er und deutete mit einem Wink seiner narbigen Hand auf den freien Platz neben sich. »Setzen Sie sich bitte. Dann können wir auch über Ihre Tochter sprechen. Madeleine, ein wirklich schöner Name.«

Bei der Erwähnung Madeleines blieb Helen beinahe das Herz stehen. Unsicher machte sie zwei Schritte ins Zimmer hinein, als plötzlich ein Schatten neben ihr auftauchte und nach dem Gemälde in ihrer Hand griff. Es war Ralph, der das Bild an sich nahm und hinüber zum alten Weisz brachte.

»Was für ein Kunstwerk!«, rief dieser und hielt es mit ausgestreckten Armen vor sich, um es betrachten zu können. »Wie ein Rufen aus vergangenen Zeiten, nicht, Mrs. Morgan?« Er schaute sie für einen Moment prüfend an, dann verzog er den Mund zu einer Art Lächeln. »Seien Sie bitte nicht unhöflich.«

Immer noch unsicher, näherte Helen sich und setzte sich auf das zweite Sofa.

Patryks Vater drehte das Gemälde zu ihr und hielt es genau vor sie. Dabei beobachtete er aus zusammengekniffenen Augen ihre Reaktion.

»*La bella parvenza del male!*«, drang es wieder leise, aber eindringlich an ihr Ohr.

»Hören Sie etwas?«, fragte er herausfordernd.

»Wie meinen Sie das?« Helen versuchte, Zeit zu gewinnen.

»Sie haben schon verstanden!«

»*La bella parvenza del male!*«, zischte es aus Richtung des Gemäldes.

»Hören? Nein. Ich höre nichts«, log sie. »Wo ist Madeleine?«

Weisz senior ließ seinen Blick noch eine Weile prüfend auf ihrem Gesicht ruhen, dann lächelte er erneut und lehnte das Gemälde mit der Rückwand neben sich an das Sofa. »Willkommen!«, sagte er und streckte ihr die künstliche rechte Hand zur Begrüßung entgegen.

Helen konnte nicht anders, als sie anzustarren. Sie erinnerte sie an die Hand einer Schaufensterpuppe. An einigen Stellen glatt wie ein Babypopo, an anderen runzelig, als hätte jemand die Haut hochgekrempelt. Im Daumen spiegelte sich das Licht des Kronleuchters über ihnen. Nur widerwillig ergriff Helen die ihr angebotene Rechte. Sie fühlte sich kalt und unnatürlich an. Instinktiv wischte sie sich die Finger an der Hose ab, was sie jedoch sofort bereute, als sie Weisz' Blick auf sich ruhen sah.

»Es ist unheimlich, nicht?«, fragte er. »Sollte ich abschreckend auf Sie wirken: Einundsechzig Prozent meiner Haut sind verbrannt. Es gibt nicht viele, die so etwas überleben. Aber seien Sie unbesorgt, ich habe mich an den Ekel, den mein Anblick bei meinen Mitmenschen hervorruft, gewöhnt.«

»Es ist nicht Ihr Aussehen, das mich anekelt«, brach es aus ihr heraus, ehe sie ihre Worte bedenken konnte. Doch sie hatte genug von der selbstgefälligen Art ihres Gegenübers. »Wo ist meine Tochter?«

Weisz überhörte ihre Frage erneut. »Was für ein schönes Gemälde sie uns da mitgebracht haben! Die *Mona Lisa del Prado*. Ich wüsste nicht, dass das Museum sich freiwillig von ihr getrennt hätte. Sie müssen eine wahre Meisterdiebin sein, Mrs. Morgan.«

»Sie wissen genau, dass ich es nicht gestohlen habe«, erwiderte Helen. Hilfesuchend schaute sie zu Ralph, der regungslos und mit auf dem Rücken verschränkten Händen am Fenster stand.

»Aber wer weiß das noch außer mir?«, entgegnete der alte Weisz.

Patryk Weisz, dachte sie. Sie schaute sich um. Wo war er eigentlich? »Was soll das alles? Was wollen Sie von mir? Und bitte: Wo ist Madeleine?«

Plötzlich erhob sich der alte Weisz und schlenderte zu dem Tresen, der eine kleine, offene Küche vom Wohnbereich der Suite abtrennte. Dort griff er nach einem Apfel in einer Schale. Mit einem lauten Krachen biss er hinein. Während er mit schiefem Gebiss kaute, kam er langsam zurück.

»Sie denken, deswegen der ganze Aufwand? Wegen dieser billigen Kopie hier?« Er sprach mit vollem Mund und zeigte mit dem Fuß auf das Gemälde am Boden, das noch immer am Sofa lehnte. Beim Reden flogen Apfelstückchen aus seinem Mund.

Während Helen das Bild noch einmal betrachtete, glaubte sie, wieder dieses Flüstern zu hören. »*La bella parvenza del male!*« Der schöne Schein des Bösen. Sofort wandte sie den Blick von dem Gemälde ab.

»Alles in Ordnung mit Ihnen, Mrs. Morgan?« Weisz senior war stehen geblieben und beobachtete sie. Nach einigen Sekunden setzte er sich wieder in Bewegung und ließ sich zurück auf das Sofa fallen, wobei er leise aufstöhnte. »Vor meinem Unfall habe ich das Raubfischangeln geliebt«, fuhr er fort. »Wissen Sie, womit man Raubfische am besten ködert? Mit anderen Fischen. Kleineren. Am besten lebend, auch wenn es eigentlich verboten ist.«

Helen sah ihn irritiert an.

»Also fängt man erst einmal die kleinen Fische, um mit ihrer Hilfe an die großen zu gelangen. Sie verstehen?«

Nein. Sie verstand nichts, aber seine Worte ließen vor ihrem inneren Auge das Bild eines großen schwarzen Sees entstehen, in dem sich von der Mitte ausgehend Kreise ausbreiteten. »Und ich bin der kleine Fisch?«, fragte sie. »Oder meine Tochter?«

Weisz schlug sich mit der Hand auf den Oberschenkel und lachte glucksend. »Hast du das gehört, Ralph? Unser Gast glaubt, ein Fisch zu sein!« Wieder flogen winzige Apfelstücke aus seinem Mund in ihre Richtung. »Sie sind die Angel, Mrs. Morgan. Und das da«, Weisz zeigte auf das Gemälde der *Mona Lisa* neben sich, »das ist der kleine Fisch.«

Helen versuchte zu verstehen, was Weisz ihr sagen wollte, doch es gelang ihr nicht. »Was ist mit Madeleine?«, wiederholte sie.

»Sie ist eventuell ein kleiner Fisch, ja«, antwortete Weisz und versuchte, mit der rechten Hand etwas aus der Innentasche seines Jacketts zu ziehen, was sich darin verkantet hatte. »Dünn ist sie geworden, die Kleine. Verdammte Magersucht«, fuhr er fort und förderte schließlich etwas aus seinem Jackett zutage. »Sie lässt es sich in Mexiko gut gehen. Hier ist ein kleiner Gruß von ihr.«

Weisz hielt ein Mobiltelefon in der Hand. Sein Daumen huschte über das Display, dann reichte er Helen das Gerät.

Mit klopfendem Herzen griff sie danach und betrachtete das Foto auf dem Handy-Display. »Nein!« Tränen schossen ihr in die Augen und ließen die Palette von grellen Farben, die ihr erschrockener Aufschrei in die Luft malte, ineinander verlaufen.

57

Madrid

Das Handy mit dem Foto wackelte in ihrer zitternden Hand. Es war dunkel und von schlechter Auflösung, doch es gab keinen Zweifel, dass es Madeleine zeigte. Sie stand, nur mit einem Slip bekleidet, vor einer Pritsche. Die Belichtung war schlecht, doch im Hintergrund glaubte Helen, eine Wand aus Holzbrettern zu erkennen. Brennender Zorn flammte in ihr auf. Niemand hatte das Recht, ihre Tochter so zu fotografieren!

Madeleines Oberarme waren dünn wie eh und je, die Rippen traten hervor, sodass man sie hätte einzeln abzählen können. Von den spitzen Schulterknochen bildeten die Schlüsselbeine um den dünnen Hals herum ein knöchriges Dreieck. So schockierend dieser Anblick war, Helen hatte ihre Tochter schon in schlimmerer körperlicher Verfassung gesehen. Wenngleich es ihr wehtat, wie dünn und zerbrechlich sie wieder erschien. Geradezu erschreckend war jedoch der Anblick des Gitters aus schwarzen Linien auf Madeleines Körper. Es schien mit Farbe direkt auf ihre blasse Haut gemalt zu sein, ganz so, als wollte jemand ihren Körper unterteilen. Tatsächlich erkannte sie sofort, worum es sich handelte: um Linien, wie sie in der Schönheitschirurgie zur Schnittführung vor dem Eingriff aufgemalt wurden.

»Was haben Sie ihr angetan?« Ihre Stimme bebte. Jedoch nicht vor Angst, sondern vor Zorn.

»Noch nichts!«

Tränen schossen ihr in die Augen. Sie bemühte sich vergeblich, ein Schluchzen zu unterdrücken.

»Ich verstehe, dass Sie das berührt. Aber es ist jetzt ganz wichtig, dass Sie mir gut zuhören, Mrs. Morgan. Wichtig für Sie, wichtig für mich und noch wichtiger für Ihre Tochter. Verstehen Sie das?« Plötzlich sprach der alte Weisz ernst und erstaunlich sanft. »Verstehen Sie das?«, wiederholte er.

Helen antwortete nicht. Sie konnte den Blick nicht von Madeleines Gesicht abwenden, in dem sie grenzenlose Furcht sah.

»Vermutlich halten Sie mich, wie Patryk übrigens auch, für ein Monster, Mrs. Morgan. Aber schauen Sie mich an: In den Augen der Mehrzahl aller Menschen bin ich eins.«

Helen schaute auf und zwang sich zu dem verächtlichsten Gesichtsausdruck, den sie aufsetzen konnte. Ja, er war ein Monster!

»Sie werden etwas für mich tun müssen, Mrs. Morgan«, fuhr Weisz unbeirrt fort. »Ich hätte Sie auch darum bitten können. Auf meine Überzeugungskraft vertrauen. Auf Ihre Einsicht hoffen. Ich denke sogar, wenn mich überhaupt jemand versteht, dann am ehesten noch Sie. Aber ich kann mir in dieser Angelegenheit kein ›Nein‹ als Antwort leisten, und daher war ich gezwungen, Ihnen keine Wahl zu lassen. Denn ich habe auch keine. Und glauben Sie mir: Meine Motive sind höchst ehrenwert.«

Langsam fuhr Helen mit der Hand in die Tasche ihres Blazers und tastete nach ihrem Handy. Mit etwas Geschick gelang es ihr vielleicht, heimlich den Notruf zu wählen.

»An Entführung, Misshandlung und Diebstahl ist nichts Ehrenwertes! Dafür werden Sie ins Gefängnis kommen«, sagte sie. Sie wandte sich an Ralph. »Und Sie auch.«

Mittlerweile war es Helen gelungen, den kleinen Schalter ihres Smartphones auf Vibration zu stellen. So würde das Eintippen des Notrufs in ihrer Tasche keine verräterischen Wähltöne von sich geben.

»Es gibt ein höheres Gericht als das irdische«, entgegnete Pavel Weisz. »Aber es ist, wie gesagt, nicht mein Ziel, Sie zu überzeugen. Indem ich Sie erpresse, nehme ich Ihnen die Last einer Entscheidung, Mrs. Morgan. Auch wenn Sie es jetzt nicht erkennen, tue ich Ihnen damit sogar einen Gefallen.«

Helen stellte sich vor, wo auf dem Smartphone das Icon für Telefonate war. Sie konnte nur hoffen, dass sie blind die richtige

Stelle fand. Wenn Sie sich nicht irrte, bestand der Notruf in Europa in jedem Land aus denselben Zahlen: 112. Mit vorsichtigen Bewegungen ihrer Finger versuchte sie, diese Ziffern auf der Tastatur des Handys zu treffen, und drückte danach dort, wo sie den grünen Wählbutton vermutete. Dann zog sie die Hand wieder aus der Tasche. Ralph stand neben der Zwischentür zu ihrem Apartment und starrte stur geradeaus. Niemand schien etwas mitbekommen zu haben. Mit etwas Glück hörte die spanische Polizei nun zu. Jedenfalls würden sie ihren Notruf orten können und hoffentlich wenigstens eine Streife schicken. Im Raum befanden sich mit dem Foto ihrer Tochter und dem Gemälde alle Beweise, um Pavel Weisz zu überführen. Und dann würden sie Madeleine befreien. Wenn Sie herausgefunden hatten, wo sie war. Ein Brennen stieg vom Magen her ihre Speiseröhre hinauf. Wenn sie Madeleine überhaupt finden würden ...

»Was sollen die vielen Linien auf ihrem Körper?«, entfuhr es ihr.

»Sie sind Medizinerin, Sie wissen es.« Weisz saß weit zurückgelehnt auf dem Sofa, die Fingerspitzen seiner Hände bildeten nun ein Dreieck.

»Schnittmuster«, entgegnete sie.

Weisz nickte. »Vielleicht haben Sie von unserem kleinen Projekt in Mexiko gehört? Wir versuchen derzeit, Schönheit auch durch die Chirurgie neu zu definieren.«

Helen spürte, wie ihr der Atem stockte und ihre Wangen zu glühen begannen. Wenigstens war dieses Geständnis auf Band, wenn sie mit dem Smartphone in ihrer Jacke tatsächlich die Nummer der Polizei gewählt hatte. Sie ging davon aus, dass jeder Notruf aufgezeichnet wurde.

»Wenn Sie meiner Tochter etwas zuleide tun, dann bringe ich Sie um, Mr. Weisz«, flüsterte sie. »Das schwöre ich.«

Weisz verzog die Mundwinkel, offenbar die einzige Mimik, zu der er noch in der Lage war. »Nur wenige Kräfte auf dieser Welt sind stärker als Mutterliebe«, erwiderte er ruhig. »Ich vermute, Sie würden alles tun, um Madeleine zu retten, richtig?«

Sie antwortete nicht, sondern blickte ihn mit funkelnden Augen an.

»Ich erkläre Ihnen, wie unser Deal aussieht. Sie besorgen mir, was ich haben möchte, und im Gegenzug erhalten Sie Ihre Tochter zurück. Unversehrt.«

»Und wer sagt mir, dass Sie uns nicht beide umbringen, wenn ich getan habe, was immer Sie von mir verlangen? Allein schon, damit ich nicht zur Polizei gehe?«

Sein Lachen klang diesmal wie der Anlasser eines alten Autos. Helen vermutete, dass bei seinem Unfall die Hitze des Feuers auch seine Atemwege geschädigt hatte. »Sie werden nicht zur Polizei gehen, glauben Sie mir.«

Sie überhörte den Einwand. »Was wollen Sie von mir?«

»Sie werden für mich etwas stehlen, Mrs. Morgan.«

»Stehlen?«, fragte sie ungläubig. »Und was soll das sein?«

Ihr Gesprächspartner blickte sie herausfordernd an. »Die *Mona Lisa*«, sagte er mit ruhiger Stimme.

»Die lehnt doch dort ...«, entgegnete Helen und verstand erst, als der Satz ihre Lippen bereits verlassen hatte. »Sie meinen die echte *Mona Lisa*. Die in Paris. Das ist unmöglich.«

»Für uns ja, für Sie nicht«, entgegnete der alte Weisz. »Sie werden die *Mona Lisa* im Labor des Louvre untersuchen. Eine einmalige Gelegenheit.«

Helen schüttelte ungläubig den Kopf. »Selbst wenn ich wollte ...«

»Sie wollen es«, unterbrach Pavel Weisz sie. »Für Ihre Tochter. Sie werden mit meinem Sohn Patryk nach Paris reisen. Versuchen Sie nicht, mit der Polizei oder sonst jemandem Kontakt aufzunehmen. Ihnen und Ihrer Tochter kann niemand außer Ihnen selbst helfen.«

Helens Gedanken wanderten zu dem Handy in ihrer Tasche. Hoffentlich war es ihr gelungen, den Notruf zu wählen! Sie sandte ein rasches Stoßgebet zum Himmel.

»Geben Sie mir das Handy!«, fuhr Pavel Weisz fort.

Helen reichte ihm widerwillig sein Mobiltelefon zurück, wobei sie einen letzten Blick auf das Foto ihrer Tochter warf.

»Ich meine Ihr Handy«, sagte er, während er seines wieder in der Innentasche seines Jacketts verstaute.

»Das habe ich nicht dabei.« Kaum hatte Helen die Lüge ausgesprochen, trat Ralph mit raschen Schritten heran und griff zielgerichtet in ihre Blazer-Tasche.

»Lassen Sie das!«, rief sie und versuchte, es ihm wieder zu entreißen, doch schon hatte er es Pavel Weisz übergeben. Der hielt ihr das Gerät entgegen.

22#, stand auf dem Display.

»Schalten Sie lieber immer die Bildschirmsperre ein, sonst wählt es versehentlich von allein«, sagte er und hob den einen Mundwinkel zu etwas wie einem amüsierten Lächeln.

Dann warf er es zu Ralph hinüber, der es auffing, auf den Boden legte und mit einer drehenden Bewegung seines Stiefelabsatzes zertrat.

»Würde man heute Ihr Apartment in Boston durchsuchen, Mrs. Morgan – alles würde darauf hinweisen, dass Sie hinter dem heutigen Diebstahl der *Mona Lisa* im Museo del Prado stecken. Man würde auf Ihrem Computer diverse Dateien finden, wie Gebäudepläne und Presseberichte, die Sie mit dem Diebstahl in Verbindung bringen. Sogar das Kaufangebot eines anonymen Kunsthändlers. Alles, was die Polizei auf der Festplatte Ihres Computers entdeckt, würde für Sie als Täterin sprechen. Hoffen wir also, dass man Ihnen nicht so schnell auf die Schliche kommt, damit Sie genügend Zeit haben, Ihre Tochter zu retten. Wie gesagt, Patryk wird Sie nach Paris begleiten.« Während er sprach, sah Helen neongelbe Kreise in der Luft wirbeln. Zu gern hätte sie ihm die schwere Blumenvase, die den großen Tisch schmückte, auf dem kahlen Schädel zertrümmert.

»Und das alles nur für Geld?«, stieß sie hervor. »Ich dachte, Sie wären bereits Milliardär. Wie viel Geld braucht man, um genug zu haben? So viel Unmenschlichkeit für Geld?«

Pavel Weisz schüttelte den Kopf.

»Oder geht es nur darum, diese Gemälde zu besitzen?« Sie hoffte, dass der Hass aus ihrer Stimme herauszuhören war.

Statt des erwarteten Hohns sah sie auf Weisz' Gesicht überraschenderweise einen traurigen Ausdruck. »Es geht mir nicht um Geld, Mrs. Morgan. Geld hat keine Bedeutung. Niemand weiß das besser als jemand, der sehr viel davon besitzt. Es geht auch nicht um Kunst. Es geht um viel mehr. Um so viel mehr, dass dafür jedes Opfer in Kauf zu nehmen ist. Es wird für Sie kein Trost sein, aber Sie und ich, wir stehen dabei auf der richtigen Seite.«

»Das ist eine Frage der Perspektive!«

»Der Satz gefällt mir, Mrs. Morgan. Perspektive ist stets abhängig vom Standort des Betrachters und hat damit etwas Relatives. Genauso wie die Schönheit. Was ist für Sie Schönheit, Mrs. Morgan?«

Helen stutzte. Ihr stand jetzt nicht der Sinn nach einer wissenschaftlichen oder philosophischen Unterhaltung. »Es gibt Dutzende Ansätze, Schönheit zu erklären«, wich sie aus.

»Ich fragte Sie nach Ihrem Ansatz. Es ist schließlich Ihr Forschungsgebiet.«

»Für mich ist das Empfinden von Schönheit ein rein neurobiologischer Prozess. Eine Reizung bestimmter Hirnareale.«

»Sehr schön!«, lobte Weisz und rückte auf die Kante des Sitzes vor. »Haben Sie schon einmal von dem Vergleich des menschlichen Gehirns mit der Festplatte eines Computers gehört?«

»Ein wohl eher populistischer Vergleich ...«

»Mag sein, dass Sie als Neurologin das so sehen. Aber ich mag es, Dinge zu vereinfachen. Sie werden mir zustimmen, wenn ich sage, dass man das menschliche Gehirn genauso programmieren kann, wie man bestimmte Programme auf einer Festplatte hinterlegen kann.«

»Auch das ist sehr vereinfacht ausgedrückt ...«

»Und daher frage ich Sie, Mrs. Morgan: Wer hat diejenigen

Programme in unserem Gehirn abgelegt, die für die Bewertung angeblicher Schönheit zuständig sind? Haben Sie darüber schon einmal nachgedacht?«

»Das ist eine philosophische Frage. Ich beschäftige mich mit neurobiologischen Forschungen. Und im Augenblick habe ich für derlei keinen Kopf, denn ...«

Pavel Weisz lächelte. »Dies ist aber die Frage, die Forscher wie Sie stellen sollten.«

Helen hob resignierend die Schultern. »Ich weiß nicht, was Sie von mir wollen ...«

»Schönheit ist etwas Böses, Mrs. Morgan.« Pavel Weisz starrte sie aus glänzenden Augen an. Eine Träne hing in seinem Augenwinkel, vermutlich auch eine Folge seiner Verbrennungen. »Sie kennen ja den Goldenen Schnitt ...«

Bei dem Wort »Schnitt« kam ihr das Foto ihrer Tochter mit den Angst einflößenden Linien auf dem Körper wieder in den Sinn. »Natürlich!«, gab sie genervt zurück.

»Der Goldene Schnitt ist die Quelle allen Übels.«

Von der Straße drang lautes Sirenengeheul herein. Ralph trat ans Fenster und spähte durch die Gardine nach draußen. »Wir sollten lieber verschwinden, Mr. Weisz«, sagte er mit dunkler Stimme.

Patryks Vater erhob sich und deutete auf die *Mona Lisa* neben sich. »Vielleicht haben wir später Zeit, dies zu vertiefen, Mrs. Morgan«, sagte er mit Bedauern in der Stimme. »Ralph, leg das Bild zurück in Mrs. Morgans Tasche und vergiss ihr Gepäck nicht! Sie braucht es für die Untersuchung im Louvre. Wir treffen uns in der Tiefgarage.« Während er dies sagte, schritt er zur Zimmertür und öffnete sie. »Mrs. Morgan, darf ich bitten?« Er streckte ihr einladend einen Arm entgegen. Widerwillig folgte Helen ihm.

»Wenn man uns so zusammen sieht, könnte man glatt meinen, wir seien die Schöne und das Biest«, sagte Weisz, als sie an ihm vorbei das Zimmer verließ. Wieder brach er in schnarrendes Gelächter aus.

Helen erinnerte sich an die Notiz aus seinem Haus in Warschau. »Sie sind nicht wie das Biest«, bemerkte sie feindselig. »In dem Märchen *Die Schöne und das Biest* steckte in dem Biest ein Mensch mit Gefühlen.«

Während Pavel Weisz' Züge mit einem Mal noch versteinerter wirkten als ohnehin schon, glaubte sie, in Ralphs Gesicht den Anflug eines Lächelns zu erkennen.

58

Madrid

»Wie meinen Sie das?« Direktor Alegre wirkte regelrecht hilflos.

»Das Bild einer Biene. Als Aufkleber, Graffiti, was weiß ich! Ist hier irgendwo eine Bienen-Abbildung aufgefallen, die vorher nicht da war?«

Señor Alegre schüttelte irritiert den Kopf, nahm die Brille ab und putzte sie mit einem blauen Stofftaschentuch, das er aus seiner Cordhose befördert hatte. »Nein, Sir. Nicht, dass ich wüsste. Sie müssten sonst noch einmal mit der Guardia Civil sprechen.«

Millner starrte auf den leeren Fleck an der Wand. Direkt nach seiner Ankunft in Madrid hatte Keller ihm die Nachricht von dem spektakulären Kunstraub übermittelt, ohne mit Sicherheit sagen zu können, ob dieser mit ihrem Fall zusammenhing. Millner hatte es gleich gewusst. Seine innere Stimme, sein Bauchgefühl, sein Instinkt – alle hatten es ihm unisono vorgesungen. Auf der Taxifahrt ins Museum hatte er im Internet recherchiert und vor Freude fast gejubelt, als er gelesen hatte, dass die *Mona Lisa* als Beispiel für ein Gemälde nach den Proportionen des Goldenen Schnittes galt. Hatte er sich während des ganzen Fluges noch gefragt, was Patryk Weisz in Madrid wollte, schien diese Frage nun schneller beantwortet worden zu sein als erhofft. Dank seines FBI-Ausweises und eines Anrufs von Keller beim spanischen Innenministerium hatte man ihn rasch zum Direktor des Museo del Prado vorgelassen. Dieser hatte ihn sogleich zu dem leeren Bilderrahmen geführt, schien aber immer noch unter Schock zu stehen.

»Also noch einmal von vorne. Sie hatten diese Frau zu dem Gemälde geführt, als plötzlich der Feueralarm ausgelöst wurde?«

»Ja, und es war überall Rauch. Der genauso schnell verschwand, wie er gekommen war.«

»Wie war noch einmal der Name der Frau?« Millner zückte sein Smartphone, um mitzuschreiben.

»Helen Morgan. Sie ist eine bekannte Wissenschaftlerin vom Boston Neuroestehtics Institut.«

»Amerikanerin«, grummelte Millner vor sich hin. »Was für eine Wissenschaftlerin?«

»Neuroästhetikerin.«

Millner runzelte die Stirn. Diesen Ausdruck hatte er noch niemals zuvor gehört.

»Sie beschäftigt sich mit den Auswirkungen von Schönheit auf das menschliche Gehirn. Eine recht neue Disziplin der Wissenschaft, die ...«

»Warum wollte sie ausgerechnet die *Mona Lisa* sehen?«, unterbrach Millner den Direktor.

Zum ersten Mal bemerkte er so etwas wie ein Lächeln auf den Lippen des Mannes, auch wenn es ein trauriges war. »Das kann nur jemand fragen, der keinen Zugang zur Kunst hat. Die *Mona Lisa* ist das Sinnbild aller Schönheit.«

»Aber diese hier ist nicht die echte, oder?«, fragte Millner und fügte rasch hinzu »War.«

Als hätte er mit seiner Nachfrage ein Stück Kohle in ihnen entzündet, begannen die Augen seines Gesprächspartners zu glühen. »Unsere ist sogar schöner als das Original! Schauen Sie hier auf den Informationstafeln! Die leuchtende *Mona Lisa* ist unsere, das matte Exemplar das aus dem Louvre. Was meinen

Sie, warum man unsere Gioconda gestohlen hat und nicht die aus Paris?«

»Ich vermute, weil Ihre schlechter gesichert war«, sagte Millner trocken und erntete damit einen weiteren bösen Blick.

»Wo ist diese Helen Morgan jetzt?«

»Ich habe keine Ahnung. Als das Feuer ausbrach ... ich meine, als sich der Rauch bildete, verloren wir uns aus den Augen. Ich vermute, sie war klug genug, das Gebäude zu verlassen, so wie alle anderen Besucher auch.« Wieder schüttelte Señor Alegre sichtlich erschüttert den Kopf. »Gott sei Dank ist niemand verletzt worden!«

»Laut Polizeiangaben wurden Rauchbomben gezündet. Es gab kein echtes Feuer. Tatsächlich war zu keiner Zeit jemand in Gefahr«, gab Millner zu bedenken. »Außer der *Mona Lisa.*«

»Mir gefällt Ihre flapsige Art nicht.« Der Direktor sah ihn missbilligend an. »Wissen Sie überhaupt, was für ein kulturhistorischer Wert uns hier verloren gegangen ist?«

Das wusste er nicht, nein. Er hatte auf dem Weg ins Museum über die echte *Mona Lisa* gelesen, nicht über diese hier, die offenbar nur eine Fälschung war.

»Das dachte ich mir!«, sagte der Direktor schnippisch, als er Millners betroffenen Gesichtsausdruck bemerkte. »Erklären Sie mir lieber, weshalb Sie so schnell hier waren, obwohl Sie den Wert des Gemäldes gar nicht kennen, und was das FBI damit zu tun hat.«

Eine berechtigte Frage, die Millner jetzt nicht beantworten wollte. »Woher kennen Sie diese Mrs. Morgan?«, versuchte Millner abzulenken.

»Auf Empfehlung von ...«

Ein junger Mitarbeiter trat zu ihnen und flüsterte dem Direktor etwas ins Ohr.

»Ich bedauere, aber der Mann von der Versicherung ist jetzt da. Ich muss ins Büro«, entschuldigte sich der Direktor und wandte sich mit einem letzten wehmütigen Blick vom leeren Bilderrahmen ab.

»Auf wessen Empfehlung?«, hakte Millner nach und hielt den Direktor am Ärmel fest.

»Auf Empfehlung von Mr. Weisz«, entgegnete Señor Alegre mit einem pikierten Blick auf Millners Finger an seinem Ärmel.

»Patryk Weisz?«

»Nein, auf Empfehlung seines Vaters, Pavel Weisz. Er rief mich vor einigen Tagen an und meinte, er sei in Madrid und wolle vorbeischauen. Doch an seiner Stelle erschien heute sein Sohn mit Mrs. Morgan.«

Vor Überraschung ließ Millner Alegre los, und der Direktor nutzte die Gelegenheit, um sich mit raschen Schritten davonzumachen, wobei er im Gehen den Ärmel seines Jacketts glatt strich. Kurz überlegte Millner, ihm nachzusetzen, doch dann ließ er es sein. Sein Blick fiel auf eine kleine Überwachungskamera in der Ecke des Raumes. Das Sichten von Bändern gehörte zu den Aufgaben, die er an seinem Job am meisten hasste.

59

Coyuca de Benítez

Dr. Rahmani übergab sich in die Blechtonne, die als Mülleimer diente und voll mit medizinischen Abfällen wie leeren Spritzen und Kanülen, benutzten Latexhandschuhen und blutverschmierten Tupfern war. Seine Augäpfel schienen hervorzutreten, und hinter seinen Schläfen pochte das Blut.

Er hätte sich einreden können, dass der Schnaps schuld daran war, den er mittlerweile wie Wasser trank. Er wusste jedoch, dass dies nicht stimmte. Den Kopf immer noch weit über den Eimer gebeugt, sah er im Augenwinkel die Liege in der Mitte des Raumes. Nur das hellgrüne OP-Laken und das mobile Narkosegerät verliehen dem Raum die Atmosphäre eines Operationssaals. Alles andere war nichts anderes als eine schmutzige Hütte in einer staubigen, gottverlassenen Gegend.

Das Mädchen auf der Liege bekam von alldem nichts mit. Nachdem sie sich beim Transport vom »Hotel«, wie die Wächter das Backsteingebäude nannten, heftig gewehrt hatte, hatten die Mexikaner ihr bereits eine Beruhigungsspritze verabreicht. Eine der Art, wie sie normalerweise für Kälber oder Schweine auf Viehtransporten verwendet werden. Er hatte anfangs versucht, dies zu stoppen, doch die Narkosemittel im Lager waren knapp, und sie wurden für die Operationen benötigt. So war er froh, wenn die Mädchen noch lebten, wenn sie zu ihm gebracht wurden.

Die Kleine von vorhin ging ihm nicht mehr aus dem Sinn. Sie war jünger als die anderen. Sein Befehl hatte gelautet, ihren Körper mit möglichst vielen Schnittmustern zu versehen und dann ein Foto von ihr zu machen. Die anderen Mädchen hatte er nicht fotografieren müssen. Nicht nur deshalb schien sie etwas Besonderes zu sein. Sie war nicht so schön wie die anderen. Aber nach dem, was er in den vergangenen Tagen erlebt hatte, konnte er überhaupt nicht mehr in Kategorien von »schön« und »hässlich« denken. Er glaubte, niemals wieder eine Frau schön finden zu können. Zu grausam war sein Werk. Nein, die Attraktivität war es nicht, die ihn berührt hatte. In den Augen des Mädchens hatte er etwas gesehen, das ihm Hoffnung gab. Zwar hatte sie sich ergeben und die Prozedur des Anzeichnens über sich ergehen lassen, doch in ihrem Blick hatte dabei eine besondere Art des Widerstandes gelegen: Stolz. Trotz allem hatte sie nicht ihren Stolz verloren. Als die Wächter sie fortbrachten, hatte sie sich noch einmal zu ihm umgedreht und ihn vorwurfsvoll angesehen. Dies hatte etwas in ihm ausgelöst. Noch konnte er es nicht in Worte fassen, aber in ihm formte sich ein Gedanke. Ein Zittern erfasste seinen gesamten Körper, und er schüttelte sich einmal, wie ein nasser Hund.

Er hob den Kopf. Sein Blick fiel erneut auf den Tisch neben der Liege, und wieder spürte er einen heftigen Würgereiz.

Der Alte hatte das Camp für ein paar Tage verlassen; Rahmanis Hoffnung, dass während seiner Abwesenheit die Operationen ruhen würden, hatte sich nicht erfüllt. Im Gegenteil. Am Morgen hatte Tico ihm beim Wecken »mit schönen Grüßen vom Chef« eine Liste und ein Päckchen übergeben. Die Liste umfasste die Namen der nächsten Kandidatinnen. Und im Päckchen hatte er das gefunden, was dort nun zwischen den anderen Geräten lag und selbst im Licht der trüben Glühbirne metallisch glänzte: eine nagelneue Knochensäge.

60

Florenz, um 1500

Unsere Ideen verbreiten sich. Vergangene Woche hielt ich einen Vortrag in Florenz, und heute erzählte mir ein Meister aus Spanien, der uns auf Empfehlung besuchte, von meinen eigenen Theorien! Man stelle sich sein Erstaunen und seine Ehrfurcht vor, als ich ihm eröffnete, dass kein Geringerer als ich der Urheber sei! (Eigentlich ist es lo straniero, *aber ich denke, es würde ihn nicht stören, dass ich mich mit seinen Federn schmücke.)*

Ich bin wirklich zuversichtlich, dass die göttliche Proportion einmal alle anderen verdrängen wird. So, wie guter Weizen den schlechten verdrängt, wenn man nur genügend davon sät. Und bei Gott, was säen wir! Wobei ich zugeben muss, dass ich weitaus fleißiger bin als Leonardo und der Fremde. Ich weiß nicht, wie lange sie schon an den Porträts arbeiten. Ich möchte mir nicht vorstellen, wie viele es sein müssen.

Es ist die Pflicht des Berichterstatters, auch in diesem Zusammenhang von Salai zu erzählen: Nachdem er der Ansicht ist, dass Bilder sprechen, behauptet er nun, Leonardos neuestes Bild würde singen, wenn man es betrachtet. Auf meine Frage, wann er es denn gesehen haben will, hat er sich davongemacht.

Meine Frage klinge ihm zu schwarz. Ich bin sicher, er hat »schwarz« gesagt, nicht »düster«. Wie kann etwas Gesagtes wie eine Farbe klingen?

Da versucht man, das Universum zu verstehen, und scheitert schon am ärmsten Sünder in seinem Haus.

61

Madrid

Millner stand hinter Xavier, dem Sicherheitschef des Museums, und starrte auf eine Wand kleiner Schwarz-Weiß-Monitore. Keiner war größer als neun Zoll. Die Menschen darauf bewegten sich im Zeitraffer, da die Überwachungskameras nur zwölf Bilder pro Sekunde aufnahmen; auf diese Art sollte Speicherplatz gespart werden. Eine Maßnahme, die Millner ärgerte. Im Museum lagerte Kunst im Wert von vielen Millionen Dollar, und man knauserte an der Sicherheitstechnik, um ein paar Tausend Dollar im Jahr einzusparen.

»Das sind sie!«, sagte Xavier und stoppte das Bild. Mit seinem fleischigen Daumen deutete er auf eine Dreiergruppe, die in scheinbar großen Sätzen das Foyer durchquerte.

»Eine Frau, zwei Männer. Sie behaupteten, einen Termin bei dem Direktor zu haben. Meine Leute am Eingang riefen an, und sie durften durch.«

Millner nickte und schob sich näher an den Monitor. Mit viel Fantasie erkannte er das Gesicht von Patryk Weisz, dessen Foto Keller ihm geschickt hatte. »Spulen Sie noch einmal zurück«, bat er Xavier. »Kann man das Bild größer machen?«

Der Sicherheitschef schüttelte den Kopf.

Millner beobachtete, wie das Trio die Eingangshalle betrat und sich mit raschen Schritten auf die Eingangskontrolle zubewegte.

Die Frau, bei der es sich um die vom Direktor erwähnte Helen Morgan handeln musste, schien hübsch zu sein. Selbst auf dem kleinen Monitor wirkte ihr Gesicht sehr symmetrisch. Er schätzte sie auf Ende dreißig. Groß und schlank, dunkles, zum Zopf gebundenes Haar. Das erhobene Kinn und ihre aufrechte Körperhaltung wirkten elegant. Sie trug Jeans und Blazer.

Der dritte Mann schien etwas Abstand zu halten. Millner erkannte an seinen Bewegungen sofort, dass es sich um einen

Bodyguard handelte. Trotz großer Kleidergröße spannte der Anzug über den breiten Schultern. Sogar auf den gerafften Bildsequenzen war zu erkennen, dass er sich nach allen Seiten prüfend umsah.

»Und hier führt der Direktor die Dame durch die Ausstellung. Die anderen beiden sind nicht dabei, vermutlich haben sie im Büro oder im Museumscafé auf Señor Alegre und die Frau gewartet oder sich in einem Bereich ohne Kameras aufgehalten. Wir überwachen nur die Ausstellungsareale und dort auch nicht jede Ecke.«

Millner stützte sich auf beide Hände und schaute weit vorgebeugt auf den Bildschirm. Der Direktor und Mrs. Morgan schienen sich zu unterhalten. »Was hat sie da über der Schulter?«

Xavier kniff die Augen zusammen, um etwas zu erkennen. »Das ist eine Tasche, Señor.«

Millner war verblüfft. »Muss man die nicht am Eingang abgeben oder einschließen?«

»Normalerweise schon, Señor. Aber Mrs. Morgan war Gast des Direktors. Soweit ich informiert bin, hatte sie darin Arbeitsmaterialien. Sie ist eine von den Labormäusen.«

Millner drehte sich zu Xavier und verzog fragend die Augenbrauen.

»So nennen wir hier diejenigen, die an den Gemälden arbeiten. Restauratoren. Sie haben Sondergenehmigungen für ihre Arbeitsgeräte. Und diese Señora gehört wohl irgendwie dazu.«

Beide wandten sich wieder den Aufnahmen zu.

»Und hier kommt der Rauch. Die Diebe haben Rauchbomben gezündet. Ab jetzt ist nichts mehr zu erkennen.«

Der Direktor und Mrs. Morgan verschwanden in dichten Rauchschwaden.

»Und wann taucht sie wieder auf?«, erkundigte sich Millner.

Xavier drückte eine Taste und schaute angestrengt auf die Bildschirme. Offenbar konnte er mehrere gleichzeitig im Blick behalten. »Hier!«, sagte er plötzlich und zeigte auf ein Display oben links. »Das Foyer. Sie kommt mit einem der Männer aus dem Treppenhaus und rennt nach draußen. Da!«

Millner beobachtete die beiden Personen, die durch das Bild zu springen schienen. »Stopp!«, rief er, als die Frau kurz in Richtung der Kamera blickte. »Merkwürdig«, sagte er leise vor sich hin. Offenbar nicht leise genug.

»Wieso merkwürdig?«

»Sie scheint wirklich in Panik zu sein«, antwortete Millner.

»Gar nicht merkwürdig. Sehen Sie sich die anderen Besucher an. Zu diesem Zeitpunkt wusste ja noch niemand, dass es kein echtes Feuer gab!«

Millner nickte, als gäbe er ihm recht, und ließ seinen Nebenmann nicht weiter an seinen Gedanken teilhaben. »Weiter«, bat er.

Wenige Bilder später verließen Helen Morgan und ihr Begleiter das Museum durch einen der offenen Ausgänge.

»Noch einmal zurück bitte.«

Xavier drehte an einem Rad neben der Tastatur, und die Bilder bewegten sich rückwärts.

»Stopp!«, rief Millner wieder. Langsam beugte er sich nach hinten, dann wieder nach vorn, als könnte er durch die Veränderung des Blickwinkels mehr erkennen. »Sie ist weg«, bemerkte er schließlich und berührte mit dem Zeigefinger das Glas des Monitors.

»Wer?«, fragte Xavier erstaunt.

»Nicht wer. Was. Die Tasche!«, antwortete Millner. »Als der Rauch kam, hatte sie sie noch über der Schulter. Hier nicht mehr!«

»Vermutlich hat sie die Tasche in ihrer Panik fallen lassen«, mutmaßte Xavier. »Würde ich auch machen, wenn es brennt.«

Millner verzog den Mund. »Haben Sie die Tasche gefunden?«

Xavier zuckte mit den Schultern. »Nicht, dass ich wüsste, aber ich frage nachher gern noch einmal nach.«

»Lassen Sie mal weiterlaufen.«

Der Sicherheitschef drückte einen Knopf, und die Sequenz

lief weiter. Eine Weile schauten sie Dutzenden von Menschen zu, die in großer Eile das Foyer durchquerten und ins Freie stürzten.

»Da!«, rief Millner plötzlich und deutete wieder mit dem Finger auf den Bildschirm. Xavier hielt die Aufnahme erneut an. »Patryk Weisz mit der Tasche!«

»Er wird sie gefunden und Mrs. Morgan mitgebracht haben«, entgegnete Xavier. »Das erklärt, warum wir sie nicht entdeckt haben.«

Millner massierte sich das Kinn und blickte Patryk Weisz auf dem Monitor hinterher, der schließlich ebenfalls durch den Ausgang nach draußen verschwand. »Können Sie davon eine Kopie machen? Von allem, was wir gerade gesehen haben?«

»Kein Problem, Señor. Wohin sollen wir sie schicken?«

Millner gab ihm eine Visitenkarte. »An diese E-Mail-Adresse.«

Der Sicherheitsexperte betrachtete die Karte mit leuchtenden Augen. »Cool. Eine echte FBI-Visitenkarte. Die bekommt bei mir zu Hause einen Ehrenplatz!« Triumphierend hielt er sie in die Höhe. Millner klopfte ihm auf die Schulter und verabschiedete sich mit angemessenem Dank.

Schnell eilte er durch das Foyer, das er eben noch auf den Bändern gesehen hatte. Jetzt lag es gänzlich verlassen da, bis auf ein paar Polizisten, die Wache schoben und ihm die Tür öffneten. Er lief den Aufgang hinab und zückte sein Handy.

»Keller«, meldete sich sein Chef.

»Wir brauchen einen Durchsuchungsbefehl für die Wohnung einer Mrs. Helen Morgan«, kam er sofort auf den Punkt. Zur Sicherheit buchstabierte er den Namen. »Sie ist Wissenschaftlerin am Boston Neuroestehtics Institut.«

»Was hat sie verbrochen?«

»Sie ist die bisher unbekannte Amerikanerin in Patryk Weisz' Begleitung, und wenn mich nicht alles täuscht, haben sie heute zusammen die *Mona Lisa* im Museo del Prado in Madrid gestohlen.«

Keller benötigte einen Augenblick, um die Nachricht zu verarbeiten. »Wie passt das nun wieder ins Bild?«

»Ich habe eine erste Idee, doch sie ist noch zu vage, um sie zu teilen.« Es war zu früh, um seinen Verdacht zu äußern, zunächst brauchte er noch mehr Informationen.

»Ein weiteres Mädchen wurde freigelassen«, sagte Keller mit düsterer Stimme.

»Und?«

»Wenn Sie noch ruhig schlafen wollen, fragen Sie nicht. Ansonsten schauen Sie ins Internet. Es gibt jetzt sogar eine Webseite mit Vorher-Nachher-Bildern der Mädchen.«

Millner überlief eine Gänsehaut. »Pervers.«

»Schon über zehn Millionen Seitenbesuche – am ersten Tag! Die Bilder werden in den sozialen Netzwerken geteilt, die werden wir niemals wieder los!« Keller klang empört.

»Können wir herausfinden, wer hinter der Webseite steckt?«

»Bislang noch nicht. Ich habe es nicht genau verstanden, aber die Seite ist wie ein Phantom. Sie verändert ständig ihre technische Struktur und nutzt dafür infizierte Rechner.«

»Warum stellen die das online?«

»Eine Frage, über die auch unsere Profiler schon brüten. Vielleicht wollen die Entführer damit den Druck erhöhen, wenn sie irgendwann Lösegeldforderungen stellen. Oder sie verfolgen ein politisches Interesse. Das Weiße Haus tippt im Moment wieder auf Drogenkartelle, die die amerikanische Öffentlichkeit gegen die Interventionen unserer Regierung im Drogenkampf in Mexiko aufbringen wollen. Im letzten Monat wurde mit unserer Hilfe einer der großen Bosse gefasst und nach Washington ausgeliefert ...«

»Das glaube ich nicht«, widersprach Millner sofort.

»Sie wissen doch: Wir heulen mit den Wölfen.«

»Was ist mit den Bienen?«

»Dramatisch. Den Imkerverbänden zufolge beträgt die Sterblichkeitsrate mittlerweile schon vierundzwanzig Prozent, und die Krankheit breitet sich rasant aus. Es scheint so, als wäre nur Australien bislang verschont.«

Millner atmete tief ein. Trotz der Abgase der nahen Straße

roch es in Madrid noch nach Sommer. »Und das Computervirus?«

»Noch schlimmer. Unsere IT-Experten schätzen, dass einunddreißig Prozent aller Rechner weltweit infiziert sind. Sämtliche Suchmaschinen haben bereits die Bildersuche abgeschaltet. Viele Foto-Agenturen haben ihre Dienste eingestellt. Sie sollten mal bei den sozialen Netzwerken reinschauen. Die reinste Rocky Horror Picture Show! Im Ernst: Im heutigen Medienzeitalter ist das eine große Katastrophe!«

Millner dachte an Chandlers Worte zur Macht der Bilder.

»Ich bin jetzt seit zweiunddreißig Jahren bei der Truppe, aber so viel mysteriöse Scheiße auf einen Haufen habe ich noch nie erlebt.« Keller stöhnte laut auf.

»Ich halte Sie auf dem Laufenden, wenn ich etwas Neues herausgefunden habe. Kümmern Sie sich um Mrs. Morgan. Und vergessen Sie bitte nicht, ihren Rechner zu checken«, sagte Millner nachdenklich und beendete das Gespräch. Sein Blick ruhte auf einer Statue, die mit anderen die Naturstein-Fassade des Museums schmückte. Die weißen Skulpturen standen jeweils aufrecht in eigens dafür vorgesehenen Nischen und sorgten für ein interessantes Schattenspiel. Die Statue, die seine Aufmerksamkeit besonders erregte, stellte eine Frau dar. Sie trug ein Gewand, wie er es von den alten Römern oder Griechen kannte. Auf ihrem rechten Arm ruhte ein Stab. Die Statue stand auf einem Sockel, in den, wie bei allen anderen Statuen auch, vorne ein Wort eingraviert war.

»*Simetria*«, las er laut ab. Die Symmetrie. Über den Hals zog sich ein langer Riss. Es sah so aus, als hätte ihr einmal jemand den Kopf abgeschlagen und dieser wäre später wieder aufgesetzt worden.

»Warum sollte jemand eine hübsche Statue wie diese, die nichts anderes symbolisiert als die Symmetrie, enthaupten?«, vernahm Millner eine Stimme. Und nachdem er sich kurz nach allen Seiten vergewissert hatte, dass er ganz allein vor der Statue stand, wusste er, dass er es selbst war, der da gesprochen hatte.

62

Madrid

»Wir fahren mit dem Auto? Die ganze Strecke?« Eine gefühlte Ewigkeit schon rollten sie durch verstopfte Straßen, seit einigen Minuten ging gar nichts mehr. Nur zentimeterweise schob sich der Wagen durch den Stau.

»Fliegen oder Bahnfahren wäre zu unsicher. Immerhin haben wir das Gemälde dabei. Und beim Fliegen würden unsere Namen registriert.« Während er sprach, schaute Patryk Weisz auf die Tasche, die im Fußraum zwischen Rück- und Vordersitzen lehnte.

Helen musterte Patryk. So wie es schien, hatte er sie verraten. Er hatte nur als Lockvogel für seinen Vater gedient. So sehr sie am Morgen noch in Patryk Weisz' Nähe Sympathie und Sicherheit verspürt hatte, wuchs in ihr nun Verachtung. Und, wie sie sich eingestehen musste, sogar Hass. Helen wusste, was Hass bedeutete; sie hatte das Gefühl nach der unheilvollen Zeugung neun Monate mit sich herumgetragen und erst nach Madeleines Geburt gelernt, die Empfindung in positive Energie umzuwandeln. Und nun war dieser Wunsch nach Vernichtung wieder da. Wuchs in ihr von Minute zu Minute, ohne dass sie etwas dagegen tun konnte – oder wollte.

»Wie lange fährt man von Madrid nach Paris?«, fragte sie so kühl und abweisend wie möglich.

»Normalerweise sicher zwölf Stunden. Wir hoffen jedoch, dass wir es in neun Stunden schaffen. Ralph ist ein ziemlich guter Fahrer. Wenn es allerdings weiter so in diesem Tempo vorangeht wie im Moment, werden wir wohl zwanzig Stunden benötigen.« Patryk Weisz lächelte müde über seinen Scherz.

Helen ignorierte seinen Versuch, witzig zu sein, ihr war nicht nach Späßen zumute. »Warum will Ihr Vater, dass ausgerechnet ich die *Mona Lisa* stehle?«, fragte Helen.

»Er ist besessen«, entgegnete er verächtlich.

»Wovon ist er besessen?«

Patryk Weisz zuckte mit den Schultern. »Sie haben seine Sammlung doch gesehen. Von Schönheit.«

»Das klingt verrückt«, stellte Helen angewidert fest.

»Er ist verrückt.«

»Sie müssen ihn aufhalten!« Der Wagen kam abrupt zum Stehen, weil ein Transporter ihre Spur geschnitten hatte.

»Das kann ich leider nicht«, entgegnete Weisz junior und starrte düster vor sich hin.

»Warum nicht?« Die Frage hatte vorwurfsvoll klingen sollen, hörte sich allerdings eher verzweifelt an.

»Das werden Sie nicht verstehen«, sagte Patryk Weisz und vergrub das Gesicht in einer Hand. »Wenn er sich etwas in den Kopf gesetzt hat, kann ihn niemand aufhalten. Das ist sein Talent; er bekommt immer, was er will. Koste es, was es wolle.«

»Lassen Sie uns gemeinsam zur Polizei gehen, noch ist es nicht zu spät!«, drängte Helen.

Sein Blick wanderte vorsichtig zu Ralph, der schweigend am Steuer saß, und in diesem Augenblick wusste Helen, dass ihre letzten Worte ein Fehler gewesen waren. Im Rückspiegel sah sie Ralphs eisblaue Augen, die sie ausdruckslos musterten.

»Ich denke, Mr. Weisz wäre sehr enttäuscht, wenn Sie das täten. Und Ihre Tochter auch«, bemerkte Ralph nun, setzte den Blinker und wechselte langsam die Spur.

»Warum tun *Sie* es? Für Geld?«, fragte sie vorwurfsvoll in Ralphs Richtung. Einen Moment wartete sie auf eine Antwort, und als diese ausblieb, zog Helen sich tief in ihre Ecke der Rückbank zurück. Patryk Weisz hatte es ihr gleichgetan und sah aus dem Seitenfenster. Ihre letzte Hoffnung schien sich mit dieser Diskussion zerschlagen zu haben. Offenbar wollte ihr niemand helfen.

Wieder kam das Auto zum Stehen. Vorsichtig legte sie die linke Hand auf den Türöffner und zog den verchromten Hebel einige Millimeter zu sich heran. Mit einer ruckartigen

Bewegung ihres Fingers würde sie vielleicht die Tür öffnen und dann hinausspringen und davonlaufen können. Patryk Weisz war im Gegensatz zu ihr angeschnallt und würde sie nicht aufhalten können. Ebenso wenig würde Ralph vom Fahrersitz aus schnell genug reagieren können. Zumindest hoffte sie das. Möglicherweise konnte sie sich ja in eines der Geschäfte retten und dort um Hilfe bitten. Die Tatsache, dass sie sich selbst stellte, musste die Polizei überzeugen, dass sie ein Opfer und nicht Täterin war. Immerhin war sie eine anerkannte Wissenschaftlerin. Helens Gedanken wanderten zu Madeleine, und sofort verlor sie all ihren Mut. Selbst wenn es ihr gelingen würde, die Polizei von ihrer Unschuld zu überzeugen – wie sollten sie Madeleine ohne Pavel und Patryk Weisz finden?

»Die Kindersicherung ist aktiviert, Mrs. Morgan«, bemerkte Ralph. »Schnallen Sie sich lieber an, wir kommen gleich in eine Verkehrskontrolle. Nicht, dass wir noch Ärger mit der Polizei bekommen.«

Helen spürte, wie ihre Wangen heiß wurden. Sie fühlte sich ertappt. Tatsächlich erkannte sie nun den Grund für den Stau: In einigen Metern Entfernung blinkten Polizeilichter. Polizisten in gelben Warnwesten hatten mit Verkehrshütchen die Straße verengt und kontrollierten jedes Fahrzeug. Augenblicklich schnellte Helens Puls in die Höhe. Noch war eine Handvoll Autos vor ihnen.

»Kommen Sie lieber nicht auf dumme Gedanken!«, raunte Patryk Weisz ihr zu. »Denken Sie an Ihre Tochter! Mein Vater ist irre. Vollkommen außer Kontrolle. Und Ralph ist zu allem imstande.«

»Sie sind nicht besser als er!« Helen gab sich keine Mühe mehr, ihre Wut und Verachtung zu verbergen.

»Er hat mich genauso in der Hand wie Sie.«

»Weshalb?«

Er stockte. »Darüber möchte ich nicht reden.«

Helen schaute nach vorn. Noch vier Autos, bis sie kontrolliert werden würden.

»Sagen Sie mir, wo meine Tochter ist, oder ich werde uns alle gleich auffliegen lassen«, forderte sie so bestimmt, wie sie konnte. Ralph drehte sich zu ihnen um und warf dem jungen Weisz einen mahnenden Blick zu.

»Ich weiß es nicht«, entgegnete der. »Er hat es mir nicht gesagt.«

»Ich glaube Ihnen nicht!« Sie wandte sich an Ralph. »Wo ist meine Tochter?«

Das Auto vor ihnen fuhr an, sodass eine Lücke zum nächsten Wagen entstand. »Ich weiß es auch nicht«, entgegnete Ralph ruhig. Hinter ihnen ertönte ein Hupen, das die Aufmerksamkeit eines der Polizisten auf sich zog. Ralph sah zu, dass er zum nächsten Wagen aufschloss.

»Ich meine es ernst. Dann werden wir eben alle ins Gefängnis gehen!« Helen hatte diese Situation nicht geplant, aber sie spürte, dass eine solche Gelegenheit so schnell nicht wiederkommen würde.

»Er hat es uns nicht gesagt!«, wiederholte Patryk Weisz eindringlich. Sie glaubte sogar, Furcht aus seiner Stimme herauszuhören. »Seien Sie vernünftig!«

»Wo ist Ihr Vater?«, fragte Helen.

»Keine Ahnung.« Patryk Weisz schien es darauf ankommen lassen zu wollen.

»Vielleicht wissen die Polizisten es«, bemerkte Helen sarkastisch. Sie sah, wie einer der Polizeibeamten mit dem Fahrer des übernächsten Fahrzeugs sprach. Ein anderer schaute, die Augen mit der Hand beschattet, durch die Scheibe auf die Rückbank des Autos vor ihnen.

»Denken Sie nach: Wenn wir im Gefängnis landen, können Sie die *Mona Lisa* aus dem Louvre nicht für meinen Vater stehlen. Er wird keinen Grund haben, Ihre Tochter zu verschonen!« Patryk Weisz redete schnell und beobachtete währenddessen die Kontrollen vor ihnen.

Helen erschauderte. Jetzt, da sie es ausgesprochen hörte, klang es noch verrückter: die *Mona Lisa* aus dem Louvre stehlen ...« »Sagen Sie mir, wo ist meine Tochter?«, beharrte sie. Nun sprachen die Polizisten schon mit dem Fahrer des Audis vor ihnen.

»Mr. Weisz ist in Mexiko!«, antwortete plötzlich Ralph, ohne sich zu ihnen umzudrehen.

»Wo in Mexiko?«

Ralph warf ihr im Rückspiegel einen raschen Blick zu, als schien er zu überlegen. »Coyuca de Benítez. In der Nähe von Acapulco.«

Helen war überrascht. Sie hatte nicht mit einer so konkreten Antwort gerechnet, allerdings wusste sie auch nicht, ob Ralph die Wahrheit sagte. Patryk Weisz wirkte konsterniert, als er den Blick seines Fahrers im Spiegel suchte.

»Was soll's! Sie kann sowieso nichts ausrichten«, sagte Ralph beinahe entschuldigend.

»Und meine Tochter?«, insistierte Helen. »Wo ist sie?«

Ralph zuckte mit den Schultern.

»Vermutlich auch dort. Sicher weiß ich es allerdings nicht. Aber die amerikanischen Model-Schlampen sind da.«

In diesem Moment fuhr das Auto vor ihnen an, und der Polizist forderte Ralph mit einer gelangweilt wirkenden Geste auf vorzufahren.

Helen sah, wie Ralph sie weiter im Rückspiegel taxierte. Mexiko? Seine Worte hatten ihr neue Hoffnung gegeben und sie gleichzeitig nur noch mehr beunruhigt. Immerhin hatte sie nun einen ersten Hinweis. Allerdings würde diese Information nicht genügen, um Madeleine zu finden, wenn sie sich der Polizei stellte. Der Wagen bremste, und Ralph fuhr die Scheibe herunter.

In Helens Ohren rauschte das Blut. Ein Teil von ihr hoffte, dass sie auffliegen würden. Vielleicht hatten die Überwachungskameras im Museum alles aufgezeichnet, und man suchte gezielt nach ihnen. Ihr Blick wanderte zu ihrer Tasche. Sie hatte ein ungewöhnliches Format. Wenn der Polizist in das Wageninnere schaute, musste sie ihm auffallen.

Sie hörte Ralph etwas in perfektem Spanisch zu dem Polizeibeamten sagen, dann reichte er ein kleines Lederetui durch das geöffnete Fahrerfenster. Der Polizist klappte es auf und studierte den Inhalt aufmerksam. Dann gab er Ralph das Mäppchen zurück und klopfte einmal auf das Dach, ohne die Fahrgäste auf der Rückbank auch nur zu beachten. Während der schwere Wagen gemächlich anfuhr, schloss sich die Scheibe auf der Fahrerseite langsam wieder.

Helen blickte verwundert zu Patryk Weisz hinüber, der laut ausatmete und sich in den Sitz zurückfallen ließ. »Was war das denn?«, fragte sie erstaunt. Im Rückspiegel sah sie Ralph lächeln.

»Diplomatenpass«, sagte er. »Der Mann neben Ihnen ist wie sein Vater auch Honorarkonsul von Kap Verde. Ist manchmal sehr praktisch und verbietet der Polizei eine Durchsuchung des Wagens.«

»Honorarkonsul von Kap Verde?«, wiederholte Helen ungläubig.

»Eine Inselgruppe vor Afrika. Ich war noch niemals dort, soll aber sehr schön sein«, sagte Patryk Weisz mit ernster Miene. »Mit Geld kann man wirklich alles kaufen.«

Helen drehte sich um und beobachtete durch die Rückscheibe, wie hinter ihnen nun ein Kleinlaster kontrolliert wurde. Offenbar erschien dieser den Polizisten verdächtig, denn gleich sechs Uniformierte umringten den Wagen.

Die grellgelb leuchtenden Westen der Polizisten wurden rasch kleiner, und bald war von den blinkenden Polizeilichtern nichts mehr zu erkennen. Helen fühlte sich wie eine Schiffbrüchige auf dem Ozean, an der in weiter Ferne gerade das rettende Schiff vorbeigezogen war, ohne ihre verzweifelten Hilferufe gehört zu haben.

»Sie sollten versuchen, ein wenig zu schlafen«, sagte Patryk Weisz, und obwohl er mit weicher Stimme sprach, erzeugten seine Worte grelle Blitze vor ihren geschlossenen Augen. »Die nächsten Tage werden bestimmt anstrengend.«

Helen lehnte sich zurück. Ihr war nach Weinen zumute. Doch sie musste stark sein, schon allein um Madeleines willen.

In den vergangenen Jahren, als die Magersucht ihrer Tochter immer besorgniserregendere Züge angenommen hatte und ihr selbst eines Tages bewusst geworden war, dass sie ihr als Mutter nicht mehr helfen konnte, als sie ihr Baby das erste Mal in eine Klinik gebracht und dort allein zurückgelassen hatte – in all diesen Jahren hatte Helen niemals das Gefühl loswerden können, Madeleine im Stich gelassen zu haben. Die Ärzte hatten sie stets zu beruhigen versucht, ihr klargemacht, dass man es hier mit einer behandlungsbedürftigen Krankheit zu tun hatte. Doch keine Mutter lässt ihr Kind allein in fremder Obhut zurück, ohne ein schlechtes Gewissen zu haben.

Natürlich hatte Helen nach Gründen für Madeleines Erkrankung gesucht und sich selbst einen Großteil der Schuld daran gegeben. Hatte sie als ehemaliges Model Madeleine die falschen Werte vermittelt? Wenn sie sich wieder einmal einer ihrer Frühjahrsdiäten unterzogen oder über ihre Gewichtszunahmen geklagt hatte – hatte Madeleine dies als Kind unbewusst mitbekommen, zu stark bewertet und daraus ein krankhaftes Schönheitsideal entwickelt? Wenn Helen ihr stolz die Fotos aus ihrer Zeit als Model gezeigt hatte, auf denen die Kleider an ihrem überschlanken Körper herabhingen wie von einem Kleiderbügel? Oder war die Tatsache, dass Madeleine ihren leiblichen Vater nie kennengelernt hatte, eine der Ursachen? Hatte sie ihn vielleicht all die Jahre schmerzlich vermisst?

Helen hatte in den zurückliegenden Jahren einige Männerbekanntschaften gehabt. Doch ihre Affären hatten nur selten als Vaterfigur getaugt. Als hart arbeitende, alleinerziehende Mutter war man nicht gerade der Jackpot auf dem Single-Markt, und offen gestanden hatte sie mit ihren Dates nicht besonders wählerisch sein können.

Und dann war Guy gekommen. Er war von Beginn an wirklich bemüht, zu Madeleine ein väterliches Verhältnis aufzubauen. Es gab Momente, wenn sie zu dritt unterwegs waren –

etwa auf ihrem Ausflug nach Disney World in Orlando – und Guy seinen Arm um sie beide gelegt hatte, in denen Helen das Gefühl hatte, dass sie eine richtige Familie waren. Und sie wusste, dass auch Madeleine Guy wirklich gemocht hatte. Aber sie war das Bindeglied in Madeleines und Guys Beziehung gewesen. Wie eine Synapse zwischen zwei Nervenzellen. Und als Guy gegangen war, war es, als würde eine Nervenzelle absterben. Er hatte nicht nur sie verlassen, sondern auch Madeleine. Helen vermutete, dass dieser Verlust, ihr gemeinsamer Verlust, die Erkrankung ihrer Tochter noch verschlimmert hatte. Vielleicht hatte Madeleine sogar sich selbst die Schuld gegeben, dass Guy gegangen war.

Aber so einfach sei diese Erkrankung nicht zu erklären, hatte die Psychologin Helen gesagt. Die Ursachen einer Anorexia seien viel komplexer. Doch das Gefühl, schuldig zu sein, ließ sich nicht so leicht abschütteln. Im Gegenteil: Es war wie eine Kletterpflanze. Je mehr sie es beschnitt, desto mehr neue rankende Triebe schienen sich zu bilden.

Diesmal würde sie Madeleine nicht im Stich lassen, das schwor Helen sich. Zwölf Stunden dauerte die Fahrt nach Paris. Das waren zwölf Stunden, um einen Plan zu entwickeln. Es gab immer einen Ausweg. Sie musste ihn nur finden.

63

Madrid

Autos waren eine schreckliche Erfindung. Wie viel einfacher war es, einem Pferd oder einer Kutsche zu folgen, als einem dieser stinkenden Blechgefährte. Die Wartezeit vor der Polizeikontrolle hatte er zum Verschnaufen nutzen können. Gespannt hatte er verfolgt, ob sie entdeckt wurden, doch auch dieses Hindernis hatten sie mit Bravour gemeistert, ohne dass er hatte eingreifen müssen. Er klopfte sich etwas Staub von der Schulter seiner Anzugjacke und traf dabei beinahe die Fliege. Manchmal war er wirklich zu ungeschickt.

Es war ein bewegender Tag für ihn gewesen. Wie lange hatte er Salais Bild nicht mehr gesehen! Als er im Museo del Prado davorgestanden und es betrachtet hatte, hatte er sogar einen Anflug von Wehmut verspürt. Und Bewunderung. Wie konnte es diesem Knaben, diesem Nichtsnutz, gelungen sein, es so originalgetreu nachzuempfinden?

Gerade war er dabei gewesen, die Details zu studieren, als die Frau und ein Mann, offenbar ein Angestellter des Museums, erschienen waren. So nahe war er ihr noch nie gekommen; sie war wirklich erstaunlich hübsch. Wäre sie jünger, sie wäre es wert gewesen, gemalt zu werden.

Er hatte sich rasch verzogen, und dann war plötzlich der Rauch aufgestiegen. Wie lächerlich ein Theaterstück wirkt, wenn man es von einem Ort hinter den Kulissen aus betrachtet!

Rauch, Alarm, Panik. Sie waren so leicht zu erschrecken, die Menschen. Und dann eine leere Wand. Aber er musste es ihm lassen: Er war nicht ungeschickt, und er hatte diesen Schritt nicht vorhergesehen.

Kein wirklicher Gegenspieler, doch für einen von ihnen durchaus begabt.

Nach dem Diebstahl der Mona Lisa im Jahr 1911 und den törichten Attentaten 1956 würde es diesmal vielleicht nach langer Zeit wieder gelingen. Der dunkle Wagen hielt an einer Mautstelle, und er nutzte die Gelegenheit, um sich auszuruhen.

Durch die getönte Scheibe konnte er das Gesicht der Frau auf der Rückbank erkennen. Sie wirkte müde, war blass und schien sehr unglücklich zu sein. Aber auch trotzig. Es war klar, dass ihr übel mitgespielt wurde. Sie schien das Werkzeug zu sein, das zuvor hatte gefügig gemacht werden müssen.

Welch böse Tat, um vermeintlich Gutes zu tun.

Ein weiterer Beweis dafür, dass das Gute ohne das Böse nicht existieren konnte.

Wobei sowieso kein Mensch je verstand, auf welcher Seite er gerade kämpfte.

Der Wagen passierte die Mautstelle und beschleunigte wieder. Alles auf dieser Welt wurde schneller. Die Menschheit konnte es anscheinend nicht erwarten, sich ins Verderben zu stürzen.

64

Madrid

»Sie haben ein mehr als großzügiges Trinkgeld gegeben.« Der Page war freundlich und auskunftsfreudig. Er war klein und hager und hatte schwarze, nach hinten gekämmte Haare.

»Und wann genau sind sie gefahren?«, wollte Millner wissen.

Der Page schaute auf seine Armbanduhr. »So gegen fünf Uhr am Nachmittag. Ich weiß es so genau, weil ich Isabella, dem Zimmermädchen, den Auftrag geben wollte, die Suiten wiederherzurichten. Ihre Schicht war aber gerade beendet, und sie war nicht mehr da. Ich habe es dann Conchita gesagt, die jedoch bereits in der oberen Etage mit der Reinigung begonnen hatte. Daher sind die Zimmer leider auch noch nicht sauber gemacht.«

»Wie viele Personen waren es genau?«

»Vier. Die beiden Señores Weisz, wobei der jüngere etwas später dazukam, der Fahrer und die Frau.«

»Die beiden Señores Weisz«, wiederholte Millner leise. »Ich vermute, Sie haben eine Videoüberwachungsanlage?« Er suchte die Flurdecke nach der nächsten Kamera ab, fand aber keine.

»Im Moment leider nicht«, entgegnete der Page. »Es gab Beschwerden von Gästen, und da haben wir sie abmontiert. Wissen Sie: Nicht jeder Gast möchte in einem Hotel mit jeder Begleitung gefilmt werden.«

Dies war ärgerlich, überraschte Millner jedoch nicht. Nirgends wurde so viel fremdgegangen wie in Hotels. Die Sache hatte aber auch etwas Gutes: Er musste keine Überwachungsbänder sichten.

Sie bogen um die Ecke, und der Page blieb endlich vor einer breiten Tür stehen, die er mit einem Generalschlüssel öffnete.

»Dies war die Suite von Mr. Weisz«, sagte er beim Eintreten.

Millner ging an ihm vorbei und inspizierte das Apartment. Es bestand aus mehreren Räumen, alles wirkte sehr luxuriös – und unbenutzt. »Sie haben hier noch nichts gereinigt?«, fragte er erstaunt.

»Wie ich sagte, Señor.«

Millner betrat das Nachbarzimmer, doch noch nicht einmal das Bett schien benutzt worden zu sein. Alles sah aus, als wäre das Zimmermädchen gerade erst hier gewesen. Lediglich mehrere benutzte Gläser auf einem großen Esstisch und eine halb leere Wasserflasche verrieten, dass sich in den letzten Stunden jemand in dem Apartment aufgehalten haben musste. Im Abfalleimer lag das abgekaute Kerngehäuse eines Apfels.

»Die Frau bewohnte die Suite nebenan«, sagte der Page und deutete auf eine Verbindungstür in der Wand. Gerade wollte er sie öffnen, als Millner ihn lautstark davon abhielt. Er drängte sich an ihm vorbei und drückte die Klinke mit einer unbenutzten Stoffserviette herunter, die er vom Tisch genommen hatte.

»Verzeihen Sie, Señor«, murmelte der Hotelangestellte sichtlich beeindruckt.

»Sie verändern hier bitte nichts, bis jemand da war und Fingerabdrücke genommen hat, verstanden?«

Der Page nickte.

Millner trat in das Nachbarzimmer. Es war deutlich kleiner, aber dennoch luxuriös. Auch dieses Zimmer wirkte aufgeräumt; nur die Überdecke des Bettes war ein wenig in Unordnung geraten. Offenbar hatte dort jemand gesessen, vielleicht auch gelegen. Millner öffnete die Schränke, doch alle waren leer.

Schon wollte er sich abwenden und das Zimmer verlassen, als ihm etwas auf dem Nachttisch auffiel.

Zunächst hielt er es für die Bibel, die in vielen Hotels zur Standard-Ausrüstung eines jeden Zimmers gehörte. Doch auf den zweiten Blick erkannte er, dass das Buch dafür zu alt wirkte. Er umrundete das Bett und beugte sich darüber. *Diario di Luca Pacioli,* lautete der Titel. Er überlegte einen kurzen Moment, dann steckte er die Serviette weg und griff nach dem Buch. Es schien wirklich sehr alt zu sein. Einige Seiten waren lose.

Mit der Hand drückte er den Einband fest zusammen, damit nichts verloren ging, und wandte sich erneut an den Pagen, der immer noch in der Tür zum Nebenraum stand und ihn schweigend beobachtete.

»Gehört dieses Buch dem Hotel?«

Der Page schüttelte den Kopf. »Sicher nicht, Señor. Wir haben zwar ein paar Bücher im Salon, die von den Gästen entliehen werden können. Aber keine, die so ...«, er überlegte kurz, »schmuddelig aussehen.«

Millner hatte auf diese Antwort gehofft. »Bitte verschließen Sie diese beiden Räume, bis meine Kollegen hier waren, und lassen Sie niemanden hinein! Erst recht nicht die Zimmermädchen.«

»Selbstverständlich, Señor.«

»Haben Sie eine Ahnung, wo die beiden Weisz und die Frau hinwollten?«

Der Hotelangestellte zuckte mit den Schultern. »Nein, Señor. Wir fragen unsere Gäste in der Regel nicht, wohin sie weiterreisen. Soweit ich weiß, sind sie mit zwei Autos gekommen und haben unser Hotel mit zwei Autos verlassen.«

»Kennzeichen?«

Auch auf diese Frage hatte der Page keine Antwort, und langsam begriff Millner, dass man die Privatsphäre in diesem Haus über alle Sicherheitsbedenken stellte. Das perfekte Hotel für all jene, die etwas zu verbergen hatten.

Er schaute auf das Buch in seiner Hand. Auch wenn er keine Idee hatte, wie es ihm weiterhelfen konnte, war sein Besuch hier wenigstens nicht umsonst gewesen, nachdem Keller ihm die

Adresse durchgegeben hatte. Die beiden Herren Weisz und ihre Begleiter hatten ihre richtigen Namen angegeben, woraus er schloss, dass sie sich erstaunlich sicher fühlten. Zwischen Gelassenheit und Selbstüberschätzung lag oftmals nur ein schmaler Grat. Millner hatte Fälle gehabt, bei denen die kapitalsten Verbrecher auf der Flucht ihren echten Namen benutzt hatten – aus Stolz.

»Ist Ihnen sonst noch irgendetwas aufgefallen?« Die Frage, mit der er jede Zeugenbefragung standardmäßig beendete.

»Die Frau wirkte verängstigt«, sagte der Page, ohne lange zu überlegen. »Wobei ... das trifft es nicht. Als ich die Gäste nach dem Einchecken mit dem Gepäck nach oben zum Zimmer begleitete, dachte ich nur, wie hübsch sie aussieht – und gleichzeitig so traurig. Doch als sie vorhin überraschend schon wieder auscheckten und ich sie beobachtete, wie sie gemeinsam mit den Männern in die Tiefgarage ging, da wirkte sie nicht mehr nur traurig, sondern entmutigt und willenlos – beinahe wie ein Roboter.«

»Wie ein Roboter?«

»Ja. Als wäre sie fremdgesteuert. Eine Maschine. Oder eine Marionette. Verstehen Sie?«

Millner nickte, obwohl er in Wirklichkeit nicht ganz verstand. Er gab dem Pagen eine Geldnote und sah zu, dass er verschwand, bevor die spanische Polizei oder, noch schlimmer, die Kollegen vom FBI auftauchten. Er hatte keine Lust auf dumme Fragen.

Während der Lift ihn ins Erdgeschoss brachte, tippte er eine Nachricht an Keller: *Haben Sie schon etwas über Mrs. Morgan für mich?*

Die Wände des Fahrstuhls waren verspiegelt, und so betrachtete er sein Gesicht. Mit den militärisch kurz geschnittenen Haaren, der knubbeligen, etwas zu groß geratenen Nase, der aknevernarbten Haut, der neuen, noch hellroten Narbe unter dem Dreitagebart, die man nur entdeckte, wenn man genau hinschaute, und den dunklen Rändern unter den Augen sah er im grellen Licht der Fahrstuhlkabine aus wie ein Gespenst.

Anbei, lautete Kellers Antwort.

»Dann schauen wir einmal, wer du bist«, murmelte Millner und öffnete den Dateianhang, der den Namen *Helen Morgan* trug.

65

Paris

Einiges an diesem Auftrag war ungewöhnlich. In seiner Heimat waren die Westen meist so präpariert, dass die Träger den Zündmechanismus selbst auslösen konnten. In der Regel mittels einer kurzen Schnur. Wie beim Fallschirmspringen, nur dass diese Fracht einen sicher in den Himmel beförderte.

Nicht so in diesem Fall. Mit dem Sprengmaterial hatte man eine Reihe modernster Fernzünder geliefert. Er hatte davon gehört, dass manche Gruppen minderjährige Kämpfer mit Fernzündern ausstatteten, da Kinder oft im letzten Moment der Mut verließ, den Zünder selbst zu bedienen. Oder für den Fall, dass sie in Panik gerieten, wenn sie entdeckt wurden. Nicht so hier. Diese Westen würden von Erwachsenen getragen werden. Das verriet ihm bereits die Einstellung der Gurte. Von großgewachsenen Erwachsenen. Mit außerordentlichem Geschmack. Denn auch das Design der Westen war außergewöhnlich. Keine militärischen Allerweltsmodelle, die nicht auffallen würden. Im Gegenteil. Sie funkelten in allen denkbaren Farben, von Gold bis Silber. Einige waren sogar mit buntem Strass besetzt. Auf allen prangte ein Logo, das ihn an ein Insekt erinnerte. Vielleicht eine Wespe oder eine Biene.

Wer sich mit so einer auffälligen Weste auf die letzte Reise begab, musste das Risiko ebenso lieben wie den Tod.

All dies sollte aber nicht seine Sorge sein, sondern die seines Auftraggebers. Hauptsache, der Freak hatte sie gut bezahlt, und das war der Fall.

Das Nachdenken über diese Dinge vertrieb ihm die Zeit,

während seine Hände mit traumwandlerischer Sicherheit Sachet für Sachet schnürten, Kabel mit Kabel verbanden und so ein Paket nach dem anderen erschufen.

Behutsam trug er ein achtes Exemplar in das Nachbarzimmer, wo sein Bruder es mit einer Zigarette im Mundwinkel in Empfang nahm und in einem der vorbereiteten Kartons verstaute. Zum achten Mal ermahnte er ihn zur Vorsicht.

»Pass auf, du Esel! Das hier genügt, um das ganze Arrondissement in Schutt und Asche zu legen!«, schimpfte er. »In einer Stunde wird die Ware abgeholt.«

Wieder grinste sein Bruder nur frech zurück und fluchte: »Scheiß-Paris!« Dabei klebte der Zigarettenstummel in seinem Mund abwechselnd an Ober- und Unterlippe und drohte, jeden Moment in den Karton vor ihm zu fallen.

»Und bring mir mehr Nägel und Schrauben!«, verlangte er, bevor er zurück an seinen Arbeitsplatz eilte, um die nächste Weste zu präparieren. Eins stand fest: Sehr bald würde es irgendwo in dieser Stadt ein verdammt großes Feuerwerk geben, und er und sein Bruder würden dann weit weg sein.

66

Über Frankreich

Paris also. Das Institut, an dem Mrs. Morgan arbeitete, hatte den Beamten des FBI-Büros in Boston mitgeteilt, dass sie geschäftlich verreist sei. Nach Paris. Den genauen Grund konnte erstaunlicherweise niemand im Institut nennen. Ein streng geheimes Forschungsprojekt. Zwar hatten die FBI-Kollegen versucht, mehr in Erfahrung zu bringen, doch bislang war es ihnen noch nicht gelungen. Sicher schien, dass es sich um nichts Militärisches handelte, dies hatte eine Rückfrage beim Pentagon bestätigt. Auch die Untersuchung des beschlagnahmten Computers von Mrs. Morgan war zu Millners Ärger noch nicht abgeschlossen.

»Was glauben Sie?«, hatte Keller auf seine Klage missmutig geantwortet. »Jeder beim FBI, der jemals einen Computer bedient hat, ist derzeit hinter dem Computervirus her.«

Auch die Sichtung von Passagierlisten hatte zunächst nichts ergeben, bis ihr Name auf dem Meldebogen eines Privatjets aufgefallen war. Sie war von Boston nach Warschau geflogen. Danach gab es im internationalen Luftverkehr keinen Namenstreffer mehr. Bewegte sie sich innerhalb Europas mit einem Privatjet und stellte sich dabei geschickt an, konnte es sein, dass ihr Name auf keiner Passagierliste mehr auftauchte.

Sofort nachdem er die Nachricht erhalten hatte, war Millner zum Flughafen gerast und hatte den letzten Flug des Tages nach Paris ergattert. Derzeit hatte er noch keine Idee, wie er in dieser Stadt Mrs. Morgan sowie Vater und Sohn Weisz finden sollte. Überhaupt jagte er immer noch kaum mehr als einer Ahnung nach.

Während des Fluges hatte er zunächst zum wiederholten Mal das von der Zentrale übersandte Profil Helen Morgans durchgearbeitet und war dabei immer wieder an ihrem Foto hängen geblieben, das die Passbehörde zur Verfügung gestellt hatte.

Dem angegebenen Geburtsdatum zufolge war sie achtunddreißig Jahre alt, doch auf dem Foto, das offenbar erst vor einem Jahr aufgenommen worden war, wirkte sie deutlich jünger. Die dunkelbraunen Haare waren streng zum Zopf zurückgebunden. Das Gesicht war perfekt symmetrisch. Eine hohe Stirn, darunter Augenbrauen, die wie gemalt aussahen. Unter den Wangenknochen legte sich jeweils ein schmaler Schatten auf das ausgezehrte Gesicht, das einen durchtrainierten Körper erahnen ließ. Die Lippen voll, aber nicht unnatürlich. Ein typischer Kussmund. Was ihn jedoch faszinierte, war ihr Blick. Die Lider leicht geschlossen, schauten die dunklen Augen gleichermaßen sanft wie trotzig in die Kamera. Während er die Passagiere in der Flugzeugreihe neben sich musterte, suchte er nach dem richtigen Ausdruck. »Lasziv« traf es am besten. Sie war früher Fotomodell gewesen und hatte danach anscheinend eine beeindruckende Karriere zur Wissenschaftlerin gemacht. Ein aus seiner Sicht eher ungewöhnlicher Lebenslauf.

Von dem Vater ihrer Tochter stand nichts in der Akte. Millner blätterte mit seinem Smartphone in dem elektronischen Dokument, in dem ein Foto des Mädchens enthalten war. Allerdings musste es sehr alt sein, denn Madeleine Morgan war darauf noch ein Kind von ungefähr acht Jahren. Laut Akte war sie heute sechzehn. Medizinische Daten, auf die das FBI Zugriff hatte, ließen den Schluss zu, dass sie an einer Krankheit litt. Jedenfalls schien sie sich zuletzt in einer Klinik in San Antonio aufgehalten zu haben.

Nichts in der gesamten Akte deutete darauf hin, dass Helen Morgan eine Kunstdiebin sein könnte. Auch gab es keinerlei Hinweise auf Verbindungen zur Familie Weisz. Alles schien vollkommen unverdächtig zu sein. Bis auf eins: ihr Fachgebiet. Zunächst hatte er mit dem Begriff der Neuroästhetik nichts anfangen können, aber schon das Wort »Ästhetik« hatte in ihm sämtliche Alarmglocken schrillen lassen. Eine Internet-Recherche hatte ihm dann Gewissheit verschafft. Mrs. Morgan befasste sich wissenschaftlich mit der Ästhetik, also der Schönheit. Er hatte nicht lange suchen müssen, um einen von ihr verfassten Artikel zum Goldenen Schnitt zu finden, veröffentlicht in einer Fachzeitschrift. *Die Bedeutung des Goldenen Schnittes für das Schönheitsempfinden in der Kunstgeschichte*, lautete der Titel. Er hatte ihn überflogen und nicht viel verstanden. Aber ihm war sogleich klar gewesen, dass dies der Schlüssel war.

Er schloss die Datei und widmete sich seiner zweiten Lektüre der letzten Stunden. Das alte Buch, das er auf dem Nachttisch im Hotel in Madrid gefunden hatte. Es war in italienischer Sprache verfasst, und dies hatte ihn besonders gefreut. Seine Mutter war Italienerin. Und auch wenn sein Vater, Abkömmling irischer Einwanderer, sich stets über die Sprache seiner Mutter lustig gemacht hatte, so profitierte er nun endlich mal wieder von den Bemühungen seiner Mutter, ihm wenigstens ein bisschen Italienisch beizubringen. Auch wenn er nicht jedes Wort übersetzen konnte, so verstand er zumeist doch, worum es ging.

Der Titel *Diario di Luca Pacioli* gab zugleich einen Hinweis auf den Verfasser. *Tagebuch des Luca Pacioli*. Auch diesen Namen hatte er gegoogelt, und das Ergebnis hatte ihn beinahe laut aufschreien lassen. Luca Pacioli war ein Franziskanermönch, der Ende des fünfzehnten Jahrhunderts, Anfang des sechzehnten Jahrhunderts in Italien gelebt hatte. Er galt als Verfasser eines berühmten Werkes mit dem Titel *De Divina Proportione – Die göttliche Proportion*. Die beiden letzten heute noch bekannten Original-Exemplare des Buches befanden sich einem Wikipedia-Artikel zufolge in der Biblioteca Ambrosiana in Mailand und der Bibliothèque de Genève.

Dem Artikel entnahm er, dass Pacioli gemeinsam mit seinem Freund Leonardo da Vinci als einer der Entdecker des Goldenen Schnittes als vorteilhafte Proportion in der Kunst und Ästhetik galt. Es waren diese Momente, von denen Ermittler wie er lebten: wenn Kreise sich schlossen, lose Enden zueinanderfanden.

Er las noch einmal die ersten Sätze des Tagebuchs:

Ein junger Mann erschien heute nach dem Mittagsmahl in unserem Haus. Elegant gekleidet. Der Kragen gesäumt vom Fell eines ...

Bei dem nächsten Wort stockte Millner. »Lince« hieß »Luchs«, wenn er sich nicht irrte. Er las weiter:

Locken von solcher Pracht. Wangen wie Pfirsiche. Volle, rosige Lippen. Ein Blick, selbstsicher, als wäre er ein Prinz. Zunächst hielt ich ihn für einen meiner Schüler und wollte ihn mangels jeglicher Ankündigung seines Besuches des Hauses verweisen. Doch aus einem mir unbegreiflichen Grund konnte ich nicht.

Er blätterte weiter. Erst nachdem er schon mehrere Kapitel gelesen hatte, war ihm aufgefallen, dass an vielen Stellen neben dem Originaltext etwas handschriftlich notiert worden war. Diese Notizen waren im Gegensatz zu den Buchstaben des Buches nicht in Frakturschrift, sondern in moderner Blockschrift verfasst und schienen noch sehr frisch zu sein. Mit dem Daumen hatte er sie sogar verwischen können. Vielleicht stammten sie von Mrs. Morgan. Es handelte sich jeweils um einzelne Wörter. Offenbar Anmerkungen oder Gedanken, die dem Verfasser der Notizen beim Lesen des alten Textes in den Sinn gekommen waren. Da er das Buch auf dem Nachttisch in Mrs. Morgans Hotelzimmer gefunden hatte, vermutete Millner, dass die Notizen von ihr stammten.

Er hatte in seinem Smartphone eine Liste der am Rand notierten Wörter erstellt, und auch diese Auflistung hatte ihn elektrisiert. Viele Dinge, die ihn in den vergangenen Tagen beschäftigt hatten, schienen hier in irgendeiner Art und Weise Erwähnung zu finden. Auch wenn er den genauen Zusammenhang noch nicht hatte deuten können. Zum wiederholten Mal überflog er die Liste:

Bienen
Goldener Schnitt / de divina proportione
Schönheitsoperationen
Virus
Mona Lisa del Prado (Salai?)
Farben hören?
Schönheitswettbewerb
Modenschau!

Bei der letzten Notiz stockte er. Nicht weil er sich im Landeanflug auf Paris befand. Sondern wegen einer E-Mail, die er kurz vor dem Abflug von Keller erhalten hatte. Sie stammte aus der Finanzanalyse-Abteilung des FBI und enthielt ein Diagramm mit Geldflüssen, die der Familie Weisz zugeordnet wurden. Er öffnete den Anhang der E-Mail und scrollte im Dokument rauf und runter.

Die Jungs aus der Money-Division hatten ganze Arbeit geleistet. Es war nicht überraschend, dass einem Milliardär, einem der reichsten Männer der Welt, jede Menge Zahlungsflüsse zuzuordnen waren. Die Kunst bestand darin, das Geflecht aus Firmen, Fonds und Stiftungen, das superreiche Menschen umgab, zu entwirren. Das meiste in dem Dokument, das aus Pfeilen und Namen von Personen, Gesellschaften und Körperschaften bestand, entsprach dem üblichen Kreislauf des Geldes. Meist darauf gerichtet, es zu vermehren oder Steuern zu sparen, ab und zu auch, Gutes zu tun.

Millner hatte bei der ersten Durchsicht nichts entdeckt, was ihn interessierte. Am Ende befand sich jedoch eine Übersicht mit Veranstaltungen und Events, für die Pavel Weisz gespendet oder die er sogar finanziert hatte. Sie war chronologisch geordnet. Und ganz oben auf der Liste fand sich ein Event vom morgigen Tag, das er beim ersten Durchlesen aus für ihn nun unerfindlichen Gründen übersehen hatte.

Modenschau Paris, stand dort und dahinter das Datum des morgigen Tages. Veranstalter war ein Modeunternehmen, von dem er noch niemals gehört hatte, mit dem Namen »Change the world«. Finanziert wurde das Event dem Bericht zufolge jedoch von einer Kapitalgesellschaft mit Sitz auf Kap Verde, die über ein Geflecht aus Beteiligungen Pavel Weisz zugeordnet werden konnte.

Millner suchte nach dem Veranstaltungsort, und obwohl er nicht viele Orte in Paris kannte, diesen kannte er: *Musée du Louvre*. Wirklich Sorgen bereitete ihm jedoch das Motto der Modenschau, das in der Beschreibung unter dem Datum stand: *Terror of Beauty*.

67

Paris

Sie waren über Autobahnen gerast, ohne anzuhalten, bis auf zwei kurze Stopps an Tankstellen, die Helen für Toilettenbesuche genutzt hatte. Ralph hatte Sandwiches, Kekse, Chips und Weingummis gekauft, doch sie hatte keinen Appetit. Die meiste Zeit über war ihr übel. Nach scheinbar endloser Fahrt hatten sie endlich Paris erreicht. Helen war zuvor schon oft dort gewesen, doch stets mit dem Flugzeug. Diesmal näherte sie sich der Stadt mit dem Auto, und draußen war es stockdunkel.

Ein großartiger Plan zu Madeleines Rettung war ihr nicht eingefallen.

Sie war immer wieder alle Möglichkeiten durchgegangen: In ihrer Fantasie hatte sie bei einem ihrer Stopps laut schreiend um Hilfe gerufen. War in ihrer Vorstellung an einer Tankstelle aus einem der kleinen Toilettenfenster gestiegen und in das Waldstück dahinter gelaufen. Hatte nach Waffen Ausschau gehalten, um damit während der Fahrt Ralph und Patryk anzugreifen und möglichst effektiv zu verletzen. Dabei hatte sie sich vorgestellt, wie sie Ralph während der Fahrt von hinten eine Nagelfeile in den Hals rammte, und sich bei dem Gedanken an die Fontänen von Blut, mit denen dabei zu rechnen war, fast übergeben. Im Halbschlaf hatte sie Verhöre mit der spanischen und, nachdem sie die Grenze überquert hatten, auch mit der französischen Polizei durchgespielt. Versucht, die Geschichte, die sie über den Diebstahl der *Mona Lisa* im Prado-Museum zu erzählen hatte, mit dem neutralen Blick eines europäischen Polizeibeamten zu bewerten. Und immer wieder endeten ihre Gedankenspiele in einem kargen Polizeizimmer, in dem sie auf gute Nachrichten von Madeleine hoffte. Oder noch schlimmer – und diese Vorstellung brachte sie fast um den Verstand: in einem mexikanischen Leichenschauhaus, in dem ein Angestellter in einem sterilen Raum eine Schublade öffnete und eine weiße Decke lüpfte, damit sie die Leiche darunter identifizieren konnte.

Schließlich hatte sie auf einen Zufall gehofft, der ihr die Entscheidung abnehmen würde. Einen Unfall. Eine weitere Polizeikontrolle oder den plötzlichen Zugriff eines Sondereinsatzkommandos. Doch nichts von alldem war geschehen. Stattdessen hatten sie vor einigen Minuten die Autobahn verlassen und glitten nun in gemächlichem Tempo durch die Straßen der französischen Hauptstadt. Vorbei am Place de la Concorde, entlang der Seine. Die Straßen waren in das typische gelbe Licht der Pariser Laternen getaucht.

Plötzlich verringerte Ralph das Tempo und bog scharf links ab. Und da sah Helen sie zu ihrer Rechten: die gläserne Pyramide des Louvre, die die unterirdische Halle des Haupteingangs überragte. In den Nachtstunden von innen hell illuminiert, strahlte sie etwas Geheimnisvolles aus.

Der Wagen stoppte.

»Wunderschön«, sagte Patryk sichtlich beeindruckt.

»Das liegt am Goldenen Schnitt«, bemerkte Helen sarkastisch. »Der Architekt Ming Pei hat die große Pyramide von Gizeh als Vorbild genommen, und die Cheops-Pyramide gilt als eines der ältesten Beispiele für den Goldenen Schnitt. Ihr Vater hätte seine Freude daran.«

»Das glauben Sie«, antwortete Patryk verächtlich.

»Da sind sie!«, sagte Ralph plötzlich und deutete auf eine Gruppe dunkler Gestalten. Erst jetzt fielen Helen Lastwagen auf, die direkt neben der Pyramide im Innenhof parkten. Davor mühten sich mehrere Männer mit einem schweren Gegenstand ab.

»Brechen die dort ein?«, fragte sie ungläubig.

Patryk lachte. »Niemand bricht in den Louvre ein.«

»Was tun die dann?«

»Sie treffen Vorbereitungen«, sagte Patryk. »Für eine Modenschau, die morgen Abend in der Empfangshalle des Louvre stattfinden wird. Sie werden auch dort sein.«

»Wir haben noch viel vor«, mahnte Ralph vom Fahrersitz. Der Wagen setzte sich langsam wieder in Bewegung.

»Wohin fahren wir?«, fragte sie. Während sie sprach, glitt ihre Hand zufällig in das Ablagefach der Autotür neben ihr. Sie fühlte einen harten Gegenstand.

»Waren Sie schon einmal in Montmartre?«, wollte Patryk wissen.

Von ihm unbemerkt, hatte sie den Gegenstand abgetastet und wusste, was es war.

»Das Künstlerviertel?«, gab sie scheinbar gleichgültig zurück. Patryk drehte sich zu ihr, und sie hoffte, dass ihm nicht auffiel, was sie gerade mit der linken Hand versuchte.

»Heute wohl eher eine Touristenhochburg. Ein paar Künstler leben dort aber noch, und zu einem fahren wir nun.«

»Verraten Sie mir, warum?« Vorsichtig klemmte sie den Gegenstand zwischen Zeige- und Mittelfinger und bugsierte ihn so langsam, wie sie konnte, aus dem schmalen Fach der Türinnenseite nach oben.

»Ein neuer Firnis für die *Mona Lisa* in Ihrer Tasche. Oder soll ich lieber sagen, ein alter Firnis?«

»Ein neuer Firnis? Wozu?« Endlich hatte Helen den Gegenstand aus dem Fach herausgezogen. Nun galt es nur noch, ihn zu sichern. Sie betete, dass sie ihn nicht fallen ließ.

»Warten Sie es ab. Man kann über meinen Vater sagen, was man will. Aber er ist ein Genie. Alles gut mit Ihnen? Sie wirken so ... verkrampft.«

Helens linke Hand verschwand in ihrer Manteltasche und mit ihr das Fundstück. Vielleicht war dies der Zufall, auf den sie die ganze Zeit gehofft hatte. Sie tat so, als fröstelte sie, und vergrub auch ihre andere Hand in der Manteltasche. »Mir ist kalt. Ich bin müde. Wir fahren seit Stunden in diesem Auto, mit einem gestohlenen Kunstwerk zwischen uns, und morgen soll ich für Sie die *Mona Lisa* im Louvre stehlen. Wie soll ich da nicht verkrampft wirken?«

»Entspannen Sie sich. Alles wird gut.«

»Gut für wen?«

»Tun Sie, was mein Vater sagt. Dann werden Sie und Ihre Tochter diese Sache unbeschadet überstehen. Das verspreche ich Ihnen.«

»Und wenn nicht?«

Patryk blickte sie eine Weile an, ohne zu antworten, dann wandte er sich Ralph zu. »Auf zum Montmartre! Louis wartet sicher schon.«

Dunkelrote Flecken breiteten sich in Helens Sichtfeld aus, begleitet von rasenden Kopfschmerzen. Ihre linke Hand umkrampfte derweil den Gegenstand in ihrer Manteltasche.

68

Florenz, um 1500

Sie sind nimmersatt. Es ist eine Prozession, die hier auf unserem kleinen Gut stattfindet. Ich habe versucht, Leonardo zur Vernunft zu bringen, doch er ist so voller Leidenschaft. Und lo straniero befeuert sie, wo er nur kann. Er hat wieder gedroht, uns zu verlassen. Seit Wochen hat er nicht mehr in meinem Werk gelesen. Und obwohl es so viele sind, die sie porträtieren, haben sie noch nicht genug. Als suchten sie die Eine.

»Wie viele Bilder habt ihr beide schon gemalt?«, fragte ich Leonardo, als er heute Mittag herüberkam und hektisch fast eine ganze Ziege verschlang. »Wie meinst du das?«, hat er irritiert zurückgefragt.

»Die Frauen, die ihr porträtiert. Wie viele Gemälde habt ihr schon erstellt, und wo lagert ihr sie? Ich habe nicht eines gesehen!«

Leonardo hat weiter an den Knochen genagt und nur verständnislos den Kopf geschüttelt. Und bevor er ging, eine große Karaffe Birra unter dem Arm, sagte er, dass sie nur an einem einzigen Gemälde malen würden.

Ein einziges! Kann man sich dies vorstellen? Was ist mit den Hunderten Frauenzimmern, die seit Wochen hergekommen sind? Für ein einziges Gemälde?

Und als wäre dies noch nicht wunderlich genug, planen Leonardo und der Fremde nun auch noch eine weitere Prozession. Ich weiß nicht, wie ich es anders nennen soll, aber Leonardo teilte mir heute Abend mit, als er die Reste der Ziege holen kam, dass sie im Innenhof eine Bühne errichten würden. Wie bei einer Hinrichtung! Nur sollen sich auf diesen Brettern Dirnen präsentieren. In ihren schönsten Kleidern. Leonardo und lo straniero *wollen die Schönsten auserwählen für ihr Porträt. Die Auserwählte soll sich »reginetta di bellezza« nennen dürfen.*

»Welch Gaukelei in unserem Haus«, habe ich geschimpft. Doch dann erschien lo straniero, *und was er sagte, leuchtete mir ein. »Wir werden die erwählen, die der göttlichen Proportion am nächsten kommt. Und die anderen werden die Schönheit in ihr erkennen und die Göttlichkeit, und die Natur wird ihr nacheifern, auf dass sie in Zukunft mehr ihrer Art erschafft.«*

»Der Natur ein Vorbild geben? Wir sind nur Menschen!«, habe ich entgegnet, und lo straniero *hat mit einem Lächeln geantwortet:*

»Eben!«

»Was ist mit den Hässlichen?«, fragte Salai. Und die Deutlichkeit seiner Worte ließ mich unwohl fühlen.

»Sie sollen sich verhüllen. Stellt Euch vor, der Stoff ist nach den Regeln der Schönheit geschaffen, er kann die Natur erfolgreich verdecken«, entgegnete lo straniero, *ohne sich provozieren zu lassen.*

»Die Maske schöner als der Träger?«, hatte Salai gespottet. »›Maskierung‹ klingt sehr menschlich. Wo bleibt dabei das Göttliche?«

Lo straniero *lächelte noch milder, und mit engelsgleicher Stimme empfahl er Salai, selbst eine Maske zu tragen mit seinem vom Feuer entstellten Gesicht. »Lieber mit einer Leiter in den Himmel steigen als gar nicht!«, fügte er an. Und Salai rannte weinend von dannen.*

Dass er und lo straniero *keine Freunde werden, ist kein Geheimnis. Ich bete aber dafür, dass sie keine Feinde werden, denn Salai ist wahrlich unberechenbar.*

69

Coyuca de Benítez

Das Drehen des Schlüssels im Schloss weckte sie. Als die Tür aufgestoßen wurde, fiel bläuliches Licht in den Verschlag. Draußen war die Dämmerung angebrochen. Madeleine hatte gedöst, richtig geschlafen hatte sie, wie ihr schien, schon seit Tagen nicht mehr. Erschrocken rückte sie von der Tür weg und presste den Rücken gegen die Holzbretter, deren scharfe Kanten ihr in die Schulterblätter schnitten. Trotz der Dunkelheit sah sie einen Schatten durch den Türspalt huschen, dann wurde die Tür mit einem seufzenden Knarren wieder geschlossen.

Ein angestrengtes Atmen und der Geruch nach Alkohol verrieten ihr, dass tatsächlich jemand mit ihr im Raum war.

Ihre Hände tasteten suchend nach einem Stock, einem Stein oder irgendetwas anderem, womit sie sich wehren konnte. Das Einzige, was sie fand, war die Wasserflasche, deren Hals sie nun umklammerte, bereit zuzuschlagen, wenn sie ein Ziel identifiziert hatte.

Das Atmen wurde lauter, dann flammte plötzlich ein Licht vor ihr auf. Schon wollte sie draufschlagen, als sie im Schein einer Feuerzeugflamme das Gesicht des Mannes erkannte, der ihr die Striche auf den Körper gemalt hatte. Etwas in seinem Blick ließ sie innehalten.

»Psst!«, zischte er, und beinahe löschte sein Atem die kleine Flamme vor seinem Gesicht. »Erkennst du mich wieder?« Er schob die Hand mit dem Feuerzeug vor, sodass nun ihr Gesicht beleuchtet wurde.

Sie nickte.

»Hab keine Angst, ich tue dir nichts«, flüsterte er. Sie bemerkte, wie die Flamme in seiner Hand zitterte.

Einen Moment war es still, und sie hörte wieder nur das aufgeregte Atmen, das langsam ruhiger wurde. Offenbar rang ihr Besucher um Fassung.

»Wer bist du?«, stieß er schließlich hervor, und als sie nicht gleich antwortete, fügte er hinzu: »Du bist keine von denen.«

»Denen?«, fragte sie mit brüchiger Stimme. Vom langen Schweigen war ihre Kehle ganz trocken.

»Den Missen!«

Sie verstand nicht, hielt es aber für besser, dies nicht zuzugeben. »Mein Name ist Madeleine Morgan, und ich komme aus Boston«, sagte sie so ruhig, wie sie konnte. Sie hatte einmal gelesen, dass man im Falle einer Entführung zu den Kidnappern ein möglichst persönliches Verhältnis aufbauen sollte – dann fiel es ihnen später schwerer, die Geisel zu töten.

Die Flamme des Feuerzeugs erlosch. Sie hörte einen leisen Schmerzenslaut, dann das mehrmalige Reiben des Feuerzeugrades. Schließlich flammte das Feuerzeug wieder auf und tauchte das Gesicht des Mannes erneut in trübes Licht. Die Haare klebten ihm schweißnass in der Stirn. Seine Pupillen waren schwarz und groß und huschten schnell hin und her. Sie rechnete immer noch damit, dass er sich gleich auf sie stürzen würde, und umfasste den Hals der Flasche noch fester.

»Warum bist du hier?«, fragte er. Immer noch sprach er mit gedämpfter Stimme, als fürchtete er Entdeckung.

»Sagen Sie es mir«, entgegnete sie irritiert. »Immerhin halten Ihre Leute mich hier fest!« Sie spürte, wie ihre Stimme vor Tränen erstickte.

»Du bist keine der Schönen!«, entgegnete er und kratzte sich mit der freien Hand an der Schläfe.

»Danke, sehr nett«, sagte sie. Selbst in dieser Situation fühlte sie sich von seinen Worten beleidigt.

»So meine ich es nicht. Du bist sogar sehr hübsch!«

Jetzt bereute sie ihre Empfindlichkeit. Es war besser, er fand sie hässlich. Zum ersten Mal in ihrem Leben kam ihr dieser Gedanke. Sie presste sich noch fester an die Wand, um mehr Abstand zwischen ihn und sich zu bringen.

»Ich tue dir nichts«, versuchte ihr nächtlicher Besucher wieder, sie zu beruhigen.

Ein Luftzug erfasste die Flamme des Feuerzeugs und ließ sie bedrohlich flackern, doch im letzten Moment erholte sie sich.

»Du bist die Einzige, die ich fotografieren musste. Ich habe darüber nachgedacht und glaube, er will mit dir irgendjemanden erpressen.« Der Mann sprach nun schneller und lauter. »Wie alt bist du?«

»Dreizehn«, log sie. Etwas sagte ihr, dass es besser war, wenn er sie für jünger hielt. Sie glaubte, Irritation in seinem Blick zu erkennen.

»Wer sind deine Eltern?«

»Meine Mutter heißt Helen Morgan. Meinen Vater kenne ich nicht.«

Im schwachen Lichtschein sah sie, wie er den Kopf schüttelte. »Morgan? Sagt mir nichts ...«

Plötzlich war draußen eine laute Stimme zu hören. Sofort erlosch die Flamme des Feuerzeugs, und sie vernahm ein leises, aber eindringliches »Pssst!«.

Eine andere Stimme ertönte vor dem Verschlag, dann lachte jemand laut. Zwei oder mehrere Personen schienen sich direkt vor der Tür zu unterhalten. Jetzt erst wurde ihr bewusst, dass sie die Luft anhielt.

Eine Ewigkeit schien zu vergehen, dann entfernten sich die Stimmen endlich. Erst als sie nicht mehr zu hören waren, spürte sie eine Bewegung an ihrem Bein.

»Du und ich. Wir werden gemeinsam von hier fliehen. Heute Nacht!«, raunte es aus dem Dunkel.

Dann strich eine Hand über ihren Oberschenkel. Schon wollte sie mit der Flasche zuschlagen, als die Berührung schon wieder aufhörte, und ein Schnaufen ertönte, das sich in Richtung Tür bewegte.

»Ich komme dich holen«, ächzte es. »Bald!«

Die Tür öffnete sich ein Stück. Durch den kleinen Spalt wehte frische Luft hinein, die Madeleine gierig in ihre Lungen sog. Sie sah die Sterne am Nachthimmel, bevor die Tür wieder leise geschlossen wurde. Erneut vernahm sie das Drehen des Schlüssels im Schloss, dann war alles still.

Lange Zeit wagte sie nicht, sich zu bewegen. Als die Kälte nicht mehr auszuhalten war, rutschte sie vorsichtig zurück auf den Fußboden und wickelte sich in die Decke.

Nachdem sie einige Minuten in die Dunkelheit gestarrt hatte, war sie sich plötzlich nicht mehr sicher, ob sie die Unterhaltung gerade nur geträumt hatte.

70

Paris

Das Kopfsteinpflaster, über das sie fuhren, schüttelte sie durch. Der Wagen jagte die engen Straßen hinauf, vorbei an Cafés, deren Markisen im Vorbeifahren zu einem breiten roten Strich verschwammen. Sooft Helen als Model in Paris gewesen war, war sie dennoch erst einmal zuvor auf dem Montmartre gewesen. Sie wusste nicht mehr genau, wann und mit wem, aber als vor ihnen die angestrahlte Fassade der *Basilique du Sacré-Cœur* auftauchte, erinnerte sie sich daran, dass sie schon einmal dort gewesen war. Der riesige Hügel überragte die Stadt. Wann immer die enge Bebauung es zuließ, versuchte Helen, durch die Straßenfluchten hindurch einen Blick auf das Lichtermeer der Großstadt unter ihnen zu erhaschen.

Um diese Zeit waren die Straßen des beliebten Ausflugsziels wie leer gefegt, was den Charme dieses Fleckens noch verstärkte. Plötzlich wurden die Straßen noch schmaler, und zu beiden Seiten erhob sich eine alte Steinmauer. Dann fiel die Straße wieder ab. Sie passierten ein altes Haus, das im Schein einer einsamen Laterne rosa leuchtete. Die Bebauung öffnete sich, und zu ihrer Rechten glaubte Helen, in der Dunkelheit schnurgerade Reihen von Weinstöcken zu erkennen, was hier oben mitten in Paris kaum möglich sein konnte. Ralph bog scharf rechts ab und verlangsamte die Fahrt. Schließlich blieben sie vor einem mit Graffiti beschmierten Garagentor stehen.

Sie warteten noch keine halbe Minute, dann öffnete sich das Rolltor langsam. Ihr breiter Wagen passte gerade durch die schmale Einfahrt. Zu Helens Überraschung führte das Tor nicht in eine Tiefgarage, sondern in einen Innenhof. Während sich hinter ihnen das Rolltor mit einem scheppernden Geräusch wieder schloss, fiel Helen die aufwendige Begrünung um sie herum auf. Gelbes Licht aus vielen kleinen Laternen beleuchtete allerlei Rankgewächse, die kaum noch etwas von dem grauen Stein der Wände und Mauern erkennen ließen. In der Mitte des mit alten Pflastersteinen ausgelegten Hofes parkten sie direkt vor einem kleinen Brunnen, dessen Plätschern dafür sorgte, dass sich vor Helens innerem Auge ein angenehmes Braun über die Szenerie legte. Es war mild, und als Helen tief Luft holte und den Duft der Stadt einatmete, vergaß sie für einen kurzen Augenblick beinahe, weshalb sie hier war und in welcher Situation sie sich befand. Nur Paris roch wie Paris.

Einige Meter neben ihr öffnete sich eine verglaste Tür, und heraus trat ein älterer Mann. Seine schlohweißen Haare reichten ihm bis über die Schultern. Das Gesicht zierte ein weißer Vollbart, der im Kontrast zu der gebräunten Haut des Mannes stand. Über einem weißen Unterhemd trug er einen ehemals blauen Arbeitsanzug, wie ihn normalerweise Handwerker bevorzugten. Nicht nur die bunten Farbkleckse auf seiner Kleidung ließen ihn unschwer als Künstler erkennen.

»Louis, alter Freund!«, rief Patryk und eilte auf ihn zu, um ihn freundschaftlich zu umarmen.

»Wo ist die alte Schnepfe?«, fragte der Mann namens Louis. Schon wollte Helen zur Seite weichen, irritiert über diese Bezeichnung, als Ralph einen großen Schritt nach vorn machte und Louis ihre Tasche entgegenhielt.

»Hier drin!«

»Und Sie müssen Mrs. Morgan sein?«, wandte der Mann sich nun an sie, während er sich ihre Tasche unter den Arm klemmte.

Helen nickte.

»Dann seien Sie meiner Bewunderung versichert für das, was Sie vorhaben. Sie werden damit in die Geschichte eingehen. Mein Vater hat den letzten Raub der *Mona Lisa* im Jahr 1911 noch hautnah miterlebt – er war seinerzeit Hausmeister im Louvre. Seitdem hat die alte Madame ihr Haus nicht mehr verlassen.« Er lächelte.

Helen blieb unsicher stehen.

»Dann wollen wir mal schauen, was wir für diese alte Dame hier tun können!«, fuhr Louis fort und hob ihre Tasche in die Höhe. Dann drehte er sich um, ohne sich weiter um seine Besucher zu kümmern, und ging zurück ins Haus.

Patryk kam auf Helen zu, fasste sanft ihren Oberarm und schob sie hinter Louis her. »Kommen Sie mit!«

»Was tun wir hier? Und warum ist er eingeweiht?«, flüsterte sie ihm zu und folgte nur widerwillig. »Weiß ganz Paris, dass ich die *Mona Lisa* stehlen soll?«

»Er ist Teil des Plans. Ohne ihn wird alles nicht gelingen.«

»Wann erfahre ich die Einzelheiten des ›Plans‹? Und vor allem: Wann kann ich endlich Madeleine sehen?«

Sie passierten eine niedrige Tür, ohne dass Patryk auf ihre Fragen antwortete. Das Haus war alt. Hinter einem kleinen Windfang betraten sie einen engen dunklen Flur mit Steinboden. Zu ihrer Rechten ging eine steile Treppe hinauf in die oberen Stockwerke, doch Patryk bugsierte Helen vorbei an einer Garderobe zu einer weiteren Tür. Plötzlich ertönte ein helles Keifen, und etwas berührte ihre Beine. Im Dunkeln brauchte Helen einige Zeit, um zwei kleine Fellknäuel zu erkennen, die sie bellend ansprangen.

»Rembrandt! Picasso!«, ertönte es aus dem Raum vor ihnen, und die beiden Hunde rasten in Richtung der dunklen Stimme davon.

Eine einzelne Stufe führte hinter der nächsten Tür hinauf, und mit einem Mal standen sie mitten in einem Atelier.

»Wow«, entfuhr es Helen beim Anblick des Raumes. Die

Decke war plötzlich gute fünf Meter hoch, eventuell hatte man die Zwischendecke zum nächsten Stockwerk entfernt. Genau in der Mitte des Raumes wölbte sich eine große Kuppel aus Stahl und Glas wie ein überdimensionales Bullauge gen Himmel. Die hintere Wand bestand aus einer einzigen riesigen Fensterfront. Eine Einladung an das Tageslicht, die dieses nicht ablehnen konnte. Doch jetzt war es draußen noch dunkel, sodass die vielen Fenster wie eine schwarze Wand wirkten.

An den Seiten des Raumes hatte man das alte, rohe Mauerwerk belassen, was dem Raum eine urige Atmosphäre verlieh und ihn fast wie eine Höhle wirken ließ. Verstärkt wurde dieser Eindruck durch das schummrige Licht, das von den wenigen Stehlampen ausging, die den Raum gerade so erhellten. Auf dem alten Dielenboden lehnten und lagen überall Leinwände. Manche waren bemalt, andere noch jungfräulich weiß. In einer Ecke vor den Fenstern stand eine Gruppe abgewetzter Sessel. An der gegenüberliegenden Seite reichte ein riesiges Bücherregal bis hinauf zur Decke.

Louis stand in der Mitte des Raumes. Neben ihm hatten sich die beiden kleinen Hunde zusammengerollt, die sie im Flur begrüßt hatten. »Es ist tatsächlich schöner als das Original!«, rief Louis mit dunkler Bassstimme. »Diese Farben! Mein Gott, wie sie leuchten! Man könnte das Gemälde als Lampe benutzen!«

Erst als sie näher kamen, entdeckte Helen neben den Hunden ihre Tasche, achtlos auf den Boden geworfen. Verdeckt vom breiten Rücken ihres Gastgebers, ruhte die *Mona Lisa del Prado* auf einer Staffelei.

»Nicht wahr?«, sagte Patryk und klopfte Louis auf die Schulter. Ralph blieb hinter ihnen an der Tür stehen, als erwartete er immer noch, dass sie zu fliehen versuchen würde.

»Mein Vater hofft, dass du da etwas machen kannst. Kannst du?«, wollte Patryk sorgenvoll wissen.

»Ich kann! Aber es wird nicht leicht!«, entgegnete Louis und kratzte sich mit der rechten Hand am Kopf.

Helen starrte auf das Bild, dessen Farben trotz des wenigen

Lichts in diesem Raum tatsächlich noch leuchtender wirkten als im Museum. »Was kann er machen?«, fragte sie von der Seite.

»*La bella parvenza*«, hörte sie plötzlich eine Stimme flüstern. »*Del male!*«

Ein kalter Schauer lief ihr über den Rücken. Rasch wandte sie den Blick von dem Gemälde ab, und die unheimliche Stimme verstummte sogleich.

»Der Firnis!«, entgegnete Louis freundlich. Er trug nun eine Lesebrille, die auf seiner breiten Nase winzig wirkte. »Der Firnis!«, wiederholt er. Dann stutzte er. »Aber verzeihen Sie meine Unhöflichkeit. Darf ich Ihnen etwas zu trinken anbieten?«

Tatsächlich bemerkte Helen erst jetzt, dass sie großen Durst hatte. Seit der letzten Rast auf ihrer Fahrt nach Paris waren Stunden vergangen.

»Leitungswasser steht in der Karaffe dort hinten auf dem Tisch bereit. Dort müssten Sie mit etwas Glück auch noch einen sauberen Becher finden. Allerdings müssen Sie dringend meinen Clos Montmartre probieren!«

Louis verschwand mit schweren Schritten zwischen Staffeleien und Leinwänden. Helen hörte ein Klirren. Kurz darauf erschien er wieder mit einer Weinflasche und drei Gläsern in der Hand, die er geschickt am Stiel hielt.

»Ich vermute, Ihr Gorilla da hinten trinkt keinen Wein?«, sagte er zu Patryk. Ohne eine Antwort abzuwarten, zog er mit seinen Zähnen den Korken aus der Flasche, um ihn anschließend auf den Boden zu spucken.

»Hier, nehmen Sie!«, forderte er Helen auf und hielt ihr eines der Gläser entgegen. Schon wollte sie ablehnen, griff dann aber doch zu. Vielleicht war ein wenig Alkohol gar nicht so falsch.

Auch Patryk nahm eines der Gläser.

»Der Wein wird hier auf dem Montmartre produziert. Vielleicht haben Sie auf der Herfahrt den Weinberg gesehen.«

Sie hatte sich also nicht getäuscht.

»Siebenundzwanzig verschiedene Rebsorten bauen wir hier

an. Wir verzichten auf jegliche Chemie. An die Trauben lassen wir nur Kupfer und Schwefel. Probieren Sie!« Er schenkte die drei Gläser bis zum Rand voll und schaute sie erwartungsfroh an.

Helen nahm einen großen Schluck und verzog das Gesicht. Der Wein schmeckte bitter und sauer. An Patryks Reaktion merkte sie, dass er es ähnlich empfand.

Louis lachte schallend. »Ein altes Sprichwort sagt: ›*C'est du vin de Montmartre. Qui en boit pinte en pisse quarte.*‹ Frei übersetzt: ›So ist der Wein von Montmartre. Wer davon ein Glas trinkt, pisst einen Quarter!‹ Aber man tut ihm unrecht. Gewöhnt man sich erst einmal an die Säure, weiß man ihn zu schätzen!« Louis leerte sein Glas in einem Zug, schenkte sich nach und trank auch diesmal den Wein mit einem einzigen langen Schluck.

Er stellte Flasche und Glas neben sich ab und rieb sich die Hände. »Dann wollen wir mal aus der alten Dame eine noch ältere machen!« Er bückte sich und griff nach einer Blechbüchse, die unter der Staffelei stand.

»Ich habe ziemlich viel experimentiert. So oft wie in den vergangenen Wochen war ich seit Jahrzehnten nicht mehr im Louvre. Das viele Panzerglas macht es nicht leichter, aber ich glaube, dass ich jetzt die richtige Mischung zusammenhabe.« Louis nahm einen breiten Pinsel aus der Büchse und ließ wie zum Beweis eine bräunliche Flüssigkeit von dessen Borsten zurück in das Gefäß tropfen.

»Kopfzerbrechen bereiten mir nur der große Riss und die wenige Zeit. Also ran an das Weib!« Er drehte sich um und begann, die Flüssigkeit aus der Büchse großzügig auf dem Gemälde vor sich zu verteilen.

»Was tun Sie da?«, fragte Helen erschrocken und verschüttete dabei ein wenig vom Wein aus ihrem noch immer vollen Glas.

»Der Firnis ist das große Problem beim Austausch der beiden Gemälde«, schaltete Patryk sich ein. »Louis wird daher nun versuchen, die *Mona Lisa del Prado* so weit wie möglich der *Mona Lisa* im Louvre anzugleichen.«

»Austausch?«

»Sie werden bei der morgigen Untersuchung des Gemäldes die beiden Bilder vertauschen.«

»Sie sind verrückt!«, entfuhr es Helen. »Das gelingt niemals!«

»Doch, es wird gelingen.«

»Und wie soll ich dieses Bild hineinschmuggeln?«

»So wie wir es aus dem Prado-Museum herausgebracht haben. In Ihrer Tasche!«

»Die werden mich diesmal kontrollieren! Auch werde ich wohl kaum allein sein mit der echten *Mona Lisa*.«

»Wir haben Verbündete. Glauben Sie mir, es wird klappen.«

»Diese *Mona Lisa* del Prado sieht anders aus! Man wird den Austausch sofort bemerken.«

»Deshalb sind wir hier. Louis ist ein Meister seines Fachs. Die Lasur, die er aufträgt, wird diesem Bild hier seine Farbe nehmen und es dem sehr viel matteren Original angleichen.«

»Der Hintergrund ist ein anderer!«, hielt Helen entgegen.

»Noch, Madame. Sobald die erste Schicht aufgetragen ist, werde ich ihn übermalen.«

»Das können Sie nicht tun! Sie zerstören dieses Bild! Auch wenn es nur eine Kopie ist, ist sie dennoch viel wert!« Sie dachte daran, wie stolz Señor Alegre im Museo del Prado bei der Präsentation des Gemäldes gewesen war. »Warum haben Sie nicht einfach eine Kopie angefertigt?«

»Es war der Wunsch meines Vaters. Es musste dieses Bild sein, das ausgetauscht wird. Und wenn er sich etwas in den Kopf setzt ...«

»Man kann diese Lasur wie jeden Firnis einfach wieder entfernen«, mischte Louis sich ein, während er weiter den Pinsel mit der Lasur über das Gemälde gleiten ließ. »Sie könnten dafür Lösungsmittel, Ammoniak, Alkohol, Terpentin, Aceton oder nahezu jedes beliebige Reinigungsmittel verwenden. Manche schwören sogar auf menschlichen Speichel! In den vergangenen Jahrhunderten hat man sich leider dazu entschlossen, die *Mona Lisa* aus restauratorischen Gründen nicht mehr zu reinigen. Würde man es tun, würde das Gemälde so strahlen wie dieses hier. Aber man fürchtet, dass eine gründliche Entfernung des Firnis die alten Farben angreift!«

»Die echte *Mona Lisa* hat viel mehr Risse als dieses Bild. Wie wollen Sie die Craquelé nachahmen?«, warf Helen ein.

»Wenn wir hiermit fertig sind, werden wir es backen. In meinem Tonofen dort drüben. Wie eine Pizza. Sie werden über das Ergebnis staunen. Nur der große Riss im Original ... da werden wir uns noch etwas einfallen lassen. Ich fürchte, diesen muss diese Dame hier für immer ertragen. Aber er endet ja kurz vor ihrem Kopf ...« Louis bückte sich, schenkte den Rest Wein aus der Flasche in sein Glas und stürzte ihn herunter.

»Sie sind alle verrückt«, ächzte Helen. »Man wird mich verhaften.«

»Ich hoffe für Ihre Tochter, dass es nicht geschieht.«

Helen starrte auf das Glas Wein in ihrer Hand und nahm ebenfalls einen großen Schluck. Der Wein war so sauer, dass sie einen Brechreiz verspürte.

Sie blickte auf das Gemälde auf der Staffelei. Das Flüstern, das sie dabei stets vernommen hatte, schien nun leiser zu werden. Sie hatte bislang noch keine Zeit gehabt, darüber nachzudenken. Wie konnte es sein, dass ein Gemälde ihr ständig »Der schöne Schein des Bösen« zuflüsterte? Das war doch völlig irreal! Sie trank einen weiteren Schluck, der schon nicht mehr ganz so scheußlich zu schmecken schien, und spürte, wie der Alkohol ihr in den Kopf stieg. Sie hatte seit dem gestrigen Nachmittag auch nichts mehr gegessen. Die ganze Sache war doch total verrückt! Ein Frösteln erfasste sie. Wieder kam ihr der Fleck auf der MRT-Aufnahme ihres Gehirns in den Sinn. In ihrer Erinnerung wuchs und wuchs er.

»Wo ist die Toilette?«, fragte sie.

»Im Flur«, antwortete Louis, ohne von seiner Arbeit aufzuschauen. Mittlerweile glänzte bereits ein Viertel der Oberfläche von seiner Lasur. »In der Küche müssten Sie auch noch etwas zu essen finden. Im Kühlschrank. Meine Haushälterin hat eine Quiche zubereitet.«

Helen stellte das Glas ab und ging den Weg zurück, den sie gekommen waren. Ralph folgte ihr dichtauf.

»Ich werde schon nicht durch das Abflussrohr verschwinden!«, fuhr sie ihn ärgerlich an. »Wenn Sie wollen, können Sie aber gern mitkommen und mir beim Pinkeln zuschauen!«

»Nicht nötig, das Bad hat keine Fenster.« Ralph deutete auf eine Tür.

Helen schloss hinter sich ab und setzte sich auf den heruntergeklappten Klodeckel.

Ihre Hand glitt in die Tasche ihres dünnen Mantels. Ohne zu überlegen, nahm sie den Gegenstand, den sie in der Tür des Autos gefunden hatte. Sie musste sich jetzt konzentrieren.

71

Paris

Eine Mücke hatte ihn beharrlich am Einschlafen gehindert. Nachdem er ihr endlich mit einer Zeitschrift den Garaus gemacht hatte, hatte er feststellen müssen, dass mehr als einer der Plagegeister in seinem Hotelzimmer ihr Unwesen trieben. Schließlich hatte er aufgegeben und weiter in dem alten Tagebuch gelesen, bis er mit den ersten Sonnenstrahlen doch noch eingeschlafen und zu seinem großen Ärger erst am späten Vormittag aufgewacht war. Eine eiskalte Dusche, zwei Croissants und drei Espressi später, setzte ihn ein Taxi am Louvre ab.

Ein Designer namens Clément Meunier zeichnete für die am Nachmittag stattfindende Modenschau »Terror of Beauty« verantwortlich, und dessen Assistentin hatte Millner am Telefon mitgeteilt, dass er ihren Chef vermutlich bei den letzten Vorbereitungen im Louvre finden würde.

Er war noch nie zuvor im Louvre de Paris gewesen, hatte aber schon die Pyramiden von Gizeh gegen ein kleines Bakschisch für den Wächter bestiegen. Umso unpassender empfand er den

Bau einer gläsernen Pyramide als Eingang eines Museums mitten in Paris. Was würden die Ägypter sagen, wenn man im Niltal einen Eiffelturm errichten würde?

Nach endlosen Diskussionen mit den sehr schlecht Englisch sprechenden Museumswärtern an der Einlasskontrolle verschaffte sein Dienstausweis ihm auch diesmal kostenlosen Einlass, allerdings war seine gute Laune dahin. Eine riesige Wendeltreppe führte hinab in die Empfangshalle. Schon auf halbem Weg bemerkte er die Vorbereitungen für die Modenschau, die offensichtlich direkt in der Eingangshalle stattfinden sollte. Überall standen rollbare schwarze Transportkisten herum. Tätowierte Männer mit muskelbepackten Oberarmen waren mit dem Aufbau eines Stegs beschäftigt, der mitten durch die Halle führen sollte. An dessen Ende war ein großer Vorhang aufgehängt worden, dahinter begann ein provisorisch geschaffener Backstage-Bereich. Zu beiden Seiten des Vorhangs befanden sich breite Säulen, auf die der Schriftzug *Change the world* aufgedruckt war. Über allem prangte ein großes Schild, auf dem in olivgrünen Lettern *Terror of Beauty* stand. Einige Arbeiter waren mit dem Aufbau von Stühlen beschäftigt.

Millner bahnte sich seinen Weg durch das Chaos, ohne dass ihn jemand beachtete. Zwei Männer grüßten ihn respektvoll. Vermutlich hielt man ihn in seinem schwarzen Anzug für jemand Offiziellen. Vielleicht auch für ein Mitglied des Sicherheitspersonals. Schon von Weitem war ihm ein kleiner, etwas untersetzter Mann aufgefallen, der seitlich von der errichteten Bühne mit hektischen Armbewegungen Anweisungen erteilte. Er trug einen Camouflage-Anzug. So ungewöhnlich dies hier im Louvre bereits erschien, war die Farbe des Kampfanzuges noch irritierender: Rosa. Dazu trug er silberne Kampfstiefel. Millner musste niemanden fragen, um sicher zu sein, dass es sich bei dem Mann um den Designer handelte.

Als er näher kam, erkannte er, dass das Gesicht des Mannes von Aknenarben zerfurcht war. Am Kinn trug er ein schmales, wasserstoffblond gefärbtes Bärtchen. Eine große Sonnenbrille mit weißem Rahmen verbarg seine Augen. Millner konnte sich ein leises Lächeln nicht verkneifen. Zu oft dachte man im Leben in Stereotypen, und noch häufiger bestätigten sie sich.

Der Designer redete, passend zu seiner militärisch anmutenden Kleidung, wie ein Maschinengewehr auf zwei junge Frauen ein. Eine der beiden hielt eine große Kladde in der Hand, und immer wieder deutete der bunte Kampfgockel auf eine der aufgeschlagenen Seiten. Erst als Millner direkt neben den dreien stand, bemerkten sie ihn. Er zog umständlich seine Dienstmarke hervor und präsentierte sie dem Grüppchen.

»Monsieur Meunier?« Diese ersten Sekunden waren für eine erfolgreiche Befragung stets die entscheidenden. Das Moment der absoluten Überraschung verstärkte die natürliche Reaktion auf sein Erscheinen. Hatte der Gesprächspartner vor dem FBI etwas zu verbergen, wurde er ängstlich. Fühlte er sich durch das Auftauchen eines FBI-Beamten hingegen zu Unrecht beschuldigt, wurde er aggressiv. Oder neugierig.

»Mein Name ist Greg Millner. Ich bin vom FBI und würde mich gern mit Ihnen über die Modenschau heute Abend unterhalten.«

Die beiden Frauen verschwanden beinahe schneller, als Millner ihnen hinterherschauen konnte. Beide hatten eine knackige Figur.

Der Designer strich sich mit der Hand über den Mund, als wollte er einen unsichtbaren Essensrest beseitigen. Dann hob er die andere Hand wie zur Begrüßung, ließ sie jedoch auf halbem Wege wieder sinken. Er war eindeutig nervös, auch wenn er versuchte, es zu verbergen. »Worum geht es?« Seine Stimme überschlug sich, aber sein Englisch klang beinahe akzentfrei.

Wenn man von seinem Gesprächspartner wirklich etwas erfahren wollte, war es klug, ihn möglichst lange in Unkenntnis zu lassen.

»Sie veranstalten hier heute Abend die Modenschau?« Millner deutete auf die halb fertigen Aufbauten.

»Sie sehen nicht so aus, als wollten Sie teilnehmen. Wenngleich ich Sie mir als Model gut vorstellen könnte«, antwortete der Designer in trotzigem Ton. Viel kleiner als Millner, stellte er sich nun auf die Zehenspitzen und beugte sich zu ihm herüber, als suchte er etwas in seinem Gesicht. »Gerade mit Ihrer Narbe dort auf der Wange. Und diese Muskeln ...« Nun zeigte Meunier auf Millners Oberarm, über dem der Anzug Falten warf.

Millner wich instinktiv einen Schritt zurück. »Ich denke, ich bin zufrieden mit meinem Job«, sagte er trocken.

»Was führt Sie dann hierher? Dass das FBI sich für Mode interessiert, dürfte eher unwahrscheinlich sein.« Während er sprach, blickte der Designer sich so nervös um, als befürchtete er, dass jemand ihre Unterhaltung belauschte.

»Warum so martialisch?« Millner deutete auf den Kampfanzug.

»Finden Sie die Farbe Rosa etwa martialisch?« Clément Meunier strich mit einem beleidigten Gesichtsausdruck über den Stoff seines Anzugs.

»*Terror of Beauty*?«, las Millner das Motto von dem Schild an der Bühne ab.

»Sind Sie deshalb hier? Wegen des Wörtchens ›Terror‹?« Meunier lachte laut und schrill auf. »Ist Amerika tatsächlich so paranoid, dass immer, wenn irgendwo das Wort ›Terror‹ auftaucht, ein FBI-Beamter erscheint, um nachzuschauen, ob jemand etwas in die Luft sprengen möchte?«

»Und? Möchte jemand heute Abend etwas in die Luft sprengen?«

Meunier stutzte kurz, doch dann fing er sich sofort wieder. »Allerdings!«, brach es aus ihm heraus.

Mit dieser Antwort hatte Millner nicht gerechnet.

»Das Diktat der Mode. Die Propaganda der Modezeitschriften. Die Epidemie der Modetrends. Nicht wir verbreiten den Terror, sondern die Diktatur der Schönheit!« Er sprach schnell und laut.

»Eine Modenschau gegen Modenschauen?«, entgegnete Millner und zog die Augenbrauen in die Höhe. In diesem Moment näherte sich ein junger, hoch aufgeschossener Mann mit einem Karton, auf dem ein »Vorsicht zerbrechlich!«-Zeichen prangte. Ein Stück entfernt sah Millner noch mehr dieser Kartons.

»Diese Westen hier, wohin damit? Zu den anderen?«, fragte er in gebrochenem Englisch.

»Bring sie zuerst Susan. Sie soll sie kontrollieren. Aber warte noch einen Moment«, entgegnete Meunier und wandte sich wieder an Millner. »Schusssichere Westen für alle meine Models. Sie werden sie bei der Show zum Schutz gegen die zu erwartenden Angriffe des Establishments tragen. Wollen Sie eine sehen?« Meunier öffnete den Deckel des Kartons.

»Es gibt kaum ein Kleidungsstück, das ich besser kenne«, entgegnete Millner und hob abwehrend die Hände.

Der junge Mann verzog sich hinter die Bühne.

»Kennen Sie die Salai Virgin Islands International Business Company?« Als Miller den Namen ausgesprochen hatte, meinte er, das Klicken in seinem Kopf förmlich zu hören. Salai – den Namen hatte er in dem alten Tagebuch gelesen. Der Zusammenhang fiel ihm erst jetzt auf.

»Ein Unternehmen mit gutem Geschmack. Sponsor meiner Mode«, entgegnete Meunier.

»Und wissen Sie auch, wem diese Gesellschaft gehört?«

»Sicher doch. Pavel Weisz.« Er sagte es ohne Argwohn.

»Wann haben Sie ihn zuletzt gesehen?«

Clément Meunier zuckte mit den Schultern. »Vor einigen Monaten. Wir sind alte Freunde. Denken Sie, er ist auch ein Terrorist?« Wieder lachte er. Es klang künstlich. »Er hat das Geld und ich die Ideen. Eine Erfolg versprechende Symbiose«, ergänzte er. »Er ist ein großer Mäzen.«

Millner fuhr sich mit der Hand durchs Haar. Sie fühlten sich leicht fettig an. Anscheinend hatte er das billige Hotel-Duschgel nicht vertragen. »Wessen Idee war diese Modenschau?«

»Meine natürlich, ich bin Designer. Wie ich schon sagte: Ich habe die Ideen und Pavel das Geld. Manchmal hat auch er Ideen.«

»Also war diese Schau auch seine Idee?«

Hier kam er nicht weiter. Meunier schien ein kreativer, aber harmloser Spinner zu sein. Er musste herausfinden, warum Pavel Weisz diese Veranstaltung sponserte. Vielleicht war das Ganze aber auch nur eine Sackgasse.

»Das große Wir!« Der Designer warf beide Hände in die Höhe. Erst jetzt bemerkte Millner, dass er an jedem Finger einen pompösen Ring trug.

»Erwarten Sie prominente Gäste heute Abend?«

»Susan kann Ihnen eine Gästeliste zur Verfügung stellen. Wenn Sie möchten, kann sie Ihnen auch eine Karte reservieren. Sie müsste dort hinter der Bühne sein!«

Millner nickte. Ein willkommener Grund, sich von Meunier zu verabschieden. »Dann wünsche ich viel Erfolg bei Ihrer Revolution«, sagte er und ließ Meunier stehen. Er bahnte sich seinen Weg durch die Stuhlreihen. Erstaunlich, dass der Louvre in seiner Eingangshalle einen solchen Firlefanz erlaubte. Geld schien wirklich alle Türen zu öffnen. Als er nach Susan Ausschau hielt, wurde ihm bewusst, dass er gar nicht wusste, wie sie aussah. Doch vermutlich war sie eine der zwei Frauen, die sich bis zu seinem Erscheinen mit Meunier unterhalten hatten. Wenn ja, freute er sich darauf, sie kennenzulernen, denn beide Frauen waren sehr hübsch.

Das Vibrieren in Millners Hosentasche meldete den Eingang einer SMS. Von Keller, mit der Bitte, ihn anzurufen.

Millner stutzte. Im Ordner darunter war eine weitere SMS von einer Nummer, die er auf den ersten Blick nicht erkannte. Die Kurznachricht stammte vom frühen Morgen; er musste sie übersehen haben.

Amerikas schönste Mädchen, Pavel Weisz und eine entführte Madeleine Morgan finden Sie in Coyuca de Benítez/Mexiko. Beeilen Sie sich!!!

Millner starrte auf die Nachricht. Die Handynummer des Absenders kam ihm irgendwie bekannt vor. Genau. Patryk Weisz.

Er hatte ihn erst gestern unter dieser Nummer angerufen. Die Nachricht kam von Patryk Weisz' Handy! Er überlegte kurz, dann wählte er die Nummer, erreichte aber nur eine Mailbox ohne Namensnennung. Er las die Nachricht noch einmal.

Gute sechs Stunden waren seit dem Eingang der SMS auf seinem Handy bereits vergangen. Er war wütend auf sich selbst. Wie hatte er sie nur übersehen können? War man beim FBI, konnten von einer einzigen SMS Leben abhängen. Für einen Moment hing er dem Gedanken nach, ob Viola recht damit gehabt hatte, ihn in den Urlaub zu verbannen, doch dann kämpfte er seine Selbstzweifel nieder und wählte Kellers Nummer. Er schaute sich um. Niemand schien ihn weiter zu beachten. Die Stühle um ihn herum waren alle leer, Meunier war nicht mehr zu sehen, und die Arbeiter waren weiterhin mit dem Aufbau beschäftigt.

»Wird auch Zeit«, meldete sich der Direktor des FBI knurrig.

»Ich habe Neuigkeiten«, kam Millner ohne Umschweife zur Sache.

»Ich auch«, entgegnete Keller. »Aus Mailand wurde ein weiterer Anschlag gemeldet. Die Biblioteca Ambrosiana wurde niedergebrannt.«

Millner stockte. »Die Biblioteca Ambrosiana?«

»Ja, ich kannte sie auch nicht. Sie galt als eine der bedeutendsten Bibliotheken Europas. Über 850 000 Schriften, mehr als 40 000 Manuskripte ... Die Italiener sind sich sicher, dass es Brandstiftung war und ...«

»*Da divina proportione*«, unterbrach Millner ihn.

»Ich spreche kein Italienisch.«

»Eines der beiden letzten Exemplare. Es befand sich in der Biblioteca Ambrosiana.«

»Ich versteh kein Wort!«, sagte Keller genervt.

»Egal. Coyuca de Benítez«, wechselte Millner das Thema.

»Was zum Teufel soll das nun wieder bedeuten?«

»Coyuca de Benítez in Mexiko. Dort werden eventuell

die entführten Mädchen festgehalten. Und die Tochter von Mrs. Morgan, Madeleine Morgan. Und vermutlich ist dort auch Pavel Weisz zu finden.«

»Wer sagt das?« Keller klang plötzlich aufgeregt. Millner überlegte, ob er ihn überhaupt schon einmal so erlebt hatte.

»Patryk Weisz.«

»Hat er gestanden?«

»Nein, er hat mir eine SMS geschickt.«

»Gerade eben?«

Millner stockte. »Ja.« Noch einen Fauxpas konnte er sich nicht erlauben, nicht jetzt. »In der SMS stand auch, dass wir uns beeilen sollen. Also lassen Sie uns besser keine Zeit verlieren.«

»Haben Sie mit ihm gesprochen?«

»Es meldet sich nur die Mailbox.«

Einen Moment war es still in der Leitung, und Millner hörte nur das Klackern einer Computertastatur.

»Coyuca de Benítez ist ein kleines Nest in der Nähe von Acapulco. Würde passen. Da gibt es nicht viel. Wenn sie wirklich dort sind, dann finden wir sie schnell. Ich schicke die Kavallerie los.«

»Sagen Sie mir Bescheid, wenn Sie sie gefunden haben.«

Keller legte auf.

Fragen schwirrten Millner durch den Kopf. Warum hatte Patryk Weisz ihm diese SMS geschickt? Wieso sollte Mrs. Morgans Tochter bei den entführten Schönheitsköniginnen sein?

»Monsieur Meunier sagte, ich soll Ihnen mit der Gästeliste für heute Abend helfen? Und hier ist Ihre Karte für die Schau.« Eine blonde Frau, von der er sicher war, dass sie einmal als Model gearbeitet hatte, stand neben ihm.

Zehn Minuten später eilte Millner die Wendeltreppe hinauf. Das Museum füllte sich mittlerweile mit Touristen, sodass er sich auf den Stufen an das Geländer aus Plexiglas drücken musste, um sich gegen den Besucherstrom ins Erdgeschoss zu drängeln. Von oben betrachtete er noch einmal die Szenerie, sah den Designer als rosafarbenen Fleck umherspringen. Die

Kante einer riesigen Tasche bohrte sich in Millners Rippen. »Geht's noch?«, schimpfte er ihrer Besitzerin hinterher, sah jedoch nur noch ihren Pferdeschwanz hin und her wippen.

Endlich stand er wieder draußen vor der gläsernen Pyramide. Gerade wollte er gehen, als ihm ein in mehreren Sprachen verfasstes Schild auffiel, das er beim Kommen übersehen haben musste:

Bitte beachten Sie, dass die Mona Lisa *heute aufgrund von Restaurationsarbeiten nicht zu besichtigen ist. Zudem schließen wir heute wegen einer Sonderveranstaltung bereits um 15 Uhr. Wir bitten um Ihr Verständnis.*

Millner blieb stehen und starrte auf den Hinweis. Er verstand sehr gut.

72

Coyuca de Benítez

Tagsüber war es in der kleinen, fensterlosen Hütte etwas heller als nachts. Die Helligkeit machte sie nervös, denn sie rechnete damit, dass sie tagsüber mehr zu befürchten hatte als in den Nachtstunden. Zweimal wurde die Tür während des Tages geöffnet. Beim ersten Mal hatte einer der Wächter, ein kleiner Kerl mit einem schwarzen Schnurrbart und einem zahnlosen Lächeln, hereingestarrt und die Tür dann wortlos wieder verschlossen. Beim zweiten Mal brachte ein anderer Aufseher eine Schüssel mit irgendeinem Brei und eine neue Flasche Wasser.

Madeleine hatte das Essen nicht angerührt und stattdessen nur getrunken. Sie hatte viel Zeit, ihren Körper abzutasten, und dabei mit einem Gefühl der Befriedigung ihre Rippen und Knochen unter der Haut gespürt. Mit etwas Glück hatte sie hier schon zwei, vielleicht sogar drei Kilo abgenommen.

Sie stellte sich vor, wie sie befreit wurde und Fotos von ihr in der Zeitung erschienen, auf denen sie herrlich schlank aussah. Immer noch verstand sie nicht, was man von ihr wollte. Die Linien, die der merkwürdige Arzt auf ihre Haut gemalt hatte, waren wohl immer noch dort. Im Halbdunkel der Hütte konnte sie die schwarzen Striche schwach erkennen. Vermutlich ging es um Lösegeld. Sie wusste, dass Entführungen in Mexiko nicht selten waren.

Die Dunkelheit, die sie umgab, verriet ihr, dass es jetzt Nacht sein musste. Sie lag auf dem Fußboden und starrte vor sich hin. Zum hundertsten Male stellte sie sich vor, wie sie Brian für seinen Verrat bestrafen würde. In ihren ersten Fantasien hatte sie ihm noch zufrieden hinterhergesehen, wenn die Polizei ihn in Handschellen abgeführt hatte, hatte sich vorgestellt, wie die Polizisten seinen Kopf nach unten drückten, damit er in das Polizeifahrzeug steigen konnte, und wie er sie dabei mit flehendem Blick um Verzeihung bat. Schon bald hatte sie jedoch angefangen, ihm in ihren Vorstellungen körperlich wehzutun. Erst verhältnismäßig zart mit einer Ohrfeige, später durch einen kräftigen Tritt in die Weichteile. Mittlerweile war sie bei mittelalterlichen Foltermethoden angekommen, und selbst diese befriedigten noch nicht ihr Bedürfnis nach Rache. Würde sie noch länger hierbleiben, musste Brian, zumindest in ihrer Fantasie, um sein Leben fürchten.

Immer wenn die Angst sie überkam, zu mächtig zu werden drohte, fielen ihr die Worte ihrer Mutter ein. »Alles wird gut!«, hatte sie gesagt, wenn Madeleine sich als Kind und junger Teenager einmal Sorgen gemacht hatte. »Alles wird gut, mein Schatz.«

Madeleine hatte angefangen, sich die Worte laut vorzusagen, im gleichen Tonfall wie ihre Mutter, und tatsächlich wirkten sie beruhigend.

Meistens befand sie sich in einem Zustand zwischen Schlaf und Wachheit, der einer Trance ähnlich war. Sie erinnerte sich an eine Sitzung bei einer Hypnotiseurin, die darauf spezialisiert war, Essstörungen zu heilen. Den Termin hatte ihre Mutter vereinbart, obwohl sie als Neurologin der medizinischen Wirkung einer Hypnose gegenüber skeptisch eingestellt war.

»Mir wäre es lieber, du würdest bewusst etwas dagegen unternehmen«, hatte sie gesagt und ihr damit unabsichtlich einmal mehr die Schuld an ihrer Situation zugeschoben. Wie so oft, wenn sie sie gleichzeitig mitleidig und vorwurfsvoll anschaute.

In den letzten Wochen in der Klinik hatte Madeleine gelernt, ihrer Mutter zu verzeihen.

Was sie lange Zeit für mangelnde Liebe zu ihr gehalten hatte, hatte sie schließlich als Überforderung erkannt. Ihre Mutter, die Überfliegerin, das erfolgreiche Model, die geniale Wissenschaftlerin, war mit der seelischen Not ihrer Tochter einfach überfordert. Das Leben ihrer Mutter war immer perfekt verlaufen, bis auf die Sache mit ihrem Vater, über den ihre Mutter nie sprach. Und bis ihre Tochter aufgehört hatte zu funktionieren. Damit konnte ihre Mutter nicht umgehen, eine Frau, die sich dafür entschieden hatte, sogar die Gehirne der Menschen zu erforschen, um sie kontrollieren zu können. Und die sich in die Gedankenwelt der eigenen Tochter so gar nicht hineinversetzen konnte.

Zu gern hätte Madeleine ihr jetzt gesagt, dass sie ihr verziehen hatte. Sie vermisste sie unendlich. Wollte ihren Geruch tief einatmen. Mama ... Sie roch so gut.

Plötzlich vernahm sie ein Kratzen an der Schuppenwand. Sie bildete sich ein, dass in der kurzen Zeit ihrer Gefangenschaft ihr Gehör bereits geschärft worden war. Dieses Scharren war auf jeden Fall keines der üblichen knackenden und schabenden Geräusche, an die sie sich mittlerweile gewöhnt hatte. Sie starrte zur Tür, und tatsächlich bewegte sich kurz darauf der Schlüssel im Schloss. Vorsorglich kroch sie weiter in die Ecke, als die Holztür sich knarrend öffnete.

»Ich bin's«, erklang die flüsternde Stimme des Arztes. Durch den Spalt in der Tür fiel etwas Mondlicht herein und projizierte einen gräulichen Keil auf den Boden der Hütte.

»Es ist so weit, wir verschwinden von hier.«

Einen Augenblick verharrte sie bewegungslos, dann gab sie sich einen Ruck und richtete sich auf. Ihre Beine waren vom langen Liegen und vielleicht auch vom Nahrungsentzug wackelig, doch mit zwei Schritten hatte sie die Tür erreicht. »Mein Rucksack!«, wisperte sie und kehrte noch einmal um, tastete nach ihm und schwang ihn sich über eine Schulter. Als sie wieder an der Tür angekommen war, ergriff der Arzt ihren Arm und zog sie sacht ins Freie.

Draußen war es deutlich kühler als in der Hütte. Begierig sog Madeleine einen Schwall Luft ein. Der Mond tauchte die Umgebung in fahles Blau. Links von ihr erkannte sie ein paar größere Gebäude. Auf der anderen Seite parkten einige Pickups. Ansonsten schien das Gelände verlassen und unwirtlich, begrenzt nur durch Gruppen großer Kakteen und einige karge Sträucher.

»Hier, zieh das über!«, sagte der Arzt und reichte ihr eine Jacke. Er atmete schwer, als hätte er eine größere Strecke in schnellem Tempo zurückgelegt. »Ich habe sie einem der anderen Mädchen weggenommen – sie braucht sie nicht mehr.«

Während sie noch über die Bedeutung der Worte nachdachte, schlüpfte sie in die Ärmel. Die Jacke war ein wenig zu groß.

»Ich habe die Umgebung auf einer Landkarte studiert. Die Wachen sind alle drüben beim Hauptgebäude, die meisten schlafen ihren Rausch aus, da der Alte noch nicht wieder da ist. Wenn wir dort hinüberlaufen und uns dann im Gelände parallel zur Straße nach Osten bewegen, können wir vielleicht irgendwann die große Straße nach Acapulco erreichen und so entkommen.«

Er sprach mit gedämpfter Stimme, doch immer noch so laut, dass Madeleine sich ängstlich umschaute. Aber alles schien ruhig zu sein. In der Ferne jaulte ein Hund. Vielleicht war es auch ein Kojote.

»Bist du bereit?«, fragte er.

Madeleine nickte.

»Eins, zwei, drei!«, zählte der Arzt, dann verließen sie den Schutz der Hütte und rannten in Richtung der kleinen Ansammlung von Büschen. Als sie die Sträucher erreicht hatten, warf der Arzt sich auf den Boden und zog sie mit sich hinab. Laut keuchend beobachtete er den Weg, den sie gekommen waren.

Madeleine sah die Hütte, in der sie eingesperrt gewesen war, nun zum ersten Mal bewusst von außen und war erstaunt, wie klein sie tatsächlich war.

»Komm weiter!«, sagte ihr Begleiter schnaufend und erhob sich schwerfällig. Sie war vor ihm auf den Beinen und wartete auf ihn.

Eine Weile liefen sie über Felder, passierten einen schmalen Bachlauf, den sie mühelos überwanden. Die Gegend schien wirklich einsam und verlassen zu sein. Madeleine schätzte, dass sie eine Viertelstunde unterwegs waren, als der Arzt sich plötzlich an die Seite fasste.

»Pause!«, stöhnte er. Er stützte die Hände auf die Knie und rang nach Luft. Dann hustete er.

Ich bin ganz allein mit einem wildfremden Mann, ging es ihr durch den Sinn. Würde er über sie herfallen, sie hätte keine Aussicht auf Hilfe. Ein Schaudern überlief sie. Vielleicht sollte sie sich einen Stock oder Ähnliches suchen. Oder weglaufen und es auf eigene Faust versuchen. Ihr Blick fiel auf den Rucksack. Sie hatte nichts zu trinken dabei. Vermutlich würde sie nicht weit kommen.

»Deckung!«, rief ihr Begleiter plötzlich und zog sie hinter einen Strauch. Gerade wollte sie fragen, was los war, als sie ein schnell lauter werdendes, gleichmäßiges Geräusch vernahm. »Hubschrauber! Sie suchen mit Hubschraubern nach uns«, raunte der Arzt. Seine letzten Worte gingen in dem Knattern von Rotorblättern unter.

Madeleine zählte drei große Maschinen, die dicht über ihren Köpfen hinwegflogen.

Sie bewegten sich nicht, bis das Geräusch weit genug entfernt schien.

»Mit Hubschraubern! Das zeigt, wie mächtig sie sind«, murmelte er.

Madeleine wollte nicht widersprechen, wunderte sich jedoch, dass die Maschinen aus der Richtung gekommen waren, in die sie unterwegs waren, statt aus Richtung der Hütte. Vielleicht hatten ihre Entführer jedoch um Unterstützung aus der Stadt gebeten.

Sie zuckte zusammen, als plötzlich in der Ferne ein Knallen zu hören war. Wie ein Feuerwerk.

»Schüsse!«, stellte ihr Begleiter fest. Sie glaubte zu spüren, dass seine Hand, die immer noch auf ihrem Arm ruhte, zitterte.

»Was ist da los?«, fragte Madeleine.

»Ich hoffe nicht, dass sie den anderen Mädchen etwas antun. Vielleicht, weil wir geflohen sind ...« Seine Stimme klang brüchig. Einige Minuten lauschten sie in die Dunkelheit, aus der immer wieder vereinzelte dumpfe Schläge zu hören waren, dann war alles ruhig. Endlich schien ihr Befreier sich wieder zu sammeln.

»Wir müssen weiter!« Er erhob sich ächzend und half ihr auf. »So weit weg wie möglich. Bevor es hell wird!« Er deutete in eine Richtung. »Da entlang!« Langsam setzten sie sich wieder in Bewegung.

»Alles wird gut!«, formten ihre Lippen lautlos, während sie auf den Boden schaute, um nicht zu stolpern. »Alles wird gut, mein Schatz.«

73

London

Es war später Vormittag in London, der ursprüngliche Zeitplan für seine Keynote war weit überzogen, und nun bestand Gelegenheit für Fragen. Michael Chandler von WeiszVirus hatte eine Brandrede gehalten, und nachdem für eine ganze Minute betretenes Schweigen im Saal geherrscht hatte, versuchten die Hostessen, die mit Mikrofonen durch die Reihen der Zuhörer gingen, eine Ordnung in die aufgeregten Wortmeldungen zu bringen.

»Eine Welt ohne digitale Bilder?«, lautete das provozierende Thema des eintägigen Workshops, zu dem IT-Experten und Journalisten aus der ganzen Welt in die britische Hauptstadt gereist waren. Mittlerweile hatte WeiszVirus seine Schätzung nach oben korrigiert. Weltweit waren siebzig Prozent aller Rechner innerhalb weniger Tage mit dem Virus infiziert, stündlich erhöhte die Infektionsquote sich um weitere Prozentpunkte. Und eine Möglichkeit der Bekämpfung war trotz aller Anstrengungen noch nicht gefunden. Im Gegenteil: Ständig offenbarte das Virus neue Eigenschaften und schien an Komplexität zu gewinnen.

»Wenn es so weitergeht, ist die Bilddatei als Dateityp Vergangenheit!«, hatte Michael Chandler prophezeit und dafür vereinzelnd Buh-Rufe geerntet. Zu reißerisch der Name, der dem Virus gegeben worden war, zu medial die Ausschlachtung, lautete einer der Vorwürfe aus dem Plenum, die Chandler an sich abprallen ließ.

Er malte düstere Szenarien an die Wand. »Wir können nicht genug warnen! Wir wissen, dass das Virus Proportionen nach dem sogenannten Goldenen Schnitt sucht und gezielt verändert – zerstört. Und mittlerweile scheint es Abbildungen von Gesichtern insgesamt ins Fadenkreuz zu nehmen. Und nicht nur das: Körper, Gebäude – es behandelt Objekte wie Knetgummi.«

Chandler hatte zur Illustration seines Vortrages Bilddateien von veränderten Gesichtern, Körpern und Gebäuden an die Leinwand geworfen. Die Reaktionen waren verhalten, zu sehr hatte man sich an die skurrilen Bilder bereits gewöhnt.

»Was uns besonders besorgt, ist der Angriff auf Architektur-Software. So wie es aussieht, verändert das Virus mittlerweile auch gezielt bestimmte Proportionen in architektonischen Zeichnungen, sodass diesen derzeit nicht mehr zu trauen ist. Eine Liste der betroffenen Software können Sie später von unserer Webseite herunterladen.«

Ein Raunen ging durch das Publikum.

»Agenturmeldungen zufolge hat das Virus in Russland begonnen, auch Fernsehbilder anzugreifen«, sagte ein Journalist in gebrochenem Englisch, nachdem ihm ein Mikrofon gereicht worden war. »Was sagen Sie dazu, Mr. Chandler?«

»Es wäre eine weitere Katastrophe unter vielen!«

»Übertreiben Sie nicht? Es gab bereits Zeiten ohne digitale Bilder, und die Menschheit hat auch überlebt«, bemerkte eine rothaarige Frau, die sich zuvor als Redakteurin eines Nachrichtenkanals aus Bukarest vorgestellt hatte.

»Es gab auch Zeiten ohne Strom, Wasser und Antibiotika. Hier geht es um die Errungenschaften der modernen Zivilisation!«, hatte Chandler fast wütend geantwortet. »Überall dort, wo digitale Bilder eine Rolle spielen, wird sich unser Leben durch das Virus radikal ändern. Und leider spielen digitale Bilder heutzutage überall eine Rolle. Von welchem Medium kommen Sie, sagten Sie? Gehen Sie jedenfalls davon aus, dass Sie in Ihrer Redaktion in naher Zukunft auf Bilder verzichten müssen, und wenn Sie von einem Fernsehsender kommen, suchen Sie sich am besten einen neuen Job.«

Chandler erntete vereinzelte Lacher, blieb aber selbst todernst.

»Glauben Sie nicht, es ist nur ein gigantischer Streich?«, fragte ein Mann, auf dessen Namensschild der Name eines bekannten sozialen Netzwerkes prangte.

»Nein, das glaube ich nicht«, antwortete Chandler bestimmt.

»Was dann?«

»Ein terroristischer Angriff.«

Diesmal ging ein noch lauteres Raunen durch die Reihen. Ein weiteres Dutzend Arme schnellte in die Höhe.

»Was fordern Sie konkret?«, wollte ein Mann im Anzug wissen.

»Die Regierung muss sofort handeln. Wir brauchen finanzielle Mittel und Unterstützung der gesamten IT-Elite unseres Landes. Zudem müssen wir mit anderen Nationen kooperieren. Es ist ein globales Problem.«

»Ist der Image-Schaden für Ihr Unternehmen noch reparabel? Bislang galt WeiszVirus als unschlagbar im Bereich der Antiviren-Software. Ihr Börsenwert fällt und fällt. Was sagen Sie Ihren Anlegern? Erst das Ausscheiden von Pavel Weisz und nun diese Blamage.« Auch diese Frage kam von dem Anzugträger. Schlagartig wurde es still im Saal.

Michael Chandler fixierte den Fragesteller und griff nach dem flexiblen Mikrofon, um es näher an seinen Mund zu biegen. »Wir sind noch nicht geschlagen«, sagte er, wobei er sich weit vorbeugte. »Aber wir sind auch nicht so arrogant, nicht um Hilfe zu bitten.« Wieder erhob sich lautes Getuschel im Auditorium. »Und unseren Anlegern würde ich sagen«, fuhr Chandler fort, »dass sie selbst entscheiden müssen, ob sie an uns glauben oder nicht. Klar ist aber auch: Das Unternehmen, das als Erstes eine Lösung gegen dieses Virus findet, wird damit Milliarden verdienen. Und wir von WeiszVirus haben weiterhin vor, diesbezüglich eine entscheidende Rolle zu spielen. Auch ohne Pavel Weisz, den wir alle sehr verehren und der uns, genauso wie sein Sohn, auch in Zukunft als Berater zur Seite stehen wird. Herzlichen Dank für Ihre Aufmerksamkeit. Die Arbeit ruft, wofür Sie sicher Verständnis haben.«

Michael Chandler erhob sich und verließ unter den lautstarken Protesten der Anwesenden das Podium.

74

Irgendwo in Mexiko

»Sie sind alle tot«, schrie John Rushmore über den Motorenlärm des Helikopters hinweg in das Funkgerät. Seit Stunden waren er und sein Team unterwegs und hatten Farm um Farm durchkämmt, bisher ohne jeden Erfolg. »Auch alle Königinnen sind tot. Keine Überlebenden. Wir haben nur noch tote Tiere vorgefunden«, ergänzte er und hoffte, dass man ihn auf der Gegenseite verstand. »Wegen der genauen Todesursache werden wir natürlich die Laboruntersuchungen abwarten müssen, aber so, wie es aussieht, ist die Sache klar«, ergänzte er.

Die Betroffenheit auf der anderen Seite war greifbar.

Zu gern hätte er bessere Nachrichten in die Heimat übermittelt. Mittlerweile blickte die ganze Welt auf diese Sache, und jetzt erfüllten sich die schlimmsten Befürchtungen. Er mochte sich die Schlagzeilen der nächsten Tage gar nicht vorstellen.

Der hintere Teil des Helikopters war mit Leichen gefüllt. Er ertrug den Anblick nur schwer. Sie waren so schöne Geschöpfe gewesen, von Beginn ihres Lebens an mit so viel Stolz ausgestattet, als wüssten sie um ihre besondere Bedeutung in dieser Welt. Der Zustand des Todes hatte etwas Demütigendes, stahl ihnen die Eleganz und machte sie zu normalen sterblichen Wesen. Bei einigen hatte der Verwesungsprozess schon eingesetzt, als seine Männer sie gefunden hatten.

In dieser Region der Erde war noch nicht jede Farm ans Telefonnetz angeschlossen; deshalb hatten sie entschieden, die Höfe einzeln anzufliegen. Die Abgeschiedenheit hier im Hochgebirge war auch der Grund, warum sie gehofft hatten, dass sie ihrem unbekannten Gegner einen Schritt voraus sein könnten. Ein Sperrgebiet hatten sie errichtet und so das Überleben der Art, der er als Wissenschaftler sein Leben geopfert hatte, garantieren wollen. Doch nun waren sie bei einer Infektionsrate von über fünfundsiebzig Prozent, und auch die Wildbienen waren betroffen. Nach ihren Berechnungen war die Population der Bienen damit verloren, sollte nicht in den nächsten zweiundsiebzig Stunden ein Gegenmittel gefunden werden.

Während er das Funkgerät zurück in die Halterung hängte, blickte er auf eine nahe Plantage mit Bäumen, deren Blüten in voller Pracht standen, und versuchte, das Bild tief in seinem Gedächtnis einzubrennen. Vielleicht würde es diesen Anblick zukünftig auf diesem Planeten so nie mehr geben.

75

Paris

Kunstdiebstähle kannte Helen bislang nur aus den Medien. Und stets wurde die Meldung vom spektakulären Diebstahl eines wertvollen Kunstgemäldes von ihrem Erstaunen begleitet, wie verblüffend einfach die Tatausführung klang. Konnte es heutzutage wirklich so leicht sein, millionenschwere Kunst zu rauben?

Der Diebstahl im Museo del Prado hatte diesen Eindruck bestätigt, doch nun war sie drauf und dran zu versuchen, das wertvollste Gemälde der Welt zu stehlen.

Im Haus von Louis, dem Kunstfälscher, hatte Patryk Weisz den Plan präsentiert, der so simpel wie wahnwitzig klang: Helen würde am Ende ihrer Untersuchungen die echte *Mona Lisa* gegen die präparierte *Mona Lisa* aus dem Prado austauschen. Am späten Nachmittag fand in der Empfangshalle des Louvre eine große Modenschau statt. Auf dieser sollte Helen dann das gestohlene Bild übergeben. Danach sollte sie im *Hotel Modigliani* in Montparnasse einchecken und dort weitere Anweisungen erhalten, wo und wann sie Madeleine wiedersehen konnte. Wenn es doch nur schon so weit wäre! Es war klar, dass der Plan zahlreiche Risiken zu ihren Lasten beinhaltete. Wenn etwas schiefging, würde sie allein als Kunstdiebin verhaftet werden. Doch in Anbetracht der Gefahr, in der ihr Kind schwebte, interessierte sie das herzlich wenig. Und sie musste, nachdem sie das Bild abgeliefert hatte, darauf vertrauen, dass man Madeleine auch tatsächlich freilassen würde. Doch sie war zu erschöpft gewesen, um zu protestieren, und daran waren auch die Kopfschmerzen schuld, die sie einmal mehr quälten. Louis hatte ihr eine obskure blaue Tablette gegeben, die sie mit einem Schluck Wein heruntergespült hatte.

Es blieb ihr in diesem Spiel nichts anderes übrig, als Patryk Weisz' Anweisungen zu befolgen. Über dessen Rolle war sie sich noch immer nicht im Klaren. Zwar schien sein dominanter Vater der führende Kopf hinter alldem zu sein. Ob Weisz junior aber, wie er behauptete, von ihm tatsächlich erpresst wurde oder aber doch willfähriger Komplize war, konnte sie nicht einschätzen. In ihr keimte der Verdacht, dass die beiden unter einer Decke steckten und mit ihr nur spielten. Offenbar war es Patryk Weisz' Aufgabe, sie bei Laune zu halten. Umso kühler war sie ihm gegenüber am Morgen aufgetreten. Der Wein und die Kopfschmerztablette hatten sie in einen tiefen Schlaf fallen lassen, sodass sie sich heute zum ersten Mal seit Tagen richtig ausgeschlafen fühlte. Und auch die Kopfschmerzen waren verschwunden. Dafür breitete sich seit den Vormittagsstunden in ihrem Magen ein Schmerz aus, der sie fast zu zerreißen drohte.

Im Atelier hatte sie die von Louis über Nacht bearbeitete *Mona Lisa* aus dem Prado besichtigt. Soweit sie es beurteilen konnte, glich das Bild nun zwar in verblüffendem Maße dem Original. Ein milchiger Schleier und zahlreiche Risse im Obermaterial wirkten, als hätte man eine trübe Glasplatte über das Bild gelegt, und sogar ein großer Riss, wie bei der echten *Mona Lisa*, zog sich nun vom Rand bis zum Scheitel der Porträtierten. Allerdings leuchteten die Farben immer noch viel stärker als die des Originals.

»Besser bekomme ich es über Nacht nicht hin«, hatte Louis wie zur Entschuldigung zu ihr gesagt. »Es bräuchte mehrere Schichten, die jeweils durchtrocknen. Dafür haben wir keine

Zeit. Das Problem ist nicht diese *Mona Lisa*, sondern die im Louvre. Seit Jahrzehnten haben sie aus Angst vor Schäden deren Firnis nicht mehr gereinigt. Würde man dies einmal tun, würde die echte *Mona Lisa* aussehen wie diese hier. Seien Sie mit dieser vorsichtig, vielleicht ist der Firnis trotz der Prozedur im Ofen an manchen Stellen noch etwas feucht.«

Obwohl sie seine Arbeit heimlich sogar bewunderte, hatte sie ihn mit einem strafenden Blick bedacht, mit jeder anderen Reaktion hätte sie den unverzeihlichen Übergriff auf dieses bedeutende Werk der Kunstgeschichte gutgeheißen.

Den Rest des Vormittags hatte sie damit verbracht, unter den strengen Blicken Ralphs im Atelier auf und ab zu tigern.

Nachdem Louis für alle noch ein Mittagessen zubereitet hatte, das köstlich roch, von dem sie aber kaum einen Bissen herunterbekam, fuhr Ralph sie, begleitet von Patryk Weisz' besten Wünschen, zum Louvre. Helen fühlte sich wie vor einer Hinrichtung. Doch dies war ihre einzige Chance, Madeleine zu befreien. Sie rechnete fest damit, erwischt zu werden. Schon bei der Einlasskontrolle würde man die »Doppelgängerin« in ihrer Tasche entdecken und sie sofort verhaften. Wenn man wegen der Sache im Museo del Prado nicht ohnehin schon nach ihr suchte und sie mit gezückten Handschellen erwartete. Spätestens nach dem Austausch der Bilder würde man die unterschiedliche Helligkeit der beiden Werke sofort bemerken. Und wenn sie aufflog – was sollte dann aus Madeleine werden?

Das *Centre de recherche et de restauration des musées de France*, allgemein nur C2RMF genannt, in dem die Untersuchung stattfinden sollte, befand sich im Untergeschoss des Louvre.

Die Einrichtung war für die Dokumentation, Restauration und Konservierung der Kunstwerke aller Museen in Frankreich zuständig und genoss einen geheimnisvollen Ruf. Millionenschätze wurden dort begutachtet und bearbeitet, und oftmals geschah dies unter größter Geheimhaltung. Auch Helen hatte auf ihren Antrag hin, an einer Untersuchung der *Mona Lisa* teilnehmen zu dürfen, ein langes Bewerbungs- und Testverfahren durchlaufen müssen. Zwar war man auf sie zugekommen und hatte sie um ihre Expertise gebeten. Als Neuroästhetikerin katalogisierte sie weltweit Gemälde nach ihrer neurologischen Wirkung auf das Schönheitszentrum des menschlichen Gehirns. Und es war klar, dass die *Mona Lisa*, als das wohl berühmteste Bildnis personifizierter Schönheit, es vor allen anderen Kunstwerken verdient hatte, mithilfe der von ihr entwickelten Schablonen untersucht zu werden. Doch nachdem sie sofort eingewilligt hatte, hatte man so getan, als täte man ihr einen Gefallen. Das Ausfüllen seitenlanger Fragebögen und sogar die Vorlage eines Führungszeugnisses hatte man von ihr verlangt. Zudem hatte sie eine Verschwiegenheitserklärung unterzeichnen müssen, die bei jedem Verstoß eine Geldstrafe in Millionenhöhe vorsah.

Offenbar hatte dies alles nichts genützt, denn der alte Weisz hatte dennoch irgendwie von ihrem Besuch im Louvre erfahren und sie in die Falle gelockt.

Nachdem Ralph sie vor dem Louvre abgesetzt hatte, fiel Helen ein Schild ins Auge, auf dem groß angekündigt wurde, dass die *Mona Lisa* heute nicht zu besichtigen sei. Dies wertete sie als gutes Zeichen. Würde man sie bereits erwarten, um sie zu verhaften, hätte man die Untersuchung wohl ausfallen lassen. Andererseits konnte dies auch nur ein Trick sein, um in ihr keinen Argwohn zu erwecken.

Auf wackeligen Beinen bahnte sie sich einen Weg die berühmte Wendeltreppe hinunter. Sie legte den Kopf in den Nacken und blickte in das gläserne Zelt hinauf, als ihre über der Schulter getragene Tasche gegen einen Mann im Anzug stieß.

Während sie ein leises »Pardon« murmelte und ihn hinter sich schimpfen hörte, senkte sie den Kopf und bemühte sich, nicht weiter aufzufallen.

Am Fuße der Treppe waren die Vorbereitungen für die Modenschau im vollen Gange, was ihr Probleme bereitete, sich zu orientieren. Patryk Weisz hatte ihr die Örtlichkeiten anhand eines Gebäudeplans und einiger Fotos erläutert und ihr auch genau gezeigt, an welcher Stelle das Gemälde später übergeben werden sollte. Doch durch die nun aufgebaute provisorische Bühne sah alles anders aus. *Terror of Beauty*. Das Motto der Modenschau sprang ihr förmlich entgegen. Und während sie noch überlegte, was das wohl bedeuten sollte, sah sie die Sicherheitsschleuse, die sie passieren musste, um in das extra gesicherte Untergeschoss zu gelangen. Sie spürte das Pochen ihres Pulses in der Halsschlagader.

Mit betont festem Schritt näherte sie sich und registrierte, wie die Angst plötzlich wich. Ihr Kopf schien auf ein »Kunstraub«-Programm umzuschalten, von dem sie bislang nicht gewusst hatte, dass sie darüber verfügte.

Inzwischen hatte sie den Empfangstresen mit der Aufschrift *C2RMF* erreicht. Ein junger Mann im weißen Hemd mit schwarzer Krawatte blickte ihr misstrauisch entgegen. Aus dem Augenwinkel sah sie etwas abseits einen zweiten, etwas älteren Sicherheitsmann stehen. Unaufgefordert legte Helen die Einladung vor, die sie vom C2RMF erhalten hatte.

Der junge Mitarbeiter studierte sie aufmerksam, ohne aufzuschauen, und griff nach einer Mappe, die vor ihm lag. Mit der Spitze seines Kugelschreibers fuhr er über eine Liste von Namen, hielt bei einem inne und machte einen Haken dahinter. Dann widmete er sich seinem Computer und tippte etwas ein. »Bitte stellen Sie sich einmal an die Wand dort!«, sagte er und zeigte auf eine Mauer neben ihnen. »Die Tasche legen Sie bitte kurz ab.«

Unsicher, ob sie aufgeflogen war, folgte Helen seinen Anweisungen. Erst als der Wachmann nach einer Kamera griff und aufstand, entspannte sie sich wieder. Sie wurde hin und her dirigiert und durch das helle Blitzlicht geblendet. Sofort nahm sie ihre Tasche wieder an sich und beobachtete, wie eine Identifikationskarte mit ihrem Namen und einem Foto von ihr ratternd aus dem Drucker kam.

Der Museumswächter schob die fertige Karte in eine durchsichtige Plastikhülle, an der ein langes Band befestigt war, und reichte sie ihr. »Bitte während Ihres Aufenthalts um den Hals tragen«, sagte er in schlechtem Englisch.

Schon hoffte Helen, dass dies alles war, als der Mann auf die Tasche zeigte.

»Die muss ich bitte einmal röntgen«, erklärte er.

Helen spürte, wie ihr Herz eine Etage tiefer rutschte. »Das geht nicht, darin befinden sich photosensitive Folien«, log sie.

»Dann muss ich bitte hineinschauen.« Der Mann streckte ihr einen Arm entgegen, um die Tasche in Empfang zu nehmen.

»Das geht auch nicht«, stammelte Helen.

In diesem Augenblick trat von hinten der ältere Kollege heran. »Gibt es ein Problem?«, fragte er auf Französisch.

»Ihr Kollege möchte meine Tasche röntgen und durchsuchen, obwohl sich darin wertvolle Materialien für meine Untersuchungen befinden«, antwortete Helen. Sie war überrascht, wie gut ihr Französisch noch war, trotz der Aufregung.

Er fixierte sie einen Moment, dann beugte er sich vor und bewegte die Computermaus hin und her. »Sie ist ein neunundfünfzig-null«, sagte er schließlich mit tadelndem Unterton zu seinem jüngeren Kollegen und zeigte auf den Bildschirm. Dann wandte er sich mit einem Lächeln an sie: »Sie dürfen so hindurch, Mrs. Morgan. Herzlich willkommen im *Centre de recherche*.« Helen glaubte, in seinem rechten Auge ein Zwinkern wahrzunehmen, war sich aber nicht sicher. »Bitte nehmen Sie den Fahrstuhl.«

Er drehte sich um, machte zwei rasche Schritte nach hinten und drückte auf eine kleine Taste in der Wand, auf der ein nach unten gerichtetes Dreieck zu leuchten begann. Kurz darauf öffnete sich eine von zwei Fahrstuhltüren.

Mit einem gemurmelten »Danke!« betrat Helen die Kabine. Der grauhaarige Wachmann bediente mit langem Arm die Taste *B* und nickte ihr zu.

»Ich wünsche viel Erfolg, Mrs. Morgan«, sagte er und grinste. Erneut bildete Helen sich ein, dass er ihr zugezwinkert hatte.

Die Fahrstuhltür schloss sich langsam, und mit einem kräf-

tigen Ruck setzte die Kabine sich in Bewegung. Das Gefühl, den Boden unter den Füßen zu verlieren, dauerte nur den Bruchteil einer Sekunde, dann breitete sich Erleichterung in Helen aus.
Sie war tatsächlich drin.

76

Paris

Er war lange nicht mehr herausgefordert worden. Und dass es nun ausgerechnet durch diesen Pavel Weisz geschah, überraschte ihn, das musste er zugeben. Pavel Weisz war wahrlich kein Engel.

Er saß auf einem der Stühle, die schon jetzt für die Modenschau bereitstanden, und beobachtete das Kommen und Gehen um ihn herum. *Terror of Beauty*. Ein schöner Titel für eine Modenschau.

Mit Freude registrierte er den Anzug, den der Schnüffler trug. Er liebte edlen Zwirn und freute sich über jeden, der seinen Kleidungsgeschmack teilte. Ganz im Gegensatz zu diesem kleinen Dickerchen in dem rosafarbenen Militäranzug, mit dem der Schnüffler sich unterhielt. Er hatte keine üble Lust, hinzugehen und ihm das Soldatenkostüm auszuziehen. Es mochte auf den Schlachtfeldern dieser Erde seine Berechtigung haben. Aber nicht hier im Museum! Und nicht in der Mode!

Der Schnüffler verschwand endlich, die Frau mit der Tasche erschien, trat zu einem der abgelegenen Schalter und stieg nach einer Weile in einen der Fahrstühle weit ab vom Trubel der Touristen. Der Schnüffler kam zurück, irrte umher, stritt mit einem der Wachmänner vor dem Fahrstuhl. Dann telefonierte er mit hochrotem Kopf und verschwand erneut.

Fast schien es, als bewegte sich alles um ihn herum, mit ihm als ruhendem Mittelpunkt. Er blickte auf den Stock, der neben ihm lehnte. Er als Achse des großen Rades. Bei diesem Gedanken musste er lächeln, hatte man ihm wohl doch eher die Rolle der Bremse zugedacht. Er lehnte sich zurück und verschränkte die Arme vor der Brust. Er musste nur zuschauen und abwarten. Ein wenig Nervosität verspürte er, denn er war ihr schon lange nicht mehr so nahe gekommen wie heute. Freute sich auf das Zusammentreffen wie auf eine Verabredung mit einer alten Freundin.

Er gähnte. Der Moment würde kommen, wo er einzuschreiten hatte, aber noch war es nicht so weit.

Müde schloss er die Augen, um in die Dunkelheit zu blicken, wo er mehr sah als alle anderen. Das Summen der Fliege hielt ihn vom Einschlafen ab.

Wie sagten die Menschen so schön: »Das Unglück schläft nie.« Der Satz gefiel ihm.

77

Paris

So etwas konnte nur in Frankreich passieren! Kaum hatte er gesehen, dass die *Mona Lisa* ausgerechnet heute wegen Restaurationsarbeiten der Öffentlichkeit nicht zugänglich sein sollte, war er wieder hineingestürmt. Hatte versucht, sich zur Museumsleitung durchzufragen, mit seinem Ausweis gewedelt, aber niemanden getroffen, der seine Sprache sprach. Nach endlosen Verständigungsversuchen war er endlich an einem Empfangstresen angekommen, auf dessen Front *C2RMF* stand. Wenn er die Frau im Souvenirshop richtig verstanden hatte, ging es hier in die Abteilung des Louvre, die für Restaurierung zuständig war.

Weder der junge Sicherheitsbeamte noch sein älterer Kollege hatten ihn verstehen wollen. »Pardon, pardon«, hatten sie immer wiederholt und ihn, wenn Millner den französischen Wortschwall richtig gedeutet hatte, an die Pressestelle des Louvre verwiesen.

»Ich bin kein Journalist!«, hatte Millner geflucht und dem Mann seinen Ausweis unter die Nase gehalten. Nachdem er mit seinem Englisch nicht weiterkam, hatte er aufgegeben, Barack angerufen und sich auf den Weg ins Obergeschoss und nach draußen gemacht.

Zur Modenschau würde er wiederkommen und bis dahin hoffentlich schlauer sein. Das war der Nachteil: Sein Instinkt sagte ihm, wenn etwas nicht stimmte, verriet aber selten, was genau es war.

»Ich kann bis auf zehn Meter genau sagen, von wo die SMS von Patryk Weisz' Handy geschickt wurde, aber nicht, wo das Handy nun ist, denn es ist wieder ausgeschaltet«, hatte Barack ihm auf seine Anfrage hin mitgeteilt. »Rue Abreuvoir in Montmartre. Das ist dieser Erdhaufen in Paris hinter dem Nuttenviertel Pigalle.«

»Bekomme raus, was es da Besonderes gibt! Wer dort wohnt!«, hatte er Barack schlecht gelaunt aufgetragen. Er hatte den Louvre inzwischen verlassen und sich auf einen der Poller auf dem Vorplatz gesetzt. »Und finde heraus, ob Helen Morgan heute in Paris die *Mona Lisa* restauriert. Im C2RMF.«

»Im was? Ich dachte R2D2 wäre ein Roboter!«

»Schreib mit: C2RMF. Die Abteilung für Restaurierung und Konservierung im Louvre.«

»Notiert!« Offenbar war Barack endlich klar geworden, dass Millner heute nicht nach Scherzen zumute war.

»Und wenn Mrs. Morgan dort ist, besorge mir Zugang, damit ich sie treffen kann! Die haben mich mit meinem Ausweis nicht in den Sicherheitsbereich hineingelassen.«

»Wie soll ich das denn machen?«, hatte Barack erstaunt zurückgefragt, und Millner hatte schimpfend aufgelegt. Manchmal vergaß er, dass er nicht bei irgendeinem tollen Unternehmen mit motivierten Mitarbeitern und hervorragendem technischen Equipment arbeitete, sondern nur beim FBI.

Er musste dringend nachdenken. Sein bereits verstorbener Ausbilder Haller bei der Polizei in Baltimore, für die er fünfzehn Jahre gearbeitet hatte, bevor er zum FBI gewechselt war, hatte ihn immer ermahnt, wie wichtig Nachdenken sei. »Wenn du zu Hause etwas suchst, findest du den verlorenen Gegenstand in zwei Drittel aller Fälle durch Nachdenken und nur selten durch planloses Suchen«, hatte der alte Haudegen gepredigt.

»Wer sagt das?«, hatte Millner gefragt. »Eine Studie?«

Haller hatte gelacht und gehustet, so schlimm, dass man damals schon ernsthafte Bedenken um seine Gesundheit hatte haben müssen, und geantwortet: »Meine Frau, du Esel. Und die hat immer recht!«

Millner lächelte. Damals war die Welt noch in Ordnung, dachte er.

Er checkte seine E-Mails. Die neueste stammte aus der IT-Abteilung. *Untersuchung Computer Mrs. Helen Morgan*, stand im Betreff. Gerade war er im Begriff, sie zu öffnen, als das Telefon klingelte.

»Volltreffer. Alle Mädchen befreit! Äußerlich scheinen sie unverletzt zu sein.« Keller klang geradezu euphorisch.

»Das ging schnell«, bemerkte Millner erleichtert. »Und Pavel Weisz?«

»Nicht angetroffen. Aber zwei tote und vier gefangene Mexikaner. Und so etwas wie ein provisorischer OP-Raum.«

»Und Madeleine Morgan?«

»Nicht, dass ich wüsste. Aber wir sind noch dabei, die gefundenen Mädchen zu identifizieren. Scheinen ziemlich traumatisiert zu sein.«

Millner nickte. Immerhin lebten sie. Endlich einmal eine gute Nachricht!

»Hätte gern bis nach ganz oben verlauten lassen, dass die Information von Ihnen kam, Millner. Aber offiziell sind Sie ja im Urlaub ...«

»Besten Dank«, entgegnete Millner, ohne seinen Sarkasmus zu verbergen.

»Die Rettung der Mädchen geht jedenfalls auf Ihr Konto.«

Besser gesagt, auf Patryk Weisz' Konto, dachte Millner. Also war Weisz junior tatsächlich auf ihrer Seite. Umso wichtiger, ihn zu finden.

»Bleiben noch das Computervirus, das Bienensterben, die Anschläge ...«, fuhr Keller fort. Sofort klang er wieder besorgt. »Was das Computervirus angeht, wird es immer verrückter. Unsere IT geht mittlerweile davon aus, dass es nicht mehr aufzuhalten ist. Scheint für jegliche Software, die Bilder, Maße oder Ähnliches enthält, übel auszusehen. Alle sprechen vom Tod der Bilddateien. Schwer abzusehen, was das wirklich bedeutet.«

»Und die Bienen?«

»Die UN meldet, dass mit einem Aussterben zu rechnen ist, wenn nicht innerhalb weniger Tage ein Impfstoff gefunden wird. Und dann haben wir da noch den Amoklauf durch die europäische Kultur.«

»Ich glaube, sie wollen hier in Paris die *Mona Lisa* stehlen«, entfuhr es Millner.

»Die *Mona Lisa*?«, fragte Keller überrascht. Einen Moment schwieg er, als müsste er die Information erst einmal verarbeiten. »Sind Sie sicher? Soll ich jemanden warnen? Und wen meinen Sie mit ›sie‹?«

»Ich weiß es noch nicht genau«, entgegnete Millner. »Die Herren Weisz, Helen Morgan. Bin noch dabei, das alles zu sortieren.« Er stockte. »Warten Sie lieber noch mit der Warnung an die Franzosen. Vielleicht ist das unsere Chance, sie zu schnappen.«

»Ich schicke Ihnen Verstärkung.«

Millner wollte ablehnen, doch vielleicht war das gar keine so schlechte Idee. Er konnte nicht überall gleichzeitig sein. »Ich brauche zwei Teams. Sie müssen mir direkt unterstellt werden.«

»Alles klar. Aber warum gerade die *Mona Lisa*?«

»Warum das alles?«, erwiderte Millner. Auch wenn er einen sicheren Verdacht hatte, musste er ihn noch nicht teilen. Bei der Befreiung der Mädchen sah man ja, wo es endete: Andere kassierten die Lorbeeren.

»Gute Frage.«

»Nein, das ist die Frage!« Diesmal war es Millner, der das Telefonat einfach so beendete. Nachdem er entscheidend zur Rettung der Schönheitsköniginnen beigetragen hatte und dafür mal wieder keinen Orden verliehen bekommen würde, konnte er sich die eine oder andere Frechheit leisten.

Unruhe breitete sich in ihm aus. Er hatte das Gefühl, dass er alle losen Enden dieses Falles vor sich hatte, er musste sie nur noch miteinander verknüpfen.

Die Datei mit der Auswertung der Daten von Mrs. Morgans Festplatte öffnete sich auf seinem Smartphone. Dateien und Dokumente, die sich mit den Themen »Schönheit«, »Neurologie« und »Ästhetik« beschäftigten. Aufsätze für Fachzeitschriften. Wissenschaftliche Studien. Ein Ordner mit Bildern. Als Millner ihn öffnete, lächelte ihm eine verzerrte Fratze entgegen. Erschrocken schloss er sie sofort wieder. Keller hatte nicht untertrieben. Sein Smartphone oder sogar der Server des FBI schien ebenfalls schon von diesem Computervirus befallen zu sein.

Er überflog die Textdateien, blieb am Namen einer der neueren Dateien hängen. »*Mona Lisa*«, las er leise und öffnete sie. Ein Grundriss, den er als Gebäudeplan des Museo del Prado identifizierte. Ein ähnlicher Plan vom Louvre. Schließlich stieß er auf einen Ordner mit E-Mail-Verkehr zwischen Helen Morgan und einer kryptischen E-Mail-Adresse, deren Absendername vorwiegend aus Ziffern bestand.

»*Wann können Sie liefern?*«, las er lautlos ab.

»*Sobald die Zahlung in vollständiger Höhe auf meinem Schweizer Bankkonto eingegangen ist*«, lautete Helen Morgans Antwort.

»*Erst Lieferung, dann Zahlung.*«

»*Kein Interesse.*«

»*50 Millionen, wenn wir das Lösegeld für die amerikanischen Mädchen und Pavel Weisz erhalten haben. Weitere 150 Millionen erhalten Sie nach Erhalt des Kaufpreises für die Antiviren-Lösung.*«

Millner hielt inne. War das die Erklärung für alles?

Helen Morgan wollte die *Mona Lisa* stehlen, und die Käufer

finanzierten den Kauf des Gemäldes durch das Kidnapping der Amerikanerinnen und die Entführung Pavel Weisz'? Er las noch einmal die Passage mit dem Computervirus.

Weitere 150 Millionen erhalten Sie nach Erhalt des Kaufpreises für die Antiviren-Lösung.

Hatten diejenigen zudem das Computervirus erschaffen, um die Antiviren-Lösung dafür teuer zu verkaufen, wenn die Welt genug gelitten hatte? Und das alles, um eine gestohlene *Mona Lisa* zu erwerben? Dies alles klang so wahnsinnig, dass es wahr sein konnte.

Er las weiter.

Dann zehn Million bei Übergabe des Gemäldes, Restzahlung danach. Einverstanden.

Millner überflog den Dialog immer und immer wieder. »Heilige Scheiße«, brummte er.

Lautes Reifenquietschen ließ ihn aufschauen. In einiger Entfernung, noch auf der Zufahrtsstraße zum Louvre, hielten zwei schwarze Geländewagen mit getönten Fensterscheiben. Die Verstärkung war da. So unauffällig, wie nur das FBI sein konnte.

78

Paris

Als der Fahrstuhl das Untergeschoss des Louvre erreichte und die Türen der Kabine sich wieder öffneten, wurde Helen bereits von einer energisch, aber nicht unfreundlich wirkenden Frau erwartet. Sie war etwas älter und deutlich kleiner als Helen und schien, ihrem Äußeren nach zu urteilen, eher spanischer als französischer Abstammung zu sein. Dieser Verdacht wurde bestätigt, als sie sich mit starkem spanischen Akzent als Madame Arantxa Martinez vorstellte, die Leiterin der Konservierungsabteilung des C2RMF.

»Es freut mich sehr, Sie kennenzulernen, Madame Morgan.«

Sie streckte ihr lächelnd die Hand entgegen. »Ich habe viel von Ihrer Arbeit gelesen und kann im Namen aller Mitarbeiter des C2RMF sagen, dass wir stolz sind, Sie hier empfangen zu dürfen.«

Helen fühlte, wie ihr ein ganzes Gebirge vom Herzen fiel – und es im nächsten Moment wieder umschloss. Die große Freundlichkeit, mit der sie empfangen wurde, bedeutete, dass niemand Verdacht schöpfte. Und gleichzeitig, dass sie diese Menschen in den nächsten Stunden schwer hintergehen musste.

»Wir gehen zusammen in das Labor, wo der Leiter der Gemäldesammlung, Monsieur Roussel, Sie bereits erwartet.«

Helen bemerkte, dass die Chefkonservatorin genauso einen Ausweis um den Hals trug wie sie selbst. Auf dem kleinen Foto sah sie deutlich jünger aus. Sie passierten eine Sicherheitstür und folgten einem Gang, der Helen eher an einen Bunker als an ein Labor erinnerte.

»Man gewöhnt sich dran«, bemerkte Madame Martinez mit einem kleinen Lächeln. Offenbar hatte sie Helens besorgte Blicke zu den Überwachungskameras bemerkt, die alle paar Meter über ihren Köpfen an der Decke befestigt waren. »Es sind halt Gemälde von unschätzbarem Wert, die aus aller Welt zu uns kommen und hier bearbeitet werden«, fügte sie an.

»Kein Problem!«, beeilte sich Helen klarzustellen. Sie schien doch keine besonders begabte Kunstdiebin zu sein.

Der Gang knickte plötzlich nach rechts ab, und sie gelangten zu einer weiteren Tür. Davor stand ein breitschultriger Sicherheitsmann, der ihnen mit ernster Miene zunickte. An seinem Gürtel trug er ein Funkgerät und eine Schusswaffe. Helen lächelte ihm zu und tat ihr Bestes, ihre Nervosität zu verbergen. Der Mann von der Security öffnete die Tür, und endlich betraten sie einen Raum, den Helen auf den ersten Blick als Labor identifizierte, wenngleich er eher einer Werkstatt glich. Sie sah einige teure Instrumente, die sie zum Teil nur von Fotos kannte. Eine Gruppe von drei Männern stand an der gegenüberliegenden Seite des Raumes vor einem stählernen Rahmen, in dem

Helen ein Gerät zur Röntgenfluoreszenzanalyse erkannte. Auf einem Tisch neben ihnen befand sich eine Crisatel-Kamera zur multispektralen Digitalaufnahme.

Einer der drei Männer drehte sich um und blickte erfreut zu ihnen herüber. »Ah, Madame Morgan, herzlich willkommen!« Er kam auf sie zugeeilt und nahm ihre Hand, um einen Handkuss anzudeuten.

»Monsieur Louis Roussel, der Leiter der Gemäldesammlung!«, stellte Madame Martinez ihn vor. Er war ein quirliger Mann, der wegen seines drahtigen Körperbaus deutlich jünger aussah, als er vermutlich war. Über seinem Gesicht lag ein dunkler Bartschatten, auf der Nase saß eine Nickelbrille. Er trug einen Anzug und darunter ein Hemd, dessen Kragen offen stand. Auch um seinen Hals baumelte eine der Zugangsmarken mit Foto.

»Die beiden Messieurs dort hinten sind Marc Knowles und Martin Costa von der Universität Melbourne. Sie führen eine Röntgenfluoreszenzanalyse durch, sind aber jeden Augenblick fertig. Danach können Sie loslegen.«

Jetzt erst sah Helen aus der Entfernung, was Monsieur Roussel bis eben mit seinem Körper verdeckt hatte: das Gemälde der *Mona Lisa*, das vor den beiden australischen Wissenschaftlern, die hochkonzentriert mit dem Gerät arbeiteten, in den Stahlrahmen eingespannt war.

»*La Bellezza!*«, vernahm sie ein Raunen. »*Bellezza!*«

Erschrocken wich sie einen Schritt zurück und schaute in die Gesichter der anderen, die keinerlei Regungen zeigten, sie jedoch verwundert anblickten. Hatten sie denn nichts gehört? »Verzeihung«, stammelte Helen und griff sich an den Hals, der sich mit einem Mal wie zugeschnürt anfühlte.

»Sie brauchen sich nicht zu entschuldigen. Mir ging es bei der ersten Begegnung ohne Plexiglas und ohne Rahmen nicht anders«, bemerkte Monsieur Roussel. »Sie ist wie eine Marien-Erscheinung, und das macht dieses Gemälde so einzigartig.« Louis Roussel bedachte sie mit einem milden Lächeln, und auch Madame Martinez konnte sich ein Schmunzeln nicht verkneifen.

»Weil es uns so berührt, haben wir ja unseren jeweiligen Beruf ergriffen«, merkte sie an.

Helen kniff die Lippen zusammen und nickte. Vorsichtig richtete sie den Blick wieder auf das Bildnis, und wieder erklang ein leises »*Bellezza*«. Eher gesungen, als gesprochen. Aber es klang angenehm. Sofort wandte sie den Blick ab und versuchte, sich nichts anmerken zu lassen. Auf ihren Armen hatte sich eine Gänsehaut gebildet. Sie spürte ein großes Verlangen, wieder hinzuschauen. »*La bellezza!*« Nun erkannte sie eine Melodie, und ihr Schrecken wich.

»Sie werden gleich genügend Zeit haben mit der alten Dame«, sagte Monsieur Roussel. »Wie Sie sich vorstellen können, herrschen während einer Untersuchung wie dieser die strengsten Sicherheitsvorkehrungen. Wir passen auf, dass sich niemals mehr als fünf Personen gleichzeitig in der Nähe des Gemäldes aufhalten. Zudem messen wir regelmäßig die Temperatur der Bildoberfläche, um jedes Risiko einer Oberflächenerwärmung während der Untersuchungen auszuschließen.«

»*La Bellezza, la bellezza, la bellezza.*«

Die Melodie war seltsam berauschend. Beinahe fühlte Helen sich ein wenig beschwipst.

»Madame Morgan?« Monsieur Roussel blickte sie besorgt an.

»Verzeihung«, stammelte sie. Aus dem Augenwinkel erhaschte sie einen letzten Blick auf das Gemälde.

»*La bellezza!*«

»Ich vermute, in Ihrer Tasche haben Sie die Folien? Kann ich sie einmal sehen? Ich habe viel über Ihre Methoden gelesen, und wir sind hier natürlich alle sehr auf das Ergebnis gespannt.«

»Gern.« Helen sah sich nach einem Tisch oder Ähnlichem um. Jede einzelne Faser ihres Körpers schien bis zum Zerreißen gespannt zu sein. Von nun an musste sie sehr vorsichtig sein. Durfte sich auch nicht durch den merkwürdigen Gesang ablenken lassen.

»Wie ich Ihnen bereits schrieb, haben wir uns viele Gedanken über den Versuchsaufbau gemacht. Es dürfte klar sein, dass die Folien niemals das Gemälde berühren dürfen«, warf Monsieur Roussel ein. »Sie schrieben mir, dass Sie bei früheren Analysen eine Staffelei mit einem Vorspannrahmen benutzt haben? Ich habe mir erlaubt, durch unsere Museumswerkstatt eine solche Konstruktion anfertigen zu lassen.« Er wandte sich zur Seite und deutete auf eine Staffelei aus Holz, vor der Helen einen Rahmen erkannte, wie sie ihn selbst nutzte, um ihre Folien über ein Gemälde zu legen, ohne es dabei zu berühren.

Erleichtert, über Fachliches sprechen zu können, ging sie zur Staffelei und prüfte die Konstruktion. »Sieht gut aus«, lobte sie mit einem Lächeln.

»Zwei Museumsinstallateure, die auch für das Auf- und Abhängen des Gemäldes zuständig sind, werden Ihnen helfen, die *Mona Lisa* darauf zu fixieren«, ergänzte der Leiter der Gemäldesammlung. Der Raum war jetzt schon voller Menschen, vor der Tür stand ein groß gewachsener Sicherheitsmann, und nun sollten noch zwei weitere Installateure dazukommen. Helen hatte keine Ahnung, wie sie den Austausch der Gemälde unter so vielen Augen bewerkstelligen sollte. Immerhin hatte Monsieur Roussel gesagt, dass sich niemals mehr als fünf Personen in unmittelbarer Nähe des Gemäldes aufhalten durften. Das hieß für sie, dass es also vier weitere Personen gab, die es abzulenken galt. Dennoch schien das Unterfangen vollkommen unmöglich zu sein.

»Wir sind fertig, Monsieur!«, sagte einer der Männer hinter ihr. Die beiden Australier standen vor ihnen; jeder von ihnen hatte einen großen Koffer bei sich. »Es war unglaublich aufregend, und wir denken, wir haben tolle Ergebnisse erzielt.«

Alle schüttelten einander die Hände, und auf ein Klopfen eines der Männer öffnete der Sicherheitsmann von außen die Tür. Nun waren sie nur noch zu dritt.

»Sie wollten uns die Folien zeigen«, erinnerte Madame Martinez. Helen spürte mit einem Mal, wie die falsche *Mona Lisa* in der Tasche an ihrer Schulter zerrte.

»Stimmt!«, sagte sie freundlich, als hätte sie es vergessen.

»Arantxa, vielleicht sollten wir erst die Installateure kommen lassen, um das Gemälde umzusetzen?«, schlug Monsieur Roussel vor und tippte mit dem Zeigefinger seiner rechten Hand auf die Uhr.

»Schon dabei!«, entgegnete die Spanierin und griff nach einem Telefon, das an der Wand neben der Tür hing. Keine drei Minuten später wurde die Labortür von außen geöffnet, und zwei Männer in blauen Hosen und Flanellhemden betraten den Raum. Vor der *Mona Lisa* blieben sie stehen. Aus ihren Hosentaschen zogen sie dünne weiße Stoffhandschuhe hervor, die sie gewissenhaft überstreiften. Als Nächstes postierten sie sich zu beiden Seiten des Gemäldes, und wie auf ein stummes Kommando hin hoben sie das Bildnis von dem stählernen Gestell. Im Gleichschritt brachten sie es zu der Staffelei – dabei ließen sie sich gegenseitig keinen Moment aus den Augen – und setzten es abermals absolut synchron wieder ab.

Gleich darauf zogen sie sich nach einem knappen Gruß zurück.

Helen hatte das Prozedere staunend beobachtet, dabei jedoch direkten Blickkontakt zu dem Porträt vermieden. Als sie schließlich doch der Versuchung nachgegeben und einen kurzen Blick riskiert hatte, war er wieder da gewesen, der Gesang. Es war klar, dass das »Bellezza!«, das sie hörte, immer dann auftrat, wenn sie das Bild betrachtete. Keine der Erklärungen, die sie dafür hatte, war beruhigend, doch sie beschloss, ein andermal darüber nachzudenken.

»So, Madame Morgan. Die *Mona Lisa* gehört Ihnen!« Monsieur Roussel deutete mit einer eleganten Handbewegung auf das Gemälde.

Helen trat näher heran und beugte sich weit nach vorne. Der Gesang bestand aus nur einem Wort, aber die Melodie war durchaus komplex, wobei die Harmoniefolgen sich stetig wiederholten. Sie musste alle Kraft aufbringen, um sich wieder von dem Gemälde zu lösen.

»Beeindruckend«, sagte sie, und das war die pure Wahrheit. Obwohl sie beinahe unaufhörlich an die Aufgabe dachte, die vor ihr lag, konnte sie sich der Vollkommenheit dieses Bildnisses nicht entziehen. Nur mit Mühe riss sie sich von dem Anblick los, zog sich einen nahen Stuhl heran und stellte ihre Tasche darauf ab. Dabei war sie darauf bedacht, alles möglichst normal wirken zu lassen.

Während sie mit klopfendem Herzen darauf achtete, ihren beiden Gastgebern mit dem Rücken den Blick auf die Tasche zu verstellen, öffnete sie vorsichtig den Reißverschluss. Mit jedem Zentimeter, den der Reißverschluss sich teilte, kam ein weiterer Teil der Folien zum Vorschein. Durch das Plexiglas der Folien schimmerte das präparierte Gemälde der *Mona Lisa del Prado* hindurch, das dahinter verborgen war. Sie hielt den Atem an, schob ihren Körper noch ein bisschen weiter vor und zog behutsam eine Folie heraus.

»Soll ich Ihnen helfen?« Aus dem Augenwinkel sah sie, wie Madame Martinez einen Schritt in ihre Richtung machte.

Mit einer blitzschnellen Bewegung hielt Helen die Tasche zu, konnte aber nicht verhindern, dass ein Teil des darin versteckten Gemäldes herausragte. Schon bereitete sie sich darauf vor, dass Madame Martinez es entdecken würde, als sie Louis Roussels Stimme hinter sich vernahm.

»Arantxa, ich brauche dich mal eben!« Monsieur Roussel stand vor dem Gerät, dass die Australier eben noch benutzt hatten, und untersuchte das Gehäuse. »Vielleicht kannst du gehen und ein Neues besorgen?«

Während er mit Madame Martinez sprach, beeilte Helen sich, die Folien aus der Tasche zu ziehen. Kaum war dies gelungen, schloss sie den Reißverschluss wieder.

Nun kam Arantxa Martinez auf sie zu, in der Hand ein kleines Teil, das zu dem Röntgenfluoreszenzanalysegerät zu gehören schien. »Ich muss dies hier austauschen gehen.« Sie hielt ein elektronisches Bauteil in die Höhe, dessen Funktion Helen nicht kannte. »Und ich habe noch eine Telefonkonferenz. Wie lange werden Sie für Ihre Untersuchungen benötigen?«

»Zwei, vielleicht drei Stunden, schätze ich.« Helen versuchte, bemüht zu wirken, und hielt die Folie hoch in die Luft. Dabei hoffte sie, dass das kaum merkliche Zittern ihrer Hände sie nicht verraten würde.

»Dann komme ich nachher wieder. Wir werden sicher noch genügend Zeit haben, uns zu unterhalten. Monsieur Roussel bleibt bei Ihnen und wird Ihnen nicht von der Seite weichen. Sagen Sie ihm, wenn Sie etwas brauchen.«

Helen nickte, und Madame Martinez verschwand mit einem Lächeln.

Nun waren Helen und der Leiter der Gemäldesammlung allein. Nur noch eine einzige Person, die sie abzulenken hatte, um den Austausch der beiden Gemälde unbemerkt vorzunehmen. Allerdings immer noch eine Person zu viel.

»Die Röntgenfluoreszenzanalyse hat wieder viele Fragen aufgeworfen. Wie zu erwarten war, enthält das Gemälde überall viel Blei, jedoch auch Kalzium. Unmengen an Kalzium, verteilt über das ganze Bild. Zwar ist bekannt, dass damals Knochenleim verwendet wurde, aber nicht in einem solchen Maße. Zudem fanden wir Kupfer und Eisen. Man kann sagen: Das Gemälde besteht aus ganz ähnlichen Stoffen wie wir Menschen. Vielleicht wirkt es deshalb so lebendig ...«

Helen wurde das Herz schwer. Wenn es nach dem alten Weisz ginge, würde von heute Abend an niemand mehr dieses Kunstwerk studieren können außer ihm selbst.

»Aber ist sie nicht wunderbar?«, sagte Monsieur Roussel. Er stand nun neben ihr und betrachtete die *Mona Lisa* verträumt. »Man stelle sich vor, dass sie über fünfhundert Jahre alt ist. Wie viele Kriege hat sie überstanden? Zudem einen Diebstahl, zwei Anschläge. Und sie lächelt immer noch, als wäre nichts gewesen.«

Helen blickte zu ihm, auch um nicht das Gemälde anschauen zu müssen. Zu groß war ihre Sorge, dass sie sich von dem Bild ansonsten nicht mehr würde lösen können.

»Es ist ein Geniestreich, als wäre es nicht von dieser Welt. Man sieht nicht einen einzigen Pinselstrich. Trotz aller Untersuchungen mit den modernsten Methoden konnten wir bis heute nicht herausbekommen, wie genau Da Vinci es gemalt hat. Schauen Sie auf die Inkarnate, die Fleischtöne, für deren Lasuren er ein extrem durchsichtiges Bindemittel mit wenigen Pigmenten verwendet hat. Dadurch sieht es so aus, als könnte man das Blut unter der Haut zirkulieren sehen.«

Neugierig geworden durch die leidenschaftliche Beschreibung, wagte Helen einen Blick, sofort vernahm sie wieder den hohen Gesang.

»*La Bellezza!*«

Wie der Lockruf der Sirenen, ging es ihr durch den Sinn. So mussten die weiblichen Fabelwesen aus der griechischen Mythologie geklungen haben.

»Wie sich alles mit dem Sonnenlicht verbindet! Das Gewand, der Balkon, der Himmel. Die *Mona Lisa* ist der Inbegriff der Schönheit und vollendeten Schöpfung.«

Seine Worte klangen für Helen wie eine Liebeserklärung. Wer so über Kunst sprach, musste ein sehr einfühlsamer Mensch sein. Vielleicht ist dies meine letzte Chance, dachte Helen.

»Ich soll die *Mona Lisa* stehlen!«, sprudelte es aus ihr heraus. Mit zitternden Knien beobachtete sie seine Reaktion.

Louis Roussels Lächeln gefror.

»Ich werde erpresst! Sie haben meine Tochter. Bitte helfen Sie mir! Bitte!« Sie hörte selbst, wie flehentlich ihre Stimme klang, und fühlte Tränen hinter ihren Lidern brennen.

Monsieur Roussel schaute sie irritiert an, ohne etwas zu erwidern, und schüttelte kaum merklich den Kopf. Was sie sagte, musste gerade in seinen Ohren ungeheuerlich klingen.

»Haben Sie verstanden, Monsieur? Diese Leute haben meine Tochter in ihrer Gewalt! Vielleicht können Sie mir helfen, den Diebstahl vorzutäuschen. Bitte! In meiner Tasche dort befindet sich eine Kopie der *Mona Lisa*, die ich gegen das Original hier austauschen soll.«

Monsieur Roussel sah zu ihrer Tasche hinüber. Immer noch machte er keine Anstalten, etwas zu sagen. Sein Schweigen verunsicherte sie. Oh, Gott! Was, wenn er ablehnte? Dann war Madeleine verloren!

»Bitte helfen Sie mir! Sie werden meiner Tochter etwas antun, wenn ich ihnen nicht die *Mona Lisa* bringe!«

Sie spürte, wie sich eine Träne aus ihrem Augenwinkel löste, und nur mit Mühe unterdrückte sie ein Aufschluchzen. Der Druck der vergangenen Tage schien sich entladen zu wollen, jetzt, da sie endlich gewagt hatte, sich jemandem anzuvertrauen. »Sagen Sie doch etwas!«, bat sie.

Louis Roussel stand immer noch wie versteinert da und blickte sie fassungslos an.

79

Florenz, um 1500

Das Gemälde ist vollendet. Heute habe ich es gesehen, und ich bin erschüttert. Es zeigt eine Frau. Egal, wo man steht, ihre Augen folgen einem. Und dabei lächelt sie, als wollte sie einen verzaubern. Sie ist von so sagenhafter Schönheit, dass sie einen ganz betäubt.

»Ich hätte schwören können, sie lebt«, sagte ich voller Bewunderung, und Leonardo und lo straniero *blickten einander an und lachten. »Warum spottet ihr über mein Urteil?«, fragte ich beleidigt. Und Leonardo antwortete etwas, was mir das Blut in den Adern gefrieren ließ:*

»Sie lebt!«

Ich bin sicher, ich habe mich nicht verhört.

»Wer ist sie?«, fragte ich, und wieder das gleiche Spiel: Sie suchten den Augenkontakt zueinander und lachten.

»Sie ist Hunderte«, entgegnete Leonardo, und lo straniero *ergänzte:*

»Wenigstens.«

Und als Leonardo mich ratlos sah, ergänzte er: »Wir haben sie eingefangen. Die Schönheit. Von jeder nahmen wir nur das Schönste, in jenem kurzen Moment, wenn sie ihr Schönstes offenbaren.«

»Wenn man die schönsten Blumen säen möchte, muss man den Samen der schönsten Blumen verwenden. Nur aus etwas entsteht etwas, und die Schönheit, sie funktioniert einzig und allein über die Augen und die Gedanken«, fügte lo straniero hinzu und zeigte auf sein Haupt.

Ich habe mich damit abgefunden, nicht alles um mich herum zu verstehen, und wenn ich aufrichtig bin, möchte ich es auch nicht. Ich sehe es als Demut gegenüber dem Herrn, nicht alles zu durchschauen, was er lenkt.

Salai war es schließlich, der erschien und beide wütend Mörder schimpfte. Leonardo verscheuchte ihn mit Fußtritten.

Doch bei aller Faszination war das Gemälde für mich keine Überraschung. Ich sagte Leonardo und lo straniero nicht, dass ich die Frau auf dem Gemälde schon einmal gesehen hatte. Auf dem Bild von Salai, das er heimlich abgemalt hat. Wegen all dieser Vorkommnisse erschüttert das Bildnis mich mehr, als dass es mich berührt.

Froh war ich über einen Einband, den lo straniero mir für mein Buch zur göttlichen Proportion geschenkt hat. Was ich davon übrig habe, werde ich auch für dieses Tagebuch verwenden. Er ist ganz weich. Salai meinte, der Einband sei aus Menschenhaut. Wenn man genau hinschaut, sehe man sogar die Poren.

Er versucht wirklich, einem alles zu verleiden. Und das Schlimmste ist: Einmal eingepflanzt, wird man einen Gedanken so schnell nicht mehr los.

80

Paris

Die Schirmmütze tief ins Gesicht gezogen, strich er durch die Gemäldesammlung, um sich die Zeit zu vertreiben. Die *Venus von Milo*, Albrecht Dürers *Selbstbildnis mit Distel*, da Vincis *Anna selbdritt* – und dies waren nur die berühmtesten. Er blieb vor der Plexiglasscheibe stehen, hinter der sich normalerweise die *Mona Lisa* befand. Heute war es anders. Der Glaskasten war leer.

Ihn fröstelte. Er fror bei dem Gedanken, wie viele Besucher Jahr für Jahr durch den Louvre gingen, nicht ahnend, wie groß die Gefahr war. Wie viele Millionen Menschen in den vergangenen Jahrzehnten kontaminiert worden waren, ohne es zu wissen. Das Virus in alle Welt schleppten, weitere Menschen infizierten. Es war ein perfektes Virus, denn es tötete seinen Wirt nicht. Eine wesentliche Voraussetzung für eine erfolgreiche Verbreitung.

»Mona-Lisa-Virus« hatten sie ein anderes Virus getauft, das Computervirus, das gerade sein Unwesen trieb. Ein Zufall so recht nach seinem Geschmack, dem er durch entsprechende Blog-Beiträge in allen gängigen Foren fleißig auf die Sprünge geholfen hatte. So verband die Welt nun den Namen der *Mona Lisa* mit dem bekanntesten Computervirus in der Geschichte der Menschheit. Und den ins Lächerliche verzerrten Gesichtern, die das Virus erzeugte. Mit der Hand fühlte er nach dem Auslöser in seiner Tasche. Ein Knopfdruck und zwölf Modelträume würden zerplatzen. Er lachte über sein eigenes Wortspiel und zog sich die Hutkrempe noch tiefer in die Stirn. Es war eine ganz rationale Angelegenheit. Es ging nur darum, Superstreuer zu vernichten. Und neue Bilder zu erschaffen. Assoziationen zu wecken, die sich einbrannten in den menschlichen Gehirnen. Transportiert von den Medien als willige Boten. Das menschliche Gehirn glich einer Festplatte, und wenn jemand wusste, wie man Festplatten von Viren dekontaminierte und neu überschrieb, dann er.

Er warf einen letzten Blick auf den Platz, wo sonst die *Mona Lisa* hing, und schlenderte weiter, verließ den Denon-Flügel des Louvre. Vermutlich hielt man ihn für gefühllos, für unmenschlich, und er musste gestehen, dass diese Tat Skrupel in ihm weckte. Er blieb vor einem Gemälde stehen, das den gekreuzigten Jesus zeigte. Der Name des Malers sagte ihm nichts.

Er war unmenschlich. Musste es sein für das, was er vorhatte. Nicht viele waren immun gegen das Virus, und bei ihm hatte die Immunität erst nach dem schrecklichen Unfall eingesetzt. Er war durchs Feuer gegangen. Und nun musste er den Weg weitergehen. Dazu war er auserwählt. Und dies heute war die bisher schwerste Bewährungsprobe. Weil alle anderen das, was er zu vernichten suchte, für unschuldig, ja sogar erstrebenswert hielten. Vielleicht würde man ihn nicht verehren. Noch nicht einmal erkennen, wovon er die Welt befreit hatte.

Aber dies war das Schicksal vieler Märtyrer.

Vermutlich erging es ihm wie Van Gogh. Dem getriebenen Maler, der sich selbst ein Ohr abgeschnitten und sich schließlich mit einem Gewehr in die Brust geschossen hatte und der erst nach seinem Tod zu Ruhm gelangt war.

Oder es erging ihm wie Salai. Er blickte auf die Uhr an seinem Handgelenk. Noch eine Stunde.

81

Paris

»Ich verstehe Ihre Situation besser, als Sie ahnen«, sagte Monsieur Roussel endlich. »Viel besser«, fügte er mit düsterer Stimme an.

Helen stand mit weichen Knien vor ihm und hoffte, dass sie ihren Vorstoß nicht bereuen würde.

»Aber Sie irren sich, wenn Sie glauben, dass ›die‹ allein auf Sie setzen.«

Sie starrte Monsieur Roussel fassungslos an. Hatte sie ihn richtig verstanden?

»Und daher kann ich Ihnen leider nicht helfen«, fuhr Monsieur Roussel fort. »Alles, was ich tun kann, um Ihnen und auch mir zu helfen, ist, Sie nun mit dem Gemälde dort allein zu lassen und den Sicherheitsmann vor der Tür abzuziehen. Sie haben eine, höchstens eineinhalb Stunden, und dann sollte zu unser beider Seelenheil und Sicherheit dort auf dem Rahmen die *Mona Lisa del Prado* stehen.« Monsieur Roussel wandte sich zur Tür, blieb nach einem Schritt jedoch abrupt stehen, kehrte um und ging zur *Mona Lisa* hinüber. Unglaublich liebevoll strich er mit der Hand über die obere Kante des Pappelholzes und verließ das Labor dann, ohne Helen noch einmal anzuschauen.

Sie blickte ihm ungläubig nach. Dann brach sie in Tränen aus. Von Weinkrämpfen geschüttelt, sank sie auf die Knie und schluchzte. Ihr Blick fiel auf die *Mona Lisa*. Wieder vernahm sie die Melodie. Helen hielt sich die Ohren zu, doch der Gesang wurde nicht leiser. Sie schloss die Augen, und die Melodie verstummte. Mit beiden Handflächen schlug sie sich auf den Kopf, als könnte dies etwas ändern, starrte dann wieder auf das Gemälde.

Das Lächeln der *Mona Lisa*, der gütige, wissende Blick wirkten tröstlich auf Helen. Langsam beruhigte sie sich und gab sich dem Gesang ganz hin. Sie war so schön. So unendlich schön. Helen strich eine Haarsträhne, die ihr in die Stirn gefallen war, hinter das Ohr. Von unten betrachtet lag das Gesicht der Gioconda allerdings hinter einem dichten Schleier, sah der Firnis noch milchiger aus. Schließlich erhob Helen sich. Ihr Blick fiel auf ihre Tasche, die immer noch auf einem Stuhl neben dem Gemälde lag. Sie wischte sich die Hände sorgsam an der Hose ab und rückte dann das Gemälde der echten *Mona Lisa* auf der Staffelei vorsichtig einige Zentimeter zur Seite. Dann öffnete sie den Reißverschluss ihrer Tasche, entnahm die *Mona Lisa del Prado* und stellte sie neben das Original auf die Staffelei.

Tatsächlich glichen beide Gemälde sich in Größe, Motiv und Farben. Nur wirkte das Bildnis aus dem Prado wie erwartet trotz aller Bemühungen des Kunstfälschers Louis immer noch deutlich farbintensiver und leuchtender. Während sie die Gemälde miteinander verglich, vermischte sich die Melodie, die sie beim Betrachten des Originals wahrzunehmen glaubte, mit dem Flüstern, das von dem Gemälde aus dem Museo del Prado zu ihr drang.

»*La bella – parvenza – del – male!*«

»Der schöne Schein des Bösen«, sprach sie leise vor sich hin. Angst breitete sich plötzlich in ihr aus.

Sie war ja drauf und dran, den Verstand zu verlieren! Als Neurologin wusste sie, dass das menschliche Gehirn meisterlich darin war, von schrecklichen Dingen abzulenken. Offenbar hatte sie durch die Entführung Madeleines ein schweres Trauma erlitten, und dies alles waren Versuche ihres Gehirns, sie zu schützen. Oder konnte es tatsächlich sein, dass ... Sie dachte an den Fleck auf der MRT-Aufnahme ihres Gehirns, auf den Betty hingewiesen hatte. Die Untersuchung lag erst einige Tage zurück, erschien ihr aber wie eine Szene aus einem anderen Leben. Nein, so weit konnte es nicht gehen. Oder?

Helen massierte ihre Schläfen und schloss die Augen. Sie musste sich jetzt endlich auf ihre eigentliche Aufgabe hier konzentrieren.

Ein Austausch würde aufgrund der unterschiedlichen Helligkeit der beiden Gemälde sofort auffallen. Allerdings schien der alte Weisz sich auch Monsieur Roussel zum Komplizen gemacht zu haben, durch welches Druckmittel auch immer. Vermutlich war es seine Aufgabe, eine allzu rasche Entdeckung des Diebstahls zu verhindern.

Was sollte sie nur tun? Würde sie tatsächlich die beiden Gemälde austauschen und mit der *Mona Lisa* in ihrer Tasche aus dem Louvre marschieren, würde sie zweifellos als zweifache Gemäldediebin in die Geschichte eingehen: Nicht nur, dass man ihr den Diebstahl des Originals der *Mona Lisa* hier im Louvre würde nachweisen können. Auch die Entwendung der *Mona Lisa del Prado* würde man ihr danach anlasten. Und hatte Pavel Weisz nicht von hinterlegten Dateien auf ihrem Computer gesprochen, die ihre Täterschaft klar beweisen würden?

Nein, es schien keinen Ausweg mehr zu geben. Noch immer stand sie mit geschlossenen Augen da und massierte sich die Schläfen.

Plötzlich klopfte es. Erschrocken fuhr sie herum. Die Labortür öffnete sich Zentimeter um Zentimeter. Als Helen die Tür endlich erreichte, war sie bereits halb geöffnet. Ein blauer Sack kam zum Vorschein. Helen griff nach der Klinke und öffnete die Tür, darauf bedacht, den Blick auf die beiden Gemälden in ihrem Rücken zu verstellen. Sie erblickte einen Reinigungswagen, in dem vorn ein Müllsack eingespannt war, dahinter befand sich ein Fach mit diversen Reinigungsmitteln.

»Bonjour!«, erklang eine schüchterne Stimme. Hinter Besen, Schrubbern und Putzlappen kam das Gesicht einer kleinen Asiatin zum Vorschein. »Nettoyer! Nettoyer!«, rief sie.

Helen warf an ihr vorbei einen prüfenden Blick den Gang hinunter. Der Wachmann war tatsächlich verschwunden. Keine zehn Meter hinter ihrem Rücken stand völlig ungeschützt das wohl wertvollste Gemälde der Welt, und jetzt erschien eine Reinigungskraft, um hier sauberzumachen? Beinahe war ihr nach Lachen zumute. Nun wunderten sie die Berichte über spektakuläre Kunstdiebstähle nicht mehr. Man musste gar kein Meisterdieb sein.

»Jetzt bitte nicht!«, sagte sie und machte eine ablehnende Handbewegung. »Später!«

Die Asiatin schien zu verstehen und schaute auf ihre Armbanduhr. »Dann Pause jetzt!«, rief sie fröhlich und schaute auf den Reinigungswagen. »Wagen bleibt hier!« Sie deutete in den Raum hinein.

Froh, die Situation so schnell geklärt zu haben, zog Helen den Putzwagen ins Labor. »Kein Problem«, sagte sie lächelnd und deutete mit dem Zeigefinger auf ihr Handgelenk, an dem sie gar keine Uhr trug. »Später!« Die Asiatin erwiderte ihr Lächeln und eilte davon. Erleichtert atmete Helen aus, als die Tür sich mit einem satten Geräusch schloss.

Sie schaute zur Staffelei, von der die *Mona Lisa* und deren Zwillingsschwester zu ihr herüberblickten. Der Anblick erinnerte sie an ihre beiden besten Freundinnen zu Schulzeiten. Jill und Jane hießen sie und waren eineiige Zwillinge. Ab und zu hatten sie sich einen Spaß erlaubt und die Rollen getauscht.

Helen kam in den Sinn, wie Jill in der Highschool für Jane eine Prüfung geschrieben hatte. Dafür hatten beide im Gebüsch vor der Schule sogar heimlich die Kleidung getauscht. Die Erinnerung zauberte ein kleines Schmunzeln auf Helens Lippen, doch nur für einen Moment.

Dann schlug, einer mächtigen Welle gleich, die Verzweiflung wieder über ihr zusammen. Monsieur Roussel war bereits eine Weile fort, und sie musste zusehen, dass sie vorankam. Sie machte einen Schritt nach vorn und stieß mit dem Fuß gegen den Reinigungswagen. Vor Schmerz aufstöhnend, rollte sie ihn ein Stück zur Seite, wobei eines der Putzmittel vom Wagen kippte. Sie bückte sich, um es aufzuheben. Mit gerunzelter Stirn starrte Helen auf die Flasche in ihrer Hand. Offenbar handelte es sich um Terpentin.

Sie drehte die anderen Reinigungsflaschen im Wagen so, dass sie die Etiketten lesen konnte. Mit Chemikalien schien man hier nicht zu geizen. Offenbar benötigte man im Labor eines Museums besondere Lösungsmittel zum Saubermachen.

Helens Blick wanderte wieder zu den beiden Gemälden, und es gelang ihr diesmal, die Mischung aus Gesang und Flüstern, die von ihnen ausging, zu ignorieren. Plötzlich breitete sich in ihr eine große Ruhe aus.

Zum ersten Mal seit Tagen hatte sie einen Plan.

82

Acapulco

Es stank nach Fäkalien und Insektenschutzmitteln. Auch weil ihr Begleiter, der sie mittlerweile gebeten hatte, ihn Ahmed zu nennen, nicht mehr konnte. Bei jedem Atemzug pfiff seine Lunge, und nachdem er mehrmals ins Straucheln geraten und hart aufgeschlagen war, hatten sie sich in dem Ausfluss eines Abwasserkanals versteckt. Von einer höher gelegenen Ebene kommend, hatte das große, offene Betonrohr plötzlich vor ihnen aus der Erde geragt. Auf dem Boden des Rohres befand sich das Rinnsal einer gelbbraunen Flüssigkeit. Sie waren an der Seite des Rohres so weit hinaufgekrochen, wie es ging, sodass nur ihre Füße mit der stinkenden Brühe in Berührung kamen. Immer noch besser, als erschossen zu werden. Von ihrer Position aus hatte Madeleine noch den Eingang im Blick, durch den ein wenig Sonnenlicht hereinfiel. Andererseits waren sie weit genug in das Rohr gekrabbelt, um vom Einstieg aus nicht sofort gesehen zu werden. Eine Weile sprachen sie nicht, und Madeleine beobachtete still den Eingang, wobei sie jederzeit damit rechnete, dort die Silhouette eines bewaffneten Mannes zu entdecken. Sie presste ihren Rucksack fest an sich. Alles, was sie hörte, war das gleichmäßige Pfeifen der Bronchien des Mannes neben ihr, dessen Körper einen so strengen Schweißgeruch verströmte, dass er den Gestank des Abwassers sogar noch übertraf.

»Ich schätze, wir haben den halben Weg nach Acapulco geschafft!«, stieß Ahmed schließlich hervor.

»Was tun wir, wenn wir dort sind?«, fragte Madeleine. Ihre Stimme klang in dem Rohr dumpf.

»Ich bringe dich zu einer Polizeistation, wo du in Sicherheit bist. Und ich werde sehen, dass ich untertauche.«

»Warum stellen Sie sich nicht auch der Polizei?«

Ahmed lachte. In der Röhre hörte es sich wie das Bellen eines Hundes an. »Ich habe in letzter Zeit ziemlich schlimme Dinge getan. Vermutlich würde man mich in einem mexikanischen Gefängnis verrotten lassen oder, noch schlimmer, in die USA ausliefern, wo ich zu dreihundert Jahren Gefängnis verurteilt werden würde.«

»Was für Sachen?« Madeleine hatte Angst vor der Antwort, aber sie musste die Frage stellen.

»Ich bin Schönheitschirurg. Meine Aufgabe ist es, Menschen zu verschönern. Doch in den vergangenen Tagen habe ich das Gegenteil getan. Ich habe Menschen verstümmelt. Junge Mädchen.« Ahmed begann, neben ihr zu schluchzen. »Ich habe sie operiert, um sie hässlich zu machen.« Ein Weinkrampf schüttelte ihn. »Daher auch die Linien auf deinem Körper. Das war ein Schnittmuster.«

Madeleine spürte, wie eine Gänsehaut ihren Rücken hinunterlief. Sie betrachtete die Striche, die auch jetzt noch immer gut zu sehen waren, selbst im Dämmerlicht des Rohres. Unwillkürlich rückte sie ein wenig von Ahmed ab. »Warum haben Sie das getan?«

»Ich wurde gezwungen!«, schluchzte er. »Von einem Irren!« Ein erneuter Weinkrampf ergriff ihn. Jetzt tat er ihr beinahe leid.

»Dann hatten Sie keine Wahl«, erwiderte sie in dem Versuch, etwas Tröstendes zu sagen. Eine Bewegung in der Dunkelheit ließ sie zusammenfahren. Im nächsten Moment berührte etwas ihre Beine. Als sie es erkannte, stieß sie einen spitzen Schrei aus, der von den Betonwänden um sie herum zigfach widerhallte. Eine riesige Ratte floh aufgeschreckt zurück in die Tiefen des Rohres.

»Leise!«, sagte Ahmed und packte sie fest am Handgelenk. »Sei leise!« Er klang jetzt ärgerlich.

Madeleine hörte auf, sich zu bewegen, und hielt sogar den Atem an. Sie war erleichtert, als Ahmed sie wieder losließ.

Eine Minute starrten sie zu der Öffnung hinüber, ob sie entdeckt wurden, dann entspannten sie sich wieder. Madeleine zog die Beine näher an ihren Körper.

»Man hat immer eine Wahl«, sagte Ahmed traurig. »Mit dem Argument, gezwungen worden zu sein, haben sich schon viele Schwerverbrecher zu rechtfertigen versucht. Und sie alle hatten unrecht.«

»Mich haben Sie aber gerettet.« Tatsächlich verspürte Madeleine in diesem Moment Dankbarkeit. Sie wollte sich nicht vorstellen, was die Linien auf ihrem Körper genau bedeuteten und welchem schrecklichen Schicksal sie durch die Flucht entgangen war. »Warum?«, fragte sie nach einer Weile des Nachdenkens.

»Ich weiß nicht. Du warst so anders als die übrigen Mädchen. Die anderen waren alle Schönheitsköniginnen, die in Acapulco für die Wahl der Miss Amerika trainieren sollten und auf dem Weg dorthin entführt wurden. Du warst im Gegensatz zu ihnen so ...«

»Hässlich?«, unterbrach sie ihn. Zwar hatte sie in den vergangenen Tagen ihrer Geiselhaft ordentlich abgenommen, aber vermutlich war sie im Vergleich zu den Kandidatinnen einer Misswahl immer noch wahnsinnig fett.

»Du und hässlich?«, gab Ahmed bestürzt zurück. »Du bist wunderschön! Ich bin Schönheitschirurg, ich kann das beurteilen!«

Sie fühlte, wie ihr die Röte ins Gesicht stieg. Vermutlich sagte er das nur so.

»Nein, du warst so ... unschuldig.«

Madeleine verstand nicht genau, was er damit meinte, ließ es jedoch so stehen. »Ich meinte mit meinem ›Warum‹ auch nicht, warum Sie mich gerettet haben, sondern warum ich überhaupt gefangen worden bin. Weshalb sollte gerade ich ... verstümmelt werden?« Der Satz klang so gruselig, dass sich die Härchen auf ihrem Körper sofort wieder aufstellten.

»Das weiß ich nicht. Doch ich denke, man wollte mit der Drohung, dir etwas anzutun, jemanden erpressen. Du warst die Einzige, die ich mit dem gemalten Schnittmuster auf dem Körper fotografieren sollte. Und ich sollte mit der Operation noch warten ... Ist deine Mutter reich?«

Madeleine schüttelte den Kopf. »Nein!«

»Wie bist du hierhergekommen?«

»Mein Freund Brian und ich sind aus einer Klinik geflohen, und er hat mich hierhergebracht und den Männern übergeben.«

»Klinik?«

»So eine Psycho-Sache ...« Sie redete sich noch um Kopf und Kragen, besser, sie schwieg erst einmal. Dann fiel ihr etwas ein. »Ich muss dringend meine Mutter anrufen. So oder so, sie muss krank vor Sorge um mich sein. Ich muss ihr sagen, dass ich in Sicherheit bin.«

»Wenn wir in Acapulco sind! Wir warten, bis es wieder dunkel wird, bevor wir weitergehen.«

Der Gedanke an ihre Mutter bereitete Madeleine ein unendlich schlechtes Gewissen. Wäre sie nicht mit Brian aus der Klinik geflohen, wäre es niemals so weit gekommen.

»Du bist sogar sehr hübsch«, riss Ahmed sie aus ihren trüben Gedanken. Erst jetzt bemerkte sie, dass er zu ihr aufgerückt war. Er strich mit seiner Hand über ihren Arm, was sie ein weiteres Mal erschauern ließ. »Wir werden hier noch eine Menge Zeit totschlagen müssen. Und du schuldest mir noch etwas ...«, hörte sie ihn direkt neben ihr keuchen.

83

Paris

Manchmal bestand sein Job aus Warten. Ein Zustand, den er nicht leiden konnte. Nicht die damit verbundene Langeweile verachtete er, sondern den Verlust der Selbstbestimmung. Denn meist fand die Warterei erst ein Ende, wenn jemand anders handelte. Wenn ein Täter wieder zuschlug, eine observierte Zielperson sich endlich bewegte. Und manchmal wusste man nicht einmal genau, worauf man eigentlich wartete. So auch heute. Eines der zur Unterstützung gekommenen Teams hatte er erst mal in ein Café um die Ecke geschickt, um es nicht zu »verbrennen«. Er plante, es später auf der Modenschau einzusetzen, und wollte nicht, dass die Gesichter der Agenten jetzt, da es noch verhältnismäßig leer und überschaubar war, bereits auffielen. Ein Undercover-Einsatz machte nur Sinn, wenn man dabei auch undercover blieb. Das andere Team bestand aus zwei Franzosen und zwei Amerikanern, die er vor und im Louvre verteilt hatte. Jeder Agent war mit einem Foto von Mrs. Morgan sowie Vater und Sohn Weisz ausgestattet. Sobald sie irgendwo gesichtet wurden, würde er über Funk unterrichtet werden. Der unsichtbare kleine Empfänger in seinem Ohr, den die Kollegen mitgebracht hatten, juckte im Gehörgang und brachte ihn noch um den Verstand. Am liebsten hätte er die Lautsprecher-Erbse herausgepult und so weit weggeworfen, wie er konnte, doch vermutlich kostete sie mehr, als er im Monat verdiente.

Er selbst saß auf einem schmalen Vorsprung am Fuße der gläsernen Pyramide und beobachtete den Eingang. Seit einigen Minuten fuhren die ersten Gäste der Modenschau vor, in dicken schwarzen Limousinen oder schlicht mit dem Taxi. Einige kamen auch von der nahen Metro-Station zu Fuß. Der Assistentin des Modedesigners zufolge traf sich heute im Louvre das »Who is Who« der internationalen Modebranche. Millner hatte auf der Gästeliste einige Namen entdeckt, die sogar ihm als absolutem Modemuffel etwas sagten.

Tatsächlich tat er aber nur so, als beobachtete er den Eingang, denn diese Aufgabe hatte er einem der anderen Agenten, einem ehrgeizigen Amerikaner mit Kennedy-Haarschnitt, zugewiesen. In Wahrheit spielte er seit geraumer Zeit in seinem Kopf Tetris. Die horizontalen Reihen waren noch voller Lücken, und seine größte Sorge galt dem Stein, den er »Mrs. Helen Morgan« getauft hatte.

Der auf ihrem Computer gefundene E-Mail-Verkehr ließ keinen anderen Schluss zu, als dass sie in Bezug auf die Kunstdiebstähle die Haupttäterin war und der avisierte Käufer der von ihr geraubten Kunst hinter all den anderen Gräueltaten steckte, die ihn und das FBI aktuell beschäftigten. Um den Kauf des Gemäldes damit zu finanzieren.

Doch dies so offenkundige Ergebnis passte ihm nicht. Warum sollte eine renommierte Neurowissenschaftlerin plötzlich eine Karriere als Kunstdiebin einschlagen? Auch hatte es überhaupt keine Lösegeldforderungen für die entführten Mädchen gegeben. Und das angebliche Entführungsopfer Pavel Weisz lief gemeinsam mit seinem Sohn und Mrs. Morgan durch Madrid. Der Page des Hotels hatte sie alle drei gesehen.

Alles war mit viel Fantasie erklärbar, passte aber dennoch irgendwie nicht zusammen.

Helen Morgan war der Tetrimino, der Tetris-Baustein, der in keine Lücke passte, sosehr er ihn auch in seinem Kopf drehte und wendete.

Und auch Patryk Weisz, der ihm immerhin per SMS gesteckt hatte, wo die Schönheitsköniginnen zu finden waren, blieb für ihn ein rätselhafter Spielstein.

Schließlich war da noch der »Goldene Schnitt«, der alle Ereignisse der vergangenen Wochen miteinander zu verbinden schien. Wie konnte eine schlichte Proportion, ein bloßes Längenverhältnis, einen der größten Kriminalfälle der vergangenen Jahrzehnte beeinflussen? Ganz zu schweigen von den Bienen, deren Ausrottung – auch vor dem Hintergrund von Mrs. Morgans E-Mails – keinerlei Sinn machte.

Sosehr er sich bemühte, die ihm bekannten Tatsachen zu einem sinnvollen Ganzen zusammenzufügen, so wenig erfolgreich war er.

Seit Tagen sammelte er Informationen, reiste den Verdächtigen hinterher, und noch immer war es ihm nicht gelungen, in diesem Tetris-Spiel auch nur eine einzige Reihe zu tilgen.

Das Telefon riss ihn aus seinen Gedanken, er drückte es ans Ohr, hörte aber nichts. Der Stöpsel. Er wechselte das Handy auf die andere Seite.

Barack verlor keine Zeit mit Begrüßungsfloskeln. »Im Louvre meint man, dass der Leiter der Gemäldesammlung, ein Monsieur Roussel, der richtige Ansprechpartner ist, um dir Zugang zu diesem C2RMF zu gewähren.«

»Und?«

»Er ist nicht erreichbar. Irgendwo im Louvre unterwegs, heißt es. Und eine ...«, es raschelte, »Madame Martinez. Sie ist die Leiterin der Restaurierungsabteilung und könnte dir auch helfen. Doch sie ist derzeit ebenfalls nicht am Platz.«

»Nicht am Platz?«, fragte er ungläubig.

»Aber eine Mrs. Helen Morgan steht auf der Gästeliste des C2-Dingensbums für heute.«

»Gotcha!«, jubilierte Millner.

»Soll ich einen internationalen Fahndungsaufruf rausgeben oder Keller bitten, beim französischen Innenministerium anzurufen?«

Millner zögerte. Dies waren Entscheidungen, die einen die Karriere kosten konnten. Oder mehr.

»Nein, noch nicht«, sagte er nach kurzem Nachdenken. Dies käme einer Abgabe des Falles gleich, und er war noch nicht fertig mit dieser Sache. Nicht so kurz vor dem Ziel. »Kannst du rasch nachsehen, wie viele Ausgänge es im Louvre und dem C2RMF gibt?«

Barack stöhnte am anderen Ende der Leitung auf. »Du machst mich fertig. Bin ich die Scheiß-Touristinformation von Paris?«

Millner wusste, dass er parallel bereits im Computer nachschaute.

»Nur einen offiziellen. Alle anderen sind Notausgänge«, sagte Barack da auch schon.

»Was ist mit der Adresse, die ich dir genannt habe? In Montmartre. Gibt es in der Straße etwas Besonderes?«

»Ein Café, einen Puff, einen Kinderschänder auf Bewährung, einen verurteilten Kunstfälscher, einen Weinhang um die Ecke und eine Vereinigung Pariser Transvestiten«, zählte Barack auf.

»Der Kunstfälscher!«

»Louis Dupont. Achtundsiebzig Jahre. Saß sechs Jahre wegen Betrugs. Spezialisiert auf die Renaissance.«

»Ist die *Mona Lisa* ein Werk der Renaissance?«

Erneut fluchte Barack, wieder hörte Millner Tippen auf einer Tastatur. »Ja!«

Eine Information mehr, die Millner nicht einzuordnen wusste. »Schick mir bitte die genaue Adresse dieses Dupont und, wenn ihr sie habt, die Akte.«

»Was ist da nur los bei dir?«

»Das wüsste ich auch gern!«, brummte Millner und wollte schon auflegen.

»Halt!«, rief Barack. »Ich weiß nicht, ob es für dich interessant ist, aber wir haben eine Ringmeldung erhalten. In Charles de Gaulle wurden zwei Bombenbauer der Falludscha-Brigaden bei der Ausreise festgenommen. Ich dachte nur, weil du auch in Paris bist ...«

Millner war hellhörig geworden. »Wann?«

»Vor einer Stunde. Ich habe Fotos und Namen. Wenn es dich interessiert. Die beiden haben wohl auch in Syrien gekämpft.«

»Weiß man, auf was für Sprengstoff die spezialisiert waren?«

»Selbstmord-Attentäterzeug. Laster mit Sprengstoff, Sprengwesten. Was man da so braucht. Die Pariser Behörden sind auf jeden Fall sehr nervös. Im Moment wird eine Anhebung der Terrorwarnstufe diskutiert.«

»Sprengstoffwesten?« Irgendetwas hatte in Millners Kopf klick gemacht, doch er hatte den Gedanken nicht fassen können. »Danke erst mal.«

»Kein Problem.«

Millner lehnte sich auf dem Poller, auf dem er saß, zurück, doch das Glas der Pyramide in seinem Rücken war zu weit entfernt, um als Rückenlehne dienen zu können.

»Wir haben die weibliche Zielperson gesichtet. Und hier beginnt gleich die Modenschau«, hörte er eine knarrende Stimme tief in seinem Ohr. Einer der französischen Agenten.

»Ich komme!«, antwortete Millner in ein Mikrofon, das an seinem Handgelenk befestigt war. Er rief das zweite Team zur Verstärkung und machte sich auf den Weg zum Eingang.

In Gedanken ging er noch einmal die Worte Baracks zu den gefassten Bombenbauern durch. Spezialisiert auf Laster mit Sprengladungen und Sprengwesten ...

In der Nähe parkten auf einer abgesperrten Fläche einige Trucks, mit denen Materialien zum Aufbau der Modenschau angeliefert worden waren. Er gab einem der Agenten über Funk den Befehl, sie zu kontrollieren. Vor ihm drängelte sich ein bunt gekleideter Mann durch den Eingang, der zu einer mintgrünen Hose ein weißes Hemd mit gelber Weste trug. Millners Blick verharrte auf der Weste, und er hörte förmlich das Klicken in seinem Kopf. Kartons voller Schusswesten hatte der Designer Meunier ihm in ihrem Gespräch gezeigt. Er schlug sich mit der flachen Hand auf die Stirn, dass es laut klatschte, und schob den Paradiesvogel vor sich zur Seite. Er schrie Anweisungen in sein Mikrofon, so laut, dass er sicher sein konnte, dass die Agenten am anderen Ende der Leitung taub werden würden.

Als er den Absatz der Wendeltreppe erreichte, ertönte von unten eine laute, kriegerische Fanfare, die offenbar den Beginn der Modenschau ankündigte. Hoffentlich irrte er sich.

84

Paris

Helen zuckte erschrocken zusammen, als die Fanfare ertönte. Jetzt waren die Stuhlreihen rund um den Laufsteg gefüllt. Auch an den Rändern standen überall Menschen. Ein Blitz blendete sie. Ein Fotograf machte Aufnahmen. Sie hielt Ausschau nach dem Sitzplatz, den Patryk ihr beschrieben hatte und der für sie reserviert sein sollte, unmittelbar neben dem Laufsteg. Die ersten zehn Minuten sollte sie dort sitzen bleiben und die Umhängetasche neben sich abstellen. Dann sollte sie ohne die Tasche aufstehen und die Modenschau und den Louvre verlassen. Offenbar würde dann jemand anders, vielleicht Patryk Weisz, die Tasche mit dem Gemälde übernehmen. Der Taschenriemen schnitt schmerzhaft in ihre Schulter. Helen streckte die Hand waagrecht von sich – sie zitterte immer noch.

Dabei war im Labor alles erstaunlich glattgegangen. Sie hatte zuletzt sogar noch Zeit gehabt, mit den Folien zu arbeiten, um für Madame Martinez ein Alibi zu haben. Diese Mühe war allerdings umsonst gewesen. Als Monsieur Roussel in Begleitung des Sicherheitsmannes wiedergekommen war, war er so wortkarg und kühl gewesen, als hätte es ihr Gespräch über den geplanten Diebstahl der *Mona Lisa* nie gegeben. In seinem Blick erkannte sie aber auch Furcht. Während der Sicherheitsbeamte draußen wartete, richtete Monsieur Roussel ihr schöne Grüße von Madame Martinez aus, die leider verhindert war, sie jedoch gern einmal in Boston besuchen, zumindest aber mit ihr demnächst ein langes Telefonat führen wollte. Die Ergebnisse der Untersuchung wollte Madame Martinez später auf dem Server des C2RMF hochladen, allerdings sei dieser wegen des Computervirus, das umging, aktuell heruntergefahren. Nichts sei eine größere Katastrophe für ein Kunstmuseum als ein Computervirus, das digitale Bilder attackierte.

Während Roussel dies seltsam monoton herunterbetete, starrte er auf die Staffelei vor ihnen, auf der die *Mona Lisa* stand und ihnen entgegenblickte. Hell, leuchtend und farbenfroher denn je. Selbst einem Kunstbanausen würde sofort auffallen, dass dies nicht die *Mona Lisa* war, die noch am Morgen aus der Ausstellung über interne Verbindungswege ins C2RMF gebracht worden war.

Während Helen seine Reaktion beobachtet hatte, schlug ihr das Herz bis zum Hals. Auch wenn sie in den vergangenen Tagen viele aufregende Momente erlebt hatte, war dies der mit Abstand nervenaufreibendste gewesen.

Schließlich war ein Ruck durch Monsieur Roussel gegangen, und er hatte auf eine hölzerne Kiste, die etwas abseits auf einem Rollwagen stand, gedeutet. »Besser, wir verpacken die *Mona Lisa* jetzt zusammen für den Transport zurück in die Ausstellung. Helfen Sie mir kurz?« Er reichte ihr ein Paar Handschuhe, derselben Art, wie sie zuvor die Installateure beim Umsetzen des Gemäldes getragen hatten.

»Wie werden Sie es erklären? Man wird Sie sofort der Beihilfe verdächtigen ...«, hatte Helen ihn leise gefragt, während sie das Bild gemeinsam den Vorschriften entsprechend verpackten, und, als er nicht geantwortet hatte, angefügt: »Sie werden wohl kaum behaupten können, den Unterschied nicht bemerkt zu haben.«

»Es gibt Schlimmeres, was einem und der Familie zustoßen kann als das«, hatte er mit düsterem Blick erwidert und sich damit Helens Mitleid verdient.

»Ihre Familie?«, hatte sie mitfühlend gefragt, und Monsieur Roussel hatte sich abgewandt, damit sie sein Gesicht nicht sehen konnte.

Danach war es schnell gegangen.

Der Leiter der Gemäldesammlung begleitete sie am Wachmann vorbei zum Fahrstuhl, hinauf zum Empfang des Louvre. Instinktiv wollte sie weglaufen, so weit sie konnte. Umso schlimmer war es, dass sie nun noch hierbleiben sollte, um die Tasche mit ihrer Beute zu übergeben.

Sie blickte ängstlich zum Eingang des C2RMF zurück. Die beiden Sicherheitsleute dort schienen nicht besonders aufgeregt zu sein, zumindest machte es aus der Entfernung den Anschein.

Helen bahnte sich einen Weg durch die Menge, diesmal sehr darauf bedacht, mit ihrer Tasche nirgends anzustoßen. Nach einigem Suchen entdeckte sie endlich den Stuhl, auf dem ein Papier mit der Aufschrift *IBM – International Beauty Magazine* lag. Patryk Weisz hatte ihr erklärt, dass es diese Zeitschrift gar nicht gab. Sie ließ sich auf den Sitz fallen.

Ein weiteres Mal ertönte eine Fanfare, offenbar das Signal für den Start der Modenschau.

Der Anblick des Laufstegs vor ihr erinnerte sie an ihre eigene Modelkarriere. Sie verdrängte diesen Gedanken. Dafür hatte sie jetzt keine Zeit.

»Wir sind Kolleginnen«, sagte jemand neben ihr. »Laurel Hyde von der *Vogue*.« Helen blickte in das hübsche, dezent geschminkte Gesicht einer Frau, die etwa in ihrem Alter war. Blasser Teint, modischer Pagenschnitt.

»Henna ... Murray vom *Beauty Magazine*«, stotterte sie.

»Kenne ich gar nicht. Wo erscheint ihr?«

Helen lächelte verlegen. Die Kontaktfreudigkeit ihrer Sitznachbarin kam ihr überhaupt nicht gelegen. »In Boston und Umgebung«, log sie.

»Boston? Eine schöne Stadt! Man trägt dort wieder große Taschen?« Die Moderedakteurin deutete auf die Umhängetasche, die Helen neben ihren Sitz geschoben hatte.

»Arbeitsutensilien«, murmelte sie, diesmal abweisender. Einen Moment schwieg Laurel Hyde, und schon hoffte Helen, mit ihrer kühlen Art erfolgreich gewesen zu sein, als ihre Sitznachbarin ein anderes Thema anschnitt.

»Wie geht ihr mit dem Virus um?«

»Virus?«

»Na, dieses Mona-Lisa-Virus. Wir zeichnen die Bilder derzeit wieder ganz ohne Computer. Fast wie früher in der Schülerzeitung.« Die Frau stockte. »Komisch, oder? Da rede ich gerade vom Mona-Lisa-Virus, und das Gemälde der *Mona Lisa* hängt vermutlich keine einhundert Meter von uns entfernt, hier im Louvre!« Lauren Hyde lachte glockenhell. »Schade, dass man sie heute nicht besichtigten kann.«

Helen spürte, wie ihr heiß wurde. Ob diese Frau etwas wusste? Sie glaubte nicht. »Um dieses Virus kümmert sich die Redaktion. Ich liefere nur Texte«, sagte sie zögernd.

»Sei froh!«

Helen erwiderte nichts und wandte den Blick ab. Sie hoffte, dass diese Laurel endlich merken würde, dass ihr nicht nach Plaudern zumute war. Aus zwei großen Boxen ertönte jetzt laute Musik, die Helen für einen kurzen Augenblick die Sicht nahm, so viele explodierende Farben erzeugte sie vor ihrem inneren Auge.

»Aber dieses Virus gibt einem schon zu denken!«, schrie Laurel gegen die Musik an. »Welch große Bedeutung Bilder heutzutage haben, merkt man erst, wenn man plötzlich ohne sie auskommen muss.«

Helen nickte.

Der Vorhang am Ende der Bühne bewegte sich leicht. Durch eine Lücke erhaschte Helen einen Blick auf ein langes Bein.

»Ihr in Amerika müsst ja alle sehr glücklich sein, jetzt, da man die armen Schönheitsköniginnen in Mexiko befreit hat!«, rief Laurel.

Helen durchzuckte es wie ein Blitz, fast wäre sie aufgesprungen. »Befreit?«, schrie sie auf und griff instinktiv nach dem Arm ihrer Sitznachbarin, die erschrocken zurückwich.

»Kam eben über den Ticker«, sagte Laurel.

»Alle?« Wieder überschlug sich Helens Stimme.

»Soweit ich weiß ...«

Helen bemerkte erst jetzt, dass sie Laurels Handgelenk noch immer umklammert hielt, und ließ es los. Ihre Brust drohte zu zerspringen. Diese Nachricht änderte natürlich alles, zumindest, wenn auch Madeleine befreit worden war.

Der Vorhang am Ende des Laufstegs schwang zur Seite und gab den Blick auf eine Reihe Models frei, deren Anblick erschreckte. Ihre Gesichter waren weiß geschminkt, die Augen tiefschwarz umrandet. Die Haare waren, vermutlich unter Einsatz vieler Dosen Haarspray, wild in alle Richtungen toupiert. Außer knappen Shorts, die kaum die Pobacken verdeckten, trugen die Models nur bunt schillernde Westen, die Helen erst auf den zweiten Blick als militärische Schutzwesten identifizierte, wie man sie von Soldaten kannte.

Aus den Boxen drang laute Marschmusik, und die Models setzten sich in Bewegung, um den Laufsteg zu erobern.

85

Paris

Marschmusik erklang, und der Vorhang öffnete sich. Eine der stärksten Waffen der Natur war die Vernichtung. Ohne sie gab es keine Erneuerung. Niemand wusste dies besser als er, denn er war der Vernichtung bei dem Absturz des Hubschraubers bereits einmal entkommen. Er hatte es immer als das gesehen, was es war: eine befristete Verlängerung seines Aufenthalts auf diesem Planeten. Monatelang hatte er nach dem Unfall darüber gegrübelt, warum gerade er als Einziger überlebt hatte. Und er war darauf gekommen, dass er auserwählt war. Er hatte eine Mission. Wer auch immer die Geschicke des Universums lenkte, er hatte ihm eine Aufgabe übertragen, die er zu erfüllen hatte.

Tatsächlich war er bei dem Unfall gestorben, das, was weiterlebte, war eine Art Engel. Er hatte nicht lange danach suchen müssen, was seine Bestimmung sein sollte. Die Schmerzen während der Wochen in der Spezialklinik, die Monate in der Reha-Klinik, jeder Blick in den Spiegel, all das hatte ihm seinen Auftrag verdeutlicht.

Und nun stand der Höhepunkt an. Er hätte noch weitermachen können, aber er war müde. Die Tatsache, dass er beim großen Finale sein eigenes Leben nicht schonen würde, sah er als Rechtfertigung dafür an, auch die Leben anderer zu nehmen. Er lehnte an der Brüstung der Wendeltreppe, die hinab in den Louvre führte, und schaute auf die Modenschau unter sich. Alle Blicke waren auf den Laufsteg gerichtet, und ausnahmsweise schien niemand von ihm Notiz zu nehmen. Dabei war er es, der dies alles organisiert hatte. Dies war sein Werk.

Zufrieden betrachtete er Helen Morgan, die in der ersten Reihe Platz genommen hatte, neben sich die Umhängetasche. Gleich würde er zu ihr gehen, sich vor sie stellen, die Tasche an sich nehmen und dann sofort den Zünder aller Westen betätigen. Zu gern hätte er einen letzten Blick auf das Gemälde gewagt, die Ausgeburt des Bösen. Ohne Plexiglas, von Angesicht zu Angesicht.

Mit dem Daumen strich er über den Auslöser in seiner Tasche, der sich wie ein überdimensionierter Kugelschreiber anfühlte. Er hatte sich versichern lassen, dass von dem Gemälde genauso wenig übrig bleiben würde wie von ihm selbst. Vermutlich würde sogar niemals jemand überhaupt erfahren, was mit der echten *Mona Lisa* geschehen war. Einige Jahre würde man nach ihr suchen und sie vermissen. Mit der Zeit würde aber die *Mona Lisa del Prado* ihren Platz einnehmen. Und in einigen Jahrzehnten würde schon niemand mehr wissen, dass sie nur eine Kopie war. Die originale *Mona Lisa* würde nichts als eine ferne Erinnerung mehr sein und mit ihr ihre infektiöse Wirkung. Er baute darauf, dass Salai seine Sache gut gemacht hatte und die *Mona Lisa del Prado* eine bessere Nachricht verbreiten würde. Bessere Meme. Wie er Salai und Mrs. Morgan um ihre Gabe beneidete!

Die MRT-Aufnahme von Mrs. Morgans Gehirn, die er mithilfe seines eingeschmuggelten Trojaners vom Computer ihres Instituts gezogen hatte, hatte ihm den letzten Beweis für ihre Fähigkeiten geliefert. Manche Menschen sahen mehr als andere.

Sein Blick glitt über die Sitzreihen. Alles und jeder rings um den Laufsteg würde in Stücke gerissen werden. Dieser Anschlag würde dem Modebusiness, dem Geschäft mit der Schönheit, das Herz herausreißen. Er tastete nach der Weste unter seinem Mantel, spürte die Zylinder mit dem Sprengstoff, die Kabel.

Die Musik drang laut aus den riesigen Boxen, und die Models schritten in einer langen Reihe den Laufsteg hinab. Die Fratzen, die man ihnen geschminkt hatte, sahen wirklich furchterregend aus. Die Fratze der Schönheit. Laut Choreografie würden sie nun den Laufsteg einige Male auf und ab schreiten, bis zum großen Showdown.

Er löste sich vom Geländer und stieg die letzten Stufen hinab. Hinab in die Hölle oder hinauf in den Himmel, je nachdem, von welcher Perspektive aus man es betrachtete. Es war nicht an ihm, darüber zu entscheiden.

Das Publikum starrte gebannt auf die Models. Ein schmaler Gang führte zwischen den Stühlen hindurch zum Rand des Laufstegs. Nur noch wenige Meter trennten ihn von der Amerikanerin, schon konnte er ihren Rücken sehen, als plötzlich etwas seine Schulter berührte. Erschrocken wandte er den Kopf zur Seite und erkannte auf seiner Schulter den silbernen Kopf eines Widders.

»Nicht so schnell, mein Freund«, hörte er eine sonore Stimme.

Als er sich umdrehte, erblickte er einen Mann, der einen schwarzen Anzug, Krawatte und Einstecktuch trug und in der Hand den Spazierstock hielt, dessen schmuckvoller Knauf noch immer schwer auf seiner Schulter ruhte. Der Mann schaute ihm belustigt entgegen. Sein langes, lockiges Haar stand im krassen Widerspruch zu der eleganten Kleidung.

»Sie haben dies hier verloren!« Der Mann hielt etwas in die Höhe.

Erst auf den zweiten Blick erkannte er, was es war.

86

Paris

Millner rang nach Atem. Er stand am Bühnenrand, seitlich hinter dem Vorhang, eingerahmt von zwei französischen Agenten, und beobachtete die Models auf dem Laufsteg. Die Hand schützend gegen das blendende Licht der Scheinwerfer über die Augen gehalten, ließ er den Blick über die Körper der Models wandern. Normalerweise hätte ihn dabei etwas ganz anderes interessiert, doch nun suchte er die Westen, die sie trugen, nach verdächtigen Hinweisen ab. Das Model, das ihm am nächsten war, stand keine vier Meter entfernt.

»Kabel, da!«, sagte sein Kollege und zeigte auf eines der Models. Doch schon schob sich ein anderes davor und versperrte ihnen den Blick.

Selbst wenn die Models Sprengstoff an ihrem Körper trugen, gab es kaum eine Chance einzugreifen. Er ging davon aus, dass der oder die Attentäter sie beobachteten und sofort die Zündung betätigen würden, wenn sie den Laufsteg stürmten oder die Veranstaltung abbrachen. Die einzige Möglichkeit, ein Massaker zu verhindern, war, denjenigen zu fassen, der den Auslöser betätigen sollte. Würde dies allerdings über ein Mobilfunktelefon aus der Ferne geschehen, hatten sie überhaupt keine Chance.

Sein Blick glitt zu den Zuschauern, unter denen sich auch Helen Morgan befand. Sie saß auf einem Platz in der ersten Reihe, neben sich die große Tasche, die er bereits von den Überwachungsbildern des Museo del Prado kannte. Vermutlich ist dort die *Mona Lisa* drin, dachte er. Mrs. Morgan wirkte nervös und blickte sich nach allen Seiten um, als wartete sie auf etwas. Ihre Hände bewegten sich unruhig. Sie knibbelte an ihren Fingernägeln. Unter ihren müden Augen lagen große Schatten. Die Haare waren nachlässig zu einem Zopf gebunden. Sie wirkte angespannt und unglücklich. Und sehr ängstlich.

»Was tun wir?«, zischte der Agent hinter ihm.

Immer noch starrte Millner Mrs. Morgan an, als er unweit von ihr eine Bewegung wahrnahm. Direkt hinter den sitzenden Gästen, die sich allesamt vor dem Laufsteg aufreihten, stand ein älterer Mann mit Schirmmütze und Mantel am Ende eines kleinen Ganges und drehte sich gerade nach einer weiteren Person um, die ihn aufgehalten zu haben schien. Die Schirmmütze des Mannes warf einen Schatten auf sein Gesicht, sodass Millner es nicht richtig erkennen konnte. Anders als die andere Person. Sie war von den Scheinwerfern hell erleuchtet und exzellent gekleidet. Die offen getragenen, langen Haare verliehen dem Mann etwas Exzentrisches. Nun hielt er etwas in die Höhe, und der Mann mit der Mütze schien erschrocken einen Schritt zurückzuweichen.

Vertieft in diese merkwürdige Szene, hatte Millner Helen Morgan einen Moment aus den Augen gelassen. Als er wieder zu ihr schaute, bemerkte er plötzlich etwas, das sie versteckt in ihrer Hand hielt. Einen schmalen, schwarzen Gegenstand, der eben noch nicht da gewesen war. Ein Fernzünder! Instinktiv fuhr er mit der Hand unter sein Jackett und griff nach seiner Waffe. In einer einzigen fließenden Bewegung riss er sie nach oben und zielte.

87

Paris

Sie würde einfach diesen FBI-Agenten anrufen. Er musste wissen, ob sich auch Madeleine unter den befreiten Schönheitsköniginnen befand. War sie in Sicherheit, konnte sie dies alles hier abbrechen. Jetzt kam es nicht mehr darauf an, dennoch versuchte sie, das Handy möglichst unauffällig zu halten. Helen griff in ihre Manteltasche und holte Patryk Weisz' Mobiltelefon hervor, das sie auf der Fahrt von Madrid nach Paris in der Seitentür der Limousine gefunden hatte. Von der Toilette des Kunstfälschers in Montmartre hatte sie dem FBI-Agenten von diesem Handy aus bereits eine SMS geschickt und ihm mitgeteilt, wo die Schönheitsköniginnen und ihre Tochter von Pavel Weisz gefangen gehalten wurden. Sie war sich sicher: Wenn auch nicht für Madeleine, so würde das FBI für die Befreiung der entführten Mädchen garantiert eine ganze Armee aussenden. Helen war dabei gewesen, als der FBI-Beamte Patryk Weisz in Madrid angerufen hatte. Auf Ralphs Anraten hin hatte Weisz das Handy danach sofort ausgeschaltet, um nicht mehr geortet werden zu können. Vermutlich hatte er es dann in dem Auto zurückgelassen und nicht weiter daran gedacht.

Während die Models auf dem Laufsteg ihre Posen gekonnt abriefen, schaltete sie das Telefon ein. 1 –2 –3 –4. Die PIN, die Patryk ihr im Keller seines Vaters in Warschau verraten hatte, wurde angenommen, und das Handy meldete mit einem Jingle, der von der Musik auf dem Laufsteg übertönt wurde, Bereitschaft. Sie öffnete die Anrufliste und drückte auf die oberste Nummer, die angezeigt wurde. Hoffentlich meldete der FBI-Mann sich.

88

Paris

Der gut gekleidete Fremde vor ihm hielt die Fernbedienung zum Auslösen der Sprengladungen in der Hand. Wie zur Bestätigung fasste er an seine Manteltasche, sie war leer. Er musste sie tatsächlich verloren haben. Als er nach dem Fernzünder griff, zog sein Gegenüber die Hand mit dem Zünder reaktionsschnell zurück.

»Nicht so eilig!«, sagte er mit einem breiten Lächeln. Das Gesicht kam Pavel bekannt vor, er konnte aber nicht sagen, wo er es schon einmal gesehen hatte.

»Geben Sie her!«, verlangte er mit ungeduldiger Stimme und blickte sich zum Laufsteg um. Die Models stolzierten hinter ihm im Kreis, wobei eine nach der anderen aus der Reihe ausscherte und sich dem Publikum präsentierte. Es wirkte, als warteten sie auf etwas, und er war der Einzige, der wusste, worauf. Von seiner Position aus konnte er nur Mrs. Morgans Hinterkopf erkennen.

»Soll ich mal auf den Knopf hier drücken?« Der Mann schwenkte den Spazierstock mit dem großen silbernen Knauf und deutete mit ausgestrecktem Zeigefinger das Betätigen des kleinen roten Knopfes im hinteren Teil des schmalen Auslösers an.

Er wusste nicht, was er antworten sollte. Fast wirkte es, als wüsste der Mann, was er vorhatte. Eine Fliege attackierte ihn, mit einer Handbewegung verscheuchte er sie.

»Glauben Sie wirklich, so eine kleine Explosion kann es aufhalten? Ich gebe zu, dass mein Herz an dem Gemälde hängt und dass es ein wahres Meisterwerk ist. Aber es gibt viele davon. Sie kehren es nicht um.«

Er starrte ihn ungläubig an. Wie ein Polizist oder FBI-Agent wirkte der Mann mit seinem feinen Anzug, dem Einstecktuch und der wallenden Haarmähne nicht. Eher wie ein Adeliger aus längst vergangenen Zeiten. Vielleicht ein Kunsthändler, dachte er. Am meisten irritierte ihn aber das freundliche Lächeln des Fremden.

»Wer sind Sie?«, stammelte er.

»Er«, antwortete der Mann.

Ein Gefühl von Kälte erfasste ihn.

»Dann mal los!« Der Fremde hielt ihm die Fernbedienung hin und nickte ihm auffordernd zu. »Nehmen Sie schon!«

Ganz langsam griff er danach.

89

Paris

Auf ein Ziel in einer großen Menge unbeteiligter Zivilisten zu schießen war eine schwierige Angelegenheit. Es war überhaupt nur vertretbar, wenn Gefahr im Verzug war, wie beispielsweise bei einem terroristischen Angriff. Zu groß war das Risiko, dass Unbeteiligte zu Schaden kamen. Selbst wenn man die Zielperson traf, konnte die Kugel sie durchschlagen und dahinter weitere Menschen verletzen oder gar töten. Jetzt hatte er keine andere Wahl, und er war normalerweise ein sehr sicherer Schütze. Wie die Sache in Brasilien bewiesen hatte. Er zielte auf ihren Bauch.

Später würde er nicht sagen können, was genau der Grund dafür gewesen war. Der kurze Gedanke an Brasilien? Das plötzliche Verstummen der Musik? Oder das Klingeln und Vibrieren des Handys in seiner Jacketttasche, just in dem Moment, in dem er den Abzug betätigte? Beide Schüsse verfehlten ihr Ziel.

Auf den Knall folgte eine kollektive Schrecksekunde, und dann brach Panik aus. Jemand rief laut »Attentat!«, und gellende Schreie hallten von den hohen Wänden wider. Er sah noch, wie Mrs. Morgan aufsprang, glaubte zu erkennen, wie sie nach ihrer Tasche griff. Dann schoben sich andere Personen vor sie. Sein Blick sprang zu den Models, die in ihren Westen ebenfalls schreiend auf ihn zugelaufen kamen. Seine dritte Sorge galt seinen Kugeln, die Mrs. Morgan zwar verfehlt, aber irgendwo anders eingeschlagen waren. Hoffentlich war kein Unbeteiligter verletzt worden!

Mit den Augen suchte er den Boden um den Platz herum ab, auf dem Helen Morgan bis eben gesessen hatte, hielt Ausschau nach Verletzten oder Blut, doch das Wirrwarr der auseinanderstiebenden Menschen versperrte ihm die Sicht.

»Kümmert euch um die Westen! Und gebt Alarm!«, rief er den Agenten neben sich zu und beeilte sich, möglichst schnell zum Ausgang zu gelangen, um zu retten, was noch zu retten war. Dieser Vorfall würde ihm den Kopf kosten, das war klar.

90

Paris

Er blickte sich um und schaute auf die Blutspur, die er auf dem Steinboden hinterließ. Dicke, dunkelrote Tropfen, die sich alle paar Schritte zu kleinen Lachen vereinten.

Er blieb stehen, zog den Mantel aus und wickelte ihn um seinen rechten Arm. Schmerzen spürte er jetzt keine mehr, jedoch war er nicht fähig, die Hand zu bewegen.

Erst den Bruchteil einer Sekunde nach dem stechenden Schmerz in seinem Arm hatte er den Knall gehört, doch er hatte sofort gewusst, dass er von einer Kugel getroffen worden war.

Wer sie abgefeuert hatte, konnte er nicht sagen, aber er war getroffen worden. Die Fernbedienung war aus seiner Hand auf den Boden gefallen, und im nächsten Moment war er bereits von panischen Menschen umgeben gewesen. Mrs. Morgans Platz war leer, die Tasche verschwunden. Und auch der mysteriöse Fremde war von der Menge der zum Ausgang fliehenden Modenschau-Besucher verschluckt worden.

Er wandte sich zur Wendeltreppe, dorthin, wo alle hinliefen. Er war einer der Letzten in der großen Halle. Die Treppe vor ihm begann sich vor seinen Augen zu drehen, und ihm wurde übel, was sicher vom Blutverlust herrührte.

Eine ältere Frau, die ihn stolpernd überholte, starrte ihn mit vor Entsetzen geweiteten Augen an. Er war daran gewöhnt. Doch sie blickte nicht auf sein Gesicht, auf seine verbrannte Haut, sondern auf seinen Oberkörper. Erst jetzt wurde ihm bewusst, dass er noch immer die Weste mit der Sprengladung trug, die nun, da er den Mantel ausgezogen hatte, für jeden sichtbar war. Er stieß mit dem Knie gegen einen Stuhl, kam ins Straucheln. Erschöpft setzte er sich auf den nächsten leeren Stuhl und rang nach Luft. Der Mantel an seinem Arm färbte sich von innen allmählich dunkelrot.

Der Laufsteg drehte sich und landete schließlich auf dem Kopf. Alles auf dieser Welt schien ins Gegenteil verkehrt zu sein. Schon seit dem Helikopterunfall. Alle Werte, die diese Gesellschaft zusammenhielten. Auch Gut und Böse. Ein leises, kaum wahrnehmbares Klicken in der Weste, die er trug, ließ ihn unvermittelt auf seinen Bauch schauen.

91

Paris

Sie hatte den oberen Teil der Wendeltreppe fast erreicht. Gerade als sie versucht hatte, diesen FBI-Agenten anzurufen, war auf dem Laufsteg plötzlich Panik ausgebrochen. In dem Moment, als die Musik ausging, waren deutlich zwei laute Knallgeräusche zu hören gewesen. Am Ende der Bühne hatte sie geglaubt, ein Mündungsfeuer aufblitzen zu sehen. Als jemand von irgendwo hinter der Bühne gebrüllt hatte: »Attentat!«, waren alle aufgesprungen und in Richtung Ausgang gestürzt. Das Handy noch am Ohr, hatte sie kurz geglaubt, auf der gegenüberliegenden Seite des Laufstegs, mitten unter den Zuschauern, das Gesicht Patryk Weisz' zu erkennen, der sie anstarrte. Doch dann versperrten ihr die Beine der flüchtenden Models die Sicht, und als sie wieder freien Blick hatte, war er verschwunden. Dennoch machte sie sich Sorgen darüber, dass er sie hatte telefonieren sehen – mit seinem Handy.

Gerade wollte sie sich auf der Treppe vordrängeln, als ein weiterer ohrenbetäubender Knall sie zu Boden warf. Durch die gläserne Brüstung hindurch sah sie einen grellen Feuerblitz, keine dreißig Meter entfernt, inmitten der leeren Stühle vor dem Laufsteg. Weißer Rauch stieg auf. Als er sich langsam lichtete, blickte sie auf ein Trümmerfeld. Geruch von Feuerwerk und verbranntem Fleisch stieg ihr in die Nase. Ein lautes Piepen in ihrem rechten Ohr ließ sie schwindeln. Von oben begann es plötzlich zu regnen. Sie brauchte einen Augenblick, um zu verstehen, dass es die Sprinkleranlage war, die angesprungen war. In der Glaspyramide über sich bemerkte sie riesige Risse. Nur langsam rappelte sie sich auf, als jemand über sie hinwegstieg und auf ihre Wade trat. Jemand anders lag auf ihrem linken Arm. Endlich gelang es Helen, auf die Beine zu kommen. Sie griff nach ihrer Tasche, die unversehrt zu sein schien. Wie betäubt erklomm sie die nächste Stufe.

Hinter sich, unter sich – überall hörte sie Schreie und Wimmern. Sie musste von hier fort, bevor sie noch tot getrampelt wurde oder es weitere Explosionen gab.

Ein junges Mädchen drückte sie zur Seite: Erst auf den zweiten Blick erkannte Helen in ihr eines der Models. Sie folgte dem Mädchen, drängte sich an zwei Personen vor ihr vorbei, bis sie endlich den Absatz der Treppe erreicht hatte. Über das Pfeifen in ihrem Ohr hinweg hörte sie ein lautes Kreischen irgendwo weit hinter sich, und schon wurde sie inmitten einer Menge panischer Menschen durch die schmale Glastür ins Freie gespült.

Sie schnappte gierig nach Luft. Erst beim dritten Versuch füllten sich ihre Lungen, und sie taumelte zu einem Steinpoller, vor dem sie niedersank. Was auch immer gerade geschehen war, es hatte mit ihr und dem Gemälde in ihrer Tasche zu tun. Helen drehte sich um. Noch immer strömten Menschen aus dem Eingang, in deren Gesichtern nackte Panik stand. Einige ließen sich, kaum hatten sie das Freie erreicht, auf dem Vorplatz zu Boden fallen, andere liefen einfach immer weiter, an ihr vorbei, sodass der Platz vor dem Louvre sich mit bunten Flecken füllte.

Keine hundert Meter entfernt verlief eine schmale Straße am Louvre vorbei. Sie führte zu einer engen Toreinfahrt, dahinter mündete sie in eine größere Straße. Dorthin musste sie laufen, nur fort von hier! Helen erhob sich, knickte nach einem Schritt ein, konzentrierte sich darauf, nicht hinzufallen, und begann zu rennen, die Tasche eng an sich gepresst. Das Atmen verursachte ihr Seitenstiche, als steckte ein Messer unter ihren Rippen.

Nach einer schier endlos erscheinenden Strecke erreichte sie endlich die Gasse und kurz darauf auch die schmale Toreinfahrt. Als sie vom engen Bürgersteig versehentlich auf die Straße trat, hupte direkt hinter ihr ein Auto. Sie erkannte ein Taxizeichen auf dem Dach des blauen Peugeot. Helen winkte hektisch, und der Fahrer hielt zu ihrer grenzenlosen Erleichterung tatsächlich an. Sie riss die hintere Tür auf und schwang sich auf die Rückbank.

Schwer atmend suchte sie in ihrem Gedächtnis nach irgendeinem Ort, den sie in Paris kannte und den sie dem Fahrer als Ziel nennen konnte, als eine Stimme neben ihr sie herumfahren ließ.

»Bonjour, Mrs. Morgan!«

Vor Schreck wie gelähmt blickte sie in das ernst dreinschauende Gesicht eines Mannes, der neben ihr auf der Rückbank saß.

92

Paris

Das Taxi setzte sich wieder in Bewegung, während Helen Morgan ihn immer noch erschrocken anstarrte. Er beugte sich vor und angelte nach ihrer Tasche. Vorsichtig öffnete er den Reißverschluss und lugte hinein. Volltreffer! Er schloss die Tasche und stellte sie neben sich.

»Gratuliere, Mrs. Morgan, zum wahrscheinlich spektakulärsten Kunstraub aller Zeiten«, sagte er.

»Wer sind Sie?«, fragte sie. In ihren Augen stand echte Panik.

Von Nahem war sie noch schöner als aus der Ferne. Und auch die Fotos, die er von ihr gesehen hatte, hatten ihre wahre Schönheit nicht wiedergeben können. Obwohl sie erschöpft aussah, strahlte ihr Gesicht etwas Besonderes aus, er konnte es nur nicht in Worte fassen.

»Greg Millner, FBI.« Er hielt ihr das Lederetui mit dem Ausweis entgegen. Immer wieder wunderte er sich über dessen Wirkung. Auch diesmal schien das Stückchen foliertes Papier Wunder zu wirken, denn ihr Gesichtsausdruck hellte sich auf.

»Ich habe Sie angerufen!«, rief sie. »Gerade eben, während der Modenschau!«

Millner runzelte die Stirn. Erst jetzt fiel ihm wieder ein, dass bei seinen beiden Fehlschüssen sein Handy vibriert hatte. Er griff nach seinem Telefon und prüfte die Anruferliste.

»Mein Handy meldet nur einen Anruf von Patryk Weisz!«, sagte er nachdenklich. Aus dem Augenwinkel bemerkte er, wie Mrs. Morgan mit der Rechten in ihre Manteltasche fuhr, und legte seine Hand an sein Holster, das unter seiner Anzugjacke versteckt war. Dabei fielen ihm die beiden Fehlschüsse ein und die bislang ungeklärte Frage, wo die Kugeln eingeschlagen waren. Noch hatte er die leise Hoffnung, dass er nur zwei harmlose Querschläger fabriziert hatte. Sein Gefühl sagte ihm jedoch etwas anderes. Er würde sich später erkundigen müssen, ob es Opfer mit Schussverletzungen gegeben hatte. Wenn nicht die Explosion ohnehin alle Spuren seines tragischen Versagens vernichtet hatte.

»Ich habe Patryk Weisz' Handy heimlich an mich genommen. Ich war es, die Ihnen gestern die SMS geschickt hat!«, rief sie und hielt ihm ein Mobiltelefon entgegen.

Während Millner noch versuchte, ihre Worte an die richtige Stelle des riesigen Puzzles in seinem Kopf zu schieben, prüfte er den Nummernspeicher. Tatsächlich schien er von diesem Handy aus angerufen worden zu sein.

»Wurde bei der Befreiung der Mädchen in Mexiko auch meine Tochter Madeleine Morgan gefunden?« Ihre Stimme zitterte, und ihre Augen waren weit aufgerissen. Er zögerte, aber es hatte keinen Zweck, die Wahrheit zu verschweigen.

»So wie es aussieht, leider nein.«

Selten zuvor hatte er einen Menschen so verzweifelt gesehen wie Helen Morgan. Ihr Gesicht verfiel förmlich und verzerrte sich zu einer Grimasse des Leides. Dann entfuhr ihr ein tiefer, lang gezogener Schluchzer.

»Sie ist doch mein Baby«, brach es aus ihr hervor. Sie bedeckte ihr Gesicht mit beiden Händen und weinte hemmungslos. Er wusste nicht, wie er sie trösten sollte.

Erst nach einer gefühlten Ewigkeit schien sie sich ein wenig zu beruhigen und ließ die Hände sinken. »Wenn ich ihnen das Gemälde da in der Tasche nicht bringe, werden die ihr etwas antun!«, rief sie und brach erneut in Tränen aus.

»Wer sind ›die‹?«

Das Taxi hielt an einer roten Ampel. Sie schaute aus dem Fenster.

»Wohin fahren wir?«, fragte sie, ohne auf seine Frage zu antworten.

»Französische Polizei. Dort wird man sich um Sie und den Inhalt Ihrer Tasche hier kümmern.«

Sie schüttelte verzweifelt den Kopf. »Pavel Weisz und sein Sohn ... Sie haben mich nach Warschau gelockt, von dort nach

Madrid verschleppt, als Lockvogel für den Diebstahl der *Mona Lisa* im Museo del Prado missbraucht und schließlich erpresst, damit ich die *Mona Lisa* im Louvre stehle. Um mich dazu zu bringen, haben Sie zuvor meine Tochter entführt und als Geisel genommen.« Ihre Stimme brach.

Millner hatte sie keinen Moment aus den Augen gelassen. Entweder war sie eine verdammt gute Schauspielerin oder steckte wirklich tief in der Klemme. Er erinnerte sich an die Worte des Hotelpagen in Madrid. Die Frau habe verängstigt und fremdgesteuert gewirkt. Wie ein Roboter oder eine Marionette, hatte er gesagt. Auch kamen Millner die Bilder der Überwachungskameras im Museo del Prado in den Sinn. Bei der Flucht aus dem Museum während des Feueralarms hatte sie panisch gewirkt, nicht wie eine abgeklärte Kunstdiebin. Jedenfalls nicht wie diejenige, die alles inszeniert hatte.

»Ich denke, der alte Weisz wird Ihnen nichts mehr tun«, sagte Millner.

Sie schaute ihn verständnislos an.

»Die Explosion im Louvre, das war er.«

»Er hat die Bombe gezündet?«

»Er war sozusagen die Bombe! Er trug eine Sprengweste, genauso wie alle Models auf dem Laufsteg. Als ich ihn oben von der Treppe aus auf einem der Stühle vor dem Laufsteg sitzen sah, ging die Bombe an seinem Körper auch schon hoch. Von ihm wird nicht mehr viel übrig sein, fürchte ich.«

Sie verzog entsetzt das Gesicht und schüttelte den Kopf. Kurz glaubte er dann, so etwas wie Zuversicht in ihren Augen aufflackern zu sehen, doch sofort erlosch dieser Funke der Hoffnung wieder.

»Und sein Sohn?«, fragte sie. »Patryk Weisz?«

Millner zuckte mit den Schultern. »Ich habe keine Ahnung, wo er steckt. Bis eben bin ich davon ausgegangen, dass die SMS, die zur Befreiung der Mädchen in Mexiko geführt hat, von ihm kam. Wissen Sie es? Steckt er mit seinem Vater unter einer Decke?«

Sie starrte ihn an, doch es sah so aus, als blickte sie durch ihn hindurch. »Ich bin mir nicht sicher. Er tat mir gegenüber so, als würde auch er von seinem Vater nur erpresst. Aber er und dieser Ralph sind die Einzigen, die uns jetzt noch helfen können, meine Tochter zu finden«, stammelte sie, und ihre Augen füllten sich erneut mit Tränen.

»Ralph?«

»Sein Fahrer.«

Millner brauchte frische Luft. Er öffnete das Fenster einen Spalt. Von dem Treffen mit Mrs. Morgan hatte er sich Aufklärung erhofft, die letzten fehlenden Informationen, um die Rätsel zu lösen. Tatsächlich ergaben sich gerade mehr neue Fragen als Antworten. »Was genau war der Plan im Louvre? Warum haben Sie an der Modenschau teilgenommen und sind nach dem Diebstahl des Gemäldes nicht sofort ... abgehauen?«

»So lautete die Anweisung. Ich sollte dort zehn Minuten sitzen bleiben und dann aufstehen und gehen. Oh Gott, gibt es noch weitere Opfer außer Weisz, diesem Irren?«

Millner wusste es nicht.

Während der Explosion war er bereits auf der Treppe gewesen, dicht hinter ihr. Draußen war er dann außer Funkweite zu seinen Kollegen geraten. Bei diesem Gedanken griff er sich ans Ohr und holte eine kleine hautfarbene Kugel hervor. Mit dem Finger schnipste er sie aus dem offenen Fenster.

»Soweit ich mitbekommen habe, konnten meine Kollegen den Models noch vor der Explosion die Sprengwesten abnehmen. Jedenfalls scheint nur Pavel Weisz' Weste explodiert zu sein. Zu Verletzten kann ich aber nichts sagen.« Seine Gedanken wanderten erneut zu den beiden Kugeln, mit denen er sein Ziel verfehlt hatte. Unwillkürlich schaute er auf ihren Bauch. Hätte er richtig gezielt, säße Helen Morgan nun kaum noch neben ihm. Bei dem Gedanken überfiel ihn so etwas wie ein schlechtes Gewissen. Vielleicht hatte er Glück und nur zwei harmlose Querschläger produziert, die in der großen Eingangshalle in irgendeiner Wand stecken geblieben waren. Auch das würde vermutlich zwischen dem FBI und den französischen Behörden einen großen Skandal auslösen. Man konnte als FBI-Beamter nicht einfach nach Paris kommen und im Louvre um sich schießen. Sein Gefühl sagte ihm aber, dass er einen der Zuschauer getroffen haben musste.

»Hallo?«, sagte sie laut und stieß ihn leicht an. Offenbar hatte sie ihn etwas gefragt. »Was für Sprengwesten?«

»Gleich sind wir da!«, mischte sich der Fahrer nun ein und zeigte auf ein großes Gebäude vor ihnen. Es war der Hauptsitz der regionalen Polizeidirektion.

Helen Morgan wandte sich, nun wieder in Panik, zu ihm. »Sie dürfen mich nicht ausliefern, Mr. Millner. Bitte! Denken Sie an meine Tochter!«, flehte sie.

Das Taxi blinkte und wechselte auf die rechte Spur. Dann wurde es langsamer und hielt schließlich in zweiter Reihe. Millner suchte nach seiner Brieftasche.

»Ohne das Gemälde habe ich keinerlei Pfand mehr, um sie auszulösen! Vermutlich bringen sie Madeleine um – wenn sie es nicht schon getan haben!« Wieder schluchzte sie auf. »Bitte, helfen Sie mir!«

Millner schaute zu dem Gebäude, vor dem zwei französische Polizisten mit Maschinengewehren Wache hielten, und überlegte blitzschnell. Er würde Mrs. Morgan den Kollegen samt Tasche und Gemälde übergeben und dann selbst in einen der Verhörräume geführt werden, wo er vermutlich stundenlang zu warten hatte, bis ein hochrangiger Vertreter des französischen Innenministeriums oder der amerikanischen Botschaft kommen würde. Dann würde er alles zu Protokoll geben müssen. Wenn er Glück hatte, ließ man ihn mit Keller sprechen, der auf höherer Ebene die Sache beschleunigen konnte. Vermutlich würde man ihn auch zu seinen Fehlschüssen befragen. Immerhin hatten alle seine beiden Schüsse mitbekommen. Beim FBI würde man unweigerlich an Brasilien denken und ihn vermutlich offiziell suspendieren. Wie sollte er erklären, dass er als beurlaubter FBI-Agent im Louvre mit einer scharfen Waffe geschossen hatte? Schlimmstenfalls würde gegen ihn von den französischen Ermittlungsbehörden wegen Körperverletzung oder sogar Totschlags ermittelt. Vielleicht würde man ihn dann in Untersuchungshaft nehmen oder wenigstens in der amerikanischen Botschaft unter Hausarrest stellen. Und Mrs. Morgan würde ihre Tochter, wenn überhaupt, vermutlich nur noch hinter Gefängnismauern wiedersehen.

»Bitte!«, flehte sie neben ihm erneut. »Haben Sie Kinder?« Er wandte sich zu ihr und schüttelte den Kopf. Wenn seine Menschenkenntnis ihn nicht vollständig im Stich ließ, war Helen Morgan ernsthaft verzweifelt.

Andererseits konnte er kaum dabei behilflich sein, die *Mona Lisa* in ihrer Tasche einer Bande von Kriminellen auszuhändigen, selbst wenn das Leben eines Kindes auf dem Spiel stand. Er schaute erneut zum Justizpalast hinüber. Einer der Wachmänner vor dem Eingang war auf ihr Taxi aufmerksam geworden und blickte misstrauisch zu ihnen herüber.

»Sie können mich später immer noch samt dem Gemälde der Polizei übergeben. Ich bitte Sie nur um eine Chance für mich und meine Tochter, falls sie noch lebt!«

»Und wie wollen Sie mit Patryk Weisz in Kontakt treten?«, fragte Millner.

Sie deutete auf seine Brusttasche, in die er Weisz' Mobiltelefon gesteckt hatte.

»Wir haben sein Handy. Vielleicht wird er sich ja melden.« Millner blickte zum Taxifahrer, der während ihrer Diskussion ruhig auf seinem Sitz saß und mit den Zeigefingern zum Takt der Musik aus dem Autoradio auf dem Lenkrad trommelte. Solange seine Taxiuhr lief, schien er zufrieden zu sein.

»Was wissen Sie über die entführten Schönheitsköniginnen, das Computervirus, das weltweite Bienensterben, die Anschläge auf Museen?«

»Helfen Sie mir?«, entgegnete sie, ohne zu antworten. In ihrem Blick lag plötzlich Entschlossenheit.

Sein Telefon klingelte. Er schaute auf das Display: Keller rief an. Er schaltete es aus. Der tiefe Seufzer, der ihm entfuhr, löste das beklemmende Gefühl in seinem Brustkorb. Er war sich sicher, dass er ein Gen besaß, das ihn regelmäßig tief in den Schlamassel führte. Bei aller Treue zum FBI war es für ihn immer nur darum gegangen, auf der richtigen Seite zu stehen. Und wenn all seine Fühler ihm keinen Streich spielten, dann brauchten diese Frau und ihre Tochter dringend seine Hilfe. Von der fünfhundert Jahre alten Dame in ihrer Tasche ganz zu schweigen.

Der Wachmann vor dem Justizpalast beobachtete sie noch immer und machte nun einen Schritt in ihre Richtung.

»Hotel Rue de la Croix«, sagte er zum Taxifahrer.

Als das Taxi sich langsam wieder in Bewegung setzte, sah er unendliche Dankbarkeit in Helen Morgans Augen.

93

Acapulco

Die Sonne brannte unbarmherzig vom mexikanischen Himmel, und sie lief und lief. Das Blut an ihrem T-Shirt und ihren Händen war in der Hitze schon lange getrocknet. Der Rucksack zerrte an ihren Schultern.

Sie versuchte, sich möglichst versteckt zu halten. Doch war sie im Laufschritt bereits an einigen Bauern auf den Feldern und auch einer Gruppe spielender Kinder vorbeigekommen, die ihr verwundert hinterhergeblickt hatten.

Selbstverständlich fiel sie auf in dieser Gegend. Bestimmt hatte sich schon herumgesprochen, dass eine junge Ausländerin wie ein aufgescheuchtes Huhn über die Felder hastete. Das einzig Positive war, dass bislang noch keine verdächtigen Autos oder sogar Hubschrauber zu sehen waren.

Sie verfluchte alle Männer. Ihren Vater, der ihre Mutter aus irgendeinem Grund hatte sitzen lassen. Dr. Reid, der ihr in der

Klinik so übel mitgespielt hatte. Brian, der sich als Freund ausgegeben und sie nach Mexiko gelockt hatte. Und nun diesen Doktor, der sie zwar befreit hatte, aber dann in ihrem Versteck über sie hergefallen war. Dieser Mistkerl!

Madeleine hatte sich nach besten Kräften gewehrt, versucht, den nach Schweiß stinkenden Körper von sich zu schieben. Ihm in die Zunge gebissen. Doch hätte sie nicht den spitzen Stein zu fassen bekommen, der im Abflussrohr lag, es hätte für sie böse geendet. Dennoch war es schrecklich. Wie oft sie hatte zuschlagen müssen, bis er endlich stöhnend zusammengesackt war!

Sie blickte auf ihre Knie herunter, die sie sich aufgeschürft hatte, als sie aus dem Rohr gerobbt war. Bei ihrem letzten Blick zurück hatte das Schwein regungslos dagelegen. Seinetwegen musste sie nun am helllichten Tag fliehen.

Durst quälte sie, und sie wusste nicht, wie weit es noch war. Sie wusste nicht einmal, ob sie in die richtige Richtung lief. Das Feld, auf dem sie sich fortbewegte, endete, und vor ihr tauchte eine Ansammlung kleiner Bäume auf. Sie verlangsamte ihre Schritte und blieb schließlich stehen. Hinter großen Büschen hörte sie Stimmen und ein lautes Lachen. Während sie versuchte, hinter einem nahen Gebüsch in Deckung zu gehen, trat plötzlich, keine zwei Meter von ihr entfernt, eine Gestalt hinter einem Baum hervor.

94

London

Michael Chandler saß gähnend vor dem Bildschirm. Der schwerste Moment einer Niederlage war derjenige, an dem man sie sich eingestehen musste. Jede Niederlage war ein Untergang der Hoffnung. Solange man hoffen konnte, war noch nichts verloren. Nun schien dieser Moment gekommen zu sein.

Seit Tagen hatten sie alle möglichen Anstrengungen unternommen, um das Computervirus zu besiegen. Alle Routinen durchlaufen, unzählige Brainstormings veranstaltet. In Doppelschichten ohne Schlaf gearbeitet. Die besten Informatiker des Landes waren darauf angesetzt worden, doch eine Lösung zur Bekämpfung des Virus war nicht in Sicht. Im Gegenteil. Das Virus veränderte sich auch jetzt noch ständig, und wenn man ehrlich war, waren sie von einer wirksamen Bekämpfung weiter entfernt denn je.

Er hätte es nicht für möglich gehalten, dass seine Kollegen und er besiegt werden könnten. Sein Leben lang hatte er sich selbst für den Besten gehalten, wenn es darum ging, Viren zu programmieren und natürlich zu bekämpfen. Sogar noch besser als Pavel Weisz, der ihn schon während seines Studiums für WeiszVirus verpflichtet hatte. Zu gern hätte er mit Pavel auch über dieses Virus gesprochen, doch der hatte sich aus dem Staub gemacht. Pavel hatte schon immer davon gesprochen, sich eines Tages auf eine einsame Insel zurückzuziehen, auf der es kein Internet und am besten auch keine Menschen gab.

»Ich täusche meinen Tod vor und bin weg«, hatte er oft gescherzt.

Vermutlich erfüllte er sich jetzt diesen Traum. Vielleicht war es auch gut, dass er diese Schmach nicht mehr mitbekam. Immerhin versagten sie in seinem Namen. Bislang hatte WeiszVirus als unbesiegbar gegolten, als die Nummer eins in der Computerviren-Bekämpfung. Nicht nur für die Medien, auch für die Regierungen vieler Staaten waren sie erster Ansprechpartner. Dass es ihnen nun nicht gelang, das Virus in den Griff zu bekommen, schadete ihrem Image enorm. Und dies war noch untertrieben: Es vernichtete ihren Ruf. Es war wie bei einem unbesiegten Boxer, der erstmals k. o. ging und danach nie wieder den Nimbus der Unbesiegbarkeit wiedererlangen konnte.

Das einzig Tröstliche war, dass die Schäden auf einen bestimmten Bereich beschränkt zu sein schienen. Auch wenn er nicht müde wurde, in der Öffentlichkeit auf die Macht der Bilder, die Bedeutung von Fotos in der heutigen Gesellschaft hinzuweisen: Es waren am Ende doch nur Abbilder der Realität, die dieses Virus angriff und zerstörte. Allerdings war dies für ihn bloß ein geringer Trost, denn er wusste: Wer in der Lage war, ein solches Computervirus zu programmieren, der konnte es wieder tun. Und beim nächsten Mal würde es vielleicht weitaus brisantere Dinge angreifen als nur Bilddateien. Michael Chandler mochte sich nicht vorstellen, was geschehen würde, wenn ein Virus wie dieses sich die digitalen Finanzströme vornahm. Oder militärische Daten.

Er griff zu der Dose mit dem Energydrink neben seinem Laptop und nahm einen Schluck. Das Getränk war warm und schmeckte schal.

Ein leeres Fenster öffnete sich auf seinem Bildschirm. Michael Chandler stutzte und stellte die Getränkedose ab. Alle Versuche, das Fenster zu schließen, scheiterten.

Plötzlich erschien ein blinkender Cursor in dem Fenster und begann, etwas zu schreiben.

Michael drückte mehrere Tasten auf der Tastatur, ohne dass etwas geschah. Es schien so, als hätte er die Kontrolle über seinen Laptop verloren. »Das kann doch nicht sein!«, murmelte er. Selbstverständlich verfügten sie über die wohl beste Firewall der Welt. Es war vollkommen unmöglich, dass jemand auf seinen Computer zugriff. So hatte er zumindest immer geglaubt, bis das Virus zuletzt auch ihren Server infiziert hatte.

Die Lösung ist im Ordner Beauty, schrieb der Cursor. Dann stoppte er.

Endlich gehorchte der Computer ihm wieder. Es gab auf seinem Rechner keinen Ordner mit dem Namen »Beauty«. Voller böser Vorahnungen gab Michael Chandler den Namen dennoch im Explorer ein und staunte, als ein Ordner dieses Namens gefunden wurde. Michael zögerte kurz, dann klickte er gegen jede Vernunft zweimal auf das Zeichen, das eine kleine Akte darstellen sollte.

Plötzlich rasten über den Bildschirm Reihen von Zahlen und Buchstaben, dann flackerte der Bildschirm einige Male. Schon befürchtete Michael Chandler einen Absturz, als das normale Desktop-Bild wieder erschien.

Er atmete tief durch und öffnete den Bilderordner auf seinem Computer. Eine Reihe von Gesichtern lächelte ihm entgegen. Waren sie am Morgen noch zu grausamen Grimassen verzerrt gewesen, sahen sie nun wieder vollkommen normal aus. Auf einem Bild erkannte er sich und einen Freund beim Tennisspielen, auf einem anderen Kollegen bei einer Feier auf einer Bowlingbahn.

»Oh, mein Gott!«, stieß er hervor, während er die Datei »Beauty« erneut öffnete.

So schnell konnte sich alles zum Guten wenden.

95

Paris

Eine Weile hatten sie gemeinsam auf den Bildschirm des kleinen Hotelfernsehers gestarrt. Reporter berichteten live vom Vorplatz des Louvre. Noch war die Nachrichtenlage dünn. Von einem Unfall oder aber einem Anschlag war die Rede. Spezialeinheiten der Polizei durchsuchten aktuell das Gebäude. Auch die Anzahl der Verletzten schien unklar zu sein. Ein wichtig dreinschauender Reporter sprach von »mindestens einem Toten«. Die *Mona Lisa* wurde nicht erwähnt. Dies musste Helens Meinung nach nichts heißen; selbst wenn sie den Austausch des Gemäldes entdeckt hatten, waren sie vermutlich damit nicht gleich an die Presse gegangen. Vielleicht verzögerte der Vorfall in der Eingangshalle aber auch das Aufhängen des Gemäldes an seinem Platz im Louvre, dann würde es noch etwas länger dauern, bis man den Diebstahl bemerkte und nach der *Mona Lisa* suchte.

Millner hatte das Gemälde vorsichtig aus der Tasche gezogen und auf der Überdecke des Doppelbettes abgelegt.

Der FBI-Beamte war groß und breitschultrig. Sein Dreitagebart verlieh ihm etwas Verwegenes. Millner machte auf Helen einen eher rauen und wortkargen Eindruck. Dennoch hatte er sie nicht der Polizei übergeben, sondern sie mit in sein Hotel genommen, und dies wertete sie als Zeichen dafür, dass unter der harten Schale ein weicher Kern verborgen war. Bis auf den schwarzen Anzug erfüllte er so gar nicht ihre – zugegebenermaßen klischeehafte – Vorstellung eines FBI-Agenten. Sein Anzugjackett hatte er abgelegt und trug das Lederholster mit der Waffe nun offen. Er betrachtete mit verschränkten Armen das Gemälde, als suchte er darauf etwas. Auch wenn er wohl kaum ein Kunstkenner war, wurde sie langsam nervös.

»Beeindruckend, so von Nahem, nicht?«, fragte sie, nur um überhaupt etwas zu sagen.

»Wie viel ist es wohl wert?«

»Man sagt, eine Billion Dollar.«

Millner pfiff leise durch die Zähne.

»Dann liegt hier auf dem Hotelbett also jetzt eine Billion Dollar!«, stellte er fest. Sie sah zum ersten Mal den Anflug eines Lächelns über sein Gesicht huschen. Wenn er lächelte, wirkte er sofort sympathischer. Unter dem Bart erkannte sie die frische Narbe, die ihr schon im Auto aufgefallen war.

Millner kam zu ihr herüber und schaltete den Fernseher aus. Da sie auf dem einzigen Stuhl saß, ließ er sich auf der Schreibtischkante nieder und schaute sie ernst an. »Wir müssen uns dringend unterhalten.« Er streckte ihr die Hand entgegen: »Greg«, sagte er. »Die meisten nennen mich allerdings Millner.«

Sie lächelte verlegen. »Helen, die meisten nennen mich auch so.«

Seine Mundwinkel zuckten kurz zu einem Lächeln in die Höhe, das sofort wieder verschwand. »Seit Tagen reise ich hinter Ihnen her, Helen, und hatte mir von Ihnen Antworten auf meine offenen Fragen erhofft.« Er machte eine Pause, als suchte er nach Worten. »Dies ist kein Verhör. Aber wenn Sie wollen, dass ich Ihnen helfe, dann muss ich alles erfahren, was Sie wissen. Und Sie müssen ehrlich zu mir sein. Sollte ich merken, dass Sie mich anlügen oder mir etwas verschweigen, übergebe ich Sie sofort der französischen Polizei. Verstanden?«

Sie nickte. Auch wenn seine Worte nicht freundlich klangen, hatten sie für Helen eine mahagonifarbene Korona.

»Seit wann kennen Sie die Herren Weisz?«

»Patryk Weisz seit einigen Tagen, seinen Vater habe ich nur einmal gesehen.« Sie überlegte kurz. »In Madrid.«

Millner sah sie an, ohne etwas zu entgegnen, und sie interpretierte dies als Aufforderung weiterzusprechen.

»Ich arbeite als Neurologin in Boston. Vor einigen Tagen erhielt ich einen Anruf von Patryk Weisz auf meinem Handy. Er sagte, er habe meine Telefonnummer in den Unterlagen seines Vaters gefunden. Der sei seit einigen Wochen verschwunden, und er suche nach Hinweisen auf seinen Aufenthaltsort. Neben meiner Telefonnummer habe er den Namen meiner Tochter entdeckt. Beinahe gleichzeitig erhielt ich einen Anruf der Klinik, in der Madeleine sich befinden sollte. Man teilte mir mit, dass sie spurlos verschwunden sei. In ihrem Apartment habe man einen Liebesbrief gefunden, einen Reiseführer von Madrid und ein leeres Kuvert für Flugtickets. Kurz darauf kontaktierte Patryk Weisz mich erneut und berichtete, dass er von einem Freund, der Zugriff auf Flugdaten habe, erfahren habe, dass Madeleine auf dem Weg nach Warschau sei. Er fragte mich, ob ich zu ihm nach Warschau kommen wolle, damit wir gemeinsam meine Tochter und seinen Vater suchen könnten.« Sie holte kurz Luft. Millner fixierte sie noch immer mit ausdrucksloser Miene. »Ich willigte ein. Ich dachte, Madeleine wäre hier in Europa, und wollte nicht tatenlos in Boston herumsitzen ...«

»Ihr Institut hat uns gesagt, dass Sie geschäftlich in Paris seien. Und dass diese Reise lange geplant war. Man wollte aber nicht sagen, worum es dabei ging. Ihr Besuch dort sei ›streng geheim‹«, unterbrach Millner sie.

»Ich sollte die *Mona Lisa* im Louvre untersuchen«, entgegnete Helen. »In der Tat war diese Reise lange geplant, und der Louvre gibt sich in solchen Angelegenheiten immer sehr geheimnisvoll. Ich hätte diesen Termin nach Madeleines Verschwinden allerdings natürlich abgesagt. Ein wenig hatte ich die Hoffnung, dass ich sie in Warschau finde und dann mit ihr weiterreisen kann. Daher die Tasche. Und dann haben mich die beiden Weisz gezwungen, nach Paris zu fahren ...«

»Immer der Reihe nach«, bat Millner. »Wir waren bei Ihrem Flug von Boston nach Warschau stehen geblieben ...«

»Ich flog mit einem von Patryk Weisz gestellten Privatjet nach Warschau und wurde dort von diesem Ralph in die Villa gefahren. Ab dann überschlugen sich die Ereignisse.«

Sie überlegte, wie sie weitererzählen sollte.

»Ich verstehe bis heute auch nicht genau, was passiert ist und warum es passiert ist. Doch in einem Arbeitszimmer im Untergeschoss des Anwesens von Pavel Weisz, in dem sich auch eine Sammlung von Exponaten rund um das Thema ›Schönheit‹ befindet, entdeckte ich an der Wand neben einem Foto meiner Tochter Madeleine weitere Merkwürdigkeiten.«

»Andere Merkwürdigkeiten?«

»Schaubilder von Bienen, einen Zeitungsausschnitt über die Wahl der Miss Amerika, Bilder von Gebäuden ...« Sie hatte Probleme, sich an alles zu erinnern. Doch auch diese Aufzählung schien Millner schon zu interessieren.

»Komisch, dass ich diese Dinge nicht auf den Fotos der polnischen Polizei gesehen habe«, sagte er gedankenverloren.

»Ich habe sie mitgenommen!«, entgegnete Helen. »Die meisten jedenfalls. Sie sind – bei diesem Louis.«

»Louis?«

»Dazu später. Ach ja, und dann war dort noch so ein altes Buch. Ich habe es auch mitgenommen, aber irgendwo liegen gelassen. Ich denke, es spielt ohnehin keine große Rolle ...«

»Meinen Sie dieses Buch?« Millner griff hinter sich. Er hielt das alte Tagebuch empor.

»Wo haben Sie das her?«, fragte sie überrascht.

»Es lag in Ihrem Hotelzimmer in Madrid.«

Helen spürte so etwas wie Scham. Dieser FBI-Beamte schien ihr tatsächlich die vergangenen Tage hinterherspioniert zu haben. Auch wenn sie ihm dazu allen Grund gegeben hatte und auch wenn dies sein Job war, so fühlte sie sich doch nicht wohl dabei. Sie fragte sich, was er alles über sie wusste.

»Haben Sie es gelesen?«

Sie verneinte.

»Dann sind die handschriftlichen Notizen darin auch nicht von Ihnen?«

Helen schüttelte den Kopf.

»Warum haben Sie es mitgenommen?«

»Ich glaube, wegen des schönen Einbandes. Aber ich weiß es auch nicht genau. Mir kam im Untergeschoss des Anwesens alles so mysteriös vor. Ich griff nach jedem Strohhalm, um einen weiteren Hinweis auf Madeleines Aufenthaltsort zu bekommen ...«

»Erzählen Sie bitte weiter.«

»Während wir unten in der Villa waren und die Ausstellung von Pavel Weisz besichtigten, kam plötzlich die polnische Polizei. Patryk öffnete einen versteckten Ausgang, und wir flohen.«

»Warum sind Sie vor der polnischen Polizei geflohen, wenn Sie zu diesem Zeitpunkt noch nichts Illegales getan hatten?«

»Eine gute Frage.« Helen zog Luft durch die Nasenlöcher und hielt sie einige Sekunden in ihren Lungen gefangen. »Auf Madeleines Foto waren ein Datum und der Name des Museo del Prado notiert. Patryk meinte, dass wir Madeleine dort vielleicht finden würden. Der Leiter der Klinik hatte mir zuvor von einer Broschüre des Museo del Prado erzählt, die man in Madeleines Zimmer gefunden hatte.« Jetzt, da sie es erzählte, kam sie sich schrecklich naiv vor. »Vermutlich war das alles nur ein Trick, um mich nach Madrid zu locken«, stellte sie niedergeschlagen fest. »Ich schätze, der Klinikdirektor steckt auch irgendwie in der Sache drin.«

Millner sah sie weiter schweigend an.

»Auf jeden Fall bin ich mit Patryk Weisz nach Madrid gereist, und wir haben dort das Museo del Prado besucht. Und von da an habe ich die Kontrolle verloren.«

»Was ist mit dem Diebstahl der *Mona Lisa* in Madrid?«

»Damit habe ich nichts zu tun. Während wir im Museum auf Madeleine warteten – wir dachten ja, wir würden sie dort treffen –, entstand plötzlich überall Rauch, und es gab einen Feueralarm. Auf dem Weg nach draußen begegnete ich Patryk Weisz und seinem Fahrer. Jemand nahm mir die Tasche ab, und kurz darauf trafen wir uns alle vor dem Museum wieder. Erst im Hotel entdeckte ich, dass jemand das Gemälde der *Mona Lisa* aus dem Prado-Museum in meine Tasche geschmuggelt hatte.«

Millner nickte kaum merklich. Offenbar glaubte er ihr.

»Danach traf ich zum ersten und einzigen Mal auf Pavel Weisz. Er war ... unheimlich.«

»Wo trafen Sie ihn?«

»Im Hotel. Er ist nach seinem Feuerunfall tatsächlich schrecklich entstellt. Er war zynisch, bissig und böse. Er zeigte mir ein Foto von Madeleine, auf dem sie ...« Sie stockte. In ihrem Hals bildete sich ein Kloß, der sie am Weitersprechen hinderte.

Millner erhob sich, machte einen Schritt zum Schrank und bückte sich. Er öffnete die Tür, und dahinter kam eine Minibar zum Vorschein. »Möchten Sie ein Wasser?«

»Haben Sie auch etwas ... Stärkeres?«

Wieder huschte ein Lächeln über die Lippen des FBI-Agenten, und er kam mit einer Wasserflasche und einer kleinen Flasche Whiskey zurück.

Helen schraubte die Whiskeyflasche auf und nahm einen kräftigen Schluck. »Es war alles ein bisschen viel, wissen Sie.«

Er nahm ihr die halb volle Miniaturflasche ab und stürzte den Rest in einem Schluck hinunter. »Ist schon in Ordnung«, meinte er und warf die leere Flasche in den Mülleimer, während Helen mit einem kräftigen Schluck Wasser nachspülte.

Millner ließ sich wieder auf der Tischkante, direkt neben

dem Fernseher, nieder. »Was war auf dem Foto zu sehen, das der alte Weisz Ihnen gegeben hat?«

»Meine Tochter. Bis auf einen Slip war sie nackt, und auf ihren Körper waren Linien gezeichnet.«

»Linien?«, fragte Millner mit hochgezogenen Brauen.

»Schnittmuster für kosmetische Operationen ... nur sahen diese nicht besonders ästhetisch aus.«

Der FBI-Beamte formte die Lippen zu einem stummen »Fuck«. »Damit wurden Sie erpresst?«

Sie nickte.

»Was genau sollten Sie tun?«

»Im Louvre die *Mona Lisa del Prado* gegen die echte austauschen.«

»Und das haben Sie getan?«

»Zuvor haben wir in Paris bei einem Mann namens Louis übernachtet. Ich könnte Ihnen zeigen, wo er wohnt. Er hat die *Mona Lisa* aus dem Museo del Prado noch präpariert, weil sie leuchtendere Farben hat. Damit der Austausch nicht sofort auffällt.«

Millner hatte die Backen aufgeblasen und ließ nun hörbar die Luft entweichen. Mit den Händen fuhr er sich durchs Haar. »Das wird das Museo del Prado nicht freuen ...«

Helen schwieg betreten. Obwohl sie es kaum hätte verhindern können, fühlte sie sich an dem Kunstfrevel mitschuldig. Mehr als fünfhundert Jahre hatte das Gemälde in unverändertem Zustand überstanden, bis jetzt.

»Wie konnte der Austausch gelingen? Sie waren im Louvre wohl kaum allein mit der *Mona Lisa*?«

Helen dachte an Monsieur Roussel und seinen verzweifelten Gesichtsausdruck, als sie nach seiner Familie gefragt hatte. Trotz der Warnung Millners, aufrichtig zu sein, beschloss sie, Roussels Mitwirkung erst einmal zu verschweigen.

»Es ergab sich für mich die Gelegenheit, kurz allein mit dem Gemälde zu sein. Ich weiß nicht, ob es Zufall war.« Sie versuchte, sich ihre kleine Notlüge nicht anmerken zu lassen.

Millner musterte sie eine Weile, dann verschränkte er die Arme vor der Brust. »Und dann?«

»Den Rest kennen Sie. Ich sollte am Laufsteg während der Modenschau einen Moment warten und dann gehen, ohne die Tasche mit dem Gemälde mitzunehmen. Danach sollte ich hier in Paris im *Hotel Modigliani* einchecken und dort warten, bis man Madeleine ...« Sie stoppte und spürte, wie ihr plötzlich das Blut aus dem Kopf wich. »Oh, mein Gott, was ist, wenn Madeleine nun da auftaucht oder sogar schon auf mich wartet? Wir müssen dorthin! Schnell!«

Sie erhob sich und suchte hektisch nach ihrem Mantel.

»Bitte setzen Sie sich wieder«, sagte der FBI-Beamte. »Sie wird da nicht auftauchen. Nicht, solange das Gemälde hier auf dem Bett liegt.«

Langsam sank Helen wieder auf ihren Stuhl zurück. Er hatte recht. Zudem sah sie ein, dass sie nicht einfach in das Hotel marschieren konnten.

»Das war alles?«

»Ja. Ich glaube!« Sie hatte einiges verschwiegen. Doch manches von dem, was sie noch zu erzählen hatte, würde einfach zu verrückt klingen. Und solange Madeleine noch nicht in Sicherheit war, war es besser, wenn auch das FBI noch nicht alles wusste. Sie durfte kein Risiko eingehen. Schließlich ging es um das Leben ihrer Tochter.

»Bei der Modenschau habe ich auch Patryk Weisz gesehen. Kurz vor den Schüssen. Wer hat denn überhaupt geschossen und auf wen?«

Plötzlich wirkte der FBI-Beamte vor ihr nervös. Er rutschte auf der Tischplatte hin und her und fasste sich mit einer Hand an die Nase, die aussah, als wäre sie bereits mehr als einmal gebrochen gewesen. Auch wenn er nicht wirklich gut aussehend war, so wirkte er doch nicht unattraktiv.

»Ich. Ich habe geschossen«, sagte er schließlich.

»Und auf wen?«

Wieder rückte er unbehaglich hin und her. »Auf Sie.«

Zwei grellgelbe Blitze gingen hernieder und teilten den Raum zwischen ihr und dem FBI-Beamten.

»Auf mich?«, fragte sie ungläubig. »Warum?«

»Ich dachte ... Ich habe mich geirrt.« Nun klang Millner, der bisher sehr selbstbewusst aufgetreten war, verlegen. »Ich dachte, dass Sie die Sprengladungen an den Westen der Models fernzünden wollten. Als Sie das Handy in die Hand nahmen.«

Helen wusste nicht, was sie sagen sollte, und bemerkte erst nach einiger Zeit, dass ihr Mund offen stand.

»Ich habe danebengeschossen«, ergänzte Millner und rieb die riesigen Hände aneinander.

»Sie wollten mich ... töten?«, fragte Helen, als sie endlich die Sprache wiedergefunden hatte.

»Es tut mir leid.«

An seinem gequälten Gesichtsausdruck erkannte sie, dass er sich wirklich unwohl fühlte. Zwar war es das erste Mal, dass jemand zugab, ihr nach dem Leben getrachtet zu haben, aber aus irgendeinem Grund konnte sie ihm nicht wirklich böse sein. Sie hatte immerhin den Auftrag gehabt, die *Mona Lisa* zu stehlen, und er hatte die Models, ja alle Anwesenden im Foyer des Louvre in Lebensgefahr gewähnt.

Dennoch beschloss sie, seine Verlegenheit zu nutzen. »Dafür erlauben Sie mir nun einige Fragen. Was hat das alles zu bedeuten? Ich weiß, dass ich manipuliert wurde, um die *Mona Lisa* zu stehlen. Was aber haben die Schönheitsköniginnen in Mexiko mit dieser Sache zu tun? Das Bienensterben, von dem ich gelesen habe? Warum habe ich im Keller des alten Weisz das Schaubild einer Biene entdeckt? Und weshalb ermittelt das FBI und nicht die französische Polizei?«

Millner zögerte mit der Antwort. »Haben Sie von dem Computervirus gehört?«, erwiderte er schließlich.

Helen zuckte mit den Schultern. »Ich bin in der letzten Zeit ein wenig aus der Welt gefallen ...«

»Es verändert digitale Bilddateien und tritt seit einigen Tagen weltweit auf.«

»In Warschau erwähnte Patryk Weisz etwas von einem Computervirus, das sein Vater entwickelt haben könnte«, fiel Helen ein.

»Es ist das schlimmste Computervirus aller Zeiten.«

»Aber warum das alles?«, wiederholte Helen ihre Frage von vorhin.

Millner blickte sie an, ohne etwas zu sagen, und sie meinte, die Rädchen in seinem Gehirn förmlich arbeiten zu hören. »Ich habe einen Verdacht, aber das alles klingt ziemlich verrückt«, sagte er schließlich und nahm erneut das alte Buch mit dem schönen Einband zur Hand.

»Für mich klingt im Moment nichts mehr zu verrückt.«

»Ich glaube, es geht um den Goldenen Schnitt und um Schönheit«, sagte Millner.

»Die Schönheit?«

In diesem Moment klingelte wieder ein Handy.

»Wollen Sie nicht drangehen?«, fragte sie Millner, als dieser keine Anstalten machte, sich zu erheben.

»Mein Telefon ist ausgeschaltet«, entgegnete er und suchte mit Blicken den Raum ab.

Helen erhob sich und machte zwei Schritte auf Millners Jackett zu, das dieser über den Griff seines Koffer-Trolleys gehängt hatte. Mit spitzen Fingern griff sie in die Brusttasche und förderte Patryk Weisz' Mobiltelefon zutage. Sogleich wurde das Klingeln lauter.

Mit fragendem Blick hielt sie das Gerät Millner entgegen, der ihr mit einem Kopfnicken bedeutete, den Anruf entgegenzunehmen.

96

Acapulco

»Brian, du?«, fragte sie ungläubig. Der junge Mann vor ihr wirkte mindestens so überrascht wie sie.

»Was machst du denn hier?«, sagte er mit heiserer Stimme und trat einen Schritt auf sie zu.

Madeleine wich ängstlich zurück. »Fass mich nicht an!«, erwiderte sie und hob abwehrend die Arme.

»Mein Gott, bin ich froh, dich wiederzusehen!«, rief Brian und fuhr sich mit der Hand an die Stirn. Dabei hob sich sein T-Shirt und gab den Blick auf seine beeindruckenden Bauchmuskeln frei. »Ich bin extra hierher zurückgekommen, um dich zu befreien. Ich habe Andy und Darren zur Verstärkung kommen lassen. Wir sind gerade auf dem Weg zu der Stelle, wo diese Kerle dich entführt haben!« Er drehte sich um und rief, so laut er konnte: »Jungs, kommt mal her! Schaut, wen ich gefunden habe!«

Im nächsten Augenblick erschienen zwei weitere junge Männer neben dem Busch. Der eine groß, breitschultrig, mit blasser Haut und sonnenverbranntem Gesicht, der andere schmal, mit Dreadlocks.

»Das sind Andy und Darran. Und das ist Madeleine!«, stellte Brian sie einander vor.

»Ach, schau an!«, sagte der Kräftigere triumphierend. »Haben wir sie gefunden, unser Zehntausend-Dollar-Baby!«

»Halt's Maul, Andy!«, fauchte Brian ihn an und wandte sich mit sehr viel sanfterer Stimme wieder ihr zu. »Welch ein Zufall!«, bemerkte er mit einem schiefen Grinsen. Dann schaute er an ihr herunter, entdeckte das Blut an ihrem T-Shirt. »Oh, mein Gott! Was haben sie mit dir gemacht?« Wieder trat er einen Schritt auf sie zu, und auch diesmal wich sie vorsichtig zurück, um den alten Abstand wiederherzustellen. Brian sah an ihr vorbei aufs freie Feld. »Bist du etwa abgehauen?«, fragte er.

Madeleine wischte sich mit dem Arm den Schweiß vom Gesicht und rang um Fassung. Dann machte sie einen Satz nach vorn und gab ihm eine schallende Ohrfeige. »Ich glaube dir kein Wort, du Arschloch!«, brüllte sie. »Die haben euch geschickt, um nach mir zu suchen! Und dafür kassiert ihr auch noch Geld!« Wieder holte sie aus, doch plötzlich war jemand hinter ihr. Ihre Arme wurden nach hinten gebogen. Im nächsten Moment lag sie da, das Gesicht in den staubigen Boden gedrückt, und spürte, wie sich jemand mit seinem gesamten Gewicht auf sie setzte.

97

Florenz, um 1500

Salai sagt, er weiß, was man gegen den Fremden unternimmt. Jedes Gift habe ein Gegengift. Er habe es gemalt, sagt er. Aber er will es mir nicht zeigen. Salai ist außer sich, und ich bin es auch: Der Fremde hat angekündigt, uns zu verlassen. Das Bild, das er mit Leonardo gemeinsam gemalt hat, steht noch immer in unserem Haus, und es verzückt mich stets aufs Neue. Es strahlt solch eine Sanftmut und Zufriedenheit aus. Neulich ertappte ich mich dabei, wie ich so lange davorstand und es betrachtete, bis mir schwindelte. Es sieht gar nicht aus wie gemalt, und manche Farbtöne kannte ich noch gar nicht.

Ein wahres Meisterwerk. Wir sollen überlegen, wo es die meisten Blicke ernten wird, sagt lo straniero. Und es dann dorthin geben. Nur dann kann es bestmöglich wirken. Wir suchen nach einem geeigneten Ort.

Ich habe an lo straniero eine letzte Bitte gerichtet, bevor er uns verlässt: Ich möchte ein Bild, von Leonardo geschaffen, auf dem nur lo straniero und ich abgebildet sind.

Meine größte Angst gilt Salai: Ich fürchte, er könnte versuchen, das Gemälde der schönen Frau zu zerstören.

Aber das traut er sich bestimmt nicht.

Er hält sich nur immer die Ohren zu, wenn er einen Blick darauf wagt. Ein eigentümlicher Anblick.

98

Paris

Patryk Weisz war am Telefon. »Okay, Sie haben mein Handy im Seitenfach der Autotür gefunden. Aber woher haben Sie meine PIN?«

»Sie haben sie mir im Haus Ihres Vaters verraten, wissen Sie nicht mehr? Im Keller, als Sie das Sicherheitssystem überlistet haben.«

»Stimmt! Sehen Sie, und das passiert mir, dem Erben von WeiszVirus.« Weisz' Lachen drang aus dem Hörer.

»Wo ist Madeleine?«

»Sie wissen, dass mein Vater tot ist?«, entgegnete er.

Helen antwortete nicht.

»Ein Unfall«, sprach er weiter. Er klang nicht besonders traurig.

»Und nun?«, fragte Helen vorsichtig. »Können Sie mir helfen, meine Tochter wiederzubekommen?« Sie spürte, wie ihr Herz schmerzhaft gegen die Rippen schlug.

»Deshalb rufe ich an!« Zu ihrer Beruhigung klang Patryk Weisz freundlich.

»Sagen Sie mir, wo ich sie finde! Ich bitte Sie!«

»Ich kann sie Ihnen sogar wohlbehalten übergeben.«

Sie spürte, wie Hoffnung in ihr aufkeimte. Vielleicht war der Albtraum endlich vorbei. »Wo?«, entfuhr es ihr.

»Wir treffen uns im Haus meines Vaters in Warschau. In vierundzwanzig Stunden.«

»In vierundzwanzig Stunden? In Warschau?«

Dies war nicht die Antwort, auf die sie gehofft hatte. Sie glaubte nicht, die Sorge um Madeleine noch so lange ertragen zu können. Auch Millner schienen die Worte, die sie laut wiederholt hatte, nicht zu gefallen. Mit zusammengezogenen Augenbrauen lauschte er ihrem Gespräch.

»Und Sie bringen die *Mona Lisa* mit. So lautet der Deal:

Die *Mona Lisa* gegen Madeleine. In vierundzwanzig Stunden im Haus meines Vaters.«

Schwarze Lichtblitze durchzuckten den Raum, und Helen wurde einen Moment schwindelig. »Also stecken Sie doch mit drin«, murmelte sie ebenso geschockt wie enttäuscht.

Ein leises Lachen drang aus dem Lautsprecher. »Wir stecken alle mit drin«, entgegnete er. »Tun Sie nicht so moralisch! Bringen Sie mir das Gemälde, und Sie erhalten Ihre Tochter zurück. Jeder bekommt, was er will.«

Helen spürte Zorn in sich aufsteigen. Am liebsten hätte sie ihn angeschrien, doch das durfte sie nicht.

Millner machte eine beruhigende Handbewegung.

»Helen?«, hörte sie Weisz' Stimme. »Sind Sie noch da? Bedenken Sie: Ich bin nach dem Tod meines Vaters sehr reich und kann notfalls auf die *Mona Lisa* auch verzichten. Ich denke aber, das gilt umgekehrt nicht für Sie in Bezug auf Ihre Tochter.« Nun sprach er plötzlich hart und gefühlskalt. Helen sah hellblaue Eiskristalle durch das Hotelzimmer wirbeln.

»Schon gut«, beeilte sie sich zu antworten. »Ich habe die *Mona Lisa* hier. Ich komme nach Warschau.«

»Dann steht unser Deal.«

»Warum tun Sie das? Ich dachte, Sie wurden auch nur von Ihrem Vater erpresst. Jetzt, da er tot ist, ist das doch Ihre Chance, alles zu bereinigen.«

»Ganz genau«, antwortete Patryk Weisz. »Meine Chance, endlich aus seinem Schatten herauszutreten. Sie wissen doch, wie es Pflanzen ergeht, die im Schatten eines großen Baumes wachsen. Und Sie werden mir verzeihen, dass ich mir nun, da der Baum gefällt ist, ein wenig Sonne gönne ...«

»Noch haben Sie kein Verbrechen begangen, Patryk.«

Erneut lachte er. »Helen, Sie mögen als Neurologin das menschliche Gehirn sehr gut erforscht haben. Aber Sie wissen nichts über die menschliche Natur.« Mit seiner Stimme assoziierte sie kein Karamellbraun mehr. Sie empfing nichts als schreiendes Rot, das sich mit düsterem Schwarz vermischte.

»Ach ja: und natürlich keine Polizei!«

»Keine Polizei«, sagte Helen und suchte dabei Millners Blick.

»Ich habe übrigens eine kleine Reiseversicherung in Ihrer Tasche versteckt. Sie finden darin ein Mobiltelefon. Ich bin in der Lage, jederzeit den Standort dieses Handys zu überprüfen. Versuchen Sie nicht, das Gerät auszuschalten. Es ist mit einer Sprengladung verbunden, die stark genug ist, Sie samt Tasche ins Jenseits zu befördern. Wenn Sie wollen, dass es Madeleine gut geht, lassen Sie das Handy einfach in der Tasche. Sollte ich sehen, dass Sie Tricks versuchen, sich der Tasche mit der Bombe entledigen und nicht mit ihr hierherkommen, werden Sie Ihre Tochter nicht mehr wiedersehen. Jedenfalls nicht lebend.«

»Eine Bombe in meiner Tasche?«, wiederholte sie zu Millner gewandt.

Sofort sprang er auf, machte zwei große Schritte zur Tasche und begann, sie vorsichtig zu untersuchen. Schließlich holte er einen Gegenstand heraus, der für Helen aussah wie ein Kühlakku. Daran war mit Klebeband ein Handy befestigt.

»Haben Sie verstanden? Es wäre schade, wenn ich Sie mitsamt der *Mona Lisa* in die Luft sprengen müsste.«

»Sie sind ja genauso wahnsinnig wie Ihr Vater!«, entfuhr es Helen.

»Die meisten großen Männer waren wahnsinnig! Gute Reise. Und seien Sie vorsichtig.« Das Gespräch war beendet.

»Schalten Sie das Handy nicht aus, Greg!«, rief Helen. »Er hat gesagt, er kann den Standort jederzeit orten, und wenn wir es ausschalten, wird die Sprengladung explodieren!«

Millner, der nun auf der Bettkante saß, schien ihre Worte zu ignorieren, und begann, an dem Handy herumzuspielen. »Ich schätze, die Sprengladung explodiert nicht nur, wenn man es ausschaltet, sondern auch, wenn man das Verbindungskabel zur Sprengladung entfernen würde«, bemerkte er nachdenklich.

Helen runzelte die Stirn. »Und wir sollen nun allen Ernstes

mit einer scharfen Bombe im Gepäck nach Warschau reisen? Und was, wenn der Diebstahl der *Mona Lisa* im Louvre in den nächsten vierundzwanzig Stunden auffällt und publik gemacht wird?«

Doch dies war nicht ihre größte Sorge. In Gedanken war sie bei Madeleine. Wo war sie gerade? Wie ging es ihr? Gab es wirklich keine Möglichkeit, sie ohne Patryk Weisz' Hilfe zu finden?

»Scheint so, als müssten wir den Zug nehmen. Mit der Bombe können wir kaum fliegen«, entgegnete Millner nüchtern und erhob sich.

»Er hat gesagt, ich soll allein kommen, ohne Polizei.«

Millner blickte sie an. »Wissen Sie, was das Einzige ist, was diesen Weisz davon abhält, Sie und Ihre Tochter zu töten, wenn Sie die *Mona Lisa* übergeben haben?«

Helen sah ihn erschrocken an und schüttelte den Kopf.

»Ich«, sagte Millner.

»Wenn Ihre Freunde vom FBI dort aufmarschieren, wird er es sofort bemerken und ihr etwas antun oder mit ihr fliehen. Das Anwesen ist bestens mit Kameras ausgestattet, und, wie gesagt, es gibt geheime Ausgänge.«

»Meine ›Freunde vom FBI‹ sind derzeit damit beschäftigt, nach Ihnen zu fahnden ... und mittlerweile vermutlich auch nach mir. Ich bin nicht nur gerade dabei, einer Kunstdiebin zu helfen, ein Gemälde im Wert von einer Billion Dollar außer Landes zu schaffen. Ich habe im Louvre wahrscheinlich auch noch versehentlich auf unbeteiligte Menschen geschossen. Raten Sie mal, wie groß meine Beliebtheit beim FBI gerade ist.«

»Das heißt, wir sind zu zweit?«, fasste Helen zusammen.

Millner nickte und hob das Gemälde in die Höhe. »Zu dritt!«, sagte er mit einem müden Lächeln. »Ich muss verrückt sein, dass ich mich darauf einlasse.«

»Sie hatten keine Wahl«, entgegnete Helen trocken. Millner warf ihr einen skeptischen Blick zu.

»Es gibt keinen freien Willen. Das hat die Neurologie schon

lange herausgefunden. Das klassische Experiment: Probanden müssen sich zwischen zwei Tasten entscheiden. Bereits Sekunden bevor sie dies tun, kann man im Kernspintomografen beobachten, welches Hirnareal gereizt wird, und nur anhand der elektrischen Reizmuster mit einhundertprozentiger Sicherheit vorhersagen, ob die Probanden sich einige Augenblicke später für den linken oder den rechten Knopf entscheiden werden.«

»Und das heißt?«, fragte Millner, der immer noch das Gemälde mit beiden Händen vor sich hielt.

»Das heißt, wir tun nicht, was wir wollen, sondern wir wollen, was wir tun.«

Millner schien ihre Worte einen Moment auf sich wirken zu lassen, dann schüttelte er den Kopf. »Ich will das hier alles nicht, aber ich tue es.« Er wandte sich zur Seite und schob das Gemälde vorsichtig zurück in die Tasche.

99

Paris

Er fing die Fliege mit der Hand und ließ sie wieder frei. Das Spiel wiederholte er mehrmals, so wie alle Kunst in der Wiederholung bestand. Reproduktion und Teilung. Die Menschheit hatte das nur noch nicht verstanden.

An einem heißen Augusttag 1911 hatte Vicenzo Peruggia die *Mona Lisa* für einen lausigen Lohn aus dem Louvre entwendet, nach Italien verschleppt und somit berühmt gemacht. Vor ihrer Rückkehr nach Frankreich war sie wie ein Stück Beutekunst sogar in den Uffizien in Florenz ausgestellt worden.

Nicht geplant war der Steinwurf des Bolivianers Ugo Villegas 1956. Er hatte die Melodie nicht ertragen können und einen Stein nach dem Gemälde geworfen. Ein Vorfall, den er nicht hatte verhindern können.

1963 reiste die *Mona Lisa* nach Washington, 1973 nach Japan.

Selbst das Panzerglas, hinter dem sie eingesperrt worden war, hatte dem Erfolg keinen Abbruch getan.

Doch nun war es lange ruhig geworden um die Schöne. Zu ruhig. Es hatte erst einen Pavel Weisz gebraucht, um ihr zu neuer Berühmtheit zu verhelfen. Und so wie die Dinge liefen, war er sicher, dass der *Mona Lisa* trotz ihres hohen Alters ein weiterer Frühling bevorstand.

Keiner beachtete ihn. Die Anonymität eines fein gekleideten Herrn. Nach der Explosion in der Eingangshalle wimmelte es im Louvre ohnehin von geschäftig wirkenden Männern in Anzügen. Besonders hier, im Herzen des Louvre. Irgendwer würde ihn schon hereingelassen haben, und wenn man es selbst nicht gewesen war, dann jemand anders. Er konnte ja kaum durch die Wände hereingekommen sein. Bei diesem Gedanken musste er schmunzeln. Es war etwas Urmenschliches, sich hinter Wänden sicher zu fühlen.

Jetzt starrten alle auf den Holzkasten, der gerade auf einem Rollwagen hereingefahren wurde. Die Wärter des Louvre standen um ihn herum Spalier, und man merkte jedem die Aufregung an, zu den Auserwählten zu gehören, die einen Blick auf das Meisterwerk werfen durften, ohne dass störendes Panzerglas den Eindruck trübte. Die Leiterin der Restaurierungsabteilung (er hatte es von Ihrem Namensschild abgelesen) und der Chef der Gemäldesammlung liefen aufgeregt umher und erteilten einer Gruppe von Installateuren Anweisungen.

Die Holzkiste wurde geöffnet, Schichten aus schützendem Material beiseitegeschafft, und endlich hoben die Männer mit ihren behandschuhten Händen das Gemälde heraus. Ein Raunen ging durch den Saal, und auch er musste zweimal hinhören, bevor ein breites Lächeln über sein Gesicht huschte. Gutes Mädchen, dachte er und hätte sich am liebsten ausgeschüttet vor Lachen.

Anders erging es den Angestellten des Museums. Ein spitzer Schrei der Chef-Restauratorin, ungläubiges Hände-vors-Gesicht-Schlagen, ein merkwürdig bleiches Gesicht des Leiters der Gemäldesammlung. Ein hilfloser Ruf nach der Polizei, hektisches Telefonieren.

Dabei sah sie so blendend, so schön aus wie seit Jahrhunderten nicht mehr. Beinahe so hübsch und lebensecht wie die Modelle. Das würde ein Spektakel geben.

Seine Aufgabe war erfüllt. Unbemerkt zog er sich zurück. Sein Spazierstock hinterließ kleine runde Abdrücke im Parkett, das im Fischgrätmuster verlegt war.

Eine letzte Gräte galt es nun noch zu ziehen, um Salai ein für alle Mal ruhigzustellen.

100

Frankreich

»Es ist dennoch unverantwortlich«, beharrte Helen. »Wir hätten mit dem Auto fahren sollen. Man kann nicht mit einer Bombe in einen vollbesetzten Zug steigen!« Sie sprach zu laut, und auch wenn sie allein im Abteil waren, hielt Millner es für besser, sie in die Schranken zu weisen.

»Sagen Sie es doch gleich durch ein Megafon«, brummte er. »Mit dem Auto wären es an die zwanzig Stunden, wenn man gut durchkommt. Und das Risiko, kontrolliert zu werden, ist viel größer. Patryk Weisz wird den Sprengstoff nicht zünden.«

»Wie können Sie da so sicher sein?«

»Weil der Sprengsatz neben einem Gemälde liegt, das eine Billion Dollar wert ist.«

»Sagen Sie es doch gleich durch ein Megafon«, äffte Helen ihn ärgerlich nach und schaute beleidigt aus dem Fenster. Ihre Sorgenfalten wurden noch tiefer.

Sie waren vor gut vier Stunden in Paris gestartet, und der Hochgeschwindigkeitszug brachte sie zunächst nach Köln, wo sie umsteigen würden.

Er schwitzte. Instinktiv suchte er nach der Dose mit den

Tabletten, fand sie in der Hosentasche und nahm zwei der Pillen.

»Was sind das für Tabletten, die sie immer nehmen?«, fragte Helen ebenso neugierig wie misstrauisch.

»Das ist nichts«, antwortete er, absichtlich übellaunig, um das Gespräch im Keim zu ersticken.

Helen hatte sich schon vorgebeugt und las nun aus der Ferne den Schriftzug auf der Dose laut ab: »*Tramadol.*« An ihrem betroffenen Blick sah er, dass sie Bescheid wusste. »Wirkt direkt an den Opioidrezeptoren im Thalamus und dem Nervengewebe«, sagte sie trocken. »Macht süchtig.«

»Ich weiß«, entgegnete er missmutig. »Aber wer ist schon perfekt?« Mit der Andeutung eines Lächelns nahm sie ihm ein wenig seines Schuldgefühls.

»Man kann das gut behandeln.«

»Ich weiß«, erwiderte er wieder. »Vielleicht, wenn ich einmal Urlaub habe oder raus bin beim FBI.«

Erneut lächelte sie, diesmal allerdings so, dass ihr Gesichtsausdruck ihm ein schlechtes Gewissen bereitete.

»Wegen Ihrer Verletzung?« Sie fuhr sich mit der Hand über ihre makellos glatte Wange. »Ich meine die Narbe, die Sie versuchen, mit Ihrem Bart zu verdecken. Sieht recht frisch aus.«

»Ist sie auch.« Warum sprach ihn nur jeder auf seine Narbe an?

»Wie ist das passiert?«

Er überlegte, bevor er antwortete. Bislang hatte er kaum jemandem die ganze Geschichte erzählt. »Bei einem Einsatz in Brasilien, vor einigen Monaten. Ich wurde niedergeschossen. Der Splitter eines Projektils durchschlug die Wange und blieb im Kiefer stecken. Ich hatte Glück, ich hätte auch tot sein können.«

Helen verzog mitfühlend den Mund. »Klingt schrecklich. Wer hat auf Sie geschossen?«

»Ein brasilianischer Polizist.«

»Wieso schießt ein brasilianischer Polizist einem FBI-Agenten ins Gesicht?«

»Ich habe zuvor auf ein Kind geschossen.« Er sah den Schreck in ihren Augen aufglimmen, ganz ähnlich wie in dem Moment, als er ihr erzählt hatte, dass er im Louvre auf sie gezielt hatte.

»Auf ein Kind?«, fragte sie fassungslos.

»Ein besonderes Kind. Die Tochter des Vorsitzenden des Obersten Gerichts von Brasilien.«

»Wieso schießen Sie auf ein Kind?«

»Als wir einen international gesuchten Terroristen dem Haftrichter vorführen wollten, kam es zu einem Befreiungsversuch und zu einer Schießerei im Gerichtsgebäude. Die Terroristen verschanzten sich im Büro eines Richters. Zufälligerweise hatte der gerade Besuch von seiner elfjährigen Tochter.« Er stockte. Wochenlang hatte er die Ereignisse nach Kräften verdrängt. »Unser Gefangener schoss den Vater nieder und nahm die Tochter vor unseren Augen als Geisel. Ich war mir sicher, dass er ihr und dann sich selbst etwas antun würde. Laut unseren Profilern war er extrem selbstmordgefährdet, auf dem Märtyrer-Trip, Sie wissen schon.«

Sie folgte mit großen Augen seinen Worten.

»Wir standen uns irgendwann gegenüber, ich mit der Waffe im Anschlag, er mit der Pistole am Kopf des Kindes. Umringt von Polizisten. Ich befürchtete, dass einer der brasilianischen Polizeibeamten die Nerven verlieren und zuerst schießen würde. Da habe ich mich entschieden, besser selbst den ersten Schuss abzugeben.«

»Sie haben versehentlich das Kind getroffen?«

Er schüttelte den Kopf. »Nein, absichtlich. Ich schoss dem Mädchen ins Bein. In den Oberschenkel, ins Fleisch, dorthin, wo keine Hauptschlagader verläuft. Ein glatter Durchschuss. Sie fiel sofort zu Boden, und ich erschoss den Geiselnehmer. Leider eröffnete auch die Polizei das Feuer, und zwar auf mich. Eine Kugel traf mich hier.« Er bewegte den Kiefer, was immer noch wehtat.

»Und das Kind?«, fragte Helen bestürzt.

»Es lag ein paar Tage im Krankenhaus, dann konnte es nach Hause. Auch sein Vater hat die Sache überstanden.«

Immer noch stand Helen der Mund offen. »Sie haben auf ein Kind geschossen!«, stellte sie mit sich überschlagender Stimme fest.

»Noch lauter!«, entgegnete er. »Ja. Und ich habe ihm damit das Leben gerettet«, fügte er leiser an.

»Und das haben Ihre Kollegen beim FBI auch so gesehen?«

»Nicht alle. Leider ist das Mädchen auch noch zufällig die Nichte der stellvertretenden Direktorin, deren Schwester nach Brasilien geheiratet hat. Sie hat es mir bis heute nicht verziehen.« Er hätte es ihr nicht erzählen sollen. Wer noch niemals an der Front gekämpft hatte, konnte nicht verstehen, was für Entscheidungen Extremsituationen erforderten.

»Ich weiß nicht, ob ich froh oder verängstigt sein soll, dass Sie an meiner Seite stehen«, bemerkte sie. »Auf mich haben Sie ja auch schon geschossen.«

Die Tür des Abteils wurde aufgerissen, und ein Schaffner steckte den Kopf herein. »Jemand zugestiegen?«, fragte er. Millner verneinte, der Zugschaffner schloss die Tür und ging weiter.

Millner sah, wie Helen tief durchatmete. Für eine Zivilistin hatte sie sich in den vergangenen Tagen erstaunlich gut gehalten.

»Was meinten Sie vorhin im Hotel damit, dass Sie den verrückten Verdacht hätten, dass es bei allem um den Goldenen Schnitt und die Schönheit ginge?«

Er brauchte einen Moment, um dem Themenwechsel zu folgen. »Sie sind Expertin für den Goldenen Schnitt, richtig?«

»Er ist wesentlicher Teil meiner Forschung. Er kommt überall vor und bewirkt, dass wir Menschen etwas als besonders schön empfinden. Es gibt ihn in der Natur, in der Architektur, in der Kunst, in der Schönheitschirurgie ...« Sie stockte. »Pavel Weisz wollte bei unserem kurzen Zusammentreffen in Madrid mit mir auch über den Goldenen Schnitt sprechen.«

Ein weiteres Indiz, das seine Theorie stützte. »Hat er etwas dazu gesagt?«

»Eigentlich nicht. Aber auch er ließ sich über die Schönheit aus. Verglich das menschliche Gehirn mit der Festplatte eines Computers und fragte mich, ob ich ›Malware‹ kenne. Für mich klang das alles sehr ... wirr.«

Er spürte, wie sich in seinem Kopf erneut ein Puzzleteil an die richtige Stelle schob.

»Ich glaube, er hat einen Krieg gegen die Schönheit geführt, allem voran gegen die Proportion des Goldenen Schnittes«, entfuhr es ihm.

Helen verzog das Gesicht. »Wie kann man gegen eine Proportion Krieg führen?«

»Er hat das Leipziger Rathaus sprengen lassen, Da Vincis *Abendmahl* in Mailand vernichtet. Das Buch *Da Davina Proportione* von Luca Pacioli in der Bibliothèque de Genève verbrannt ...«

»Die Kandidatinnen der Misswahl entführt ...«, ergänzte sie leise.

Er nickte. »Und verstümmelt. Offensichtlich wollte er den Goldenen Schnitt auslöschen ... vielleicht ein Zeichen setzen.«

Helen kniff die Augen zusammen. Entweder, sie hielt ihn für total verrückt, oder sie begann, seinen Gedanken zu folgen. »Oder aber, er wollte die positive Wirkung, die der Goldene Schnitt bei uns auslöst, und das, was wir als schön empfinden, von unserer inneren Festplatte löschen«, sagte sie. In ihren Augen registrierte Millner ein Flackern, das ihm Zuversicht verlieh, verstanden zu werden.

»Er hat sein Vermögen mit Antiviren-Programmen gemacht, und offensichtlich hielt er den Goldenen Schnitt und die Schönheit für eine Art ...«

»Virus!«, vollendete sie seinen Satz.

Er nickte.

Der Zug verlangsamte seine Fahrt, und als sie in einen Tunnel einfuhren, wurde es für einige Sekunden dunkel um sie herum. Offenbar war die Beleuchtung im Abteil defekt.

»Das ist eine abgefahrene Idee, irgendwie auch ... genial«, sagte Helen. »Und gleichzeitig das Werk eines Monsters.«
Millner nickte.
»Kennen Sie den Begriff Meme?«, fragte sie.
»Schon einmal gehört«, bestätigte er unsicher.
»Als ›Meme‹ bezeichnet man Gedanken, Ideen oder Trends, die den menschlichen Geist befallen und sich durch Kommunikation, vergleichbar mit einem Virus, rasend schnell von Mensch zu Mensch, also von Gehirn zu Gehirn weiterverbreiten. Wenn man so will, ein Virus des menschlichen Geistes. Wie der Nationalsozialismus in Deutschland oder andere Ansichten, die sich wie ein Virus verbreiten ...«

Eine Weile schwiegen sie, und Millner glaubte, Helen anzusehen, dass sie seine Theorie im Kopf weiterspann.

»Wie beispielsweise die Idee, dass man schlank sein muss, um heutzutage erfolgreich zu sein«, merkte sie leise an und schaute betreten auf den Boden zwischen ihnen.

»Sie denken an Ihre Tochter?«

Sie nickte nach einem kleinen Zögern.

»Nach seinem schrecklichen Unfall und seinen Entstellungen durch die Brandverletzung scheint Pavel Weisz sämtliche Schönheitsideale dieser Welt verteufelt zu haben«, schlussfolgerte er weiter.

»Und nach dem Tod seiner Frau. Sie starb bei einer Schönheitsoperation«, ergänzte Helen. »Hat sein Sohn zumindest gesagt.«

»Offensichtlich hat Pavel Weisz sich vorgenommen, sein Wissen und sein Geld einzusetzen, um die modernen Schönheitsideale zu bekämpfen ... Daher auch das Computervirus, das alle digitalen Bilder, Proportionen und Fotos angreift.« Mittlerweile klang sein Verdacht gar nicht mehr so abwegig. »Digital hat er umgesetzt, was er sich für unsere reale Welt gewünscht hat: das Ende jeglichen Schönheitsidealisierungswahns, die Umkehrung von Schön in Hässlich.«

»Wahnsinn!«, bemerkte Helen und schüttelte den Kopf.

»Wie viel Leid er dafür in Kauf genommen hat! Aber was hat das mit der *Mona Lisa* zu tun?« Sie zeigte auf ihre Tasche.

Millner holte das alte Buch hervor, das Helen bei Weisz senior gefunden hatte. »Ich habe dieses Tagebuch durchgelesen, und ich schätze, Pavel Weisz hat es auch gelesen. Am Rand befinden sich zahlreiche Notizen, von denen ich denke, dass er sie gemacht hat. Dieses Buch scheint ihm eine Inspirationsquelle gewesen zu sein. Darin geht es um den Goldenen Schnitt und die Schönheit, und ich glaube, auch um die Erschaffung der *Mona Lisa*.«

»Und?«

»Folgt man dem Tagebuch, dann scheint sie so etwas zu sein wie die Mutter aller Schönheitsideale. Und die Ausführungen klingen wahrlich gruselig. Beinahe könnte man meinen, das Bild sei von Da Vinci und diesem Fremden ...«

»Fremden?«, wiederholte sie mit verständnislosem Blick.

»So wird er in diesem Buch genannt. ›*Lo straniero*‹. Er taucht auf und ist so etwas wie ein Lehrmeister ... oder – und jetzt lachen Sie mich nicht aus – vielleicht auch der Teufel höchstpersönlich.«

»Der Teufel?« Helen schüttelte den Kopf. »Greg, hören Sie auf! Sie klingen wie ein Schauermärchenerzähler.«

Sie hatte recht. Er fuhr sich mit der Hand über das Gesicht, als könnte er damit seine Gedanken verscheuchen, aber es musste gesagt werden. »Es hört sich so an, als wäre die *Mona Lisa*, also das Gemälde damals, aus Menschen ... nein, aus Mädchen hergestellt.«

Helen zeigte die gefürchtete Reaktion, eine Mischung aus Unglaube und Ekel. Dann begann sie zu lachen, doch als er keine Anstalten machte einzustimmen, blieb ihr das Lachen im Halse stecken. »Sie meinen es ernst«, stellte sie fest.

Er zuckte mit den Schultern und hielt das Buch in die Höhe. »Farben wurden damals aus allem Möglichen hergestellt. Ich habe es im Internet nachgelesen. Holztafeln mussten vor dem Malen grundiert und mit Knochenleim behandelt werden. Und

Knochenleim gewann man durch das Kochen von Knorpelmasse, Knochen oder auch Haut ...«

»Das ist ja ekelhaft!«, rief sie angewidert aus. Doch plötzlich machte sich auf ihrem Gesicht Bestürzung breit. »Kalzium und Kupfer«, murmelte sie.

»Was ist mit Kalzium und Kupfer?«

»Davon erzählte mir im Louvre Monsieur Roussel, der Leiter der Gemäldesammlung. Man habe bei den Untersuchungen auf der *Mona Lisa* Unmengen von Kalzium und Kupfer gefunden, und man wisse nicht, woher diese stammen. Er meinte, das Bild bestehe aus ganz ähnlichen Bausteinen wie wir Menschen ...«

Ein Frösteln erfasste Millner, und auch Helen Morgan strich sich mit den Handflächen über die Unterarme, als wäre ihr plötzlich kalt geworden. Offensichtlich dachten beide das Gleiche.

»Und was wollte Pavel Weisz Ihrer Theorie zufolge mit der *Mona Lisa* anfangen?«, unterbrach sie schließlich das Schweigen.

»Vielleicht vernichten? Offenbar hatte er Angst, dass das Bild eine Botschaft der Huldigung der Schönheit verbreitet. Was sagten Sie eben über Meme? Sie werden über Kommunikation weitergegeben? Was heute das Fernsehen oder Internet ist, war früher die Kunst. Demnach müsste das Bild nach Pavel Weisz' Ansicht vielleicht ein solches Mem übermitteln. Dem Betrachter quasi eine Botschaft entgegenrufen. Ich meine, das Gemälde gilt als eines der bedeutendsten Beispiele überhaupt für Schönheit und die Verwendung des Goldenen Schnitts in der Kunst.«

»Eine Botschaft entgegenrufen?«, wiederholte sie leise. Er registrierte, dass sie blass geworden war.

»Alles okay?«, fragte er besorgt.

Sie nickte. »Geht schon.« Doch irgendetwas schien sie zu beschäftigen.

»Wollen sie einen Schluck Wasser?« Er hielt ihr eine Flasche Mineralwasser entgegen, die er vor der Abfahrt des Zuges an einem Bahnhofskiosk im Gare du Nord in Paris gekauft hatte.

Helen griff danach und nahm einen kräftigen Schluck. Plötzlich wurde sie noch weißer im Gesicht. Sie deutete auf die Tasche. »Wenn es Pavel Weisz tatsächlich nur darum ging, das Gemälde der *Mona Lisa* zu vernichten, würde das den Sprengstoff in der Tasche erklären. Aber das würde auch bedeuten, dass er jeden Augenblick hochgehen kann. Ihr Argument, dass niemand ein Eine-Billion-Dollar-Gemälde in die Luft jagen würde, gilt dann wohl nicht mehr ...«

Millner folgte ihrem Blick zur Tasche. In diesem Moment wurde es in dem Abteil wieder dunkel, da sie einen weiteren Tunnel passierten. »Aber Weisz senior ist tot. Und Patryk hätte den Auslöser schon lange zünden können, wenn er das gewollt hätte. Er will offenbar das Bild«, versuchte er, sie und auch ein bisschen sich selbst zu beruhigen.

Der Zug fuhr über eine Weiche und schüttelte sie beide durch.

Wieder wurde es still im Abteil, und jeder von ihnen hing seinen eigenen Gedanken nach. Als Millner sie wieder anschaute, entdeckte er Tränen in ihren Augen.

»Alles klar mit Ihnen«, wollte er betroffen wissen.

Sie nickte. »Glauben Sie, ich bekomme Madeleine wohlbehalten zurück und wir überleben das hier alles? Wissen Sie, dass ich sie bei der Geburt beinahe verloren habe? Die Nabelschnur hatte sich um ihren Hals gelegt, und es hat eine Ewigkeit gedauert, bis sie endlich geschrien hat.« Sie schluchzte leise. »Sie ist doch noch ein Kind!«

Millner hielt die Luft an und schluckte die erste Antwort, die ihm in den Sinn gekommen war, herunter. »Solange wir das Gemälde bei uns haben, besteht noch Hoffnung«, sagte er schließlich. Er bemühte sich, dabei möglichst überzeugend zu klingen, obwohl er wusste, dass die Chancen für ein Happy End nicht besonders gut standen.

Plötzlich wurde die Abteiltür erneut aufgerissen, und ein Mann im Anzug schaute auf sie herab. In der Hand trug er einen Spazierstock mit silbernem Knauf. »Ist hier noch etwas frei?«, fragte er in geschliffenem Britisch.

Millner musterte den Fremden. Volle Locken, die dem Mann bis über die Schulter fielen. Er meinte, ihn schon einmal gesehen zu haben, doch es fiel ihm nicht ein, wo. Millner wechselte einen kurzen Blick mit Helen, dann deutete er auf den Platz neben ihr.

Der Mann schloss die Tür und setzte sich mit einem freundlichen Nicken.

Helen verscheuchte eine Fliege mit der Hand.

Der Mann lächelte sie offen an. Dann deutete er auf das Tagebuch, das noch immer auf dem freien Platz neben Millner lag. »Das Buch sieht alt aus!«, bemerkte der Fremde und streckte den Arm aus. »Darf ich einmal?«

Einer ersten Regung folgend, wollte Millner die Bitte zunächst ausschlagen, reichte dann jedoch das Buch dem anderen, wobei er ihn nicht aus den Augen ließ.

Der Mann strich mit der Hand über den Einband. »Fühlt sich samtweich an«, bemerkte er. »Wie eine zarte Wange!« Er schlug das Tagebuch auf, blätterte durch die Seiten, dann gab er es Millner zurück. »Sehr freundlich von Ihnen. Ich sammle alte Bücher. Verkaufen Sie es mir?«

Millner musterte ihn. Er war elegant gekleidet, der Anzug eine Maßanfertigung. Sein Gesicht wirkte sympathisch, beinahe anziehend, und auch seine Art war von zurückhaltender Freundlichkeit. Dennoch hatte Millner das Gefühl, auf der Hut sein zu müssen. Es erschien ihm sehr merkwürdig, dass ein Fremder in ihr Abteil kam und ihm ohne Umschweife das uralte Buch abkaufen wollte. Auch Helen schien sich nicht wirklich wohlzufühlen. »Es ist leider unverkäuflich«, sagte er.

»Ich zahle nahezu jeden Preis«, entgegnete der Mann und schenkte ihm diesmal ein Lächeln, das Millner erschaudern ließ.

»Wie gesagt, es ist nicht verkäuflich.«

»Zu schade«, erwiderte der Mann, der immer noch weit nach vorne gebeugt dasaß und sich auf den Spazierstock stützte. »Ich dachte, es wäre ein gutes Geschäft für uns beide. Sie würden sich der Last des Besitzes entledigen. Und ich der Untreue des Geldes.« Er lächelte unergründlich. Ein Flackern am Fenster kündigte den nächsten Tunnel an.

101

Florenz, um 1500

Und jetzt ist er weg. Nicht lo straniero, *sondern Salai. In der Nacht hörte ich die Hühner und dachte, es sei ein Fuchs. Doch am Morgen, als Leonardo mich weckte, wurde ich eines Besseren belehrt. Er hat eine Notiz hinterlassen, flüchtig hingekritzelt auf ein kleines Blatt Papier. Ich konnte es kaum entziffern, als Leonardo es mir entgegenhielt. Er muss es in großer Eile verfasst haben. Als wäre der Teufel hinter ihm her gewesen. Hätte ich es nicht mit eigenen Augen gesehen, ich würde es nicht glauben.*

Seine letzten Worte, die er an uns richtet, hat er als Rätsel verfasst. Er will uns testen.

»Es ist nicht der Mensch dahinter, sondern die Maske, die man fürchten muss. Und ›Ihn‹ muss man fürchten, und ich werde die Welt vor ihr warnen«, stand dort geschrieben.

Wir können nur raten, von wem er spricht, doch wir glauben, dass er lo straniero *meint. Lo straniero war ganz beunruhigt, als wir ihm die Zeilen zeigten. So habe ich ihn noch nie gesehen. Und als ich sagte, dass Salai das Gemälde mitgenommen habe, war* lo straniero *richtiggehend erzürnt.*

»Nicht das Gemälde, das Ihr gemalt habt, sondern eine Kopie«, habe ich ihn zu beruhigen versucht. »Er hat sie angefertigt, heimlich, des Nachts.« Und als lo straniero *immer wütender wurde, habe ich gelogen. »Ich wusste es nicht. Er hat es mir erst gestern gezeigt!«*

Ob wir uns vorstellen könnten, wohin Salai gegangen sei. Wir haben verneint. Seit wir ihn kennen, lebt er bei uns. Am Ende hat lo straniero *grübelnd und mit düsterer Miene dagesessen und vom Ziegenkäse gegessen.*

»Es ist klar, in wessen Auftrag er handelt«, hat er missmutig gesagt, und ich weiß nicht, wen er meinte. Ich traue mich kaum, es auszusprechen, aber meint er vielleicht den Teufel?

102

London

Die Präsentation war gelungen. Innerhalb weniger Stunden vorbereitet und einberufen und dennoch überfüllt. Live-Übertragungen in alle Welt. Michael Chandler hatte die Wirksamkeit des Antiviren-Codes mit dem Beamer präsentiert und den Journalisten zum ersten Mal seit langer Zeit vollkommen unberührte digitale Bilder und Fotos gezeigt.

»Die intensiven Bemühungen haben sich nun doch rentiert«, hatte er einleitend gesagt. »Wieder einmal hat WeiszVirus seine überragende Stellung im Markt der Antiviren-Programme bewiesen.«

Nicht nur dieser Satz ließ den Aktienkurs geradezu durch die Decke steigen. Die Gewinne an der Börse betrugen nicht weniger als zweihundertvierzig Prozent innerhalb einer Stunde, ein historisches Ereignis an der Wall Street. Dabei dürfte zu der enormen Steigerung des Unternehmenswertes auch die Tatsache beigetragen haben, dass sie den Kaufpreis für die Antiviren-Lösung auf neunundneunzig Dollar festgelegt hatten. Sie rechneten mit mehr als einer Milliarde Downloads der Antiviren-Applikation weltweit, also mit mindestens neunundneunzig Milliarden Dollar Umsatz.

»Man hat uns den Fehdehandschuh entgegengeschleudert, man hat uns gereizt, und unsere niemals ruhenden Mitarbeiter, die besten Antiviren-Spezialisten der Welt, haben die Herausforderung angenommen und das Virus und dessen Verursacher vernichtend besiegt«, hatte Chandler etwas pathetisch verkündet.

Er hatte sich nur kurz gefragt, wer ihm die Lösung des Problems zugespielt hatte. Dann hatte er es als das, was es war, angenommen: ein Geschenk. Insgeheim verdächtigte er Pavel Weisz, wo auch immer er stecken mochte. Sonst fiel ihm niemand ein, der in der Lage gewesen wäre, das Virus zu besiegen, und ein Interesse daran gehabt hätte, die Lösung kostenfrei WeiszVirus zur Verfügung zu stellen. Aber es war ihm letztendlich auch gleichgültig: Zwar gehörte ein Großteil der Anteile an dem Unternehmen immer noch der Familie Weisz und vor allem dem Taugenichts Patryk Weisz. Doch sogar seine fünfprozentigen Anteile würden ihn selbst nun noch zum Milliardär machen, viele der Mitarbeiter, die in der Vergangenheit als Tantieme Aktienoptionen erhalten hatten, immerhin zu Millionären.

Das Ende des Mona-Lisa-Virus – dies war ein Freudentag für alle Aktionäre und Mitarbeiter von WeiszVirus, aber auch für die gesamte Welt: Endlich waren die digitalen Gesichter wieder in alter Schönheit zurück. Vorbei die Zeit der digitalen Zombies.

Michael Chandler hielt das schnell produzierte Logo der neuen Antiviren-Software in die Höhe und lächelte breit in das Blitzlichtgewitter, das die Kameras der Fotografen vor ihm erzeugten.

Das Logo zeigte eine als Schattenriss stilisierte *Mona Lisa*.

»LisasSmile« hatten sie ihre Software nach einem kurzen Meeting genannt, und er fand, dass es wie eine Verheißung klang.

103

Acapulco

»Zu deiner Mutter! Wir bringen dich zu deiner Mutter!«, hatte Brian immer wieder beruhigend auf sie eingeredet, doch sie glaubte ihm kein Wort. Er war ein verlogener Scheißkerl.

Seine Freunde hatten sie von ihm weggezerrt, als sie ihn attackiert hatte. Beinahe war sie erstickt, als der Dicke, den er Andy nannte, sich auf sie gesetzt hatte. Brian zog ihn schnell von ihr herunter und telefonierte dann aufgeregt. Schließlich flüsterte er mit dem feisten Jungen, und der verschwand. Kurz darauf heulte hinter den Büschen ein lauter Motor auf, und Brians Freund fuhr mit einem Pick-up vor. Brian und der dritte junge Bursche stiegen mit ihr auf die offene Ladefläche des Trucks und nahmen sie in ihre Mitte. Der Rucksack drückte in ihrem Rücken.

»Glaub mir, wir bringen dich nach Hause. Ich wusste nicht, was sie mit dir anstellen wollen. Dr. Reid hatte mich in der Klinik angesprochen und mir Geld geboten, wenn ich mich an dich ranmache und dich nach Mexiko bringe.«

»Dr. Reid?«, fragte Madeleine ungläubig.

Brian nickte.

Sie holte aus und verpasste ihm eine weitere schallende Ohrfeige. »Ich dachte, du liebst mich ...«

Brian hielt sich die Wange. »Tue ich auch, ich habe mich in dich verliebt! Ehrlich.«

»Arschloch!« Madeleine verschränkte die Arme und schaute ihn nicht mehr an.

»Glaub mir!«

Sie erreichten die Hauptstraße und wurden langsamer. Der Wagen bog nach rechts ab. In Richtung Camp, nicht in Richtung Acapulco.

»Wo fahren wir hin?«, wollte sie wissen. Sie schätzte die Meter bis zur Ladekante ab. Mit etwas Glück würde sie ihre beiden Bewacher überrumpeln können. Ein Sprung würde gefährlich werden, aber sie konnte ihn unverletzt überstehen.

Der Wagen setzte sich wieder in Bewegung, und sie sprang auf. In diesem Moment hörte sie ein entsetzliches Geräusch. Als sie über die Fahrerkabine nach links blickte, sah sie die Scheinwerfer des Lastwagens auf sie zurasen. Im nächsten Moment vernahm sie das Kreischen überforderter Bremsen, das Knirschen zermalmenden Metalls. Dann glaubte sie zu fliegen, und schließlich wurde alles um sie herum dunkel.

104

Paris

Als sie den Tunnel wieder verließen, war der Platz neben Helen frei. Millner erschrak, als er den Mann nun auf seiner Seite vorfand. Zwischen ihnen lag noch die Tasche, auf die er demonstrativ die Hand gelegt hatte. Jederzeit bereit, mit der anderen seine Waffe zu ziehen, wenn es sein musste.

»Ich möchte ehrlich zu Ihnen sein«, sagte der Fremde, der wieder vergnügt dreinschaute. »Es ist kein Zufall, dass ich hier bin. Ich weiß, wer Sie beide sind: Mrs. Morgan und Mr. Millner. Auch weiß ich, was sich in dieser Tasche hier befindet.« Bei der letzten Bemerkung warf er Helen einen verschwörerischen Blick zu. »Und ich weiß auch, wohin Sie fahren. Ein schwerer Gang, bei dem Sie ein wenig Glück benötigen werden.« Er machte eine Pause und ließ seine Sätze wirken.

Helen glaubte, Greg Millner zum ersten Mal seit ihrem Aufeinandertreffen wirklich überrascht zu sehen.

»Wer sind Sie?«, fragte Millner mit einer Schärfe in der Stimme, die sie bei ihm bislang so noch nicht wahrgenommen hatte. Er wirkte beunruhigt.

»Ich verstehe Ihre Verwunderung, Mr. Millner. Normalerweise ist es das FBI, das im Verborgenen arbeitet und stets mehr weiß als alle anderen.« Der Mann saß ganz entspannt da und wirkte überhaupt nicht bedrohlich. »Wie Ihresgleichen, Mr. Millner, habe auch ich viele Namen. Es wäre nichts als Schall und Rauch, wenn ich Ihnen wahllos einen nennen würde. Sagen wir so: Meine Aufgabe ist es, hinter den Kulissen die Fäden zu ziehen. Ich bin überall dort, wo das Böse zuschlägt. Und im Moment bin ich hier bei Ihnen.«

Wieder schwieg er, als wollte er ihnen beiden Gelegenheit geben, das Gesagte zu verdauen. Trotz der zur Schau getragenen Harmlosigkeit ihres Gegenübers spürte Helen Furcht in sich aufsteigen. Wenn der Mann sprach, sah sie Farben, die sie noch nie zuvor gesehen hatte und die an ein Flammenmeer erinnerten. Es erschien ihr so real, dass ihr heiß wurde.

»Übertreiben Sie es nicht«, warnte Millner. »Ich könnte Sie verhaften und Ihre Identität überprüfen lassen.« Auf die Drohung hin erntete er ein müdes Lächeln.

»Ich fürchte, Sie können derzeit niemanden verhaften lassen.«

Helen registrierte bei Millner einen noch verdutzteren Gesichtsausdruck. »Was wollen Sie?«, kam sie ihm zu Hilfe.

»Wie ich bereits sagte, hätte ich wahnsinnig gern diese Hetzschrift dort.« Er deutete auf das Buch, das noch immer in Millners Schoß lag.

»Und wie ich bereits sagte, ist es unverkäuflich«, entgegnete Millner feindselig.

»Ich möchte es nicht mehr kaufen. Ich biete Ihnen dafür etwas viel Wertvolleres: meine Hilfe. Ich glaube, bei dem, was Sie vorhaben, können Sie jede Unterstützung gebrauchen.«

»Und die Hilfe soll wie genau aussehen?« Millner sprach vorsichtig, betonte jedes einzelne Wort.

Der Mann griff in die Innentasche seines Anzugs und hielt abrupt inne, als Millner seinerseits mit der Rechten in Richtung Waffe fuhr.

»Nur ein Zettel«, sagte der Mann mit einem belustigten Grinsen. »Schießen Sie nicht auch noch auf mich ...«

Auch dieser Nadelstich traf, und Millner verzog griesgrämig das Gesicht.

»Ich biete Ihnen für das Buch diesen Zettel mit einer Telefonnummer. Sollten Sie in Warschau nach der Übergabe des Gemäldes an Patryk Weisz in Not geraten, wählen Sie einfach diese Telefonnummer, und ich verspreche, alles wird gut.«

Helen starrte den Zettel an, den der Mann Millner entgegenstreckte. Millner schien keine Anstalten zu machen, danach zu greifen. Seine Hand ruhte immer noch auf seiner Hüfte, wo Helen die Waffe vermutete.

»Ist das Ihr Ernst?«, fragte Millner schließlich spöttisch.

»Ja«, antwortete der Mann lächelnd. »Nehmen Sie den Zettel, oder lassen Sie es. Ihre Entscheidung.«

»Was ist so wertvoll an dem Buch?«, wollte Helen wissen.

»So wertvoll, dass wir dafür eine Telefonnummer geboten bekommen?«, ergänzte Millner ironisch.

»Es ist ein ganz persönliches Interesse. Es gibt Bücher, die besser nie geschrieben worden wären.«

»Sie meinen Bücher wie *Mein Kampf* von Adolf Hitler?«, fragte Millner, immer noch mit sarkastischem Unterton. »Ich konnte in dem Tagebuch hier nichts derart Verwerfliches entdecken ...«

»Das ist auch ein schlechtes Beispiel, was Sie da gewählt haben. Sagen wir es anders: Wenn in einem Buch über Sie falsche Tatsachen verbreitet würden, wollten Sie es dann nicht auch an sich nehmen?«

»Das Buch ist fünfhundert Jahre alt! Wie sollte darin über Sie schlecht geredet werden?«, entgegnete Millner.

Helen war es mittlerweile so heiß, dass sie am liebsten ihr Oberteil ausgezogen hätte. Auch wenn es wahnwitzig klang und auch wenn sie noch immer Furcht verspürte, war sie drauf und dran, dem Fremden zu vertrauen. »Wir sollten es ihm vielleicht dennoch geben, Greg ...«, sagte sie. »Es ist nur ein altes Buch, und schon die Aussicht auf Hilfe sollte es uns wert sein. Was kann schon passieren? Im schlimmsten Fall verlieren wir ein altes Buch.« Sie schaute Millner eindringlich an, in der Hoffnung, ihn überzeugen zu können.

»Das ist doch lächerlich!«, fuhr er auf.

»Immerhin kennt er unsere Namen und weiß viele Dinge, die er eigentlich nicht wissen kann!«

Millner fixierte den Mann. »Was genau ist in der Tasche hier?«, fragte er herausfordernd.

»Meinen Sie das Päckchen C4-Sprengstoff oder die *Mona Lisa*? Oder das Tütchen mit den Lakritzbonbons in der vorderen Innentasche, die Mrs. Morgan so gern mag und die sie immer in der Washington Street in Boston kauft?«

Millner warf ihr einen Blick zu, als erwartete er, dass sie das Gesagte bestritt.

»Wer sind Sie?«, fragte Helen leise.

»Also sind wir im Geschäft?«, sagte der Mann und schob den Zettel mit einem breiten Lächeln noch ein Stück näher zu Millner hinüber, der ihm nach kurzem Zögern widerwillig das Buch reichte und den Zettel entgegennahm.

In diesem Augenblick wurde es wieder dunkel im Abteil. Sie passierten einen weiteren Tunnel. Als der Zug Sekunden später ins Tageslicht zurückkehrte, war der Platz neben Millner leer.

105

Florenz, um 1500

Ein Kasten mit Bienen ist sein Abschiedsgeschenk.

»Alles Schöne wird von Bienen bestäubt, alles Hässliche vom Wind«, hat er gesagt. »Denkt daran: Ohne die Bienen gäbe es auf dieser Welt keine Schönheit. Studiert sie und seid fortan wie sie!«

Leonardo hat geweint, und ich habe ihn noch niemals zuvor auch nur eine Träne vergießen sehen. Er plant, das Gemälde, das er mit lo straniero entworfen hat, auf Wanderschaft zu geben, damit es möglichst viele Menschen sehen.

Ich muss gestehen, dass auch ich eine große Leere verspüre, seit lo straniero fort ist. Doch nicht nur seine Bienen beschäftigen uns. Gestern haben wir zum ersten Mal den Bienen Honig gestohlen, und ich bin mit einer Handvoll Stiche davongekommen. Ich musste an Salai denken.

»Es sind teuflische Geschöpfe«, hat Salai stets über Bienen gesagt. »Daher stechen sie auch! Und ihr Honig ist die Versuchung! Ohne die Biene gäbe es keine Bestäubung und ohne Bestäubung keine Äpfel. Nun wisst Ihr, wer für die Vertreibung aus dem Paradies verantwortlich ist!« Er hat schon immer Gut und Böse verwechselt, der arme Teufel.

Salai ist nach wie vor spurlos verschwunden. Leonardo hat sich umge-

hört, aber niemand hat ihn gesehen. Lo straniero *hat gesagt, wenn er Salai begegnet, will er ihn nach Hause schicken.*

Wir haben lo straniero *gefragt, wohin er denn geht, und er hat geantwortet, er sei selbst wie eine Biene, die von Blüte zu Blüte zieht.*

Wenn wir also die Blüten waren, haben wir ihm daraufhin versprochen, werden wir Früchte tragen.

106

Acapulco

Schwarzer Rauch stand über der Unfallstelle. Als Julio Pérez ausstieg, war die Feuerwehr noch mit Löschen beschäftigt. Beim Anblick der miteinander verschmolzenen Blechknäuel fluchte er laut. Eine Sperrung der Landstraße nach Acapulco bedeutete ein riesiges Verkehrschaos, das ihn bis zum Abend beschäftigen würde. Seinen Barbecue-Abend bei Pedro konnte er schon jetzt vergessen.

»Mehrere Tote«, berichtete Juan von der Streife, die zuerst am Unfallort war. »Bis zur Unkenntlichkeit verbrannt. Das große Fahrzeug war ein Lastwagen aus Ciudad de México, voll beladen mit Eisenstangen. Das kleinere ein Pick-up.«

»Sind die Bestatter schon alarmiert?«

»Ja. Was wir gefunden haben, ist das hier.« Juan hob einen Rucksack in die Höhe. »Gehörte vermutlich einem der Insassen und wurde bei der Kollision herausgeschleudert.« Er öffnete den Reißverschluss und holte einen Pass hervor. »*Madeleine Morgan*«, las er vor und zeigte seinem Chef das aufgeklappte Passfoto. »Amerikanerin.«

Pérez stutzte, nahm den Pass und las den Namen noch einmal. Dann schlenderte er damit zurück zu seinem Fahrzeug und nahm das Funkgerät zur Hand. »Irgendwann dieser Tage gab es einen Fahndungsaufruf vom FBI. Wie hieß die Chica noch einmal?«

Es knisterte in der Leitung, dann meldete sich Franco aus der Funkzentrale wieder. »Madeleine Morgan«, antwortete er. »*Wenn aufgefunden, Meldung sofort an das FBI*, steht hier.«

Auf sein Gedächtnis war wenigstens noch Verlass, auch wenn er schon wieder Wasser lassen musste. »Dann melde mal schön, dass wir sie gefunden haben. Getötet bei einem Verkehrsunfall. Ihre Leiche wird nachher nach Acapulco ins Leichenschauhaus gebracht. Sobald wir wissen, wer von den Klumpen sie ist, kann die amerikanische Botschaft übernehmen.«

»Verstanden«, bestätigte Franco. »Übrigens: »Wir haben noch einen Schwerverletzten, nicht weit von Ihnen entfernt in einem Abwasserrohr. Vermutlich ein Landstreicher.«

»Soll sich jemand anders drum kümmern, ich stecke hier beim Unfall fest.« Pérez legte den Pass ins Handschuhfach und hievte sich wieder aus dem Wagen. Mit den Augen suchte er den Straßenrand nach einem geeigneten Baum ab.

107

Polen

Mitten in der Nacht waren sie in Köln umgestiegen. Ganze elfeinhalb Stunden sollte die weitere Zugfahrt bis Warschau dauern.

Millner schaute auf die Uhr. Dank des Hochgeschwindigkeitszuges Thalys, mit dem sie nur etwas mehr als drei Stunden von Paris gebraucht hatten, würden sie immer noch rechtzeitig vor Ablauf des Vierundzwanzig-Stunden-Ultimatums in Warschau ankommen.

Im Kölner Hauptbahnhof hatte er nichts unversucht gelassen, um etwaige Verfolger abzuschütteln, doch sicher sein konnte man nie. Er hatte sogar das gesamte Zugabteil für sechs Personen gebucht, so war zumindest sichergestellt, dass sie diesmal keine unliebsamen Mitreisenden haben würden.

Dabei fiel ihm wieder der mysteriöse Fremde ein. Als dieser plötzlich verschwunden war, war Millner aufgesprungen, hatte die Tür des Abteils aufgerissen und geschaut, wo der Mann abgeblieben war. Doch von ihm war weit und breit nichts mehr zu sehen gewesen. Hätte Millner es nicht selbst erlebt und den Zettel mit der Telefonnummer in der Hand gehalten, er hätte es nicht geglaubt.

Helen hatte ihren Mantel zu einem Kopfkissen zusammengerollt und lehnte nun schlafend am Fenster. Friedlich sah sie aus. Zum ersten Mal, seit er sie getroffen hatte, wirkten ihre Gesichtszüge entspannt. Aus ihrer kurzärmeligen Bluse schauten ihre nackten Arme heraus, und aus der Entfernung glaubte er, darauf eine leichte Gänsehaut zu erkennen. Am liebsten wäre er aufgestanden und hätte sein Anzugjackett wärmend über sie gelegt, aber die Gelegenheit war günstig.

Vorsichtig erhob er sich, griff nach der Tasche, die inzwischen auf dem freien Platz ihm gegenüber lag, und schlich zur Tür des Abteils. Millimeterweise öffnete er sie und schlüpfte durch den schmalen Spalt auf den Gang hinaus. Draußen verharrte er eine Weile und vergewisserte sich, dass Helen weiterschlief, dann schloss er die Glastür. Die Zugtoilette befand sich glücklicherweise ganz in der Nähe. Sie war frei.

Er verschloss die Tür von innen, holte seine Waffe heraus und prüfte das Magazin. Dann zückte er sein Smartphone und schaltete es ein. Unzählige verpasste Anrufe und Nachrichten wurden gemeldet, von denen ihn eine besonders interessierte.

»Verdammt!«, fluchte er leise, nachdem er die letzte Nachricht gelesen hatte. Einen Moment verharrte er bestürzt, dann gab er sich einen Ruck. Er stellte die Tasche auf dem Waschbecken ab und suchte nach dem Pack mit dem Sprengstoff. Vorsichtig hob er es heraus und machte sich mit weit von sich gestreckten Händen am Handy zu schaffen, das direkt auf der Sprengladung montiert war. Er kniff die Augen zusammen, als erwartete er, dass es jeden Augenblick explodieren würde, dann vibrierte plötzlich sein Smartphone in der Hosentasche. Er checkte die Nummer des Anrufers und beendete das Gespräch. Genauso vorsichtig, wie er es herausgeholt hatte, verstaute er das Pack mit der Sprengladung wieder in der Tasche. Dann holte er den Zettel hervor, den er im Austausch gegen das alte Buch von dem geheimnisvollen Fremden erhalten hatte. Er studierte die Nummer und konnte sich ein grimmiges Lächeln nicht verkneifen.

»Ich wusste es«, murmelte er und steckte den Zettel wieder ein. Bevor er die Zugtoilette verließ, schüttete er sich zwei Hände kaltes Wasser ins Gesicht und warf gleich vier Tabletten aus der Pillendose ein. Dann las er noch einmal die Nachricht, die er eben erst in seinem E-Mail-Account gefunden hatte. Ein tiefer Seufzer entfuhr ihm.

Wenn es wirklich stimmte, war das Leben unfair.

108

Warschau

»Lassen Sie uns hier raus!«, sagte Millner und drückte dem Taxifahrer neben sich ein paar Geldscheine in die Hand.

Helen gähnte. Obwohl sie zu ihrer eigenen Überraschung fast während der gesamten Bahnfahrt von Köln nach Warschau geschlafen hatte, war sie todmüde. Erstaunt bemerkte sie, dass Millner sich eine Quittung geben ließ, öffnete die hintere Tür und stieg aus, ohne dabei das große Eisentor aus den Augen zu lassen, vor dem sie einige Tage zuvor, damals im Fond von Weisz' Limousine sitzend, schon einmal gewartet hatte. Auch heute war das Tor geschlossen.

»Gut gesichert!«, bemerkte Millner, der ebenfalls ausgestiegen war und die Stacheldrahtkrone auf der Mauer begutachtete. Er ging auf das Tor zu und drückte dagegen, ohne dass es sich bewegte.

»Und nun?«, fragte Helen ratlos.

Millner trat wieder einen Schritt zurück und suchte den Mauervorsprung neben dem Tor ab. »Na, was schon? Wir klingeln!« Er drückte auf einen kleinen silbernen Knopf, der Helen zuvor gar nicht aufgefallen war. Einen Augenblick lang geschah nichts, dann öffnete sich plötzlich das Tor.

»Wir werden erwartet!«, sagte Millner, während sie durch die aufschwingende Pforte schritten.

»Jetzt wissen sie, dass ich nicht allein komme«, bemerkte Helen.

»Glauben Sie mir, alles, was die wollen, ist das Gemälde.« Er schaute auf die Uhr an seinem Handgelenk. »Und wir sind pünktlich, sogar ein paar Stunden zu früh.«

Diesmal durchquerte Helen den Garten zu Fuß. Millner ging zwei Schritte voraus und beobachtete aufmerksam die Umgebung. Seine Hand ruhte einmal mehr am Jackett auf Höhe der Hüfte, jederzeit bereit, die Waffe zu ziehen.

»Hübsch«, sagte er, als sie die Statue der hässlichen, alten Frau passierten, die Helen schon beim letzten Mal aufgefallen war. Von Nahem wirkte sie noch unheimlicher. Auch die steinernen Monsterfiguren, von denen man meinen konnte, dass sie jeden Augenblick zum Leben erwachten und einen ansprangen, jagten ihr einen kalten Schauer über den Rücken. Millner tätschelte einem der Monster im Vorbeigehen freundschaftlich den Kopf.

»Vermutlich noch die freundlichsten Gesellen hier«, bemerkte er trocken.

Sie liefen parallel zu der Auffahrt über das Gras. Vor ihnen erhob sich dunkel und bedrohlich das Haus aus schwarzem Stein. Millner blieb abrupt stehen und gab Helen ein Zeichen, hinter ihm in Deckung zu gehen. Er musterte jedes einzelne Fenster des Hauses. Auch jetzt glaubte Helen zunächst wieder, einer optischen Täuschung zu unterliegen, so asymmetrisch war die Front des Hauses gebaut. Keine der Säulen, kein Sims und kein Fenster glich den anderen, und auch das Vordach war eindeutig schief.

»Den Architekten hätte ich gefeuert«, sagte Millner.

»Er hat die symmetrischen Proportionen vermieden«, stellte Helen fest.

Millner nickte und setzte sich langsam wieder in Bewegung. Zu Helens Schrecken zog er nun die Waffe und hielt sie mit auf den Boden gerichtetem Lauf vor sich. »Bleiben Sie von nun an hinter mir«, raunte er ihr zu.

Alles schien ruhig und verlassen zu sein. Als sie endlich die Eingangstür erreichten, strich Millner über einen kleinen viereckigen Aufkleber, der direkt über den Türspalt geklebt und in der Mitte zerrissen war. Darauf war noch das Wort »*Poli...cja*« zu erkennen.

»Das Polizeisiegel«, sagte Millner. »Von der Durchsuchung. Es ist gebrochen.« Vorsichtig drückte er gegen die Tür, die nachgab und ein Stück aufschwang.

»Das ist bestimmt eine Falle.« Helen drückte sich noch enger an seinen Rücken.

Millner stieß einen belustigten Laut aus. »Natürlich ist das eine Falle«, raunte er und stieß mit seiner rechten Schuhspitze die Tür ganz auf, wobei er die Waffe mit beiden Händen in die Luft hob. Die Eingangshalle lag verlassen vor ihnen. »Hallo?«, rief er laut, ohne eine Antwort zu erhalten. »Sie haben uns das Tor geöffnet, es ist also jemand hier.«

»Das Haus ist riesengroß«, bemerkte sie und umklammerte die Tasche mit dem Gemälde noch fester.

Mit vorsichtigen Schritten betraten sie das Gebäude. Millner wandte sich dabei mit der Waffe einmal in alle Himmelsrichtungen.

»Da!«, sagte sie und zeigte auf einen Zettel, der an einer Vase auf einem Beistelltisch direkt vor ihnen klebte.

»*Bin unten, P.*«, las sie laut vor. »Er wartet also im Untergeschoss auf uns. Dort befindet sich die Sammlung seines Vaters. Zum Thema ›Schönheit‹.« Sie stockte. »Und ›Hässlichkeit‹. Ich glaube, wir müssen da entlang!« Sie sprach immer noch leise und zeigte auf den Raum, in dem Patryk sie einige Tage zuvor empfangen hatte. Von dort waren sie gemeinsam in den Keller des Hauses hinabgestiegen.

»Dann los!«, sagte Millner. Helen spürte seine Anspannung. Offenbar rechnete er jederzeit mit einem Angriff oder einer bösen Überraschung.

Langsam passierten sie die ausladende weiße Holztreppe, die ins Obergeschoss führte, und betraten schließlich das Kaminzimmer, in dem Helen zum ersten Mal auf Patryk Weisz getroffen war. Das Feuer im Kamin war erloschen, und es roch nach kaltem Rauch. Überhaupt erschien ihr der Raum diesmal viel kühler. Der rote Teppich erinnerte sie an eine riesige Blutlache, und die Ledermöbel sahen im fahlen Licht aus wie Felsen. Sie warf einen Blick auf die Galerie von Fotos, auf denen sie aus der Ferne Patryk Weisz mit seinem Vater erkannte. Letzterer lächelte immer noch von dem Ölgemälde über dem Kamin, doch wirkte sein Lächeln auf sie heute nicht mehr nur kalt, sondern geradezu hämisch. Zu gern hätte sie einen der Schürhaken genommen, die neben dem Kamin lehnten, und ihn in das Gemälde gerammt.

»Wo lang jetzt?«, fragte Millner.

Helen deutete auf den versteckten, schmalen Durchgang zwischen den beiden Bücherregalen, der von ihrer Position aus kaum zu erkennen war.

»Sie kennen sich hier ja erstaunlich gut aus.« Sie glaubte, aus Millners Worten Misstrauen herauszuhören.

»Das nennt man Kurzzeitgedächtnis«, gab sie zurück. »Schließlich war ich erst vor wenigen Tagen hier.«

Millner hielt die Waffe erneut im Anschlag, schlich auf den Durchgang zu und drehte sich mit einer ruckartigen Bewegung hinein. »Kommen Sie!«, sagte er, und sie beeilte sich, seiner Aufforderung nachzukommen. Sie durchquerten den Gang mit den unheimlichen Fotos von hässlichen oder gar entstellten Menschen, die für sie jetzt einen Sinn ergaben.

Plötzlich blieb Millner stehen und legte den Zeigefinger auf den Mund. Auch Helen glaubte, hinter ihnen etwas gehört zu haben. Nach einigen Sekunden gab Millner das Zeichen weiterzugehen.

»Wir müssen die Wendeltreppe hinab«, flüsterte sie und zeigte auf die Treppe am Ende des Ganges.

»Ich hasse Wendeltreppen!«, stieß Millner leise hervor.

Sie registrierte, wie er im Vorbeigehen die Fotos an den Wänden betrachtete. Bei einem, das eine verstümmelte Leiche ohne Kopf zeigte, verzog er angewidert das Gesicht.

Die alte Wendeltreppe, die aus Holz und Eisen bestand, knarzte und knackte unter ihren Schritten. Spätestens jetzt wusste jeder, dass sie auf dem Weg in den Keller waren.

Endlich standen sie vor der Stahltür, die zur Sammlung im Untergeschoss führte und an der Weisz junior zuletzt mit dem künstlichen Fingerabdruck seine Panzerknackerfähigkeiten demonstriert hatte.

»Meinen Sie, Madeleine ist auch hier?«, fragte sie und spürte ihr Herz beinahe schmerzhaft gegen die Rippen schlagen. Gerade war ihr der Gedanke gekommen, dass vielleicht nur noch diese Tür sie von ihrer Tochter trennte.

Millner zuckte mit den Schultern und untersuchte die Tür. Sie war stark ramponiert. Die gesamte Innenseite war verbogen und wies schwarze Schmauchspuren auf. Helen erinnerte sich an den lauten Knall, als die Polizei den Keller gestürmt hatte. Offenbar hatte die Polizei sie aufgesprengt. Beim Öffnen bemerkte Helen, dass die Tür auch schief in den Angeln hing und ein lautes Knarren von sich gab.

Der Raum vor ihnen lag im Dunkeln.

»Vorsicht, da ist eine Stufe«, raunte sie.

Millner fühlte mit der Hand nach einem Lichtschalter, fand aber keinen. »Hallo?«, rief er in den Raum. »Sind Sie hier, Mr. Weisz?«

Keine Antwort.

»Es gibt hier unten mehrere Räume«, sagte Helen.

»Das gefällt mir nicht«, entgegnete Millner.

»Was sollen wir tun?«

»Was schon?«, fragte er und tastete mit dem rechten Fuß vorsichtig nach der Stufe vor ihnen. »Es ist nicht klug, aber würden nur die Klugen überleben, wäre die Welt nicht so überbevölkert«, flüsterte er. »Solange wir das Gemälde mit uns herumtragen, werden sie schon nicht auf uns schießen. Die Gefahr wäre viel zu groß, dass sie das Bild treffen.«

Helen griff nach seiner Schulter und folgte ihm. »Danke, dass Sie das hier für mich machen«, sagte sie leise.

»Sie meinen, Selbstmord begehen?«, scherzte er.

Vor ihnen war es stockdunkel. Millner griff unter sein Jackett, holte etwas hervor, hantierte daran herum und reichte es Helen. In ihrer Hand vibrierte und piepte es. »Ignorieren Sie die Nachrichten, schalten Sie nur die Taschenlampenfunktion ein!«

Helen hielt das Telefon nah vor ihre Augen, es war dasselbe Modell wie ihres. Kurz darauf war wenigstens der Boden vor ihnen schwach erleuchtet. Das Licht der Handylampe zuckte hin und her, weil Helens Hand so sehr zitterte. Plötzlich tauchten neben ihnen die Umrisse einer Person auf, viel größer als sie selbst. Gleichzeitig schwenkten Helen und Millner Lampe und Waffe in die Richtung und starrten auf eine mächtige weiße Skulptur.

»Der *David* von Michelangelo«, erklärte Helen.

Millner atmete laut durch. »Beinahe hätte ich ihn erschossen«, sagte er.

»Hier stehen überall Skulpturen. Und in der Ecke dort hinten führt eine Tür in den Nachbarraum.«

Millner ließ die Waffe wieder sinken.

In diesem Augenblick flackerte die Deckenbeleuchtung auf, und grelles Licht blendete sie beide. Erschrocken klammerte Helen sich an Millners Arm.

109

Warschau

»Ich sagte doch ausdrücklich, keine Polizei, Mrs. Morgan«, erklang eine Stimme, die Patryk Weisz gehören musste. Er war jedoch nicht zu sehen.

Millner hob die Waffe und zielte in die Richtung, aus der sie gekommen war. Dort stand eine bronzefarbene Plastik, die offenbar so etwas wie eine indische Göttin darstellen sollte. »Ich bin nicht von der Polizei«, rief er in die Stille hinein und hoffte, Patryk Weisz orten zu können, wenn er noch einmal etwas sagte.

»Ich weiß. FBI. Greg Millner. Geboren zwölfter März 1974. Aktuell beurlaubt. Sie mögen Abenteuer-Urlaube?«

Sein Blick wanderte einige Meter weiter nach rechts. Wenn seine Ohren ihn nicht täuschten, musste Weisz sich hinter einer großen weißen Statue verbergen, die einen Diskuswerfer darstellte.

»Ich mag keine Arschlöcher. Auch im Urlaub nicht.« Wenn er Weisz reizte, wurde er vielleicht unvorsichtig. »Kommen Sie raus und zeigen Sie sich, damit wir den Austausch über die Bühne bringen können. Gemälde gegen Kind, und jeder geht seiner Wege. Jeder bekommt, was er will. So wie Sie es vorgeschlagen haben.«

Ein spöttisches Lachen ertönte. Patryk Weisz stand eindeutig hinter der Skulptur des Diskobolos. Millner hatte einmal eine solche – allerdings viel kleinere – Figur an einen alten Freund verschenkt, als der seine Karriere als Zehnkämpfer beendet hatte. Daher kannte er sich ein wenig aus. Bei genauerem Hinsehen glaubte er, einen Zipfel von Patryks Kleidung hinter dem quadratischen Sockel der Skulptur auszumachen.

»Wer garantiert mir, dass Sie mich nicht sofort erschießen, wenn ich hervorkomme? Oder verhaften?«

»Wer garantiert uns, dass Sie uns nicht gleich jetzt erschießen?«

Einen Moment war es still. »Überzeugt, ich komme raus!«

»Bleiben Sie hinter mir!«, raunte Millner seiner Begleiterin zu. Hinter der Statue, die er die ganze Zeit über schon fixierte, nahm er eine Bewegung wahr, dann kam Patryk Weisz langsam hervor. Er trug einen legeren dunkelgrauen Cordanzug, darunter ein weißes Shirt. Seine Haare waren zerzaust, und zwischen dem Schatten eines Dreitagebartes, wie auch Millner ihn trug, blitzte ein Lächeln auf.

»Da wären wir«, sagte er.

Millner hielt die Waffe mit ausgestrecktem Arm und zielte direkt auf Weisz' Kopf. »Kommen Sie näher!«

Patryk Weisz schlenderte aufreizend gelassen zwei Schritte auf sie zu und lehnte sich dann an eine weitere Statue, eine auf einer marmornen Chaiselongue liegende Frau.

»Noch näher!«, forderte Millner ihn auf. Er wollte testen, inwieweit er hier die Oberhand hatte.

Weisz junior schüttelte den Kopf, während er eine Zigarette hervorholte, sie in den Mundwinkel steckte und mit demonstrativer Gelassenheit anzündete. »Das ist nahe genug«, sagte er und blies den Rauch in ihre Richtung.

»Ich habe eine Waffe!«, erwiderte Millner. Währenddessen blickte er sich heimlich um. Patryk Weisz war mit Sicherheit nicht allein.

»Und ich habe Madeleine«, entgegnete Patryk. »Wenn Sie auf mich schießen, finden Sie das Mädchen niemals. Wie lange kann ein Mensch ohne Essen überleben? Ich gebe zu, die magersüchtige Kleine schafft's vielleicht ein wenig länger.« Er lachte über seinen geschmacklosen Scherz, wobei er eine Wolke Zigarettenrauch ausstieß.

»Wo ist Madeleine?«, begehrte Helen auf und trat neben Millner.

»In Sicherheit«, antwortete Patryk. »Noch.«

»Wie soll das Ganze jetzt ablaufen?«, fragte Millner und versuchte, Helen mit der freien Hand wieder hinter sich zu schieben.

»Sie übergeben mir die Tasche mit der *Mona Lisa*, und ich sage Ihnen, wo Sie Madeleine finden. Dann lassen Sie mich gehen, und wenn Sie mir ein wenig Vorsprung gegeben haben, können Sie in ...«, er schaute auf seine Uhr. »... sagen wir, einer halben Stunde Ihre Tochter wieder in die Arme schließen, Mrs. Morgan.«

»Sie ist nicht hier?« Millner hörte grenzenlose Enttäuschung in Helens Stimme.

»Für wie naiv halten Sie mich?«, entgegnete Patryk Weisz.

»Was wollen Sie mit der *Mona Lisa*?«, gab Helen zurück. »Sie werden sie kaum verkaufen können. Für ein so berühmtes Gemälde gibt es keinen Markt.«

Weisz lächelte. »Da irren Sie sich. Es gibt genügend Milliardäre, die sich aus purer Langeweile eine gestohlene *Mona Lisa* ins Gäste-WC hängen würden.« Er nahm einen weiteren Zug seiner Zigarette und hielt den Rauch einen Moment in seinen Lungen gefangen, bevor er weitersprach. »Aber selbst die hätten nicht genügend Geld, um den Preis zu zahlen, den ich für die *Mona Lisa* aufrufen werde.«

»Und wer soll Ihren Preis zahlen?«, fragte Helen.

»Der Louvre wird ihn zahlen. Oder, besser gesagt, die französische Regierung. Jeder, der mithelfen möchte zu verhindern, dass die *Mona Lisa* in Einzelteilen nach Frankreich zurückkommt. Das wird kein Diebstahl, keine Hehlerei, sondern eine Entführung. Und die *Mona Lisa* wird die berühmteste Geisel der Welt.«

»Mit Entführungen kennen Sie sich ja jetzt aus«, bemerkte Millner bitter. »Die Mädchen in Mexiko, für die Sie kein Lösegeld gefordert haben. Die Sprengstoff-Attentate, das Computervirus. Was sollte das alles? Der ganze Aufwand, nur um das Lösegeld für die *Mona Lisa* in die Höhe zu treiben? Und was soll das Bienensterben?«

Patryk Weisz grinste. »Ein großes Rätsel, nicht? Das ist kompliziert.« Er schnippte mit den Fingern die Asche von seiner Zigarette. Immer noch lehnte er anscheinend völlig entspannt an der Skulptur der liegenden Frau. »Sie müssen wissen: Meinem Vater ging es nicht gut nach seinem Helikopterunfall. Die Verbrennungen, das psychische Trauma. Dazu kam noch der plötzliche Tod meiner Mutter einige Jahre zuvor. Sie starb ausgerechnet bei einer Schönheitsoperation. Er hat sie sehr geliebt. Und als er nach diesem Unfall auch noch furchtbar entstellt war, hat er sich in etwas hineingesteigert.«

»Er hat einen Kreuzzug gegen die Schönheit geführt und den Goldenen Schnitt«, fiel Millner Weisz junior ins Wort, was dieser mit einem Lächeln quittierte.

»Ganz genau! Tatsächlich hat mein Vater viel darüber sinniert, was Schönheit überhaupt ist. Dieses Phantom, das seit Jahrtausenden durch unsere Köpfe spukt. Er kam zu dem überraschenden Schluss, dass sie etwas Teuflisches ist. Dass die Idee von Schönheit nichts anderes ist als ein Virus, das von der dunklen Macht in die Welt gesetzt worden ist und sich über die Jahrhunderte immer wieder in den Köpfen der Menschen fortgepflanzt hat. Betrachtet man diese Theorie einmal nüchtern, liegt er vielleicht gar nicht so falsch.«

»Der schöne Schein des Bösen«, hörte Millner Helen hinter sich murmeln. Er verstand nicht, was sie damit meinte.

»Von einer dunklen Macht in die Welt gesetzt?«, wiederholte er Patryk Weisz' Worte. »Das klingt ein bisschen paranoid!«

Weisz nickte. »Wissen Sie, was ein Trojaner ist, Mr. Millner?« Während er an der Zigarette zog, glühte das Ende auf.

»Ein Computervirus.«

»Ja, aber ein ganz besonderer. Er schleicht sich auf die Festplatte eines Computers und gewährt dann Dritten Zugang zum Rest des Rechners, um ihn zu manipulieren. Mein Vater meinte, die Schönheit sei genau so etwas. Schauen Sie auf die Renaissance, wo die Mätressen sich mit ihrer Schönheit die Gunst der Könige erschlichen und aus dem königlichen Bett die Politik bestimmten. Heute sind schönere Menschen erfolgreicher. Oder schauen Sie auf die Werbung, wo mittels der Schönheit die Gehirne der Menschen manipuliert werden. Ich denke, das würde jeder unterschreiben. Schönheits-OPs, Schlankheitswahn – wir leben doch in einer psychisch kranken Welt. Und mein Vater hatte sich in den Kopf gesetzt, das Virus, das uns alle krank macht, zu bekämpfen. Sie müssen wissen, er hat mit WeiszVirus sein Leben lang gegen Viren gekämpft, und nun hat er sich also dieses besondere ausgesucht.«

Endlich schien das Puzzle in Millners Kopf bis auf wenige Randstücke komplett zu sein. »Und was haben die Bienen damit zu tun?«, fragte er.

»Zugegeben, das ist nicht einfach zu verstehen. Er meinte, sie seien kleine teuflische Wesen, die mit der Bestäubung der Blüten das Schöne verbreiten. Und er faselte irgendetwas von Bienen und dem Goldenen Schnitt.«

»Was hatte er gegen den Goldene Schnitt?«, mischte Helen sich ein.

Patryk Weisz schüttelte lachend den Kopf. »Das versteht man vielleicht nur, wenn man Programmierer ist. Mein Vater hielt diese Proportion, dieses Längenverhältnis, diese rechnerische Größe für so etwas wie den Quellcode des Virus Schönheit. Er nannte ihn verächtlich ›Black Cut‹ oder den ›Schwarzen Schnitt‹. Mrs. Morgan, Sie wissen selbst: Alles, was unter Beachtung dieser Formel erschaffen wird, empfindet unser Gehirn als besonders schön. Daher wollte er vor allem dort ansetzen. Den ›Black Cut‹, den Quellcode des Virus, vernichten.«

»Das ist wahnsinnig!«, rief Helen aus. »Niemand kann die ›Schönheit‹ besiegen beziehungsweise ausmerzen, sie ist biologisch, evolutionär ...«

»Oh, mein Vater dachte, er könnte. Er wollte die Menschheit einer Art Verhaltenstherapie unterziehen. Er dachte, wenn er das gängige Schönheitsideal und den Goldenen Schnitt mit genügend schrecklichen Dingen und Erfahrungen in Verbindung bringt, würden die Menschen beides irgendwann anders beurteilen, vielleicht sogar fürchten. So wie man Angst hat, Auto zu fahren, wenn man einmal einen schlimmen Unfall hatte. Glauben Sie mir, er hatte noch einige schreckliche Ideen, um die Menschheit das Fürchten zu lehren – das Fürchten vor der Schönheit ... Insofern ist es vielleicht ganz gut, dass er nicht mehr unter uns ist.«

»Aber was ist mit Ihnen, Mr. Weisz? Sie klingen nicht so, als teilten Sie die Ansichten Ihres Vaters. Er wollte die *Mona Lisa* nicht stehlen, um Lösegeld zu erpressen, sondern um sie zu vernichten!«

»Das war vermutlich der verrückteste Teil seines Wahns. Er war überzeugt davon, dass dieses Gemälde vom Teufel persönlich erschaffen wurde und als ... wie soll ich sagen? Dass es als Superinfektionsquelle das Virus der Schönheit und die Proportion des Goldenen Schnittes in der Welt verbreiten sollte. Die *Mona Lisa* ist das weltweit am meisten besichtigte Gemälde, nahezu jeder kennt es. Ein Blick genüge, um vom Schönheits-Virus infiziert zu werden, meinte er. Er war sicher, dass sein Anblick unser Gehirn verändert.«

»Und die *Mona Lisa* aus dem Museo del Prado?«

»Oh, die schätzte er sehr. Das Porträt der *Mona Lisa* aus dem Prado hielt er für eine Art Gegenmittel. Gemalt von einem ›Wissenden‹, wie er immer sagte. Wie hieß dieser Knabe noch? Salai oder so. Dieser Zwilling der echten *Mona Lisa* sollte seiner Ansicht nach eine geheime Botschaft gegen die wahre, die böse Natur der Schönheit verbreiten. Daher sein Plan eines Austauschs. Die ›gute‹ *Mona Lisa* sollte die ›böse‹ *Mona Lisa* für immer ersetzen.« Patryk Weisz gab einen verächtlichen Laut von sich. »›Die sprechenden Bilder‹, nannte er sie. Lächerlich. Und dabei sehen die Gemälde beide auch noch gleich aus!«

»Die sprechenden Bilder«, hörte Millner Helen in seinem Rücken murmeln.

»Und Mrs. Morgan?«, wollte Millner wissen.

»Mein Vater hat das alles bis ins kleinste Detail geplant, das mit Mrs. Morgan und ihrer Tochter, dem Diebstahl der *Mona Lisa* aus dem Museum in Madrid und dem Austausch der beiden Bilder im Louvre. Mein Vater war auf seine Art ein Genie. Aber wäre es nach ihm gegangen, wäre der halbe Louvre samt der Modenschau, Mrs. Morgan und dem Original der *Mona Lisa* in die Luft gesprengt worden.«

»Und deshalb haben Sie ihn getötet«, schlussfolgerte Millner. »Ihren eigenen Vater.«

Patryk Weisz spuckte verächtlich auf den Boden vor sich. »Nicht deshalb! Seine Wahnvorstellungen haben mir sehr lange genützt! Tolle Idee, dass er alle seine Schandtaten mit einer Biene gebrandet hat. Was meinen Sie: Würde die französische Regierung für die *Mona Lisa* wirklich Lösegeld zahlen? Würde man tatsächlich glauben, jemand wäre so verrückt, das Gemälde zu zerstören, wenn kein Lösegeld gezahlt wird? Vermutlich nein. Aber würde die französische Regierung für die *Mona Lisa* vielleicht doch eine Billion Lösegeld zahlen, wenn der Entführer zuvor bereits Dutzende amerikanische Schönheitsköniginnen massakriert, einige der wertvollsten Kulturgüter der Weltgeschichte geschändet und die Welt mit einem verrückten Computervirus überzogen hätte? Ich denke, ja!«

»Sie haben den Wahn Ihres Vaters ausgenutzt«, wiederholte Millner.

»Das stimmt. Es war eine perfekte Symbiose. Er führte seinen irren Kampf gegen die Schönheit, und ich ließ ihn gewähren.«

»Nur am Ende gingen Ihre Interessen auseinander ... Sie wollten das große Geld, und Ihr Vater machte sich nichts mehr daraus.«

»Er hätte tatsächlich ein Gemälde vernichtet, das eine Billion Euro wert ist«, bestätigte Patryk Weisz mit einem Seufzer.

»Und Sie wollten auch mit der Antiviren-Lösung zu dem von Ihrem Vater entwickelten Computervirus verdienen ...«

»Er hat mit diesem Virus beinahe sein eigenes Lebenswerk zerstört. Und meine Zukunft dazu. Dadurch, dass WeiszVirus es in diesem Fall nicht schaffte, eine wirksame Antiviren-Software zu entwickeln, stürzte der Aktienkurs ins Bodenlose. Meine Aktien, denn die meisten Anteile an WeiszVirus gehören mittlerweile mir! Er wollte unbedingt ein Märtyrer sein, aber verzeihen Sie mir, dass ich mich dagegen gewehrt habe, dass er es auf meine Kosten ist ... Auch wenn ich für viele nur der Sohn von Pavel Weisz bin, ich bin kein Idiot. Ich wusste, wie man das Computervirus stoppt, und ich habe die Lösung meiner eigenen Firma zur Verfügung gestellt. Daran ist wohl kaum etwas Verwerfliches ...«

»Nachdem Sie vorher gewartet haben, bis das Virus sich ausgebreitet hat«, bemerkte Millner zynisch.

»Und wenn schon. Die Welt kann mir dankbar sein, dass ich meinen Vater gestoppt habe.« Er schleuderte den Rest der Zigarette auf den Boden und trat sie mit dem Absatz seines Schuhs aus.

»Sie haben schon einmal versucht, Ihren Vater zu töten«, sagte Millner. Immer noch hatte er den Finger am Abzug, jederzeit bereit abzudrücken.

Patryk Weisz schaute überrascht auf. »Wie meinen Sie das?«

»Ich habe mir die Unterlagen zum Hubschrauberabsturz angeschaut. Es war kein Unfall, sondern ein Anschlag. Ich vermute, der Hubschrauber wurde damals mit einer Boden-Luft-Rakete abgeschossen.«

»Selbst wenn ...«

»Zu jener Zeit hatten Sie Streit mit Ihrem Vater, weil er die Unternehmensführung bei WeiszVirus nicht an Sie abgeben wollte. Ich habe mit Michael Chandler gesprochen. Sie haben daher damals beschlossen, ihn aus dem Weg zu räumen.«

»Er hat aber überlebt ...«

»Genau. Doch er hat nach dem ›Unfall‹ die meisten Anteile an Sie abgetreten, insofern hatten Sie Ihr Ziel dennoch erreicht. Aber Sie hatten auch ein Monster erschaffen ...«

»Das, worüber Sie da sprechen, ist Schnee von gestern. Ich habe wohl alles richtig gemacht, denn schon bald werde ich der reichste Mann auf diesem Planeten sein.«

»Das werden Sie nicht«, entgegnete Millner bestimmt. »Weil

wir die *Mona Lisa* behalten und dem Louvre zurückgeben werden.«

»Was tun Sie da?«, flüsterte Helen hinter seinem Rücken und bohrte ihm ihre Fingernägel in die Schulter.

»Ich weiß, was ich tue«, raunte er zurück. »Sie sind verhaftet, Mr. Weisz. Legen Sie sich auf den Fußboden und strecken Sie die Arme aus.«

In Patryk Weisz' Augen erkannte er ehrliche Verblüffung. »Sie opfern Mrs. Morgans Kind für eine Verhaftung? Oder ein altes Gemälde?«, fragte er ungläubig.

»Sie haben Madeleine gar nicht, Ihr Bluff ist aufgeflogen.« Er hob die Waffe höher. »Und nun darf ich bitten, legen Sie sich hin!«

Patryk Weisz blickte ihm ratlos entgegen. »Sie ist so gut wie tot!«, sagte er.

»Nein!«, rief Helen neben ihm. Ihrer Stimme war nackte Panik anzuhören.

»Ich ...«, setzte er an, kam aber nicht dazu, zu Ende zu sprechen. Unvermittelt spürte er einen Schlag gegen seinen Arm mit der Waffe, die aus seiner Hand geschleudert wurde. Dann rannte Helen an ihm vorbei auf Patryk Weisz zu. Millner machte zwei schnelle Schritte und bückte sich nach seiner Waffe, als sich plötzlich ein blank polierter Schuh daraufstellte.

»Lassen Sie es«, sagte eine ruhige Stimme. Als er den Kopf hob, blickte er in die Mündung einer Pistole.

»Gehen Sie vorsichtig zurück«, befahl Patryk Weisz' Fahrer, den Millner von den Überwachungsvideos kannte. Mit einer Bewegung aus dem Fußgelenk kickte der Mann Millners Waffe zur Seite, sodass sie einige Meter weit über den glatten Boden schlitterte.

Während Millner versuchte, Abstand zwischen sich und die Pistole, mit der er bedroht wurde, zu bringen, hörte er Helen aufschreien. Er sah sie einige Meter entfernt stehen, hinter ihr Weisz, der seinen Arm um ihren Hals geschlungen hatte. Mit beiden Händen versuchte sie, sich Luft zu verschaffen, und trat dabei mit den Füßen aus. Weisz nahm ihr die Tasche von der Schulter und versetzte ihr dann einen kräftigen Stoß in den Rücken, sodass sie vor ihm zu Boden ging.

»Sie glauben doch nicht wirklich, dass ich so töricht bin und Ihnen ohne Waffe und Verstärkung entgegentrete?«, rief Patryk Weisz.

Millner blickte zu Ralph hinüber, der zwei Armlängen von ihm entfernt stand. Er war ein muskulöser Mann mit entschlossenem, ruhigem Blick. Seine Statur und die Art, wie er die Waffe hielt, ließen vermuten, dass er eine militärische Ausbildung genossen hatte.

»Scheint so, als hätte sich das mit dem Austausch erledigt, denn nun habe ich ja alles, was ich will«, ertönte Weisz' süffisante Stimme von der Seite. »Ralph, erschieß ihn!«

Der Fahrer hob die Waffe höher und zielte auf Millners Schläfe.

»Jeden Augenblick wird hier das FBI aufschlagen. Sie sollten sich überlegen, ob Sie sich noch einen Mord aufhalsen wollen«, sagte Millner. »Erste Regel: Decke stets deinen Rückzug.«

»Niemand wird kommen. Sie hatten viel zu große Angst um Madeleine«, hielt Weisz ihm dagegen. »Ralph, töte ihn!«

»Ich wusste, dass Sie Madeleine nicht haben. Sie ist in Mexiko«, sagte Millner, während er Ralphs Zeigefinger am Abzug genau im Blick behielt.

»Was?«, rief Helen fassungslos und brach in Tränen aus.

Ralph ließ ihn nicht aus den Augen, doch er zögerte. »Stimmt es, was er sagt über Pavels Hubschrauberabsturz, Patryk?«, fragte er plötzlich, ohne den Blick von Millner abzuwenden. »Hast du damals seinen Hubschrauber abgeschossen?«

Patryk Weisz' Antwort ließ ein paar Sekunden auf sich warten. »So ein Quatsch! Glaub ihm bloß nicht! Die Ermittlungen haben nichts dergleichen ergeben.«

Selbst Millner hörte, dass Weisz nicht die Wahrheit sagte.

»Ja. Weil Ihr Vater nicht wollte, dass ermittelt wird«, erwiderte

Millner, der immer noch auf den Knien kauerte, die erhobenen Hände in Schulterhöhe.

»Dein Vater hat einmal so etwas angedeutet, dass es kein Unfall war«, sagte Ralph ernst. »Ich dachte, es wäre eines seiner Hirngespinste.«

»Er hat es geahnt?«, fragte Patryk erstaunt und stieß einen verächtlichen Laut aus. »Und dennoch hat er mir die Unternehmensanteile übertragen?«

»Wie du weißt, machte er sich nichts mehr aus Geld. Er hat sich immer um dich gekümmert!«

»Und wenn schon!«, blaffte Patryk. »Du weißt, wie er war. Stur, egoistisch, ungerecht und depressiv. Ich war sein Sohn, und er hat mich ein Leben lang behandelt wie einen seiner Mitarbeiter. Und nun werde ich bald reicher sein, als er es je war. Wer hätte gedacht, dass ich eines Tages aus seinem Schatten treten werde?«

Millner warf einen Blick zu Helen hinüber, die noch auf dem Fußboden vor Patryk Weisz lag. Sie weinte immer noch lautlos vor sich hin. Wenigstens schien sie nicht verletzt zu sein.

»Dann stimmt es also. Du hast ihm das angetan?« Das Zittern seiner Stimme verriet Ralphs Betroffenheit.

»Ralph, hör auf mit dem Mist! Zu dir war er auch nicht immer fair. Wenn du wüsstest, wie er über dich geredet hat ... ›Schwuchtel‹ gehörte noch zu den netteren Bezeichnungen, die er dir gegeben hat.«

»Halt den Mund!«, befahl Ralph. Dabei fuhr sein Arm zur Seite, und ein Schuss löste sich. Patryk Weisz' rechtes Bein knickte ein, und er fiel stöhnend zu Boden.

Im nächsten Moment war Millner schon bei Ralph, griff nach der Hand mit der Waffe und verdrehte das Gelenk gekonnt nach hinten. Gleichzeitig versetzte er dem Mann mit dem Ellbogen einen von unten geführten Stoß gegen den Hals. Ralph stöhnte leise auf, ging aber nicht zu Boden. Stattdessen fuhr er mit der Linken in Millners Gesicht und drückte ihm seinen Daumen ins Auge.

Millner drehte den Kopf zur Seite und versuchte, Ralph die Pistole zu entreißen. Es gelang ihm erst, als er ihm mit dem Knie einen Stoß in den Unterleib versetzte, der den kräftigen Mann lautlos zusammensacken ließ. Millner trat einen Schritt zurück, als zwei Schüsse Ralphs Oberkörper förmlich zerfetzten.

Keine vier Meter entfernt lag Patryk Weisz auf dem Kellerboden, Millners Waffe in der Hand.

Millner sprintete zu der Tasche und riss sie im Vorbeilaufen am Riemen hoch, als ein weiterer Schuss fiel, der ihn nur knapp verfehlte. Aus dem Augenwinkel sah er Helen zu der Statue der liegenden Frau robben. Mit einem Hechtsprung rettete Millner sich hinter eine Skulptur in der Nähe, an der zwei weitere Kugeln mit einem peitschenden Geräusch abprallten.

Millner presste den Rücken gegen die Statue und horchte. Ein erschrockenes Quieken ließ ihn Böses ahnen.

»Alles in Ordnung, Helen?«, rief er.

Keine Antwort.

Den Rücken weiter gegen die steinerne Deckung gepresst, rang er nach Atem. »Helen?« Als sie erneut nicht antwortete, lugte er vorsichtig durch die Armbeuge der Statue. Dort, wo eben noch Weisz gelegen hatte, war nun nur noch eine Blutlache zu sehen. Millners Blick folgte den blutigen Schlieren auf dem hellen Steinboden bis zu der Statue, hinter der eben Helen Morgan Schutz gesucht hatte.

»Helen?«, rief er erneut. Ein erstickter Schrei bestätigte seinen schlimmen Verdacht. Millner bog den Oberkörper zur Seite, um besser sehen zu können. Doch er sollte es sofort bereuen. Ein lauter Knall ließ ihn zurückschnellen, Marmorsplitter flogen an ihm vorbei.

»Ich habe immer noch das Gemälde!«, schrie Millner, so laut er konnte, und als er in den Raum hinter sich horchte, hörte er irgendwo eine Tür ins Schloss fallen. Er zählte leise bis zehn und unternahm dann einen weiteren Versuch, die Lage zu sondieren. Diesmal geschah nichts, als er hinter seiner Deckung hervorkam. Er blickte sich um und entdeckte eine weitere Tür in der Ecke des Raumes. Helen hatte gesagt, dass es hier unten mehrere Ausstellungsräume gab. Er verharrte einen Moment, dann hielt er sich die Tasche mit dem Gemälde schützend vor den Körper und bewegte sich langsam auf die Tür zu. Immer noch baute er darauf, dass Patryk Weisz nicht schießen würde, solange sich die Tasche mit dem Gemälde in der Schusslinie befand.

Er umrundete Ralphs Leichnam und folgte der Blutspur. Tatsächlich führte sie zu der Stelle, wo er Helen zuletzt gesehen hatte, und von dort weiter in Richtung der Tür. Er beschleunigte seinen Schritt. An der Tür angekommen, verharrte er nur kurz, dann riss er sie mit einem Ruck auf und hielt die Tasche in die Öffnung.

Nichts geschah.

Die Waffe im Anschlag, drehte er sich behutsam um den Türrahmen herum und fand sich in einem weiteren Raum wieder. Anders als im Kellerraum zuvor war es hier recht dunkel. Auf den ersten Blick konnte Millner auf dem anthrazitfarbenen Boden keine Blutspuren erkennen. Alles wirkte verlassen.

Vorsichtig schlich er an der Wand entlang, wohl darauf bedacht, keines der dort hängenden Gemälde zu berühren. Deren grausame Motive würdigte er keines Blickes. Nur langsam gewöhnten seine Augen sich an die Dunkelheit. Er schien allein im Raum zu sein. Ein paar Meter entfernt erkannte er eine weitere Tür mit eingelassener Scheibe, offenbar eine Stahltür.

Vorsichtig löste er sich von der Wand und ging einige Schritte ins Zimmer hinein, als plötzlich etwas direkt neben ihm wild zu zucken begann. Er machte einen Satz zur Seite und zielte auf das, was sich dort bewegte: eine aus Holz gebaute Gestalt, die wild hin und her zuckte und ihm dabei ihre ebenfalls hölzerne Zunge entgegenstreckte. Gerade entspannte Millner sich wieder, als ein Schuss die Stille zerriss. Er spürte einen stechenden Schmerz in der linken Schulter und wurde zu Boden geworfen. Noch im Fallen sah er, dass sich ganz am Ende des

Raumes ein Bücherregal zur Seite bewegt und ein großes Loch in der Wand aufgetan hatte, aus dem nun ein zweiter Schuss abgegeben wurde.

Millner rollte sich zur Seite und kroch zu der Stahltür. Erst als er sie erreicht hatte, bemerkte er das gelbe Warnzeichen für Biogefahr das ihm entgegenleuchtete. Ein weiterer Schuss pfiff über seinen Kopf hinweg und schlug irgendwo in der Wand hinter ihm ein. Weisz war zum Glück ein schlechter Schütze. Millner richtete sich auf die Knie auf und langte nach der Türklinke. Während er sie herunterdrückte, zog er sich an ihr hoch. Der Schmerz in seiner Schulter ließ ihn laut aufstöhnen. Zu seiner Erleichterung öffnete sich die Tür. Mit letzter Kraft hievte er sich durch die Öffnung und schloss die Stahltür hinter sich. Ein lautes Knacken verriet ihm, das sich ein Schuss in die in der Tür eingelassene Scheibe gebohrt hatte, ohne das Glas zu durchschlagen. Panzerglas.

Er schaute sich um, entdeckte einen großen, länglichen Feuerlöscher neben der Tür. Mit einer Hand riss er ihn von der Wand und verkeilte ihn unter der Türklinke, sodass diese von außen nicht mehr heruntergedrückt werden konnte. Dann sank er nieder und lehnte sich mit dem Rücken gegen einen Tisch. Jeder Atemzug tat ihm weh.

Millner untersuchte die Wunde in seiner Schulter. Ein Steckschuss, der nicht besonders stark blutete, den er aber auch kaum provisorisch versorgen konnte. Sein rechter Arm hing kraftlos herunter. In seinen Fingern begann es bereits zu kribbeln, als wäre die Hand eingeschlafen.

Ein lautes Trommeln an der Tür lenkte ihn von seiner Verletzung ab. An der Außenseite der von Rissen durchzogenen Glasscheibe sah er Blut. Plötzlich tauchte Patryk Weisz' Gesicht auf. Seine Augen waren weit aufgerissen, die Züge zu einer Grimasse verzerrt, die Millner unwillkürlich an die vom Computervirus verfremdeten Gesichter denken ließ.

»Millnnneeer!!!«, drang ein dumpfer Schrei durch die Tür.

Weisz verschwand, und Helens angstverzerrtes Gesicht erschien vor der kleinen Glasscheibe, schlug mit der Stirn dagegen.

Millner zog sich hoch und wankte zur Tür. Dabei hielt er die Tasche mit dem gesunden Arm so hoch vor die Glasscheibe, dass man sie von außen sehen konnte.

»Ich tausche! Mrs. Morgan gegen das Gemälde!«, rief er, so laut er konnte, und hoffte, dass seine Worte durch die Tür drangen. Er presste sein Gesicht von innen an die Scheibe, doch der Raum hinter der Tür schien verlassen zu sein. Auch von Helen war nichts mehr zu sehen. Eventuell hockten sie auf der anderen Seite der Stahltür im für ihn toten Winkel.

Plötzlich tauchte von unten ein blutiger Finger auf und schrieb etwas mit Blut, für ihn seitenverkehrt, auf das Glas. O.k.

Millner drehte sich um, nahm die Waffe, die er auf einem der Tische abgelegt hatte, und suchte den Raum ab. An einem Labortisch riss er die Schubladen auf und fand eine Rolle Klebeband. Er legte die Waffe in die Hand, die er wegen der Verletzung seiner Schulter nicht mehr gut bewegen konnte, und wickelte das Klebeband um Lauf und Hand, bis er das Gefühl hatte, dass die Waffe fest am Handballen saß. Mit den Zähnen biss er das Klebeband ab und fixierte seinen Zeigefinger im Abzug. Die Schmerzen raubten ihm beinahe die Besinnung, doch er hob den Arm und versuchte, den Abzug durchzudrücken. Für einen einzigen Schuss würde es reichen.

Er ging zurück zur Tür, nahm die Tasche in die gesunde Hand und trat mit dem Fuß den Feuerlöscher zur Seite. Die Tasche mit dem Gemälde hielt er weit nach vorn gestreckt und zielte mit der Waffe, so gut es ging, auf die Tür.

»Herein!«, rief er.

Einige Sekunden vergingen. Endlich bewegte sich der Türgriff nach unten, die Tür wurde von außen geöffnet. Als Erstes kam Helens Gesicht zum Vorschein; eine blutverschmierte Hand krallte sich in ihr Haar. Die Stahltür öffnete sich weiter, und nun standen sie einander gegenüber. Patryk war von Helens Körper fast vollständig verdeckt, sodass er keinen Schuss ansetzen konnte, ohne sie zu gefährden. Weisz hatte ihr Millners Dienstwaffe an die Schläfe gesetzt.

Die Bilder der Geiselnahme in Brasilien gingen Millner durch den Kopf. Kurz überlegte er, Helens Bein anzuvisieren. Nein, das würde nicht funktionieren. Anders als in Brasilien hatte er diesmal wegen seiner Verletzung nur einen Schuss, wenn überhaupt. Er krümmte den Zeigefinger, der ihm kaum gehorchen wollte.

»Das Gemälde! Los!«, schrie Patryk.

Millner streckte den unverletzten Arm mit der Tasche aus, bis sie direkt vor Helens Gesicht baumelte. Dann schleuderte er sie plötzlich an Helens Kopf vorbei durch die Tür nach draußen. Im selben Augenblick packte er Helen mit der frei gewordenen Hand und zog sie zu sich herein. Mit letzter Kraft warf er sich gegen die Tür, die polternd ins Schloss fiel.

»Der Feuerlöscher!«, ächzte er und stemmte sich mit dem Rücken gegen die Stahltür. Helen schaute sich irritiert um, entdeckte den Feuerlöscher und zog ihn zu ihnen herüber. Millner klemmte ihn wieder unter die Türklinke. Dann blieb er keuchend gegen die Tür gelehnt sitzen. Helen rutschte neben ihn.

»Panzerstahl«, stieß er aus. »Da kommt keine Kugel durch.«

Einen Moment war nur ihr schwerer Atem zu hören.

»Geht es Ihnen gut?«, fragte Millner schließlich und blickte sie besorgt an. »Ist das Ihr Blut?« Er wischte es aus ihrem Gesicht.

Sie schüttelte den Kopf.

Er sah, dass sie wie Espenlaub zitterte.

»Was sollte das vorhin mit Madeleine?«, stieß sie hervor. »Wie kommen Sie darauf, dass Weisz nur geblufft hat und sie gar nicht hier ist? Sie sagten, Sie sei immer noch in Mexiko ...«

Millner schluckte. Er dachte an die Nachricht aus Mexiko, die Keller ihm weitergeleitet und die er auf der Zugtoilette gelesen hatte. Aber jetzt war nicht der richtige Zeitpunkt, es ihr zu erzählen.

»Ich hatte so ein Gefühl«, sagte er.

»Nur ein Gefühl?«, rief Helen außer sich und schlug ihm gegen die verletzte Schulter. »Auf ein bloßes Gefühl hin haben Sie das Leben meiner Tochter gefährdet?«

Millner stöhnte auf.

»Sie sind ja verletzt! Sie bluten«, bemerkte sie ein wenig sanfter. »Es tut mir leid ...«

Er fasste sich an den Arm und verzog das Gesicht. Sein Blick fiel auf den seltsamen Glaskasten an der Wand. »Was ist das?« Er deutete mit einem Nicken dorthin. In einem durchsichtigen Kasten hing ein Gemälde der *Mona Lisa*.

Helen folgte seinem Blick und schob den Kopf ein wenig vor, als lauschte sie in Richtung des Gemäldes. »Muss eine Kopie sein«, sagte sie schließlich. »Als ich es das erste Mal sah, konnte ich damit nichts anfangen, aber jetzt habe ich verstanden, dass der alte Pavel die *Mona Lisa* als Schönheitsideal für infektiös hielt und vermutlich daher diese Kopie in diesem Labor hinter Biohazard-Warnschildern aufbewahrte. Total irre oder ein makaberer Scherz.«

Sie erhob sich und ging durch den Raum zu dem Gemälde. Millner beobachtete, wie sie davor stehen blieb und ein Ohr dem Gemälde zuwandte.

»Nur eine Kopie!«, sagte sie laut und begutachtete die restliche Einrichtung des Raumes. Sie ging zu einem weißen Kühlschrank, der surrend in der Ecke stand, und öffnete ihn. Ein schwacher Lichtschein fiel auf sie. Helen griff hinein und holte ein schmales Glasröhrchen hervor, das sie prüfend gegen das Licht der Deckenlampe hielt.

»Was ist das?«, fragte Millner.

»Ich könnte mir vorstellen, das hat etwas mit dem Bienensterben zu tun«, entgegnete sie. Vorsichtig stellte sie das Röhrchen wieder in den Kühlschrank zurück.

Millner runzelte die Stirn. »Schauen Sie mal, was er macht!«, sagte er und presste die freie Hand gegen die Wunde, was den Schmerz ein wenig linderte.

Helen kam zu ihm zurück und spähte durch die Scheibe.

»Ich sehe ihn nicht, vermutlich ist er mit dem Gemälde schon lange durch den Geheimgang entkommen ... nein, warten Sie.«

»Was?«

»Da ist er! Er tut irgendetwas ... er schüttet etwas aus!«

Millner hangelte sich an der Tür hinauf und blickte ebenfalls durch das Glas der kleinen Scheibe. Tatsächlich verteilte Patryk Weisz humpelnd aus einem roten Kanister eine Flüssigkeit auf dem Fußboden. »Könnte Benzin sein. Er will das ganze Haus abfackeln und uns mit«, stellte er fest.

Der Schmerz in seiner Schulter zwang ihn zurück auf den Boden.

Helen hockte sich vor ihn. »Wir müssen etwas unternehmen, hier sitzen wir in der Falle!«

Millner löste das Klebeband von der Waffe. Im Magazin befand sich tatsächlich nur noch eine Patrone. »Damit können wir uns den Weg kaum frei schießen«, stellte er fest.

Helen erhob sich und spähte wieder durch das Fenster in der Tür. »Er winkt mir zu! Offenbar ist er fertig. Jetzt sitzt er auf dem Bürostuhl und ...« Sie stockte und blickte zu Millner herunter. »Zündet sich eine Zigarette an.«

»Zigarette und Benzin, das ist nicht gut.« Millner entfuhr erneut ein Schmerzenslaut.

Er ging in Gedanken ihre Möglichkeiten zur Rettung durch, doch die schienen sehr beschränkt zu sein.

»Würde das Feuer hier hineinkommen?«, fragte Helen. Millner musterte die Wände und die Decke über ihnen.

»Ich fürchte, ja. Die Tür ist zwar eine Panzertür, aber das Labor scheint nicht wirklich hermetisch abgeschirmt zu sein. Spätestens über die Deckenverkleidung frisst das Feuer sich auch hier herein. Ich sehe auch keine eigene Sauerstoffzufuhr oder Lüftung.«

»Dann sitzen wir tatsächlich in der Falle«, bemerkte Helen erstaunlich ruhig und schaute zu Boden. Plötzlich hob sie hoffnungsvoll den Kopf. »Kommt die Verstärkung wirklich gleich?«

»Nein«, antwortete Millner. »Er hatte doch gesagt, keine Polizei.«

Er bemerkte die Enttäuschung in ihrem Gesicht. Wieder lugte sie durch die Scheibe. »Er raucht noch immer, aber er sitzt nicht mehr. Er hat die Tasche mit dem Gemälde schon über der Schulter, bereit zu verschwinden ...«

Millner spürte, wie seine Kräfte schwanden. Der mysteriöse Fremde im Zug fiel ihm ein. »Sollten Sie nach Übergabe des Gemäldes in Not geraten, wählen Sie einfach diese Telefonnummer.« So ähnlich hatte der Mann sich ausgedrückt. Als hätte er es geahnt ...

»Der Zettel in der Innentasche meines Jacketts. Holen Sie ihn heraus!«, sagte er. »Und mein Handy aus der anderen Tasche.« Er schob die Brust vor, damit Helen besser heranreichen konnte. »Beeilen Sie sich!« Sein verletzter Arm hing schlaff herab.

»Wie soll uns das helfen?«, flüsterte sie, griff aber dennoch in sein Jackett. »Er fackelt hier jeden Moment alles ab! Wer soll uns jetzt noch retten?«

»Wählen Sie die Telefonnummer!«, drängte er, ohne auf ihr Jammern einzugehen. Die Schmerzen in Schulter und Arm schienen immer schlimmer zu werden; er fürchtete, jeden Moment das Bewusstsein zu verlieren. Aus halb geöffneten Augen beobachtete er, wie Helens zittriger Zeigefinger über die Tastatur des Handys glitt und schließlich über dem grünen Anrufbutton schwebte.

»Warten Sie!«, rief er so plötzlich, dass Helen zusammenfuhr. »Lassen Sie mich den Button drücken!«, verlangte er.

»Warum das denn ...?«, wollte Helen protestieren, doch er unterbrach sie forsch:

»Egal. Lassen Sie mich es tun!«

Offenbar eingeschüchtert durch den strengen Ton, hielt sie ihm das Smartphone entgegen, und er drückte auf den kleinen grünen Kreis mit dem stilisierten weißen Telefonhörer. »Warten Sie, bis die Verbindung hergestellt ist«, sagte er und rappelte sich mit letzter Kraft auf, um durch die Scheibe Patryk Weisz zu beobachten.

Der bemerkte ihn und formte die Lippen zu einem »Bye, bye«. Dann nahm er einen intensiven Zug von der Zigarette und grinste ihn höhnisch an. Nun hielt er die Zigarette demonstrativ vor sich. Langsam ging er rückwärts auf den Ausgang in der Wand neben dem Bücherregal zu, den Zigarettenstummel immer noch in der ausgestreckten Hand. Es war klar, was er vorhatte: Jeden Augenblick würde er die Zigarette wegschnippen und damit das Feuer entzünden.

»Ein Freizeichen ...«, sagte Helen da. Im nächsten Moment ließ ein weißlicher Lichtblitz Millner erblinden, begleitet von einer gewaltigen Explosion, die das Türblatt vor seinem Gesicht aus den Angeln hob.

110

Washington

»Mein Name ist Wes Keller, Mrs. Morgan. Ich bin der Direktor des FBI. Und dies ist Mrs. Florence Viola, meine Stellvertreterin. Die Dame hier rechts ist Mrs. Susan Bridge. Sie ist Seelsorgerin.«

»Ich brauche keine Psychologin, sondern eine Anwältin«, sagte Helen und lehnte sich in ihrem Stuhl zurück. Ihr Kopf schmerzte, und nach dem langen Heimflug war sie hundemüde.

»Ich sagte nicht Psychologin, sondern Seelsorgerin.«

Helen stutzte. »Ich dachte, die braucht man, wenn jemand gestorben ist ...« Sie stockte den Bruchteil einer Sekunde, und ihr entsetzter Blick hetzte von Gesicht zu Gesicht.

Der Stuhl fiel krachend zu Boden, als sie abrupt aufsprang. »Nein«, sagte sie und schüttelte dabei den Kopf. »Nein!« Nun schrie sie und schlug mit der Hand auf die Tischplatte. »Nein! Nein! Nein!«

»Es tut uns sehr leid, Mrs. Morgan. Ein Unfall auf einer Landstraße in Mexiko. Ihre Tochter saß wohl mit im Wagen. Es gab ein Feuer. Wir haben ihren Rucksack gefunden und ihren Pass.«

Helen schüttelte erneut den Kopf. »Nein! Sie ist nicht tot! Das würde ich fühlen.«

Die Seelsorgerin, die sich ebenfalls erhoben hatte, umrundete den Tisch und nahm sie beruhigend in den Arm.

»Sie ist nicht tot!«, rief Helen wieder. »Ich weiß das einfach!« Aber sie erinnerte sich plötzlich an Millners Worte in Weisz' Sammlung. Sie wartete auf eine Flut von Tränen, doch seltsamerweise blieben ihre Augen trocken. »Sie ist nicht tot!«, wiederholte sie.

»Es tut mir leid«, sagte der Mann, der sich als Wes Keller vorgestellt hatte, noch einmal. »Die amerikanische Botschaft in Acapulco wird sich um alle Formalitäten kümmern ...«

Helen wischte sich über die Augen und fühlte, wie ihr schwindelig wurde. Mit zitternder Hand griff sie nach der Lehne des Stuhles, den die Seelsorgerin wieder aufgestellt hatte, und ließ sich auf ihn sinken.

»Mrs. Morgan, wir gönnen ihnen gleich jede Ruhe, die Sie zum Trauern benötigen, aber wir müssen mit Ihnen vorher ein paar Dinge durchgehen. Und ohne Anwalt wird es unkomplizierter und schneller gehen.«

Helen starrte die stellvertretende FBI-Direktorin an, ohne eines ihrer Worte wirklich aufzunehmen.

»Mrs. Morgan, haben Sie mich verstanden? Wir machen auch schnell.«

»Haben Sie Kinder?«, flüsterte Helen.

Mrs. Viola schüttelte den Kopf.

»Ich habe Kinder, und ich verstehe, in welcher Ausnahmesituation Sie sich gerade befinden«, antwortete Keller an Mrs. Violas Stelle ruhig. »Aber bitte haben Sie Verständnis, dass wir kurz mit Ihnen reden müssen. Was dort in Warschau und zuvor in Paris geschehen ist, ist so ... außergewöhnlich. Die ganze Welt schaut auf uns. Ich verspreche Ihnen, wir lassen Sie nach diesem Gespräch in Ruhe, und Mrs. Bridge wird sich um Sie kümmern.«

Die Seelsorgerin, die jetzt neben ihr Platz genommen hatte und ihre Hand hielt, schenkte ihr ein warmes Lächeln.

Helen starrte durch Mr. Keller hindurch. Plötzlich war ihr alles gleichgültig. Alles schien wie in Watte gepackt. »Ein Autounfall?«, murmelte sie. »Wieso?«

»Sie werden alle Einzelheiten erfahren, Mrs. Morgan, wenn wir hier fertig sind. Wenn Sie möchten, rufen wir gemeinsam die mexikanischen Behörden an. Helfen Sie uns bitte nur kurz bei dieser Angelegenheit. Wir haben mit Mr. Millner gesprochen. Er wird noch im Krankenhaus behandelt und hat uns so weit bereits alles erzählt. Er hat sich sehr für Sie eingesetzt. Allerdings wird er selbst gute Anwälte brauchen. Im Haus der Familie Weisz in Warschau wurde das berühmte Gemälde der *Mona Lisa* vernichtet – durch eine Bombenexplosion. Bei der auch der Sohn von Pavel Weisz, Patryk Weisz, getötet worden ist. Was noch nicht ganz geklärt werden konnte, ist, wie die Bombenexplosion ausgelöst worden ist. Vermutlich durch einen über ein Mobiltelefon gesteuerten Fernzünder, der in derselben Tasche wie die *Mona Lisa* verborgen war. Was wir aber noch nicht wissen, ist, wer jenes Telefon in diesem Keller angerufen und die Bombenexplosion damit ausgelöst hat. Wir konnten die Nummer des Auslösers durch eine Auswertung der Mobilfunkempfangsrelais in der Region ermitteln.« Keller schob einen Zettel mit einer Handynummer zu ihr herüber. »Der Anruf kam von einem geschützten Handy, wie wir vom FBI sie verwenden ...«

Helen warf einen kurzen Blick darauf. Die Nummer auf dem Zettel war dieselbe, die der Fremde ihnen im Zug gegeben hatte. Auch wenn sie sich Namen nur schwer merken konnte, Zahlen blieben in ihrem Gedächtnis haften. Sie selbst hatte diese Telefonnummer kurz vor der Explosion gewählt.

»Mr. Millner sagte uns, dass er die Nummer nicht kennen würde. Sie vermutlich auch nicht?«

Helen schaute Keller an, ohne etwas zu sagen.

»Sie kennen die Telefonnummer also auch nicht«, resümierte der FBI-Direktor nachdenklich. »Nun gut. Dann zum nächsten Punkt. Tragischer als der Verlust von Patryk Weisz mag für die Welt der Verlust der *Mona Lisa* sein«, fuhr er fort. »Und da kommen wir zu Ihnen. Leider stecken Sie in dieser Sache tief mit drin. Ich vermute, die französische Regierung wird Ihre Auslieferung verlangen, immerhin haben Sie die *Mona Lisa* aus dem Louvre entwendet.« Keller warf seiner Kollegin einen kurzen betroffenen Blick zu. »Das werden Sie wohl auch nicht ernsthaft bestreiten wollen, Mrs. Morgan. Fraglich ist derzeit nur, ob Sie eine Mitschuld tragen oder aber, so wie Mr. Millner ausgesagt hat, ob Sie tatsächlich zu diesem Diebstahl gezwungen wurden.«

Helen schüttelte teilnahmslos den Kopf. Ihr war gleichgültig, was mit ihr geschehen würde. »Ich habe die *Mona Lisa* nicht gestohlen«, sagte sie mit monotoner Stimme.

»Wie meinen Sie das?«, fragte Mrs. Viola.

»Sie befindet sich noch immer im Louvre«, entgegnete Helen.

Keller schaute irritiert in die Runde.

»Sie haben sie ausgetauscht. Nach Ihrem Besuch wurde eine andere *Mona Lisa* in dem Labor vorgefunden ...«

Wieder schüttelte Helen den Kopf. »Es ist dieselbe, das Original. Während ich mit dem Gemälde allein war, habe ich mit einer Mischung aus verschiedenen Putzmitteln den Firnis gereinigt. Die im Louvre mussten ja glauben, dass ich die Gemälde ausgetauscht habe, aber in meiner Tasche war beim Verlassen des Museums dasselbe Gemälde wie beim Betreten: die *Mona Lisa* aus dem Museo del Prado.«

Keller kratzte sich am Kopf. Seine Kollegin starrte sie mit offenem Mund an.

»Also kein Diebstahl«, fuhr Helen fort. »Wenn überhaupt, nur Sachbeschädigung. Ich fand aber, die *Mona Lisa* sah nach meiner Behandlung besser aus als vorher. Man hat sich nur über Jahrhunderte nicht getraut, den alten Firnis zu beseitigen.«

Die stellvertretende Direktorin hatte inzwischen ihre Sprache wiedergefunden. »Und was ist mit dem Diebstahl der *Mona Lisa* in Madrid?«

»Damit hat sie nichts zu tun. Die Videobänder zeigen, dass sie das Bild nicht gestohlen hat«, wandte Keller sich an seine Kollegin. »Mrs. Morgan wurde in Madrid offenbar nur als eine Art Trojanisches Pferd benutzt.«

»Also ist mir nichts Schwerwiegendes vorzuwerfen«, fasste Helen tonlos zusammen. Sie wünschte sich beinahe, ins Gefängnis zu gehen. Denn auch wenn sie sich aus juristischer Sicht nichts hatte zuschulden kommen lassen, was die Gemäldeschiebereien der Weisz' anging, war sie schuldig – schuldig am Tod ihrer Tochter. Weil sie als Mutter versagt hatte, war Madeleine überhaupt nur in die Magersucht abgerutscht, in die Klinik eingeliefert und von dort entführt worden. Ohne sie wäre Madeleine niemals in Mexiko gelandet.

»Wie ist es zu dem Unfall gekommen?«, fragte sie leise.

»Dazu wissen wir noch nicht viel. Die amerikanische Botschaft wird Ihnen mehr sagen können.«

»Dann ist also nur die *Mona Lisa* aus dem Prado bei der Explosion vernichtet worden?«, fragte Mrs. Viola von der Seite.

Helen hatte Mühe, sich auf das Schicksal des berühmten Gemäldes zu konzentrieren; schließlich aber nickte sie. »›Nur‹ ist gut. Sie war ebenfalls von unschätzbarem Wert ...«

Mrs. Viola blickte betroffen auf den Tisch.

»Und in der Sammlung von Pavel Weisz befand sich eine weitere *Mona Lisa*, die beim Brand zerstört wurde. Ich denke, es handelte sich um die sogenannte *Isleworth Mona Lisa*«, fügte Helen an. »Eine sehr bekannte Kopie der echten *Mona Lisa*, die ebenfalls aus dem sechzehnten. Jahrhundert stammt. Vermutlich wollte Pavel Weisz sie alle drei besitzen – oder zerstören.« Die Trauer drohte, über ihr zusammenzuschlagen. Die Kopfschmerzen wurden stärker, Helen wollte nur noch fort von hier.

Keller blätterte die Unterlagen vor sich durch und schlug dann mit beiden Händen auf den Tisch, als wollte er die Zusammenkunft beenden. »Wenn die echte *Mona Lisa* noch im Louvre ist, ändert das natürlich alles ...«, stellte er fest.

»Also sind wir hier endlich fertig?«, fragte Helen und rückte mit dem Stuhl nach hinten.

»Ich denke, ja«, sagte Mrs. Viola unschlüssig, schien dann allerdings in den Notizen vor sich doch noch auf eine Frage gestoßen zu sein. »Was ist mit den Glasröhrchen, die man Ihnen abgenommen hat?«

»Ich vermute, dass Sie darin das Genom des Bienenvirus finden. Ich habe sie vor unserer Flucht noch aus einem Kühlschrank in Weisz' Labor gerettet, bevor es ausgebrannt ist. Vielleicht hilft es, ein Gegenmittel zu finden.«

Viola nickte, und auch Keller schaute nun sogar beinahe zufrieden drein.

»Dann lassen wir Sie jetzt in Ruhe trauern, Mrs. Morgan. Und noch einmal mein aufrichtiges Beileid. Niemand sollte sein Kind überleben.« Betroffen senkte Keller den Kopf.

In diesem Augenblick klingelte das Telefon, das auf dem Konferenztisch vor ihnen stand.

Wes Keller nahm den Hörer ab und lauschte.

»Wie angekündigt, die amerikanische Botschaft in Acapulco für Sie«, sagte er dann zu Helen. »Stellen Sie durch«, sprach er in die Muschel und hielt Helen das Telefon hin.

Sie spürte, wie die Trauer sie plötzlich übermannte und pure Verzweiflung in ihr aufstieg. Die Tränen ließen sich nun nicht mehr länger zurückhalten.

Mit zitternder Hand griff sie nach dem Hörer.

»Mama, bist du es?«, drang von weither eine Stimme an ihr Ohr. »Ich bin's, Madeleine. Mir geht es gut, Mama.«

EPILOG

Ihr Arm ruhte auf Madeleines Schulter. Gemeinsam betrachteten sie ein Gemälde von Peter Paul Rubens.

»Er mochte vollschlanke Frauen«, erläuterte Helen. »Aber letztlich war er nur ein Realist. Er hat die Frauen so gemalt, wie sie wirklich aussahen und heute auch noch aussehen.«

Madeleine beugte sich vor und betrachtete das Gemälde fasziniert. Seit sie wieder bei ihrer Mutter lebte, hatte sie ordentlich zugenommen, und Helen ließ keine Gelegenheit aus, ihr ein realistisches Bild von weiblicher Attraktivität zu vermitteln. Sie wusste, dass Madeleines Krankheit weitaus komplexer und ihr Kind noch lange nicht geheilt war, aber sie tat, was sie konnte. Nachts schlief Madeleine noch in Helens Bett, denn sobald es dunkel wurde, kamen auch ihre Albträume zurück. Dennoch fand Helen, dass sie auf einem guten Weg war, und genoss jede Sekunde mit ihr. Sie hatte dafür gesorgt, dass Betty befördert worden war, und hatte so ihre eigene Arbeitszeit im Institut wieder reduzieren können.

Nachdem sie während des Verhörs in der FBI-Zentrale ihre Tochter bereits verloren geglaubt hatte, sah sie nun jeden Tag, den sie gemeinsam verbringen konnten, als kostbares Geschenk an.

Madeleine war bei dem Unfall in Mexiko von dem Pick-up in die Böschung der Landstraße geschleudert worden und hatte dabei ihren Rucksack verloren. Wie durch ein Wunder war sie, abgesehen von einigen harmlosen Prellungen und Schnittwunden, kaum verletzt worden; vermutlich hatten die Büsche und das hohe Gras den Aufprall abgefedert.

Nach Sekunden der Ohnmacht war sie unter Schock vom Unfallort geflohen und hatte sich zu Fuß auf den Weg nach Acapulco gemacht. Erst Tage später und nachdem man sie bereits für tot gehalten hatte, war es ihr gelungen, die amerikanische Botschaft zu erreichen.

»Es sollte auch heute noch mehr Künstler wie Rubens geben«, sagte Millner. Er stand neben Madeleine, die ihn kurz angrinste, und betrachtete ebenfalls das Bild.

Langsam schlenderten sie weiter.

»Gleich kommt es«, sagte Helen, die einen Raumplan in den Händen hielt. Sie hatte nicht lange überlegen müssen, als der Louvre sie nach Paris eingeladen hatte, um ihre Untersuchungen an der *Mona Lisa* nun tatsächlich durchzuführen. Man hatte ihr angeboten, danach noch ein paar Tage mit ihrer Tochter in der französischen Hauptstadt Urlaub zu machen. Es war Madeleines Idee gewesen, Greg dazuzubitten. Helen hatte ihn seit den Ereignissen in Warschau nicht mehr gesehen, und Madeleine war nach allem, was sie über ihn gehört hatte, gespannt, ihn kennenzulernen. Zudem hatte Helen das Bedürfnis, sich bei ihm zu bedanken, auch wenn sie fand, dass sie sich gegenseitig nichts schuldeten.

Madeleine entdeckte ein weiteres Bild von Rubens und lief vor. Schmunzelnd sah Helen ihr nach.

»Ein tolles Mädchen«, sagte Millner.

Helen nickte. »Ja.« Sie lächelte liebevoll. »Sie hat Hummeln im Hintern.«

»Apropos Hummeln, haben Sie gehört, dass die Bienen sich erholen? Die Anzahl der Völker nimmt weltweit wieder zu. Dank der Röhrchen, die sie aus Weisz' Labor gerettet haben. Die Bienenforscher konnten damit tatsächlich ein Heilmittel herstellen. Scheint, als wären die Bienen dem kollektiven Tod noch einmal von der Schippe gesprungen.«

»Zum Glück!« Helen hatte es in der Zeitung gelesen. »Was macht eigentlich Ihre Schulter?«

Millner ließ sie einmal kreisen. »Noch ein bisschen steif, aber es geht.«

»Und wie läuft es beim FBI?«

»Gar nicht mehr. Ich habe eine großzügige Abfindung bekommen und bin nun auf der Suche nach etwas Neuem.«

»Schon eine Idee?«

»Vielleicht Privatdetektiv. Das war schon immer mein Traumjob. Und man ist nur für sich selbst verantwortlich. Oder ich eröffne eine Tauchschule auf den Bahamas.« Er lachte, was ihm sehr gut stand, wie Helen fand. Auch sie musste lachen. Millner griff in seine Hosentasche und beförderte aus einer Tüte ein Pfefferminz-Dragee heraus. Er hielt ihr die Tüte entgegen, doch sie lehnte dankend ab.

»Auf Lutschpastillen umgestiegen?«

Millner lächelte milde. »Habe doch gesagt, wenn ich mal raus bin beim FBI, unternehme ich etwas dagegen. Nehme nur noch Aspirin, wenn überhaupt.«

»Gratuliere!« Sie freute sich wirklich für ihn und erwiderte erneut sein Lächeln, doch auf einmal wurde sie ernst. Sie beschloss, endlich die Frage zu stellen, die sie schon so lange beschäftigte. »Warum haben Sie mir in Warschau nichts davon erzählt, dass das FBI Madeleine für tot hielt? Sie wussten es doch, oder?«

Greg Millner rieb sich das Kinn. Gern schien er nicht daran zurückzudenken. »Ich wusste von dem Unfall, ja. Auf der Zugfahrt nach Warschau habe ich die Nachricht erhalten. Aber was sollte ich Ihnen erzählen? Zu dem Zeitpunkt hatte man nur Madeleines Rucksack mit dem Pass gefunden, und sie war noch nicht sicher identifiziert. Ich hätte es Ihnen vielleicht erzählen sollen, bevor wir in Weisz' Villa gegangen sind.«

»Das hätten Sie unbedingt tun sollen!« Helens Einwurf klang ärgerlicher als beabsichtigt.

»Ich bezweifle, dass Sie dann noch in der Lage gewesen wären, die Sache mit mir durchzuziehen. Ich brauchte aber Sie und das Gemälde dafür. Und ich wollte diesen Mistkerl unbedingt fassen. Den Fall lösen. Das FBI hat zu diesem Zeitpunkt nach uns gefahndet; also hätten wir von dort kaum rasche Hilfe erwarten können.«

Millner holte tief Luft. Die Sache schien ihn aufzuwühlen.

»Doch vermutlich war es tatsächlich ein Fehler. Ich hätte es Ihnen sagen sollen. Ich war sehr verbissen und dachte, es wäre auch in Ihrem Sinne, diesen Weisz zur Strecke zu bringen, wenn Ihre Tochter tatsächlich ...« Er beendete den Satz nicht. »Als wir dann im Labor eingesperrt waren, hielt ich es für möglich, dass es mit uns zu Ende geht, und da dachte ich, sollte es so sein, würden Sie vermutlich lieber mit dem Gefühl abtreten, dass es Ihrer Tochter gut geht.«

Helen schob die Lippen vor und sog eine Schwall Luft durch die Nase ein. So viel Ehrlichkeit hatte sie nicht erwartet. Ausgesprochen klangen diese Worte ganz schön hart.

»Es war gut, dass Sie es mir im Labor nicht gesagt haben«, erwiderte sie nach einer Weile. »Ich hätte sonst kaum die Kraft gehabt, nach der Explosion noch durch den Geheimgang nach draußen zu fliehen und Sie den ganzen Weg mitzuschleppen. Aber Sie hätten es mir vorher sagen sollen. Gleich, als sie es erfahren haben.«

Millner nickte. »Das hätte ich.«

Madeleine studierte derweil ein weiteres Bild, das nicht von Rubens stammte, dafür aber beeindruckend groß war.

»Sie interessiert sich sehr für Kunst«, bemerkte Millner, während sie weiterschlenderten.

»Das stimmt.« Helen wappnete sich für eine weitere Frage, die sie noch immer beschäftigte. »Warum haben Sie dem FBI nicht gesagt, dass wir es waren, die den Sprengsatz in der Tasche mit unserem Anruf gezündet haben?«

»Ich war es«, antwortete Millner knapp.

»Sie wussten, dass die Nummer, die der Fremde uns gegeben hatte, den Sprengsatz zünden würde, nicht wahr? Deshalb wollten Sie auch nicht, dass ich den Anruf tätige ...«

Millner legte den Kopf zur Seite und schien zu überlegen. »Im Zug, als sie schliefen, habe ich mit dem Handy, das auf der Sprengladung befestigt war, meine Handynummer angerufen und die angezeigte Nummer mit der auf dem Zettel verglichen. Daher wusste ich es.«

Einige Meter gingen sie schweigend nebeneinander her. Dann blieb Millner abrupt stehen und wandte sich ihr zu. »Und natürlich wollte ich nicht, dass Sie die Nummer wählen und damit den Sprengsatz zünden.« Er zögerte. »Sie müssen wissen: Jemanden zu töten fordert einen Tribut. Früher oder später.« Kurz glaubte Helen, einen verräterischen Glanz in seinen Augen zu erkennen, doch im nächsten Moment war sie sich nicht mehr sicher.

»Sonst hätte er uns getötet«, bemerkte sie wie zum Trost.

Millner presste die Lippen aufeinander und nickte. »Das hätte er wohl.« Langsam setzten sie sich wieder in Bewegung.

»Und wer war der Mann, der uns im Zug die Nummer gegeben hat?«

»Wenn ich das wüsste!«, seufzte Millner. »Vermutlich arbeitete er mit Patryk oder Pavel Weisz zusammen, aber sicher kann ich es nicht sagen. Irgendetwas an ihm war ...«

»Unheimlich«, vollendete Helen den Satz.

Millner nickte.

Wieder hingen sie eine Weile ihren Gedanken nach.

»Ich habe auch noch eine Frage«, setzte er schließlich an.

Nun blieb Helen stehen und blickte ihm direkt ins Gesicht. Er war rasiert, und die Narbe auf seiner Wange war deutlich zu erkennen. Dennoch sah er ohne Bart viel besser aus.

»Als wir mit Patryk Weisz sprachen und er erwähnte, dass sein Vater vermutete, dass die *Mona Lisa* im Museo del Prado eine geheime Botschaft verbreitete, da sagten Sie so etwas wie ›die sprechenden Bilder‹.«

Helens Lächeln erstarb. Sie drehte sich rasch nach Madeleine um, die nun die Kopfhörer des am Eingang geliehenen Audioführers aufgesetzt hatte. »Warum interessiert Sie das?«, fragte sie ausweichend.

»Weil ich in dem alten Tagebuch, das Sie bei Weisz senior gefunden hatten, etwas Ähnliches gelesen habe. Der Verfasser Pacioli schrieb von einem Jungen, der bei ihm und Leonardo da Vinci lebte, und dieser Junge behauptete anscheinend, dass die

Mona Lisa singen oder sprechen würde. Also, ich meine das Bild. Er behauptete weiter, dass er Farben hören könne. Und er sagte, dass er ein Bild gemalt habe, in dem er eine Botschaft versteckt habe. Die Rede war wohl von der anderen *Mona Lisa*, die fünfhundert Jahre später im Museo del Prado ausgestellt wurde.« Er stockte, und als er Helens überraschte Reaktion sah, grinste er schief und fügte hinzu: »Ich weiß, es klingt einmal mehr verrückt.«

Helen ging weiter, um Madeleine nicht aus den Augen zu verlieren. Sie hatte noch nie zuvor jemandem davon erzählt. »Ich kann es auch«, sagte sie schließlich, als Millner zu ihr aufgestoßen war.

Er blieb erstaunt stehen und hielt sie am Ärmel fest. »Was?«

»Farben hören und Töne sehen. Wenn jemand etwas sagt, erscheinen vor meinem geistigen Auge zu jedem Wort Farbtöne. Umgekehrt höre ich Töne, wenn ich Farben sehe. Normalerweise aber keine Worte und erst recht keine Melodien ...« Helen stockte kurz, dann fuhr sie fort: »Das nennt man Synästhesie, Menschen wie mich Synästhetiker. Eine Verknüpfung der Sinne, eine Anomalie des Gehirns. Bei meiner letzten MRT konnte man diese Veränderung sogar sehen. Letztlich müssen Sie sich das so vorstellen: Wenn in meinem Gehirn ein Sinnesorgan angeregt wird, wird ein weiteres mitgereizt. Eine Laune der Natur, die einen manchmal in den Wahnsinn treiben kann. Sie zum Beispiel reden für mich überwiegend mahagonifarben, hin und wieder mit einer Nuance Bronze.«

Millner schaute sie verblüfft an. »Mahagonifarben?«, wiederholte er ungläubig. »Na ja, besser als Rosa.«

Helen musste grinsen. »Ich kann nichts dafür.« Millner runzelte die Stirn. »Was meinten Sie damit, als Sie eben sagten, dass Sie normalerweise beim Anblick von Farben keine Worte, geschweige denn Melodien hören?«, fragte er. Helen stockte. »Es klingt verrückt, aber das Phänomen Synästhesie ist eben noch lange nicht endgültig erforscht ... Ich konnte das Institut überzeugen, mit mir ein entsprechendes Forschungsprojekt ins

Leben zu rufen. In letzter Zeit habe ich beim Anblick bestimmter Farben so etwas wie Sprachbotschaften gehört.«

»Beim Anblick bestimmter Farben?«, hakte Millner nach. Der kriminalistische Unterton seiner Frage entging Helen nicht.

Kurz überlegte sie, dann wich sie seinem forschenden Blick aus und beschloss, dass es besser war, die Sache mit den merkwürdigen Sprachbotschaften der *Mona Lisa*-Gemälde für immer ruhen zu lassen. Sie verstand es selbst noch nicht, und es hatte alles nur in ihrem Kopf stattgefunden. »Farben eben«, sagte sie ausweichend.

Millner fixierte sie weiter mit beinahe bohrendem Blick, und sie spürte förmlich, wie ihm weitere Nachfragen auf der Seele brannten. Doch plötzlich ging ein Ruck durch seinen Körper, und seine Miene entspannte sich. »Farben also«, wiederholte er mit sanfter Stimme und lächelte verschmitzt. »Geben Sie mir Bescheid, wenn Sie darüber reden möchten«, ergänzte er. »Ich vermute, Sie und dieser Salai haben einiges gemeinsam ... Vielleicht bekomme ich die Passagen aus dem Tagebuch des Pacioli noch zusammen.«

Helen nickte dankbar. Dankbar für sein Verständnis und dankbar dafür, dass er nicht weiter in sie drang.

Eines stand fest: Millner war ein guter Detektiv.

In diesem Moment kehrte Madeleine zu ihnen zurück. »Im nächsten Raum kommt sie, aber es ist wahnsinnig voll dort!«, rief sie aufgeregt.

Helen schaute auf den Plan. »Stimmt!« Sie passierten den Durchgang und blieben schlagartig stehen. Eine riesige Menschentraube hatte sich vor der Plexiglasscheibe gebildet und verstellte ihnen den Blick auf das Gemälde dahinter. »Die ganze Sache hat die Popularität der *Mona Lisa* noch einmal gesteigert«, stellte Millner fest. »Nicht nur, weil das Gemälde dank deiner Mutter nun noch schöner geworden ist«, fügte er an Madeleine gewandt hinzu.

Helen knuffte ihm in die Seite. Die Restaurierungskommission des Louvre hatte entschieden, die Reinigung des Firnis professionell zu vollenden. Man hatte festgestellt, dass die von Helen durchgeführte Entfernung der oberen Schicht die Substanz des Gemäldes weniger beschädigt hatte, als stets befürchtet worden war. Zwar hatte man sich aus Angst vor den Folgen des Abtragens des Firnis seit Jahrzehnten gegen eine Reinigung entschieden, doch nun, da man durch Helen dazu gezwungen worden war, war die Fachwelt von dem Ergebnis geradezu begeistert. Im Fernsehen hatte Helen gesehen, dass das Gemälde wieder in den prächtigsten Farben leuchtete.

Die Renaissance der Mona Lisa, hatte sogar der *Boston Globe* getitelt.

»Schon über eins Komma sieben Millionen Besucher, seitdem es wieder ausgestellt wird«, berichtete Millner. »Und durch die Vernichtung der *Mona Lisa* del Prado und der *Isleworth Mona Lisa* ist sie nun auch wieder die einzige *Mona Lisa* auf der Welt. Wie ich hörte, soll sie aus Solidarität, sozusagen als Entschädigung für den Verlust von deren *Mona Lisa*, an das Museo del Prado ausgeliehen werden, zum ersten Mal seit Jahrzehnten den Louvre verlassen und auf eine Welt-Tournee gehen. Bald kennt wirklich jeder auf der Welt das Gemälde!« Er stockte. »Als hätte das Ganze nicht Pavel Weisz, sondern ein PR-Agent der *Mona Lisa* geplant!«

»Ich will sie sehen«, rief Madeleine aufgeregt und sprang in die Höhe, um an den Menschenmassen vorbei einen Blick auf das Gemälde zu erhaschen.

»Und dank der spektakulären Ereignisse interessiert sich sogar die Jugend wieder für die alte Dame«, ergänzte Millner schmunzelnd. »Eine wahre Ikone!«

Helen lächelte gequält. »Und ihre ewige Gegenspielerin aus Madrid ist vernichtet. Wenn der irre Weisz mit seiner Virus-Theorie auch nur ein wenig recht hatte, sieht es für die Menschheit düster aus!«, gab sie zu bedenken.

Millner grinste. »Kommen Sie, wir schlagen uns durch«, sagte er und nickte ihr auffordernd zu.

Doch Helen blieb wie angewurzelt stehen. Sie ließ den Blick

über die Besucher vor ihnen schweifen, die aufgeregt die Hälse reckten und ihre Kameras mit ausgestreckten Armen in die Luft hielten, um über die Köpfe der anderen hinweg Fotos zu machen. Als ginge es nicht nur um ein Gemälde, sondern um die Autogrammstunde eines Popstars.

»Es ist zu voll, finde ich«, sagte sie und beugte sich zu Madeleine herunter. »Lass uns lieber umkehren und etwas anderes anschauen!« Sie legte die Arme um ihre Tochter.

»Ach, nein, bitte, lass Sie mich sehen, Mama!«, bettelte Madeleine. »Die Gelegenheit kommt vielleicht nie wieder!«

»Lass uns zurückgehen zu dem Bild von Rubens, das dir so gefallen hat. Bestimmt gibt es noch mehr von ihm im Louvre zu sehen. Und es sind noch so viele andere Gemälde hier ausgestellt. Und dann gehen wir mit Greg etwas essen.«

Madeleine versuchte, sich aus der Umarmung ihrer Mutter zu winden. »Im Louvre gewesen zu sein und nicht die *Mona Lisa* gesehen zu haben, das geht doch gar nicht!«, schmollte sie. »Nur ein kurzer Blick!«

»In Paris gewesen zu sein und kein Croissant gegessen oder den Eiffelturm nicht gesehen zu haben, *das* geht gar nicht«, sagte sie bestimmt und drückte Madeleine noch fester an sich. »Das da vorn ist nur ein langweiliges, altes Gemälde.«

Millner warf ihr einen verwunderten Blick zu. Madeleine fügte sich widerwillig. Als sie sich aufmachten, den Raum wieder zu verlassen, hielt er sie sanft an der Schulter zurück. »Jetzt will ich es doch wissen: Haben Sie bei einem der Bilder etwas gehört?«

»Wobei etwas gehört, Mama?«, echote Madeleine neugierig.

Helen zögerte einen Moment. »Ich habe gar nichts gehört«, sagte sie schließlich und löste sich aus Millners Griff. Aus den Augenwinkeln bemerkte sie seinen skeptischen Blick. »Und jetzt lasst uns etwas essen gehen, ich habe wahnsinnigen Hunger!« Sie kitzelte Madeleine, die lachend vorauslief.

Während sie den Raum wieder verließen, drehte sie sich

zum allerletzten Mal zur *Mona Lisa* um und erhaschte aus der Ferne über die Köpfe der Besucher hinweg doch noch einen kurzen Blick auf ihr berühmtes Lächeln.

»*La Bellezza!*«

NACHWORT

Alle in der heutigen Zeit agierenden Personen in diesem Roman sind frei erfunden und haben keine Vorbilder in der Wirklichkeit.

Luca Pacioli, Leonardo da Vinci und auch dessen Gehilfe Salai haben selbstverständlich tatsächlich gelebt. Die Figur des »Fremden« ist von dem wohl einzigen existierenden Porträt Luca Paciolis inspiriert, auf dem dieser wie ferngelenkt an seinem Schreibtisch steht, hinter ihm ein Schönling mit maliziösen Zügen, dessen Identität bis heute unbekannt ist. Auch auf der historischen Ebene ist, vor allem dort, wo die geschichtliche Faktenkenntnis endet, vieles mit Fantasie aufgefüllt, Wahrheit mit Fiktion vermischt.

Wahr ist aber, dass Pacioli und da Vinci Freunde waren und zumindest zeitweise in einer Art Wohngemeinschaft lebten.

Wahr ist auch, dass Pacioli und da Vinci sich intensiv mit dem Phänomen der Schönheit und dem »Goldenen Schnitt« auseinandergesetzt haben. Luca Pacioli erschuf zu dieser Zeit das Buch *De divina proportione*, das als bedeutendstes historisches Werk zum Goldenen Schnitt gilt. Die beiden letzten Exemplare dieses Manuskripts befinden sich in der *Biblioteca Ambrosiana* in Mailand und der Bibliothek von Genf.

Auch gilt die *Mona Lisa* heute als Inbegriff der Schönheit und wohl berühmtestes Gemälde der Welt. Ihre Erschaffung umranken immer noch zahlreiche Geheimnisse. So ist noch nicht einmal sicher geklärt, wer die Porträtierte ist. Das exakte Erstellungsdatum ist weiterhin umstritten. Wissenschaftliche Untersuchungen des Gemäldes im *Centre de recherche et de restauration des musées de France* haben viele Fragen beantwortet, aber auch neue aufgeworfen. So wurden in dem Bild bei Untersuchungen hohe Mengen Kupfer und auch Spuren von Kalzium gefunden, deren

Existenz man nicht vollständig erklären kann. Das Kalzium ist eventuell auf die Verwendung von Knochenleim als Bindemittel zurückzuführen.

Ebenfalls wahr ist, dass der Goldene Schnitt, der sich in der Natur, aber auch in der Architektur, Kunst, Musik und selbst in Charts von Börsenkursen wiederfindet, bis heute eines der größten Mysterien ist.

Anders als das seit Jahrhunderten bekannte Phänomen des Goldenen Schnitts ist die Theorie der »Meme« vergleichsweise jung. In Anlehnung an den Begriff des »Gens«, bei dem Informationen durch Zellteilung und Replikation des DNS-Strangs weitergegeben werden, bezeichnet der Begriff »Mem« eine Information, wie beispielsweise einen Gedanken, der durch Kommunikation weitergegeben wird. Im Gegensatz zur biologischen Evolution gelten Meme als Replikatoren der kulturellen Evolution. Ihre Verbreitung, vornehmlich in unseren Gehirnen, ist demnach durchaus vergleichbar mit der Ausbreitung von Viren, die sich auf ähnliche Art und Weise verbreiten.

Ein noch älteres und noch größeres Mysterium als der Goldene Schnitt und die Theorie der Meme ist allerdings das Phänomen der Schönheit. Obwohl sie unser tägliches Leben bestimmt, wir bereitwillig einen bedeutenden Teil unseres Vermögens und auch unserer Zeit für das Streben nach Schönheit opfern, die Schönheitsindustrie Milliarden umsetzt, ist bis heute nicht annähernd geklärt, was Schönheit überhaupt bedeutet und wie sie genau zu bewerten ist.

Man kann versuchen, die Schönheit aus biologischer Sicht zu erklären, wonach schöne Menschen bessere Gene versprechen und daher als attraktiver empfunden werden. Doch dieser Erklärungsansatz greift zu kurz, denn Schönheit ist mehr als nur Attraktivität und wirkt in allen Bereichen des menschlichen Daseins, bis hinein in die Kunst und Kultur. Und es folgen aus diesem evolutionären Ansatz weitere Fragen wie beispielsweise, was ist schön und warum wird es als schön angesehen?

Die Neuroästhetik, die die Auswirkungen von Schönheitsempfinden im Gehirn untersucht, ist eine Ausprägung dieser neuen Ansätze zur Schönheitsforschung.

Dabei wird der Begriff »schön« oder »Schönheit« stets mit etwas Positivem assoziiert. Erst seit einigen Jahren gerät das vor allem von den Medien kommunizierte »Schönheitsideal« in die Kritik, und es entsteht ein Bewusstsein, dass das Streben nach einem Schönheitsideal auch negative Seiten haben kann. Schönheitsideale selektieren die Menschen in »schön« und »hässlich«, was oftmals als »gut« und »schlecht« interpretiert wird. Zu beobachten ist ein Trend hin zu einer neuen Werteordnung, in der die Schönheit als Wert zumindest zur Disposition gestellt wird.

Ungeachtet dessen, wird die Schönheit die Welt aber auch in den kommenden Jahrhunderten beherrschen und als das wirken, was sie ist: eine unaufhaltsame Macht.

Dieses Buch wäre ohne die Unterstützung und das Engagement zahlreicher schöner Personen nicht möglich gewesen, die hier nicht alle genannt werden können. Mein Dank gilt allen voran meiner unermüdlichen Lektorin Karin Schmidt, meiner Redakteurin Dorothee Cabras und im Besonderen Klaus Kluge vom Lübbe Verlag. Zudem meinem Agenten Lars Schultze-Kossack. Weiterer Dank gebührt Michele Piroli, der mich wieder einmal in Fragen der italienischen Sprachgeschichte beraten hat.

Meinen Eltern und meiner Familie danke ich für ihr Verständnis, ihre Geduld und ihre unendliche Unterstützung.

Mein größter Dank gilt aber der Quelle meiner Inspiration und weisen Beraterin: Sandra, der wunderschönste Mensch, den ich kenne.

Leseprobe

Tibor Rode

Das Rad der Ewigkeit

Roman

Lübbe

PROLOG

Vieles, was ich früher für unmöglich hielt, scheint nach den unglaublichen Erlebnissen der vergangenen Monate nun doch möglich zu sein. Dazu gehört auch, dass man mehr als nur ein Leben haben kann. Mein erstes Leben habe ich gemeinsam mit dem Namen Robert Weber hinter mir gelassen. Mein zweites Leben hat gerade begonnen. Und wie jeder Neugeborene werde auch ich nie wieder dorthin zurückkehren können, woher ich gekommen bin. Im Unterschied zu einem Säugling erinnere ich mich jedoch an meine vorherige Existenz – und kann daher erzählen, wie es zu ihrem Ende kam.

Während ich dies aufschreibe, blicke ich über die unendliche Weite eines Meeres. An manchen Tagen, an denen der Wind stillsteht, erscheint nicht weit entfernt von der Küste eine Luftspiegelung, die man für eine kleine Insel halten könnte. Versucht man jedoch mit einem Boot zu ihr überzusetzen, löst sie sich immer mehr auf, je näher man ihr zu kommen scheint.

An Avalon dachten einst die Italiener, als sie eine solche Fata Morgana in der Straße von Messina entdeckten. Avalon, die mystische Insel aus der Artussage: ein Ort, den nur Eingeweihte erreichen können. Ich verstecke mich nun schon seit Monaten vor denen, die an das Unmögliche geglaubt haben. Und wenn ich hier sitze und über all das Abenteuerliche und Fantastische nachdenke, was mir passiert ist – und was ich Ihnen von Beginn an erzählen möchte –, dann kann ich nicht mit Bestimmtheit sagen, ob nicht ich es bin, der auf Avalon sitzt und zur Küste der Normalsterblichen hinüberschaut. Denn alles um mich herum ist unwirklich geworden.

Vielleicht gerade deshalb erkenne ich heute dort Zeichen, wo ich früher keine sehen konnte.

Als kleiner Junge hätte ich eine Walnusshälfte stundenlang anstarren können, ohne auf die Idee zu kommen, dass sie mit ihrer Form und dem Muster ihrer rauen, von Furchen durchzogenen Oberfläche dem menschlichen Gehirn ähnelt. Ich war als Jugendlicher stolz darauf, die Schale nur mit der Kraft meiner Hand mühelos knacken zu können, wusste aber nicht, dass die Nuss wertvolle Fettsäuren enthält, die ausgerechnet dem Gehirn nützlich sind.

Oder die Herbstzeitlose. Ich kannte sie als giftige Pflanze, die ich früher gemeinsam mit meinem Großvater aus dem Waldboden riss, um ihre Knollen meiner Großmutter zu bringen, damit sie daraus ein Hausmittel gegen ihre Gicht herstellen konnte. Was mir damals nicht auffiel, war die Ähnlichkeit zwischen dem Aussehen einer an Gicht erkrankten Zehe und der heilbringenden Knolle.

Es ist diese unscheinbare Signatur der Dinge, die ich erst in jüngster Zeit entdeckt und verstanden habe.

Es war keine Erleuchtung, die mir diese Erkenntnis verschaffte. Auch kein metaphysisches Ereignis im eigentlichen Sinn. Es war die Tatsache, dass mir etwas passierte, was scheinbar jedem von uns hätte geschehen können.

Merkwürdig ist, dass es ausgerechnet mich als Physiker und Patentanwalt traf. Wäre mir der Zusammenhang früher aufgefallen, hätte ich ihn als Zufall abgetan.

Inzwischen weiß ich, dass wir Menschen – wie alle anderen Dinge und Lebewesen auf dieser Erde – eine Signatur besitzen. Und alle Geschehnisse der vergangenen Monate standen im untrennbaren Zusammenhang mit meiner ganz eigenen Signatur.

Und je länger ich darüber nachdenke, umso mehr bin ich der Überzeugung, dass Johann Elias Bessler alias Orffyreus und ich mit derselben oder wenigstens einer ganz ähnlichen Signatur geboren wurden – nur dass uns dreihundert Jahre trennen. Es ist daher folgerichtig, dass ich auch über ihn erzähle, denn aufgrund unserer Signaturen sind seine und meine Lebensgeschichte eng miteinander verwoben.

Sollte ich auf meiner Reise nach Avalon – oder während meines Aufenthalts auf dieser sagenumwobenen Insel – doch noch für immer verloren gehen, möchte ich darauf hinweisen, dass nicht nur jeder Anfang unweigerlich auf ein Ende hinführt, sondern in jedem Ende immer auch ein neuer Anfang enthalten ist.

Die Sonne geht nur auf, um im selben Augenblick woanders unterzugehen, und sie geht nur unter, um anderenorts gleichzeitig wieder aufzugehen. Und während Sonne und Erde einen scheinbar ewigen Kreislauf bilden, bin ich auf einen weiteren Beweis für die unendliche Kraft der Natur gestoßen:

Das Perpetuum mobile.

1

Der Mann vor mir schaute mich aus tiefliegenden blauen Augen an. Leicht hätte man den Ausdruck in seinem Blick für Trauer halten können, ich wusste aber, dass es vor allem Müdigkeit war. Die kurz geschnittenen dunkelblonden Haare zeigten an den Schläfen einen ersten Schimmer von Grau, der vor einigen Wochen noch nicht zu erkennen gewesen war; das Gleiche galt für die Falten unter seinen Augen. Daher wirkte derjenige, der mir hier so unverhohlen entgegenstarrte, wie vierzig oder noch älter, doch er war erst zweiunddreißig Jahre, vier Monate und drei Tage alt.

Die Nase war nicht ganz gerade, sondern hatte einen leichten Knick in der Mitte, aber vielleicht fiel dies auch nur mir auf. Mein Gegenüber verzog das Gesicht zu einem gekünstelten Lächeln, das in den Mundwinkeln spannte. Eine Reihe blitzweißer Zähne kam zum Vorschein. Zähne verrieten den Gemütszustand ihres Besitzers nicht, dachte ich. Ich hatte den Mann bereits an den verschiedensten Orten getroffen: in Toiletten, an Seen oder flüchtig beim Schaufensterbummel. Doch heute kam er mir reifer vor. Er trug denselben Anzug wie ich und hatte zudem mit einem Meter zweiundachtzig haargenau meine Körpergröße. Auch unsere Namen waren identisch: Robert Weber. Hinter seinem Rücken öffnete sich plötzlich eine Tür, und ich sah, wie eine junge Frau zu ihm trat. Ihr schwarzes Kostüm betonte ihre atemberaubende Figur, und ihre langen Haare fielen wild über ihre schmalen Schultern. Ich drehte mich um und gab ihr einen Kuss.

»Die Anwälte sind da – mit dem Vertrag!«, sagte sie und ordnete mit einer liebevollen Geste meine Frisur. Sie warf meiner seitenverkehrten Kopie einen flüchtigen, aber verführerischen Blick zu und verschwand durch die Tür, durch die sie gekommen war.

Ich fing mit beiden Händen das kalte Wasser auf, das seit geraumer Zeit vor mir in den Abfluss plätscherte, und warf es mir ins Gesicht. Dann drehte ich den Wasserhahn zu, nahm eines der flauschigen Handtücher und trocknete mir damit Gesicht und Hände. Anschließend verabschiedete ich mich von meinem Spiegelbild im Badezimmer des Empire Riverside Hotels.

Wenn mein Ebenbild und ich uns das nächste Mal wiedersahen, würde ich um dreißig Milliarden und eine Million Euro reicher sein – und erneut auf der Flucht.

Einige Monate zuvor

Es war ein sogenannter italienischer Torpedo, der meine Karriere beenden sollte. Kurioserweise war ich es selbst, der ihn abfeuerte. Dem ging eine Entscheidung voraus, auf welcher Seite ich stehen wollte. Ich hatte die Wahl zwischen der richtigen und der einzig möglichen. Natürlich entschied ich mich für Letzteres.

Alles hatte mit meiner ersten Anstellung als frischgebackener Patentanwalt begonnen.

Wer bei dem Beruf des Patentanwalts an einen Juristen denkt, der irrt. Wer Patentanwalt werden möchte, muss nicht Jura studieren. Erforderlich ist vielmehr ein naturwissenschaftliches oder technisches Studium.

Ich hatte Physik studiert. Meiner Universitätszeit schloss sich eine Zusatzausbildung in einer Patentanwaltskanzlei und beim Deutschen Patentamt an. Die abschließenden Prüfungen zum Patentanwalt absolvierte ich als einer der besten meines Jahrgangs. Dabei trieb mich nicht der unbedingte Wille an, beruflich ganz nach oben zu kommen, sondern vielmehr der Wunsch, es einmal besser zu haben als meine Eltern. Dies erscheint mir im Nachhinein seltsam, da auch sie bis heute ein recht gutes Leben geführt haben.

Mein Vater hatte jahrzehntelang als Flugzeugmechaniker am Hamburger Flughafen gearbeitet, bis er wegen eines Rückenleidens in Frührente gehen musste. Meine Mutter war Krankenschwester und halbtags in einem evangelischen Krankenhaus tätig. Das Leben in unserer Familie verlief zumeist harmonisch: Wir hatten oft Spaß miteinander und unterstützten uns gegenseitig, und es gab selten Streit. Alles, was wir nicht hatten, war Geld. Merkwürdigerweise führte allein dieser Mangel zu der allgemeinen Annahme, dass es mir einmal besser ergehen müsste als meinen Eltern. Weder mein Vater noch meine Mutter noch irgendein Vorfahre, an den man sich erinnerte, hatte studiert, und so war es von frühester Kindheit an eine ausgemachte Sache, dass ich der Erste aus der Familie Weber sein würde, der eine Universität besuchen sollte. Ich werde niemals den Blick meines Vaters bei der Abschlussfeier der physikalischen Fakultät vergessen. An diesem Tag erhielt nicht nur ich ein Diplom verliehen, sondern auch er. Wie viel größer war der Stolz meiner Eltern, als ich auch noch Anwalt wurde. Ich war der erste Anwalt, den sie persönlich kannten.

Mein guter Abschluss brachte mir ein Angebot der bekanntesten Patentanwaltskanzlei in Hamburg ein, und so begann ich meine Laufbahn in einem Büro in der Hamburger Hafencity. Mein Büro verfügte über bodentiefe Fenster und bot einen fantastischen Ausblick auf die Elbe. Diesen Ausblick ersparte ich mir jedoch bereits nach meinem ersten Arbeitstag: Obwohl ich vier Stockwerke über dem Fluss an einem Schreibtisch saß, löste der Anblick des sich leicht bewegenden Wassers bei mir das gleiche Gefühl von Seekrankheit aus wie bei einer längeren Schiffsfahrt.

Ich weiß nicht, ob die Nähe zu einem Gewässer in mir die Idee zum Abschuss des italienischen Torpedos auslöste. Wahrscheinlicher ist, dass es der unerträgliche Charakter meines ersten eigenen Mandanten war. Er gehörte zu dem Typ Mensch, der als junger Erwachsener ohne große Mühe zu Geld gekommen war und dies vor allem seiner Rücksichtslosigkeit verdankte.

Als Anwalt war ich für ihn genauso wenig respekteinflößend wie alle anderen, die er bezahlte – einschließlich seiner Ehefrau. Sie war gut halb so alt wie er und begleitete ihn zu dem Termin in unserer Kanzlei. Begleitet wurde sie wiederum von einem kleinen Schoßhund, der schnüffelnd zwischen unseren Beinen umherirrte. Wir saßen im Konferenzraum der Kanzlei, der Besprechungszimmer und Visitenkarte zugleich war; aufgrund seines atemberaubenden Blicks über das Panorama des Hamburger Hafens erinnerte er eher an eine Aussichtsplattform.

»Sie müssen jemanden zur Räson bringen«, begann mein neuer Mandant das Gespräch und lächelte. Ich schätzte ihn auf etwa siebzig Jahre. Seine Haare wirkten durch den Kontrast zu der typischen Gesichtsbräune eines Golfspielers noch weißer, als sie eh schon waren. Er hatte wohl ursprünglich einen sorgsam gekämmten Scheitel getragen, doch jetzt standen einige Strähnen senkrecht nach oben. Für mich verriet die Frisur, dass er Cabrio-Fahrer war. Auch in unseren Büroräumen hatte er seine Sonnenbrille nicht abgenommen.

Dr. Hans Grünewald, einer der Seniorpartner der Kanzlei, hatte diesen Termin mit diesem Mandanten vereinbart, konnte nun aber nicht selbst an dem Treffen teilnehmen. So durfte ich jetzt zum ersten Mal ganz allein – ohne einen der Seniorpartner an meiner Seite – einen Mandanten betreuen und war deshalb recht angespannt. Dies war auch einer der Gründe, weshalb ich auf seine aggressive Eröffnung zurückhaltend reagierte.

»Erzählen Sie bitte erst einmal, worum es geht«, ersuchte ich ihn.

Er ignorierte meine Bitte. »Ich möchte alles pfänden lassen, was sie besitzt«, erklärte er und grinste selbstgefällig. »Das ist wichtig. Ein Blutbad, ich will ein richtiges Gemetzel. Es muss wehtun!«

Er warf seiner Ehefrau einen Blick zu, als ob er von ihr erwartete, dass sie seine Forderungen bekräftigte. Doch sie lächelte verlegen und beugte sich zur Seite, um ihrem Hund ein Leckerli zu geben.

»Ich bin kein Auftragsmörder oder so etwas«, entgegnete ich etwas ärgerlich.

Das Grinsen im Gesicht meines Mandanten erstarb, und er schaute mich überraschend ernst an. »Nicht?«, fragte er mit gespielter Enttäuschung. »Aber Hans hatte mir doch jemanden mit Killerinstinkt versprochen!«

Sogleich brach er in heftiges Lachen aus.

2

Gera, 1712

Der Platz vor dem Richter'schen Freihaus war überfüllt. Immer mehr Neugierige drängten auf den Nikolaiberg und schoben dabei die in der ersten Reihe Stehenden gegen die aus Holz gefertigte Bühne. Hinten fluchte man, weil vorne scheinbar nicht aufgerückt wurde; vorne stießen die Leute Verwünschungen gegen ihre Hintermänner aus, weil sie zu sehr drückten.

Auf dem Podium vor der Menschenmasse erhob ein Mann seine kräftige Stimme und versuchte, gegen den Lärm anzuschreien. Er war ein gut aussehender Mann im besten Alter und von ungewöhnlich großer Statur. Auf seiner Allongeperücke bildete das Mehl einen weißen Schleier wie Raureif; ein untrügliches Zeichen von Wohlstand, da das Pudern der Perücken mit Mehl gerade erst mit einer kräftigen Steuer belegt worden war. Die Kleidung des Mannes entsprach der eines Adeligen. Über der modischen Kniehose trug er ein weißes Hemd, darüber eine kunstvoll bestickte Weste. Der nur leicht geöffnete, samtblaue *Justaucorps* fiel gerade bis über die Knie und wies so gut wie keine Taillierung auf. Um den Hals hatte der Mann die obligatorische *Cravate* gebunden, was in diesem Fall nichts anderes war als ein schneeweißes Halstuch.

»Ihr Bürger von Gera, tretet näher und bestaunt hier in Eurer Stadt eine Premiere. Seid Zeuge, wie der vom Genius erleuchtete Orffyreus – das bin ich – erstmals der Öffentlichkeit das triumphierende Perpetuum mobile präsentiert!«

Die Ankündigung ging in der Geräuschkulisse unter. Auf die Rufe aus den letzten Reihen, was man denn genau präsentieren würde, rief von vorne jemand: »Peter der Mollige«, die hinten Stehenden verstanden »destillierten Äther aus Wolle«. Das Gedränge nahm weiter zu.

Fahrende Händler oder Gaukler kamen gerade in den Sommermonaten immer wieder nach Gera, um ihre Wunderwaren feilzubieten oder gegen ein paar Pfennige aufsehenerregende Attraktionen aus aller Welt zu präsentieren. Nach den verheerenden Bränden, die in den letzten Jahren große Teile der Stadt heimgesucht hatten, gierte das Volk nach jeder Ablenkung, die sich ihm bot.

Der Aussteller, der sich heute an sie wandte, hatte in den beiden Tagen zuvor unter größter Geheimhaltung ein gewaltiges Rad aus Holz auf dem Podium errichtet. Es war so groß wie zwei ausgewachsene Männer und ruhte auf einer Holzachse zwischen zwei starken Pfosten. Dabei maß es in der Tiefe etwa vierzehn Zoll und glich in seinem Aufbau somit eher einer Trommel. Beide Seiten des Rades waren mit dünnen Holzbrettern vernagelt. Von dem Rad führten Streben in das Innere eines Kastens, der mit einem Wachstuch verhängt war, um neugierige Blicke abzuwehren.

Nachdem die Menge sich endlich beruhigt hatte, fuhr der Mann, der sich Orffyreus genannt hatte, mit seiner Ankündigung fort.

»Sogleich, mein wertes Publikum, werde ich, Orffyreus, dieses Rad anstoßen, und zwar mit dieser Hand.« Bei diesen Worten reckte er seine Hand wie ein Ertrinkender in die Höhe und streckte sie theatralisch nach allen Seiten aus. Plötzlich herrschte absolute Stille.

»Das Rad wird sich dann zu drehen beginnen, und zwar in jene Richtung.« Bei diesen Worten wandte der Mann seinen Körper mit einer raschen Bewegung nach links und zeigte in eine der schmalen Gassen hinauf zur Mühle. Alle Blicke folgten seinem Zeigefinger.

»Und dann, verehrte Augenzeugen, wird das Rad sich ...« – er machte eine kurze Pause, bevor er fortfuhr – »... weiterdrehen.«

Ein Stöhnen ging durchs Publikum.

»Und weiterdrehen ...«

Jetzt war nur noch ein deutlich leiseres Raunen zu vernehmen. Dann aber wurden die Zuschauer unruhig und begannen, sich aufgeregt miteinander zu unterhalten.

Ein schlaksiger Kerl, der auf einen Marktstand geklettert war, krakeelte mit heiserer Stimme: »Ein drehendes Rad? Was soll denn daran besonders sein?«

Andere stimmten ihm zu.

Von irgendwo flog ein brauner Kohlkopf auf die Bühne, der Orffyreus aber weit verfehlte.

Der fremde Aussteller erstarrte in diesem Moment. Er schloss die Augen, breitete die Arme aus, als würde er gleich zum Himmel emporfahren, und rief mit donnernder Stimme: »Schweigt, Ihr verdammten Sünder! Sonst wird der Herr Euch alle bestrafen!«

Augenblicklich herrschte wieder gespenstische Ruhe auf dem Platz.

»Das Rad ...«, schrie Orffyreus, wobei seine Schlagader und die Sehnen am Hals hervortraten, »dieses Rad, welches ich erfunden habe, wird, wenn es von mir einmal angestoßen wurde, nie wieder anhalten! Es wird sich bis in alle Ewigkeit weiterdrehen! Selbst dann noch ...« – er öffnete wieder die Augen und lehnte sich weit nach vorn, wodurch er in das Publikum zu fallen drohte –, »... wenn Ihr alle bereits tot und verfault seid!«

Bei den Worten »tot« und »verfault« stöhnte die Menge auf.

»Was Ihr Unwissenden hier seht, ja sehen dürft, ist ein Perpetuum mobile! Eine Apparatur, in der sich die göttliche Kraft, die Ewigkeit auf Erden manifestiert! Und ich habe sie erfunden! Ich – Orffyreus!« Bei den letzten Worten fasste er sich an die Brust und schaute ergriffen in den bewölkten Himmel.

Erstmals wichen die Zuschauer ein wenig vom Podium zurück, sodass sich die Welle zusammengepresster Leiber nun von vorn nach hinten über den Platz ausbreitete.

»Wenn Ihr also Gott sehen wollt, und zwar hier und jetzt, dann gebt einen kleinen Obolus in die Beutel meiner Gehilfen. Wenn die Beutel ausreichend gefüllt sind, um dem Herrn gerecht zu werden, werde ich mit dieser Hand das Rad anstoßen. Und Ihr werdet Zeuge der göttlichen Energie und Unendlichkeit!«

Wieder zeigte Orffyreus seine Hand, schloss die Augen und verharrte in dieser Pose auf dem Podium, als sei er in Stein gegossen worden. Gleichzeitig drängten sich mit spitzen Ellbogen vier schmutzige Burschen in abgewetzter Kleidung durch die Menge und forderten die Männer und Frauen mit drohenden Gesten auf, ein paar Pfennige in ihre Beutel zu werfen.

Nachdem einige Minuten vergangen waren, wurde die Menge erneut ungeduldig. Und als gar die Rufe und Beschimpfungen wieder zunahmen, blies der Mann auf dem Podium in ein großes Horn, sodass alle zusammenfuhren.

»Die prallen Beutel zeigen mir, dass Ihr gottesfürchtig genug seid. Nun werde ich das Rad anstoßen. *Silence*, bitte! *Attention!*«

Als es etwas ruhiger war, schritt der selbsternannte Erfinder zu dem Rad, fasste es auf der linken Seite so weit oben an, wie er nur greifen konnte, und gab ihm einen mächtigen Stoß nach unten. Das Publikum applaudierte. Das Rad nahm zügig an Fahrt auf und erreichte alsbald einen ruhigen und gleichmäßigen Lauf, sodass es weder langsamer noch schneller wurde. Gespannt starrten die Menschen vor der Bühne auf das Rad, und für einen Augenblick waren nur die klappernden Geräusche aus dem Inneren des Rades zu hören. Orffyreus schritt währenddessen stetig von einem Ende des Podiums zum anderen. Kurz bevor er jeweils kehrtmachte, zeigte er mit einer ausladenden Bewegung seiner Arme erst auf das Rad, dann in den Himmel und schließlich auf sich selbst.

Das Publikum beobachtete dieses Schauspiel einige Zeit, dann griff erneut Unruhe um sich.

»Ich kann hier nicht bis in alle Ewigkeit stehen, um abzuwarten, ob erst ich sterbe oder vorher das Rad stehen bleibt!«, rief ein Mutiger, der auf den Rand eines Brunnens gestiegen war, um einen besseren Blick auf das Rad zu haben.

Schallendes Gelächter brach aus.

»Da sitzt ein Zwerg drin!«, behauptete ein anderer mit lauter Stimme.

Abermals wurde herzhaft gelacht.

»Ja, entfernt das Wachstuch und zeigt uns, was oder wer das Rad antreibt!«, rief eine Frau.

»Ja, zeigt uns das Innere!«

Orffyreus versuchte vergeblich, das Publikum mit beruhigenden Handbewegungen und Gesten zu beschwichtigen. Zwischendurch deutete er immer wieder auf das Rad und in den Himmel.

Ein Knabe, der kaum älter als neun Jahre sein mochte, erklomm schließlich das Podium und rannte unter dem Gejohle der Anwesenden auf das Rad zu, um das Wachstuch herunterzureißen. Kurz bevor er es erreichte, wurde er von zwei Gehilfen, die Orffyreus assistierten, zu Fall gebracht und trotz seiner heftigen Gegenwehr vom Podest in die Zuschauermenge geworfen. Dies ermunterte nun weitere Wagemutige dazu, ebenfalls zu versuchen, auf das Podium zu gelangen, um einen Blick zu riskieren. Verzweifelt traten und schlugen die Gehilfen nach den meuternden Menschen, die von unten nach dem Bühnenrand griffen.

Aus der Menge flogen nun Gemüseabfälle, Fischköpfe und andere Überbleibsel des morgendlichen Markttreibens.

»Scharlatan, Betrüger!« Immer wütender wurden die Rufe aus dem Publikum.

Als die Anzahl derjenigen, die das Podium stürmen wollten, von den oben Stehenden nicht mehr zu bewältigen schien, ergriff Orffyreus eine am Boden bereitliegende schwere Axt. Mit wilden Schwüngen schlug er nach den Aufmüpfigen, die erschrocken zurückwichen.

Dann holte er mit der Axt zu einem mächtigen Hieb aus – gegen sein eigenes, sich immer noch gleichmäßig drehendes Rad. Die scharfe Schneide bohrte sich in das Holz hinein, die runde Konstruktion geriet aus dem Gleichgewicht und stürzte krachend nach hinten. Der am Rad über Streben befestigte Kasten wurde durch den Sturz ausgehebelt und im hohen Bogen in das Publikum katapultiert. Die vorne Stehenden stoben kreischend auseinander, um dem Geschoss zu entgehen, das auseinanderbrach, als es auf dem Boden aufschlug. Auch das Rad zerbarst am Rande des Podiums in Hunderte Teile, die meterweit in die Menge geschleudert wurden.

Die Panik, welche die Masse auf der Flucht vor den Trümmerteilen erfasst hatte, nutzten Orffyreus und seine Gehilfen. Gemeinsam sprangen sie von der Bühne und bahnten sich den Weg in eine der kleinen Gassen, die sternförmig in alle Richtungen aus der Stadt führten.

Bevor der kleine Trupp um Orffyreus den Platz verließ, griff er einen älteren Mann, der sich ängstlich gegen das Mauerwerk eines Hauses gedrückt hatte, um die Fliehenden passieren zu lassen, am Kragen. Er zog den Greis nahe zu sich heran und schrie ihm ins Gesicht: »Ich wollte Euch ein Stück Gott zeigen, Ihr aber habt nur den Teufel verdient!«

Wütend stieß Orffyreus den Alten von sich weg, sodass er rücklings auf den staubigen Boden fiel, und folgte seinen Knechten in den dunklen Schatten der Gasse.

3

»Ich bin ein guter Patentanwalt«, sagte ich in einem ruhigen, sachlichen Ton. »Schildern Sie mir bitte einfach den Fall, und ich werde sehen, was ich für Sie tun kann.«

»Endlich wird er ärgerlich!«, spottete mein Mandant und drehte sich zu seiner Ehefrau, die jedoch nicht darauf reagierte. »Nun gut«, meinte er daraufhin und richtete den Blick wieder auf mich; hinter der Sonnenbrille konnte ich seine Augen allerdings nur erahnen.

»Ich bin im Besitz eines Patents. Und dieses wird von einem Unternehmen verletzt. Und das müssen Sie bitte beenden.« Er hatte diese Sätze betont leise gesprochen, nun aber fügte er laut aufbrausend hinzu: »Und bei der Gelegenheit beenden Sie das Unternehmen, das mein Patent verletzt, bitte auch gleich mit! Pfänden Sie dort alles, was es zu holen gibt. Ich werde Ihnen eine Liste mit Gegenständen zur Verfügung stellen.«

Er schlug mit der Hand auf den Tisch. Ich registrierte, wie seine Ehefrau kaum merklich den Kopf schüttelte.

Die Geschichte, die ich in der nächsten Stunde mit viel Geduld aus meinem Mandanten wie aus einer alten, trockenen Zitrone herauspresste, unterschied sich nicht allzu sehr von den anderen Geschichten, die wir in der Kanzlei täglich hörten. Lediglich die Art, wie sie erzählt wurde, war lauter und ordinärer.

Der Mandant hatte das Patent vor Jahren von einem Maschinenbauunternehmen erworben. Dessen Betriebsinhaber, der sich mit dem Verkauf des Patents vor der sicheren Insolvenz retten wollte, verstarb kurze Zeit danach. Nun hatte mein Mandant herausgefunden, dass die Ehefrau des Verstorbenen den Betrieb übernommen und die Produktion weitergeführt hatte, ohne sich um den Verlust des Patents zu kümmern. Es war nun die Aufgabe unserer Kanzlei, die Frau abzumahnen und auf Schadensersatz zu verklagen. Ziel sollte es sein, die Patentverletzung zu unterbinden und, so mein Mandant, die Unternehmerin finanziell zu ruinieren. Auf meinen zaghaften Versuch hin, gegen diesen martialischen Wunsch zu intervenieren, hielt er mir einen Vortrag über die freie Marktwirtschaft und einen gesunden Darwinismus in einem solchen System. Schließlich gelang es mir, unter Hinweis auf die letzte Erhöhung unseres Stundenhonorars und die bereits verstrichene Zeit ihn samt Ehefrau und Hund aus dem Konferenzraum und auch aus der Kanzlei zu komplimentieren.

Zurück in meinem Büro schlich ich eine Weile um den Schreibtisch herum und starrte dabei immer wieder aus dem Fenster. Meinem Büro gegenüber lag der Containerhafen, und ich konnte beobachten, wie die riesigen, auf Schienen hin- und herfahrenden Kräne einen riesigen Behälter nach dem anderen von den Schiffen hoben und auf Bahnwaggons oder die Auflieger von Sattelzügen verluden.

Ich musste an Marie denken. Jedes Mal wenn wir von Süden den Elbtunnel erreichten und dabei die riesigen Containertürme passierten, sah sie lange auf die Stapel aus bunten Stahlkästen und wünschte sich, irgendeinen der Container mitnehmen zu können.

»Was da wohl drin ist?«, hatte sie dann gefragt und fast sehnsüchtig hinzugefügt: »Vielleicht Tausende von Schuhe oder ein Auto?«

»Oder eine Ladung trommelnder Batterie-Häschen aus China«, hatte ich grinsend geantwortet.

Marie aber war ernst geblieben. »Es wäre reine Glückssache, wenn man einen auswählt. Wenn man Pech hat, ist er sogar leer.«

Marie und ich waren inzwischen seit über einem Jahr getrennt. Und da sie die Beziehung für mich vollkommen überraschend beendet hatte, tat mir die Erinnerung an sie immer noch weh. Ich hatte schon seit vielen Monaten nichts mehr von ihr gehört. Seit der Trennung hatte ich mir vorgenommen, ihr einen Container ohne Absender zu schenken, sollte ich jemals zu sehr viel Geld kommen. Ich stellte mir vor, wie ich in den Hafen ging, wahllos einen aussuchte und ihn kaufte. Hoffentlich erwischte ich dann keinen leeren.

Während mir diese Gedanken durch den Kopf gingen, hatte ich den Schreibtisch ein weiteres Mal umrundet und blickte auf die rote Akte vor mir, die ich von der Patentanwaltsgehilfin zu dem Fall hatte anlegen lassen. Ich schlug sie auf. Ganz oben lag ein Schreiben meines Mandanten, das dieser selbst verfasst hatte, gerichtet an »die Patentverletzerin«. Weiter hieß es: »Dies ist die letzte Warnung. Solltest Du Miststück die Patentverletzung nicht einstellen, werde ich die Angelegenheit meinem Anwalt übergeben und dafür sorgen, dass Du in diesem Leben nicht mehr glücklich wirst. Denk daran, was mit Siggi geschehen ist. Ansgar.« Der Mandant duzte die Gegnerin. Offenbar kannten sie sich persönlich.

Ich tat, was ich niemals zuvor getan hatte. Es war keine übliche und noch nicht einmal eine angebrachte Handlung. Heute kann ich sie mir auch nicht mehr erklären. Vielleicht geschah es aus Trotz gegen meinen so unsympathischen Mandanten. Oder wegen meiner sentimentalen Erinnerungen an Marie kurz zuvor.

Ich griff zum Telefonhörer und wählte eine der in meiner Akte aufgeführten Nummern. Ich wollte schon wieder auflegen, als sich am anderen Ende der Leitung eine ältere, aber immer noch zarte Frauenstimme meldete.

»Ja?«

»Guten Tag, mein Name ist Robert Weber. Ich bin Patentanwalt. Herr Ansgar Kiesewitz hat mich beauftragt. Spreche ich mit Frau Ingrid Söhnke?«

Für einen Moment herrschte Schweigen am anderen Ende der Leitung.

»Legen Sie nicht auf!«, sagte ich schnell, etwas flehender als beabsichtigt. Wieder entstand eine Pause, bevor ich eine Erwiderung zu hören bekam.

»Sie sind also der Mann, der mich zur Strecke bringen soll?«, fragte meine Gesprächspartnerin trocken. Ich war nicht sicher, ob sie dabei verbittert oder süffisant klang.

»Ich bin der Anwalt, der von Herrn Kiesewitz wegen des Patentrechtsstreits beauftragt wurde«, stellte ich etwas umständlich klar. Ich fühlte mich plötzlich unwohl und bereute es schon, dass ich überhaupt angerufen hatte.

»Kiesewitz ist ein Mörder!«, drang es aus dem Hörer.

Ich brauchte einen Moment, bis ich mich wieder gefangen hatte.

»Ich verstehe nicht«, sagte ich.

»Er hat meinen Gatten auf dem Gewissen.«

»Ich verstehe immer noch nicht.«

»Kommen Sie mich besuchen, wenn es Sie wirklich interessiert; dann erkläre ich es Ihnen.«

Ich stockte. Als Patentanwalt war ich ausschließlich meinem Mandanten verpflichtet. Es war mir nicht nur berufsrechtlich verboten, mich über die Maßen mit der Gegenseite zu beschäftigen; es stellte sogar eine Straftat dar, für die ich ins Gefängnis kommen konnte.

»Ich komme«, versprach ich und konnte selbst nicht glauben, was ich hier tat.

»Samstag. Wann, ist egal, ich bin den ganzen Tag hier. Sie fahren auf den Hof und lassen die Betriebshalle links liegen. Dahinter steht ein kleiner Bungalow.«

»Ich werde gegen Nachmittag bei Ihnen sein.«

»Bis dann.«

Meine Gesprächspartnerin legte auf, und ich hörte das kurze Tuten des Besetztzeichens. Mit bedächtigen Bewegungen legte ich den Hörer auf, lehnte mich in meinem Bürostuhl zurück und lockerte meinen Krawattenknoten.

Ich war jung, erfolgreich – und auf dem direkten Weg in die Patentanwaltshölle.

Erstaunlicherweise fühlte ich mich nicht schlecht dabei.

Für was bist du bereit, deine Seele zu verkaufen?

Tibor Rode
DAS LOS
Thriller
640 Seiten
ISBN 978-3-431-03893-4

Diese Frage müssen sich vier Menschen in verschiedenen Teilen der Welt stellen, als ihnen ein mysteriöser Mönch die Teilnahme an einem jahrhundertealten Spiel anbietet. Ihr Einsatz: alles, was sie besitzen. Der Gewinn: ein Preis von unermesslichem Wert – die Erfüllung all ihrer Träume. Alle vier lassen sich auf das Spiel und seine Regeln ein. Aber dann geschieht ein Mord, und die Teilnehmer erkennen, wie hoch ihr Einsatz wirklich ist…

Bastei Lübbe

Wenn Sie mit einer Zeitmaschine in die Zeit von Jesu Kreuzigung reisen könnten – würden Sie versuchen ihn zu retten?

Andreas Eschbach
DER JESUS-DEAL
Thriller
736 Seiten
ISBN 978-3-431-03900-9

Wer hat das originale Jesus-Video gestohlen? Stephen Foxx war immer überzeugt, dass es Agenten des Vatikans gewesen sein müssen und dass der Überfall ein letzter Versuch war, damit ein unliebsames Dokument aus der Welt zu schaffen. Es ist schon fast zu spät, als er die Wahrheit erfährt: Tatsächlich steckt eine Gruppierung dahinter, von deren Existenz Stephen zwar weiß, von deren wahrer Macht er aber bis dahin nichts geahnt hat – die Gruppe ist schon so mächtig, dass in den USA niemand mehr Präsident werden kann, der sie gegen sich hat. Die Videokassette spielt eine wesentliche Rolle in einem alten Plan von unglaublichen Dimensionen – einem Plan, der nichts weniger zum Ziel hat als das Ende der Welt, wie wir sie kennen …

Bastei Lübbe